中国古典
之门丛书

HUAN YIGE JIAODU KAN MINGQING XIAOSHUO

换一个角度看明清小说

吴 越 编著

语文出版社
·北京·

图书在版编目（CIP）数据

换一个角度看明清小说 / 吴越编著. -- 北京 : 语文出版社，2017.4
（中国古典之门丛书）
ISBN 978-7-5187-0107-0

Ⅰ. ①换… Ⅱ. ①吴… Ⅲ. ①古典小说评论—中国—明清时代—文集 Ⅳ. ①I207.41-53

中国版本图书馆CIP数据核字(2017)第027622号

责任编辑　谢　惠
装帧设计　刘姗姗
出　　版　语文出版社
地　　址　北京市东城区朝阳门内南小街51号　100010
电子信箱　ywcbsywp@163.com
排　　版　北京杰瑞腾达科技发展有限公司
印刷装订　北京市科星印刷有限责任公司
发　　行　语文出版社　新华书店经销
规　　格　787mm×1092mm
开　　本　1/16
印　　张　24
字　　数　369千字
版　　次　2017年4月第1版
印　　次　2017年4月第1次印刷
印　　数　1-3,000
定　　价　42.00元

010-65253954(咨询) 010-65251033(购书) 010-65250075(印装质量)

内容提要

文学评论，有两个作用：一是帮助读者如何理解作品，一是帮助作者如何提高作品。

一部文学作品，由于评论者的立场不同、观点不同、思维方式不同，往往会有许多不同的结论。

百花齐放，各抒己见，本来是一件很正常的事情。但是很长一个时期以来，文学评论界盛行用“阶级分析法”来评论文学作品，失去了文学评论应该起到的作用。

文学作品中的人物，也是现实生活中人们学习的榜样。所以，如何看待、评价小说中的人物，绝不是茶余酒后高谈阔论的小事儿——无足轻重，而是关系到是非善恶的认识，关系到社会是否安定的大问题。

作者研究明清小说五十余年，长期从事通俗文学的写作和编辑，著有200万字的长篇历史文化小说《括苍山恩仇记》，曾主编宝文堂书店“中国古典小说普及版丛书”，晚年致力于中华传统小说的评注工作。本书所收的九篇评介明清小说文章，就是从“中华传统小说评注本丛书”中抽出来的九篇“导读”。所评的九部明清小说，包括《水浒传》《红楼梦》《儒林外史》等，都是争议最大、具有代表性的名著。作者运用朴素的是非善恶观念，以“对国家、社会、民族、百姓有利还是有害”作为评判的基本标准，换一种思维方法，从另一个角度看问题，于是一切问题迎刃而解，是非善恶昭然若揭。

本书适合广大文学爱好者阅读，对从事中国古典文学的研究者也有一定参考价值。

序：明清小说需要重新评介

中国的传统小说，一般认为发端于唐人传奇，其特点是简练的文言文，故事简单，叙述直白，缺点是文字深奥，初识文字的人，大都看不懂；兴起于宋人话本，其特点是供说书人演说，因此文字接近于口语，可由说书人临场发挥，变视觉文学为听觉文学，扩大了受众。故事虽然逐渐复杂起来，但是仍以“一场”能讲完为度，属于“短篇小说”的范畴。像《大宋宣和遗事》那样要分十场说完的本子，还比较少见。到了明清时代，除了演说市井奇闻之外，开始出现了“讲史”，也就是说书人向市民讲解历朝的兴衰故事，于是形成了长篇说部，也就是“历史演义”。不过这些“演义”的“底本”，却不是说书人自己写的，而是由当时的“才人”写的。所谓“才人”，虽然和“才子”只相差一个字，可是“档次”却相差很远。大多数“才人”，都是曾经上过学读过书，却时乖运蹇，仕途不佳，有的甚至连个秀才、举人的初级功名也没有，尽管抬头纹多了，两鬓也斑白了，却还是个“童生”的身份。他们是“没跳过龙门的鲤鱼”，变不成龙，做不成官，又肩不能挑担，手不能提篮，也不善于买进卖出，不会干农工商之类的营生，仗着读过几本书，知道一些历史掌故，加上长期混迹于下层社会，知道不少市井传闻，也还善于表达，于是就专门给说书人写说书的底稿。这就是当时的“职业主流作家”。其作品的特点，是供说书人“说”的，不是供读者“读”的。其文字风格，虽然接近口语，但不是纯口语，除了经常穿插一些诗词歌赋之外，其中还包含一些说书人的“套语”，如“话说”“且说”“欲知后事如何，且听下回分解”之类。

据说，《水浒传》是第一部印出来供读者“看”的话本，所以不叫“话本”，而称之为“小说”。不过也不排斥作者动笔之初，就是打算写出来后供说书人演说之用的。据考证，施耐庵、罗贯中等人，他们生前的身份就是“才人”。只不过《水浒传》的主题是歌颂土匪强盗，鼓吹杀人放火，提倡动武造反，为当时的政府所不许，也没人敢于在书场演出，直到作者死后将近二百年，才阴差阳错地由地方武官以“提倡强悍、鼓励士气”为由，刊印出来供士兵阅读。于是，中国这才有了第一部“供阅读”的长篇小说。

有了《水浒传》这一滥觞，明清时代、特别是清代中后叶，方才大量出现“供阅读”的小说，终于形成了中华传统小说的“鼎盛时期”。

根据以上叙述，中华传统小说，应该毫无疑问的是中国小说的主流。但是今天人们一提“主流小说”，指的却是五四以后参考西洋小说的形式、技巧、风格所形成的“新文学”。也就是说，中国的传统主流文学，从唐宋元明清一路“流”下来，到了民国年间，主流忽然枯竭了，而另外一条支流却逐渐充盈起来，最终竟然取代了传统的小说，演变发展为新的主流文学。

在这个问题上，为传统文学争论、正名，已经没有必要。事物的发生、发展、变化，既有其内部规律，也有其外部影响：溯本正源，传统小说当然是中国小说的源头，但是由于中华传统小说本身所存在的问题，从五四以后当代文坛已经逐渐被新文学所取代，也是不争的事实。

正因为中国文学有这样一个变化的过程，两者之间不是“传承发展”的关系，而是“重起炉灶”，而且是从外国引进的。因此，不可避免地就出现了一个“断层”甚至“断代”问题：一部分人，主要是青年人，由于社会潮流和兴趣爱好的转变，对中国传统小说越来越隔膜，严重的甚至“绝缘”了。——这是客观现实的一个方面。

此外，中国传统文学本身，也存在“雅”与“俗”两个体系。大家都知道，文学是社会的镜子，反映的是社会众生百态。社会是由许多阶层构成的，各个阶层的人由于所处社会地位不同、学识不同、见闻不同，因此反映某个阶层的镜子——文学，其样式也有所不同。一般说来，诗词歌赋、华丽骈文，属于士大夫知识分子阶层的“书斋文学”，也就是“雅文学”；山歌俚曲、说书弹唱，属于广大平民阶层的大众文学，也就是“俗文学”，不但贩夫走卒、引车卖浆者流都会哼唱几句，就是不识字的农家姑娘、白发婆婆也都能够听懂，甚至能够“出口成章”，即兴发挥，随意创作。

正因为人们的学识感受深浅不同，各阶层之间的兼容性也有很大的不同。一般说来，书斋文学只能在阶层内部的小范围中交流，很难走出书斋向下兼容；而大众文学则因为它具有反映社会生活的现实性和人人喜闻乐见的普及性，也能够被部分士大夫阶层的“雅人”所接受。特别是部分从书斋中走出来的文人雅士，吸取了大众文学中的精华，经过融会贯通之后，采用其形式，提高其内涵，美化其文字，创作出为各阶层人士都能接受的共同文学，这就是“雅俗共赏”的全民文学。在小说方面，可以用中国古典文学的里程碑《红楼梦》作为典型代表。

小说，包括其原始形式唐人传奇、宋人话本，其最初功效就是为了传播、听取某个有趣的故事。所以，小说就是“故事”，就是“传奇”。娱乐性，是小说的第一位。至于教育性，则是第二位，甚至是“副作用”。——坐在书场人群中听说书的贩夫走卒，挤在戏台前面看戏的男女老少，都是冲着“听故事”“看戏文”去的，没有一个主观上是为了“受教育”而去的。

小说中必定有人物。人，不但具有阶级性，而且具有多面性。因此小说中的人物，也必然有好人、坏人、中间人的分别。

人的好坏美丑，本来是具有客观标准的。但是什么叫“客观”，却往往很难定出一个绝对的标准来。因此，你自以为在很“客观”地评价一个人物，其实却往往非常主观片面，甚至偏激。

这是因为人生活在社会之中。社会由不同阶层组成，不同阶层的人，有不同的立场观点；同一阶层的人，也有不同的利益取向、学派主张。于是，同一个历史人物或小说中的人物，会有两种甚至多种截然不同的结论。特别是在社会大变革时代，这种反复臧否就会特别突出。

中国的传统小说，基本上产生于辛亥革命之前的封建社会。辛亥革命之后，特别是五四之后，中国文坛就逐渐被“新文学”所取代了。

不过，新文学和旧文学之间并没有“传承”关系，基本上是“各领风骚”。但“读者群”中却不一定有明确的分界线：爱看传统小说的，不一定就不看新小说；反过来，许多爱好新文学的青年，由于不想割断历史，往往很愿意或者不得不去阅读传统小说。这一部分读者，属于新旧文学两者的重影。——这是客观现实的另一个方面，而且还因此产生了困惑和迷惘。

问题主要发生在1949年之后。由于社会制度的变革，思想认识的剧变，导致中国文学界对历史人物和小说人物的评价，产生了严重的分歧。因为封建统治的旧中国和无产阶级专政的社会主义新中国，是两个截然不同的社会制度。从不同的阶级利益和立场出发，从对电影《武训传》的批判、对俞平伯研究《红楼梦》的批判，好人和坏人的观念彻底改变了，分界线也大幅度偏移了。许多文学界的专家学者、大师泰斗，被批得晕头转向，几乎失去了判断是非的能力，不得不在“转变立场”的名义下宣布投降。直到“全民评《水浒》”的闹剧出现，好坏美丑的标准简单化到只按阶级成分划分就可以。这等于宣布文学评论从此灭绝，仿佛天下除了只看阶级出身之外，已经没有“道理”可讲，没有“道义”可行了。更有甚者，居然提出“封建时代所有的文学作品都带有封建主义烙印”的观点（这个观点并不错），主张把传统小说一笔抹杀（这个主张，却大错而特错）。

于是，中国的传统文学，除了新文学的兴起而“断代”之外，又加上“醉雷公”——“无产阶级革命派评论家”——的胡批，误导了许多人，为今天鼓励继承中华传统文学增加了许多困难。

当然，历史是客观存在的。按照一分为二的观点来看，封建主义固然有其不合理的、落后的一面，但是相对奴隶制社会而言，也有其相对合理的、先进的一面。对人的看法是如此，对小说的看法也一样。

人类文明的发展是一脉相承的。人文科学，不可能割断历史。新制度源于旧制度，新社会源于旧社会，新文学也源于旧文学。发展的前提和基础，一方面是传承，一方面是创新。这个道理，就好像尽管你不是基督徒，但是要研究西洋文学，就不得不去读《圣经》是一个道理。

中国有五千年文明史，有两千多年的文学史。中国的小说家，应该在中华传统小说的基础上发扬光大，这是我们所无法否定、不能割弃传统文学的共同基础。

作为一个中国人，特别是在中国工作的文化人，固有的传统文化，包括传统小说，还是不能抛弃、不能割断的。尽管传统文化中有宣扬封建迷信、天命宿命之类落后的一面，但也有忠孝仁爱、信义气节这些进步的固有道德，而我们不能倒脏水连孩子一起倒掉。但是中国传统小说数量巨大，而今天的青年学生要学的科目太多，第一没有那么多的时间去阅读，第二经过“无产阶级革命派”的误导，把本来很清楚明白的好坏美丑的标准，生生地给搅浑了，还要费很大力气才能把被他们所误导的常识纠正过来。

要想解决这个矛盾，办法也许很多。我个人以为，最佳方案莫过于把最著名的传统小说，从语言到内容，来一次认真整理，保留其精华，扬弃其糟粕。对于无法删除或改动的，必须加上详细的注解和简明的评论：最好是每部书的前面，都有一篇概论性的详细导读，每一回书的后面，都有一篇简短的评介，以此消除作品本身的错误和缺点，以及来自官方的或民间的出于恶意或善意的误读、误解和误导。

中国文学，自古就分“雅”和“俗”两大流派。雅文学中的诗词歌赋和美文，基本上都是“文人雅士”的作品，不能否认他们具有比较高的文化修养，作品大都经过反复认真的推敲，即便不是无懈可击、滴水不漏，至少都有其风格特色，何况能够流传至今的，都是经过千百年来的历史淘洗，留下来的都是金子。而俗文学中的山歌俚曲小说，则大都是“市井俗人”的即兴作品，随意发挥，随口演唱，并不打算束之高阁，传之后人，流芳百世。就是给说书人写“底本”的“才人”，他们虽然都“读过书”，却又都是“读书不成”的士子，不但不是“才子”，有的还是吃喝嫖赌样样精通的“败子”“浪子”，要求他们的作品中没有错误，期望值不免太高了。可以这样理解：唐人传奇，固然是从杜光庭之类的学者发端的（不是学者，也写不出《虬髯客传》这样的名篇来），但是到了宋代，“评话”走向了民间，“底本”是由“老郎”（师傅一辈儿的说书老艺人）传承加工并口口相传，再经徒子徒孙们的临场发挥逐渐定型的，很有一些“集体创作”的味道。小说之所以能够从市井坊间进入文人雅士的书斋，并出现像《红楼梦》这样里程碑式的皇皇巨著，与曹雪芹等才子型作家参与其事密不可分。

因此，尽管《三国演义》和《水浒传》都是脍炙人口的名作，而且是中国古典文学的四大名著之一，但是终究其作者是“才人”而不是“才子”，局限于他们的知识面，书中的缺点和错误，不仅仅是小有存在，而是多得不可胜数，有的甚至到了无法原谅的地步。比如《三国演义》中，作者出于正统观念，奉汉室正朔，把曹操写成了奸臣。为了突出“智者”形象，不惜把诸葛亮“妖魔化”，让不是道家的诸葛亮穿上八卦衣登坛作法“借东风”。罗贯中没有当过兵打过仗，也没有学过布阵的兵法，连纸上谈兵也不会，根本就不知道汉代的战争是何场面、战场上是个什么样子，于是主观地把不同时间、地点的大小战争统统描写成“大战三百回合”的“斗将”。从此谬种流传，在他以后的小说中，几乎所有的战争场面都写成了“斗将”的形式。其实，世界上最最变幻莫测的莫过于战争场面：攻城战、伏击战、保卫战、包围战、遭遇战，不但名目繁多，而且瞬息万变，随时处在不断变化之中。不是特殊场合，哪一次战争，是由两员将军在阵前“比武”，杀得难分难解，并且以将军“比武”的输赢定胜负？

不管好歹，《三国演义》总算是《三国志》的“演义版”，只有三分是编造的“小说”成分。至于《水浒传》，那可是只有“一分真九分假”、绝大部分故事都是出于编造（民间传说基本上就是编造）的了。许多人都说施耐庵是罗贯中的老师，但是这个老师的史地知识比起学生来，可就差得太远了。开宗明义第一回，就把已经死了六年的范仲淹从坟墓里请出来上朝，给仁宗皇帝奏本。接着武松从沧州回河北老家清河县去看望哥哥，居然会越过老家二百多里跑到山东的阳谷县去，就好像今天有人从北京去南京却错跑到了上海去一样不可思议。

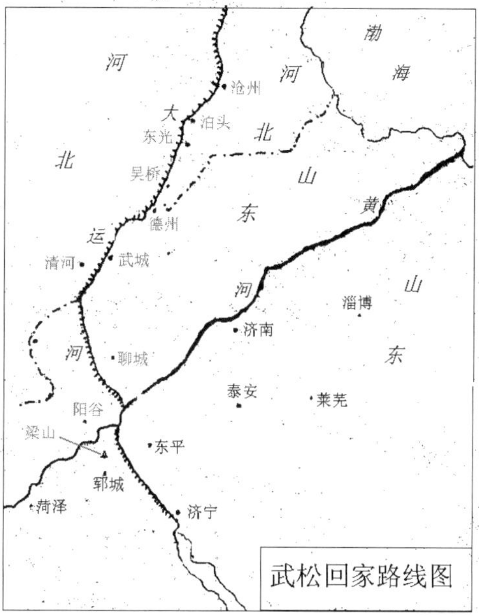

武松回家路线图

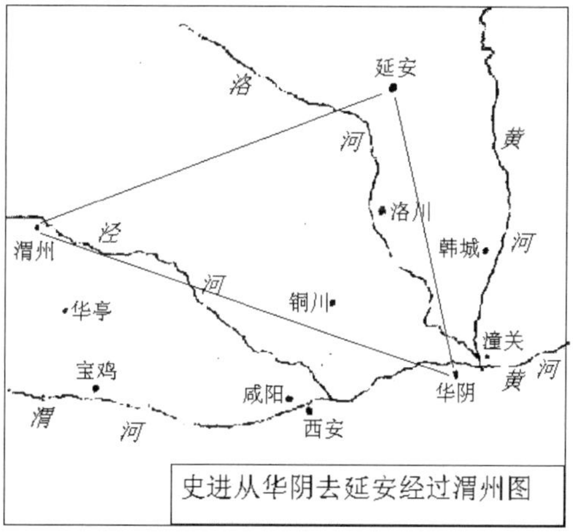

史进从华阴去延安经过渭州图

同样，史进从华阴出发到北面的延安去找师父，却居然跑到西面的渭州去了。史进从华阴县到延安府去，只要顺着洛河一直往北去就可以，也不过就四五百里路，有四五天就走到了；渭州可是在华阴县的西面，先要沿着渭河上溯，再沿着泾河往西北上溯，将近一千里路呢。而且华阴、渭州、延安是一个三角形的三个角，从华阴到延安去，是永远也不可能经过渭州的。何况这是“两条路线”，一条向北，一条向西，根本就不可能“走错”的。要说史进到延安去经过洛川，倒是顺理成章，但是小种经略相公又不可能驻守洛川（洛川不是“边关”，北面的边关延安，是他的父亲在镇守），无法自圆其说。这说明古代的作家缺乏地理知识，手头没有地图，无法考证，只好信笔胡写。诸如此类的地理性错误，书中可不是一处两处，而是比比皆是。还有西岳华山，人人都知道，那是在陕西省的华阴县，作者却会移山倒海把它搬到华州去了。如果说这些史地错误，可能因为作者手头没有参考书而无法考证，还可以原谅的话，那么无法原谅的错误，在于施耐庵比罗贯中更加不善于描写战争场面。不说梁山泊在山东，大冬天的会结冰，连环马的铁蹄根本就不可能在冰面上前进一步，就说其余若干次“反抗官兵”的战役，如果除去了根本就不存在的公孙胜“披发仗剑作法”的妖术描写，他所写的战争场面就如同儿戏，训练有素的几千官兵居然会在二三十个乌合之众面前全军覆没，这在古往今来的战争史上简直闻所未闻。

而《水浒传》的最大缺点，还是在善恶不分、是非不明上。

必须说明的是:《水浒传》虽然出版于明朝嘉靖年间，但是作者的写作时代却在元朝末年。作者不是不知道杀人越货的都是土匪强盗，但是他也知道：要想造反，靠手无缚鸡之力的秀才们摇唇鼓舌摇笔杆子是不行的，只有这帮杀人不眨眼的土匪强盗们，才能够做白刀子进去红刀子出来的勾当。为了鼓动这些痞子流氓们起来造反，他故意揣着明白装糊涂，正面话反着说，把一帮土匪强盗当作英雄好汉来歌颂，目的就是为了提倡强悍，鼓励造反。于是，不但善恶不分，只要给他喝酒吃肉就帮着地头蛇施恩去打黑恶势力蒋门神并且滥杀无辜的武松是英雄，杀了镇关西却不敢承担责任居然拍拍屁股逃走的鲁达是英雄，就连不分青红皂白只知道拣那人多处抡起板斧排头砍去的浑人李逵也成了英雄。所以,《水浒传》的英雄观，是扭曲了的英雄观。这个道理，历代的有识之士不是不知道；朝廷也曾经多次以《水浒传》诲淫诲盗为由下令禁止此书出版。《水浒传》之所以屡禁不止，一方面是作者揭露了官民矛盾，在民间引起了共鸣；一方面是造反派领袖都拿《水浒传》当作“造反教科书”，借此书来激励、鼓动人民造反。因此可以说,《水浒传》是一部出于特种需要，在畸形、变态的前提下发生、发展起来的书。

此外，由于明清时代“小说家”的社会地位十分低下，已经出仕、具有较高地位的读书人，是不屑、也不敢当“作家”的。因此，除了少数有志、有兴趣的文人偶尔参与其事之外，绝大多数小说作家，就是“读书不成”不得已而为之的那些“才人”们。一般说来，他们功底不太深，学问不很高，史地知识也欠缺，信口开河的结果是经常出现常识性的错误。典型例子如《济公传》，单就其文学水平来说，在明清小说中只能算是下乘之作。虽然名列“四大神话小说”之一，但是不论文字还是故事，都不如《聊斋志异》《镜花缘》《封神演义》，更不如《西游记》。不但结构松散，行文冗赘，缺乏剪裁提炼，前后矛盾重复，而且错误百出。除了举不胜举的错别字之外，错误最突出之处，由于评书流传于北方，说书艺人或底本执笔者都是北方人，更主要的是这些人似乎都没有到过南方，因此作者笔下所描绘的浙江、江苏、江西等省几乎全是北方风貌：写到房子，大都是四合院，正房一明两暗，靠南窗有火炕，炕上还有炕桌。

人物方面，书中的“秦相”，前文说是秦桧，后面忽然又变成了秦桧的儿子秦喜。特别是对浙江的地理环境，根本就一无所知，除了把“衢州”写成“曲州”，并生造一些子虚乌有的县城之外，居然还会移山倒海：济公回老家，居然能够从曹娥江坐船溯流而上直达家乡天台县，不知道曹娥江的源头是一座很高的天台山，从那里发源的是两条小小的山涧，不但不能通船，而且一南一北，和曹娥江更是不同流向的两条水系，根本就无法相通的。好汉们从玉山县到杭州去，不就近到常山县上船走钱塘江，却要老远地跑到九江去绕一个大圈子走长江、南运河！总之，演说济公故事的艺人，历史、地理知识都很贫乏，他们只顾信口开河地编造离奇的故事，而听众又大都是下层社会的“贩夫走卒、引车卖浆者流”，只要“听着有趣”就行，当时当地不可能也不会有人去跟他们“较真儿”，去为他们订正谬误。于是，据此而写成文字、形成“定本”以后，就以讹传讹了。

一部历史小说，不管人物和故事如何编造，历史背景是绝不能错的。这不是苛求，而是底线。

因此，今天我们出版明清小说，不论是名著还是非名著，简单的“交代”“说明”还是不能简省的，能够有更清晰明白的注解、导读当然更好。就是由“才子”曹雪芹写成的《红楼梦》，由于“红学家”们愣拿一部小说当历史，经过他们挖空心思的“考据”“考证”，人为地故布迷雾，已经把《红楼梦》变成了一个大谜团，也到了拨开迷雾见青天的日子了。

本书是从“中华传统小说评注本丛书”第一、第二两辑中的“导读”部分抽出来辑录成书的，希望对初学古典文学的青少年读者能起到一个辅导的作用。

吴越　2015 年 11 月 22 日

目　　录

《水浒传》究竟是一部什么书

尽管《水浒[1]传》已经被认定为“中国古典文学四大名著”之一，但是由于它的特殊性，自古以来，褒贬不一。

20世纪50年代，我在中国文字改革委员会（国家语委的前身）工作，作为汉字改革以后如何继承古代文化的研究与实验课题之一，领导要求我把《水浒传》用典范的现代汉语改写为“拼音文字实验读物”。《水浒传》虽然号称是中国第一部由作家创作的“白话小说”（以前的“话本”，则是说书人的底稿），但是当年的“白话”和今天规范的“普通话”在语法和语词方面都相去颇远。为此，我改写的着重点在于如何把“白话”（宋元明清时代的“官话”）转换为“普通话”（当代汉语，至少也应该是现代汉语）。我先从研究《水浒传》的用词着手，反反复复看了许多遍《水浒传》以及一些参考书，记了一些读书笔记，并写出了《〈水浒〉方言词语例释》一稿。可惜，这项工作1957年之后因为我被划为“右派”，被送到劳改农场而停顿了。

1976年那场“全民评《水浒》”运动，把宋江贬为投降派，把李逵等杀人魔王捧为“革命派”，有的“无产阶级文学评论家”甚至喊出“只要能让朱仝走上革命的道路，劈开一百个小衙内的头颅也在所不惜”这样绝灭人性的口号，使我不寒而栗。尽管当时我不可能站出来写文章

---

①浒：音hǔ，是“水边”的意思；用于地名，又音xǔ（江西有一地名为“浒湾”，江苏有一地名“浒墅关”）。

反击，但是的确引起了我进一步的深思。从此，我把研究《水浒传》的重点偏移到《水浒传》的成因及其内涵的探讨上。

2005 年，我用我自己思考后的最新观点写了一部 100 万字的《吴越评水浒》，由广西师范大学出版社出版。但是我的部分观点被认为“不合时宜”——我认为《水浒传》是描写土匪强盗及其成因的小说，尽管我不同意删除，但是最后还是被“硬性”删除了。所以，至少那是一个“不完整”的版本。

2006 年，我把我的观点以“《水浒传》究竟是一部什么书？”为总题，一连写了好几篇系列长文，发表在新浪网的“吴越博客”上，在网上引起了轩然大波，瞬间这几篇文章点击率达数万之多。为此，新浪网还以此为题专门举办了一次现场直播的“名博访谈”进行讨论。

由于网络上的激烈讨论，引起了香港凤凰卫视的注意，2007 年 9 月 20 日，他们特地把设备和人马拉到山东梁山县的梁山山寨上，由我担任第一嘉宾，拍摄了一部上下两集的专题片《梁山 108 将是英雄还是盗匪》，长达两个小时，在国庆期间向全球华人播出，把如何定性《水浒传》的争论往前推进了一步。在此基础上，中央电视台 10 套《百家讲坛》又邀请我去主讲《水浒传》，可惜录像以后因故没有播出。为此，我把 100 篇讲稿交给了东方出版社，于 2008 年初以《吴越品水浒》的书名出版，成为当年最畅销的热门书之一。

一、《水浒传》是一部奇书，不同的时代有不同的认识

中国的“四大古典文学名著”，内容不同，风格迥异:《红楼梦》最善于写情，不但细腻地描写了大观园中“哥哥妹妹”的儿女情长，也全方位、广角度地写了人生百态，被称为“中国封建社会的百科全书”；《三国演义》最善于写战争和人际关系，是一部半文言的政治历史小说，所有人物、故事，基本上都有根据，可以说是“九分真一分假”的样

本;《西游记》最善于写佛道神仙和妖魔鬼怪，除了唐僧到西天（印度）取经是实有其人其事之外，其余的如孙悟空、猪八戒以及许许多多妖魔鬼怪，都是想象中的神话人物，几乎连一分真也没有。

《水浒传》呢？是元代人根据当时流传的话本、戏曲和民间故事连缀改编而成的话本（话本是宋元时代说书人的底本，不是给读者阅读的），说的却是北宋末年的传说故事，并不是历史。直到将近两百年后的明代嘉靖年间，《水浒传》方才第一次刻印出来，成了中国第一部供人阅读的长篇白话小说。（作者下笔写作之初，只想到要写一部话本，但是由于内容的“反叛性”太强，成稿以后的两百年中很少有哪个说书人敢说，只能作为手抄本在小范围内流传。最后作为“小说”刻印，纯粹出于偶然，也可以说是“歪打正着”。）其内容则兼有《三国演义》《红楼梦》《西游记》之长：不但写历史人物，还有男女私情，更有妖魔道法。从书中掺杂了许多明清时代的官职、地名和风土人情的描写看，很可能还经过明清时代的文人（如金圣叹等）或说书人的加工。《水浒传》在我国白话文学的发展史上具有里程碑的意义，可以说是一部影响了中国十几代人思想认识的“奇书”。

说它“奇”，不仅因为书中的人物生动、故事有趣、文字优美，而在于其取材。在古今中外成名的长篇小说中，以各种坏人做主角的，可以说相当多，以窃贼、强盗做主角的书也不少，但这些强盗大都是劫富济贫的“义贼”和“侠盗”，至今也只有这样一部《水浒传》，却是以杀人放火、危害人民的土匪强盗、恶霸地主以及各种坏人做主角。更奇怪的是，作者并不是对这些坏人持批判、揭露、谴责的态度，却居然拿他们中的多数人作为“忠义”“豪杰”的正面人物来鼓吹歌颂。真是奇哉怪也!

正因为《水浒传》是以土匪强盗、地主恶霸以及各种坏人做主角的，因此此书出版四五百年来，在读者和评论界中始终评价不同，褒贬不一。有人说它好，也有人说它坏：说它好的，强调宋江的投降为“忠君”行为，把梁山泊众“好汉”捧成英雄；说它坏的，指出这些被戴上了“忠义”“豪杰”桂冠的“英雄”们，大都一身的“匪气”和“霸气”，为所欲为，只求自己快活，不顾别人死活，其实大都是危害社会、祸害百姓的蠹虫。在《水浒传》中被歌颂的“好汉”，简直就是“痞子”“流氓”的同义语。

历史上，对《水浒传》的评论不是太少，而是太多了。观点和评价，则在不同的时代有不同的认识。大致可以分为这样三类：一、既写忠义的英雄豪杰，也写为非作歹的强盗；二、写农民起义；三、写投降派。此外，《水浒传》的英译者赛珍珠女士还认为是写“四海之内皆兄弟”的①。

下面分别简述：

（一）此书作者在下笔之初，就秉承了元曲杂剧中对水浒梁山好汉的基本定义，把土匪强盗当作英雄豪杰来歌颂，所以并不是施耐庵的偏见。在明代第一次出版，就堂而皇之地连书名都定成了《忠义水浒传》，后来再版，书名曾经改为《京本忠义传》《江湖豪客传》，仍然不离“忠义”和“豪杰”。而说它坏的，则认为它颠倒黑白，把为非作歹的匪徒恶霸吹捧为对国家“忠”、对朋友“义”的英雄豪杰和好汉义士。总的倾向是：凡是“扯旗造反”的“英雄好汉”如张献忠②等，都认定或曾经认定宋江一伙儿是他们的“开山祖师”，要求“弟兄们”都像“梁山好汉”们一样以忠义为重，特别强调要忠于像宋江这样的领袖。而造反

---

①《水浒传》的英文译本，赛珍珠根据她自己对《水浒传》的理解，译为 All Men Are Brothers（所有的人都是兄弟），也就是“四海之内皆兄弟”。这样翻译，可以说很不贴切：梁山好汉杀起老百姓来毫无人性，哪里谈得上“皆兄弟”？特别是宋江，为了逼降一个草包司令秦明，当时仅仅还是清风寨“客人”身份的宋江，居然就下令把青州城外的所有房屋全部烧毁，死伤老百姓一千多人。这种事情，只有丧心病狂到灭绝人性的土匪强盗才干得出来，哪有一点儿“四海之内皆兄弟”的味道？难道老百姓就不在“四海之内”了？实际上，宋江只认梁山上的强盗是“兄弟”，根本就不把老百姓的死活看在眼里。持这种论点的人，除赛珍珠外，并没有多少，还构不成一派，因此本书只是“点到为止”，不多作评论。相比之下，沙博理的英译本名叫 Outlaws of the Marsh（水泽边的强盗们），就翻译得比较恰当。

② 清刘銮的《五石瓠》里说，明末农民起义军的张献忠“日使人说《三国》《水浒》诸书，凡埋伏攻袭皆效之”。

起家的帝王将相如朱元璋们，则因为此书鼓励造反而很不喜欢。明清以来，封建王朝就曾经多次以“诲淫诲盗”为由而将其列为禁书[①]，不许出版、发行、阅读。即便解禁以后，民间也有“少不读《水浒》”的说法。为什么呢？因为少年人思想认识比较单纯，对是非好坏的分辨判断能力不是太强，容易拿书中的“霸道”和“匪气”当作“英雄业绩”去模仿学习，甚至走上犯罪的道路。

（二）新中国成立以后，“无产阶级文学评论家”们运用“阶级斗争”的观点，把水浒一百零八人划到了“农民起义”的范畴中去，给他们涂上了“革命”的色彩，成了正面人物[②]。不但全面解禁，而且描写李逵、武松、鲁智深的一些篇章，还被选进了中学的语文课本里。甚至还有人把《水浒传》吹捧成“农民革命的史诗”，是“农民起义的教科书”。新中国成立后的十七年中，这样的论点占据了各种讲坛和书刊媒体，成了不许触碰的“禁区”：谁敢说《水浒传》不好，就要受到批判。

（三）1975年5月29日，毛泽东在杭州与芦荻教授谈话说：“《水浒》这部书，好就好在投降，做反面教材，使人民都知道投降派。”[③]他又指出：“《水浒》只反贪官，不反皇帝。摒晁盖于一百零八人之外。宋江投降，搞修正主义，把晁盖的聚义厅改为忠义堂，让人招安了。宋江同高俅的斗争，是地主阶级内部这一派反对那一派的斗争。宋江投降了，就去打方腊。这支农民起义队伍的领袖不好，投降。李逵、吴用、阮小二、阮小五、阮小七是好的，不愿意投降。”（出处同前）

1975年8月23日，北京大学、清华大学大批判组在姚文元的授意下，写出了一篇评《水浒传》的文章《一部宣扬投降主义的反面教材》发表在《光明日报》上，给《水浒传》下了这样的结论：“一部《水浒》，只反贪官，不反皇帝，最后接受招安。它既不是什么‘农民

① 历代朝廷和地方官署禁止出版、传播、阅读《水浒传》的禁令极多，仅目前可查到的就有十几件。

② 20世纪50年代，人民文学出版社出版《水浒传》，在“出版说明”中就明确指出“《水浒》是我国描写农民战争的著名古典小说”。

③ 见1975年9月4日《人民日报》头版社论《展开对〈水浒〉的评论》。

革命的史诗'，也不是什么'农民起义的教科书'，而是宣扬投降主义的反面教材。《水浒》的要害是投降，它的好处就在于可以使人民知道什么是投降派。" 8 月 28 日，《红旗》杂志登出短评《重视对〈水浒〉的评论》；8 月 30 日，《光明日报》发表梁效的《鲁迅评〈水浒〉评得好》①；9 月 1 日，《人民日报》转载《红旗》杂志短评，并发表竺方明的《评〈水浒〉》；9 月 4 日，《人民日报》发表社论《开展对〈水浒〉的评论》；9 月 5 日，发表北大、清华两校大批判组文章《投降主义路线的赞歌》。——梁效按照江青的指示，在文章中说，宋江"上山之后，他却处处排挤晁盖，扩大自己的势力。每当有重大军事行动时，他总是假惺惺地说什么'哥哥是山寨之主，如何使得轻动'，实际上是架空晁盖。到后来，连口头上的谦让之词也没有了，像分派山寨各种任务这样的大事，也由他擅自决定"。

北京此说一出，上海立即呼应。《文汇报》以选评方式，对《水浒》的第六十回"晁盖不听宋江苦谏，要亲自打曾头市"一段情节这样评说："宋江这样做，并非尊重晁盖，甘受劳苦，而是想以此排斥晁盖，架空晁盖窃取实权。宋江用两面派手法夺取革命队伍中的领导权，今天的修正主义者也是这样做的。"

就这样，关于《水浒传》的谈话，由文艺评论变成了政治斗争，

① 这是一篇实用主义的文章，选择性地对鲁迅的文章断章取义。其实，鲁迅对《水浒传》发表过许多精辟的意见，其中还不止一次谈到对李逵的看法。他在《流氓的变迁》一文里说："他们所打劫的是平民，不是将相。李逵劫法场时，抡起板斧来排头砍去，而所砍的是看客。"他在《集外集·序》一文中明确表示对"不问青红皂白，抡板斧'排头砍去'的李逵"很"憎恶"。"憎"是痛恨，"恶"是厌恶，也就是很反感。

一场全民评《水浒》、批宋江的运动开始发动起来：凡是工农兵，不论年龄大小，也不问是不是看过《水浒传》，一律要求“拿起笔来做刀枪”“把投降派批倒批臭”。至今，五十岁以上的人仍然记忆犹新，在全国造成了很大影响。直到20世纪80年代电视连续剧《水浒传》播出，还有人反对它得奖，原因就是指责它“是非不明”，歌颂了为非作歹的坏人，有负面作用。

毛泽东多次把自己带队伍上井冈山比作是“被逼上梁山”，并在不少文章中引用了《水浒传》故事。例如，在《中国革命战争的战略问题》中，引用林冲踢翻洪教头的故事，说明战略退却的作用和意义；在《矛盾论》中，引用三打祝家庄的故事，分析矛盾的特殊性。1944年1月9日看了京剧《逼上梁山》，深夜给作者写信，祝贺他们写出了“历史是人民创造的”这个主题，“恢复了历史的面目”，使“旧剧开了新生面”。在民主革命时期，毛泽东对《水浒传》的评论，着重赞扬它所写的反抗精神；到了1975年8月“文化大革命”后期，他对《水浒传》的评论，主要就着眼于它所写的投降主义了。

（四）除此之外，还有以《水浒传》的英译者赛珍珠为代表的少数人，认为《水浒传》就是写“四海之内皆兄弟”（所以她翻译的《水浒传》书名就被改作 All Men Are Brothers），是写“江湖义气”，也就是歌颂“团结”的。当然，这个流派的理论根据不足，没有形成气候。

可以这样说，从明清以来，对《水浒传》的评论是太多太多了。我觉得，所有这些评论，虽然文章连篇累牍，甚至铺天盖地，有的还“拉虎皮作大旗”，气势汹汹，不可一世，强迫别人接受，但却都没有说到“点子”即“要害”上。因此，到了今天，尽管它“四大古典文学名著之一”的身份已经是“铁板铸定”，无法更改的了，但是说它瑕瑜并存，甚至还有糟粕，也是不争的事实。再说，《水浒传》故事不但已经家喻户晓，而且它的“衍生”文学艺术相当多，即使再一次下令严禁，也不可能全部封杀。不过，现在我们也仍然有必要对《水浒传》这部书做一次全面深入的重新评定，不但要把历代封建王朝强加给它的不实之词推翻，也要把“无产阶级革命派批判家”对李逵之类杀人魔王的溢美之词祛除掉，还它一个真正的本来面目。

社会是不断发展的，人们的思想认识也应该跟着社会的发展而不断发展。作为一个“今天的人”，就应该用“今天的”唯物历史观和是非观来对《水浒传》作出恰如其分的评价。

评价一个历史人物或历史事件，标准当然是应该有的。不然，“没有规矩不成方圆”，也就无法客观地评价。这个标准，既用不着搬什么大部头的书来引证，也用不着听什么“家”的御笔钦定。照我看，人人心中都有一杆秤。这杆秤的最低标准，就是“是非善恶”四个字；最高标准，则是以国家、民族、社会、人民的利益为前提，凡是维护和发展国家、民族、社会、百姓利益的，都是好人好事，反之则否。当然，任何人都是“立体”的，一个人的一生，不一定天天干好事，也不一定天天干坏事。甚至所干的某一件事情，其中有好的一面，也有坏的一面，但总还有一个客观的“主流”或者“重大事件”作为评价的依据。在某一个特定的历史时期和环境之下，这个人所做的事情，对国家、民族、社会、百姓是好是坏，应该是“是非分明”的。但是分析历史人物，其前提必须在当时的历史环境下，这才叫历史唯物主义。

例如，关于“投降派”的定义，绝不能根据他是否“投降”来判断他的是非好坏。同样，对于宋江等人，也不能用他们是否投降“朝廷”来认定他们的好坏，而是要看他们对社会的发展，对国家、民族、百姓的好坏来判断。以宋江为首的梁山“一百单八将”，绝大多数不是农民。他们在北宋末年那个内忧外患频仍的年代，不去杀贪官、抗金兵，却聚啸山林，打家劫舍，危害百姓，说他们是农民起义，就难以成立；还要说他们对国家、民族、社会、百姓带来很大好处，恐怕就更难以服众了。但如果他们投降了朝廷，全体都去抗金兵，这算不算给国家、民族、社会、百姓办好事？算不算爱国英雄？照我看，如果真的那样，尽管他们曾经祸害过老百姓，但是最终还是走上了“正路”，成了“正果”。如果他们牺牲在抗金前线，就应该称他们为“爱国英雄”。假使如此，我们也不能因为赵宋王朝是封建地主阶级的政权，宋江等人投降了这样的政府，就认为是“反动的”“失节的”行为。——可惜的是：历史上的宋江投降以后，究竟去了哪里，是什么下场，已经无从查考了。《水浒传》中写他们投降以后去征辽、平王庆和田虎、征方腊，则是子虚加乌有无疑。如果《水浒传》作者聪明一些，写宋江等人投降以后全去抗金，多数人牺牲在抗金前线，那么，虽然同样是虚构的，《忠义水浒传》这部书却成立了，意义也更加重大了。

在北宋末年这样一个社会矛盾尖锐的特定历史时期，凡是能够和朝廷站在一起共同抗敌的，都应该认为是“进步的”“理智的”英雄行为。《水浒传》故事的中心地带是梁山泊。北宋末年的梁山泊，离宋金两国“交界”的涿州一带并不太远，而且故事中还多次写到了“大金国”。（杨雄、石秀和潘巧云的故事发生在蓟州；公孙胜和他师傅也都住在蓟州。当时的蓟州，早已经被石敬瑭连同“燕云十六州[①]”送给了契丹人，成为辽金国的版图了。）如果《水浒传》反映了这个尖锐的社会矛盾，哪怕是不正面描写，仅仅是从侧面提到并反映了这个矛盾，《水浒传》的文学价值肯定还可以大大提高一步。可惜的是：《水浒传》中的“好汉”们，只知道“大碗喝酒、大块吃肉、大秤分金银”地“快活”，从来没有提到金兵在北方节节紧逼，从来没有哪个“好汉”想到过要去抵抗金兵的侵略。就是直写发生在金国所属蓟州城内的杨雄、石秀故事，也依旧和“大宋”国土一模一样，没有任何歧视和压迫，甚至两国的边界也可以畅通无阻。——这简直是不可能的事情，实际上也反映了作者的浅薄和无知。

按照《水浒传》七十回以后的描述，宋江等人投降朝廷以后，并没有去抵抗金兵的侵略（所谓的“征辽”，完全是违背历史真实的虚构），却去打“不替天行道”的方腊去了。（历史上虽然确有“方腊起义”的事件，但是据考证，真实的宋江等三十六人并没有参与这一战役。）

---

① 燕云十六州：指幽州（今北京）、蓟州（今天津蓟县）、瀛州（今河北河间）、莫州（今河北任丘鄚州）、涿州（今河北涿州）、檀州（今河北密云）、顺州（今北京顺义）、新州（今河北涿鹿）、妫州（今已被官厅水库淹没）、儒州（今北京延庆）、武州（今河北宣化）、蔚州（今山西灵丘）、云州（今山西大同）、应州（今山西应县）、寰州（今山西朔县马邑）、朔州（今山西朔县）。

“投降”一词，本身是中性的，并没有什么褒贬偏颇，关键要看投降时的客观环境和投降的对象和目的。在中国人的传统观念里，对于历史上的“投降将军”都颇有微词，特别是投降入侵的敌寇，一律斥之为“汉奸”，但对于“弃暗投明”的将军，却抱宽容的态度。甚至像祖大寿这样的“投降将军”，经过艰苦抵抗以后，仅仅为了保全锦州一城三万军民的生命，不惜背负“汉奸”的骂名而投降了清军，却立志不为清军作战，人们对他也抱同情态度。同样道理，抗战期间，许多杆子、土匪投降了国民党或共产党，一致对外，共同抗日，我们能够因为他们曾经当过土匪还骂他们是“投降派”吗？

再说，“宋江等人只反贪官，不反皇帝”，也不是事实。实际上，宋江等人就是土匪强盗，他们既不反皇帝，也不反贪官。被宋江所杀的刘高和黄文炳，不但不是贪官，还是最忠于或比较忠于朝廷的好官，之所以要杀他们，完全是为了报私仇、泄私愤；打高唐州杀贪官高廉，是为了救柴进；打青州杀慕容知府，是为了救孔明叔侄；打华州杀贪官贺太守，是为了救史进和鲁智深；攻打大名府，是为了救卢俊义；攻打东平府，是为了筹集粮草，而杀了东平府贪官程太守的是董平，董平分明是因为太守不肯把女儿嫁给他而采取的报复行为。此外，三打祝家庄、围攻曾头市，一方面是报复，一方面是打家劫舍谋取钱粮，都和“反贪官”无关。宋江的“反贪官”只停留在口头上说说而已：每逢劝降朝廷将官，才说几句“滥官当道，污吏专权，酷害良民”之类的空话，并没有“反贪官”的实际行动。几次面对童贯、高俅这样的大贪官，他却奴颜婢膝，一副谄媚讨好的样子，还向他们行贿拍马屁，哪里有一丝一毫“反贪官”的举动？

古典文学作品，第一产生在古代，写的即便是“当时的事件”，对今天的读者来说也是古代，这就要求读者有一定的历史知识；第二产生在封建社会，不但作者主观上的立场观点和现代人不一样，甚至还有封建迷信、诲淫诲盗之类的糟粕部分，而且客观上那个年代的作家有许许多多无法摆脱的桎梏，有不得不“这样写”的苦衷。这是今天的读者应该知道并谅解的。

我赞成"尽信书，不如无书"，主张读书要"疑信参半"，希望读者通过阅读古典文学作品来增加历史知识，同时学会开动脑筋，用历史唯物主义来分析历史事件，正确地思考问题，从而学会判断正误、明辨是非。

小结：对《水浒传》的认识和评价，历史上有：一、描写忠义的英雄豪杰说；二、描写农民起义说；三、描写投降派说。三者都有其历史的局限性和认识的偏见，只有用是非善恶及其对国家、民族、社会、人民的利弊来分析，才是唯一正确的认识论。

二、《水浒传》的历史背景

简单地说，《水浒传》是一部描写"土匪强盗及其怎样形成"的书，最善于写杀人放火、坏人怎么害人，对于"奸情"的描写也非常卖力。虽然这是一部战争小说，却最不善于写战争，多次战役都写成了儿戏，没有可供参考的价值。其人物、故事，则只有"一分真九分假"。所以，它不是一部历史小说，而是一部虚构的演义小说。——所谓"演义小说"，指的是小说中的部分人物和故事历史上的确有过，但有相当一部分甚至大部分却是编造出来的。

梁山泊一百单八将的故事，借助文学艺术的力量，在中国早已家喻户晓，老幼皆知了。但是其中只有三十六个人可能在历史上"曾经"有过，其余七十二个，则大都是创作出来的"子虚"加"乌有"。单说人物，就已经是"三分真七分假"了；再加上三十六个人的故事当时并没有客观具体的记录，大部分是根据民间传说编造出来的。这样一算，岂不就只有"一分真九分假"了？

《水浒传》取材于北宋末年淮南地区宋江等三十六人"横行河朔"的历史事件。宋江实有其人，在正史和野史中都有记载。

《宋史》卷二十二《徽宗本纪四》中说："（宣和）三年春正月……

是月方腊陷婺州[①]，又陷衢州，守臣彭汝方死之。二月庚午赵震坐弃杭州，贬吉阳军[②]，罢方田。甲戌降诏招抚方腊。……是月方腊陷处州[③]。淮南盗宋江等犯淮阳军[④]，遣将讨捕；又犯京东、江北，入楚（州）、海州[⑤]界，命知州张叔夜招降之。……四月庚寅，忠州[⑥]防御使辛兴宗擒方腊于清溪[⑦]。”

这里的记载，时间地点都很清楚：宋江进攻淮阳军的时间在宣和三年（1121）二月，比方腊起义稍晚，是在方腊已经攻下杭州、处州之后的激战阶段。但是关于宋江投降的时间，却含糊其辞，没有具体的日子（《东都纪事》倒是写明投降的日期是五月，但不是正史）。关于宋江投降的经过，《宋史》卷三五三《张叔夜传》中有比较详细的记载：“（叔夜）……知海州。宋江起河朔，转略十郡，官军莫敢婴（撄）其锋。声言（宋江）将至，叔夜使间者觇所向[⑧]，贼径趋海滨，劫巨舟十余，载卤（掳）获。于是募死士得千人，设伏近城，而出轻兵距海诱之战，先匿壮卒海旁，伺兵合，举火焚其舟，贼闻之皆无斗志，伏兵乘之，擒其副

---

①婺州：今浙江金华。

②吉阳军：今海南三亚市。宋开宝五年（972）设崖州，宋政和七年（1117）改崖州为吉阳军。军，是宋代的行政区划之一。宋至道三年，分天下为十五路，后又增加三路，共十八路。路相当于现在的省而略小，路下面又分府、州、军、监。吉阳军、淮阳军以及《水浒》中写到的无为军，都是小于州府的城镇，而且是驻军的地方，一般都有“节度使”坐镇。

③淮阳军：宋代的淮阳军不是今河南淮阳，而是今江苏省的邳州（据《元丰九域志》载：太平兴国七年［982］，以徐州下邳县置军，治下邳县）。

④处州：今浙江省丽水市。

⑤楚州、海州：楚州的辖境历代不同。宋代的楚州治所在山阳（今江苏淮安，不是陕西的山阳），辖境相当于今江苏淮河以南、盱眙以东、宝应和盐城以北地区。海州故治在今江苏北部灌云县西南。

⑥忠州：治所在今四川忠县。

⑦清溪：应作青溪，县名，宋代属睦州（平方腊以后改名严州，今建德市），在今浙江淳安县（原县治已经淹没在新安江水库底下）。

⑧使间者觇所向：派遣间谍窥测（宋江等人）所走的方向。

贼，江乃降。加（叔夜）直学士[①]，徙济南府。”

以上记载，大体可信。只是关于方腊究竟被谁所擒，则各家记载出入颇大。汪师韩《谈书录》说：“擒腊者，据《徽宗本纪》以为忠州防御使辛兴宗；据《童贯传》以为宣抚使童贯；而其实擒腊者乃韩世忠：以偏将追至青溪峒，问野妇得径，渡险数里，捣其穴，格杀数十人，擒腊以出。辛兴宗掠其俘为己功，故赏不及世忠。此事在《韩（世忠）传》……”查《宋史·韩世忠传》，果然有这样的记载：“方腊反，世忠以偏将从王渊讨之。时有诏：能得腊首者，授两镇节钺。世忠穷追至睦州青溪峒，问野妇得径，即挺身仗戈直前。渡险数里，捣其穴，格杀数十人，擒腊以出。辛兴宗领兵截峒口，掠其俘为己功。”——同一部《宋史》，居然有不同的记载，也算是一大怪事！

《宋史·徽宗本纪四》中这一段记载分明说：张叔夜在连云港南面的海州当知州的时候，宋江等人在黄河的北边起兵造反（时间是宣和三年二月），占领了十个郡，官军不敢抗拒。听说宋江等人将要到海州来，张叔夜派出探子探听宋江等人所走的方向。得知贼兵涌到海滨，劫掠了十几只大船，用来装载掳掠的物资。于是招募并组成一支有一千人的敢死队，在城边和海边埋伏，然后派出一支尖兵去诱敌。等到宋江等人上岸作战，张叔夜派人把他的船都烧了。贼兵没了退路，失去斗志。这时候伏兵乘胜攻击，擒住了宋江的副手，终于在海边逼降了宋江。张叔夜因功加“直学士”的头衔，升为济南府知府。

宋江于宣和三年二月“犯淮阳军”，接着又犯京东、江北，入楚（州）、海州界，时间不可能依旧是二月，再加上作战、诱捕，总需要一两个月时间，而到了四月，方腊的乌合之众已经全军覆没了。

从这一段记载中可以看出：这个宋江，似乎只是一般的草寇、流

---

①直学士：古代“直”通“值”，“直学士”指在某“阁”入值。宋代的皇家有十三座馆阁，如龙图阁、宝文阁等，用来存放皇帝的书画及皇家重要文献等物，配置学士、直学士、待制、直阁等人员。前三种名义上为皇帝出入馆阁的侍从，以备顾问；后一种不具顾问资格，是单纯的虚衔，只增加荣显的身份，表示皇帝给予的恩宠，也可以花钱购买。

寇，也没有什么雄才大略。

关于宋江等三十六人在宣和三年春被迫投降的记载，除了史籍的记载之外，还可以从“诗集”中找到旁证。

北宋末年，有一个叫作李若水（1093—1127）的爱国抗金名臣，字清卿，广平府曲周县（广平府现为县，与曲周县同属河北省邯郸市）水德堡村人。靖康元年（1126），钦宗继位，他的职位是太常博士。“既而使金，迁著作佐郎。使还，擢尚书吏部侍郎兼权开封府尹”。靖康二年（1127），金兵大举南侵，李若水和徽、钦二帝同时被俘。他怒斥金国大太子粘罕不讲信义，粘罕见李若水忠勇可嘉，想收买留用，许以高官厚禄，李若水大义凛然，骂不绝口。粘罕大怒，命人割下李若水舌头。李若水不能再骂，就怒目而视，以手相指，又被挖目断手，最后壮烈殉难，年仅三十五岁。南宋高宗即位后，下诏追封他为观文殿学士，谥忠愍。著有《忠愍集》三卷。

这个年轻的忠良勇士，徽宗宣和四年（1122），在他担任大名府元城县（大名府治所所在地，即今河北省大名县）县尉期间，曾经写下一首题名为《捕盗偶成》的诗：

去年宋江起山东，白昼横戈犯城郭。
杀人纷纷翦草如，九重闻之惨不乐。
大书黄纸飞敕来，三十六人同拜爵。
狞卒肥骖意气骄，士女骈观犹骇愕。
今年杨江起河北，战阵规绳视前作。
嗷嗷赤子阴有言，又愿官家早招却。
我闻官职要与贤，辄啗此曹无乃错[①]。
招降况亦非上策，政诱潜凶嗣为虐。

---

①这首诗，押的是入声韵。“错”在现在一律读去声，在古代分“去”“入”两声：在“错综复杂”中，“错”读入声。至今，吴语方言中仍这样分。

不如下诏省科繇，彼自归来守条约。

小臣无路扪高天，安得狂词裨庙略。

这首诗收在他的《忠愍集》第二卷中。诗中的前八句明确而形象地说明：宣和三年，宋江和他的弟兄们“起山东”“犯城郭”“杀人纷纷”之后，得到“黄纸飞敕”的招安赦书，于是“三十六人同拜爵”，都当了官儿，还曾让他们的“狞卒”骑着“肥骖”意气风发地接受检阅或者列队上街，让旁观的士女们大为惊骇。至于后面的四句，则是说宣和四年，河北又有一个叫“杨江”的，也像宋江一样杀人放火，老百姓希望朝廷也像招安宋江一样招安他们。最后面的八句，则是作者的感叹：招降不是上策，让这些凶顽之徒来当官，还不如少征课税、徭役，让老百姓能够活下去，等等。

说来有趣，发现这首诗的，竟是一个远在美国的华人，时间则在“文革”之后。因为在“文革”末期的“全民评《水浒》运动”中，大批宋江是“投降派”，于是“文革”之后许多海外学者就来做“反面文章”，否定《宋史》中宋江投降的记载，声称“宋江并没有投降过”。宋史专家派学生到北京图书馆找到了《忠愍集》第二卷中的这首诗，并且肯定这首诗不是伪造。于是，“宋江曾经投降”终于得到了肯定。

但是，宋江等人投降之后，究竟做了什么官？去了哪里？历史上并没有记载。比较可靠且也能被史学家所认同的，是宋江等人虽然投降了，但是或者没有得到重用，或者匪性不改，终于在宣和五年（1123）左右第二次造反，最后还是被朝廷派兵镇压下去了。

持此观点的根据是：1939 年，陕西省府谷县出土了一块宋代人范圭写的《折（shé）可存墓志》（全名《宋故武功大夫河东第二将折公墓志铭》，作者范圭是折可存的女婿）。原石现仍保存在西安碑林。府谷县在宋朝叫作府州，属于河东路。墓志文字不短，其中有这样一段：

宣和初元，王师伐夏，公有斩获绩，升阁门宣赞舍人。方腊之叛，用第四将从军。诸人藉才，互以推公，公遂兼率三将兵，奋然先登，士皆用命。腊贼就擒，迁武节大夫。班师过国门，奉御笔："捕草寇宋江"。不逾月，继获，迁武功大夫。

这块墓志铭，经专家考据，第一不是伪造的，第二所列事迹（先从军征方腊，后奉命擒宋江）也不是故意夸大。因此，可以得出"宋江投降以后，复叛，被剿灭"这样的结论。

"折"这个姓氏，现在可能已经没有了。据《折姓起源》载，折氏家族是中国南北朝北魏鲜卑皇室拓跋氏后裔（一说为匈奴族折兰氏的后代），封地在今陕西府谷县、山西保德县之间，黄河河西折曲（折屈）一带。古代贵族以封地为氏，所以称折氏（折屈氏）。隋唐后，折氏融合于当地党项民族之中。折氏祖籍云中（即古云中，今大同以西、河套以东、北逾阴山、南至陕晋两省边缘），远祖折华。党项族，是隋唐时期部分羌族为拓展生存空间东进陕甘蒙晋地域并融合其他当地民族演化形成的新民族。折姓族人聚居于陕晋边一带，自唐、五代、宋，折家都是将门豪族，世代统领番兵。《宋史·折德扆传》说他"独据府州，控扼西北"。

今天的中国，为什么姓"折"的人没有了？原因是后来改为同音字"佘"了。大家很熟悉的《杨家将》中的"佘太君"，并不姓"佘"，而是姓"折"，原名折赛花，曾祖父折嗣伦、祖父折从阮、父亲折德扆（《宋史》中有传）、弟折御卿，以及后世的折惟昌、折继闵、折克行、折可适、折可存等都是名将。

关于宋江的故事，清人王士祯[①]《居易录》卷二十四中说：

宋张忠文公叔夜，招安梁山泺榜文云："有赤身为国，不避凶锋，拿获宋江者，赏钱万万贯，双执花红；拿获李进义者，赏钱

---

① 王士祯（1634—1711），原名士禛，字子真、贻上，号阮亭，又号渔洋山人，人称王渔洋。新城（今山东桓台县）人，清初杰出诗人。博学好古，能鉴别书、画、鼎彝之类，精金石篆刻，诗为一代宗匠，与朱彝尊并称。

百万贯，双花红；拿获关胜、呼延绰、柴进、武松、张清等者，赏钱十万贯，花红；拿获董平、李进者，赏钱五万贯，有差。”今斗叶子戏，有万万贯、千万贯、百万贯、花红递降等彩，用叔夜榜中语也。

文中的“梁山泺”，就是梁山泊。古代“泺”“泊”同音同义，属于异体字。如今“泺”读 luò，只用于地名“泺水”（在山东省）。

叶子戏，据欧阳修《归田录》载，出现于唐代中叶;《宋史·艺文志》有《叶子格》三卷。此戏盛行于元明清，本名“马掉脚”，也叫“马吊”或“和（hú）牌”，是麻将的前身。和牌每副四十叶（三十六人之外，加上柴进、扈三娘、樊瑞和朱武），每叶约二寸长、半寸宽，背面黑色（也有长三寸、宽一寸半的“大牌”）。后期的和牌，正面各画《水浒》中人物，从宋江到徐宁共四十人，所以也叫“水浒叶子”。牌面分为“十万贯、万贯、索子、文钱”四门，自相统辖：万贯、索子从一到九，各九叶；十万贯从二十万贯到万万贯共十一叶；文钱一门，以“空汤”为至尊，“桃花”次之，下辖一文钱至九文钱，共十一叶。直到 20 世纪 30 年代，我从上海“逃难”到浙南，看到乡村中许多妇女儿童都会“斗叶子”，说明它的生命力十分顽强，也说明《水浒传》影响的深远。

画“水浒叶子”最著名的画家叫陈洪绶（1598—1652），字章侯，幼名莲子，一名胥岸，号老莲，别号小净名、老迟、悔迟、悔僧等。浙江诸暨枫桥人。“水浒叶子”，是陈洪绶二十八岁那年花费四个月时间所作的一组版画精品。在这套“水浒叶子”中，他栩栩如生地刻画了从宋江至徐宁凡四十位水浒人物。陈洪绶大量运用锐利的方笔直拐，线条的转折与变化十分强烈，能恰到好处地顺应衣纹的走向，交代人物的动势。线条比较短促，起笔略重，收笔略轻，清劲有力。这套水浒人物叶子一出世，不仅民间争相购买，而且博得了一班文人画友的交口称赞。明末，陈老莲的“水浒叶子”遍传天下，以致后世绘写水浒人物的画工很难脱出他的窠臼。

所谓“叶子”不单是牌戏，而且还是一种与酒筹、酒令相类的东西。把水浒人物用白描的艺术形式设计在酒牌上，注有“××饮”，谁摸到了这张牌，谁就应当喝酒。

陈老莲的“水浒叶子”还用题赞来歌颂所画的水浒人物。如题宋江为“刀笔小吏，尔乃好义”，题李逵为“杀四虎，奚足闻，悔不杀封使君”，题武松为“申大义，斩嫂头，啾啾鬼哭鸳鸯楼”，题刘唐为“民脂民膏，我取汝曹；泰山一掷等鸿毛”等。

《宋史》卷三五一《侯蒙传》和《东都事略·侯蒙传》中也说：“侯蒙，字元功，密州高密（今属山东）人，……罢（中书侍郎）知亳州，旋加资政殿学士。宋江寇京东，蒙上书言：‘江以三十六人横行齐、魏（按:《东都事略》作‘横行河朔’），京东官军数万无敢抗者，其才必过人。今清（青）溪盗起，不若赦江，使讨方腊以自赎。’帝曰：‘蒙居外，不忘君，忠也。’命知东平府，未赴而卒。年六十八。”

这一段记载，说的是侯蒙在安徽亳州当知州的时候曾经上书徽宗，认为宋江能够以三十六人横行齐、魏（或河朔），必定是个大能人，建议赦免他的罪过，让他带兵去征方腊。传中没说皇帝是否同意他的建议，却为此把他升为东平府的知府。这里值得注意的有两点：第一，据此可知，方腊起义的时候，宋江还没有投降。这一点与《徽宗本纪四》的记载相同。第二，历史记载，方腊于宣和二年秋冬之交起义，三个月时间，占领了睦州[①]、杭州等七州四十八县，宣和三年四月兵败被俘。

方腊起义军，是一群一哄而起又一哄而散的乌合之众，从起事到灭亡前后一共不过半年多时间。事实上，宋徽宗是同意侯蒙的建议的，让他到东平府去当知府，可能有其深意：如果按《水浒传》的描写，宋江等人的老巢在山东梁山泊，应该就在东平府的管辖之下，让他到东平府当知府，似乎有让他就近主持招安事宜的意思；但是按正史的记载，只说宋江以三十六人横行齐、魏（或河朔），没有具体的地点，估计可能属于流寇一类，那么徽宗任命侯蒙到东平府去当知府，就是巧合了。《水浒传》把山东的梁山泊作为宋江等人的老巢，很可能也和这一记载有关。事实上，一方面是侯蒙没有到任就死了（已经是六十八岁的老人），一方面即便等他到任，再去招安，方腊起义也早已经平息下去了。

以上是正史的记载，野史记载还很多。如李埴的《十朝纲要》，宋代陈均的《九朝编年备要》和徐梦莘的《三朝北盟会编》，以及《续资治通鉴长编纪事本末》等史书，也都有类似的记载。这里不再引述。

宋江等人投降是事实，可以不用怀疑。但是他们投降之后干什么去了？只有《大宋宣和遗事》讲述宋江故事的末尾有一句：因“收方腊有功，封节度使”。《三朝北盟会编》则在卷五十二引《中兴姓氏奸邪录》中提到：“宣和二年，方腊反睦州，陷温、台、婺（金华）、处（丽水）、杭、秀（嘉兴）等州，东南震动。以（童）贯为江浙宣抚使，领刘延庆、刘光世、辛企（兴）宗、宋江等军二十余万往讨之。”又在卷二一二引《林泉野记》提到：“宣和二年，方腊反于睦洲（州），（刘）光世别将（统帅）一军自饶（今江西鄱阳县）趋衢、婺，出贼不意，战多捷。……腊败走清（青）溪（帮源）洞，光世遣谍察知其要险难易，与杨可世、宋江并进，擒其伪将相，送阙下。”但是，一者都是野史，二者也都没有写明是哪一个月。

---

①睦州：今浙江建德市，下辖淳安县，宋代为青溪县，是方腊起义的根据地。宣和三年方腊起义失败以后，睦州改名严州。

此外，宋人方勺的《泊宅编》《青溪寇轨》，宋人杨仲良的《通鉴长编纪事本末》，宋人李埴的《十朝纲要》等书，都提到宋江曾经在宣和二年或三年去浙江征方腊。——宣和二年宋江还没投降，怎么去征方腊？这一资料，可以大胆否定。宣和三年的史料，需要进一步探讨。

宋江征方腊的故事，肯定是不存在的。宋江投降的时间和方腊覆灭的时间在正史有详细记载，让宋江去征方腊，时间上有冲突。即便朝廷有这个意思，时间也来不及了：宋江还没出兵，方腊起义已经失败。此外，《大宋宣和遗事》是民间艺人“讲史”的文学书，不是正统的历史书。《宋史》中分明记载着生擒方腊的将军是宋代名将韩世忠，说明平方腊战役和宋江并没有什么关系。

《东都事略》卷十一《徽宗纪》说：“宣和三年二月，方腊陷楚州。淮南盗宋江犯淮阳军，又犯京东、河北，入楚、海州。夏四月庚寅，童贯以其将辛兴宗与方腊战于青溪，擒之。五月丙申，宋江就擒。”这里分明说宋江投降（就擒）的日子，是在方腊被擒以后的一个月，当然不可能也不需要他去征方腊了。唯一遗憾的是《东都事略》不是“正史”，“可信度”不免要差一些。

有人怀疑，宋江投降后被杀。如洪迈[1]的《夷坚乙志（六）·蔡侍郎》中说：“宣和七年，户部侍郎蔡居厚罢，知青州，以病不赴，归金陵，疽发于背，卒。未几，其所亲王生亡而复醒，（说在阴间曾）见蔡受冥谴，嘱生归告其妻云：‘今只是理会郓州事。’夫人恸哭曰：‘侍郎去年帅郓时，有梁山泺贼五百人受降，既而悉诛之，吾屡谏，不听也。……’”有人据此认为，所杀的就是宋江等人。

按《夷坚乙志》成书于乾道二年（1166），离宣和六年（1124）不过四十余年，尽管所述故事是道听途说，而且“冥谴”之说也荒诞不

① 洪迈（1123—1202）：宋代学者，鄱阳（今江西波阳）人，号容斋，博览经史百家，对宋代的掌故特别熟悉，孝宗时任端明殿学士。著有《容斋随笔》及《夷坚志》等。

经，属于“小说家言”，不过“杀降”一事大概不是虚构的。但是时间上有出入：宋江投降，是宣和三年间事；蔡侍郎招降“梁山泺贼五百人，既而悉诛之”，是宣和六年间事。如果宋江确实是宣和三年投降的，地点也确实在山东梁山泊，那么在宣和六年间投降后被杀的，只能是另一支盘踞在梁山泊的土匪。也有人据此推测说：宣和三年投降后的宋江，命运不会比宣和六年投降的“梁山泺贼五百人”更好。——但是，推测终究不是历史。

总之，宋江等人投降之后，除了基本上可以肯定“再次反叛、被剿灭”这个大前提之外，具体到三十六人的每一个人结果如何，已经无法考证了。《聚学轩丛书》第五集第十二册《集学轩札记》中说：“淮南盗宋江等三十六人，横行河朔，为张叔夜击败而降，后皆无表见，惟关胜为刘豫杀于济南。”《宋史》中也有相关的记载：“刘豫降金，杀其骁将关胜。胜不从逆故也。”

按：刘豫（1073—1146）是个投降金兵的汉奸，景州阜城（今属河北）人，字彦游，元符进士（进士考试在乡试的第二年，因此应该是元符三年，即1100年）。政和二年（1112）拜殿中侍御史，曾被言事者揭发他早年有偷盗行为，不过宋徽宗赵佶没有予以追究。但不久他又多次上奏涉及礼制局的事务，引起宋徽宗不满，被降职。宣和六年（1124）出任河北提刑。金军大举入侵，他弃官逃走。南宋高宗建炎二年（1128），由枢密使张悫推荐出任济南知府。当时，山东到处都是抗金武装和盗贼，局势很不稳定。他要求改到江南任职，被南宋朝廷拒绝，不得已只得上任。不久，金军攻济南，济南城中有猛将关胜，善用大刀，多次出战击退金军。刘豫在金军利诱之下，杀害了关胜，出城投降。金军封他为京东西淮南安抚使。1129年，完颜宗弼又封刘豫为东平知府兼诸路马步军都总管，节制河外诸军，封他儿子刘麟为济南知府，实际上已经把金军控制下的黄河以南所有地盘都交给了他，金将完颜挞懒则屯兵要地进行监视和支援。

从“猛将关胜，善使大刀”以及时间上推算，这个关胜很可能就是投降朝廷被安排到济南当武官的梁山好汉大刀关胜，所以《集学轩札记》中才有这样的记载。查《金史·刘豫传》，其中有这样的记载："关胜者，济南骁将，屡出城拒敌，豫杀胜出降。"又明代诗人王象春①在其诗集《齐音》中说："金兵薄（迫近）济南，守将关胜善用大刀，屡战兀术。金人贿刘豫诱胜杀之。"只是，无法证明此济南守将关胜即当年梁山泊的大刀关胜。如果正是此人，倒也算没有辱没了他的先人。

《宋史》称宋江为"淮南盗"，这有两个概念：一个指他是淮南人，一个指他在淮南开始"作乱"。从上下文及其他记载看，他在淮南开始作乱的可能性更大一些，但不一定就是淮南人。因为古代记载"匪情"，主要指发生的地区，至于"匪首"是哪里人，并不十分重要。

关于宋江"横行"的地区，史书上一说是"河朔"，一说是"齐、魏"。河朔，"河"指黄河，"朔"指北方，也就是泛指黄河以北的广大地区。齐，是山东北部和河南东南部；魏，是河南北部、陕西东部、山西西南部和河北北部。因此"河朔"和"齐、魏"的含义相差不是很大。从"淮南盗宋江等犯淮阳军，遣将讨捕；又犯京东、江北，入楚、海州界"这句话分析，意思是"原先盘踞在淮南（不一定是淮南人）的匪盗宋江等人进攻淮阳军，派军队去征剿，宋江等人又窜到京东（开封以东地区，今山东东部宋代属于'京东东路'，山东西部包括梁山泊地区宋代属于'京东西路'）和长江以北，到了江苏省北部的楚州、海州地区"，分明没有到过"河朔"或"齐、魏"，最后也是由在苏北的海州知州张叔夜招降的。

---

①王象春（1578—1632）：明代诗人，字季木，号虞求，别号山昔湖居士，新城（今山东淄博市桓台县新城镇）人，后居济南。出身于仕宦之家，是清初文学家王士祯的从祖。自幼聪慧好学，神宗万历三十八年（1610）中进士，位居榜眼。曾任顺天府乡试同考官，官至南京吏部考功郎中。终因刚直而免官归田。居济南时，于大明湖百花洲上筑问山亭，有《问山亭集》传世。所作《齐音》107首，又名《济南百咏》，咏颂的是济南的山水泉湖、名胜古迹、节令风俗、神话传说、历史人物、社会现象诸方面。书中所收的每一首诗均为七言绝句，每首诗之后附有笺注，或说明本事，或作辨证，以抒发诗中不尽之意。

如果此说正确，可见宋江是“淮南盗”，而不是“山东及时雨”，据点在江苏北部，而不在“梁山泊”。

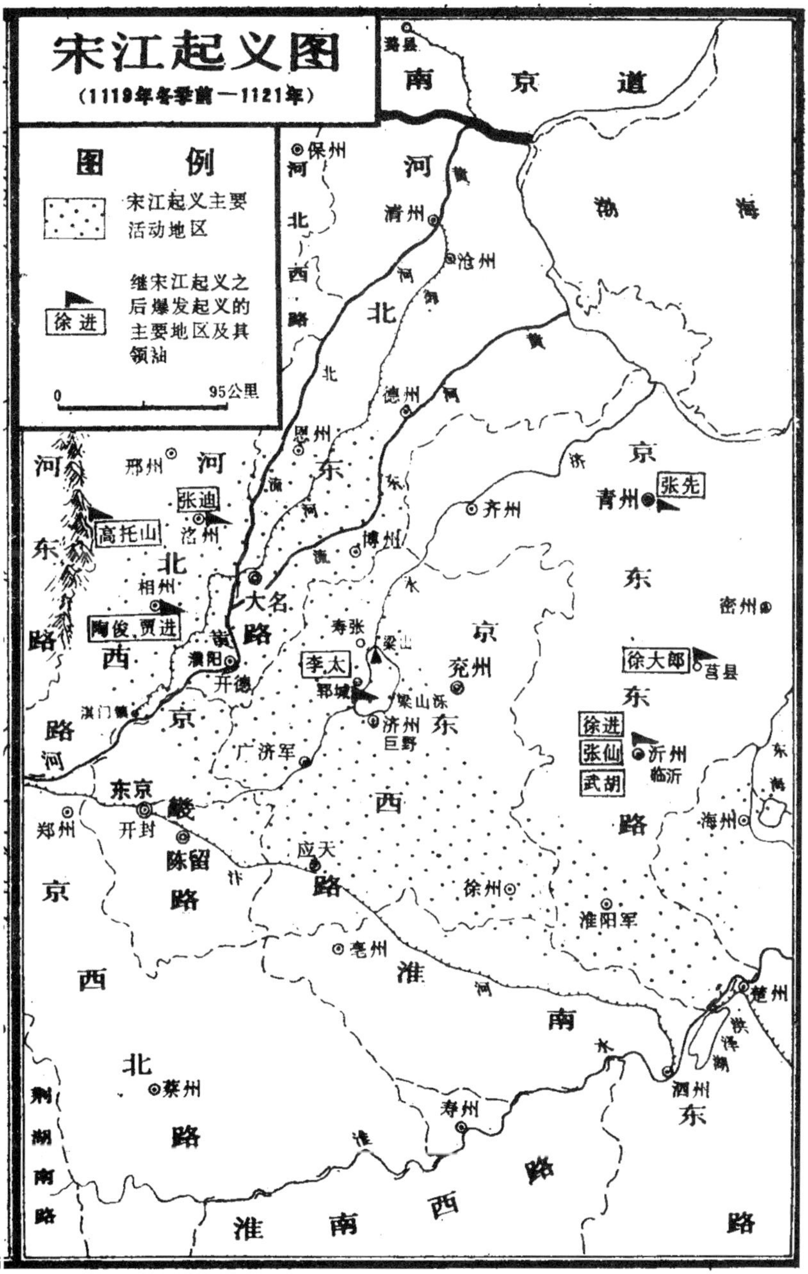

有野史记载：宣和三年初，宋江曾被沂州（今山东临沂）知州蒋园所败。二月南下攻淮阳军，入楚州、海州界，在沭阳被县尉王师心所败。再攻海州，中了知州张叔夜的埋伏，无奈投降。

上页这张“宋江起义图”，转自郭利民编制的《中国古代史地图》（湖南师范大学1958年3月印刷的内部资料，无书号），虽然所根据的资料比较陈旧，但至少可以比较清晰地看到宋江等人的活动地区，尽管也包括“梁山泊”，却没有肯定梁山泊是他们的据点。海州、楚州、淮阳军的地理位置也比较清楚，可供参考。

小结：宋江等人历史上曾经有过，但只有三十六人，而不是一百单八将。他们的活动据点在淮南，而不是在山东；也可能是“流寇”，根本就没有活动据点。宋江等人的确被逼降了，时间和方腊覆灭被捕接近或稍后，降后情况正史无记载，但可以确认的是：第一，绝对没有去征方腊；第二，降后复叛，被朝廷剿灭。至于《水浒传》中写的征辽、平田虎、平王庆，则是没有历史根据的杜撰。

三、《水浒传》的时代背景

作者写一部书，首先要弄清楚主题的时代背景，不然，就按不准时代的脉搏，会游离于时代主流之外；读者评价一部作品，也首先要弄清楚书中人物的时代背景，不然，也会按不准时代的脉搏，不知道这些人的所作所为究竟对国家、民族、社会、百姓有利还是有害。

《水浒传》的时代背景是北宋末年。尽管宋代的中原和江南地区，对比周边的少数民族地区而言，已经具备了比较先进的工农业生产力，特别是出现了极尽奢侈的皇家花园、巍峨的宫廷建筑、繁华的城市和相当有成就的文学艺术作品，而且宋徽宗赵佶本人就是一个书画名家；但是无可否认的是，所有这些辉煌和繁华，都是建筑在人民的贫穷和苦难之上的，而皇家的奢侈富有也不等于国力强大。宋徽宗在位的二十五年

（1101—1125），正是中国人民内忧外患最严重的时代。北宋所处的地理环境，版图是中国历史上最小的，军事力量也很弱，被称为“宋鼻涕”；北面是强敌辽、金，时时侵犯疆界。到了宋徽宗时代，金兵大举入侵，最后甚至把徽、钦二帝掳走，迫使宋室南迁，在临安偏安一隅。北宋末年的宋徽宗时代，国内的政治环境，基本上是“君昏臣奸”，苛捐杂税极重，巧立名目，民不聊生，百姓身受多重压迫，那是一个百姓大众接近于在死亡线上挣扎的时代。这和表面的繁华、文学艺术的灿烂，形成极大的反差。

下面我们根据历史教科书上的资料来编写一段简介，看看宋徽宗时代的朝政是什么样子的（由于提到的人名颇多，就不一一注释了）。

元符三年（1100）正月，宋哲宗赵煦病死。虽然他死的那一年才二十五岁，可是他已经做了十年皇帝了。历史上，凡是“儿皇帝”临朝，实际政权不是掌握在母后的手中，就是被大臣所操纵。二十五岁的青年皇帝，刚刚懂得一点儿“治国之道”，“亲政”才几年，却又因为纵欲过度，酒色伤身，提前“宾天”了。由于赵煦身后没有儿子，竟连“儿皇帝”也立不成。宰相章惇主张依照传统礼仪和律法，立赵煦的同母弟简王赵似为帝，否则，也当立长弟申王赵佖。但是向太后（宋神宗赵顼的皇后）因为自己没儿子，赵顼的几个儿子都是庶出（哲宗赵煦是神宗赵顼的第六个儿子，朱皇后所生）；赵佖又患有目疾，不便于处理朝政，被排除在外，于是她就主张立赵煦的另一个弟弟端王赵佶为帝。

赵佶（1082—1135）是宋神宗赵顼的第十一子，陈皇后所生。哲宗即位，封赵佶为遂宁郡王。绍圣三年（1096），晋封端王。元符三年，刚刚满十八岁。

赵佶是个极聪明的人，爱好书法和绘画，还特别喜欢踢球。从他后来宫廷中有那么多的嫔妃，居然还要嫖妓女李师师来看，在“好色”上也有“突出表现”。用今天的话来说：凡是吃喝玩乐的事儿，他都喜欢，就是不懂得政治。也就是说：他是个只知道“玩儿闹”、不喜欢也不懂得怎样治理国家的风流子弟。所以，章惇给出赵佶“轻佻，不可以君

（临）天下”[①]的评价，应该说是正确的。但是向太后在曾布、蔡卞、许将等执政的支持下，终于立赵佶为帝。这就是宋徽宗。——这个“风流皇帝”，书画俱佳，但的确不是一个好皇帝。

十八岁的赵佶即位以后，向太后“权（暂时）同处分军国事”，在幕后操纵朝政。早在神宗在世的时候，向太后就是守旧派，这一次当政则立即任命守旧派人物韩琦的长子韩忠彦为执政，不久又将其升任右相。而左相章惇和执政蔡卞等人则相继受到攻击：蔡卞首先被贬任知府，同时恢复一批被贬的守旧派官员；当年七月，反对立徽宗为帝的左相章惇被罢职，由韩忠彦升任左相，曾布升任右相。

当时守旧派和变法派的斗争一天天激化，新旧党争愈演愈烈。建中靖国元年（1101）十一月，邓洵武攻击左相韩忠彦，并推荐蔡京为相，得到执政温益的支持，被徽宗所采纳。

蔡京（1047—1126），字元长，兴化军仙游（今属福建）人。熙宁三年（1070）进士及第，先为地方官，后任中书舍人，改龙图阁待制、知开封府。蔡京是个政治投机者。王安石变法时期，他拥护变法改革。元祐元年（1086），司马光任宰相，下令废罢王安石推行的新法。蔡京又附和司马光积极推翻新法，按照限令于五日内在开封府所属各县全部改募役为差役，受到司马光的称赞。绍圣元年（1094），年满十八岁的哲宗亲政，蔡京任权（暂代）户部尚书，力助宰相章惇重行新法。

徽宗即位后不久，蔡京受守旧派攻击被夺职，闲居杭州。爱好书画的宋徽宗派宦官童贯到杭州访求书画，蔡京趁机勾结童贯，以书画达于禁中，得以重新起用。蔡京擅长书法，逐渐受到爱好书画的宋徽宗赏识。邓洵武、温益知道徽宗将要重用蔡京，都力荐蔡京。崇宁元年（1102）五月，左相韩忠彦首先被贬任知府，蔡京升任执政。随后右相曾布也被贬任知州，蔡京升任右仆射兼门下侍郎（右相），不久又升为左相，“独相”达三年之久。

蔡京善于阿谀奉迎，曾先后四次任相，共十七年。他与宦官童贯、

---

①见《宋史》卷二十二《徽宗纪·赞》。

杨戬、梁师成、李彦，权臣王黼、高俅、朱勔等人把持朝政，竭全国之财，供宋徽宗挥霍。设应奉局和造作局，大兴花石纲之役；建造延福宫、艮岳，耗费巨万；设“西城括田所”，名副其实地大肆搜括民田；为弥补财政亏空，尽改盐法和茶法，铸“当十”大钱，币制混乱不堪，弄得民怨沸腾，民不聊生，给北宋人民带来极大的灾难。史家称蔡京是北宋最腐败昏庸的宰相之一。北宋末年，太学生陈东上书，称蔡京、童贯、朱勔、李彦、王黼、梁师成为六贼，蔡京为“六贼之首”。靖康元年（1126），宋钦宗赵桓即位后，蔡京被贬岭南，途中死于潭州（今湖南长沙）。

徽宗时期，始终是蔡京及其党羽的天下。他们打着改革的旗号，排斥异己，打击反对者。崇宁元年九月，首先把元祐（1086—1093）及元符三年恢复旧法的文彦博、司马光等120人，称为元祐奸党、元符奸党，刻石于端礼门（文德殿南门）。又复查元符三年三月向太后执政时期“下诏求直言”应诏者所上的书奏，被查者达582人，其中有蔡京的党羽41人都得到了升官重用，其余541人则分别受到贬逐或降、免官职的处分。

被当时人称为“六贼”的蔡京、王黼、童贯、梁师成、朱勔、李彦，形成以蔡京为首的腐朽统治集团，蔡京、王黼先后任首相或太师、太傅，依靠宦官童贯、梁师成，以朱勔、李彦为爪牙，控制着整个徽宗时期的朝政，逢迎昏君宋徽宗，使北宋末期成为中国历史上政治最黑暗腐朽的时期之一。

蔡京等人打着推行新法的旗号，收受贿赂，公开卖官鬻爵，无恶不作。当时有“三千索[①]，直（值）秘阁；五百贯，擢（升任）通判”[②]的民谣。他们巧立名目，增税加赋，搜刮民财，强行征收苛捐杂税，积累了大量财富，“今泉币所积盈五千万，于是铸九鼎，建明堂，修方泽，立

① 索：“索”是由名词转变而来的量词，一索就是一贯。后来的麻将牌中仍沿用。

② 见朱弁《曲洧旧闻》卷十。

道观”[①]，大兴土木，不仅在宫城之北建筑稍小于宫城的延福宫和规模更大的艮岳，还乘机利用搜刮来的民财大修各自的豪华宅第。为了阻止其他官员的议论，诏书也不依“中书省草拟、门下省复核、上奏后颁行”的正规途径拟发，而是请徽宗亲笔书写后立即颁行，称为“御笔手诏”，甚至让宦官杨球代书，号称“书杨”，以达到他们任意胡作非为的目的。

蔡京当政，重用苏州人朱勔主持苏州应奉局、杭州造作局，年复一年地强取民间奇花、异木、怪石以充实艮岳。当时由十艘左右大船组成的每一支运输船队，都可以称为“纲”，而大量江南花石竹木由船队经运河、黄河运往都城开封的行为，则称为“花石纲”。由于抢夺来的花石竹木数量太多，络绎不绝的花石纲船队，致使运河航道不畅而不得不部分改用海运。应奉局的官吏在抢夺民间花石竹木的时候，乘机敲诈勒索，逼得民户拆房毁屋，甚至卖妻鬻子，倾家荡产，民怨沸腾，终于爆发了规模巨大的方腊起义（方腊起义的口号之一，就是“诛朱勔”）。

徽宗初年，宦官杨戬先设“稻田务”，开始在汝州（今属河南）立法，清查可以种稻的田地，收索民户田契，辗转向上追查，直到无契可证，就把超出原始田契的土地称为“公田”，将原本拥有土地的种植户（包括地主和自耕农）立即变为佃户，必须交纳“公田钱”。这一“高招”继而推广到黄河中下游及淮河流域。又设“营缮所”，专门检括公田。后来“稻田务”和“营缮所”合并为“西城所”，把所有荒地废田都作为“公田”，强令百姓承佃，交纳公田钱。宣和三年（1121）杨戬死后，宦官李彦继任，更为凶狠残暴，凡是民间的好田，都指使他人诬告为荒田，田主有地契也没用，立即“括”为公田。甚至鲁山（今属河南）全县的农田都被括为公田，原业主只能作为佃户。许多投诉者反被拷打，甚至受刑致死。浩渺数百里的梁山泊，本是济州（今山东巨野）、郓州（今山东东平）数县沿湖渔民赖以生存的命根子，也被按船强行收取赋税，逃税者按盗匪处罪。在李彦及其党羽的摧残之下，北方也是民

---

①见《宋史》卷四七二《蔡京传》。

不聊生，小规模的官逼民反不断发生。

宋朝的版图最小，北边的疆界，所谓的“三关”，就在今天河北省的霸县一带。霸县以北的地区，包括今天的北京、天津、蓟县，也就是当年的“燕云十六州”，都在公元936年被后晋的开国皇帝石敬瑭为了自己当皇帝而主动送给契丹，即辽国的祖先了。赵匡胤建立大宋朝，没有倾全力把石敬瑭送出去的领土收回来，是一大失着。

辽天庆五年（北宋徽宗政和五年，1115年），女真人势力增强，完颜阿骨打建立了国家，称皇帝（金太祖），国号金，年号收国，并在当年大举进攻辽国，节节获胜，进据东京①、黄龙②，占有辽东、长春两路。辽国在边地州城多年储备的粮饷，也都为金人取得。1117年，阿骨打建号大圣皇帝，改元天辅，遣使与辽议和。金对辽提出的条件是：辽册金帝为大金大圣大明皇帝，称兄，岁输银绢二十五万两（匹），割辽东、长春两路土地。辽国答应册立阿骨打为东怀国皇帝，不称兄，其余一切照办。阿骨打不允。1120年（宣和二年，也就是梁山好汉们排座次的那一年），阿骨打亲自率军进攻辽国上京（今内蒙古巴林左旗林东镇南

---

① 东京：今辽阳。辽国实行“五京”制，共有上京、中京、东京、南京、西京五个京城，其中上京为“皇都”，其余四个为“陪都”，具体地点历史上有变迁。辽太祖神册三年（918）建国，修建皇都。会同元年（938），辽太宗名皇都为上京，设临潢府（今内蒙古巴林左旗林东镇南郊）。辽太祖灭渤海，建东丹国。天显三年（928），辽太宗迁渤海居民于东平郡，升号南京。天显六年（931），废东丹国，于南京设中台省。会同元年，得后晋石敬瑭所献“燕云十六州”地，升幽州为南京幽都府（今北京），原南京改称东京辽阳府（今辽宁辽阳）。上京、东京、南京于同年设立，合称三京。统和二十五年（1007），辽圣宗在奚王牙帐建立新都，号中京大定府（今内蒙古赤峰市宁城县大明镇），与原三京合称为四京。开泰元年（1012），改东京幽都府为析津府。重熙十三年（1044），辽兴宗升大同军为西京大同府（今山西大同）。从此，辽国有了五京。五京是辽国五个地区的统治中心，各领有军州府县，故又称五京道。

② 黄龙：辽国设置的一个府，故址在今吉林省农安古城（周长3.5公里，尚存门址残迹七处）。据《辽史·地理志》：“黄龙府，本渤海扶余府。太祖平渤海还，至此崩，有黄龙见，更名。”由于岳飞有“直捣黄龙”的名句，因此有人误以为黄龙是辽国的国都，其实黄龙从来就不是辽国的都城。

郊），上京留守投降。辽国天祚皇帝逃去西京（今山西大同），辽国郡县失去近半数。

1124年冬，辽国天祚皇帝从夹山出兵，南下武州，遇金兵，溃败。辽国将领大多率部降金。1125年正月，天祚帝经天德军过沙漠西逃。二月在应州被金兵俘虏，在金朝被囚一年多后病死。

契丹从公元916年建国至天祚帝被俘，凡二百零九年，终于被金国所灭（其中间曾建有西辽，于1218年最后灭亡）。

金国取得辽国的国土以后，迅速强大起来，实际版图并不比北宋小，但是大部分地区都是“极寒边远之地”，因此并不满足，时时觊觎肥沃富饶的中原，并把“燕云十六州”作为侵略北宋的跳板。

整个宋代，北方边界和辽国、金国的战事连年不断（杨家将“守边关”的故事就发生在宋仁宗时代）。宋徽宗继位以后，看不见周遭形势的紧张，不知道把主要精力用于如何组织力量抗金，却花费了巨大的人力物力去建造一个供他个人享乐的皇家园林“艮岳”。——这也是宋国衰弱、国力不强的原因之一。

宣和二年（1120），宋徽宗也曾经派遣使臣和金国订立盟约，企图夹攻辽国。但是金国并不遵守盟约，取得辽国国土之后，立即回过头来攻打大宋领土。仅仅五年时间，到了宣和七年（1125），金军南下攻宋，宋军节节败退，直到退到了长江边。宋徽宗在位第二十五年，见形势不好，匆匆传位给赵桓（即钦宗），自称太上皇。靖康二年（1127），和钦宗一同被金兵俘虏，被押到北边囚禁，死于五国城（今黑龙江依兰）。

读小说要注意时代背景，这在今天已经是常识；但在几百年前直到今天，许多人往往只注意小说中的故事、人物和文字，连金圣叹[①]这样

---

①金圣叹（1608—1661）：文学批评家，明末清初江苏吴县人，本名采，明亡后改名人瑞，字圣叹。曾于明崇祯年间批改《水浒》，删去七十一回以后受招安、征方腊等内容，并每回写有评论。——但是以颂扬施耐庵文笔为主，看不到北宋末年激烈的社会和民族矛盾。清顺治十八年（1661），因联合士子向巡抚方国治检举当地官员吴县县令贪污，受到官官相护的陷害打击，以莫须有的“叛乱”罪被处死。

的大才子评论家尚且不能免俗，何况一般读者了。最早提出读《水浒》要注意时代背景的明眼人是王韬[①]：清光绪十四年（1888），他就在上海大同书局石印本的《第五才子书·卷首》中说："盖于时宋室不纲，政以贿成，君子在野，小人在位，赏善罚恶，倒持其柄；贤人才士，困踣流离，至无地以容其身，其上者隐遁以自全，其下者遂至失身于盗贼。呜呼！谁使之然？当轴者固不得不任其咎。——能以此意读《水浒传》，方谓善读《水浒传》者也。"

小结：宋徽宗时代，虽然文化艺术灿烂辉煌，却是一个政治黑暗、内外交困的时代。在这样的时代背景下，《水浒传》作者如果具有国家、民族意识，就应该在小说中反映人民生活的疾苦，百姓和政府尖锐的矛盾，爱国志士踊跃参加抗金斗争，等等。《水浒传》中所描写的社会面貌，虽然也有高俅、蔡京等贪官的种种劣迹，但是对照那个时代，所反映的还很不全面，很不深入。宋江投降以后，所写的"征辽"，没有历史事实作为依据，所谓的"大获全胜"完全是空穴来风，缺乏现实意义。（徽宗时虽然也有过"征辽"之举，但统兵将领是童贯、蔡攸等人，而且屡战屡败。）

四、《水浒传》的地理背景

今天的人，即便没有读过《水浒传》，也大都知道梁山和梁山泊在什么地方。但是倒退几百年、一千年，不但宋代人大都不知道梁山和梁山泊，就是明清时代，就是读过《水浒传》以后，也还是有许多人不知

---

① 王韬（1828—1897）：我国历史上第一位报刊政论家，参加过《六合丛谈》的编辑工作。1874 年在香港创办了我国近代著名的《循环日报》，撰写大量政论文章，鼓吹变法自强。著作有:《弢园文录》《瓮牖余谈》《弢园文录外编》《遁叟谰言》等（于 1883 年 5 月在香港出版，被称为我国最早的一部报刊政论文集）。

道梁山和梁山泊在什么地方，或者怀疑《水浒传》所说的梁山和梁山泊在山东。——这种情况，今天听起来、看起来似乎不太可能，甚至是笑话奇谈，但是在当年却又毫不奇怪。例如邱炜萲[①]就在《客云庐小说话》卷一《菽园赘谈·梁山泊辨》中说：

> 梁山泊不知在何处。谈者津津，坚称世间确有其地。及问其地之在何处，则又东称西指，莫定主名。大抵人情好怪，不称事理，随声附和，往往而然，不为喝破，反增疑窦，使无识者日驰情于无何有之乡，则当世之惑，而人心之害大矣。今按《宋史》，并无梁山泊，而有梁山泺。梁山泺虽为盗薮，究与宋江无涉。宋江事见《徽宗本纪》《侯蒙传》《张叔夜传》者大略相同。三十六人除宋江外，皆不著姓名，更何有于梁山泊，其属杜撰可知。若梁山泺事，见诸《蒲宗孟传》，言梁山泺多盗，宗孟痛治之，虽小偷必断其足。盗虽衰止，而所杀甚多云云。微论与江无涉，且宗孟为神宗朝人，其去徽宗朝亦越数十年也。作者随手扭捏一梁山泊地名，亦犹《三国演义》之落凤坡，本无心于牵合，谈者求其地以实之，不得，或遂指梁山泺为梁山泊，如今时四川之有落凤坡者，究未可知。要为齐东野人之言[②]，非大雅所宜出也。

为什么《水浒传》流传到了清朝末年、民国初年，好几百年过去了，还会有大学问家出来质疑“世界上有没有梁山泊”这样奇怪的事情？难道今天山东省没有梁山和梁山泊吗？

---

①邱炜萲（1874—1941）：号菽园居士、啸虹生，福建海澄人。光绪十九年（1893），十九岁即考中举人，曾参与“公车上书”，是康有为的“拜门弟子”。工诗文，尤好作小说，著有《客云庐小说话》《菽园赘谈》《五百洞天挥麈》《挥麈拾遗》《新小说品》《菽园诗集》《啸虹生诗草》等。

②齐东野人之言：齐东，指齐国的东部。野人之言，指乡下人的话，比喻荒唐而没有根据的话。出自《孟子·万章上》：“此非君子之言，齐东野人之语也。”

话说，山东以前并没有梁山县。现在的梁山县，是1949年8月建立的。在这个梁山县境内，的确有一座梁山。但那是一座只有海拔197.2米的小山丘，既不高大，也不雄伟，更没有什么险滩关隘可守，绝不像《水浒传》中说的那样：四面是高山，中间是平地，建有宛子城、忠义堂和六关八寨，山下有金沙滩、鸭嘴滩、蓼儿洼，山的四周有八百里梁山泊！

比《水浒传》更早的元人杂剧中，所描绘的梁山气概，那可就更加不凡了。高文秀的《黑旋风双献功》中说："寨名水浒，泊号梁山，纵横河港一千条，四下方圆八百里。东连大海，西接济阳①，南通巨野、金乡，北靠青、济、兖、郓，有七十二道深河港，屯数百只战船；三十六座宴台楼，聚得百万军马粮草。声传宇宙，五千铁骑敢争先；名达天庭，聚三十六员英雄将。风高敢放连天火，月黑提刀去杀人。"——高文秀是东平府（今山东东平县）府学的生员，一生写了许多杂剧，被称为"小汉卿"。梁山泊就在东平府的管辖之下，作为当地人，他即便吹点儿牛，进行了文学性的夸张与发挥，也不可能这样离谱吧？

《水浒传》晚出于元人杂剧，所谓的"八百里梁山泊"，很可能就是从他所说的"方圆八百里"演化出来的。要知道，洞庭湖的直径还不到一百里，太湖的直径也不过一百里，中国与俄罗斯共有的兴凯湖，南北最长的直径也不到二百里！如果梁山泊按圆周计算方圆八百里，直径就在二百里以上，岂不成了中国第一大湖了？——因此，不但有学问的邱炜萱质疑梁山泊的存在，连清代研究《水浒传》的学者中的许多人都不相信这是真话，而认为是文人笔下"信手拈来，信笔写去"的信口雌黄。

不过把宋江故事的核心地点设置在梁山泊，却绝不是作者的心血来潮或随意安排。第一，写于北宋、结集于南宋的《大宋宣和遗事》中，

---

①济阳：有两个概念，一指县，在今济南北面；二指郡，在今河南兰考。从"西接济阳……北靠青济……"的文字看，似乎应是后者。

明明写着晁盖、宋江等三十六人是在“太行山梁山泺（通‘泊’）”落草的。梁山泊不是山顶湖泊，不可能在太行山的山上，而只能理解为“太行山地区”。山东的梁山泊，虽然不在太行山，但是可以说在太行山的东南边缘地区，误差不算太离谱。第二，在宋代，梁山那里确实有个极大的大湖泊，而且的确是个经常有盗匪出没的“匪窟”。

梁山一带，处于鲁西南与豫东交界处。梁山县是 1949 年 8 月建立的，以前历属寿张、东平、汶上、阳谷、郓城等州县节制，实际上是个“五不管”地区，长期以来土匪多如牛毛。在《宋史 · 蒲宗孟传》中，就有“梁山泊素多盗”的记载。而且有的不分善恶，逢财就抢；有的也杀富济贫，抱打不平，被人称为“义匪”。

梁山泊，也作梁山泺——泊、泺古代同音同义，属于异体字。据清人顾祖禹《读史方舆纪要》卷三十三《东平州》记载：“梁山，（在东平）州西南五十里，接寿张县界。本名良山，（西）汉梁孝王常游猎于此，因改为梁山。《史记》‘梁孝王北猎良山’是也。山周二十余里，上有虎头崖，下有黑风洞。山南即古大野泽。宋政和中，盗宋江保据（盘踞）于此，其下即梁山泊也。”

这一说法，与《水浒传》中的“梁山泊”非常接近。因为是清代人的记载，所谓“盗宋江保据于此”未说明出处，也不排斥是当地的民间传说，受到《水浒传》的影响而穿凿附会。

梁山的北面与黄河下游平原相连。五代后晋开运元年（944），黄河在滑州（今河南滑县东的旧滑县）决口，河水东漫数百里，积水环绕梁山，形成一个巨大的湖泊。据《宋史 · 河渠志》记载：北宋天禧三年（1019），黄河再次在滑州决口，“历澶、濮、曹、郓，注梁山泺”，而且水泊面积继续扩大。熙宁十年（1077），河决澶州（今河南濮阳，旧治所在河南清丰县顿邱城）曹村，东汇于梁山泺；元丰五年（1082），河决郑州，溢入利津、阳武沟、刁马河，归纳梁山泺。庆历七年（1047），韩琦出知郓州，路过梁山泊，有诗描写水乡泽国的浩渺，与《水浒传》的叙述已经能够相互印证：

巨泽渺无际，齐船度日撑。渔人骇铙吹，水鸟背旗旌。
蒲密遮如港，山遥势如彭。不知莲芰里，白昼苦蚊虻。

《世说补》和《邵氏闻见后录》里都提到一个故事：王安石变法好言利，有个小人趋炎附势，出主意迎合："把梁山泊八百里湖水放掉，建成农田，那获利可就大了。"王安石一笑之后，慢悠悠地说："这个办法好倒是好，不过，那放掉的水往哪里安顿呢？"在座的刘攽讽刺说："在旁边再凿一个八百里的湖，不就得了？"——出主意的人，当然是要把梁山泊的水通过黄河排出去，但是这在当时是根本就办不到的"空想"，所以被人当作"话把儿"，而且成了王安石时代反变法派人士常常提起的政治笑话了。

但是自从开运元年（944）黄河决口以后到宣和年间（1119—1125）的一百多年中，在梁山周围形成的泽国，即便"方圆八百里"不是实测的结果，只是估计的数字，《水浒传》写宋代政和、宣和年间梁山那里有一个方圆（周）几百里的大湖，则是毫无问题的，可见小说《水浒传》的描写并非空穴来风。

黄河决口，在山东平原上形成了这么大的一个湖泊，被淹没了土地的农民无以为生，一部分淹死，一部分逃生，还有一部分就沦落为盗，以梁山泊作为盗贼的渊薮，也是必然的结果。宋哲宗元祐元年（1086）前后，就有个叫作黄麻胡的人在这里聚众抢劫。蒲宗孟出知郓州，采取铁腕镇压的政策防止盗匪，禁止当地人乘小船出入水泊，目的是想断绝盗匪的粮食来源，这才迫使这些啸聚者不得不散伙。不久，这里又成了"渔民盗贼"的匪窟。宋徽宗崇宁四年（1105），许几出任知州，下令渔民十人为一保，结队晨出夕归，否则一经告发，就穷治严惩。任谅出任京东提刑以后，因当地渔民"习为盗"，他先采取保伍之法，在编入名籍的渔船上刻上记号，否则不准进水泊；再划分濒湖各县的治安区域，案发，督吏搜捕，"莫敢不尽力，迹无所容"。

据史书记载，北宋宣和末年或靖康年间，有渔民张荣在梁山泊聚集舟师数百，不时出击金军。靖康之后，金兵南下攻宋，梁山泊也在金兵的控制之下，但因其地芦苇丛生，水域浩阔，易于逃匿，难以捕捉，所以南宋初年一直是抗金游击武装的根据地。后来黄河决口堵上，河水回复故道，梁山泊缺少水源，逐渐萎缩，但是梁山泊地区已经沦陷，归并到“大金国”版图了。金熙宗正隆六年（南宋高宗绍兴三十一年，1161年），金主完颜亮攻宋的战船经过这里，就已经因为湖水干涸而进退维谷了。据金世宗大定二十一年（南宋孝宗淳熙八年，1181年）的记载，这里大多已经干涸为陆地，当地农民竟可以“恣意种之”。由于连年战乱，黄河堤防失修，经常溃决，水往低处流，洪水再度汇聚梁山泊。直到元末胡翰北游，所见梁山泊仍然是“浩荡无端倪，飘风向帆集”的景象。入明以后，梁山泊陆地化趋势加快，到明代宗景泰元年（1450）前后，方圆仅剩八十里左右了。景泰六年（1455），明廷对黄河沙湾决口进行了比较彻底的整治，终于使余下的八十里湖水也涸为平陆。现在，只剩下一个梁山县北部的东平湖（总面积626平方公里，常年水面124.3平方公里，平均水深2.5米），这就是梁山泊干涸以后的“遗迹”，但仍是山东省的“第二大湖”。

这样看来，整个宋元两代五百多年中，梁山泊的确是一个“方圆好几百里”的大湖，曾经有许多强盗在这里“聚义”，都是可信的事实。

清初，曾经在梁山设置“梁山营都阃府”，简称“梁山营”，负责东阿、东平、寿张、郓城、汶上五县的军事事务，主要防止匪患和百姓造反，营址就设在今天的梁山县城内，占地五十余亩，有营房、府衙、演武厅、关帝庙、戏楼等建筑。据清代《寿张县志》记载：“梁山营，都司统之，驻梁山后集，顺治七年设客兵三百名，守备一员领之。”梁山营都阃府为武职四品，多为武榜眼、武探花、武进士出身的旗人，也有行伍出身的汉人，战乱时也曾起用过地方名流富绅。辖五营、四汛①，阅边②的时候，可以北至东昌（今聊城），南至曹州（今菏泽），西至范县，东至兖州。这个小小的“梁山营”，居然不由地方节制，而是直属

①汛：明清时代地方军队的驻地叫汛地，兵叫汛兵。

②阅边：地方武装巡逻边界。

中央政府管辖。至今，当地还有“梁山营的兵——精（京）兵”这样的歇后语。辛亥革命以后，梁山营撤销，这里又成了“强盗窝”。民国年间，还有个叫刘洪周的在这里聚众落草为寇，是一支远近闻名的土匪队伍。1939 年秋，刘洪周曾被八路军鲁西抗日支队任命为鲁西抗日独立旅三营营长。可惜他匪性不改，后来又反水，最终被镇压了。

可见，梁山地区自古就是个土匪窝儿。历史上和民间传说中的宋江，似乎是个“流寇”，并没有固定的“根据地”，其实是宋元时代的说书人把他的据点安排在最出名的土匪窝儿梁山上的。其根据，大概就是《大宋宣和遗事》中把宋江等三十六人安排在“太行山梁山泺”，说书人在太行山找不到梁山泺，恰恰在山东有这样一个“方圆八百里”的梁山泊，而且也的确曾经有盗匪出没，于是就人为地把宋江等人从“淮南”请到山东境内来了。

梁山泊清代属于寿张县管辖。清康熙五十六年（1717）版的《寿张县志》，有两个地方提到了梁山泊。其中，卷一的《方舆志》说：

> 梁山在县治东南七十里，上有虎头崖、宋江寨、莲花台、石穿洞、黑风洞等迹。旧《(寿张县）志》云：“汉文帝第二子梁孝王田（畋）猎于此山之北，因名梁山。”
>
> 凡天下山川，（应）以史乘所纪为据。小说诬民，在所必禁。梁山为寿张治属，其山周围可十里。《水浒》小说乃云“周围八百里”；即宋江寨，山冈上一小垣耳。（小）说中张皇其言，使天下愚民不至其地者，信以为然。长奸萌乱，莫此为甚。因拈出之，以告司治君子，并使天下人知之，小说之不可信如此。

作为梁山泊所在地的志书编者站出来如此声明，应该算是“权威”的发言了。梁山即便有宋江等人盘踞，也不会先是几千人、最后达到两万人的“大寨”。可以想见，如果不是“打江山”的造反部队，作为“流寇”和“股匪”，自己不生产粮食，靠抢劫为生，是不可能养活这样多的人口的，也不需要这样多的人马的。志书编者应该是当地土著，但却居然不知道梁山泊当年曾经是一个浩渺的大湖，则是很不应该的事情。

同书卷八《艺文志》引当时寿张县知县曹玉珂《过梁山记》说：

往读施耐庵小说，疑当时弄兵潢池者，不过数十百人耳。宋势虽弱，岂以天下之力，不能即奏荡平？应作者讥宋失败，其人其事，皆理之所必无者。继读《续纲目》载："宋江以三十六人转略河朔，莫能婴（撄）其锋"，又《宣和遗事》备书三十六人姓名，宋龚开有赞，侯蒙有传，其人既匪（非）诬矣。意梁山者，必峰峻壑深，过于孟门、剑阁，为天下之险，若辈方得凭恃为雄。乙未（清康熙五十四年，1715 年）秋，（余）改令寿张，梁山正在境内，拟莅止之后，必详审地利，察其土俗以绸缪于未雨。至寿半月，言迈瑕丘，纡途山麓。正午，停舆骑马，浏览其山，塿然一阜，坦首无锐。外有二三小山，亦断而不联。村落比密，塍畴交错。居人以桔槔灌禾，一溪一泉不可得，其险无可恃者，乃其上果有宋江寨焉。于是进父老而问之，对曰："昔黄河环山夹流，巨浸远汇山足，即桃花之潭，因以泊名。险不在山而在水也。"又云："祝家庄者，邑西之祝口也；关门口者，李应庄也。郓城有曾头市。晁、宋皆有后于郓。旧寿张，则李逵扰邑故治也。武松打虎之景阳冈，今在阳谷。"且战阵往来，皆能历述，多与《水浒传》合。更津津艳称忠义之名，里闬犹余慕焉。……

作者在文章开头所说的对梁山的怀疑心态，倒是能够代表一般《水浒传》读者的。当然，作者去梁山的年代已经是清初，离北宋末年太久远，当地民间的许多传说有可能因事设地，可信性也就不大了。

小结：在宋代，由于黄河决口，山东梁山周围的确有过一个方圆好几百里的“水泊泽国”，而且经常有盗匪出没。直到明末，水泊方才逐渐干涸。但是宋代宣和年间在海州投降的“淮南盗宋江”，很可能是一帮流寇，根本就没有什么“根据地”。他们可能到过山东，但是所盘踞的匪巢和大本营却不在梁山泊，而是元明时代许多民间艺人无意间把他们从淮南移到山东去的。

五、《水浒传》人物及故事的形成

宋江一伙儿究竟有多少人？侯蒙说“以三十六人横行齐、魏”，这可以有三种解释：一是他一共只有三十六个人，这似乎又太少了些，三十六个人再怎么厉害，总不至于“京东官军数万无敢抗者”。二是“三十六”为虚数，不是实指（梁山当地民间就有“大杆子三十六，小杆子七十二”的传说，杆子指土匪团伙儿，三十六、七十二泛指数量众多，不一定是实数；也可能据此演变为《水浒传》的三十六天罡、七十二地煞）。三是这三十六人是头目，下面还有许多士卒，这比较合乎常情。

宋江能够带领三十六人（及其部下）纵横千里，“转略十郡，官军莫敢婴（撄）其锋”，“京东官军数万无敢抗者”，侯蒙说他“其才必过人”，应该说是有道理有根据的。但是到了《水浒传》里，尽管作者一个劲儿地夸他如何“仗义疏财”，如何“爱结交天下豪杰”，还给他起了一个“山东及时雨”的诨名，但是所描写的故事，只要稍稍有些头脑，有些是非感、正义感的人，就能够很容易地看出他不但是个言行不一、嘴甜心苦、心狠手辣、阴险狡诈的小人，只不过比王伦更有手腕而已，而且许多作为简直毫无人性、毫无血性。为什么历史上这样一个“其才必过人”的“强人”，到了小说里会蜕变成这样的一个“小人”呢？这里面作者的良苦用心，其原因和过程是很复杂的。

《水浒传》最早的版本，是明嘉靖年间（1522—1566，施耐庵死后将近二百年）的一百回刻本。万历年间（1573—1620）又出现一百二十回刻本，比嘉靖本多了平田虎、平王庆的二十回书。有人认为一百回本是原本，有人认为一百二十回本是原本。多数人倾向于一百回本是原本，平田虎、平王庆是后人添加的，理由是这两次征战中一百单八将一个也没死，太神了。特别是宋江投降朝廷的时间正好在方腊起义后与官军的激战中，这时候宋江等人立刻就去征方腊，时间尚且来不及，怎么可能在这中间先奉命征辽，又插进平田虎、平王庆这两个大战役，然后再发兵到浙江去征方腊？这个时候，不但方腊起义早已经结束，只怕连方腊的尸骨在哪里都不知道了。

清代比较流行的《水浒传》，是金圣叹“腰斩”后的七十回本，在宋江等人“排座次”的梁山泊鼎盛期间结束，所有征辽、平田虎、平王庆、征方腊的故事都被“砍”掉了。

在明代以前，早在南宋时代，就已经有“水浒英雄故事”在民间流传。

宋代是“说书”这一文学形式的兴起时代。宋人话本中，就已经出现了水浒人物的故事。南宋罗烨的《醉翁谈录》中，就记有《石头孙立》《青面兽》《花和尚》《武行者》等篇目，应该就是《水浒传》人物孙立、杨志、鲁智深和武松的故事。南宋末年或元朝初年，就已经有更详细的、讲到宋江及其三十六人故事的《大宋宣和遗事》一书流传。因此，《大宋宣和遗事》中的梁山泊故事，被鲁迅称为“是《水浒》之先声”，被郑振铎称为“最初的《水浒传》雏形”，是有道理的。

《大宋宣和遗事》是一部宋代人的笔记小说辑录，也可能是民间“讲史人”的话本底本，编者不详，但可以判断绝不是一个人的作品。讲史，就是讲历史故事，但不是老师给学生讲历史课，而是“讲史人”讲给非读书人听的历史演义。这是一种民间文艺形式，是宋元话本的前身。《大宋宣和遗事》内容可以分为十段：第一段讲历朝历代荒淫无道的昏君，一直讲到宋徽宗；第二段讲王安石变法；第三段讲宋徽宗怎么任用蔡京；第四段讲宋江等三十六人（其中包括晁盖，人名与《水浒传》有出入，如关胜作关必胜、卢俊义作李进义等）聚义，最后被张叔夜所平，内容已经有杨志卖刀、智取生辰纲、宋江私放晁盖、宋江杀阎婆惜等故事（但是书中却没有“花和尚”“武行者”的一点点故事），可以说已经初具《水浒传》的雏形；第五段讲宋徽宗与妓女李师师的故事；第六段讲宋徽宗和道士林灵素的故事；第七段讲东京汴梁（今开封）元宵节放花灯的盛况；第八段讲金兵入侵，攻陷京城；第九段讲金兵掳徽、钦二帝北上；第十段讲康王南渡即位，定都临安（今杭州）。各段来源不一，文风也不一致，但基本上可以肯定是南渡以后辑录的宋代人作品。第四段以后，就大都是《水浒传》所涉及的内容了。

《大宋宣和遗事》第四段以后的故事，起于朱勔运送花石纲，如杨志卖刀、吴学究劫生辰纲、宋江杀阎婆惜及受天书等故事雏形都有了。而送生辰纲的，是北京留守梁师宝，不是梁世杰，也不是蔡京的女婿。押送者是县尉马安国，不是杨志。九天玄女称三十六人为天罡猛将，以宋江为帅，但宋江并不在这三十六人数内。三十六人中，有公孙胜、杜千（不作“迁”），没有解珍、解宝。其名号大多和今本《水浒传》相同，只有吴学究名加亮，不叫吴用，卢俊义叫李进义，杨雄姓王，二阮为阮进、阮通，李俊为李海，关胜名关必胜，张横为火船工张岑，等等。

给宋江等人写作传记的，除了《大宋宣和遗事》之外，还有宋代遗民龚开[①]所作《宋江三十六人赞》。他在自序中说：“宋江事见于街谈巷语，不足采著，虽有高如李嵩辈[②]传写，士大夫亦不见黜。”（见周密《癸辛杂识》续集上）可见宋江故事在宋末元初就已经在“街谈巷语”中流传，而且已经有高手给他们写传或者画像，宋江等三十六人的姓名也都更接近《水浒传》了。（在《大宋宣和遗事》中的吴加亮、李进义、

---

①龚开（1222—约1304）：字圣与，号翠岩，宋末元初淮阴（今属江苏）人。《宋江三十六人赞》，是龚开分别为宋江等三十六人所写的一组四言诗，很可能就是给李嵩所画的宋江等三十六人像所配的诗文。诗文并不佳，但因为写得早，具有史料价值。

②高如李嵩辈：可以有两种解释，一是高如、李嵩等宋元之间的民间文人；二是高如不是人名。全句意思是，“高手如李嵩之辈”。李嵩，是南宋钱塘（今浙江杭州）人，曾官三朝画院待诏，以善画人物著称。由于至今并没有发现和李嵩同辈的画家中有高如，因此第二种解释比较合理。

李海、阮进、关必胜、王雄、张青、张岑，在《宋江三十六人赞》中则作吴学究、卢进义、李俊、阮小二、关胜、杨雄、张清、张横，更接近《水浒传》中的人名了。）

可以这样说:《水浒传》的作者，是以《大宋宣和遗事》为轮廓和主线，吸收补充了大量当时流传在民间的宋江故事和元人杂剧中的“水浒戏”而编写的，所以这是一部俗文学的集成。严格地说，是根据俗文学进行编写，而不是属于哪一个人的“个人创作”。至于究竟吸收了哪些民间故事，其线索现在不大好找了；吸收杂剧的内容，则可以从流传下来的元人杂剧中得到印证。

据鲁迅《中国小说史略》及江蛰君[①]先生的研究，表现水浒故事的元人杂剧，单看名目，大概有三十多个，但是留下来的剧本，却只有十几个。除了《元曲选》中收入的五个，在“也是园”所藏《古今杂剧》和《孤本元明杂剧》中还有五个。其中可以肯定为元代作品的，是李文蔚的《同乐院燕青博鱼》，高文秀的《黑旋风双献功》，康进之的《梁山泊李逵负荆》，李致远的《都孔目风雨还牢》，以及无名氏的《争报恩三虎下山》《鲁智深喜赏黄花峪》。另外还有四个，即《梁山五虎大劫牢》《王矮虎大闹东平府》《梁山七虎闹铜台》《宋公明排九宫八卦阵》。由于创作时间很难确定，所以只能泛指为元明间无名氏的剧作。这些传本，大多是直接采自民间传说的水浒故事，或者是金元话本所提供的素材。其中虽然有几个可以和《水浒传》的内容挂上钩，但具体情节与小说也略有出入。如《李逵负荆》，小说把鲁智深改作柴进，酒家王林改为刘太公。至于《九宫八卦阵》所敷衍的，则是宋江受招安以后征辽的情节（可见“征辽”这个主题也是由来已久的，不是施耐庵编写《水浒传》的时候心血来潮而妄加；宋江投降以前，梁山两败童贯的战争中也摆过这个阵图）。此外，在元人杂剧中，也已经把人数从史书记载的“三十六人”逐渐演化扩大成“一百单八将”了。

---

① 江蛰君（1918—1989）：又名江泽君，江苏省扬州市人。曾任江苏省京剧团团长、江苏省戏曲学校教务处处长等职。

元代的“北杂剧”具有浑朴自然的本色，直接采自口头传说或宋人话本的水浒戏，也较多地保留了民间故事的本来面目，很少见到士大夫们故意雕琢的痕迹，因而有关封建伦理观念的说教也比较少。就现有几个传本来看，以下这几个方面是很突出的。

第一，对宋江这个关键性的人物，元人杂剧中显然是作为坚持起义的梁山首领来塑造的。在他的身上，还没有被贴上一心巴望招安的封建正统思想的标签。例如在高文秀的《双献功》中，宋江是在发配途中就被救上了梁山做了头领，这和小说中所描绘的宋江听从了父亲的劝告，以“忠义”为重，甘心发配到江州，再经过写反诗被捕，由梁山好汉下山劫法场然后上山的描写大相径庭。这说明《水浒传》成书以前，宋人话本和元人杂剧里的宋江，是一个道地的草莽英雄。在他的身上有的是绿林豪侠之气，没有醉心于功名富贵的奴颜媚骨。另外，在人数上也做了进一步的发展，把“宋江等三十六人”扩大为三十六大伙儿与七十二小伙儿的千军万马。这样，既壮大、渲染了梁山泊的声势，也给小说奠定了一百单八将的基础。——其实，单从《水浒传》的结构来看，这样的“盲目扩军”，结果是“吃力不讨好”的。因为人物太多了，难免顾此失彼，不可能面面俱到，更不可能个个写得活灵活现；有许多属于“地煞”系列的“末流人物”，在《水浒传》中只是蜻蜓点水，“一言表过”，而其“英雄事迹”则十分简单。如果梁山泊后来确实有两万多人马，我相信其中必然有许多个“小头目”的武功和功劳大大地超过了他们。如果《水浒传》的作者不贪多求大，认真地把三十六个好汉写好，《水浒传》的成就必定比现在的要更好。

第二，这一类杂剧传本基本上都没有挂上“招安”的尾巴。只有一个取材于卢俊义故事的《梁山七虎闹铜台》，在末尾第五折的曲词中出现了“圣明主招安去”以及“麒麟阁都把名标”的句子，其余几个传本却没有这样的陈词滥调。由此可证，“受招安、征方腊”等内容，都是《水浒传》作者根据《大宋宣和遗事》中一句“征方腊，封节度使”及某些杂剧中的情节所编织并极力宣扬的。至于作者写他投降的目的，究竟是为了警世还是认识到这是“造反派”“要做官，杀人放火受招安”

的客观规律所必然导致的结果，则需要我们认真研究了。

第三，元人的水浒杂剧中，以黑旋风李逵为主的戏竟多达十四五个。这是因为元代民族矛盾尖锐，读书人的地位低下（元代的官员大都是蒙古人，有元一代九十多年，就有七十多年不开科取士，读书人没有出路，当时有“九儒十丐”之说，读书人的社会地位仅仅高于乞丐），知识分子仕途无望，别无出路，往往投身到“书会”中去，和优伶结合起来成为撰写杂剧剧本的“才人”。“书会”是说书艺人的帮会组织，说书人大都不是知识分子；“才人”则是出身于读书人的落魄者，或科场不利，或吃喝嫖赌，无以谋生，不得不摇笔杆子给说书人编故事赚饭吃。他们为了抒发自己的牢骚和愤恨，通过说书或杂剧的形式，从各个侧面控诉了当时的社会现实。流传于民间的有关梁山好汉的故事当中，以李逵的形象最为鲜明，故事也生动有趣，所以较多地被采作杂剧题材。在元代杂剧作家中，号称“小汉卿”的高文秀，是东平府的一个生员，与梁山泊近在咫尺，受到梁山故事的熏染也比较多，因此他一个人就为这位“黑爷爷”编写了八个杂剧剧本（《黑旋风诗酒丽春园》《黑旋风大闹牡丹园》《黑旋风敷演刘耍和》《黑旋风斗鸡会》《黑旋风穷风月》《黑旋风乔教学》《黑旋风双献头》《黑旋风借尸还魂》），而且很可能还有遗漏的。

康进之的《李逵负荆》，是元杂剧中水浒戏的代表作，无论其思想性还是艺术质量都很高，在戏曲遗产中可以说是水浒剧目的一个顶峰。剧中对李逵的塑造十分丰满。作者在描绘李逵鲁莽暴躁的同时，又烘托出李逵大义凛然、爱憎分明的性格特征。在作者的笔下，李逵并非一味粗野任性，而是个既天真又乖巧还很有人情味儿的莽汉。特别是《李逵负荆》中，他为伸张正义而甘愿和宋江以死相搏的行为，一经搬上舞台，当然会受到古今观众所喜欢所爱戴。但是到了《水浒传》里，李逵就成了一个无赖加浑人，还是个杀人不眨眼的魔君。这样的变化，很可能是《水浒传》作者对李逵这个人物的“再认识”，却有意或无意地把这个人物给歪曲、糟蹋了。

高文秀的《黑旋风双献功》杂剧，其第一折宋江和吴用领小喽啰上场，宋江有这样一段独白：

> 幼小为司吏，结识英雄辈。某，姓宋名江字公明，绰号顺天呼保义。幼年曾为郓州郓城县把笔司吏。因带酒杀了阎婆惜，脚踢翻蜡烛台，沿烧了官房，致伤了人命，被官军捕盗捉拿的某紧。我自首到官，脊杖六十，迭配江州牢城去。因打此梁山过，有我八拜交哥哥晁盖，知某有难，领喽啰下山，将押解人打死，救某上山，就让某第二把交椅坐。哥哥晁盖，三打祝家庄身亡，众兄弟拜某为头领。某聚三十六大伙，七十二小伙，半垓来小喽啰，威震梁山。……

这一段独白，与李文蔚（真定人，江州路瑞昌县尹）的《同乐院燕青博鱼》杂剧的“楔子・宋江白”、康进之（棣州人）《梁山泊黑旋风负荆》杂剧的“第一折・宋江白”、李致远《大妇小妻还牢末》杂剧的“楔子・宋江白”、无名氏的《鲁智深喜赏黄花峪》杂剧的“第一折・宋江白”等基本上一样。这样的雷同，可以理解为这是“宋江身世”的标准模式，为元代各地杂剧作家所共同遵守。那么，我们拿它来和《水浒传》核对，可以得出如下与《水浒传》的不同之处来：

第一，宋江不但杀了阎婆惜，而且“踢翻蜡烛台”，烧了官房，又伤了人命（不止阎婆惜一个），仅仅因为他自首，才从轻发落（大概是当时“流”刑的满贯：三千里三年）。

第二，宋江没有到达江州，发配的路上经过梁山泊（这里犯了方向性错误：从郓城或者济州发配到江州，即今江西九江，只能往南走，是绝不可能经过北面的梁山泊的。高文秀是东平人，对自己家乡的地理应该很熟，按说不应该犯这样的低级错误；但也很可能这个“宋江简历标准版”不是他第一个写的，尽管他明明知道有错，也无法更改了），就被晁盖劫上山去，坐了第二把交椅。也就是说，梁山好汉江州劫法场这一段，在元人杂剧中并没有，是《水浒传》的作者加上去的。

第三，晁盖在三打祝家庄战役中阵亡。也就是说，“三打祝家庄”

的戏或故事，在元代就已经有了，不是《水浒传》的作者编的。至于“曾头市”的故事，让晁盖死在史文恭的箭下，可能就是《水浒传》的作者编的了。

第四，晁盖死后，宋江发展了梁山的威势，有了三十六大伙儿，七十二小伙儿，如果每一“伙儿”有一个头领，基本上就形成“一百单八将”的局面了。

《水浒传》及所有有关宋江的资料，几乎都没说宋江有老婆。但是元代人陈泰所写的《江南曲·序》，却说梁山泊当地百姓传说宋江的老婆也在梁山上：

> 余童丱时，闻长老言宋江事，未究其详。至治癸亥（元英宗至治三年，1323年）秋九月十六日，过梁山，泊舟，遥见一峰，嵲嵲雄跨。问之篙师，曰：“此安山也。昔宋江（此处有脱字）事处。绝湖为池，宽九十里，皆蕖荷菱芡，相传以为宋妻所植。宋之为人，勇悍狂侠，其党如宋者三十六人。至今山下有分赃台，置石座三十六所，俗所谓‘来时三十六，归时十八双’，意者其自誓之辞也。”……

此外，明人许自昌[①]的传奇《水浒记》里也说：宋江的妻子姓孟。夫妻和谐融洽，宋江希望有所作为，但又记挂妻室。孟氏通情达理，要他以事业为重，不要以家庭为念。宋江上梁山后，梁山好汉把孟氏请上山来与宋江团聚。

当然，这都是《水浒传》出版以后的文献资料和民间传说，特别是“某某手植”之类，可信度是极低的。何况蕖荷菱芡都是草本，不比松

---

①许自昌：字玄佑，吴县（今江苏苏州）人。生卒年均不详，约明神宗万历中（1596年前后）在世。与陈继儒诸人交往，好刻书，所刻有韩柳文集及《太平广记》等。自昌擅作曲，有传奇《水浒记》《橘浦记》《灵犀佩》《弄珠楼》及《报主记》等，其他有《樗斋漫录》十二卷、《诗钞》四卷、《捧腹谈》十卷。见郑振铎《中国文学史》。

柏，不可能几百年还存在的。

小结：《水浒传》不是某一个人的创作，而是在民间传说、宋人话本、前人著作（以《大宋宣和遗事》为主）和零散资料的基础上选择、改写、编辑、补充、发挥而成的。因此它和《红楼》《三国》《西游》等个人写作的作品不同，应该属于俗文学范畴。但是作者在改编的过程中，对宋江、李逵等人物的思想认识和行为风格或有意或无意地有所更改甚至歪曲。

六、《水浒传》的作者究竟是谁

《水浒传》的作者究竟是谁，历来研究者说法不一。

新中国成立之后，“文化大革命”之前，《水浒传》最流行的版本是人民文学出版社的整理本，它所题署的作者是施耐庵。同时，在中学语文课本及许多文学史著作中，也把《水浒传》的著作权归之于施耐庵。但是电视连续剧《水浒传》，却标明原作者为施耐庵、罗贯中两个人。

其实，早在明清两代，关于《水浒传》版本上的署名，在文人们的笔记和书目的记载中，就有如下三种说法：

（一）罗贯中撰。见郎瑛《七修类稿》，田汝成《西湖游览志余》，王圻《续文献通考》《稗史汇编》，许自昌《樗斋漫录》，阮葵生《茶余客话》等书的记载，以及钱曾《也是园书目》的著录。

例如明代嘉靖时人郎瑛在《七修类稿》中说：“《三国》《宋江》二书，乃杭人罗贯中所编。予意旧必有本，故曰‘编’。《宋江》又曰钱塘施耐庵的本。”但是这种说法不见于任何一种早期刻本的题署。

（二）施耐庵撰。见《水浒传》雄飞馆刊本、贯华堂刊本的题署，以及胡应麟《少室山房笔丛》、徐复祚《三家村老委谈》、徐树丕《识小录》、周晖《金陵琐事》、钱希言《戏瑕》、刘仕义《新知录》、曹玉珂《过梁山记》、王士祯《居易录》、金埴《巾箱说》、梁玉绳《瞥记》、焦循《剧说》、李超琼《柜轩笔记》等书的记载。但是这种说法最早所见的两种版本都出现于明末崇祯年间，比别的早期版本都晚。

（三）施耐庵、罗贯中合撰。见高儒《百川书志》的著录，《忠义水浒传》嘉靖本（北京图书馆藏有八回残本；又郑振铎藏有第十一卷第五十一回至五十五回一册）、天都外臣序本、袁无涯刊本的题署，以及容与堂刊本的李卓吾序、映雪草堂刊本的五湖老人序、芥子园刊本大涤余人序的叙述等。

例如高儒的《百川志书》中说：“《忠义水浒传》一百卷，钱塘施耐庵的本，罗本贯中编次。”（“的本”是宋、元、明时代出版读书界的常用语，意即“真本”；“编次”，就是“编辑”的意思。也就是说，施耐庵是作者，是执笔人；罗贯中是编者或整理者、加工者。）李贽《忠义水浒传·序》中提到作者，说是“施、罗二公”。高儒的生卒年月不详，但《百川书志》卷首有高儒嘉靖十九年（1540）写的自序，可见他大约和郎瑛同时，也是嘉靖时人。

有这种题署的版本，最早出现于明代的嘉靖、万历年间。

金圣叹也认为《水浒传》是施耐庵和罗贯中二人合著的。不过，他认为前七十回是施耐庵写的，后五十回才是罗贯中续的。所以他要“腰斩”《水浒传》，并在第七十回正文后面发表这样的评论：

> 一部书七十回，可谓大铺排，此一回可谓大结束。读之正如千里群龙，一齐入海，更无丝毫未了之憾。笑杀罗贯中横添狗尾，徒见其丑也。

不过，金圣叹没有提出他所根据的是什么。

有一个清代的“延月草堂抄本”《水浒传》，卷首有延月草堂主人的题词：“昭文黄慕鞍曰：耐庵本书止于‘三打曾头市’，下皆罗贯中所续。今通行本，则金采（即金圣叹）割裂增减施、罗两书首尾成之。”可以算是“另一种说法”，但也没说根据是什么。

一般的评价，有两个共识：第一，都认为罗贯中的《三国演义》比

《水浒传》写得好，特别是关于战争部分。第二，都认为《水浒传》的前七十回比后五十回写得好。如果《水浒传》的后五十回是罗贯中所续，不应该写成这个样子。

不管是施是罗还是施、罗二人合作，认为这部小说不是某一个人的独力创作，而是根据民间传说故事以及前人的零散单本稿件进行统一编纂，再加以发挥扩充，则是一致的。因为在最早的《水浒传》出版之前，的确就已经有宋江故事流传并有书籍出版了。

因此，《水浒传》应该只有“编著者”，而没有创作者，也就是郎瑛所说的“予意旧必有本，故曰‘编’”。编者的姓名，目前一般认定是施耐庵，少数人以为是施耐庵和罗贯中合编，并认为罗贯中是施耐庵的学生；更少数的人认为施耐庵不过是个假托的人名。例如胡适先生就在《中国章回小说考证》一书中说：“施耐庵大概是个‘乌有先生’，是明代中叶一位文学大家的假名。”鲁迅先生也在《中国小说史略》中说：“疑施为演为繁本者之托名。”他的根据，是最早出版的《水浒传》简本书上并没有编著者的署名，过了几十年出来繁本，不但内容有所增加，作者也署名了。因此这个作者，很可能就是万历年间繁本的修订者，不过是造个元代人名字随意加上去而已。甚至有人认为“施耐庵的本，罗贯中编次”的“施耐庵”是“是乃俺”的谐音，意思“就是我”，也就是编者罗贯中。

用今天读者的眼光来看，一部文学作品是有版权的，那么作者为什么不愿意署名呢？这中间，有一个对“小说”的认识演变过程。

今天的读者，认为“小说”是文学作品，“作家”的头衔是光辉的。但是在中国古代，“小说家”却是“下九流”人物。最早的“说书人”，高级点儿的在茶馆或“勾栏”也就是妓院和茶馆合办的“演艺厅”里说，低级的只能在马路边说，跟叫花子也差不多。给说书人写“话本”也就是底稿的人，大都是穷困潦倒的落魄文人，有的甚至是烟鬼、酒鬼、嫖客、败子。他们幼年读过书，会写文章，还知道点儿历史故事，长大了闯荡江湖，见多识广，有许多社会知识和素材，有的还特别善于言辞；落魄以后，无以谋生，就编一些历史故事出来，或者自己讲，或者把底稿卖给“说书人”让人家去讲。因此，小说家的社会地位极低，不但不敢争“版权”，有的还生怕别人知道，坏了读书人的“名声”。在读书人的眼光中，写八股文章的是“文人”，写诗词歌赋的是“雅士”，写小说的就是“文痞”甚至是作孽的“罪人”了。例如明代的庐陵（今江西吉安）人李昌祺，学问不浅，官儿做得也不小，就因为他写了一部五卷二十二篇传奇小说《剪灯余话》，尽管思想是陈腐的，有些地方分明是在夸耀才华，结果不但生前受到嘲笑，死后还为此被取消进入乡贤祠的资格。这就是明证。

在“正人君子”们看来，小说家是“误人子弟”的罪人恶孽，不但要受到世人责骂，还要受到天谴、遭到报应的。例如明代人田汝成在《西湖游览志余》中说，罗贯中因为编《水浒传》，“其子孙三代皆哑”，以此证明这是“天报应”。清代的铁珊在光绪十五年（1889）刊印的《增订太上感应篇图说》中说得更其邪乎：“施耐庵作《水浒传》，其子孙三代皆哑。袁于令[①]撰《西楼记》，患舌痒症，自嚼其舌，不食不言，舌尽而死。高兰墅[②]撰《红楼梦》，终生困厄。王实甫作《西厢》，至‘北雁南飞’句，忽扑地，嚼舌而死；金圣叹评而刻之，身陷大辟，且绝嗣。”铁珊恨透了小说家，已经到了不惜用造谣中伤来污蔑、侮辱小说家的地步了。

在这样的社会风气下，中国古代的小说家，大都不署名或用别号署名。例如漱六山房、花也怜侬、兰陵笑笑生，等等。《水浒传》是中国最早期的白话小说，写的人物又都是土匪强盗，宣扬“善杀人者即英雄”，鼓励造反，作者不敢署名，有什么可奇怪的呢？

这里咱们姑且按照一般的说法，认定《水浒传》的作者是施耐庵或者罗贯中。那么，咱们先来看看这两个人的生平历史如何？

---

① 袁于令（1592—1674）：明末清初小说家、戏曲家。吴县人，清初曾任荆州知府。作有传奇八种、杂剧一种。《西楼记》是他的代表作。

② 高兰墅：高鹗（1738？—1815？），字兰墅，是《红楼梦》后四十回的续作者或编撰者。他于乾隆六十年（1795）中进士，在“清水衙门”翰林院当侍读学士，所以说他“终生困厄”。

遗憾的是，关于这两个人的历史资料，少得简直如凤毛麟角，许多专家考证，甚至连考古学家也参加进来发掘，所得到的资料有的模棱两可，有的被批驳者所否定（鲁迅就不信真有施耐庵其人）。目前一般的说法是：

施耐庵，名子安，号耐庵，原籍钱塘（今浙江杭州）人或苏州人，后来迁居江苏兴化或淮安。元代至顺二年（1331），与刘基同榜得中辛未榜进士，并与刘基结识，曾在钱塘做官（做什么官各本说法不一，但是“进士出身”，总不会低于知县或县丞这个品级）两年，后退出官场，终生不再仕，立志著书。其生卒年，大约为元元贞二年至明洪武三年（1296—1370）。也就是说，施耐庵考中进士的年龄大约是三十五岁，做官的年龄是三十六七岁至三十八九岁，终年七十五岁。著书的时间共有三十多年，著书的地点传说是在江苏兴化的白驹场。——有一种说法：元至正二十六年（1366）冬，朱元璋与张士诚交战，施耐庵为避战乱，迁到白驹场西定居，此地现名施家桥。

张士诚是元末泰州白驹人。白驹这个小镇，当时属泰州，现在属盐城。史书说张士诚是泰州人，现在说他是盐城人，当然也可以。

元顺帝至正十三年（1353），在“乱世英雄”四起的时候，三十二岁的盐贩子张士诚和两个弟弟揭竿而起，称帝称王，雄踞东南十四年。张士诚是个复杂的人物，反反复复，先反元，后降元，再反元，最后败在朱元璋手下。他属于“败者为寇”的草莽英雄一类人物。

施耐庵后来定居白驹，与张士诚可以说是小同乡。许多有关施耐庵的文章都提到张士诚和朱元璋都想请施耐庵出仕，即便是空穴来风，没有根据，至少也是有其历史背景的。——有一位署名“施家后人”的网友给我发来一封长信说，根据族人传说，施耐庵曾经当过张士诚的军师。施耐庵给张士诚做军师的时候，主张在江北打开局面，反对到苏州称王。施耐庵一直劝告张士诚要以江北草堰一带为基地，然后用兵夺取天下。然而张士诚享乐心切，只想及早占领江南，施耐庵的话他一点儿也听不进去。结果在苏州城住下来以后，天下大势未定，就急于称起吴王来，偏安一隅，不思进取。施耐庵看到张士诚目光短浅，又如此腐败，叹了一口气说："可惜项羽当年不听范增的劝告，落得个乌江自刎的下场。今天我纵有满腹经纶，奈何不遇明主，又有什么用呢？"于是施耐庵就离开了张士诚，张士诚也终于被朱元璋打败。张士诚的失败，施耐庵一直耿耿于怀，觉得自己也有一分责任。所以后来他在写《水浒传》的时候，特地把梁山军师智多星吴加亮改名为"吴（无）用"，意思就是自己没有尽到责任帮助张士诚平定天下——是军师无用啊。就这样，"梁山上的军师——无（吴）用"成了一条人们口头常说的歇后语，一直流传到今天。

白驹场现在建有施耐庵陵园，但不是原墓，原来的牌坊、墓碑早已经被毁了。矗立在墓前的牌坊，是1943年抗日民主政府重建的。施耐庵在白驹场写作《水浒传》的书斋，清咸丰五年（1855）由施耐庵的十四代孙施涔加以修建，改成了"施氏宗祠"，供有第十五世始祖施耐庵的牌位。据1928年11月8日上海《新闻报》载：当地施氏宗谱卷末有《施耐庵传》残页，为淮安人王道生作，略述生平梗概而已。残存文字如下（方括号中为《兴化县续志·卷十四补遗》中与此文不同的文字，估计是《兴化县续志》的编辑所改）：

公讳子安，字耐庵。[生于元贞丙申岁（1296），为至顺辛未（1331）进士。]元末赐进士出身。[曾]官钱塘二载，以不合当道权贵，弃官归里，闭门著述，追溯旧闻，郁郁不得志，赍恨以终。公之事略，余虽不得详，[尚]可以缕述；公之面目，余[虽]不得亲见，仅想望其颜色。盖公[殁于明洪武庚戌岁，]死之年，[享年]七十有五，[而届时]余尚垂髫。及长，得识其门人罗贯中于闽。同寓逆旅，夜间炧烛畅谈先生轶事，有可歌可泣者，不禁相与慨然。先生之著作，有《志余》《三国志演义》《隋唐志传》《三遂平妖传》《江湖豪客传》[——即《水浒》]。每成一稿，必与门人校对，以正亥鱼[1]。其所得力于弟子罗贯中者为尤多。呜呼！英雄

[1] 亥鱼：成语"亥豕鱼鲁"或"鲁鱼亥豕""鱼鲁亥豕"的简省，指字形相似而读错。"以正亥鱼"，就是"校正错误"的意思。

生乱世，或可为用武之秋；志士生乱世，则虽有清河之识，亦不得不赍志以终。此其所为千古幽人逸士，聚一室而痛哭流涕者也。先生家淮安，与余墙一间［隔］。惜余生太晚，未亲教益，每引为恨事。去岁，其后人述元［(文昱之子)迁其祖坟而葬于兴化之大营焉，距白驹场可十八里，因之，余得与］先生移柩南去，与余流连四日。问其家世，讳不肯道。问其志，则又唏嘘叹惋。问其祖，与罗贯中所述略同。呜呼！国家多事，志士不能展所负，以鹰犬奴隶待之，将遁世名高，何况元乱大作，小人当道之时［哉］！先生之身世，可谓不幸矣。而先生虽遭逢困顿，而不肯卑躬屈节，启口以求一荐。遂闭户著书，以延岁月。先生之立志可谓纯洁矣。［因作墓志，以附施氏之谱末焉。］……

墓志下文剥蚀，无法辨识（所以《兴化县续志》的编辑在最后增加了“因作墓志，以附施氏之谱末焉”一句，以凑完整）。

从文字看，作者淮安人王道生比施耐庵小七十来岁，比罗贯中小三十多岁，而且与罗贯中在福建见过面，所讲的事迹，应该可信。

但是据《水浒传》研究者及考古学家们的考证，此文仅见于清代的施氏族谱，不是明代的版本，也没有旁证，有伪造的嫌疑。特别是《兴化县续志》，分明被编者改过。这里姑妄录之。

此外，清咸丰四年（1854）版《施氏族谱》，还有一篇序、一篇宗祠建立记述、一篇施让墓志铭，都提到了施耐庵迁徙白驹场的事情。

从陆续发现的《施氏族谱》等材料和施家桥出土的《施让地券》《施氏家簿谱》等文物，补充了淮安王道生所撰的《施耐庵墓志铭》，勾勒施耐庵的生平如下：施耐庵，元末明初人，名子安，又名肇端，字彦端，耐庵是他的又字或者别号。祖居扬州兴化，后来迁居海陵白驹，至顺间“乡贡进士”，流寓钱塘，曾入张士诚幕，张败后隐居白驹著书，避朱元璋征而去淮安，卒后骨殖迁葬白驹施家桥。

关于以上推测，学术界尚有争议。

同意者认为,《施氏长门谱》凡名前皆有“讳”字，凡各人父亲，皆冠以“公”字，第四世至第九世名讳缺，第一世彦端公名亦缺，说明修谱者严谨，不知为不知。施氏宗祠《木榜文》载：施耐庵“讳子安”，与《施耐庵墓志》一致。20世纪初，吴梅在《顾曲麈谈》中说：“《幽闺记》为施君美作，君美名惠，即《水浒传》之耐庵居士也。”吴梅大弟子任二北说，吴师家中孤本甚多，所说必有所本。明代徐复祚《三家村老委谈》四次说到施君美作《水浒传》。何满子先生说，徐为万历年间人，当然知道《水浒传》署名为施耐庵，他不称耐庵而称君美，则必知为同一人。黄俶成为任二北学生，于著中记此甚详。

反对者则说，在20世纪80年代初，苏北、上海、北京等地不少学者认为，苏北的施彦端就是施耐庵，也就是《水浒传》作者。他们发表论文、讲话，一时沸沸扬扬，形成了一股“施耐庵热”。他们的共同“力证”，就是施满家抄的《施氏家簿谱》中，在“始祖彦端公”右旁，注有“字耐庵”三字。不少不同意“施彦端”即“施耐庵”的学者，根据“字耐庵”三字的墨迹较淡，因而断定为“不是施满家当时手迹”，可能是后来另加。这样的反驳，有一定的力量，但还不够。浙江水浒学会名誉会长刘操南先生全面研究了施氏宗谱，罗列其有关称呼，别开生面地指出：从“通例”看“始祖彦端”，“盖属祇有名者，名以字行，故称彦端公”，彦端如果有“字”，后代不会如此称呼，就因无“字”，故子孙不避为讳而称“彦端公”。这样一分析，“字耐庵”三字之不足为据，就显得更为有力。

兴化当地民间传说：施耐庵和明末起义军头领张士诚及其部将来往密切，有许多水浒人物的原型是从张士诚起义军人物演化而来的。施耐庵看到当时反元起义军的头领，时常反反复复，反元朝又投降元朝，因此故意编个宋江投降后的可悲结局，警告那些反复投降的义军首领云云。一说刘基曾奉朱元璋的旨意到兴化邀请施耐庵出仕，但是被施耐庵婉言谢绝了。还有传说刘基把施耐庵的著作带给朱元璋看，朱元璋看后认为这是“倡乱之作”，下令销毁，不许民间刊刻。

《兴化县续志》有一篇《施耐庵传》，是根据《吴王张士诚载记》改写的，和上述传说比较吻合：

> 施耐庵原名耳，白驹人。祖籍姑苏。少精敏，擅文章。元至顺辛未进士。与张士诚部将卞元亨相友善。士诚缮甲兵，将窥窃元室，以卞元亨为先锋。元亨以耐庵之才荐士诚，屡聘不至。迨据吴称王，乃造其门，家人不与见。士诚入内，至耐庵室，见耐庵正命笔为文，所著为《江湖豪客传》，即《水浒传》也。士诚笑曰："先生不欲显达当时，而弄笔以自遣，不虚糜岁月乎？"耐庵闻而搁笔，顿首对曰："不佞他无所长，惟恃柔翰为知己。大王豪气横溢，海内望风瞻拜。今枉驾辱临，不佞诚死罪矣。然志士立功，英贤报主，不佞何敢固辞？乃母老不能远离，一旦舍去，则母失所依。大王仁义遍施，怜悯愚孝，衔结有日。"言已，伏地不起。士诚不悦，拂袖而去。耐庵恐祸至，乃举家迁淮安。明洪武初，征书数下，坚辞不赴。未几，以天年终。

但是这些资料，都是施耐庵死去几百年，且是在《水浒传》广泛流传之后才出现的，不是第一手材料，可信度不免要大打折扣。

《水浒传》成稿以后，一直没有得到刊刻的机会。其间，在民间可能有手抄本流传①。直到施耐庵死去一百七八十年或近二百年后的嘉靖年间，兴化有个进士叫宗臣的，被朝廷派到福建去担任"提学副使"，负责训练壮丁，抗御倭寇。当时在福建的罗贯中后人以"乡谊"的身份去见宗臣，请以家藏小说（即《水浒传》一百回手抄本）付梓，让军民暇时看看，"以激励志气"。得到宗臣的许可，才由福建坊间以《忠义水浒

① 据明万历十七年刻本《忠义水浒传》天都外臣（汪道昆）的《序言》："故老传闻：洪武初，越人罗氏，诙诡多智，为此书共一百回，各以妖异之语引于其首，以为之艳。嘉靖时，郭武定重刻其书，削去致语，独存本传。……"如果所言属实，那么明代初年，不但有手抄本，而且还有过正式的刊本，所以他才说嘉靖武定本为"重刻"。

传》为名刻印出版。——明明是宣扬“造反有理”的“倡乱之书”，但是为了争取出版，只好强调后半部宋江等人投降朝廷去打方腊，借此说宋江是“忠义之士”。说宋江“忠义”，也是从这时候开始。很可能这个宗臣根本就没看《水浒传》，不然，是不大可能同意刊刻出版的。——这个最早的版本，称为“宗臣版”或“福建版”，现在已经失传，只剩下北京图书馆藏的八回残页和郑振铎收藏的第五十一回至五十五回的一卷残本。

嘉靖年间还有一个《水浒传》的版本，是武定侯郭勋[①]刊刻的，称为“武定版”。因此，也有人认定施耐庵就是郭勋的托名。

根据文献：明人沈德符[②]在《野获编》中曾说：“武定侯郭勋……所刻《水浒传》善本……”后来沈国元[③]在《皇明从信录》中则说：“郭勋‘仿《三国志演义》及《水浒传》，为《国朝英烈记》’。”而钱希言[④]在《戏瑕》中又说他曾删过《水浒传》。

---

①郭勋：开国大将武定侯郭英，本是明太祖朱元璋的亲兵，英勇卓著，其妹又是太祖的宁妃，恩宠有加。明嘉靖年间，其后代武定侯郭勋，被世宗“大爱幸之”，破例晋封为翊国公，加太师，一时权倾朝野。北京的天坛、地坛、日坛、月坛等都是他督工建成。号称古籍珍宝的早期善本《水浒传》郭武定本，就是郭勋刊刻的。

②沈德符（1578—1642）：明代文学家，字景倩，又字虎臣，浙江嘉兴人。万历举人。精音律，熟谙掌故。所撰《野获编》多记万历以前朝章国故，并保存有关戏曲小说资料；还著有《清权堂集》。

③沈国元：字仲飞，后改名为沈常，字存仲。秀水（今浙江嘉兴）人，明代诸生。著作除《两朝从信录》之外，还有《皇明从信录》《流寇陷巢记》《甲申大事记》等。《两朝从信录》是一部记载明朝泰昌、天启两朝史事的著作。它是为续《皇明从信录》而作。沈国元所学专好搜集史料、编纂史书，他曾经试图将《皇明通纪》《皇明续纪》合二为一，并辑补万历朝事，从而形成《皇明从信录》一书四十卷。后来，再把泰昌、天启两朝的史事著书为《两朝从信录》。

④钱希言：明代人，字简栖，吴县（一作常熟）人。生卒年均不详，约明神宗万历四十年（1612）前后在世。博览好学，刻意为诗。恃才负气，人争避之，卒以穷死。希言著有《狯园》十六卷，皆记当时神怪之事；又有《戏瑕》三卷，《剑荚》二十七卷，均《四库总目》并传于世。

据此看来，郭勋所刻的版本，虽然也是在嘉靖年间，但应该晚于宗臣在福建所刻的版本。不过，很可能是署名“施耐庵”的最早版本。

罗贯中，名本，一说名贯，字贯中，号湖海散人，山西太原人，一说钱塘人或庐陵（今江西吉安）人，生卒年约为1330—1400，终年七十一岁。也就是说，罗贯中比施耐庵小三十五岁，施耐庵中进士的那一年，罗贯中刚出生；施耐庵死的那一年，罗贯中四十一岁。罗贯中的著作比施耐庵多，有《三国演义》《三遂平妖传》《隋唐志传》《残唐五代史演义》《粉妆楼》《龙虎风云会》等共几十种。但是从这些作品特别是《三遂平妖传》的文字水平看，比起《三国》来相差太远，不大可能出于同一人之手。我个人认为，很有可能是罗氏的早期作品或后人伪托。

胡应麟《少室山房笔丛》中说罗本（罗贯中）是施耐庵的门人。高儒《百川书志》说：“《忠义水浒传》一百卷，钱塘施耐庵的本，罗本贯中编次。”意思是说：《水浒传》是施耐庵写的，罗贯中编的，也可以理解为两人合作的。粗粗一想，这种情况似乎不大可能：施耐庵辞官不做，开始著述的年龄是四十二岁左右，思想水平和文字水平都已经成熟了；这时候罗贯中还是个三岁的小孩儿。等到罗贯中成人，施耐庵的小说已经写了近二十年，早应该定稿了。一般说来，老师的水平总应该比学生高些或略高些（当然青出于蓝的也不少），但是事实上罗贯中的水平比施耐庵要高得多：施耐庵著述三十多年，一生只编撰了一部《水浒传》（这也是“托名”的旁证之一，也许还有别的著作，但湮没了），而罗贯中一生却写了几十部书；罗贯中写《三国演义》，战争场面写得十分生动（只是生动，而绝不是当时战场的重现），地理位置也大都与实际相符，而《水浒传》所写的战争场面大都出于想象，有的近似儿戏，有的更是借“妖法”以藏拙；地理位置更是错误百出，是名副其实的“纸上谈兵”（后文还要说到）。《水浒传》如果经过罗贯中编辑整理，战争场面应该写得比现在的版本更好一些。作为学生，而且参与“编次”，总不会眼睁睁地看见老师的作品中错误百出而无动于衷吧？

《水浒传》里的地理性错误相当多，单是常识性的，就不下十几条。

这里不一一列举，只说几处最突出的：

第一，从大名府运送生辰纲到开封去，几乎是一条向南的直线路线，而且都有当年的“官道”即驿道相通。书中通过杨志的口说，要经过黄泥冈、二龙山、桃花山等强人出没的地方，也就是说，这些地方都在大名府的正南、开封府的正北面，最后生辰纲在黄泥冈被劫。这个黄泥冈，按今天梁山旅游风景区的介绍，在梁山南面三十里的一个黄土丘陵上（分明属于人工制造的旅游景点；梁山南面三十里，宋代还淹没在水泊里）；按《水浒传》书中介绍，却在大名府的正东面，属于济州管辖。后文又说：二龙山、桃花山和清风山同属青州管辖。青州在济州的东北，离大名府到开封的路线相距千里。而按《大宋宣和遗事》的记载，生辰纲被劫的地方，就在大名府南面不远的南洛县五花营附近（“五花营”这个地名至今未改，现在属于河南省南乐县，即宋代的南洛县）。

第二，武松在沧州别了柴进和宋江，回清河县去看望哥哥，却路过阳谷县的景阳冈打死了一只老虎。清河县在沧州的南面二三百里，阳谷县在沧州的南面四五百里，三个地方基本上是一条直线。从沧州到阳谷县路过清河县是很可能的；但是从沧州到清河县居然会路过阳谷县，就好像从北京到济南去却路过了南京一样，是个大笑话！

第三，戴宗从江州（今江西九江）出发到开封去送信，不向北走直线经汉口、信阳，却绕了一个大圈子往东跑到山东去，居然在躲之唯恐不及的梁山泊经过。

第四，史进从华阴县出发去延安找师傅，却经过渭州遇见了鲁达。延安在华阴县的正北面，渭州在华阴县的正西面，三个地方是一个三角形的三个角，永远不可能“路过”的。

第五，戴宗从梁山出发，到蓟州去找公孙胜，不走直线却绕道几百里路经过了山东的沂水。

第六，为了救宋江，梁山好汉二百来人不远来回六千里路从梁山到江州去劫法场，回来的时候还收了四个好汉和近一千人马，一路冲州撞府，平安返回梁山。这样的军事部署，不懂打仗的假冒伪劣军师吴用也许敢于这样做，懂得三国纷争的罗贯中敢于这样写吗？不要命了呀？

第七，为了救史进和鲁智深，梁山泊出动七千大军，沿黄河而上，经过都城开封和“泥丸可封”的天险潼关，直达华州，半路上还劫持了钦差大臣的“金铃吊挂”，救出史进和鲁智深，又平安回到梁山，来回三四千里。——这简直是古今中外战争史上独一无二的神话！宋代的军事力量的确比较薄弱，版图也最小，北方有强敌，国内还有许多“独立山头”，但也绝不可能让宋江等人“横行”到这种程度。宋江如果仅带一两千或七千人马就能够做到“纵横天下”，那么“大宋”的江山不拱手让给宋江，也早已经被“异族”所吞并了。

像这种绝不足信的笑话，熟悉地理和战事艰辛的罗贯中会这样写吗？

尽管写小说可以虚构，《水浒传》中甚至虚构了根本不可能存在的呼风唤雨、妖魔鬼怪和九天玄女赠送天书之类的情节，但是地理性错误却绝不能允许，只能说是作者的地理知识贫乏，属于小说的“硬伤”。

这里，还要特别指出：《水浒传》中的地理性错误，只错在北方地区。到了后面，宋江大军一开到浙江去“征方腊”，据我高中时代的学兄、浙江水浒学会会长、杭州师范学院中文系主任马成生教授的研究，作者对浙江的地理环境特别是杭州地区的地理描述，小到一个村庄、桥梁、山头、庙宇，都具体、详细而准确，真是熟之又熟，一点儿错误也没有。

这说明什么问题呢？这说明《水浒传》的作者或编撰者根本没有到过北方，是个南方人，而且就是杭州人！——这身份，与施耐庵、罗贯中完全符合。他们写北方的故事，只是根据话本照抄，以讹传讹也无可奈何（当时没有现在这样详细的普及版地图），只有写到浙江方才发挥了“本地人”的优势，把地名都“落实”到具体的地方了。

除了地理方面的错误之外，气候方面的错误也不少。下面也随便举两个例子：

“风雪山神庙”之后，那雪依旧纷纷扬扬地下得紧，可是林冲在严冬岁末走了十来天，到了梁山看到的梁山泊居然是“山排巨浪，水接遥天”，他也还能够坐着小喽啰划的船上了梁山。不但这一年梁山泊湖水没有结冰，整部《水浒传》中的梁山泊就从来没有结过冰！这对千里冰封、万里雪飘的华北来说，简直就是亘古奇迹！——更何况沧州是一片平原，根本就没有山，哪里来的“山神庙”？

再例如呼延灼用铁甲连环马进攻梁山泊的时间，也正值冬令，先不说这种连环马根本就不可能上战场（只要射倒一匹，就得拖着走），就那冰封的湖面，任何马匹都无法奔跑且都要滑倒，哪儿还用得着徐宁的钩镰枪？

有人从语言方面分析，认为《水浒传》中使用了大量山东、河南方言，据此而否定了《水浒传》是身居钱塘的施耐庵或罗贯中编写的说法。20世纪50年代，我曾经写过一部《〈水浒〉方言例释》（未出版），证明《水浒传》中不但有山东、河南方言，同时也使用了大量江浙方言如“稿荐、桶盘、做人家、做羹饭”之类。何况水浒故事的来源是宋元话本，而话本的主要流行地区是河南、河北、山东，话本所使用的文学语言是当时的“官话”，也就是“首都语言”——开封方言。因此，《水浒传》中出现中原方言，不足为怪。有许多河南、山东方言语词，很可能施耐庵就是直接照抄话本底稿的。

小结：综合诸多材料来进行分析，《水浒传》并非成于一时，也不是作于一人之手；从宋代到元明清，历代都有许多俗文学家对这部小说进行过增润修饰，其中施耐庵可能是第一个进行编纂加工的“总其成者”，贡献最大。从内容分析，历史、地理、气候方面的错误较多，不像熟悉历史、地理的罗贯中曾经参与编写或修改。我个人的看法：施耐庵不可能是中过进士当过官的文人，很有可能就是给说书人写底稿的才人，而且就是杭州人。

七、《水浒传》的积极意义和消极意义

《水浒传》多年来被广大人民群众、特别是"造反派"所喜爱，却被封建统治者所痛恶，这与它的"另类"主题分不开。这个"另类"主题，一言以蔽之，就是"叛逆"，就是"官逼民反"，就是在"忠孝仁义"的幌子底下大力宣扬不忠不孝不仁不义，主张个性的自由和自我扩张。这种"为所欲为"的行动，在那个汉民族受到压迫和压抑的时代，特别在"草民"和"游民"中间，是有很大的市场并能够获得同情、支持和叫好的。此外，小说中所写的杀人放火，尽管有许多场合都是非正义的，甚至是无缘无故的，但在被压迫、被压抑的草根百姓中，却能引起一种"宣泄"的快感。这是《水浒传》能够在"草民"中受欢迎的次要因素。

作品中所写皇帝的昏聩，破落户子弟高俅的"发迹"，蔡京、童贯的狼狈为奸，贪官污吏和土豪劣绅的无恶不作（尽管有许多土豪恶霸甚至盗匪在为非作歹之后走投无路，也成了反上梁山的"好汉"），客观地把封建社会的黑暗和统治阶级的腐朽暴露无遗地展现了出来，形象地说明了：在激烈的生存矛盾（不一定是阶级矛盾）下，人们被逼走投无路，是老百姓要上山做强盗、要起来造反的根本原因。

杀贪官，老百姓绝对高兴，当然拥护；有人造反，朝廷必然震惊，肯定要镇压。

《水浒传》就是一部描写土匪强盗以及老百姓怎么变成土匪强盗的书。从实质上说，就是一部号召人民起来反抗贪官、反抗朝廷的书。它的前半部，通过各种典型事例用形象思维来说明以宋徽宗赵佶为代表的朝廷与以高俅、蔡京为代表的官僚是多么的昏庸和可恶，特别是形象地通过林冲和解珍、解宝如何被诬陷迫害的生动故事指明了老百姓要想活命就只能上山当土匪，其真谛是"官逼民反"。后半部书是用生动的事例说明"造反必须彻底"，不能投降，如果投降了，就会走到"造反"的反面，第一是当了朝廷的鹰犬，去打同样是造反的"弟兄"；第二是兔死狗烹，最终免不了还是要被昏君和奸臣所迫害的结局。

《水浒传》的作者非常明白：古往今来，凡是造反大业，绝不是依

靠几个满口仁义道德、会念诗云子曰却手无缚鸡之力的书生写几篇妙笔生花的诗词歌赋所能完成的，造反是真刀真枪、赤膊上阵、白刀子进去红刀子出来的勾当。尽管历史上的造反大军中都不乏几个手摇鹅毛扇、运筹于帷幄之中的谋士，就是在《水浒传》中也还有“无用”这个假冒伪劣军师。但是“秀才造反，三年不成”，真正冲锋陷阵、过关斩将的还是要靠武将，靠英雄好汉，靠李逵之类的流氓无产阶级。

当丞相的，必须“寒窗苦读十年，胸罗锦绣万卷”；当武将的，“英雄不怕出身低”，哪怕你原来当过奴才讨过饭，或者是“弃暗投明”的投降将军，甚至杀过人当过强盗，只要辅佐“贤主明君”把天下打下来了，就可以封王封侯，享尽人间荣华富贵。

因此，贯穿于整部《水浒传》中的都是这种“会杀人者即好汉、善杀人者即英雄”的中心思想，而不论其杀人的动机与效果。不但鲁达为打抱不平三拳打死“镇关西”是英雄，林冲为报私仇杀了陆虞候是英雄，武松为报杀兄之仇宰了奸夫淫妇、为维护黑社会势力结下冤仇杀了张都监一家十五口是英雄，连李逵这样不问青红皂白“只拣人多处排头砍去”的杀人狂浑人也是英雄，甚至连张青、孙二娘这种不管好人坏人只要你有钱、只要你长得肥胖就杀了你做人肉包子的“铁杆儿歹徒”也是英雄。

《水浒传》的英雄观，是扭曲的，而且是被故意扭曲了的。这不单和我们今天所提倡的“革命英雄主义”格格不入，就是和武侠小说中的英雄豪杰也无法相容。——因为“侠客”的主旨是“路见不平，拔刀相助”的“侠意识”，其行动的主导思想是“劫富济贫[1]”，是“除暴安

①从社会发展的角度分析，“劫富济贫”并不能促使社会进步。“劫富”的结果是使富人变穷人，而不能使穷人变富。这一方面是富人少穷人多，富人的财产分给穷人是杯水车薪，无济于事；一方面助长了懒汉的“不劳而获”思想，总惦着分别人的财产。社会发展的动力是发展科技，改变生产关系，提高生产力。只有让穷人富起来，让社会上的富人和中产阶级占大多数，才能改变社会面貌。历史上众多“英雄豪杰”十分推崇的“劫富济贫”，实际上是一种治标而不治本的错误行动。这就是目前很流行的“造反有害论”的理论根据。请参看本文“《水浒传》是不是写劫富济贫”一节。

良”，其所作所为至少还有一个“天理人情”可讲；而《水浒传》中所谓的“英雄”，其主旨是“霸意识”，其行动是“顺我者昌，逆我者亡”，更具体地说是“劫富济己”或“除暴安暴”甚至“除良安暴”，这里面根本没有什么“天理人情”可讲。许多所谓的“英雄”，其实都是土匪、恶霸、黑社会头目，这种人为任何一种社会制度所不容。他们虽然也讲“义气”，但那是强盗土匪之间的“哥儿们义气”或“江湖义气”，与“侠意识”无关。

那么，是《水浒传》的作者头脑不清、观点不明、不懂得什么叫作“真正的英雄”吗？

不是的，绝不是的。

说到这里，似乎有必要先把“好汉”“英雄”“豪杰”这些词语的定义弄清楚。

根据《现代汉语词典》，“好汉”的解释是：勇敢坚强的男子。例：英雄好汉。“豪杰”的解释是：才能出众的人。例：英雄豪杰。“英雄”的解释是：1. 才能勇武过人的人。例：英雄好汉。2. 不怕困难，不顾自己，为人民利益而英勇斗争，令人钦敬的人。例：人民英雄，劳动英雄。3. 具有英雄的品质的。例：英雄的中国人民（作形容词用）。

以上解释，似乎还不太严谨，至少和我们大家心目中的看法还有一定的距离。

第一，先说“好汉”。《水浒传》一百单八条好汉中，有三条好汉是女性，不是男子，但是没有人因此说“一百零五条好汉”。可见，“好汉”不仅指男子，也包括女子在内。在水浒人物中，谁是“勇敢坚强的男子”？武松敢打虎，鲁达敢打“镇关西”，算得上“勇敢坚强”；但是张青呢？他杀人做人肉馒头；王英呢？他杀了雇主，上山当强盗，还抢女人当“压寨夫人”，是不是也算“勇敢坚强”？

在老百姓的心目中，除了你是不是勇敢坚强、敢作敢为之外，还要“敢当”，才算“好汉”。所谓“好汉做事好汉当”。对“好汉”，并不要求他分清是非善恶。哪怕他杀人放火，只要最后“敢作敢当”，押赴刑场杀头，也还是“好汉”。所以，土匪强盗杀人犯在押赴刑场杀头之前，还敢于喊一声："十八年后，老子又是一条好汉！"——这样看来，宋江就不是"好汉"。他杀了阎婆惜，却不敢"当"；连鲁达也算不上好汉，他三拳打死镇关西，也是"一走了之"，并不敢挺身而出到官府自首。

第二，关于"豪杰"。凡是"才能出众的人"就是"豪杰"?"才能"的概念十分宽泛，治国平天下是才能，管理一家商店也是才能，甚至会写诗词歌赋的也是才能。我们能说李白、杜甫是"豪杰"吗?

第三，关于"英雄"。第一个解释：英雄是"才能勇武过人的人"，就很不妥当。这个定义居然糊涂到不分是非善恶！一个有才能又勇武的人，他可以做好事，也可以做坏事。利用自己的才能和勇武去做坏事害人，难道也叫"英雄"？水浒人物，是用自己的才能和勇武做好事呢，还是做坏事呢?第二个解释：英雄是"不怕困难，不顾自己，为人民利益而英勇斗争，令人钦敬的人"。这样的解释，倒比较接近"英雄"的定义，但仍不够全面，而且不应该作为"第二定义"。《新华词典》对"英雄"一词的解释作了如下调整：1. 有抱负，不畏艰险强暴，为民族或先进阶级的利益做出重大贡献的杰出人物。例：民族英雄、劳动英雄。2. 旧指勇武过人的人。3. 具有英雄品质的。例：英雄的人民。但是特别强调"先进阶级的利益"，似乎阶级偏见过于严重了。——商店失火，不顾自己的危险去救店员的人当然是英雄，那么，去救老板和小姐的，难道就不是英雄了?可见"阶级偏见"有多么荒谬!

我的意见，"才能勇武过人"之类，就不用提了。有许多英雄，才能和勇武都不一定过人；他们之所以能够成为英雄，关键是他们有一颗是非善恶分明、肯于舍己为人的心。因此，"英雄"的定义，似乎应该偏重于"不顾个人利益，一心为他人、为民族、为国家谋取利益"这样的内容。

那么，用以上定义来衡量水浒人物，谁是好汉?谁是英雄豪杰?

施耐庵在写《水浒传》的时候，心中难道没有一个"英雄豪杰"的定义和标准吗?

我觉得，要想读懂《水浒传》，首先必须了解一个前提:《水浒传》故事，包括《大宋宣和遗事》、元人杂剧中的许多水浒戏，以及《水浒传》的成书，都在元代。元代是个异族统治中原的朝代。我们不是狭隘的民族主义者，中国有五十六个民族，古代的皇帝并不是历朝历代都是汉族人，对于由哪个民族来当皇帝，按今天的理论来说，自然应该一视同仁，无可厚非。但是倒退七八百年，当时的蒙古贵族却是狭隘的民族主义者。他们视自己为高贵的民族，对一切异族采取的都是残酷统治和血腥镇压的政策。皇帝元太祖，也就是威震欧亚的“一代天骄”成吉思汗、被许多人吹捧为“英雄”的孛儿只斤铁木真，在射猎和血腥的仇杀中成长，嗜杀成性，视人命如草芥，把杀人和掠夺财产等同于狩猎。他以仅仅十万左右的蒙古铁骑，纵横欧亚大陆，向西一直打到了莫斯科和匈牙利，所过之处都进行了绝灭人性的野蛮屠杀，创造了战争死亡的历史最高纪录（当时全世界人口不足五亿，被他直接、间接杀死的人估计有一亿以上，占世界人口四分之一强，比两次世界大战死亡的总人数还要多；蒙古铁骑过去，盛极一时的中亚文化大国花剌子模居然就从地球上消失了）。成吉思汗及其子孙所进行的战争，是野蛮战胜、毁灭了文明的典型。在中国，他虽然采纳了契丹人耶律楚材的建议，不杀工匠和种田人，但是对汉人和各少数民族在内的“南人”，仍然采取的是强权高压统治政策。据民间传说，当时每十户人家要养一个蒙古人，十户人家只许用一把菜刀，还要由这个蒙古人保管。所有的“南人”，衣服上都要缝一块写有“南人”字样的标签，以表示自己低人一等的身份。“南人”与蒙古人、色目人之间，没有平等可言——评理必输，打官司必败。汉人杀死蒙古人，无一例外必须以命相抵，而蒙古人打死了汉人，法律规定最多只赔一头牛！

另外，再请注意一点：尽管我们能够在俄罗斯和匈牙利的文学作品中看到许多蒙古人侵略他们的残酷记录，但是在中国本土，这样的文学作品数量却极少。宋元时代，是我国说唱文学鼎盛的时代，元人杂剧在中国文学史中也占重要地位，但是流传到今天的元人话本和元人杂剧中却极少有反映当时人民被蒙古人残酷统治的苦难生活的作品。为什么？原因无他，就是因为蒙古人的统治十分严酷，对文学作品采取的是扼杀政策，人民根本就没有写作自由和出版自由。因此即便有人写出来了，也不可能拿出去演唱，更不可能流传下来。——《水浒传》稿子写成了，在元朝却没有机会出版，能否在书场演说也没有确切的记录。直到作者死了一百七八十年或二百年之后的明朝嘉靖年间，才有偶然的机会得以出版，而且是假冒“忠义”二字作掩护，方才能够出版的。这也是一个旁证。

当时的蒙古统治者根本就不重视文化，往深里说，作为统治集团的蒙古贵族，自身根本就没有什么文化，甚至以毁坏文化为乐事。整个元朝，一共存在了一百零八年（1260—1368）[①]，但是居然有七十七年没有开科取士。换句话说，当官的、至少是“一把手”，必然都是蒙古人。汉民族有自己的传统观念：第一是正统观念，视蒙古人为“异族”；第二是道德观念，讲究“礼仪”和“伦理”；第三是文化观念，有自己流传了几千年的固有文化。这对当时的蒙古人来说，反差是极大的。当时的汉族人对异族的统治不满，也是必然的。在高压政策下，不可能公开喊出打倒异族统治者的口号来，于是杂剧作者就写鼓动造反的戏，施耐庵们就写鼓动造反的书，目的都是“励志”，也就是“唤起爱国英雄们”起来造反！

但是，“自古以来，中国农民其实都是最容易满足、最谨慎安分的一个群体”[②]，只要有一口淡饭果腹，有一件破衣遮体，就满足了；甚至把他们的土地、儿女抢走，父母都饿死了，也都强忍着，哪怕自己去死（如杨白劳），也不愿意或不敢去造反。这就是所谓“逼也不反”的一群（包括林冲的前半生）。而能够被“唤起”的英雄，在当时的环境下，只能是包括痞子、赌徒在内的“游民”，也就是所谓“不逼也反”的一群，甚至包括像矮脚虎王英、菜园子张青和母夜叉孙二娘这样的“叛民”。因为只有他们，才具有不劳而获的特性，敢于掠夺，敢于牺牲别人的利

---

① 这里从元世祖（孛儿只斤铁木真）中统元年（1260）开始计算。实际上蒙古于元世祖至元八年（1271）才开始改国号为元，而历史上又把南宋最后一个皇帝赵昺退位的祥兴二年作为南宋的结束，而祥兴二年已经是元世祖至元十六年（1279）。按历史纪元算，元朝只存在八十九年。

② 这是2002年8月8日《南方周末》A4时政版的一个小标题。

益甚至生命来满足自己的私欲；稍有不满，稍稍一逼，就能置身家性命于不顾，联合起来上山造反。因此，施耐庵们十分清楚："官逼民反"的"民"，主要是这个层次内的"游民""刁民""暴民""叛民"，而不是安分守己的"顺民"。

要造反就要杀人。你不会杀人，好，我来教你。作者生活在元代，他不喜欢那个政府，希望那个社会越乱越好，以便民众起来造反。这就是为什么《水浒传》鼓吹"会杀人者即好汉，善杀人者即英雄"的真正原因。

施耐庵本人对《水浒传》的定位，就是一部"爱国励志书"，呼唤的是"全民的强悍"，呼唤的是"集结全民的力量"，来反抗这个异族统治的强权政府。因此，他的"立场"就是站在"造反派"这一边的。所以，晁盖等人图谋抢劫，他称之为"聚义"；朱仝徇私枉法，放走抢劫犯晁盖，他称之为"义释"；歹徒们上了梁山，进行抢劫，他却说是"替天行道"！——如果不先把这个"作者的立场"搞清楚，根本就无法阅读、无法理解《水浒传》。

这样的观点，不是我首创。梁启超①先生在《小说丛话》一书中说：

> 有说部书名《水浒》者，人以为萑苻②宵小之作，吾以为此即独立自强而倡民主、民权之萌芽也。……施耐庵之著《水浒》，……因外族闯入中原，痛切陆沉之祸，借宋江之事，而演为一百零八人，以雄大笔，作壮伟文，鼓吹武德，提振侠风，以为排外之起

---

①梁启超（1873—1929）：字卓如，一字任甫，号任公，别署饮冰子、饮冰室主人、哀时客、中国之新民等。广东新会人，著名的政治家和学者，12岁中秀才，17岁中举人，18岁从师康有为学习三年。戊戌政变失败后出亡日本。1902年创办《新民丛报》。其学术研究，涉猎广泛，学贯中西，囊括古今，在哲学、文学、史学、经学、法学、伦理学、宗教学等领域均有建树，以史学研究成绩最著。

②萑苻：古泽名。《左传·昭公二十年》："郑国多盗，取人于萑苻之泽。"因此后人以"萑苻"指盗匪出没的地方。

点。(因)叙之过激，故不悟者误用为作强盗之雏形，使世人谓为诲盗之书，实《水浒》不幸耳。

这一段叙述，除了“倡民主、民权”和“鼓吹武德，提振侠风”这两条与《水浒传》的描写不太切合，应该改为“倡自由、平等”和“鼓吹造反，提倡强悍”之外，所提“以为排外之起点”，是能够被论者所接受的。

有一篇无名氏的文章提到：“相传其书成之日，拍案大叫曰：‘足以亡元矣！’而耐庵之心事，于此一语，跃跃然如见焉。”这话即便施耐庵并没有说过，至少也代表了一部分“明眼”的读者。——施耐庵下的似乎是一副“只救眼前”的“虎狼之剂”，至于人民强悍起来推翻了蒙古人的统治之后怎么办？由宋江、李逵之类的奸人、浑人来做皇帝、当大将，是不是会比蒙古人更好，老百姓能不能安居乐业？施先生顾不得了。

这和我的朋友、《狼图腾》作者姜戎先生所阐述的意思差不多：游牧民族的蒙古人以狼为图腾，人民具有狼性；农耕民族的汉人，天性懦弱，具有羊性。要改变中国人的“羊性”，以求自立于世界之林，增加每个人的强悍，以达到全民的强悍，似乎是不可或缺的。

不过，我个人对于这种“虎狼之剂”是否能救中国，却抱怀疑态度。人的头脑中如果没有正确的思想作为引导，光知道杀人，逞一时之勇，即便真能推翻一个政权，所建立起来的新政权也一定不会比“前朝”更好。远的如李逵，他肯定是个“阳刚之气”十足的“好汉”，如果宋江取得了政权，让他当太尉，会比高俅好多少？近的如“文化大革命”，被狂热煽动起来的“革命小将”们，哪一个不是挥舞皮带，“雄赳赳，气昂昂”地“打人不眨眼”？如果把希望寄托在这些人身上，中国真的能变强吗？即便真的变强了，是不是也会像当年的蒙古人那样杀你不眨眼，侵略你没商量？

其实，古往今来，凡是靠“造反”起家的，夺取政权之后，如果继续靠武力镇压，用不了多久，当年的“造反派”就会变成强权统治者，而且比前朝的皇帝更坏。因为前朝的皇帝，大都成长于宫廷之中，有的还受过良好教育，他们的“坏水儿”不外乎荒淫好色、宠信奸佞、贪图享受之类，不像出身于市井无赖的造反派，几乎什么坏招儿全都精通。历史上，像朱元璋、洪秀全这样的人，就是他们的样板。

但是，所有这些问题，当年的施耐庵似乎没有想到，或者虽然想到了，也没有可以妥善解决的方法，他只好“暂且不顾”了。

尽管客观环境如此，但我们绝不能理解为施耐庵们的心目中没有是非善恶的分界线。为了推翻蒙古人的残酷统治，他不得不“以一种倾向掩盖另一种倾向”，先顾眼前了。所以，《水浒传》中描写的杀人场面特别多，人性偏向于残酷。这也和元代蒙古人凶残统治的影响有关。《水浒传》所写的历史背景虽然是宋代，但是绝不排斥作者把当时社会的现实生活写进书中去的可能。因此，一方面是作者鼓吹“善杀人者即英雄”，一方面在许多人的心目中的确也认为“善杀人者即英雄”。这些“英雄”们，杀人是不眨眼的，因为他们从来不把人当人看：在孙二娘的眼中，一个人和一头牛没有什么区别。这些“英雄”们，还大都喜欢滥杀无辜。李逵们只要高兴，那板斧从来不认人，不管是官兵还是百姓，只知道“拣人多处排头砍去”，甚至声称自己“三天不杀人，就要憋出病来”。还有一个“丧门神”鲍旭，书中说他“生平就喜欢杀人”。武松做事似乎比较有原则，杀嫂嫂和西门庆讲究的是“冤有头，债有主”，但是他所杀的无辜者也实在不少：都监府连杀十五人固然是为了报仇泄愤，但是杀马夫、丫头、仆妇干什么？蜈蚣岭上管闲事，也可以算是“除恶”，可是真相不明，王道士是不是恶人还不知道呢，戒刀就亮出来了；那个来开门的十来岁的小道童也一刀砍了，是何道理？究其动机，其实就是想找几个人来试试新得的戒刀是否锋利！——这种动机，多么可怕！

一个造反集团，必须有一种“黏合剂”，把许多人团结起来。在今天，革命者有社会埋想，有奋斗目标；在六百年前，造反的目的只有一个——那就是“改朝换代”。

但是皇帝只有一个，造反者不能人人当皇帝。能把造反者凝聚成一个集团的力量，除了造反成功能够当开国元勋、封妻荫子、享受荣华富贵的目标之外，用来“团结部众”的主要是“义气”二字。只有在“义气”的感召下，才能捧出一个像宋江这种“文不服众、武不压众”但是却“最讲义气”的人来做领袖。——施耐庵搜集了许多与宋江有关的话本、杂剧和民间故事，他何尝不知道历史上真正的宋江是个有本事的“草莽英雄”？但是这样的英雄，最终走上了投降的道路，这是施耐庵这个不学无术的“才人”也不会满意的。在他那个历史时代，应该知道宋江并没有去打过方腊，也许还知道宋江等人的最后下场。但是他偏偏根据不可靠的《大宋宣和遗事》中一句“征方腊，封节度使”，写了“一百单八将”投降及覆灭的经过，应该说是有他一定的良苦用心的。包括后来刊印者改名《忠义水浒传》，也是“用一种倾向掩盖另一种倾向”。试想：明明是在鼓吹造反，不打出“忠义”的牌子来，朝廷能让他印刷发行吗？

“忠”和“义”，是一件事情的两方面：“忠”是对国家，“义”是对朋友。宋江上梁山当了强盗，却口口声声说是在等待招安，要为国家出力，当然是“忠”；一百单八将相互之间“义薄云天”，不惜以死相助，怎么不是“义”？于是，有了“忠义”的掩护，打家劫舍、杀人放火，就都成了“义举”了。

按照目前流行的说法：施耐庵将近四十岁才考中进士，只在杭州做了两年官，就“终身不再仕，立志著书”了。如果此话当真，试想：一个刚刚金榜题名、仅仅做官两年的人，为什么会“急流勇退”？而且退下来以后是做这样一件既无名可得又无利可图的勾当（他在世的时候，书无法出版，也没有得到一文钱稿酬）？他能下这样大的决心，这其中肯定经受过痛心的打击和认真的抉择的，只可惜今天我们没有材料可查了（有一部小说《施耐庵传》，就杜撰了许多有关施耐庵及其家人遭受蒙古人压迫屠杀的故事，虽然没有根据，却很有道理）。

施耐庵写《水浒传》，历史时代背景明明放在金兵频繁“南下”的北宋末年，这个时候中国最大的矛盾是和金国之间的矛盾。当时的人民，特别是自以为有膀子力气、懂点儿武功的好汉们，只要还有一点点爱国心，是不可能不关心这一事关国家生死存亡的头等大事的。但是《水浒传》最大的遗憾，既不是有几处“硬伤”把地理环境搞错了，也不是把英雄好汉的定义搞错了，而是连一处也没提到“国家危亡”这个当时“最大的矛盾”。《水浒传》所描写的“社会现状”是：百姓生活在“安然”的优裕环境中，士大夫阶层从来不谈国家的危亡，好汉们从来没想过要到抗金前线去贡献力量；满口忠心的宋江及其父亲，也从来没有提到过要去抗金，却在国家最需要团结一致抵抗外族入侵的危难时刻，集合了几千甚至几万人马“独坐山岗，自立为王”，牵制国家兵力，危害人民的生命财产。

评论《水浒传》，如果不把着眼点放在思想性上，就会走上金圣叹的老路：口口声声赞扬施耐庵的文笔如何如何好，甚至言过其实地把某些篇章说成“超过了太史公”，但是却一句也不提金兵的残暴，一句也不提抗金的迫切。我只能说，评论者和写作者恰好站在同一条水平线上！——当然，金圣叹生活在“另一个异族统治”的清朝，他和施耐庵一样“有话不敢说”，也是造成他评《水浒传》言不由衷的原因之一。

事实上，不论是北宋末年的强盗，还是抗日战争期间的强盗，虽然也有人是被官府所逼不得已上山的，但是其中多数人还是张青或王英式的歹徒。他们只想到自己“快活”，不会想到国家的生死存亡。这种以“自我”为中心的土匪强盗，如果有爱国志士去“点拨”一下，“晓以大义”，其中有一部分还有爱国心和民族自尊心的人也许会走上抗争的道路（事实上也的确有）。但是多数依旧只知道自己个人享乐的强盗，正像鲁迅先生说的那样：“去和强盗讲道德，去和妓女讲贞操，绝对是格格不入的。”

梁山泊的“好汉”们，包括李逵在内，多次提到“大碗喝酒、大块吃肉、大秤分金银”的“快活”生活。这样的强盗，实质上大都是没有一点儿民族自尊心、只想到自己的糊涂蛋！

小结：《水浒传》写于异族统治中国的元代，作者在反抗心理的促使下，决心借《水浒传》作外壳鼓吹造反，宣扬的是“善杀人者即英雄”的观点，反对“忍”，鼓吹“反”。因此，这是一部“民族励志的书”，呼唤的是“强悍”。这样的故事放在北宋末年这样一个民族矛盾尖锐的历史背景下，应该说动机是积极的，但是他没有号召梁山好汉们起来抗金，却在金兵大举入侵的年月为非作歹，消耗国家财力，牵制国家兵力。所以，宋江一伙儿在当时并没有起过什么好的作用，更不是农民起义。在今天来看，《水浒传》既有积极的一面，也有消极的一面。质言之，这种颠倒黑白、歌颂恶人的小说，已经不适合今天的读者、特别是青少年阅读。《水浒传》作为中国古典文学的四大名著之一，禁止既不可能，也无必要，但是今天出版《水浒传》必须加上说明、评论和注释，从而最低限度地减轻、消除这种负面影响。

八、《水浒传》是不是写农民起义

有一段时间，某些以“革命派”自居的“无产阶级文学评论家”们，运用“阶级斗争”的学说，简单草率地把“水浒一百单八条好汉”们划到了“农民起义”的范畴中去，一方面在这些强盗们的头上戴上了“革命”的桂冠，一方面又谴责宋江等人“只反贪官不反皇帝”的错误立场。典型的例子，就是1975年8月23日，署名梁效（实际上是北京大学、清华大学大批判组）在姚文元的授意下写的评《水浒传》文章——《一部宣扬投降主义的反面教材》。今天看来，这当然是一种非常错误的误导。

如果我们运用阶级分析的方法，来衡量一下水浒一百单八将的阶级出身和社会地位，究竟哪几个是真正的“农民”呢？除了解珍、解宝是安分守己的猎户，阮氏三雄是地地道道但也并不太安分的渔民之外，其余的人物大都是军官、地主、吏役、商人（包括店主）、恶霸、土匪、游民。只有一个用铁锹当武器的陶宗旺，是真正种地的农民。但是他为什么要上黄门山当强盗，书中并没有说，这就存在是他杀人或他被人迫害这样两种可能性。就是被革命“造反派”认为“革命性”最强的李逵，虽然出身农村，但是打死人之后逃亡在外，当了狱卒，已经不是善良淳朴的农民，而是一个强索硬要的无赖和不分青红皂白只知道“抡起板斧排头砍去”的杀人魔王兼浑人了。这里面还有大财主卢俊义，这种根本不想造反而被吴用设计陷害搞得他家破人亡、走投无路而“逼”得他不得不“上山”的“被裹胁者”——实际上是被迫害者。因此，尽管林冲和卢俊义都是被“逼上梁山”的，但是这两个“逼”，在本质上绝对不同：一个是被“官”所逼；一个是被“匪”所逼。“梁山好汉”中被“匪”所逼的人物颇多：徐宁、萧让、金大坚等，莫不是因为“山寨的需要”而强迫他们当强盗的。他们的生活原本即便不是很好，至少还过得下去，完全没有必要去造反。当强盗以后，生活不是变好了，而是变糟了。特别是卢俊义，简直让宋江、吴用给害惨了。

任何一个政治集团，其成员的出身、成分大都很复杂。要求农民军中个个都是农民，就好像要求“工人阶级先锋队”个个都是工人一样不现实。评价一个人、一个集团是积极的、进步的，还是消极的、反动的，要看他或他们在历史长河中所起的作用。历史地看待、分析历史，是辩证唯物主义历史观的菁华。这才是“历史唯物主义”。分析历史，绝不能离开“当时历史”这个大环境、大前提。一切以今天的观点去要求古人、以“无产阶级先锋队”的标准去衡量农民起义军的做法，固然是错误的，而把一切造反者都冠以“革命派”，同样是错误的，甚至会闹笑话。因此，我才提出“抢劫（暴动）≠造反≠起义≠革命”这样一个认识公式。

质言之，农民起义由于历史及阶级本身的认识局限性，起义也就是造反的目的，无非是“打倒旧皇朝，建立新皇朝”，因此“彻底的革命性”根本就不存在，成功的可能也极小。偶然的成功，造反者成为新的统治者，最后必然会发生质的变化：像朱元璋那样，从农民利益的代表变成了封建主利益的代表，不再关心农民的疾苦和利益了。甚至像李自成进北京、洪秀全进南京那样，其所作所为比前朝的皇帝更坏更恶，老百姓的生活也比前朝更艰难更困苦。

因此，从历史唯物主义的观点出发去看历代的造反者，只要他敢反抗，不论他反的是贪官还是皇帝，就应该承认他具有一定的积极性。尽管这种积极性很不彻底，而且还有量和质的不同，但这正是历史的必然。

不论在任何一个时代，贪官总是被老百姓痛恨并咒骂的。尽管清官不可能从根本上改变封建王朝的统治，但是我们总不能说清官比贪官更坏。因此，从任何一个角度说，反贪官总比不反好。——“文革”期间，以姚文元为代表的“无产阶级文艺理论家”们批判《海瑞罢官》，强词夺理地说：“贪官多了能够促使平民起义，清官多了只能维持封建统治，因此清官比贪官更坏。”这简直是“混账逻辑”！这些“无产阶级文史学家”居然会持有这种弱智的错误论点，原因是他们根本就不懂得什么叫社会发展史，不懂得社会的发展不是靠农民起义来“促成”，而是靠生产力的提高来发展的。贪官多了促使农民起义的结果，无非是换一个人做皇帝，所继续的还是封建统治，甚至新皇帝可能比旧皇帝更坏。而“农民起义”所带给老百姓的痛苦和对社会生产力的破坏，却是无法弥补的。

同样道理，对待欺凌和压迫，只要敢于反抗，就是好样儿的。这里面不存在阶级观点。我们不能说农民反抗地主剥削是积极行动，工人反抗资本家压榨是积极行动，都属于“革命”范畴，而小地主反抗大地主、小资本家反抗大资本家、小官吏反抗大官吏或封建皇帝的欺压就不是积极行动，就只能算是“狗咬狗”。这与封建统治集团内部的倾轧、争斗绝对不能同日而语。只要这个观点能够成立，那么部分水浒人物的抗争和反贪官，尽管他们不一定就是农民起义，但就其积极性来说，也应该得到肯定或部分肯定。

正因为以宋江为首的部分水浒人物“只反贪官，不反皇帝”，对皇帝还抱有希望和幻想，因此才会导致后来的受招安，导致后来的全军覆没。《水浒传》的作者没有无限拔高这些人物，而是按照历史的客观规律如实地描写了他们的思想和行为，应该说这样的写法是现实的、成功的，同时暗示造反必须彻底，不能半途而废。反之，如果人人都像李逵那样大喊“反进京城去，夺了鸟（diǎo，通“屌”）位，让晁盖哥哥做大宋皇帝，宋江哥哥做小宋皇帝”，不但不符合这批人的思想境界，退一步说即便他们真的造反成功，也不过在中国历史上多制造一个封建王朝、多增加一代封建皇帝罢了。——还是那句话，让李逵去当太尉，不见得会比高俅强多少。

只有运用这样的观点来读《水浒传》，才不会把这些水浒人物无限拔高或无限贬低，才能够正确地揭示中国封建社会中各路起义军的发生、发展及其失败过程的真实本质和社会意义。

我们说《水浒传》出版几百年来存在着误读、误解、误导，原因是多方面的。首先作者施耐庵就有故意误导的动机——他口口声声把善杀人者作为“英雄”来歌颂，把假仁假义的宋江吹嘘为“义士”；其次才是以“无产阶级文艺理论家”自居的文痞们，出于他们不可告人的动机和目的，再一次进行故意的误导。因此，我们要大声疾呼：给《水浒传》拨乱反正，还《水浒传》以本来面目。

前面已经说过：从本质上说，农民起义是不存在真正的“胜利”的。何况中国历史上有许多次农民起义的领导权根本就没掌握在农民的手里，而是掌握在“游民”甚至地主、官僚的手里。

为了说明这个问题，不能不费点儿篇幅简单地说说阶级和阶级斗争史。

学过《社会发展史》的人都知道，社会制度的发展，就是生产力和生产关系的发展。生产力和生产关系不变，社会制度就不可能改变。多次惨痛的经验教训我们，这是一个不以人们的意志为转移的客观规律：你不想让社会发展固然不行，你想让社会尽快发展也不可能。

原始部落社会，人们聚族而居，生产力十分低下，没有个人财产，过的是原始共产主义生活。由于部落战争的失败，一部分人从战俘沦落为奴隶，社会生产开始发展农业劳动，于是在人与人之间出现了剥削和压迫，出现了奴隶主和奴隶两个敌对的阶级。由于奴隶对自身地位、待遇的不满，不可避免地会经常出现怠工、破坏甚至武力反抗，于是人类历史中出现了“阶级斗争”。但是奴隶的反抗因为力量的悬殊及认识的局限（不知道打倒奴隶主之后，应该建立一个什么样的社会），所以从来没有得到过真正的胜利（即便成功，也是换一个人来当奴隶主，甚至可能比老奴隶主更坏，而敌对的阶级并没有消灭或变化）。只有在生产力逐渐提高的前提下，开明的奴隶主在不断发生的奴隶反抗下逐渐认识到：如果给予奴隶更多的自由，不但可以使农业生产力得到提高，自己也可以更加富足。于是一部分开明奴隶主迫于形势，同时也是出于自身的利益，率先解放奴隶，让他们成为佃农：除了交出一定数量的地租之外，剩余部分全部归佃农所有。——生产关系的改变，导致生产力有所提高，奴隶制社会发展到封建制社会。

因此，从奴隶社会发展到封建社会，绝不是被压迫的奴隶们“武装革命”的结果，而恰恰是开明的奴隶主进行“改良”的结果。——从效果看，革命派失败了，改良派成功了。

这里顺便还要说明一下，斯大林把人类社会的发展分为五个阶段：原始共产主义社会、奴隶制社会、封建主义社会、资本主义社会、共产主义社会。（周有光先生就不同意这种分法，他对人类社会的分期是：原始社会、农牧社会、工业社会。）郭沫若等人秉承斯大林的见解，全盘继承过来。但是具体到中国，到底是哪朝哪代从奴隶社会进入封建社会的呢？历史学家却众说纷纭，争论了许久，至今没有一个统一的认识。除去国内外许多“资产阶级历史学家”的观点暂且不提，单是近现代以马克思主义、历史唯物主义为指导的历史学家，结论就颇不相同：以范文澜、翦伯赞、吕振羽等人为代表的，主张“西周进入封建社会”；以李亚农、唐兰为代表的，主张“春秋进入封建社会”；以郭沫若、杨宽、吴大琨等人为代表的，主张“战国进入封建社会”；以白寿彝、金景芳等人为代表的，主张“秦始皇统一中国后进入封建社会”。除此之外，还有以侯外庐为代表的“西汉进入封建社会说”，以周谷城为代表的“东汉进入封建社会说”，以尚钺和何滋全为代表的“魏晋进入封建社会说”。甚至有人根据《孟子·滕文公上》：“夏后氏五十而贡，殷人七十而助，周人百亩而彻，其实皆什一也。”认为夏商周“三代”农业劳动者都是交十一租的、相对自由的农奴，不是被镣铐锁着强迫劳动的奴隶，因此说中国的原始社会瓦解以后，中国人就“跳级”直接进入封建社会了——也就是说，中国历史中居然没有奴隶社会。

对于封建社会的始末，根据个人对社会实质的粗浅认识，从“封”和“建”这两个字的本义着眼，我认为中国的封建社会似乎应该开始于周朝建立后的“分‘封’天下，‘建’立诸侯国”，而结束于秦始皇的废除封建制，建立以皇权为中心的郡县制。换言之，中国的封建主义社会，有点儿近似于“联邦社会”（把诸侯国看成是“邦”）；而秦始皇的皇权主义，恰恰是“中央集权”的专制主义。但是刘邦推翻秦朝，建立汉朝，一方面继承了秦朝的郡县制，实行中央集权；一方面又恢复了周朝的分封制，把他的儿子们封为王，分驻各地，形同诸侯。这样一来，中国历代的皇帝一方面推行中央集权的专制皇权主义，一方面又继承封建主义，一直延续到20世纪，只是“诸侯式”的分封地域和权力逐渐缩小而已。因此，从政治体制着眼，中国的纯封建制一共只存在了八百多年就结束了，而从秦始皇一直到近现代的两千多年，中国社会的政治体制并不是封建制而是中央集权的皇权制（如果仅仅从生产关系着眼，依旧是地主和农民两个阶级对立的“后封建制”）。不过，只要知道中国的封建主义社会后期，政治体制其实是皇权专制主义，虽然也还有“封”和“建”的残余，势力分明已经逐渐式微，不是主导力量，笼统地把周朝以后的中国社会说成为封建制或“后封建制”，也未尝不可。

在封建社会中，因为还存在着压迫和剥削，对“顺民”们来说，是“哪里有压迫，哪里就有忍耐”，而对“暴民”们来说，则是“哪里有压迫，哪里就有反抗”。因此，阶级斗争虽然只是“部分的”存在，但依旧是客观存在的，而且是不可避免的。尽管农民起义历朝历代不断发生，但是因为生产关系没有改变和生产力的无法解放，农民起义也不可能得到真正的成功。所谓的“造反成功”，无非是改朝换代，也就是“把你打下去，我来做皇帝”。在封建社会中，如果生产力不发展到一定程度，哪怕发生一千次农民起义，其结果只能是改朝换代，倒霉受苦的还是老百姓。

下面，我们再来看资本主义社会的形成。

简单地说，从封建社会发展到资本主义社会，并不是农民起义的结果，也不是打倒皇帝的结果。因为农民头脑中没有资本主义思想，不懂得资本主义工商业。只有开明的地主阶级本身（包括知识分子）认识到从佃农手中一升一斗地收取地租不如经营工商业更发财，只有地主阶级因为从事工商业改变了生产关系、发展了社会生产力，把自身变为资产阶级之后，才有可能通过武力或非武力把政权夺到手里，从而把社会制度改变为资本主义社会。至于一个社会是封建主义还是资本主义，与有没有皇帝关系并不大：像日本和英国，虽然至今仍有帝王，但是由于生产关系的改变和生产力的发展，它们都属于资本主义国家，而不是封建主义国家。特别是像瑞典那样的国家，至今还有国王，但是他们的瑞典工党按照恩格斯的“议会斗争”路线，没有发动武装革命就成了执政党，如今却已经是富强的“福利国家”了。

从理论上说，中国最后一次大规模的反封建农民起义是洪秀全领导的太平天国运动。因为从太平天国以后，中国进入了半封建半殖民地时代，进行的就是旧民主主义革命了。尽管“洪秀全已经开始接触西欧的文化和民主思想”，但他只是借“天主”之名，推行的却是封建迷信那一套，即便革命成功，依旧是改朝换代，而且事实证明他当皇帝比历朝历代的皇帝更坏。直到孙中山领导的国民革命，才是代表地主、小资产阶级利益的旧民主主义革命。

非常遗憾的是：历史证明，人类社会从封建主义进化到资本主义，并不是农民起义的结果，而是开明地主进行改良的结果。因此，造反绝不等于革命。革命的目标，绝不是把富人变成穷人，而是要把穷人变成富人（出发点是善，是为他人）；绝不是推翻一个专制独裁的政府，建立一个更专制独裁的政府（出发点是恶，是为自己）。革命成功的前提，第一是生产力的发展和成熟；第二是领导集团要有先进的思想作指导和理想的社会制度作目标；第三是领导集团必须放弃特权。不然，封建主义就要复辟（直到1949年，中国虽然有少量的民族资本家，但还没有形成资产阶级，更没有掌握政权，因此不存在“复辟资本主义”）。

我们回顾历史，判断一个人或一件事情是对是错、是好是坏，标准只有一个，那就是这个人或这件事情是推动社会发展还是阻碍社会发展，是改善人民生活还是使人民生活倒退。马克思把人类分为“剥削阶级”和“被剥削阶级”，但是没有绝对的标准，因为你既可能是剥削者，也可能同时还是被剥削者。我把人类分为三种：一是推动社会发展的人，人数不多，属于“顶层”，包括政治家、科学家、文学艺术家；一是保持社会平衡的士农工商，这一类人数量最大，几乎包括全体平民百姓；一是阻碍社会发展、甚至促使社会倒退的，这一类人数量不多，但是能量极大，包括反民主搞独裁的政治狂人、邪教教主、盗贼土匪、战争贩子、伪科学家，等等。这样分析，比较合乎历史唯物主义。

评判《水浒传》及其人物，也必须用这种历史唯物主义来进行。

很明显，一百单八个水浒“英雄”们所带给社会和人民的，主要是破坏，是倒退。特别是在“金兵南下”那个历史时期，他们所起的作用是扰乱社会治安，分散抗敌兵力。他们没有造福人民，也没有推进社会发展。——很明显，即便宋江不投降，而是“革命成功”取得了政权，当上了皇帝，一定也是个善于玩弄权术的坏皇帝，而不会是一个忧国忧民的好皇帝。特别是被吹捧为“彻底革命派”的李逵之类，一旦取高俅而代之，流氓无产者当权，结果无非是胡作非为，不会比高俅好到哪里去。受害的，还是老百姓。

对于毛泽东把人类所有的历史都看成是“阶级斗争史”，就很值得商榷（因为人类形成阶级之前，也应该有“历史”）。至于“农民起义一次，生产力就大飞跃一次”，则绝对是错误的论断。正确的结论，似乎是“历史上农民起义一次，生产力就遭到一次极大的破坏”。张献忠、李自成发动农民起义以后，义军杀过去，官军杀过来，到了崇祯年间，全国杀得只剩下了不到五千万人口（当时的江南基本上没有遭到太多的兵燹，可见陕西、河南、四川等地没剩下了多少人），整个四川都快没人了，不得不来一个“湖广填四川”。田是要人来种的，工也是要人来做的，人都杀光了，还谈什么“生产力的飞跃”？但是这就是真实的、惨痛的历史，是社会发展中所必须经过的历程，是不可避免的，也是不以人们的意志为转移的。

对于“流氓无产阶级”，马克思是看不起的。他在《共产党宣言》中说：“流氓无产阶级是旧社会最下层中消极的腐化的部分。他们在一些地方也被无产阶级革命卷到运动中来。但是，由于他们的整个生活状况，他们更甘心于被人收买，去干反动的勾当。”像李逵这样出身农村的流氓地痞杀人犯，也曾经被“无产阶级文艺理论家”如姚文元之流吹捧为“农村革命之最勇敢、最彻底、最坚决者”。但是，我却绝不相信他们的“革命性”。鲁迅笔下的阿Q属于流氓无产阶级无疑，他对革命以及革命成功以后的向往，也不过是到“秀才娘子的床上去滚一滚”，然后再把吴妈或小尼姑据为己有。阿Q的“革命”，宋江、李逵等人的“革命”，从他们的人性和阶级本性出发，绝不会比张献忠好多少。

这些道理，六百多年前的施耐庵当然是不懂得的。他出于本人、本阶级、本民族所受到的压迫和痛苦，迫切希望推翻蒙古人的残酷统治。但是他也和封建社会所有的士大夫阶层一样，头脑中不可能突然间懂得了社会发展的规律。在他们的头脑中，最理想的社会是有一个英明的好皇帝，有一个贤明的好宰相，没有战争，没有盗匪，官员廉洁奉公，民风淳朴，夜不闭户，路不拾遗，风调雨顺，安居乐业。反过来，如果皇帝昏庸，奸臣当道，到处是贪官污吏、土匪恶霸，甚至还有不讲理的异族统治，那就应该起来造反。至于造反以后应该怎么样，可就不是他的世界观和认识水平所能够想到、所能够解决的了。

因此，施耐庵编撰《水浒传》，主要目的就是揭露社会的黑暗，鼓动人民起来反抗，宣扬民族励志，呼唤的是“民族强悍”，并指出一旦参与造反，就不能投降，一旦投降，结果等于自取灭亡。宋江的故事，只是这个中心思想的外壳。

小结：《水浒传》不是一部写农民起义的书，宋江等人只是盗匪，而不是农民起义军；也许可以称为“好汉”，但绝不是英雄。其中大多数是犯罪分子甚至是“铁杆儿歹徒”，一向作恶多端；只有少数几个人是被奸臣贪官所害，被逼上梁山。他们中有的是贪生怕死的投降将军，从“官”变成了“匪”；有的还是被梁山盗匪所害，无可奈何才成为盗匪的。他们只给社会和人民带来灾难和痛苦，没有施恩泽于人民百姓，没有想到要去抗击共同的敌人——金兵，更没有想到要把社会生产力提高再提高，从而造福于人类。作者客观地暴露封建统治的残酷与黑暗，宣扬“霸意识”，暗示“善杀人者即英雄”，目的是鼓动百姓造反，呼唤全民强悍。但是囿于作者的认识水平，不能指出理想的社会应该怎样，只能指出要造反就要彻底，投降是没有出路的。施耐庵当然知道杀人放火、谋财害命者是坏人，但是在异族统治下，一方面敢于反抗就是积极，一方面也希望社会越乱越好——社会越乱，越不好治理，就越便于推翻。因此，他将“善杀人者即英雄”观点违心地推出了。

九、《水浒传》是不是写劫富济贫

许多人受武侠小说的影响，对“侠盗”和“义贼”的“劫富济贫”行为十分欣赏，认为这些人对不公平的社会做出了“公平”的裁决。

有人把梁山好汉的“替天行道”，归并到“劫富济贫”的范畴中去，也称宋江等人为“平等大王”。

是不是这样呢？当然不是！

首先，梁山好汉们本身大都不是被压迫、被剥削的贫苦农民或城市贫民，真正被“逼上梁山”的并没有几个。其次，被贪官污吏所逼的人，除了林冲和解珍、解宝之外，最多还能加上一个柴进，多数人并没有官府逼他，少数人反倒是被梁山好汉所逼、所骗。所以，他们根本就没有“侠盗”和“义贼”所具有的惜老怜贫、同情穷苦人的心肠。梁山好汉的构成成分，归纳起来，不外乎这样五类：

第一类，也是梁山好汉中的大多数，他们本身就是职业的犯罪分子（如开黑店的张青和孙二娘，在陆路上抢劫杀人的王英，在水路上杀人抢劫的张横等）、地主恶霸（如穆弘、穆春、孔明、孔亮），也包括“临时起意”的抢劫犯（如晁盖等七人）。

第二类，因为各种各样原因触犯刑律走投无路，只能上山“避祸”的，如宋江、武松、鲁达、杨雄、石秀等。其中，也包括顾大嫂等一伙儿出于“亲情、义气”而劫狱的反抗者。

第三类，被梁山好汉胁迫而成为盗匪的，如卢俊义、李应、朱仝、徐宁、萧让、金大坚等。

第四类，征剿梁山的官军军官兵败被俘却因贪生怕死而投降的，如秦明、关胜、呼延灼、董平等一大批人。

第五类，是羡慕梁山好汉们势力强大、生活舒适而主动投靠的。其中，有的本来就是小股土匪强盗，如吕方、郭盛、鲍旭、陶宗旺等；有的是盗贼，如时迁；有的是平民百姓，如王定六等。

这些人到了梁山以后，其生活方式，用他们自己的话来说，就是“大碗喝酒、大块吃肉、大秤分金银、整套穿衣服”；用李逵的话来说，就是两个字：快活！——包括吃喝的快活和杀人的快活。

由这样的五类人所组成的一个强盗集团，希望他们同情穷苦百姓，从而劫富济贫，有可能吗？小而言之，成百上千的大小头领、头目，过的是“天天酒肉”的享乐生活；大而言之，一两万大小喽啰及其家属，也要过“水平线以上”的生活，不然，人家就不会来当土匪。而这上万人马，除了有一些捕鱼、种菜、做饭、制衣、酿造酒醋以及泥瓦木铁等工匠之外，绝大多数人并不从事劳动生产，所有开支全靠抢劫。抢劫的对象，第一是过往客商。客商们知道梁山泊有强盗，当然宁可绕远，也不会再去送货上门甚至送死。第二是去“打家劫舍”，也就是抢劫附近村庄的地主富户。当年的地主，如果不是大官僚或大庄园主，积蓄并不太多，根本就不够这些人抢劫掳掠的。像祝家庄这样存有五十万担粮食的庄主，在当时的生产条件下，可以说是绝无仅有（分明是施耐庵的故意夸大）。第三就是只能去攻打州县，抢劫国库。——正是因为梁山好汉所抢劫的都是属于“富”的范畴，于是就给读者造成了梁山好汉“劫富济贫”这样的错觉。

咱们举几件实例来看看《水浒传》中所记录的梁山好汉们历次打劫

以后，这些钱财有没有接济穷人，再看看这些钱财都跑到哪里去了。每次打劫以后，穷人是得到了好处呢，还是受到了拖累？

梁山好汉以打劫为生，梁山上有几千上万人马，都靠打劫客商和州县的府库生存。从晁盖上山开始，多年来，打劫的行动至少应该有上千次了。下面只选《水浒传》中比较出名的几次，作为例子来分析说明。

第一件，最著名的打劫行动，当然是晁盖带头、吴用导演的“智取生辰纲”。这一笔财富，价值是“十万贯”。

咱们首先来看看“十万贯”是一个什么概念，相当于今天多少钱。——当然，这只是一种近似值的类比，古今币制，两者的实际使用值是不一样的。

北宋时代的铜钱和银子的比值，据有关资料显示，基本上停留在一两银子兑换一千文即一贯钱的水平上，波动不大（铁钱后来贬值了）。所以，十万贯大约就是十万两银子。宋代的黄金最贵，黄金与银子的比价是一两黄金大约兑换五十两银子。十万贯，相当于两千两黄金。按今天黄金的官价每两将近一万元计算，这十万贯折合人民币将近两千万元。——如果按十万两银子的所值折算，肯定比两千万元要多得多。

这两千万元，有多少用于“济贫”了呢？一分钱也没有。所有的银钱，都被晁盖等人私下分了。如果平均分配，八个人，一个人二百五十万元。实际上，是绝不可能平均分配的。至少晁盖和吴用这两个“主事者”要多分一些，像白胜这种“闲汉”大概分得最少。

这叫什么行为？这叫“劫富济已”或“劫富济私”。

受这次打劫行动牵连的，首先是晁盖的庄客和东溪村村民。他们被县太爷抓去拷打，逼问晁盖等人的下落。其次是石碣村的村民和渔民们。官军来征剿，首先抢了他们的渔船；交战中，又被烧毁了不少。事后晁盖拿出银钱来赔偿他们没有？没有。

这叫什么行为？这叫“劫富害民”或“劫富害贫”。

第二件，晁盖上了梁山以后，当然天天或经常打劫。且看书中所描写的晁盖指挥下的第一次抢劫是如何分配的。

这次抢劫，共得了二十多辆车子的金银财宝和四五十匹驴骡头口。牲口当然全部归公，分的只是金银和财物。请看书中的描写：

> 小喽啰把财物抬过来，在厅上一包包打开，把彩帛衣服堆在一边儿，行货等物堆在一边儿，金银财宝堆在正面；叫掌库的小头目，每一样取一半儿收贮进库，听候支用；剩下一半儿分作两份儿，厅上十一位头领均分一份儿，山上山下众人均分一份儿。

也就是说：十一个人分一份儿，六七百人分一份儿。由于书中没有说具体的钱物数，无法用银钱数字来表示。这里咱们不妨虚拟一个数字，来看看每人所得究竟有多少。

二十车货物，书中没说是什么货，值多少钱。咱们给它估一个价：既然是“共有几十个人联结一起”的客商，即便按每人平均五百两银子的本钱，二十辆车子，也应该有一万两银子的货物。五千两归公用，另五千两分两份儿，每份儿两千五百两。“厅上”十一个头领均分，每人得二百二十七两略多一些；山上山下七百个人分另一份儿，三点七五两略多一点儿。头领与喽啰所得的比例接近于 1:60！

这是一个极大的差距。我们姑且设想这些喽啰都是因为被官府、豪绅压榨而上山的贫穷农民，这样的分配制度能算是“劫富济贫”吗？

第三件，同样情况，桃花山首领李忠和周通下山打劫，计划把所抢到的财物全部送给鲁智深做路费。打抢回来，发现鲁智深已经把桌上的金银酒器席卷而去。于是强盗们把抢来的财物分作三份儿，两个头领各得一份儿，众喽啰合分一份儿。咱们姑且假设是一千两银子，两个头领各得三百三十三两；三百多个喽啰共分三百三十三两，每人不过一两银子左右，比例为 1:333！比梁山泊悬殊更大，难怪晁盖要以“讲义气”自居了。

第四件，三打祝家庄之后，宋江有过一次给村民分粮食的行动。请看书中描写：

宋江和吴用商议，要把这祝家庄村坊洗荡了。石秀禀说起这个钟离老人指路之功："也有这样善心的良民在内，不可屈坏了好人。"宋江听罢，叫石秀去找那老人来。石秀去不多时，引着那个钟离老人来到庄上，拜见宋江、吴学究。宋江取一包金帛赏给老人，永为乡民："不是你这个老人面上有恩，把你这个村坊尽数洗荡了，不留一家；因为你一家为善，以此饶了你这一境村坊人民。"那钟离老人只是下拜。宋江又说："我连日在此搅扰你们百姓，今天打破了祝家庄，给你村中除害。所有各家，赐粮米一担，以表人心。"就着钟离老人为头给散。

宋江一面把祝家庄多余的粮米尽数装载上车；金银财赋犒赏三军众将；其余牛羊骡马等物送去山中支用。打破祝家庄，得到粮米五十万担。

注意一：宋江原来的主意，是"要把这祝家庄村坊洗荡了"。什么叫"洗荡"，是不是和日本鬼子的"扫荡"一样，大概不用解释了吧。打祝家庄，实际上就是为了"劫富"，可是强盗们"济贫"了吗？不但没有，还想"把这祝家庄村坊洗荡了"！后来虽然每户"赐"米一担，但估计村民们的损失绝不止"每户一担"吧？——只要是发生战争，倒霉的绝对是老百姓！祝家庄的村民只要你不来"劫富"就念阿弥陀佛了，谁也不盼望土匪强盗来"济贫"！

注意二：宋江在打破祝家庄以后，当场就已经把"金银财赋犒赏三军众将"了。怎么分？书中没说，大概还是晁盖的那个方案！

注意三：打破一个祝家庄，就得到粮米五十万担！一个地主庄院，怎么可能存有这样多的粮食？即便每担按一百斤计算，合五千万斤呢！根据当时梁山泊的人口数字估算，每年大约用粮三百六十万斤，够吃十四年的了。可惜梁山泊山寨的寿命没这样长，到宣和三年就全部投降了。

第五件，打破大名府以后，书中有如下零星描写：

> 蔡福说："大官人快救一城百姓，别叫残害。"柴进听见说，就去找军师吴用。等到找着，吴用急传下号令去，城中已经损伤了一半儿。……
>
> 军师吴用在城中传下将令：一面出榜安民，一面救灭了火……把大名府库藏打开，所有金银宝物都装上车子。又开仓廒，把粮米赈济满城百姓，余下的也装载上山，供梁山泊贮用。……
>
> 梁中书抄检民间，被杀死者，五千余人，受伤者不计其数；各部军马，总计折损三万有余。……

这是《水浒传》中明文写的"赈济"。也就是说，这次战役，梁山人马"损伤"了大名府中一半儿百姓，杀死的百姓五千多人、军马三万有余，伤者不计其数。于是吴用传令：开仓赈济满城百姓。具体数字，书中没写。

这里的数字，可能有些出入。据史料记载：宋代的汴京和临安，人口都超过一百万。人口在二十万以上的大城市，共有六个。大名府是陪都之一，即便不是一个百万人口的大城市，也应该在二十万以上。"损伤"了一半儿，就是十万人。如果按每人"赈济"十斤米计算，就要一百万斤。第一是宋江肯拿出这样多的粮来送给老百姓吗？第二是一场战争下来房子被烧了，财物被抢了，区区十斤米又能管什么用？

不用多引了，就这五个例子已经完全可以说明问题了。

实际上，中国古代的"侠盗""义匪"们所津津乐道的"劫富济贫"，是一种治标不治本的"社会平衡"。古往今来，也不可能因为有"劫富济贫"行为，就能够使不公平的社会"公平"起来。"劫富济贫"，可以救一人、一家、一事，但不可能使全体贫民得到解脱。

"劫富济贫"或"杀富济贫"的理论基础，是首先认定富人都是剥削者，都是为富不仁的"罪人"，基本上不承认世界上有"勤劳致富"这种事情的存在，因此认为这些人都是"该杀"的。这当然不是事实。

人类分贫富，大概开始于奴隶制社会。因此这种贫富的区分，的确是伴随着阶级的产生而产生的。奴隶制社会发展到封建制社会，奴隶变成了佃农，生活水平有可能比当奴隶的时候略有提高，但是和地主及官僚的差距依旧相差极远。

世界上许多个人和政党都在研究如何消灭这种贫富差距，尽管也有人想到过“劫富济贫”，但是绝不是好办法。中国近代的土地改革，可以视为是一次全世界范围中最大的“劫富济贫”，但是贫困的农民并没有因此而永久摆脱贫困。

贫富的产生，有许多因素。地主、富农出租土地、放债收息，当然是“剥削行径”。但是一种社会制度或现象的存在，不是三天两天形成的，也不是个人意志所能左右的。封建社会脱胎于奴隶制社会，佃农制度相对于农奴制度，有其一定的先进性。地主、富农是历史的产物，是时代的产物，有的是祖遗的家产，有的是勤俭发家，当然也不排斥有剥削所得甚至豪强所得。所谓“存在决定意识”“存在就是合理”，就是指地主、富农在封建社会中存在的“合理性”。这是不以个人意志为转移的。我在浙南农村中长大，据我所见，除了官僚地主，中国农村中绝大多数中小地主，过的生活不但不豪华，多数人还没有今天大城市一般居民的生活水平高：有的非常节约，衣服破了总是补了又补；有的吝啬而小气，可以称之为“刻薄起家”，但并不伤害他人。特别是富农，他们本身参加劳动，有的还非常勤劳节俭。从人品上说，并不比贫农中的懒汉、闲汉如白胜之类差。从理论上说，只要宣布从 1949 年 10 月开始，土地收归国有，重新分配，在此之前的剥削一律不计较，就可以了。除了有血债和刑事案件者外，似乎没有必要把他们打入另册视为阶级敌人，甚至从肉体上加以消灭的。

早在 20 世纪 20 年代，恩格斯就曾经提出“不要把富人变成穷人，而要把穷人变成富人”的口号。方法是，从提倡民主和改善政治制度入手，发展科学技术，提高生产力。瑞典等北欧四国就是信奉恩格斯的这个理论的。他们没有搞流血斗争，尽管如今瑞典依旧是个王国，但是他们的国民经济已经超过了美国成为世界第一。迷信“劫富济贫”的人们，值得深思。

小结：从社会发展的角度分析，“劫富济贫”并不能促使社会进步。“劫富”的结果是使富人变穷人，而不能使穷人变富人。这一方面是中国的农村富人少穷人多，富人的财产分给穷人是杯水车薪，无济于事；另一方面助长了懒汉的“不劳而获”思想，总惦记着分别人的财产。社会发展的动力是发展科技，改变生产关系，提高生产力。只有让穷人富起来，让社会上的富人和中产阶级占大多数，才能改变社会面貌。历史上众多英雄豪杰十分推崇的“劫富济贫”，实际上是一种治标而不治本的消极行动。特别是宋江之类的强盗，在发动战争、也就是“劫富”之后并没有“济贫”；对老百姓来说，分明是只有“失”而没有“得”。

十、《水浒传》的成就及今天怎样认识

《水浒传》究竟是一部什么书？

最简单的答复:《水浒传》是一部描写土匪强盗及其成因的书。

土匪强盗，几乎是任何一个社会制度下都有的。描写土匪强盗的书，世界各国都有。《水浒传》不但详细描写了土匪强盗怎么杀人放火，而且深入地揭露了这些土匪强盗都是怎么产生的。因此，也可以说《水浒传》是一部专门描写“盗匪成因”的书。

梁山泊聚集了一百单八个盗匪头目，还有两万个小头目和小喽啰。这些大小盗匪是怎么形成的呢？《水浒传》形象地说明了这个问题。

首先是贪官污吏、恶霸地主的陷害。典型的例子是林冲和解珍、解宝。他们都是安善良民，如果不是有人要他们的命，哪怕生活再苦再不如意，他们都能“忍”。从本意上说，他们并不想当强盗。他们被逼上梁山，目的只有一个——求得自己活命。为了自己活命，他们不得不杀人，不让别人活命。这就是一条从良民变为盗匪的发展道路，一条和“本意”“本性”矛盾的道路。

林冲这个人物，在读者心目中的形象是在不断地变化的。被高衙内

迫害，人们可怜他的遭遇；被解差折磨，人们并不同情他，为什么不抗争？山神庙前杀陆虞候，人们称赞他终于觉醒；到了梁山泊，王伦要他下山杀人作为“投名状”，他居然“遵命”，这个人就不值得同情了：你要活命，怎么不想想人家也要活命？按林冲的性格和为人，就应该“拂袖而去”，绝不为自己活命而残杀无辜。可以这样说，自从林冲答应王伦下山去杀人，善良而安分守己的林冲就已经“死”了。从此以后的林冲，就是失去人性、不讲是非、只求自己活命的歹徒了。

其次是犯罪分子为了避难而做盗匪。典型例子如宋江、晁盖。他们或因为抢劫，或因为杀人，无法在社会上生存了，不得不逃到山上以抢劫谋生。

有的人是交游不慎，误入歧途。典型例子是史进。他是个庄园主的儿子，一生吃穿不愁，而且当着里正，在乡村里也是个“一呼百诺”的头面人物。但是他崇尚“江湖义气”，和少华山上的盗匪勾结上了。从此，一步步和土匪靠近，最终弄了个家破人亡，自己也当了土匪强盗。

梁山好汉中占比例最多的，其实是游民和铁杆歹徒。典型例子如张青和王英。他们从来不干好事，为任何一个社会制度所不容。

此外，还有少量的人是被宋江、吴用等人设计骗上山去的。典型例子如卢俊义、徐宁、金大坚。他们实际上都是受害者。

所有这些人，他们从来没有想到过要“造反”，更不用说“革命”了。

这些或主动或被动做了盗匪的人，他们或者安于现状，希望长期占领梁山泊，永久“快活”；或者等待朝廷招安，从而达到做官的目的。——李逵虽然喊过要“杀进京城，夺了鸟位”，那只不过是浑人讲的浑话，不能作为梁山好汉的代表思想。再说，即便他真的杀进京城，夺了“鸟位”，也不过是换换位置，他不会有一点点“改良社会”的思想和行为的。

施耐庵的最大成功之处，就在于他如实地描写了这些土匪强盗的成因，恰如其分地歌颂了他们的英勇，暴露了他们的凶残，既没有拔高他们，也没有掩盖他们的种种劣迹。唯一一个拔高了的、不太真实的人物是宋江，但也可能有不得不如此写的苦衷。

《水浒传》分明是一部鼓励百姓造反的书，明清两代也的确有一些“造反派”是直接或间接地受到《水浒传》的影响而起来造反的。例如明末的张献忠，尽管他识字不多，却多次让人家读《水浒传》给他听过并十分推崇。当然，这和张献忠本人的“土匪性格”也有很大关系。在封建帝王统治时代，《水浒传》的确或多或少地曾经起了“造反教科书”的作用（但绝不是“农民起义教科书”，更不是“革命教科书”，因为它不可能引导农民起义走上正确的道路）。

《水浒传》是我国第一部长篇白话小说，对中国的白话文学发展起了很大的作用。《水浒传》对封建社会的各种罪恶，几乎都有涉及，为我们提供了一幅北宋时期社会生活各方面的风俗画长卷。

《水浒传》所描写的涉及面极广。万历十七年刻本《忠义水浒传》天都外臣（汪道昆）的《序言》中说：“载观此书，其地则泰、晋、燕、赵、齐、楚、吴、越，名都荒落，绝塞遐方，无所不通；其人则王侯将相，官师士农，工贾方技，吏胥厮养，驵侩舆台，粉黛缁黄，赭衣左衽，无所不有；其事则天地时令，山川草木，鸟兽虫鱼，刑名法律，韬略甲兵，支干风角，图书珍玩，市语方言，无所不解；其情则上下同异，欣戚合离，捭阖纵横，揣摩挥霍，寒暄颦笑，谑浪排调，行役献酬，歌舞谲怪，以至大乘之偈，真诰之文，少年之场，宵人之态，无所不该。纪载有章，烦简有则。发凡起例，不难易于。如良史善绘，浓淡远近，点染尽工；又如百尺之锦，玄黄经纬，一丝不纰。”又同书卷首怀林写的《又论〈水浒传〉文字》中说：“《水浒传》虽小说家也，实泛滥百家，贯穿三教。……至于战法阵图、人情土俗、百工技艺，无所不有，真搜罗殆尽，一无遗漏者也。”这些评价，除了“战法阵图”并不真实可用之外，其余各项应该不是“溢美之词”。尽管其中也有一些历史、地理方面的漏洞或曰“硬伤”，但是在那个参考资料不像今天这样充足、这样便于寻找的时代和写作环境下，能够取得这样辉煌的成就，应该说是一件十分不简单的事情。——当然，这不是施耐庵一个人的功劳。《水浒传》是一部“集体创作”的书，施耐庵不是“著作人”，而是

“编写人”，他只是在前人的创作基础上做一些提炼、集中、编辑、连贯之类的工作。

《水浒传》的人物描写，对于早期白话小说来说，已经具有相当高的艺术成就。全书重要人物中，至少有一二十个人各有各的面目，栩栩如生地描写了一批啸聚江湖的“绿林好汉”们各自的独特性格。特别像宋江这样的“伪善者”的性格和面目，的确非常难写。这一百单八个“好汉”中，至少有三分之一即三十六个人做到了各人有各人的语言。通过这些语言，各人迥异的性格被刻画得惟妙惟肖，栩栩如生：李逵的粗心大胆、率直浑厚；鲁达的粗中有细、仗义刚正；武松的勇武利落、胆大心细；林冲的安分守己、忍辱谦让；宋江的假仁假义、心狠手辣。通过他们的语言，无不让读者如见其人，如闻其声。全书大故事套小故事，长篇中包含中短篇，至今仍然生发并影响着众多文艺作品。小说语言生动活泼，高潮迭起，可读性极强，是中国长篇侠义小说的鼻祖：明清的侠义小说，以及现当代的武侠小说，尽管主导思想并没有继承其“霸意识”，但至少在人物描写上都受到过《水浒传》的影响。

当然，也有人认为《水浒传》是一部“男人小说”。因为它粗犷野性，大刀阔斧，多数好汉不近女色，没有卿卿我我的细腻爱情，所描写的六个女性中三个是淫妇、三个是强盗婆……

《水浒传》故事和人物还涉及了许多艺术领域。五百年来，曲艺、戏剧、电影、电视、绘画、雕塑等各门类艺术家接连不断地对《水浒传》进行着一次次的再创造。

《水浒传》的社会意义，首先在于它真实、深刻地揭露了封建社会的黑暗和腐朽以及统治阶级的罪恶，说明老百姓之所以要起来造反，根本原因就在于日子过不下去，是“官逼民反”。其次在于一面“替天行道”的大旗，使这群人不再仅仅是打家劫舍的“强盗”，而成为“造反有理”的“叛民”。——尽管他们行的是“强盗”的“道”，说的是“强盗逻辑”。

其实，整部《水浒传》中真正被“逼”上梁山的人并不多，真正讲义气的人也不是很多（鲁达可以算一个）。像林冲那样的“安善良民”，上山当强盗的确是出于无奈，既然无缘无故被剥夺了活路，最后只有被“逼”着上了梁山。但是，晁盖、吴用、阮小二、阮小五、阮小七、刘唐之类，却没人逼过他。尤其是晁盖，家中颇为富足，却仍然一听说有“不义之财”就坐不住了，就要去“劫富济已”了。“官逼民反”，作为一种社会规律是绝对不错的，但是具体到个人身上却不是这样：真正的“顺民”往往是逼也不反，而所谓的“好汉”们，却往往是不逼也要反。

这些不逼也反的是“民”中被称作“好汉”的一部分人。他们自称或被称为“好汉”，其实就是盗贼，更是官员的候补。（当时的民谚，“要做官，杀人放火受招安”。先当土匪后受招安，也是当时武官们的“仕途出路”之一。直到20世纪的军阀时期，土匪出身的武官数量仍然很多。）这些人不习惯老老实实、辛辛苦苦地过日子，不愿意以自己的劳动谋生，但是却特别向往“大碗喝酒、大块吃肉、大秤分金银”的“快活”生活。因为“聪明人”都知道，以自己的双手劳动谋生是最笨的办法，远不如依靠收税、收租或者抢劫来得容易。既然他们手中没有收租收税的权力，唯一的出路就只有抢劫了。这是“好汉们”与顺民不同的活法。——这些“好汉们”一旦取得了政权，他们能对老百姓好吗？

听说有人押了大批财宝路过某地，“好汉”们就奔走相告：“来了一笔富贵。”就必须劫为已有。所谓“七星聚义”，聚的是什么“义”？只因为所抢的钱财是贪官的，是不义之财。如果抢来救济贫困，当然可以称之为“义举”；但是抢来之后据为已有，还被称作“义”，这就非常勉强了，就是强盗逻辑了。施耐庵一定要这样说这样写，说明他的“立场”是牢牢地站在“盗匪”这一边的。即便在今天，如果有人抢了某个贪污腐败分子的钱财据为已有，案发以后，依旧要作为盗匪判刑而不是作为“英雄豪杰”歌颂的。

按照鲁迅先生的说法，中国人的历史实际上只有两个时代，一是暂时做稳了奴隶的时代，二是想做奴隶而不可得的时代。好官能够让人做稳奴隶，贪官污吏使人做不稳奴隶。《水浒传》中的好汉，可是连奴隶也不让人做稳的。试想：如果宋江真的“打上东京，夺了鸟位”，能比赵佶好吗？李逵做了太尉，流氓无产者专权，能比高俅好到哪里去吗？

小说固然说的是宋朝的故事，但是任何一个小说家在写书的时候都会把现实生活中的素材糅合进去，读者和听众也会将小说与现实生活联系起来。这就是《水浒传》的积极因素所在，也是封建统治者要把它列为禁书的主要原因。

由于受历史认识水平的限制，《水浒传》中所宣扬的“忠义”和“替天行道”都是有其局限性的。“忠”，首先是对皇家的忠。当时人的观念，皇家就是国家，“尽忠报国”就是忠于皇上。因此，宋江等人在受招安之前，打出了“替天行道”的旗号，这个“天”实际上就是代表“天道”的皇上。因为皇帝都是“奉天承运”的“真命天子”，是“天命所归”，他所奉行的就是“天”的意志。只是如今皇帝宠信奸佞，是奸臣蒙蔽了皇上，是这些贪官污吏们不行“天道”，于是我们这些做强盗的就来“替天行道”。——其实，这是一种给自己脸上贴金的“强盗逻辑”。一百单八将聚义以后，宋江建议请和尚道士设坛超度被他们害死的平民百姓，就是这种“强盗念经——假慈悲”的集中体现。而受招安之后，不单要去“征辽”——打击异族入侵者，还要去“征方腊”——打击不忠于皇帝、要取代皇帝的造反者。于是，宋江等人的旗帜就从“替天行道”改为“顺天”和“保国”了。尽管宋江等人自称具有耿耿忠心，招安之后奋不顾身地为皇家拒外敌、平内乱，但是终究逃脱不了被打击、被毁灭的最终下场——也是客观规律所“注定”的覆灭下场。因此可以说，《水浒传》“只反贪官、不反皇帝”，正是宋江等人的真实思想和当时社会的客观存在。批评宋江不该征方腊，就好像批评岳飞不该镇压杨幺起义、曾国藩不该镇压太平天国起义一样，不是真正的无知不懂得“历史首先是在历史条件下的历史”，就是有意装傻充愣用阶级偏见来解读当年的历史。——看历史，只能“纯客观”，不能带有任何“阶级感情”，不然，就会掉进“阶级偏见”的泥淖中无法解脱。

至于《水浒传》中再三宣扬的“义”，则主要是指江湖好汉的“义气”，其中与国家的标准即“国法”和人民的标准即“天理人情”无关。所以朱仝放了抢劫犯晁盖，不说他“渎职”，却说他是“义释”；武松替黑社会头目施恩打击另一个黑社会头目蒋门神，不说是“黑吃黑”，却说是“义夺”。——这不是施耐庵没有真正理解什么叫作“义”，就是他在故意偷换大前提，有意进行误导。

封建社会的下层人民，为了维护自身免受暴力的欺压，产生了一种团结御侮的愿望，这就是“四海之内皆兄弟也”的“江湖义气”。特别是在流落他乡的游民身上，这种“义”的要求和表现特别强烈。先从“路见不平，拔刀相助”开始，继而发展到“救困扶危，杀富济贫”。这种“义气”，在尔虞我诈的官绅阶层中是绝不存在的，在封建士大夫中也不可能存在。但是宋江所宣扬的“义”，第一只限于以小恩小惠结交江湖好汉，第二又必须服从“忠”这个前提。于是，相对说来具有一定革命性和先进性的“义”，就不免黯然失色了。“四海之内皆兄弟”，宣扬的是“团结”“友爱”和“互助”，是以“群众利益”为前提，可以说是一种朴素的“大同世界”的雏形。《水浒传》所宣扬的是“顺我者昌，逆我者亡”的“霸意识”，是以自我为中心，眼睛里根本看不见“群众”，最多也只看见梁山上那几条“好汉”所组成的小集团。不然，宋江就不会为了逼降一个“草包将军”秦明，居然忍心杀死杀伤青州城外上千无辜的平民百姓了。——难道这些百姓，不在“四海之内”，不属于“兄弟”范畴吗？

有人根据梁山好汉们“大秤分金银、论套穿衣裳”，具有“八方共域，异姓一家”的理想，不管什么出身“都一般儿哥弟称呼，不分贵贱”，认为梁山上实行的是平等主义甚至是“社会主义”①。其实不然。梁山好汉们带着小喽啰下山打劫，所得财物分为三份儿：一份儿归公，一份儿归头领们，剩下的一份儿才是给小头目和众喽啰的，其中根本不存在什么“平等”和“共产”。吴沃尧在《杂说》一文②中说：

---

① 见光绪三十三年（1907）年出版的《小说林》第一卷黄人的文章《小说小语》：“《水浒》一书，纯是社会主义。其推重一百零八人，可谓至矣。自有历史以来，未有以百余人组织政府，人人皆有平等之资格而不失其秩序，人人皆有独立之才干而不枉其委用也。”

② 见光绪三十二年（1906）出版的《月月小说》第一卷。

轻议古人固非是，动辄索引古人之理想，以阑入今日之理想，亦非是也。吾于今人之论小说，每一见之。如《水浒传》，志盗之书也。而今人每每称其提倡平等主义。吾恐施耐庵当日断断不能作此理想。不过彼叙此一百零八人聚义梁山泊，恰似一平等社会之现状耳。吾曾反复读之，意其为愤世之作。吾国素无言论自由之说，文字每易贾祸，故忧时愤世之心，不得不托之小说。且托之小说，亦不敢明写其事也，必委曲譬喻以为寓言，此古人著书之苦况也。《水浒传》者，一部贪官污吏传之别裁也。梁山泊一百零八人，强半为在官人役，如都头也、教师也、里正也、书吏也，而一一都归结于为盗，即著者之视在官人役之为何如可知矣。而如是等等之人，之所以都归结于为盗者，无非官逼之使然。即著者之视官为何如亦可知矣。吾虽雅不欲援古人之理想以阑入今日之理想，然持此意以读《水浒传》，则谓《水浒传》为今日官吏之龟鉴也亦宜。

此人所持见解，虽然并不完全正确，但是不宜“以今天人的理想去阐发古人的理想”这一条，倒是值得参考的。

《水浒传》描写的是杀人放火的强盗，说他们崇尚、讲究、遵循“江湖义气”，勉强还说得过去；说他们“忠”，就实在太勉强了。从《水浒传》到《忠义水浒传》，有“内在”和“外在”两方面因素：内在因素是作者施耐庵们的极力鼓吹，起了一个引导实际上是误导的作用；外在因素是嘉靖年间为了争取公开出版而人为地给它进行了外壳包装，以“忠义”二字来掩盖它鼓励造反的实质。关于这个问题，历代的评论家们不是看不出来。金圣叹在《第五才子书施耐庵水浒传·序二》中说：

观物者审名，论人者辨志。施耐庵传宋江，而题其书曰《水浒》，恶之至，迸之至，不与同中国也。而后世不知何等好乱之徒，乃谬加以“忠义”之目。呜呼！忠义而在《水浒》乎哉？忠者，事上之盛节也；使下之大经也。忠以事其上，义以使其下，斯宰相之材也。忠者，与人之大道也；义者，处己之善物也。忠以与乎人，义以处乎己，则圣贤之徒也。若夫耐庵所云《水浒》也者，王土之滨则有“水”；又在水外则曰“浒”，远之也。远之也者，天下之凶物，天下之所共击也；天下之恶物，天下之所共弃。若使忠义而在《水浒》，忠义为天下之凶物、恶物乎哉？且《水浒》有忠义，国家无忠义耶？……无恶不归朝廷，无美不归绿林。已为盗者，读之而自豪；未为盗者，读之而为盗也。

此外，王望如[①]在《第五才子书水浒传·总论》中也说：

施耐庵著《水浒》，申明一百零八人之罪状，所以责备徽宗、蔡京之暴政也。然严于论君相，而宽以待盗贼，令读之者日生放辟邪侈之乐，且归罪朝廷以为口实，人又何所惮而不为盗。……后世续貂之士，冠以“忠义”，盖痛恶富贵利达之士，敲骨吸髓，索人金钱，发愤而创为此论。……人死饥寒者什九，死盗贼者什一。盖人饥则死，寒则死，盗贼未必死。盗贼攫人金钱可救死，盗贼有官争护护持终不死。不死矣，而且小官之，大官之，执无侯非盗，无盗不侯以自解免，皆宋江之俑也。

余治先生在《得一录》卷五中说：

窃尝谓是非者，天下之定理，是非存而人心于以不死。自《水浒》戏文出，而是非颠倒，定理亡矣。夫英雄、好汉、义士，美名也，以之加于盗贼，颠倒孰甚焉。

---

①王望如：王仕云，又名王望如，号桐庵老人，清代初年歙县人。在顺治十四年（1657）醉耕堂刊本《王仕云评论五才子水浒传》卷首，写有《水浒序》《水浒传总论》。

这几位老先生虽然爱发迂腐之论，但这几句话应该说还是颇为中肯的。

在武侠小说中，宣扬的是“侠意识”。侠意识不承认法律和王权，但是承认“天理人情”。行事的准则，主要按“天理人情”办事，因此他们敢于抑强扶弱，敢于跟“国法王权”较量。而《水浒传》通篇所宣扬的则是“霸意识”。所谓“霸意识”，也不承认法律和王权，但是行动的准则不是“天理人情”，而是以自己的个人好恶为中心，做的是“顺我者昌，逆我者亡”的“霸业”。

质言之，“霸意识”就是“强盗逻辑”。任何社会都排斥强盗逻辑，今天的社会主义新中国当然也不例外。

正因为《水浒传》是一部内涵和背景都很复杂的小说，因此今天的读者阅读《水浒传》必须具有正确的历史观。

由于历史的局限性，《水浒传》中除了对“英雄豪杰”的定义作了违心的却是必要的歪曲之外，还有不少糟粕部分。例如把这一百零八人说成是“妖魔转世”；调情的描写和杀人的场面太多（王婆说风情和潘金莲毒杀丈夫，简直就是在教人如何勾引良家妇女、如何用毒药杀人）；宣扬天命、迷信和绝不存在的天书及呼风唤雨的本事，等等。

由于人类的认识水平是逐渐提高的，今天我们多数人不相信神道鬼怪。但是在封建王朝时期，从帝王将相到平民百姓，几乎人人都相信“天命”：皇帝自称是“受命于天”，是“天命所归”；风不调雨不顺的遭难年月，官员们也只知道“哀哀切切，恳求上苍”。其实，仅仅只要倒退几十年，像我的爷爷奶奶、外公外婆那一代人，几乎人人都相信“天命”，都相信鬼神。所以，施耐庵时代，所写的《水浒传》中有关于“天命”和鬼神的描写就不足为怪了。从小说的描写看，宋江倒是一个不迷信的人：他先制造关于“天书”的神话，接着假造一块什么“上天降下”的石碣，上面刻着一百单八将的名次，从而取得了自己“领袖”的地位，并避免了众弟兄因为“座次”高低而发生的内斗。不论这是施耐庵的主意，还是宋江的主意，都应该认定这是他们在利用封建迷信为自己服务，为“梁山泊集团”的利益服务。

小结： 作为中国俗文学的《水浒传》，从它的发生、存在到今天，已经好几百年了。时至今日，我们对它应该有一个正确的、客观的评价：这是一部有缺点的“好书”。尽管它在中国文学发展史上有过突出的贡献，从今天的社会现实出发，从避免青少年犯罪出发，我认为像《水浒传》这样的小说，要否定它既无必要也不可能，但是出版之前应该在书前写出有分量的“导读”，让读者特别是青少年读者知道此书的成因及不得不这样写的原因，也许是需要的甚至是必要的。

《儒林外史》是一部瑕瑜并存的名著

一、总论《儒林外史》

中国的白话长篇小说，在宋元话本的基础上逐渐发展，到了明代开始有了专供阅读的《水浒传》（也不排除作者写作之初是打算作为说书人的底本的）、《三国演义》（不是纯白话，而是“半文半白”）、《金瓶梅词话》（很有可能就是供应书场演说的底本，明代的书场不但不避讳描述男女私情，甚至以“极力渲染房中之事”招徕听众）等不朽的巨著问世，加上描写佛道神仙鬼怪的《西游记》，被誉为“明代四大奇书”，并在知识分子及市民阶层中产生了很大的影响。明末清初，盛行以小说铺陈历史，演说英雄豪杰、才子佳人，终于形成了一种在市井中流行的社会文化，是传统小说的一个全盛时期。但是大多数作品在文字的优美上，在典型人物的刻画上，在反映社会矛盾的深度上，仍然没有令人比较满意的成就。直到清代乾隆年间，方才先后出现了《红楼梦》和《儒林外史》这两部在小说史上具有划时代意义的伟大作品，终于把传统小说从全盛推向了顶峰。

《红楼梦》所写的虽然也是才子佳人，但是作者把故事背景放到了豪门大院里面，把眼光瞄准了封建社会中形形色色的黑暗、腐朽、没落的社会百态，成了一部封建社会的百科全书，终于取代了《金瓶梅》（《金瓶梅》其实也是一部现实主义的好作品，它后来被淘汰出局只是因为描写性生活的场面过多，被士大夫阶层视为“淫书”），最后与《水浒》《三国》《西游》定型为“中国四大古典文学名著”。

《儒林外史》，则是我国清代产生的一部杰出的现实主义长篇讽刺小说，主要描写封建社会后期知识分子和官绅阶层的活动及其精神面貌。作者把视角扫向社会，客观、真实地描写清代的秀才举人、翰院名士、市井小民，旁及僧道游侠、倡优隶卒，以整个封建社会为讽刺批判的对象，以不同类型的当时的知识分子为中心，通过对他们的生活和心灵的描绘与剖析，淋漓尽致地勾画出所谓“儒林”这个群体中一部分人的丑恶行径，描写了封建社会的极端腐朽，并预测了这个社会行将崩溃的不可避免的趋势。

《儒林外史》的故事情节没有一个主干和中心人物，其结构有如“短篇连缀”，也就是西洋文学手法中所谓的“马赛克结构”：分开来是许多篇中短篇小说，合起来则是一部长篇小说。《儒林外史》的结构虽然松散，却有一个强烈的主题贯穿其间——那就是反对以八股取士的科举制度和封建礼教的毒害，讽刺因热衷功名利禄而造成极端虚伪、恶劣的社会风习。这样的思想内容，具有极其重大的现实意义和教育意义，所以在当时的文人圈子里非常著名。在语言运用上，特别在不同人物语言特征方面，虽然比不上《红楼梦》和《水浒传》，但是单就其叙事的行文简练这一点来说，成就也很突出（也有评论者认为对多数人物的描写过于简略，导致所塑造的人物不够丰满，是其缺点而不是优点），加上栩栩如生的人物形象塑造，优美的景物描写，出色的讽刺手法，艺术上也获得了巨大的成功。这样的结构和文风，也成了后人学习和模仿的样板。在许多晚清的成名之作中，如《海上花列传》《官场现形记》等，都能够看出受到过《儒林外史》的影响。

对于这种文体结构和语言特色，因为瑕瑜并见，评论者也有褒有贬。下面略举数例：

清末民初的《缺名笔记》说：“《儒林外史》之布局，不免松懈，盖作者初未决定写至几何人几何事而止也，故其书处处可住，亦处处不可住。处处可住者，事因人起，人随事灭故也；处处不可住者，灭之不尽，起之无端故也。此其弊在有枝而无干……则无惑乎篇自为篇，段自为段矣。”

胡适在《五十年来中国之文学》中说：“《儒林外史》没有布局，全是一段一段的短篇小品连缀起来的；拆开来，每段自成一篇；斗拢来，可长至无穷。这个体裁最容易学，又最方便。因此，这种一段一段没有总结构的小说体就成了近代讽刺小说的普通法式。”

鲁迅在《中国小说史略》中说：“《儒林外史》……惟全书无主干，仅驱使各种人物，行列而来，事与其来俱起，亦与其去俱讫，虽云长篇，颇同短制；但如集诸碎锦，合为帖子，虽非巨幅，而时见珍异，因亦娱心，使人刮目矣。”

吴组缃在《〈儒林外史〉的思想与艺术》中说，该书“每回以一个或多个人物为中心，而以许多次要人物构成一个社会环境，从人与人的关系上，从种种日常生活活动中，来表现人的思想性格与内心世界，总是在这一回为主要人物，到另一回即退居次要地位，而以另一人居于主要，如此传递、转换，各有中心，各有起讫；而各个以某一人物为中心的生活片断，又互相勾连着，在空间上、时间上连续推进；多少的社会生活面和人物活动面，好像后浪逐前浪，一一展开，彼此连贯，成为巨幅的画面。这种形式，显然受了《三言》《二拍》之类话本小说和《三国》《水浒》之类长篇的影响，同时也有些像《史记》的‘列传’或‘五宗’‘外戚’诸篇形式的放大。总之，它综合了短篇与长篇的特点，创造为一种特殊的崭新形式。这种形式运用起来极其灵活自由，毫无拘束，恰好适合于表现书中这样的内容。正和绘画上《清明上河图》《千里江山图》或《长江万里图》之类‘长卷’形式相类。若要将它取个名目，可以叫作‘连环短篇’”。

吴小如在刊于 1981 年 9 月《吴敬梓研究》上的《两个没有很好解决的问题》中说：“《儒林外史》……这部小说的结构究竟是松散的还是缜密的？书中的人物与人物、故事与故事之间的次第安排，究竟是有机的联系还是随意凑泊而成？作者在人物塑造和情节部署方面有没有通盘考虑？鲁迅先生在《中国小说史略》中有关《儒林外史》结构的论点是否已成定论？这种艺术结构，对表达全书的思想内容有无必然关联？……我个人的倾向是，吴敬梓用这种艺术形式写书，有其继承传统的一面，也有其戛戛独造的一面。更主要的是，他用这样的方式方法来组织书中的人物和情节，是为了表达主题思想的方便。因此，人物和情节之间的来来去去是有机的联系（或说有其内在的关联），而非随意或勉强凑泊而成的。”

以上各家对《儒林外史》特殊结构的评论虽然互有差异，但基本上是认同的。我个人的看法，比较接近于胡适说的“这个体裁最容易学，又最方便”。还要补充一句，“这种‘有头无尾’的特殊体裁违反中国人的传统欣赏习惯，不被多数读者所喜欢，在一定程度上妨碍了作品的广泛流传”。

此外，《儒林外史》的最大不足之处，在于书中虽然批判了社会黑暗的现实，却把理想寄托在“品学兼优”的士大夫身上，宣扬古礼古乐，看不到改变儒林和社会的真正出路。这既不是作者的偏爱，也不是作者的无能，而是由于作者所处时代的局限，导致其认识的不足。如果以此来指责作者“眼光短浅”，就是要求人们超越时代去认识未来。——不过，吴敬梓把社会发展的动力寄托于知识分子，这一点直到今天也不过时。

因此，《儒林外史》这部书，虽然不能和“四大文学名著”媲美，但是如果有什么“八大”或“十大”文学名著，还是能够上榜的。换句话说，《儒林外史》虽然有缺点，但仍不愧为一部名著。

二、《儒林外史》作者及作品简介

《儒林外史》的作者，是清代雍、乾年间的吴敬梓。他和曹雪芹是同时代人，比曹雪芹年长二十四岁。两人有比较近似的生活经历：都曾经是门第显赫的少爷公子，都曾经在江南特别是人文荟萃的古都南京居住过，都对八股时文和出仕做官不感兴趣，都反对程朱理学而提倡回归人性，都喜欢博览群书且特别喜欢“没有用处”的“杂学”，都曾经遭遇过家道中落甚至十分贫困（比较起来，曹雪芹已经落入生活的底层，比吴敬梓的生活更苦，而吴敬梓虽然靠卖文和朋友接济过日子，至少还能在南京、扬州那个文人圈子内活动，还不至于穷到“举家食粥”的境况），因此对人生都有所反思和感悟。但是两人所感悟到的内涵却有所不同：吴敬梓感受到的是社会的势利和虚伪，而曹雪芹感受到的是真善美被假恶丑所扼杀；吴敬梓考虑的中心是知识分子的社会出路，而曹雪芹考虑的是人生的意义。为此，他们根据自己的生活经历把自己身边的人、所熟悉的事综合起来并加以发挥，敷衍成长篇小说，以抒发自己的胸中块垒。但是《红楼梦》的视野狭窄，主要只写荣宁二府和一个大观园，而且以女性为主，是小中见大，是“通过一滴水见大海”；而《儒林外史》则视野宽阔，广泛涉及社会的各阶层，以“士”为中心，旁及“士”的相关人员，包括官员、商人、僧道、侠客甚至倡优隶卒，是三教九流的大展览。其结果是《儒林外史》写出了形形色色的众生相，被认为是“世态人情的教科书”；而《红楼梦》则主要以大宅门里面的女性为描写对象，并通过她们勾勒其内心世界及相关人物的人生百态，被称作“封建社会的百科全书”。两人在不同的领域中各有建树。从风格看，《红楼梦》是一首哀怨的长诗，是一首封建社会的挽歌；而《儒林外史》则是一篇讨伐魑魅魍魉的檄文。从人生道路及成就看，两人都在穷困潦倒中去世，去世时两人的书都还没写完或没有定稿。到了乾隆、嘉庆年间，两人的书都得到了刊行，并同时在社会上流行。两人的小说都在中国传统文学中有所创新，成就辉煌。两人的书各有特色：曹雪芹以描写儿女之情、男女之爱见长；吴敬梓以暴露官场黑暗、文人无行为特色。曹雪芹的《红楼梦》，其成就达到了中国传统文学的巅峰，成为中国古典文学的里程碑；吴敬梓的《儒林外史》开创了短篇连缀的文学形式，成了中国讽刺小说的开山鼻祖。两人都成绩斐然，但是单就故事的曲折迷离，文字的流畅优美，结构的精密细致，内涵的丰富深厚，影响的遥远广阔，读者的迷恋程度等方面着眼加以比较，两人却不在同一条水平线上，甚至可以说吴敬梓比曹雪芹要相差很多、很远。也可以这样说，两人同时登台，最后进入决赛，比拼的结果是《红楼梦》胜出，并成了“四大文学名著”之首，而《儒林外史》则被排斥在“四大文学名著”之外。

吴敬梓（1701—1754），安徽全椒人，字敏轩，又字粒民，因其书斋署“文木山房”，所以晚年自号文木老人；又因清雍正十一年（1733）他自故居安徽全椒移居南京，故又自称秦淮寓客。吴敬梓出身名门望族，成长于科甲鼎盛、历代显宦的缙绅世家。他父亲吴霖起为人清正耿直，不以功名为重，对青少年时代的吴敬梓有着深刻影响。吴敬梓自幼聪颖异常，二十岁（一说十八岁）考中了秀才，但后来多次赴乡试却屡试不第。二十九岁最后一次乡试名落孙山，他已经看透了科举制度的黑暗与腐败，遂决心不再赴考。父亲死后，因吴敬梓是嗣子，近房中不少人觊觎吴家遗产，终于发生了吴敬梓在《移家赋》中所说的“兄弟参商，宗族诟谇”的争产纠纷，甚至发生了亲族冲入家中攫夺财产的恶性事件。这件事不仅刺激了吴敬梓，使他看清了封建社会家族伦理道德的丑恶本质，认识到那些衣冠楚楚的缙绅人物的虚伪面目，也终于使得他与那些倚仗祖业和门第做寄生虫的庸俗人物分道扬镳。他以挥霍遗产的“不羁行为”，宣告自己成为缙绅阶级的叛逆。

雍正十一年（1733），也就是吴敬梓三十三岁的时候，他的家产被亲族掠夺、小人蒙骗，加上自己挥霍，已经几乎当尽卖绝，只得移家南京，开始了惨淡的卖文生涯。他性情豪爽，爱结交文人学士，被四方“文酒之士”推为盟主。乾隆元年（1736），也就是他三十六岁的时候，安徽巡抚赵国麟曾推荐他去北京应博学鸿词科，但他只参加了省里的预试，还是看不惯“考官”们那一张张难看的嘴脸，就托病辞去了征辟，甘愿继续过他贫困的生活。四十岁以后，生活陷入了窘境，靠卖文和友人接济度日。由富转贫的生活经历，让他饱尝了世态炎凉，他对现实也就有了比较清醒的认识。长篇小说《儒林外史》，就是以他自己耳闻目睹的第一手资料为基础，再加上道听途说的间接素材综合发挥写成的。书中所表现的，正是吴敬梓半生的所历所见所知所闻，寄托了他看重人品文行、鄙视功名富贵的高尚情操。

乾隆十九年（1754），吴敬梓客死于扬州，终年五十四岁。史料记载，说他是“无疾而终”，其实应该是“暴病而亡”。除著有小说《儒林外史》外，还有诗文集《文木山房集》。

吴敬梓“田庐尽卖”，经济境况日益恶化，社会地位也随之下降之后，不得不从全椒移家南京。这一生活的改变，一方面，他从富贵的生活中跌落到贫困的逆境里，在广阔的下层社会天地中备尝了人情冷暖、世态炎凉，对社会的不平、政教的黑暗有了更加深切的感受，也更多地体会到贫穷的痛苦，更能同情劳动人民的疾苦。这在《儒林外史》中都有所反映。另一方面，在南京、扬州一带，他广泛结交四方文士，有了与时代先进思潮的初步接触。他所景仰的“至契”程廷祚（即《儒林外史》中庄绍光的原型），是颜（元）李（塨）学派在南方的重要代表人物。康熙五十九年（1720），李塨[①]南游金陵，程廷祚屡次过从问学，当时理学家骂他们“共诋程朱”，视为异端。颜李学派提倡礼乐兵农，主张培养博学而重实践的“通儒”。吴敬梓曾经接受这种思想观点，可惜没有成为《儒林外史》的主导思想。清初进步思想家大多异口同声地反对八股科举，并通过解经表现出“以复古求解放”的思想倾向。吴敬梓虽然也反对时文，提倡“治经”，并通过撰著《诗说》寄寓自己的思想和见解，但他还是难以摆脱儒家思想的传统。正统儒家的礼乐仁政和文行出处等观念，还是被作为《儒林外史》政治理念的中心。

《儒林外史》是一部讽刺小说，是一幅活生生的社会百态图。正如惺园退士所说，它“摹绘世故人情，真如铸鼎象物，魑魅魍魉，毕现尺幅。而复以数贤人砥柱中流，振兴世教。其写君子也，如睹道貌，如闻格言。其写小人也，窥其肺腑，描其声态，画图所不能到者，笔乃足以达之”。卧闲草堂刻本评论说：“慎勿读《儒林外史》，读竟乃觉日用酬酢之间，无往而非《儒林外史》。”由此可见，《儒林外史》以生动形象的笔墨，逼真地反映了社会世态，也充分说明了《儒林外史》的成功。

---

① 李塨（1659—1733）：字刚主，号恕谷，清初哲学家。直隶（今河北）蠡县曹家蕞人。他是“颜元学说”最得力的继承者、传播者和发展者，在教育方面颇有成就。著有《四书传注》《周易传注》等。

由于吴敬梓具有较高的文学修养，又有丰富的社会阅历，所以才能栩栩如生地反映那个时代的人物和生活。他描写科举制度的腐朽黑暗，腐儒及假名士的庸俗可笑，贪官污吏的刻薄可鄙，无不形象逼真，恰到好处。

《儒林外史》的初刻本，据金和《儒林外史·跋》中所说，是吴敬梓故去十几年之后由他的表侄金兆燕①在扬州刊刻的。可惜原刻本已经在太平天国的“革命”行动中被焚毁了，迄今从未发现有金刻标记的本子。今天我们能见到的最早刻本，是嘉庆八年（1803）卧闲草堂的巾箱本，共十六册五十六回。卷首有闲斋老人在“乾隆元年”（1736）写的序。据学者考证，其中第五十六回为金刻本所无，是卧闲草堂本所增。

有人怀疑闲斋老人就是吴敬梓自己，因为作序的时间署为乾隆元年，也有人怀疑是卧闲草堂主人所写而故意假托年代。但都只是主观臆测，没有确凿的证据。一般说来，序言大都写于作品完成之后，而乾隆元年吴敬梓才三十六岁，可能刚刚开始构思写作《儒林外史》。如果闲斋老人不是吴敬梓，不可能书还没写出来就请人作序；如果闲斋老人就是吴敬梓，作者当时才三十六岁，不是什么“老人”。这样看来，“假托年代”说比较合乎常情。

据学者研究，这个“卧闲草堂本”，很可能就是《儒林外史》金兆燕刻本的复刻本，同时又是其后各种版本的祖本，无疑是现存最重要的《儒林外史》早期版本之一。此后的翻印本很多，比较著名的有汪浦礼阁本、艺古堂本、苏州群玉斋本、宝文阁本、从好斋辑校本、申报馆排印本等。特别值得一提的是同治十三年（1874）的齐省堂本，这个版本不是“翻刻本”“复刻本”，而是“修订增补本”，不但对书中的错漏进

---

①金兆燕：字钟越，一字棕亭，安徽全椒人，是《儒林外史》作者吴敬梓的表侄（金兆燕的父亲和吴敬梓是表兄弟又是连襟）。据近人考证，金兆燕卒于乾隆五十六年辛亥（1791），终年七十四岁。幼称神童，乾隆三十一年（1766）进士。官国子监博士。曾任《四库全书》缮写处分校官，后改扬州教授。金兆燕工诗词，尤精元人院曲。著有《棕亭古文钞》十卷，《骈体文钞》八卷，《诗钞》十八卷，《词钞》七卷，总名《国子先生集》。《清史稿》中有传。

行了修正，还补写了四回半书，把原本中最大的疏漏“沈琼枝无结局”给补充完整了。至于现当代的版本，那就更多了。

三、学者对《儒林外史》的评价

研究吴敬梓及其作品的人很多，论文和专著充斥，观点大都以赞扬为主。其中，对《儒林外史》评价最高的是鲁迅。他对此书情有独钟，认为“只有《红楼梦》才配和它相比（如果有‘五大文学名著’，《儒林外史》就应该排名第二了）；明清小说中，只有这两部书才称得上‘伟大’二字”。他绝口不提《儒林外史》的缺陷和不足，观点似乎有些偏爱甚至偏激，不大公允。因此，我这里不转录鲁迅的评论，只摘录余杰和胡适两位学者对吴敬梓和《儒林外史》的评论。他们的观点比较中性，只是一般的介绍，既没把吴敬梓及其作品捧上天去，但也没指出《儒林外史》客观存在的不足之处。

余杰：吴敬梓与《儒林外史》

吴敬梓的一生，以移居南京为界，可分前后两段。前期，他像小山[①]那样以声色犬马的生活方式游离于“正常”的生活轨道之外。“少年时，青溪九曲画船，曾记游冶……朝复夜，费蜀锦吴绫，哪惜缠头价。”（《买肢塘》）“王家昙首，伎识歌声春载酒，白板桥西，赢得才名曲部知。”（《减字木兰花》）吴敬梓不像小山那样真正沉醉到情爱之中，而更多地标榜一种不见容于俗世的生活姿态。不是为游冶而游冶，而是在游冶中体验自由。胡适说，吴氏的家产是在秦

① 小山：晏几道（1038—1110），北宋词人。字叔原，号小山，北宋抚州临川县文港乡（今属南昌进贤）人。晏殊第七子，人称“小晏”。历任颍昌府许田镇监、乾宁军通判、开封府判官等。性孤傲，一生疏狂磊落，纵弛不羁。他与苏轼、黄庭坚先后同时，文章翰墨，自立规模；词风哀婉缠绵、清壮顿挫。著有《小山词》。

淮嫖掉的。我倒觉得，“泥沙一掷金一担”是他有意为之。只有丧失了财产，挣脱了宗族的约束后，他才能以纯粹的心境进入到文学创作之中。

“枭鸟东徙，浑未解于更鸣！”（《移家赋》）三十三岁、不名一文的吴敬梓移家南京时，他在族人眼中已经是“传为子弟戒”的“败家子”了。到了“白门三日雨，灶冷囊无钱”的地步，他仍拒不参加博学鸿词科考试。当“长老苦口讥喃喃”干涉他的自由时，他“叉手谢长老，两眉如戟声如虎”。他的“痴憨”“癫憨”“隐括”终一生而不变，与小晏何其相似！

《儒林外史》以王冕作为“隐括全文”的“名流”。他之所以有这么大的能耐，就因为他是一个“嵚崎磊落”的人，一个“有意思”的人。王冕既是葆有童心的放牛娃，又是才华横溢的畸人。他画荷花，“那荷花精神、颜色无一不像”，因为他自己就是一朵出淤泥而不染的荷花。“遇着花明柳媚的时节，把一乘牛车载了母亲，他便戴了高帽，穿了阔衣，执着鞭子，口里唱着歌曲，在乡村镇上以及湖边到处玩耍，惹得乡下孩子们三五成群跟着他笑，他也不放在眼里。”这是何等任情自遂、天真自然！面对“灭门知县”的威逼，王冕宁可风餐露宿逃亡在外，也不肯低头。他处茅屋之远而怀天下苍生，一语道出八股取士的实质：“这法子却定得不好！将来读书人即（既）有一条荣身之路，把那文行出处，都看得轻了。”

凤四老爹在小说中看似可有可无，实则为一大关键人物。据考证，凤四老爹的原型为侠客甘凤池。当时浙江总督李卫在奏折中这样描述甘凤池：“查此辈棍徒，造作讹信，往来煽惑，着实痛恨，断难容其漏网。臣细思江浙好事悖谬之人，莫过于现在拿获之甘凤池等各犯。”（《雍正朱批谕旨》）对于这样一个叛逆者，吴敬梓却由衷地赞美：“官府严刑密网，多少士大夫见了就屈膝就范，你一个小百姓，视如土芥，这就可敬了！”

《儒林外史》以四大奇人的故事作结。当“那南京的名士都已渐渐消磨尽了”的时候，奇人却出现在市井中间。会写字的季遐年，“却又不肯学古人的法帖，只是自己创出来的格调，由着笔性写去”“他若不情愿时，任你王侯将相大捧的银子送他，他正眼儿也不看”。他这样迎着施御史的脸痛骂：“你是何等之人？敢来叫我写字！我又不贪你的钱，又不慕你的势，又不借你的光，你敢叫我写起字来！”独立人格，意气风发。吴敬梓把“四大奇人”当作“述往思来”的一流人物。儒林中一片狼藉，而市井中则有闪光的人格，吴敬梓已悄悄换了一套崭新的价值标准。为什么在市井中反倒能保持人格的独立与心灵的自由呢？

做裁缝的荆元，会弹琴、会写字，也喜欢作诗。朋友问他：“你既要做雅人，为什么还要做你这贵行？何不同些学校里的人相与相与？”他说：“我也不是要做雅人，也只为性情相近，故此时常学学。至于我们这个贱行，是祖父遗留下来的。难道读书写字，做了裁缝就玷污了不成？况且那些学校中的朋友，他们另有一番见识，怎肯与我们相与！而今每日寻得六七分银子，吃饱了饭要弹琴，要写字，诸事都由我。又不贪图人的富贵，又不伺候人的脸色。天不收，地不管，倒也快活！”这席话真是石破天惊。吴敬梓认识到，人格独立的背后是经济独立。被权力网络所覆盖的儒林中，只有爬墙藤一样的附庸，而无岩上松一样的独立者。市井人物操持着被士大夫所蔑视的职业，他们却在这职业中获得了真正的经济独立。好一个“诸事都由我”！儒林人士即使爬到宰辅这样的最高位置，怕也不敢说这样的大话。吴敬梓突破传统的道德评判，揭示出产生“奇人”的经济基础。这一点，此前无人认识到。

开头出现王冕，中间出现凤四老爹，结尾出现四大奇人，这是作者的精心安排。他们全是没有任何社会地位、游离于统治秩序之外的平民百姓。他们的冰清玉洁、古道热肠、淡泊明志，都与丑态百出的儒林和官场形成鲜明对照，正如胡适在《吴敬梓评传》中所说：“不给你官做，便是专制君主困死人才的唯一的妙法。要想抵制这种恶毒的牢笼，只有一个法子：就是提倡一种新的社会心理，叫人知道举业的丑态，知道官的丑态；叫人觉得‘人’比‘官’格外可贵，人格比富贵格外可贵。社会上养成这种心理，就不怕皇帝‘不给你官做’的毒手段了。而一部《儒林外史》的用意只是要想养成这种社会心理罢了。”

然而，这种社会心理终究很难养成。吴敬梓这个嵚崎磊落的败家子是寂寞的，他笔下的奇人们也是寂寞的。荆元为知音于老者弹琴，“弹了一会儿，忽作变徵之音，凄清宛转，于老者听到深微之处，不觉凄然泪下”。读者读到这里，掩卷深思，怕也要“凄然泪下”了！

胡适：吴敬梓评传

在浩若星海的中国古典小说中，被鲁迅许以“伟大”二字的，只有两部书，其中之一便是吴敬梓的《儒林外史》。《儒林外史》是写士林阶层的。在中国的古代，所谓的士林，既是知识分子的世界，也即是官场。这是一部批判知识分子的书，也可以说是一部揭露官场昏晦的书。这样说来，在当代的中国，确实很有重读《儒林外史》的需要了。

作者吴敬梓（1701—1754），生长在长江北岸安徽省全椒县一个“名门望族”的大家庭。曾祖和祖父两辈官运亨通，在明清之际，有五十年“家门鼎盛”的时期。但他自己的祖父在同辈中功名很小，而且早逝；他从小被出嗣给长房吴霖起，即是他的养父。吴霖起只做了几年县教谕，后来因为得罪上司而丢官，郁郁而终。吴敬梓十三岁丧母，二十三岁丧父，本身既不热心功名，又轻视钱财，随意挥霍，慷慨仗义，上代留下的家产在几年之内被他挥霍得所剩无几，以致“田庐尽卖”“奴逃仆散”，一时“乡里传为子弟戒”（《减字木兰花·庚戌除夕客中》）。加上考场失利，刺激甚重，“那得双眉时暂开？”回乡之后，由于不堪冷遇，于雍正十一年移家南京。从此时直到五十四岁在扬州逝世，主要靠卖文和朋友周济过活，也是在此期间完成了《儒林外史》这部鸿篇巨著。

吴敬梓自幼处在名门望族的社会环境中，而成长的家庭却是一直在走下坡路，中年后又骤然陷入贫困不堪的境地。在他一生所经的这种由“渐”而“骤”的家庭破落过程中，他在家乡全椒县、在苏北赣榆县（其父任职之地）、在南京都曾久住，到过扬州、安庆、芜湖等城市。从宗族几代关系以及自己的人际关系看，他接触的士大夫阶层很广泛，认识与熟知的人物也非常多。他看的嘴脸，受的冷暖，经历的人事，体验的世情，都极其丰富深刻。这就培养了他富有正义的敏锐感觉和体察现实的清醒头脑，使他能够看透清朝黑暗统治下士大夫阶层的堕落与无耻，看透政治的罪恶与社会的腐败。正是这种身世经历，成为吴敬梓严肃的现实主义精神的直接渊源。

《儒林外史》对于士林阶级进行了无情的鞭挞、含泪的批判。鲁迅先生曾经说过，《儒林外史》“秉持公心，指摘时弊。机锋所向，尤在士林；其文又戚而能谐，婉而多讽”。通过对种种不和谐、悖于人情、逆于常理的荒谬现象的揭露，注入描写人物的自吹自擂、大言不惭、自作聪明、弄巧成拙、欺世盗名、自命清高、自相矛盾，等等。正像果戈理所说：“我们的骗子们，我们的怪物们！……让大家笑个痛快！笑真伟大，它不夺去生命、田产，可是在它面前，你会低头服罪，像个被绑住的兔子。”

《儒林外史》的讽刺艺术有鲜明的目的，那便是“作者之意为醒世计，非为骂世也”。作者虽然极尽讽刺之能事，却是要挽救被讽刺的这一群，正所谓“善者，感发人之善心；恶者，惩创人之逸志”。作者以悲天悯人的手笔描写了八股制度下众多儒林人士的悲剧性命运，进而展开了一幅封建科举时代的社会风情画，抨击了制度的腐朽和社会的黑暗，使《儒林外史》成为中国古典讽刺小说中的圣品。

《儒林外史》历来被评价为古典现实主义巨著，即为现实主义作品，其中很多故事与人物直接来源于生活。鲁迅先生在《中国小说史略》中就曾说过：“《儒林外史》所传人物，大多实有其人，而以象形谐声和庾词隐语寓其姓名。”《儒林外史》擅长运用“皮里阳秋”的笔法，也就是“口无所臧否，而心有所褒贬”。作者的看法并不是直接拿出来硬塞给读者，而是在具体形象的塑造中微言大义。周进和范进的中举，匡超人的转变，杜少卿的豪举，马二先生的迂腐，这一切都是通过具体的情节来表现深刻丰富的思想。作者并没有直接向我们褒贬什么，但每个形象都饱含着巨大力量的褒贬，传达着作者明确的正义观，我们必须从不同时期、不同场合的各种形象的关联、发展上体会和了解。这是一种富有现实主义色彩的叙事方式。

该书另一个艺术特色是速写式和剪影式的人物形象。《儒林外史》是一部主角不断变换的长篇小说，或者说是一部由无数短篇交替而成的长篇小说，基本上不可能通过详细描写其一生经历，以及在曲折的故事情节中表现人物的性格特点和精神世界。所以，吴敬梓把重点集中在人的性格中最刺目的特征上，从而深入细致地表现一个相对静止的人生相。这就如同从人物漫长的性格发展史中截取一个片断，再让它在人们面前转上一圈，把此时此地的“这一个”放大给人看。这是勾画讽刺人物的一个很出色的手法，它使人物形象色彩明净，情节流动迅速，好像人物脸谱勾勒一成，这段故事便告结束，而给读者留下深刻印象的也正是这些精工提炼的精彩情节。

四、伟大的名著今天为什么不红火

鲁迅、胡适等许多著名学者，都对《儒林外史》持肯定态度。在有清一代，《儒林外史》虽然不像《红楼梦》那样深入人心（士人相见开口就谈《红楼梦》），却无可否认它的确曾经很受欢迎过。但是此书在今天的读书界，似乎并不是那么受欢迎，特别是在年轻一代中。尽管我没有做过认真的、普遍的调查，但是随机询问，几乎大多数青年读者都表示不太喜欢。其中有的虽然读完了，却认为此书并不像介绍的、想象的那么好看，那么吸引人，言中之意颇有一种上当受骗的味道。有的人甚至没看完，就因为看到祭泰伯祠那一回“实在看不下去”而搁置，半途而废了。再从电视剧改编的热门看，除了四大文学名著之外，有那么多“名声”比《儒林外史》低得多的，甚至像《济公传》这种错别字连篇、史地错误极多，根本就算不上是“古典文学名著”的作品都被改编甚至反复改编了，为什么直到今天还没有人打算把《儒林外史》搬上荧屏呢？

这个问题，可以有许多种答案。例如古今欣赏习惯不同，今天的读者不了解清代的“儒林”，不像清代人那样体会深刻。或者因为看到今天的道德沦丧极为严重，教育界、学术界以及官场上所能见到的恶劣风气，比《儒林外史》中所描写的不知道要坏多少倍，明代儒林和官场上的那么点儿“小毛病”简直都不算什么，可以见怪不怪，不用提起了。所以觉得看《儒林外史》没意思，简直是小题大做，等等。但是我觉得主要的原因，还是《儒林外史》本身的文学形式和传统的章回小说有本质上的不同。此外，作品本身也的确存在一定的不足和缺陷。电视剧的第一大前提是“故事好看”，至今没人把《儒林外史》搬上荧屏的主要原因正是它“故事不好看”。

中国的传统章回小说，一般说来，一是以故事取胜，如《济公传》；一是以文字取胜，如《红楼梦》。而《儒林外史》在这两个取胜的因素中都不突出，都不是它的强项。

我们说《儒林外史》伟大，一者因为它是“中国第一部讽刺小说”，是讽刺小说的“开山祖师”；二者又是“中短篇连缀成长篇”结构的创始者。这个“第一部”和“创始者”，奠定了它在中国传统文学中无法取代的地位。

《儒林外史》专门针对“士林”中人，也就是读书人及其“衍生产品”——官员进行了无情的揭露和讽刺。它不是以故事离奇取胜。它讲的故事和讽刺的对象都非常平常，在明代的士林中、官场中几乎是处处可见、天天可见、时时可见的。正因为儒林中这种撒谎吹牛、虚伪卑鄙、阿谀奉承、刻薄吝啬等现象十分常见，所以故事并不离奇，因此可读性并不强。作者为了增强趣味性和吸引力，不得不借用民间故事中许多有趣的情节来尽量充实，结果又因为过分夸大而把人物漫画化，失去了真实性和可信性。鲁迅先生说："讽刺的生命是真实。""非写实决不能成为所谓讽刺。"《儒林外史》有些地方的描写漫画化，虽然能够赚来读者的哈哈一笑，却恰恰失去了它的真实性，损害了它的艺术性。一部文学作品最高的赞赏不是官方评定的这个奖、那个奖，而是广大读者的喜欢和热爱，只有广大读者的认可，才是最高的奖赏。二百多年来，《儒林外史》一直无法与其他小说争夺读者，这也是原因之一。它不是以文字的优美取胜。它的文字平淡、枯涩甚至生硬，缺乏幽默感和抑扬顿挫的音乐感，有的地方过分简略，有的地方又过分拖沓，特别是描写泰伯祠祭奠仪式的那一回，简直就是礼仪过程的堆砌，啰嗦重复，十二分枯燥乏味，许多人都因为看不下去而"翻过去"，有的人甚至因此而不再往下看了。有的篇章因为过于简略而更像是提纲，连故事都不完整，缺乏文字美，行文很不流畅。书中，不但秀才和官员们的对话是文绉绉的，酸溜溜的，咬文嚼字，枯燥无味，甚至连市井小民说话也不是纯口语，大都看不出人物的语言特征和性格，几乎是千篇一律，没什么变化。虽然《儒林外史》也有《王冕》和《范进中举》等篇章被选进了中学语文课本，但就整体来说，能够被称为优美的、动人的、百读不厌的章节，的确不多。就是作者认真细致地描写的胡屠户，他的语言也不是"市井语言"的实录。相比之下，《红楼梦》中的刘姥姥，那语言的精彩和到位，的确是《儒林外史》所无法比拟的。《红楼梦》的语言，是文学语言的典范；《儒林外史》的语言，不但不优美，语法错误、语言逻辑错误、用词不当等现象还随处可见。许多读者看《儒林外史》只看了一半儿就扔下不读，主要原因是故事缺乏条理和激情，次要原因就是文字枯涩乏味。在这两点上，许多清末的讽刺暴露小说，不论故事的有趣还是文字的流畅，都比《儒林外史》要高明得多。

至于第二个"伟大"，也就是《儒林外史》的特殊结构，却不是他的成功，甚至是他的书难于被人接受的主要原因。中国的传统小说，讲究的是故事完整，有始有终，而且几乎都有一个完满的"大结局"。像王实甫《西厢记》那样以“长亭饯别”作为“没有结尾的结尾”，就不符合中国人的传统欣赏习惯，终于在王实甫故去以后，还是有人给加了个“美好的”结局，让崔莺莺和张生大团圆了结。吴敬梓所首创的这种“短篇连缀”形式，对读惯了传统小说“事事有交代”的人来说，并不喜欢，更不欣赏，至少是很不习惯。特别是沈琼枝的故事，写到她被捕以后解到仪征黄泥滩码头上岸，还没换船，还没到达江都县，竟硬生生地被“腰斩”了，从此没有了下文。即便作为一个“短篇”，像这样“戛然而止”，也过于生硬突兀，太不完整，简直令人无法接受。

五、《儒林外史》本身的先天不足

既然《儒林外史》和《红楼梦》是同时代的产品，是同时在社会上流行的小说，那就具有可比性。咱们不妨通过简单的对比，来看看《儒林外史》在这场“抢夺读者”比赛中败北的原因。

吴敬梓和曹雪芹，几乎是同时代的人。吴敬梓二十四岁，已经考取了秀才好几年，而曹雪芹才刚刚出世。不过到了清代乾隆、嘉庆年间，《红楼梦》和《儒林外史》却同时在读书人中间广泛流传，但是两部书在社会上的反响差距那就太大了：不论在茶楼里还是酒馆中，甚至两人偶然相遇，开口必谈《红楼梦》，而不是谈《儒林外史》，就说明了读者的喜恶和取向。也就是说，两部小说在读者中自由竞争，《儒林外史》被击败了。

读者喜欢《红楼梦》而不喜欢《儒林外史》，除了因为《红楼梦》中有许多儿女情长的精彩描写之外，更因为书中有非常优美的语言和诗词歌赋曲。《红楼梦》的语言，特别是完全口语化的对白，对说话者身份的表露和传神，是《儒林外史》所无法比拟的。读者普遍认为《儒林外史》中写得比较精彩的“马二先生游西湖”，如果与《红楼梦》中“刘姥姥三进大观园”比起来，两者的差距非常明显。《儒林外史》拖沓、重复、枯燥的祭泰伯祠仪式描写，很少有人能够一字不落地连续读下去，大多数人都是翻过去就算了。这样的冗笔，《红楼梦》中就没有。《红楼梦》中有大量的诗词歌赋曲，尽管有的很深奥，有的很晦涩，但是像《葬花词》《芙蓉仙子诔》等却脍炙人口，几乎人人皆知，许多人还能够背诵。电视剧《红楼梦》播出后，一首《枉凝眉》更是唱响了歌坛，久盛不衰。可见，这两部书虽然是同时代产生的作品，但是就语言的运用来说，的确不在同一个水平线上。

《红楼梦》以描写儿女情长著称，而《儒林外史》恰恰最不善于描写女人。戏剧影视固然“没有女人不成戏”，小说其实也一样。以“男人小说”而著称的《水浒传》，不但写了顾大嫂、孙二娘、扈三娘三个“山寨女首领”，也详详细细有声有色地写了四个“淫妇”的行为细节，还有一个特别出彩的皮条客王婆穿插其间。可以说，是她们给《水浒传》增添了许多光彩，也是她们给《水浒传》赢来了“诲淫诲盗”的不朽声誉。《儒林外史》虽然也写到了许多次婚姻，但多数新娘子都是“哑巴”，在书中几乎连一句话也不说。尽管当年的婚姻都是包办的，男女双方婚前连面也没见过，而且女人在家中没有地位，一切都只能听男人摆布，但是婚后的生活总会有一些共鸣或者矛盾吧？例如牛浦郎的第一个老婆，是他一墙之隔的邻居，两家都是升斗小民，小姑娘绝不可能“大门不出，二门不迈”，与牛浦郎的关系可以说是青梅竹马，从小一起长大的。忽然间在大人的做主下，让她穿上了新娘子的大红袄，被人搀到了隔壁的牛家做儿媳妇，怎么可能连一句话也不说就上床？后来牛老爹死了，仅有的一间半房子也卖了，小两口儿无处可去，只好回到岳父母家暂住，小媳妇儿也是一句话都没有。直到牛浦郎和老丈人口角离家出走，他老婆还是一句话也没有。天下有这样的夫妻吗？

书中写了两个人的再婚，其中一个是匡超人。他的第一次婚姻由潘三所促成，一切都由潘三去张罗，不但一切花费都由潘三负担，连住房都是潘三替他去典来的。郑家姑娘过门后，不过是一个洗衣做饭的女仆和生孩子的工具而已，没有什么家庭乐趣或矛盾，不说话也还有得可说。他的第二次婚姻，娶的是老师李给谏的外甥女。这次婚姻，匡超人分明是为了攀高枝而停妻再娶。前后两个老婆，都是用来衬托匡超人的蜕变和堕落的。这里面既没有爱情，更没有浪漫。倒是匡超人赴京之前，郑氏娘子被打发到乐清老家去的时候，她反对过，哭闹过。这样大的动静，恰恰因为作者认为不是主题，用不着详细写，所以只是蜻蜓点水似的几句话就敷衍过去了，不像描写匡超人回家以后如何在父亲床前尽孝那样详详细细。郑氏娘子的死，分明是作者因为不想在“女人”身上多费笔墨而刻意“节省笔墨”的。不然，这里面的周折可就太多了。就是她的死，也简单到只通过匡大的几句话转述就交代了，虽然简练，却欠精彩。鲍廷玺也有两次婚史，第一次娶的是王总管的小女儿，婚事由向知县一手包办。写这桩婚姻，目的只是为了写向鼎的知恩必报，是因为并不相识的鲍文卿救了他却又三番两次不肯接受他的馈赠，这才拿王总管的小女儿作为一件“礼物”相送，是用来报答鲍廷玺的父亲鲍文卿的。总而言之，这几个女人都是作者用来衬托“中心人物”的陪衬，只是拨一拨动一动的木偶，作者根本就不想在她们身上多费笔墨。

吴敬梓在女人身上花费笔墨较多的有两个人。其中，一个是严监生的小妾赵氏。这是一个很机灵的女人。作者没提她是什么家庭出身，从一般小妾大都是买来的这一点推测，她娘家的境况大概不会很好。但是从她的颇有心计以及后来自己居然能管家这一条看，她应该多少还认识几个字，一般账目也能清算。不然，就不可能驾驭一班奴仆，让一个大家庭正常运转。小说中自始至终没提她的娘家人，而她所要面对的人物数量却很多。首先，第一个要面对的是她的丈夫。她虽然已经生了一个儿子，但如果丈夫仅仅把她看成一台生儿子的机器，不给她以好脸色和地位，她也无可奈何。因此，在枕边床上，她要拿出十二分功夫来笼络丈夫，以求自己在这个家庭中取得从二主母到主母的过渡。第二个要面对的是主母。好在主母已经病重，一旦故去，因为自己有儿子，老公也不会反对把自己扶正，所以只要在主母病中自己表现得好一些，让主母支持她扶正，就可以了。对主母的尽心照顾之外，同时还要尽力争取两位舅老爷对她扶正的支持。在这个问题上，赵氏可谓费尽了心机，鼓动视钱如命的丈夫肯于撒出相当大的一笔钱去，而且最后也确实取得了他们的点头。由于自己有儿子，她倒是没想到大伯严贡生会有什么觊觎之心。主母去世，赵氏给族长送了银钱，也给严贡生送了不少的银子，她的扶正在事实上也已经实现了，而麻烦却出在她的儿子突然死去了。按照当时的族法，二房没有后人，只能从大房中过继，而一个没有儿子的小妾，则是没有地位更没有发言权的。幸亏她是扶正在前，失去儿子在后。尽管严贡生使出了浑身解数，始终也没能把二房的全部家产都揽过去，最后还是给这个扶正了的赵氏留下一份儿占遗产三成的产业，让她在衣食不愁中安度晚年。

另一个，则是鲍文卿的填房“王太太”。作者费了许多笔墨，把她写得有声有色、玲珑剔透。可是这个人物，在全书中却不起任何作用。郑氏娘子还算是一个配角，写她如何受苦而生，如何委屈而死，都足以反衬匡超人的没良心和无情无义，可以增加匡超人的丑恶度。这个“王太太”，是一个只会尽情享受却没有丝毫用处的娇惯女人。她是不是嫁给鲍廷玺，对鲍廷玺的前途出路没有什么大的关联。鲍廷玺就是娶了另一个很贤惠的女人，他的养母听信女婿的挑拨，照样还是要把他赶出家门的，只是时间的早晚而已。书中之所以要增加“王太太”这样一个角色，分明是作者熟悉或者搜集到这样一个颇具典型的素材没处可用，舍弃又似乎可惜，就把她安排给鲍廷玺做填房了。这个人物的“戏份儿”固然不少，其实却是个多余的人物，在全书中连个配角的资格也没有。

再用传统小说中的才子佳人套路来看《儒林外史》，书中似乎至少有两对夫妻是符合这个框架的。那么是不是有了莺莺燕燕、卿卿我我的描写呢？也没有。

第一对才子佳人，是蘧公孙娶了鲁编修的女儿。他们门当户对，郎才女貌，新娘子还是个肚子里存有千百篇文章的才女，按说男女双方应该有共同语言，房闱之中应该有说不完的悄悄儿话吧？可是蘧公子爱诗词，一心只想做名士；鲁小姐爱八股，一心只想老公出仕当官。两个人的爱好志趣各不相同，结果反而无话可说。生了个儿子，才四岁就被母亲拘束着读四书五经，不但夫妻之间连一点儿闺房乐趣都没有，就是一个小小儿童也被鲁小姐拘束得失去了童趣和天真。

杜慎卿，按照小说中的描写，是一位兼有子建之才、潘安之貌的风流才子。可惜书中没有介绍他的老婆，好像他的老婆不会生儿子，所以他急急忙忙地要娶妾，目的只是为了“后嗣”。书中虽然写了他娶妾的全过程，从媒婆说媒、相亲一直到娶进家门，却也没看见有一句话描写这个小妾长得究竟如何，也没听见她说一句话，倒是详细介绍了她的弟弟。原来这个杜慎卿有断袖之癖，喜欢的是男人而不是女人。不过书中写得隐隐约约，只写他兴致勃勃地把许多旦角戏子召集拢来在莫愁湖进行评比，目的仅仅是为了出梨园榜，过一过他爱男人的瘾。

还有那个杜少卿，据说原型就是作者自己。杜少卿纵情声色犬马，挥霍家产，他夫人居然连一句牢骚话也没有，实在难得。要是别的女子，眼看家中的财产从多到少，从少到无，还不吵翻了天？难道真如古话所说，“不是一家人，不进一家门”吗？他这位夫人，胆子也不小，不但敢于跟随丈夫风流潇洒地去游湖，还敢于抛头露面地跟着丈夫大模大样地坐在饭馆里吃吃喝喝。——可惜，这也是一个“哑巴”，自始至终连一句话都没说过。

好不容易创造了沈琼枝这样一个与众不同的奇女子，能说会道，能文能武，敢想敢干，却只写到她被捕押送到仪征码头，还没到江都县就没了下文，让读者很不满意，也万分惋惜！

《儒林外史》中是不是也有自由恋爱结合的婚姻呢？有的。那就是奴才宦成和丫环双红。他们互相爱恋，又没钱给自己赎身，于是就私奔了。不过爱恋和私奔的过程，书中也是一带而过。这种事情当年一定不少，他们又不是儒林中人，本来是没有资格“上书”的。但是因为双红是蘧公孙的丫环，书中还隐隐约约写到蘧公孙与丫环之间有一些超出主仆之外的情感和动静。所以双红私奔之后被抓回来，蘧公孙醋性发作，不肯轻易饶恕。结果，此事酿成了一次政治讹诈。作者借此用来反衬马二先生的仗义轻财和豪爽，并且反映了衙门公差的奸诈和恶毒。总之，所有男女私情都是衬托，都是工具，都不正面描写。

还有几个妓女，倒是都说了话的。作者设计下等妓院的顺姑娘和细姑娘，是用来陪衬汤大爷和汤二爷以及汤六爷的。这种住在草房中的下等妓女，言语的粗鄙、神态的轻佻、打扮的庸俗，可想而知。按说作者应该放开笔墨、肆无忌惮、痛快淋漓地描写一番的，但是没有。写到她们和几个纨绔公子唱曲，本来可以有几支淫词浪调用作衬托的，却也是只有曲名而没有内容。写低级妓女而不淫不浪，其实不是成功，而是失败。描写这个“草房妓院”，目的只是反衬两位纨绔公子的不学无术。可惜两位公子都不是本书的主要人物，前面费了许多笔墨描写，到了贵州应该是他们大显身手或者是大出洋相的时候，反倒一声不吭、无声无息，倒让一个长随占尽了风光。如果让他们俩在“前线”充分表演一番，该有多好！不然，费这样多的笔墨去写他们，所为何来？至于南京来宾楼的妓女聘娘，则更加不像妓女，言语神态倒像大家闺秀了。她最后出家为尼，按当时她的处境来看，根本就不可能，分明是吴敬梓为了要尽快结束她的故事而草草收场的。

此外，凡是看过《儒林外史》的人，大都有一个感觉：前半部书比后半部写得好。

概括地说：前半部书写的的确都是儒林中人，而后半部书就基本上离开了“士”这个阶层，把视野转移到广阔的社会，所描写的主角也不是儒林中人，而是商界中人、武林中人和形形色色的市井中人了。——视野广阔，本来是一部小说的优点，但如果离开主题太远，把旁枝末节当主题大事发挥，则又是缺点了。

咱们不妨翻看一下全书的主要人物：从第一回的王冕，到第二回的周进，到第三回的范进，到第四、五、六回的严贡生、严监生，到第七、八、九回王惠的兴衰史、逃亡史，到第十、十一回的鲁编修招蘧公孙为女婿，到第十二回的诸名士莺脰湖聚会，到第十三至第十五回的马二先生，到第十五回至第二十回的匡超人从好到坏的转变，到第二十一至第二十四回的真假牛布衣，这上半部书中所写的中心人物大都是读书人，基本上没有离开“儒林”这个范围。从第二十五回开始到第二十七回结束，主角换成了鲍文卿和鲍廷玺，也就离开了“儒林”进入了“梨园行”，特别是王太太的出场，写的就是市井琐事了。从第二十八回开始，人物和故事又回到了儒林中来，写了季苇萧、萧金铉、诸葛佑等人选文章刻书，写了杜慎卿莫愁湖评选梨园榜，写了杜少卿的挥霍豪举、夫妇游山、拒绝应征，一直写到虞博士从贫穷到发迹的一生，最后担任泰伯祠主祭。这几十回书，中心人物的确都是儒林中人，虽然也有一些次要人物，却都是配角。而从第三十七回开始，中心人物就转移到“非儒林中人”身上去了。最先上场的是所谓的“郭孝子”，他是王惠的儿子，他的事迹是更名改姓，万里寻亲。这个人物及其所谓的“孝道”，客观地评价，本身就“站不起来”，再加上他在寻亲途中所遭遇的那些妖魔鬼怪，都是一些“子不语”的怪力乱神，还是生活中并不存在的且是从《山海经》和《太平广记》中抄来的，不但失去了故事的可信性，而且与《儒林外史》的“讽刺”主题更是风马牛不相及。从第三十九回开始，故事转到了萧云仙身上，写的是作者完全陌生的战争，以至于把一场与生番争夺边关的战争写成了如同小孩子“过家家”一般，一哄而起，一哄而亡，连一点儿战场的味儿都没有。倒是描写萧云仙如何建设边城，还有几分意思。从第四十回开始，出现了奇女子沈琼枝这个人物，不但她父亲是个贡生，她自己也是个才女，都可以算是“儒林”中人。作者对她的描写，可谓煞费苦心，用足了力气，设置了许多铺垫和伏笔。可是到了下一回，沈琼枝因为犯“卷逃”罪被押解到江都县，刚刚解到仪征的黄泥滩码头还没换船，故事就被腰斩居然没了下文。接着，从两位汤公子嫖妓女写到贵州边疆与苗民的一场莫名其妙的战争，两位公子都是热衷于吃喝嫖娼的纨绔子弟，非文非武，到了贵州也没参与“征剿”，人物和故事完全游离于主题之外了。从第四十五回开始，故事终于又回到了余特、余持这两个儒林中人身上来。不过也没讲多少故事，主题又拐到五河县势利小人敬重商人冷淡亲人的“恶俗”上去了。第四十八回讲了一个受假道学思想毒害很深的秀才王玉辉，支持并鼓励女儿以身殉夫的“节烈”事迹，算是一个典型的儒林故事。第五十回通过冒牌的万中书带出一个侠客“凤四老爹”来，于是主题又变成了侠客如何行侠仗义了。这些故事，不但和儒林关系不大，而且也不是吴敬梓所熟悉的世界。表面上看，故事写得有声有色，其实大都是道听途说的传闻记录，有的甚至就是主观想象，并不符合客观实际。第五十三回写南京十六楼之一的妓院来宾楼，不论是妓女还是嫖客，一举一动，所作所为，都像是舞台上的角色，只有表面现象，缺乏内心世界的表露和描写，不像是真实世界中的人。特别是妓女聘娘的出家，编造的痕迹一眼可见。第五十五回的“琴棋书画”四大奇人，感觉上都不是生活在凡间的血肉之躯，简直就是神仙降世。——封建社会的苛政和豪绅的欺压，对他们居然毫发无伤！

后半部书，给人的感觉是“东一榔头西一棒槌”，杂乱无章，好像都是临时抓来的素材“硬凑上去”的。所以，从一大批“名士”祭奠泰伯祠开始，许多人就觉得“看不下去”，不想再看，半途而废了。

有一件事情，可能许多人都会感到奇怪：吴敬梓的文集中有许多诗词，而且都写得很好很美，那么为什么在《儒林外史》中许多写到有诗词出现的地方，却往往只有题名而没有诗词的文字呢？例如第五十五回的最后结局，吴敬梓写了市井中的“琴棋书画”四大奇人之后，出版者自评其书，有所谓“曲终人不见，江上数峰青”，其下《沁园春》一词余韵绕梁。可是这“词”在哪里呢？是作者遗漏了，还是作者根本就不会写诗词，所以不敢献丑，只写个词牌名，就此藏拙了？或者此词只见于金兆燕的刻本，卧闲堂重刻的时候因为要加上第五十六回，所以删除了？再例如第九回写一个不懂人情世故却自命清高的贡生杨执中，书中他就写了一首诗，这首诗还是从《辍耕录》中抄来的。如果这是作者故意这样安排，目的是为了揭露这种“假名士”的虚伪，全书中却没有一个字说明或提醒，没读过《辍耕录》的读者哪里能看得出来呢？如果这是作者因为“技穷”而抄袭，按吴敬梓的诗词才情来分析，又不至于。那究竟是什么原因呢？

再例如第四十二回描写汤大爷、汤二爷、汤六爷在仪征丰家巷一家下等妓院吃花酒，书中描写：“吃了一会儿，六老爷哑着嗓子唱了一个小曲儿，大爷、二爷拍着腿也唱了一个，婊子也唱那是不消说了。闹到三更鼓，打着灯笼回去了。”所唱的曲子究竟是什么内容，居然一个字儿也没写。其实，像这种场合，把所唱的曲子写出来应该是最生动的烘托，也最能够显示人物的性格。《红楼梦》中大家都很熟悉的薛蟠唱的《女儿悲》《女儿愁》《女儿乐》，如果没有文字，怎么突出这个胸无点墨的纨绔公子？

那个年代，妓院里唱的曲子，随手可以抓来一大把，用不着作者去创作的。《金瓶梅》中的许多诗词歌赋曲，据学者考证，其中就有不少是前人的作品。虽然是“抄袭”，但是与全书自然融合得天衣无缝，一点儿也不影响这部作品的伟大。

再例如第四十四回末，余有重到南京去看表兄杜少卿，杜少卿请来迟衡山、武正字作陪。席间说起了萧云仙建设边城的事迹，杜少卿把有关萧云仙的图卷以及自己和虞博士等几个人的诗拿出来，余先生打开看了，乘着酒兴，依韵各和了一首。这里，不但杜少卿和虞博士的诗看不见，余有重的诗当然也是看不见的。这叫“只听楼梯响，不见人下来”！

写历史小说，虽然允许杜撰，但是绝不能违背历史。这是铁律，也是常识。《儒林外史》中也有不少历史性错误。例如第二十五回写到鲍廷玺的大哥倪廷珠，书中说他是在“苏州巡抚衙门”给巡抚做幕宾，就是一个历史性错误。明代南直隶的巡抚衙门一直设在南京，俗称“应天巡抚署”。万历二年（1574），为便于处理海警和江警，巡抚署迁到句容。万历三十一年（1603），因为苏州发生生员和市民之变，加上苏州的经济地位提高，巡抚署从句容迁到苏州，从此一直到明末没有再迁。如果倪廷珠是在苏州巡抚衙门做幕宾，就必定是在万历二年以后。查鲍廷玺过继给鲍文卿的时间，是嘉靖十六年（1537）十月初一日，当时鲍廷玺十六岁。从嘉靖十六年到万历二年，中间是三十七年，十六岁再加三十七，排行第六的鲍廷玺当年应该五十六岁，可是书中却说他大哥才“五十岁光景”，分明对不上账。何况本书最后一回的时间明明写的是万历二十三年（1595），当时的南直隶巡抚衙门还在句容。所以这里说的倪廷珠在“苏州抚院衙门”做幕宾，从时间上看，肯定是错的。这是“硬伤”。

文学是“语言的艺术”。一部小说的是否成功，除主题之外，语言的魅力也占很重的比例。关于《儒林外史》的语言，历代的评论家大都推崇备至，有的人还把它捧得很高。但是平心而论，或者说是按“名著”的水平“从严要求”，可圈可点的名句并不多，而语法错误、语言逻辑混乱却不少，还经常有用词不当的地方。

小说中的对白，最能体现人物的身份。《儒林外史》中的对白，除胡屠户、陈和尚等少数几个配角比较精彩一些之外，大都千篇一律。与《红楼梦》比较起来，的确不在一条水平线上，说它是“小巫见大巫”，绝不为过。

六、《儒林外史》是一部未完成稿

根据以上种种迹象，我提出一个看法：现在的《儒林外史》并不是吴敬梓的定稿，而是初稿，甚至是未完成稿。他不但会写诗词，而且写得很好。许多地方标明有诗词而不见文字，是因为他对诗词的使用非常慎重，在这些地方所用的诗词还在斟酌推敲中，要等他揣摩成熟了再补进去。——这样的事情，《红楼梦》中也有，我们可以从脂砚斋的批语中看到。

不但诗词是如此，正文也一样。许多人都有这样的感觉，《儒林外史》的前半部比后半部写得好。许多精彩的篇章，包括优美的语言和生动的故事，都出在前半部。例如关于王冕，关于周进和范进，关于严贡生和严监生，以及围绕着这几个人物所衍生的次要人物等，都比较生动。而后半部的故事就显得零碎而芜杂，有许多简直就是“硬凑”上去的，显得作者“后劲儿不足”，特别是杜少卿出场以后。因为杜少卿的原型就是作者吴敬梓，所以他把自己的所见所闻、所作所为大体上“如实”地写进了小说中。但是他的那些业绩，有的可以是小说的素材，如“如何散尽家财”；而有些业绩，作为小说来写是没有什么意思的，如关于建立泰伯祠。泰伯是吴姓的始祖，吴敬梓作为吴姓的后人，给始祖建立一个祭祀的地方，可以说也是一项盛举。但如果作为小说的主题，就要另外增加一些有趣的旁枝末节，不然就十分枯燥，不是小说了。在这个泰伯祠的描写中，他却没把什么生动有趣的故事“贴上去”，而是把礼仪如何进行，一举一动，一进一退，却都写得十分详细。这正是写小说的大忌。

在《儒林外史》中，有许多情节可以大事铺张渲染一番，以求增加情节的最大限度发展，可是他却在该发挥的地方不发挥，而在不应该发挥的地方，特别是关于泰伯祠的礼仪描写上费了过多的笔墨。这就是他的考虑不周，构思粗糙。而这，正是初稿的特点。因为构思故事，往往前面的要比后面的更成熟一些，作者也往往把构思成熟的先写出来；而那些还不太成熟的构思，则“先写下一个轮廓来”，先把“框架”搭起来，然后在写作进程中反复修改。可惜，这部作品的后半部分，作者还来不及修改，就突然亡故了。

所以，我的看法是：现在大家看到的《儒林外史》，其实只是一个未完成的初稿，特别是后半部，只是一个框架，还没有写完。尽管《儒林外史》并不是某个人的“大传”，而是许多人的“列传”，但是大部分人物的结局还是都有所交代的。即便不是在故事的最后说明，也大都在后文中以“不经意”的方式说出了此人的结局或者现在何处。但是独独对书中费了许多笔墨刻意描写的主要人物之一的沈琼枝，先从她父亲那里写起，接着写她的文武全才，善于刺绣赋诗，性格还非常坚强，做事大胆泼辣，敢于只身进入宋为富的大宅门里去，又能够卷包潜逃全身而退到南京独自一人靠刺绣和卖文自食其力。这样一个奇女子，经过许多曲折的故事发展，到了被抓捕之后解到江都县，总应该有一个结局了吧？怎么可能戛然而止呢？尽管他独创的文风是“短篇连缀”，沈琼枝故事作为一个“短篇”，难道就不应该让故事完整吗？何况还是“连缀”性的，至少也要“连”得上去，“缀”得起来不是？

因此，可以据此推测，吴敬梓如果不是突然死亡，他的《儒林外史》是一定要继续补充修改的，不但要把所有欠缺的诗词一一补足，没有结局的沈琼枝故事也会有一个完满的或比较完满的交代。

沈琼枝的故事没完，不应该这样戛然结束，是多数人的共同感觉。难怪到了同治年间会出来一个《儒林外史》“六十回本”，并把沈琼枝的故事补充完整了。尽管写得不好，不符合吴敬梓的本意，被讥笑为续貎，但也说明这是一个人所共见的漏洞，是作品没有完成的明证。

还有一个证明，就是娄公子组织策划的“莺脰湖大会”。为这次大会，作者费了许多笔墨，把各路英雄一个个调集前来，其目的当然就是想在这个“大会”上让这些假名士、假好汉“集体亮相”。因此，凡是会写小说，或是写过小说的人，都知道这个地方应该大事铺张地描写一番，但是作者却轻描淡写地一笔带过了。请看原文：

> 两公子请遍了各位宾客，叫下两只大船，厨役备办酒席，司茶酒的人另在一条船上；一班唱清曲和打粗细十番的，又在一船。此时正值四月中旬，天气清和，各人都换了单夹衣服，手执纨扇。这一次虽然算不得大会，却也聚了许多人。在会的是：娄玉亭三公子、娄瑟亭四公子、蘧公孙駪夫、牛高士布衣、杨司训执中、权高士潜斋、张侠客铁臂、陈山人和甫，鲁编修请了不曾到。席间八位名士，带挈杨执中的蠢儿子杨老六也在船上，一共九个人。当下牛布衣吟诗，张铁臂击剑，陈和甫打哄说笑，伴着两位公子的雍容尔雅，蘧公孙的俊俏风流，杨执中古貌古心，权勿用怪模怪样：真是一时胜会，两边的船窗全都打开，小船上奏着细乐，慢慢游到莺脰湖。酒席齐备，十几个阔衣高帽的管家在船头上轮番斟酒上菜。那食品的精洁，茶酒的清香，不消细说。饮到月上时分，两只船上点起五六十盏羊角灯，映着月色湖光，照耀如同白日，一派乐声大作，在空阔处更觉得响亮，声闻十余里。两边岸上的人看上去，好比神仙下凡，谁不羡慕？

整个游湖过程，一共只有这四百多字。而对游湖过程的中心人物，更是简单到只有“牛布衣吟诗，张铁臂击剑，陈和甫打哄说笑，伴着两位公子的雍容尔雅，蘧公孙的俊俏风流，杨执中古貌古心，权勿用怪模怪样”这五十多个字。用不着多想，这样的描写已经不是虎头蛇尾，而是“象头鼠尾”了。任何一个稍具文学常识的人都看得出来：这五十多个字，绝不是吴敬梓想要表达的“全文”，而只是一个提纲。如果让曹雪芹来写，这个游湖大会至少可以写三千到五千字，甚至扩大到一回书。因为前面调动起来的许多人物，都应该在这里粉墨登场，并淋漓尽致地表演一番的。就按这五十多个字来发挥，牛布衣也应该写一两首诗，而他不是冒充风雅的假诗人，写诗并不困难。其余像杨执中、权勿用这样的假名士，是不是能写出像样的诗来，就难说了。自己写不出来，是不是让他们再抄袭一次？张铁臂是个江湖骗子，不过也不是一点儿本事都没有，即便“十八般武艺”不见得都精通，至少舞剑、轻功还是有两下子的，尽可以让他卖弄一番。也许还会有人提出请他躺在地上，让一辆马车或牛车从他的胳膊上滚过去，以显示他的“铁胳膊”究竟有多么厉害，等等。这些都是“随手抓来”的素材。还有蘧公孙的“风流”，应该怎么表现？作者既然已经把杨执中的傻儿子也带上了船，总不能让他“白吃白喝”一通就回去吧？即便他只知道吃喝，喝醉了说两句浑话出出他老子的洋相，总也是应该的吧？

所以，这个“盛大场面”的缺失，绝不是吴敬梓的疏忽或无能，更不是吴敬梓下笔之初就认定非要这样虎头蛇尾不足以显示他的风格，而是这个地方需要认真考虑，缜密构思。可惜，还没等到他考虑成熟就暴病而亡，再也无法实现他的辉煌构思了。

还有一个地方，也能很明显地揭示吴敬梓在构思这部书稿时的犹豫不决。

书中费了许多笔墨，详细介绍王惠在逃亡中把自己随身所带的一个枕箱送给蘧公孙。枕箱里面，有一本高青丘亲笔手抄的诗稿。这个高青丘，因为他的朋友苏州知府遭到冤假错案被惨杀，他受到株连，也被朱元璋下令腰斩了。于是，他的诗集也成了禁书。蘧公孙却不知利害，为图个人出名，私自把这部禁书联署了自己的姓名刊印出来到处送人。凡是看到此处的读者，几乎人人都会联想到这个蘧公孙将会因为刊刻此书而遭受到极大的祸事。特别是蘧公孙在娶鲁编修女儿的喜庆宴会上，作者还特别安排了一场“不吉利”的兆头：让梁上的老鼠“失足”滑下来掉进蘧公孙面前的汤碗里；让端菜的乡下孩子把钉靴踢飞了掉进媒人的汤碗里。所有这些“意外事件”，当然都是为了蘧公孙以后的大祸作铺垫。不然，写它干什么？就是为了滑稽可笑？但是出于大家的意料之外，直到全书结束，蘧公孙并没有因为这部禁书受到什么打击。仅仅因为王惠是个钦犯，蘧公孙只是因为与钦犯有来往、手头留有钦犯的一个枕箱而遭受到逃婢双红的控告和勒索，最后也不过只是破了一点点小财（钱还是让马二先生出的），就风平浪静了。

那么，前面为什么要花费这样大的力气在“高青丘禁书”上大做文章，最后却不再提起，形成了一个不应该出现的虎头蛇尾呢？

可以这样设想：吴敬梓在构思这个故事的时候，是要让蘧公孙甚至蘧家全家遭受到一次十分悲惨的灭亡命运的。但是他最后没这样写，也许已经这样写了，最后他自己删除了。也可能不是他自己所删，而是在第一次刊刻的时候被金兆燕删除了。于是，《儒林外史》中留下了这样一个很大的破绽或曰漏洞。

吴敬梓写《儒林外史》的时候，正是雍正和乾隆两个皇帝大兴文字狱的时候或之后；金兆燕刊刻《儒林外史》的时候，是吴敬梓死后的十几年，也就是大概在乾隆三十年到三十五年（1765—1770）之间。这个时代，文字狱高潮还没有过去，这种仅仅因为几句无关紧要的闲话而遭到杀害全家甚至株连九族的大屠杀，人人惊惧，个个寒心。不管是吴敬梓也好，金兆燕也好，面对这样的现实，犹豫了，退缩了，从而导致小说中这一节故事的修改或删除是很平常也是很正常的事情。

《儒林外史》怎么会没写完就出版或者经过删改以后才出版呢？原因就出在吴敬梓的突然死亡上。根据资料，他在五十四岁的某一天，白天还好好儿的，还在船上和客人聊天呢，当天夜里就“无疾而终”了。我认为：吴敬梓绝不是“无疾而终”，而是暴病而亡。大概是脑溢血或心肌梗死之类的突发病，发病的时候身边没人，于是撒手人寰了。当时医疗不发达，缺乏正确的诊断结论，既然是在“睡梦中故去”的，就只能按照“最佳设想”认定他是“无疾而终”了。——这样的事例并不少见。我的老友、《缙云县县志》的主编金兆法先生，刚刚退休不久，正值写作“旺季”，头一天还给我打电话谈他明年的写作计划呢，第二天他儿子就发讣告“先父昨夜在睡梦中故去”，确诊为心肌梗死。吴敬梓的死，应该类似。

一般的说法，《儒林外史》大概是在吴敬梓三十六岁以后开始写作的，到他五十岁前后，稿子已经基本完成。但还只是一个框架，最多不过是个初稿，还需要补充修改。可是突然的变故，亲自修改终于成了不可能。他死之后，他的表侄金兆燕整理他的遗稿，出于自身的安全，不得不有所删节。他明知道稿子没写完，特别是经他删改以后，有许多地方“接不上气儿”了，却因为急于要公之于众，只好说成这是吴敬梓的原稿且是“全稿”而加以出版。——这是一件无可奈何的事情。尽管《红楼梦》也没写完，或者写完了原稿遗失，但是遇上一个曾经担任“四库全书”总编纂的和珅，他手上有“收缴上来”的好几个《红楼梦》的抄本和八十回后的散稿，而且居然让他找到高鹗这样的“高级编辑”来进行整理补充，终于把一部支离破碎的旷古文学巨著“凑”完成了。金兆燕本人虽然也是一个名士，但是欠缺高鹗这样高的编辑水平，不能帮助吴敬梓把未完成稿增补成“全稿”，只能以现在这个样子“勉强”问世。

可以设想，如果老天能够再给吴敬梓三五年时间，《儒林外史》这部书，哪怕它仍然比不上《红楼梦》，至少可以补上诗词，补上沈琼枝的最后结局，改得比今天的版本更好一些。

吴敬梓死的时候，他儿子吴烺可能年纪还小，不能担负起整理父亲遗著的任务，所以不得不让自己的表兄金兆燕来完成。后来，吴烺也成了一个学者，而且还出版了许多著作。奇怪的是：这个吴烺，怎么就没想到要把父亲的遗著好好儿整理一下呢？

《儒林外史》《官场现形记》等讽刺、暴露小说，时代感都非常明显。尽管《儒林外史》写的是清代初年那个时代的“儒林”，但是结合今天“学林”“士林”中的所有种种乱象，难道不是“儒林”传统的发扬光大？因此，用今天的眼光来读清代的儒林怪相，是不是会有一种似曾相识的感觉呀？

七、吴敬梓思想认识的局限性

《儒林外史》以讽刺、揭露读书人的虚伪、自私、奸诈，批判他们追求功名利禄为主题，无可否认，这是具有积极意义的。

但是作者所要树立的正面形象是什么呢？

从《儒林外史》第一回的王冕到第五十五回的“琴棋书画”四大奇人，作者都在歌颂“隐逸”。书中作为儒林三贤达的虞博士、庄绍光和杜少卿，也都是以“不作为”为其做人的行为准则。这就没有什么积极意义，而是只有消极意义了。

道家宣扬“遁世”，主张离开人世去修仙，妄想到达与世无争的“神仙”境界。佛家宣扬“出世”，主张进行个人的“修行”，以求跳出轮回，到达没有生老病死的西方极乐世界。说白了，都是否定社会，逃避现实，只求个人安乐的思想表现，都是消极的态度。

只有儒家宣扬“入世”，主张“学以致用”，提倡“修齐治平”，即“修身齐家治国平天下”，着眼点是以自己的能力使国家富强、社会安定、人民幸福，是积极的态度。

因此，尽管读书人有这样那样的缺点，但其传统的主流思想是积极的。几千年来，有理想、有追求的正派读书人，大都以“天下兴亡”为己任。

尽管王冕和“琴棋书画”四大奇人的个人品质无可挑剔，他们对社会不会有危害性，但是对社会的发展并不具有安定促进的作用。试想，如果全国的读书人都以他们为榜样，只想独善其身，自得其乐，与世无争，社会会是个什么样子？

社会是由全体国民组成的，士农工商，良莠不齐，如果代表先进的“士”不在社会中起良好的模范作用，不出仕去管理社会，那么代表落后的黑恶势力必然会抬头。因此，作为儒家的“士”，必须在社会中起带头、领导作用。这不是某人个人的出路问题，而是整个社会的安定和发展的问题。

但是，吴敬梓的时代，是封建皇帝统治的时代。一个读书人，不论你有多么高的学识和志向，你想参与社会的管理，就必须出仕做官。不说出仕做官必须学会做八股文那些次要的条件了，对吴敬梓和曹雪芹等追求清白地做人并有所作为的知识分子来说，想要做官，第一个前提必须心甘情愿地给皇帝做奴才，一切都要听皇上的。而号称“圣明”也就是永远“伟大、光荣、正确”的万岁爷，只凭血缘，特别是只凭“皇长子”的身份当上了皇帝的，不是弱智、幼稚，就是无知、昏聩，他们只有一个共同的特点，那就是说一不二的“金口玉言”。在这样的独裁者面前，这就让追求自由的曹雪芹和吴敬梓们绝对做不到“正常出仕”。即便他们肯委曲求全，还必须和一帮庸人禄蠹和平共处甚至曲意奉承、同流合污，不然，即便你有天大的本事也无法发挥。在封建专制社会，要的是听话的奴才，排斥的是独立思考的人才。如果你坚持独立思考，一意孤行，还有被他们一口吃掉的危险。

根据现有的史料判断，曹雪芹和吴敬梓都不是做官的料。在他们的时代，想要做官，必须具备脸皮厚、心肠黑这样两个基本条件。而这两个基本条件，他们连一个也不具备。

由于吴敬梓个人的经历，造就了他孤芳自赏的性格，只能一辈子远离政治。他自命不凡，自命清高，有点儿“众人皆睡吾独醒”的味道。他藐视权贵、藐视富豪、藐视有钱没文化的暴发户，要他对皇上、对这些追求富贵的禄蠹们低头，简直比死还难。正因为如此，他虽然已经到了山穷水尽、一无所有的困境，却连安徽巡抚保举他去赴博学鸿词科考试也婉言谢绝了。他既不愿做官，也不会做官。他很明白，像他自己这样的人不出仕还可能过上几天消停的贫困生活，而一旦出仕，也许暂时会让他过几天“好日子”，可是结局如何却很难想象了。因此，他宁可在亲友的接济下过贫困的生活，却把他的精力全部贯注在《儒林外史》的创作上。不出仕，看起来是消极；把精力用于写作，则是另类的“积极”。有人说他写《儒林外史》是为了“劝世”，是希望儒林中人看了他的书以后会幡然悔悟，我看未必。吴敬梓对儒林的尔虞我诈已经看得很透彻，对当时社会的世态炎凉也不是漠然无知，而他应该明白：用小说劝世，无异于缘木求鱼。他其实很清楚：小说所能起到的作用，实际上有限得很，真的非常有限！——拿当下来类比：眼下无官不贪，你写一本《新儒林外史》或《新官场现形记》，能让这些贪官幡然悔悟，从此不再贪渎而变成清官？做梦去吧！

从思想境界来说，吴敬梓确实自视甚高，即便穷死了，他还是他那个士大夫阶层的一分子，甚至有“自恋”倾向。他的挥霍家财，不是没人劝阻，甚至劝阻不成还被人痛骂，但是他依然我行我素。他不但把自己的形象化为杜少卿，并且把这个虚拟的理想中人物树立为儒林楷模，以致所写的《儒林外史》除了客观上起一个讽刺、揭露读书人的种种缺陷之外，全书所起的作用却是在宣传消极遁世。这对他来说，是别无选择，是无可奈何。而对今天的我们来说，客观地评价《儒林外史》，不但要看到它积极的一面，也要看到它消极的一面，而且是危害性很大的一面。

应该看到，吴敬梓的头脑中，还有十分强烈的宿命论意识。那个时代的知识分子，不但大部分人都相信有鬼神，而且还相信宿命论。对于一般人，我们不应该苛刻要求，但是对于一个作家、一部作品，特别是有巨大影响力的作品，就不能不从严要求。不然，就是把特殊视同一般了。

简单地说：作家是不应该相信宿命论的，因为这完全背离了小说中人物故事的开展。小说中的人物，应该有自己的思想，自己的道路。如果一切都是“老天注定的”，所有人物都是按照老天爷写的剧本在演戏，那还写什么小说呢？

下面以王惠这个人物为例来加以说明。

根据作品所述，周进已经六十多岁了，还没考上秀才，他有一个小学生荀玫，年方七岁。这时候，王惠大约三十岁左右，已经考上了举人。一天王惠路过周进的私塾，看见荀玫给周进交的习字作业，就对周进说：他在正月初一做了一个梦，梦见自己和这个七岁的小学生荀玫同一榜中了进士。

如果这个梦仅仅是一个梦，也不过当作笑话说说而已，可是这个梦后来居然“兑现”了。那么，这就不是一个笑话，而是“用事实证明”

一个人的一生都是由上苍在冥冥之中事先安排好了的。不论王惠如何努力，他都必须在五十岁那年才能得中进士，必须和二十岁左右的荀玫同榜。这就叫“人不可与天争”。

如果说这是一个概率极低的“偶然巧合”，那么下面的故事就是进一步用来证明“人不可与天争”了。

王惠和荀玫同时中了进士，被分发到部里当员外郎。一个叫陈礼的江湖术士上门来给他们扶乩，请来的是关公，他们问的是前途。结果，关圣帝君给荀玫的判词是三个“服”字。没几天，家里来人报信，说他老奶奶死了。如果说这还是“凑巧撞上了”，那么对王惠的判词可就真的是“神而又神”了。判词写的是：

> 美尔功名夏后，一枝高折鲜红。大江烟浪杳无踪，两日黄堂坐拥。　　只道骅骝开道，原来天府夔龙。琴瑟琵琶路上逢，一盏醇醪心痛！

当时王惠根本就无法理解这是什么意思，只知道前两句：“功名夏后”和“一枝高折”说的是他要到五十岁才中进士，其余的全不懂得。直到他被宁王抓住了，表示愿意投降，回想起来，方才一一证验：“两日黄堂”指的是在南昌当知府；“骅骝开道”和“天府夔龙”是他外出在公馆里看见的匾上的字；“琴瑟琵琶路上逢”，指的是他在逃亡的路上遇见八王；最不可思议的是“一盏醇醪心痛”，说的是他被俘以后心痛病犯了，宁王赏他一杯酒，喝了之后心就不痛了！——啊，一个人的一生，如果连这样的小事都是“上苍注定”的，那活着还有什么“事业”“拼搏”“个人奋斗”可言？反正一辈子的荣华富贵、功名利禄、成功失败、是忠是奸都是“老天注定”了的，是自己所无法改变的，一切都只要“随遇而安”就可以了。

而这个恰恰是写小说的大忌。

还拿王惠来说事儿。王惠三十多岁就中了举人，为什么要到五十岁了才中进士？这其中可以有许多原因：生病了，父母死了，考题不熟悉，考官没眼睛不识货，而最大的原因不外乎是他的八股文做得还不够火候，还达不到进士的水平。这样的前提，作为个人当然要努力去改变属于个人的缺失，例如继续苦读，力求提高，等等。如果什么时候中进士是早就由上苍“注定”了的，那还争取什么？坐在家里等待就是了。

再说，王惠之所以投降宁王，完全是他个人的行为。他可以有他的许多种选择。他可以当“忠臣”，不是顽强抵抗，下决心“与城池共存亡”，就是被俘以后来一个“骂贼而死”，从此留下“忠魂”和“英名”让皇上去旌表。如果他是个富于正义感的正人君子，懂得好坏善恶，也可以在被俘以后听到宁王的反复开导，想到正德皇帝实在太坏（明代最荒淫无耻的皇帝），出于整顿朝纲而真心拥戴宁王。或者写他本质上是个追求功名利禄的凡夫俗子，怕死保命，被俘以后就只剩下摇尾乞怜一条路了。不管怎样写，都不失为“写人”。小说中最感人的，往往就是写这种本质的恶毒，人性的复苏，矛盾的心理，苦苦思索，左右摇摆，拿不定主意，等等。吴敬梓在王惠投降之前，就给他加上了关公的判词，把他的投降写成了“一切皆由天定”，把他的所作所为，包括“喝酒治好了心痛病”这样的小事儿，都说成是老天爷早就安排好了的事情。那么王惠的投降，就不是个人意识或品质问题，这样也完全失去叙述他、描写他的意义和价值了。

王惠一人的命运是如此，那么，书中所有人的命运当然也是由老天爷早就注定了的。如果一个人的一生善恶好坏、是非功过，都是“前定”的，都是在“按照剧本演戏”，那么，吴敬梓何必还要去写《儒林外史》呢？如果吴敬梓明明知道一个人的所有一切都是“老天爷注定”的，吴敬梓还会抱定“醒世”的目的去写《儒林外史》吗？

对全书的人物来说，如果没有陈礼这个人物，不增加“一切皆由前定”的说教，这部小说是不是会更加成功，也更加伟大呢？

小结： 根据以上所说，可见《儒林外史》是一部瑕瑜并存的书。但是瑕不掩瑜，依旧是一部值得一看的名著。它之所以值得一看，是因为它出现在清朝的乾隆年间，那时候还没有人深入细致地观察儒林人物，用十分挑剔的眼光来讽刺刻画这些看上去文质彬彬、满嘴仁义道德的假道学和伪君子。世界上许多事情，难的就是这个“第一”。今天的中国社会，人人都说道德沦丧已经突破了底线，官场、学府、士林中的恶劣行径，早已经超过《儒林外史》所描写的虚伪、贪婪几千万倍。如果你把这些坏人坏事搜集起来写一部《新儒林外史》，不但事迹更加清晰，文辞更加流畅，可能销量还不低。不过，你的成就、你的伟大绝不可能超过吴敬梓。其原因，就在于他是第一，而你则是第Ｎ！

《海上花列传》是清末狎邪小说的压卷之作

一、话说上海

上海这个地方，唐代属华亭县[①]管辖。当时这一带人烟稀少，还没有形成村落。到了宋代，居民逐渐增多，才设置了上海镇。元至元二十九年（1292），终于设置了上海县，县治在今天的莘庄镇。

三百多年前，今天的上海市市区还是一片荒地，地势低洼潮湿，被称为“上海滩”。上海滩也只有几十户渔民在黄浦江东岸聚居，称为“浦东村”。明清之交，在黄浦江与吴淞江汇合的三角地带，由于舟楫往来，交通便利，货物集散，居民辐辏，逐渐形成了市镇。特别是黄浦江边十六铺码头和现在的小东门一带，成了各帮货船和商人聚集的地方，商店逐渐增多，为商人服务的茶馆儿、酒店、戏院等也得到了发展。到了清代中叶，人口居然超过了县城莘庄，于是建起了又高又厚接近圆形的城墙，把上海县县治从莘庄（旧上海县）迁到这里来，依旧隶属于松江府管辖。这个新县治所在地，就是今天上海市的南市区。

新上海的居民，大都从苏州、宁波等地方迁来。善于经商的苏州人和宁波人不但把新上海建成了一座新兴的商业城市，同时也混合苏州话和宁波话形成了一种新的方言——上海话。直到今天，上海市区的方言

---

①华亭县：今上海市松江区。

（上海话）和浦东区的方言特别是浦东区乡下的方言（浦东话），依然存在着相当大的差别（例如“风”字，市区人读 fōng，浦东人读 hōng）。当然，任何一种活着的语言都是在不断地发展变化的。20 世纪八九十年代的上海话，不但跟一百多年前的上海话很不相同，就是和半个多世纪以前即 20 世纪 30 年代的上海话也有着明显的差异。简单地说，早期的上海话，更接近于苏州话，有七个声调；现代上海话，固定了一些词语（例如吸收宁波话的“阿拉”作为第一人称单数“我”，吸收苏州话的“倪”作为第一人称复数的“我们”等），同时也创造了许多仅仅适用于上海的方言词语，只剩下五个声调，并且还合并了一些韵母（例如“米”和“面”，原来分属两韵 i 和 ie，现在合并成一个韵 i）；而 20 世纪 30 年代至 50 年代，还有相当一部分上海人讲的是半新不旧的上海话，有六个声调。

鸦片战争失败以后，清道光二十二年（1842）中英两国签订了丧权辱国的《南京条约》，把上海开放为通商口岸。不久，英、法、日等列强又在上海县城北面强占了大片土地划为“租界”，开设洋行，雇佣买办，收购土产，贩卖洋货。表面上看起来，市场日渐繁荣，商业渐趋发达，骨子里其实是贱买贵卖，盘剥百姓，搜刮中国人的银子，控制了中国的经济命脉。租界之内，一切权力全归外国人行使掌握，名为“租界”，实则跟殖民地也不相上下。十里洋场，简直就是“中国中的外国”。县太爷住在小小的县城也就是今天的“南市”城内，根本管不着洋大人们的一丝一毫。

随着商业日渐发达，人口逐渐增多，一向跟商旅结有不解之缘的娼妓，也在“上海滩”逐渐兴盛起来了。

二、话说娼妓

中国的娼妓，传说始创于春秋时代的齐国大夫晏平仲。其动机，据说是为了给富商巨贾们解除“行旅中的寂寞”；其目的，则是为了把

“外商”们赚走的钱尽可能多地花在齐国，以求“货币回笼”，防止“白银外流”，可以说是今天“无烟工业”的滥觞。所以春秋时代的妓院，都是“国营”的，妓女都是“公娼”。相对于“公娼”的“私娼”，起于何时，研究者说法不一。因为从经营方式看，私娼也有“个体”和“集体”之分。如果“私娼”指的是“暗地里”以出卖肉体为业（或副业）的女子，那么这种私娼很可能从人类社会形成的时候就逐渐形成了。不过这种妓女只能称为“私窝子”，她们一般都是“单干户”，也可能就是后来上海“烟花间”的滥觞。如果指的是与“国营企业”相对的“私营企业”，是公开的、挂牌的、有老板和伙计及相当规模的妓院，则很可能是民间人士参照国营妓院开张经营的“民营企业”，何时形成，说法不一。

中国的“国营妓院”一直延续到明代，不但没有湮灭，反而更加发扬光大。特别是燕王朱棣从侄儿朱允炆手中夺过皇位来以后，为了惩处不拥戴他当皇帝的大臣们，除了把他们本人杀死之外，还恶毒地把他们的妻女“籍没为妓”，在南京秦淮河畔专门建造了许多“中央级”豪华大妓院，因为一共有十六所，所以称为“南京十六楼”。又因为这里的许多妓女来自大家闺秀，文化修养较高，使得整个妓女群体的档次又提升了一大步。这些“国营妓院”，统一归中央政府的“教坊司”管辖。挣下来的夜度资，则用来作后宫嫔妃们的脂粉钱。倒是雍正皇帝不稀罕这几个肮脏钱，下旨把教坊司给取消了。

两千四百多年来，娼妓与优伶时分时合，绵延不绝。一方面，为骚人墨客平添了不少风流韵事，为商贾旅客消解了许多寂寞惆怅；另一方面，则是冶游子弟颠沛流离于桑间濮上，烟花女子呻吟饮泣于秦楼楚馆。多少悲欢离合、血泪斑斑的故事，在这里轮番迭次地上演，无休无止。在我国的文学艺术史上，以娼妓为主角的戏曲、小说，就不知道有多少！

清朝末年，上海滩的娼妓种类繁多，名目不一，比起明代扬州的花街柳巷和南京的秦淮河两岸来，大有过之而无不及之势。

上海的娼妓，据说最早的是“画舫”，也就是水上妓院，是从南京的“秦淮娼妓”演变而来的。开埠以前的上海，既没有火车，也没有汽车，陆上交通主要靠马车和轿子，水上交通主要靠船。上海境内，有一条与黄浦江相通的吴淞江，蜿蜒几十里。于是秦淮河上的画舫，首先进军上海，成了上海娼妓的开路先锋。画舫既是茶馆，也是妓院，还兼有交通和旅游两种功能，是商人做买卖谈生意和冶游的理想场所。

大约在清道光初年，也就是1842年签订了《南京条约》以后，上海的人口随着商业的进一步发展而逐日增长。这时候水上娼妓为了生活安定和业务发展开始“登陆”，最初主要集中在上海县城内虹桥的左侧，后来从业人员逐渐增多，就往鱼行桥南的唐家巷发展，渐次扩展到梅家弄、鸳鸯厅、白栅、朱家弄、昼锦里、薛家浜、季家弄等地方。

清咸丰初年以后，随着租界的发展，上海人口有了突飞猛进的增长。以上海的公共租界为例，清咸丰五年（1855）还只有两万多人，十年之后的清同治四年（1865），就发展到九万多人，足足增长了三倍还多。这期间，法租界的人口也增加了四万多。这些人大都来自南京、宁波和苏杭二州，也有少数广东、福建人。他们有的当行商贩运，有的当坐商开店，赚钱容易，不免就要寻欢作乐。特别是那时候商界人士交往谈生意，大都讲究在饭店和妓院“吃花酒”，也就是请客吃饭的时候有妓女坐在旁边唱曲子侑酒，并在客人划拳输了的时候替客人喝罚酒，称为“代酒”。为了便于租界中的商人就近招来妓女，于是原来住在城内的妓女纷纷迁移到城外，主要是英租界四马路（今福州路，当时以“野鸡”众多出名）中段，以路北的西荟芳里和路南的同庆里为中心，东起中和里，西至大兴里，北起三马路（今汉口路）公阳里，南至五马路（最初叫“广东路”，又名“宝善街”，其中间一段叫“正丰街”，是“长三堂子”的集中地）庆云里，在“十里洋场”的方圆二三里地之内，先后开张了几百家妓院。稍后，城内的妓院也曾经有过一度“中兴鼎盛”的时代，地点在老北门沉香阁一带。终因城内街路狭窄，交通不便，又纷纷搬出城去，但并不远迁，而是就在北门外的法租界一带落脚。

上海滩有那么多妓女，其来源主要是江浙二省的穷苦人家因天灾人祸无力偿还债务等原因，把稍有姿色的女儿卖入妓院。这种女孩儿，当时妓院的行话叫作“讨人”(“讨”字在吴语区的含义比较复杂，既有“买”的意思，也有“娶”的意思，所以娶妻、纳妾、买雏妓统称“讨”)。其中江南的女孩子身价又比江北的女孩子要高一些。至于那些姿色稍差、“档次”稍低或不愿意卖身当妓女的，则到妓院去当女佣人，赚几个工钱，当时妓院的行话叫作“小大姐儿”，简称“大姐儿”。在妓院里，大姐儿只管整理房间和接待嫖客，也就是供应茶水、果点，一般不接客也不卖身(当然，跟嫖客熟了以后有了进一步关系，那是例外)，但收入和生活水平比在一般人家当“娘姨”(即保姆)要稍高一些(一般是月工资银元一元，到“节下”还有小小的分红)。至于妓院中的龟奴、轿夫等打杂人员，则主要来自苏北扬州一带。

三、话说嫖客

嫖客的构成，除了江浙二省的坐商和本地的行商构成一个圈子之外，还有两个自成体系的圈子：

一个圈子是“买办”。

上海开放为商埠，特别是有了外国人的租界以后，大批欧美殖民者来到了这个“冒险家的乐园”。他们在这里开设银行和洋行，创办各种工商企业，从而产生了一批依附于洋人的“买办”。到1949年为止，买办的总人数已经达到了一万多。他们不但从外国老板手中拿到较高的薪金，而且还有佣金和分红的收入，最高的居然每年能够收入白银几万两之多，成了上海滩除洋人之外最有钱的阔佬。他们一方面帮外国人做生意，一方面自己也做生意，真是左右逢源，双管齐下，财源滚滚，终于上升为“买办资产阶级”。

另一个圈子是“富贵人家”。其中包括军阀、官僚、地主、恶霸、暴发户、帮会头子以及依附于这个圈子讨生活的“清客相公”等。

当时在上海的外国人，挥霍作乐的方式主要是跑马、赛狗和打高尔夫球。为适应他们的需要，上海还建立了占地八十多亩的跑马厅(今人民广场）、跑狗场（今文化广场）等。中国官商的传统习惯，则是一有了钱就纳妾嫖娼，或者出钱“包”一个女人为“外室”，追求的是“金屋藏娇”“三妻四妾”“左拥右抱”的逍遥生活。从另一个角度说，这与中西婚姻制度不同也有关系：中国当时盛行封建包办婚姻，一者夫妻之间没有感情基础；二者“正经”的夫人、太太不像小妾、娼妓那样善于卖弄风情；三者一个男人在官场或商业上有所成就，大都已经三四十岁，家中的正妻也已经“人老珠黄”，从娇妻变成了“黄脸婆子”，加上包办婚姻使得夫妻之间本来就没有多少感情，为了填补这一空白，于是有的纳妾，有的嫖娼。为了适应这些人的需要，上海的娼妓业有了蓬勃的发展。

“存在决定意识”，在当时人的眼光中，不论纳妾还是嫖娼，一般都不认为是“品质败坏”“道德沦丧”，不会从家族方面或社会方面得到太多的舆论谴责。特别是依附于贵族的文人墨客，还把这种行为描绘为“风流韵事”。而对于“淫人妻女”的行为，则认为是“道德败坏”。——这与西方上层社会以有情人为荣，则又是认识上的差异和分歧。

四、话说上海的娼妓

上海娼妓种类繁多，几乎囊括了古今中外各种形式与种类。略去俄国人、日本人、韩国人开的外国妓院不说，单是“国产”的，就有画舫、书寓、堂子、台基、花烟间、野鸡、钉棚、咸水妹，以及后期兴起的咸肉庄（应召女郎）、向导社、玻璃杯（茶座女招待）等十几种，还不包括私娼和“半开门”在内。

在上海出现得最早的妓院是画舫，即水上妓院，与广州珠江上的“蛋户”（也作“疍户”，朱元璋建政后为惩治拒不投降的敌对势力而人为划分的“贱民”，不许陆居，不许和非蛋户通婚）相似，但一般都认为是从南京的秦淮河画舫“移植”过来的。画舫有大有小，大的中舱能放两张大圆桌，可同时接待二十多人在船上用餐并游览。船上的妓女称为“船娘”，白天主要以弹唱和烹饪接待游客，入晚以后，游客如果有意，也可以在船上留宿，变为嫖客。

书寓出现在清咸丰初年，创始人名叫朱素兰，有一定姿色，不但善于弹唱，还会吟诗填词，以“色艺双全”著称。当时上海已经有专门说书的书场，实际上是茶馆老板聘请名角，每天挂牌写明说什么书，听众边喝茶边听说书，只付比一般茶馆略多的茶资，除了即兴点唱者外，一般是书场说什么听什么，也不多付钱。朱素兰所创设的“书寓”是一种小型的书场。第一，每天没有固定的节目，客人来了，可以随意点，每唱一场，收费一元；第二，不论客人多少，来十个八个她唱，只来一人她也唱；第三，她的书寓中有好几个“说书先生”，同时来几拨客人，可以分在几间房间内唱；第四，如果需要，可以到客人的家里或者饭店的宴会上去唱，称为“出堂差”，为后来的长三堂子开了“唱堂会”和“叫局”的先河。

书寓的说书女子标榜的是“卖艺不卖身”，除弹唱之外，可以陪酒，但不许嫖客动手动脚，即便同坐在一席上，也要与嫖客保持一尺以上的距离，以表示自己不是妓女而是“说书先生”的身份。对说书女子也必须称为“先生”，而不能称为“姑娘”“小姐”等。当然，真正“白璧无瑕”的妓女是不可能存在的，“先生”也不例外。只是要想“先生”伴宿，第一不是任何人都能做到，至少要相当熟悉而且“先生”也喜欢的才行，第二那夜度资的数目也很惊人，没有“一掷千金”的勇气，别想染指。当时“先生”的总人数并不多，身价又特别高，因此经常出入于书寓的大都是达官显贵、富商巨贾以及他们的子弟们。

书寓的档次比较高，不是要求娼妓们“会唱几句”，而是必须拜过师傅、至少会唱几本“大书”的才有资格挂牌。因此书寓出现的初期，敢于效法朱素兰或与她一试高低的人并不多。好几年中，一向都是朱素兰在“领导时代新潮流”，处于“孤军作战”的状况。当时的上海，不但书寓不多，“先生”也很少。直到十来年后的清同治初年，周瑞仙、严丽英等后起之秀在书寓中脱颖而出，名声大振，书寓才有了长足的发展。到了清光绪初年，“先生”的总人数已经有四百多人，书寓也从城内逐渐向公共租界转移，大都分布在“荣华富贵”四里（即兆荣里、兆华里、兆富里、兆贵里）及东西昼锦里、桂馨里、尚仁里、久安里、同庆里、日新里等弄堂[1]中。

这些先生们为了维持自己“崇高”的地位，组织了一个“书寓公所”，任何一个善于说书或评弹[2]的女人，不经过书寓公所的“批准”就不许挂牌，俨然像一座“妓院登记所”。

书寓公所登记书寓是要收“管理费”的。当时的标准，是每登记一所书寓收费大洋三十元。这当然是一个“生财之道”。开头，书寓公所的管理还比较严，对每一个申请当“先生”的妓女都要经过“考试”，如果徒有姿色而不会唱，或者只会唱几句小曲儿而不会说唱整部的“大书”，就不承认其“先生”的资格，不发给“招牌”。但是中国人最善于钻营，当妓女也讲究“走后门”。那些不会唱的，或者不善于唱的，通过各种各样关系，最后终于从公所领到了书寓的牌子，可以公开营业了。此风一开，终于一发而不可收，弄到后来变成了一道手续，任何女人只要向公所交三十块大洋，就可以在门口挂出“书寓”的牌子。久而久之，许多“五音不全”甚至根本不会唱的妓女也混迹其间。

书寓中的“先生”，大多来自苏州、常熟、吴江、扬州这四个地方，而且各自结成帮派。“从业人员”一多，形成了市场竞争，行业内部就开始互相倾轧。当时的说书以苏州评弹为主，妓女们也以口操吴侬软语即苏州话为时髦。第一个回合，讲一口江北话的扬州帮妓女首先被排斥；第二个回合，吴江帮也败下阵来；最后一个回合，是苏常二帮对峙，斗争的结果则是苏州帮以人多势众而取胜。这一次书寓大决斗，败阵的帮派掉了身价，为了生存，对嫖客的档次不得不降格以求，对自身的价码也不得不频频“下调”。于是原来大都是上层社会光顾的书寓，开始有了下层社会的人插足；原先标榜的“卖艺不卖身”，也捅破了窗户纸，居然公开卖淫。书寓逐渐有名无实，本来以唱为主的书寓，到了后来终于演变成以打茶围、出局和伴宿为主的长三堂子了。

---

①弄堂：上海方言，即胡同。

②评弹：苏州的说唱。“评”就是说，“弹”指弹唱，一般是自弹（琵琶）自唱。

所谓“打茶围”，就是一人或几人到妓院去，点名与某一妓女一起喝茶聊天儿，间或也听听善唱的妓女弹唱一曲，给茶资一元，称为“盘子钱”。因为嫖客进门，照例由“娘姨”即中年女佣人或“大姐儿”即年轻女佣人奉茶，由妓女亲自端出干鲜果品来，行话叫作“装干湿”“敬瓜子”，嫖客在这里与妓女鬼混一阵之后，临走的时候就把一元钱茶资放在果盘中。当然，愿意多给，更显得嫖客有气派。实际上，这是嫖客与妓女“联络感情”的手段，也是嫖客选择妓女的过程。当时的高级妓院，并不是嫖客一进门当天就可以与妓女上床的，而是必须经过多次打茶围、叫局、吃花酒，所谓有了一定的感情基础之后，才可以开口提“留宿”要求的。

“出局”就是前面提到过的“出堂差”，也就是嫖客把妓女叫到家里或饭店去陪酒，价格每次一至三元。叫妓女的条子，称为“局票”。当时的饭店，特别是四马路附近的饭店，都有事先印好的局票供客人使用。（附图是当时局票的典型样式）

一张局票一般只叫一个人，但如果某人愿意在一家妓院中同时叫两个妓女来作陪，也可以只写一张局票（如图所示）。如果所叫妓女正在别处出局或因病不能出局，妓院老板可以叫人去催，要求“转局”，或者另派一名妓女出局，称为“代局”。熟客叫局，并不当时付钱，而是由妓院的账房根据局票写在账上，称为“局账”，并在每年端午、中秋、年关“三节”之前结算，叫作“清局账”。如果嫖客到了节下以出门为由赖账不给钱，称为“漂局账”。在当时的“嫖界”，如果某人故意漂局账（不是真的有急事出门），那是很倒面

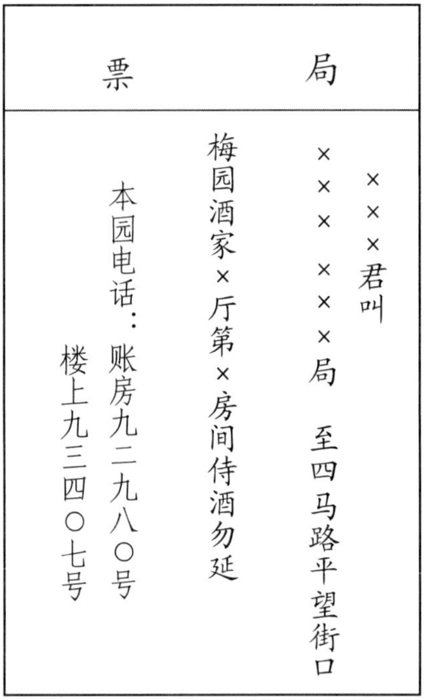
局票

×××君叫
××××××局 至四马路平望街口
梅园酒家×厅第×房间侍酒勿延
本园电话：账房九二九八〇号
楼上九三四〇七号

子的事情。——当年，不论商界还是“嫖界”，都标榜“信誉第一”。

出堂差开头以唱为主，发展到后来，由于许多妓女唱得不好甚至根本就不会唱，于是演变成以陪酒为主。与嫖客之间的距离，只要坐在嫖客稍稍靠后一些就可以，也不讲究“相距一尺”的规矩了。

“长三”本是骨牌中两个三点配成的六点长牌。长三堂子因早先以出局一次收费三元、留客过夜再收费三元（加上各项开销，实际上绝不止此数）而得名（三加三）。后来改为出局每次一元，代办酒席每桌十元（用两张方桌拼接起来同时上两桌菜的，叫作“双台”。此外，还有“双双台”。上双台不一定是客人多，而是为了摆阔，也是表示讨好），打牌每次抽头二元。长三堂子一般也自称为书寓，与真正“书寓”的不同之处在于她们根本就不理睬“书寓公所”的存在，也不履行任何“登记手续”，就堂而皇之地挂出了“书寓”的牌子。正因为长三堂子也自称是书寓，是从书寓演化发展而来的，所以这里的妓女继承书寓的传统，仍尊称为“先生”（因为她们还是“说书先生”的身份）。她们虽然名义上也标榜“卖艺不卖身”，但事实上并非如此，只是不作兴一见面就上床而已。而且夜度资虽然明面上规定为三元，其实还要加上酒席、鸦片、点唱、赏钱等费用，所以进一次长三堂子，没有三五十元是应付不下来的。如果再加上“碰和”[①]输掉的钱和私下送给妓女买衣服、首饰的“讨好钱”，数目就很可观了。

长三堂子形成之初，朱素兰等人为了保持书寓的“崇高”地位，采取“拉一个打一个”的策略，一方面把长三堂子中既有姿色又善于弹唱的妓女挖到书寓去，一方面又用各种手段贬低长三堂子，把长三堂子说成是下等妓院。但是终于因为长三堂子里的妓女容易亲近，不像书寓中的“先生”那样摆架子，难于“真个销魂”，结果是长三堂子越来越兴旺发达，终于形成了取书寓而代之的定局。到了这时候，长三堂子又反过来向书寓挖墙脚，把书寓中的佼佼者吸收过来以招徕嫖

① 碰和（hú）：原指一种称为“和牌”的纸牌游戏，最早称为“叶子戏”，是麻将的前身。清代末年，上海人习惯于把打麻将称为“碰和”。

客，壮大自己的阵营。

如果说书寓多少还带有一些“书场”的形式，长三堂子则完全按妓院的“体制”组成，老板就是鸨母，下有男性的账房、茶房、杂役、厨师、轿夫和女性的跟局娘姨[①]、跟局小大姐儿、打底娘姨[②]、打底大姐等。而更高级的妓女，还有专门的梳头娘姨。

长三堂子一般由老鸨独立经营，但也有妓女自己开张的。如果资金不足，可以和别的妓女合伙儿，甚至可以和娘姨合伙儿，形式跟合股份做生意相近。

长三堂子中的妓女，身份比较复杂。第一类最上等，是鸨母的亲闺女，比较自由，受虐待的时候比较少。第二类是有“自由身”的妓女，她们可能是自愿做妓女以此赚钱的，也可能是向鸨母赎身出来继续做生意的。她们与妓院老板的合作方式有两种：一种叫作“借房间”，即向妓院租用一套房间，自带娘姨和小大姐儿，除了酒席到外面饭店叫或者委托妓院的厨师代办单独结算之外，每月付给妓院一定的月租，与今天的“租柜台”经营颇为相似。这一类妓女还可以与所用的娘姨合作，即娘姨出一定的资金入股，称为“带档娘姨”，每月或节下按股金多少与妓女“拆账”分红。另一种方式叫作“自混儿”，也就是妓女以自己的身子做本钱在妓院入伙儿，收付都归账房，自己不和嫖客单独结算，到月底或节下才一次性和老板拆账。第三类叫作“搭班儿”，是“本家”送来入伙儿的妓女。本家可能是妓女的亲父母，也可能是花钱买“摇钱树”的人。搭班儿妓女本身不与鸨母发生经济上的来往，出卖色相皮肉的钱都让“本家”给拿走了（嫖客的赏钱有可能“私落”）。第四类叫作“讨人”，是妓院老板花钱买来的女孩子，经过调教以后让她接客。

长三堂子的妓女，通称“倌人”，出处不详（一说来源于大户人

① 跟局娘姨：“娘姨”是上海方言，指中年女佣，相当于“老妈子”。跟局娘姨，是妓女出局的时候跟着伺候的女佣。

② 打底娘姨：不跟妓女出局的中年女佣。

家养的学唱戏的“家妓”，因为她们的名字通常都带“倌”字，如“琪倌”“瑶倌”等）。倌人又分为两大类：正式留客过夜以前，叫作“清倌人”，必须是处女，当然也有冒充的。清倌人第一次留客过夜，叫作“开包”或“开宝”，比较隆重，一样披红挂彩拜天地，称为“点大蜡烛”。色艺较好的清倌人破身，除了高昂的“开包钱”，还要做几箱子四季衣服、满房间的家具、床上的被褥衾枕以及金银翡翠的各种首饰，动辄上千甚至好几千两银子。一般说来，长三堂子里的清倌人破身并不太早，一般也不弄虚作假（嫖客发现清倌人不是处女，是要妓院包赔的）。清倌人破身以后，则称为“红倌人”，也称为“做大生意”。因为清倌人一般年纪都比较小，“技艺”也不纯熟，属于“练习生”性质，出局价格比红倌人低，所以属于“做小生意”的档次。

早期的长三堂子，主要分布在四马路北边的东荟芳里和西荟芳里这两条弄堂中，以后逐渐向三马路（今汉口路）和六马路（今北海路）发展。妓女总数：光绪初年二百多人，光绪十年（1884）三百多人，光绪二十二年（1896）达到四百多人。据1918年年底的正式统计，上海的长三堂子中共有妓女1229人。如果以每一妓女配备娘姨一人、小大姐儿一人、轿夫二人、杂工一人计算，民国初年上海的长三堂子中共有“从业人员”七千名以上。

为了鼓励、奖赏送嫖客来妓院的轿夫、人力车夫，妓院还发行一种俗称“轿饭币”的“代金券”，凭此可到小饭馆按面值消费，最后由饭馆和妓院结算。“轿饭币”的制作颇为精致，富有民族特色，大多为白铜和黄铜材质，造型有锁形、虎形、兔形、马形、扇形、圆形、双鱼形、葫芦形、桃子形等，制作工艺主要有刀刻和机制两种。两面通常有面值、妓院地址、妓女艺名、发行人印记、编号等。——附图是一枚锁形“轿饭币”，正面刻有凹纹的妓女艺名“金书玉”和“铜元念枚”字样。当时发行的“光绪铜元”，一枚相当于制钱十文，所以“铜元念枚”也就是面值二百文。当时一块银元可兑铜元一百个、铜钱一千个，在上海吃一碗“阳春面”（素面）的价格是十文钱，即一个铜元，所以这个数目不算小了。

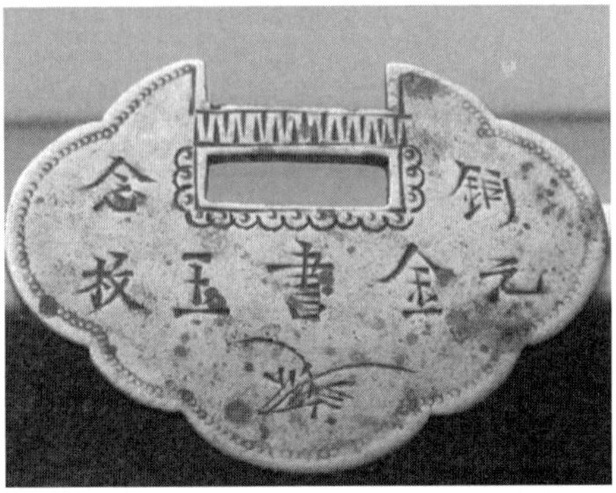

幺二堂子，是上海的二流妓院，以最初（清同治年间）打茶围收费铜钱一千文或银元一元、出局一次收费铜钱二千文或银元两元，数目与骨牌中的三点“小至尊”幺二相同而得名。这一类妓院的妓女虽然也应条子出局陪酒，但是居住地点、家具设备和服装首饰都不如长三堂子，身价不如“长三”那么高，留宿也比较随便，颇受中下级资产者的欢迎。开创初期生意还好，后期受到下等娼妓的竞争，生意逐渐萧条，不得不自动降低档次，开始接纳商店伙计和工厂工头之类的人物。

幺二的地盘，最初在城北一带，租界繁荣以后，逐渐移到四马路萃秀里一带。每年的九十月间，幺二堂子都要在门前搭菊花山，以此招徕嫖客。光绪二十年（1894）以后，幺二堂子日渐衰落，许多家妓院都挤在东棋盘街一带。那里的房子比较陈旧，有的是旧客栈略加装修，相当简陋。每天黄昏，华灯初上，是妓女吃晚饭的时间，也是堂子里上客人的时间。客人一进门，“大茶壶”（管提壶沏水的茶房）高喊一声“见客啦”，妓女们不管在干什么，凡是没有客人的，都得立刻到客堂去“站班”，让人家挑选。幺二堂子一般是妓女多而房间少，几间大房间都是为客人准备的。没有接到客人的妓女，只能到狭窄的“集体宿舍”去过夜，有时候一张大铺上要睡五六个人。据1918年统计，上海的幺二堂子中一共有妓女五百多人。

“野鸡”，形成于清咸丰年间（1851—1861）的上海城内，以后逐渐发展到城外。这是连妓院都没有的最下等的妓女。因为民间有“野鸡没窝儿，栖无定所”的说法，因此把这种没有妓院的妓女称为野鸡。她们一部分是被典卖或被拐卖的良家妇女，有的还只有十三四岁，没有人身自由可言；一部分是因天灾人祸流落他乡走投无路以后不得已而操皮肉生涯，虽然有人身自由，但已经没有丝毫用处。其中也包括一部分为生活所迫而出卖色相的暗娼，她们一般都是晚间经过打扮在马路边拉客。拉到客人以后，或住小旅馆，或到野鸡的住处将就一夜。野鸡出来拉客的时候，一般都有一个或两个“娘姨”跟着。野鸡的娘姨可与长三堂子里的娘姨不一样，她们的任务第一是看住妓女不让她跑掉，第二是由她们直接动手拉客。只要看见马路上有单身客人，特别是外地来沪的客人，先是搭讪询问是不是愿意找个姑娘陪陪，如果不答应，就动手硬拉。

野鸡是上海娼妓中的末流，但是从业人员数量最大。据 1918 年统计，就已经达到六千人。由于野鸡不像长三、幺二那样有固定而公开的住所，因此统计数字一般偏低。抗战胜利后上海的野鸡数量极大，不算四马路上的，单是大世界门口两旁，一到晚上凡是一老一少两个女人站在那里与路人搭讪，而年轻的一个又是浓妆艳抹的则都是野鸡，总数不下四五百之多。——上海的旅馆很贵，老于此道的外地人，往往到这里找一个姑娘过夜，不但有人“通宵伺候”，夜度资也比住旅馆便宜，早上离开还有两个白水煮鸡蛋吃！这种旅客并不是嫖客，他们只在妓女家里过夜，行话叫作“搭干铺”。

“咸水妹”是专门接待外国水手的妓女，从业者多数是广东姑娘，地点在虹口一带。她们多少会说几句洋泾浜英语（半通不通的英语，因流行于洋泾浜而得名），收入比野鸡高，有的以“包月”的形式包给靠岸的外国水手，从外国人手中接来洋装、洋酒，按照外国人的习惯和爱好布置房间，俨然是外国水手的上海住家。

光绪中叶（1890 年左右），上海滩出了个有名的荡妇，因为体态丰腴，脸色红润，绰号叫作“白沙枇杷”（白沙是洞庭湖中的一个小岛，所产枇杷，黄中透红，又大又甜）。她在上海创办了一种专供男女幽会的场所，叫作“台基”。开头的台基，不过是一种特殊的旅店而已，到这里来的必定是一男一女，但绝不是嫖客和妓女，而是已经配成对儿的情侣。女方不是姨太太就是大小姐，而男方有的则是“使君有妇”的丈夫，甚至是有了儿女的父亲。他们既不便于让情人在自己家中出入，更不便于被人知道，于是就由“台基”来提供幽会或住宿的场所，并负责保密。发展到后来，怨男旷女们也找上门来了。他们主要是公司的小职员、还没有成家的小商人、被冷落了的姨太太、因丈夫出远门或有外室而长年守空房的妻子，等等。于是，“台基”又扩展了第二种业务：介绍临时的性伙伴（女方绝不许是妓女），每次收取介绍费五至十五元，房费、茶点费不在内。这五至十五元钱由男方付出，女方得三分之二，台基主人得三分之一。男女双方认识以后，既可以春风一度后就各奔东西再不来往（颇像今天的“一夜情”），也可以长期厮守频频幽会，是聚是散全看双方的感情和缘分。

1905年左右，上海务本女中的学生薛文华因为行为不检被学校开除，于是她就以“女学生”的身份在五马路开设了一家名为“驻颜阁”的照相馆，实际上开的也是“台基”。遇见容貌妖艳的女性来拍照片，就以言语试探，动之以情，诱之以利，引诱她们加入“旷女”行列，成为“台基女郎”。

由于薛文华以照相馆为掩护，她的“台基女郎”都有各种姿态的照片留在照相馆内，“怨男”们到她的台基来物色性伙伴，可以不必本人出来见面，只要男方从照相本里选中了某个女郎，再约期相见就可以。当时的台基还是“服务”性质，强调的是男欢女爱，皆大欢喜，如果女方见了男方觉得不满意，还可以拒绝接待。

于是，由此又派生出另一种妓院“咸肉庄”。咸肉庄老板仅凭一本照相本和一台电话或一辆自行车，不需要其他任何设施，就可以开一家妓院。咸肉庄也是以介绍性伙伴为职业，但是女方已经由“性”的欲望转变为“钱”的欲望，也就是卖淫了。

咸肉庄是“专营”性质的，只负责“拉纤”，其余吃饭、住宿等一概不管。后来，这一业务由饭店、旅馆兼营，就演变成后期的“应召女郎”了。

随着帝国主义势力的入侵，以英国为首的贩运鸦片的轮船，或堂而皇之地在各通商口岸公开停泊，大宗出卖；或化整为零利用“水上飞”强盗船以走私的形式在沿海各码头悄悄儿停靠，零星发售。于是数年之间，鸦片烟有如瘟疫一般在我国各个阶层中泛滥流行起来。开始只是茶馆儿里兼营烟馆，接着专业的烟馆纷纷开张。由于抽鸦片是躺着抽的，有钱人大都由丫头或者小妾躺在对面做泡装烟并伺候把火。烟馆老板为了招徕烟客，开始改用女子伺候客人抽鸦片。久而久之，风气所开，介于堂子和野鸡之间的所谓“花烟间”，也就应运而生了。

“花烟间”，名义上是专由姑娘伺候做泡装烟的烟馆，实际上是“醉翁之意不在酒”，瘾君子之意也不单单在于烟，于是装烟的姑娘也就变成了“花娘”。“花烟间”和“烟花女子”这两个名称，都与“烟”和“花（姑娘）”有关，很可能就是由此而来的。“花烟间”始创于光绪初年，最早在城内虹桥左近出现。由于嫖客大都是码头工人、车夫、轿夫、工匠、二爷（男仆）、船上的水手、来沪做小生意的买卖人、工厂中没有妻室的年轻人等，而这些人又大都集中在紧挨着十六铺码头的小东门一带，加上这里货栈、客栈也比别处多，为了便于这些人就近光顾，花烟间逐渐往小东门一带迁移。后来租界繁荣，花烟间又往距离租界和码头都不太远的小北门发展，总人数二百多人。

花烟间的最大特点，是不分白天黑夜随时随地都接待客人。长三和幺二，除了身价高昂之外，“白昼宣淫”是绝不允许的。就连野鸡拉客，一般也都在黄昏以后。因此“二十四小时全天营业”的花烟间，就特别受“时间紧张、抽空嫖妓”一类人的欢迎。开头花烟间只接待抽鸦片的客人，卖淫似乎是副业；发展到后期，逐渐两业并重。

花烟间妓女也分自混和卖身两大类，其中多数是逃荒来沪的苏北农民，既不识字，姿色也平平。有地方可以容纳嫖客的，就自己单独开设花烟间；没有地方可落脚的，就把女儿或儿媳卖给老鸨子。前一种多少还有些自由，后一种根本没有人身自由，收入全部归鸨母，而且不分白天黑夜，只要有人上门就要接待。就是没有客人的时候，也要不停地为鸨母做针线活儿赚钱，生活苦不堪言，比野鸡还惨。

在上海的妓女中，生活最惨的还不是野鸡和花烟间妓女，而是所谓的“钉棚”，也就是设在闸北“棚户区”木板棚中的最下等妓院。这些妓女大都是从花烟间和野鸡中被淘汰下来的，不但年老色衰，而且几乎个个患有梅毒，为了活命却不得不继续出卖皮肉。一座钉棚，大者不过十几个平方米，小的只有五六个平方米。但就在这样狭小的天地之内，居然要容纳两三个甚至四五个老妓卖淫。“客人”来了，只用一块布在床与床之间隔开，行话叫作“拉布”。钉棚妓女接客一次收费两角至四角，最多五角，而老妓每天必须交给棚主或老鸨两块钱的“棚租”，否则不是不许继续做生意，就是受到狠毒的打骂。因此，每个老妓每天必须接客五至十个才能维持生存。

“向导社”初创于抗日战争中的上海沦陷期，是一种以“导游”为名的变相妓院。“玻璃杯”则是茶座的女招待，也是变相的妓女，大约出现于 20 世纪 40 年代。例如大新公司游乐场中就有许多茶座，由年轻的女子当招待。她们打扮入时，身穿漂亮的旗袍，却在腰间系一个一尺见方的小围裙，以表明她的“女招待”身份。客人坐下喝茶，只是表面形式，她们主要通过打情骂俏与客人勾搭，双方谈得投机，付清茶资以后就可以把女招待带到外面去吃饭、跳舞或过夜。如果谈不拢，一杯清茶、两碟瓜子的价格，至少也比市价高出十倍以上。

中国自从有了鸦片以后，“烟酒嫖赌”四宗法宝终于有机地结合起来在“风月场”上大显身手，所向披靡，征服了无数浮浪少年、纨绔子弟，令他们沉沦孽海，无法自拔。

五、话说《海上花列传》

《海上花列传》是一部写于晚清光绪年间的长篇小说，以“烟酒嫖赌”四字为纲，主要描写当时上海洋场长三、幺二堂子和花烟间里的妓女生活，同时也涉及嫖客们所活动的那个阶层即官场和商界中形形色色的人物，并包括依附于这个阶层的“清客相公”和“跟班二爷”们，客观地反映了清末上海租界畸形社会中花天酒地、醉生梦死、坑蒙拐骗的真实面貌。

《海上花列传》作者韩邦庆（1856—1894），字子云，号太仙，别署大一山人，出书时则署名“花也怜侬”（“侬”是“我”的意思），江苏松江（原为浙江省的一个府，现为上海市的一个区）人。父亲官刑部主事，作者自幼跟随父亲住在北京。可以想见，他一定能够讲一口流利的“京白”。但是，因为他的小说所描写的都是上海妓女，而当时上海的妓女大都以口操吴侬软语为时髦。作者为了追求“音容笑貌，惟妙惟肖”的效果，下笔的时候，所有对话全用吴语。这可能是受了《红楼梦》的影响。作者自己就说过这样的话：“曹雪芹撰《石头记》，皆操京语，我书安见不可操吴语？”曹雪芹笔下的各类人物，对话完全口语化，不但一扫明清小说中人物对话“不像话”的通病，而且也确实使《红楼梦》这部作品的语言增色不少，于是韩邦庆据此“效颦”起来，也以“苏白”对话。单就方言文学这个小范畴来说，他为吴语方言小说开先河、立样板，应该承认他的实践不但是成功的，而且取得了相当大的成就。可是就中国文学这个大范畴而言，他忽略了一个问题：尽管北京和上海都是当时中国的大都市，但北京是国都，国都语有作为全国通用语的优先权。用“京语”写的小说，在当时虽然并没有人推崇为“标准语”，却可以在全国范围内大致通行；而用吴语写的小说，即便在当时当地产生过“轰动效应”，一旦离开了吴语区，少数人也许还能看个大概，而大多数人就会无法理解，其难懂的程度并不亚于读“天书”。一百年来的事实，有力地证明方言文学的生命力只存在于本方言区内。像《海上花列传》这样在中国文学史上占有一定地位的作品，离开了苏南、浙北简直寸步难行，并不能被多数人所接受。

描写清末妓女生活的小说，鲁迅先生称之为“狎邪小说”，并在《中国小说史略》中把《海上花列传》评为这一类小说的压卷之作。他说：

> 上述三书（指《品花宝鉴》《花月痕》《青楼梦》），虽意度有高下，文笔有妍蚩，而皆摹绘柔情，敷陈艳迹，精神所在，实无不同。特以钗、黛而生厌，因改求佳人于倡优；知大观园者已多，则别辟情场于北里[①]而已。然自《海上花列传》出，乃始实写妓家，暴其奸谲，谓“以过来人现身说法”，欲使“阅者按迹寻踪，心通其意，见当前之媚于西子，即可知背后之泼于夜叉；见今日之密于糟糠，即可卜他年之毒于蛇蝎”（第一回）。则开宗明义，已异前人……

---

① 北里：唐代长安的“北里”是妓院集中区，因此后世以此作为妓院的雅称。

《海上花列传》最初发表在光绪十八年（1892）作者自己创办的文学刊物《海上奇书》上。《海上奇书》为三十二开石印本，每期二十页。开头每半月出版一期，第九期以后改为月刊，共出十五期；每期发表两回，共发表了三十回，每回都有两幅很有特色、颇为精美而且完全是“写实”的插图。插图作者没有署名，有些插图和文字内容也略有出入，但是今天我们可以通过插图看到当时社会的众生相，特别是妓院的陈设和妓女的打扮。因此不仅具有欣赏价值，也具有史料价值和社会学价值。缺点则是人物形象大都雷同，看不出鲜明的个性。这也是当时给小说画插图的画家们的通病。

《海上奇书》实际上是作者自费出版分期连载的《海上花列传》，一方面委托申报馆代售，一方面作者自己还亲自在马路上兜售（据野史记载）。十五期以后停刊，即筹备出版全书。全书共六十四回，依旧是石印本，题名《华也怜侬海上花列传》(“华”通“花”)，分两函，每函三十二回，各有目录。前三十回的文字、插图，就是利用《海上奇书》的原版重印的，连页码都未作改动。此书没有署明出版年月，书前的序写于光绪甲午孟春，即光绪二十年，离《海上奇书》停刊不过十个月。

《海上花列传》虽然是章回体小说，但是已经挣脱了传统章回小说的框架，摒弃了每写到紧要去处就戛然打住来一个“要知后事如何，且看下回分解”的陈旧手法，而是基本上以故事情节为单元分回目。特别是大结局，以赵二宝“惊梦”戛然而止，完全不是传统章回小说的“大团圆”格局，颇有西洋小说的手法了。但是由于作者下笔之初，计划是每两回出版一个《海上奇书》单册，而《海上奇书》每册二十页则是固定的，除去四幅插图，每一回的字数只能控制在七千左右。有剩余版面，就用文言文的短篇传奇小说《太仙漫稿》和《卧游集》补足；情节未完的就按字数掐断，下一回书接着写。

《海上花列传》初印本出版以后，曾经产生过“轰动效应”。作者在例言中郑重声明：“此书为劝诫而作，其形容尽致处，如见其人，如闻其声。阅者深味其言，更反观风月场中，自当厌弃嫉恶之不暇矣。所载人名、事实，俱系凭空捏造，并无所指。如有强作解人，妄言某人隐某人、某事隐某事，此则不善读书，不足与谈矣。”——这颇有点儿类似近代影视的片头声明：本剧纯属虚构，如有雷同，纯属巧合！

但是由于作者本人经常出入妓院，跟风月场中的妓女、嫖客大都厮熟，下笔的时候即便没有直接把某人作为描写的模特儿，就一般文学创作的常情来分析，至少有许多人物或事件的素材是真实的，是为当时的“嫖界”人士所熟知的。因此，尽管作者郑重声明“俱系凭空捏造”，社会上的反应还是非常强烈：一方面是“索隐派”人物纷纷传说某人即某人（直到鲁迅先生写《中国小说史略》的时候，还根据传闻说了“书中人物，亦多实有，而悉隐其真姓名，惟不为赵朴斋讳”这样的话）；一方面是坊间立即出版了各种名目的缩印复制本。据《晚清戏曲小说目》的统计，在清末就有《绘图青楼宝鉴》《绘图海上青楼奇缘》《绘图海上花列传》等六种不同名称的版本出现。1949 年前的排印本也很多，比较常见的是上海清华书局的排印本（有许廑父[①]的序）和亚东图书馆的排印本（有胡适和刘复的序）。这些排印本，不但删去了全部插图，而且错别字相当多。人民文学出版社资料室曾藏有一本香港法商理文轩书局的六卷石印本，题名改为《最新海上繁华梦》，由上海四马路南昼锦里理文轩书庄印刷，每部定价大洋一块二角。这是一种重新用工楷誊写的新版本，题“云间花也怜侬”著，目录六十四回集中在第一卷；插图一百二十八幅，缩小成每面印四幅，共三十二面，也集中印在第一卷；页码每卷自成起讫；书上没有印明出版年月，估计是民国初年的出

① 许廑父（1891—1953）：名与澄，字弃疾，又字一厂，别署颜五郎，现代通俗文学家。萧山浦沿许家里村人。幼入私塾，曾就读于杭州宗文中学（现杭十中），上海中国公学。1920 年，为粤督莫荣新的秘书，后抵沪靠写作为生，为上海会文堂书局的特约撰稿人在文坛初露头角，尤以《八仙得道传》出名。其作品多以言情为主，文笔快捷，数量众多，人称“许一万”（一晚上能写一万字），后又主编《小说月报》。1929 年，受会文堂书局之邀，续编蔡东藩未尽的《民国通俗演义》后四十回。1930 年，返杭州就任《东南日报》副主编。1931 年，浙江商学社成立，许接办《浙江商报》。抗战时期，曾任浙江茶叶运销处主任、浙江省建设厅厅长秘书、浙江第一大报《东南日报》的发行人等职，并著有讽刺时政的通俗小说《新镜花缘》。1953 年，病逝于杭州。

版物。1980年2月，台北河洛图书出版社出版了一部绸面烫金的豪华珍藏本，作为“白话中国古典小说大系”中的一部，可以说是各种版本的《海上花列传》中排印得最精良的一种版本，可惜错字还是相当多。1998年台湾摄有《海上花列传》的电影，编剧似乎也没吃透原著，没有突出“妓女嫖客心态”这个主题中心。

1949年以后，大陆只有人民文学出版社在1982年出过一种由典耀先生点校的整理本。此外，20世纪80年代初台北皇冠文学出版公司还出版过女作家张爱玲注释的“国语版”译本（同时出版有英译本），不过她的“翻译”工作比较简单，只把对白中的吴语一对一地改为“国语”。1995年，上海古籍出版社出版了张爱玲的“国语版”《海上花列传》上下册，上册改名为《海上花开》，下册改名为《海上花落》。

《海上花列传》原书六十四回，人物、故事似乎意犹未尽。据跋文中所说，作者是有续作的打算的。可惜在初印本出版的同一年，作者就在贫病交困中死去了，终年只有三十九岁。

从有关韩邦庆的一些资料来看，他写《海上花列传》是有意要学《红楼梦》的。但是曹雪芹是个无法复制的作家，任何人都无法以他为典范“向他学习”。尽管韩邦庆和曹雪芹两人的生活经历有一些相似之处，但就政治背景而言却截然不同：第一，两人的家庭出身不一样，曹雪芹出身富贵的官宦世家，从小呼奴唤婢，锦衣玉食，家道中落也纯粹是因为政治风波被抄家籍没，事发突然；而韩邦庆的父亲，只是一个小小的主事，是个六品京官，老家松江，不过有些田地房产，充其量不过是中等资财，不愁衣食而已。韩邦庆的家道中落，则是因为他自己的烟酒嫖赌，留恋花丛，恣意挥霍，从有到无的过程也比较缓慢。因此，两人的遭遇虽然略有近似，而感悟则绝不相同。曹雪芹家道中落以后，已经从荣华富贵的圈子中跳了出来，看破红尘，不再留恋，而韩邦庆则依然留恋那个灯红酒绿的花花世界。正因为如此，虽然两个人都写了书，但是动机、目的完全不一样，因此所写作品的效果和成就也大不相同。

一般说来，曹雪芹是已经感悟到封建制度的丑恶，认识到封建社会扭曲了许多人的人性，所以他是用否定的态度、批判的眼光来写《红楼梦》的。正因为他憎厌那个畸形的吃人社会，所以他所写的故事是揭露，是控诉，也是给封建制度唱挽歌。而韩邦庆则不但没有看到封建社会的丑恶，仅仅因为“自己的无能”，无法继续享受那个社会制度所带给他的乐趣，所以他是用惋惜自己、羡慕别人的态度和眼光来写《海上花列传》的。他对封建社会中的娼妓制度并不憎厌，而是非常喜欢，十分欣赏。他所惋惜的是不能在这个销金窟中继续他那莺莺燕燕、左拥右抱的生活。他写《海上花列传》主要是怀念和留恋，从回忆当年的糜烂生活中寻找慰藉。这从他在作品中极力推崇上海滩上那班无聊的帮闲文人来看，可见一斑。

但也必须指出，正因为韩邦庆对妓院这个特殊的天地十分熟悉，知道妓院的内幕，懂得老鸨子和妓女们如何坑蒙拐骗，特别是他和妓女们厮混日久，对她们的生活、爱好、性格、脾气、苦恼、追求等都非常了解，所写的人物和故事都有生活原型，因此才能写得栩栩如生，如见其人，如闻其声。

可以这样理解：如果韩邦庆不是因为家道中落，也许他不会拿起笔来描写他身旁的琐事和他的所闻所见。从这样的观点出发，他的家道中落倒是促使他在文学事业上有所成就。——这一点，也许和曹雪芹的一生有相似之处：曹家如果不发生变故，曹雪芹依旧可以在“大观园”中过他那种无忧无虑的生活，世界上也就不会有伟大的《红楼梦》了。

关于《海上花列传》一书的艺术成就，研究者已经有许多专文评论，一部分搜集在本书的附录中，这里就不详细介绍了。在此作一个小结：作者的贡献，在于他开创了现实主义的方言文学，客观地反映了那个畸形社会的一角；运用白描手法，改进了传统章回小说的表现形式，对妓女和嫖客以及老鸨、二爷等形形色色人物的心态作了栩栩如生地描绘；写的虽然是“嫖界”故事，而书中却基本上没有色情的描写，这是十分不容易的事情。但是也必须指出，作者所生活的那个年代以及他所活动、所接触的那个阶层，历史条件和客观环境决定了他的世界观并不是革命的、进步的，因此对于封建社会中的种种丑恶现象不是着力地加以揭露、鞭挞，而是出于欣赏的眼光，用游戏的笔墨加以陈述。特别是对于齐韵叟、王莲生、罗子富、尹痴鸳、高亚白、华铁眉等一班官僚政客和“文人雅士”，完全是用颂扬备至的口吻加以称赞的。在后半部小说中，对这些人物的描写篇幅不少，而有积极意义的章节却不多，可以说是此书的败笔。究其原因，道理也很简单，因为作者自己的思想体系正是“此中人也”。

六、话说长三堂子

《海上花列传》既然是一部写妓女的书，而且是写一个世纪以前的妓女，今天的读者阅读这部书就应该先了解那个时代、那个社会，特别是当时上海妓女的生活处境和心态，才能更好地读懂这部书。

由于《海上花列传》所描写的妓女以长三堂子为主，而且确实用了许多当时的妓女作为模特儿。今天的读者，如果对上海“嫖界”特别是长三堂子不太了解，对某些情节是难于正确理解的。下面再就当时长三堂子的实际情形，作一些具体的介绍。

（一）妓女的籍贯。长三堂子中的妓女，主要是苏州人，其次是常州、扬州、丹阳人，此外京津、两湖、四川等地的人也不少。不过凡是长三堂子中的妓女，一律以讲苏州话为时髦，因此不论妓女本籍何处，到了上海都要学说苏州话，而且自认是苏州人。问她原住苏州何处，则总是答以“阊门”。有好事者填写《采桑子》两首：

> 阿侬惯在阊门住，不是苏州，也是苏州，说到丹阳掩面羞。烟花三月今谁数，不是苏州，也是苏州，明月箫声总是愁。

> 汉皋解佩人谁遇，不是苏州，也是苏州，神女巫山总可羞。胭脂北地惭无色，不是苏州，也是苏州，未改莲花一串喉。

第二首中的“莲花”，指京津妓女唱的莲花落小调。

（二）妓女和嫖客的称呼。长三堂子里的妓女，一般通称“倌人”。不过这是背后的称呼，当面要叫“先生”。对红倌人叫“大先生”，对清倌人则叫“小先生”。其来源，是继承“说书先生”“唱故事先生”的传统叫法。因为长三堂子从“书寓”发展而来，而书寓开头则以说书为标榜。苏州的弹词和说书，本来是男人的行当，艺人被称为“先生”。后来有了“女说书”和“女弹词”，尊称为“女先生”。书寓的倌人继承这一称呼，但是去掉了“女”字。妓院中的龟奴和女佣人，对妓女可以称“先生”，也可以称“小姐”。

如果送给妓女书画之类，上款要写“某某校书”。“校书”本是官职名称。东汉时，征召学士至“兰台”或“东观”宫中藏书处校勘典籍，其职为郎中者，称校书郎中；其职为郎者，则称校书郎。到了三国曹魏，始置校书郎官职，司校勘宫中所藏典籍诸事。唐以后历代因之，明以后不置。“女校书”，本是古代对有文才女子的尊称，见《牡丹亭·训女》：“不枉了银娘玉姐，只做个纺砖儿，谢女（指谢道韫）班姬（指班婕妤）女校书。”称妓女为“校书”或“女校书”，始于唐代王建《寄蜀中薛涛校书》诗：“万里桥边女校书，枇杷花下闭门居。”——薛涛（约768—832），字洪度，唐代女诗人。原籍长安（今陕西西安）。父薛郧，仕宦入蜀，后亡，妻女流寓蜀中。薛涛姿容美艳，性敏慧，八岁能诗，洞晓音律，多才艺，声名倾动一时。唐德宗贞元（785—804）中，韦皋任剑南西川节度使，召令赋诗侑酒，竟把她入了乐籍。后袁滋、高崇文、武元衡、李夷简、王播、段文昌、杜元颖、郭钊、李德裕相继镇蜀，她都以歌伎而兼清客的身份出入幕府。韦皋曾拟奏请朝廷授以她秘书省校书郎的官衔，格于旧例，未能实现。从此，人们往往称之为“女校书”。后世称歌伎为“校书”，就是从她开始的。

妓院中人对嫖客的称呼，根据客人的年龄和身份，一般都叫“某老爷”和“某大少爷”，后者为四个字，叫起来麻烦，往往缩短为“某大少”。如果知道排行，则称呼“某大少”“某二少”“某三少”。如果出于官家子弟，则根据排行叫“张大公子”“李二公子”。如果是经常在妓院过夜的熟客，则叫“姐夫”。不但妓女、大姐、杂工可以这样叫，连鸨母也可以这样叫。后期，妓院中人对嫖客不论年龄身份，一律叫“大人”，这是为讨好嫖客的“混叫”。于是，“大人”和“先生”就成了妓院中嫖客和妓女的官称了。

（三）吃司菜。每逢节前，妓院里的厨师都要做六个好菜送给妓女，妓女则邀请最亲近的嫖客到她那里去吃，吃后由嫖客赏银元六元，叫作“吃司菜”。——“司”字疑从“私”字变化而来。因为这菜是妓院厨师送给妓女的，属于妓女“私人”所有，与“司”无关。

（四）妓女唱曲。苏州人称评话为“大书”，评弹为“小书”。评话以说为主，评弹以唱为主。书寓中的倌人，是经过师傅传授的“弹词先生”，一般都能唱整本的评弹大书。发展为长三堂子以后，特别是外地来的妓女，不是“科班出身”的根本不会评弹，于是“先生”有名无实了。每逢出局，坐在一旁陪酒的时候多，唱曲的机会少。遇到不唱不行的场合，只好各显所长，除了弹唱“开篇”（评弹的“书帽”）之外，有唱昆曲的，有唱西皮、二黄的，有唱本滩（本地滩簧）的，也有唱弋阳腔、梆子腔的，而京津来的妓女还有唱莲花落的，真是百花齐放，应有尽有。

后期的长三堂子为了替“先生”正名，买进女孩子来以后专门请老师教唱，终于又产生了一批能歌善唱的“先生”。光绪年间，四马路一带书馆林立，长三堂子里的“先生”们为了招揽嫖客，书馆主人也为了招徕更多的听众，各书馆都有几个固定的妓女开场说书。说的大都是《思凡》[①]《果报录》[②]

---

①《思凡》：原是昆曲《孽海记》中的一折，后移植为京剧，多用“吹腔”曲调，犹有昆曲余韵。故事说：有赵氏女，自孩童之时，为父母舍入尼庵。及长，情窦初开，始悔空门之中，不足以结善缘，不足以证善果。于是晨钟暮鼓，转辗愁思；礼忏唪经，反增魔道。入夜来禅房寂寞，面对半明半灭的孤灯，更难消释。左盘算，右盘算，九转回肠：想想只有觅一如意郎君，度过少年时代的大好光阴，结我善缘，证我善果，且可举我善愿。正值庵中一切优婆塞、优婆夷等，均有事他往，遂逃下山去。

②《果报录》：弹词《倭袍传》，全名《绘图校正果报录》，卷一百回，石印本，未署作者名，胡士莹的《弹词书目》中说是海兰涛著，有清光绪庚子年（1900）瓯生居士作序，共八本。内容一共两个故事：一个是唐家倭袍的故事，另一个是刁刘氏与王文的恋爱故事。

《玉蜻蜓》[①]《珍珠塔》[②]《古今大全》等与男女私情有关的小书。其中以天乐窝书馆的场子最大，网罗的妓女也最多。当时的名妓如王秀林、洪文兰、金小卿、小如意、王者香、赛金玉等人，每天轮流登场。其他如江南第一楼、海上一品楼、荣华富贵楼、品玉楼、品升楼等，也都有各自的“先生”升座说书。所说的书目，除了挂牌的正本戏之外，还有听众（主要是妓女的熟客捧场）的即兴点唱，以点唱的节目越多（收入越多）表示越红。

（五）妓女出局的过程。妓女出局，除了事先约定的之外，一般先由嫖客到饭店定好了酒席，然后填写饭店提供的局票，差人到各家妓院去送。妓院接到局票，如果所点的妓女在院内，立刻派轿子把该妓女送去，并有娘姨和小大姐儿手持琵琶和水烟筒之类跟着，叫作“跟局”。身价越高的妓女，跟局的佣人越多，而且有自己的专用轿子和轿夫。但作为高级妓女，跟局佣人绝不能少于一人。妓院里妓女很多，不可能每

①《玉蜻蜓》：清代弹词作品，别名《芙蓉洞》《节义传》。作者佚名。全书分两部分：前一部分写沈君卿寻访金贵升，长江遇盗，芙蓉洞团聚，后衣锦还乡等情节，内容荒诞不经，充满因果说教。艺人称为“沈家书”。后一部分以玉蜻蜓为中心事件，写金贵升私恋尼姑智贞，病死庵中，智贞生一遗腹子，为徐家收养，改名徐元宰，后元宰中试，庵堂认母，复姓归家。艺人称为“金家书”。两者内容情节无密切关联，而是强为结合。但描写豪门富室的腐朽奢侈，封建道德的虚伪，颇切中时弊。人物刻画生动，用笔老辣，是一部有影响的传统弹词曲作。“金家书”后来移植为越剧、沪剧等，久演不衰。

②《珍珠塔》：清代弹词作品，全称《孝义真迹珍珠塔全传》。故事说：河南方家世代做官，因被参，满门抄封流贬。方卿千里投奔襄阳，向姑母方朵花告借求助。姑母势利，见方卿落魄，冷言讽嘲：若能得中高官，愿头顶香盘，跪接方卿。方卿愤而离去。表姐翠娥贤淑善良，假托点心，将珍珠塔暗赠方卿。姑父陈培德深明大义，驱马追至九松亭，将女儿许配方卿。黄州道上，方卿遇盗，珠塔被劫。陈翠娥得知方卿遇险，一病不起。陈培德情急之下，假造方卿书信，慰抚女儿。三年后，方卿得中状元，官封七省巡按，乔装改扮重来襄阳，唱道情试探姑母，望其幡然醒悟。不料姑母本性难移，终于自食其果，羞惭地头顶香盘跪接方卿。方卿感慨扶起姑母，以香盘鉴戒，昭示后人传颂关爱，姑侄间冰释前愆。后移植为越剧、沪剧等。

个妓女都准备一顶轿子，特别是生意不太好的妓女和清倌人。妓院接到局票以后，只好临时到轿行去请轿班。但如果点的是清倌人，也有个变通的办法，反正清倌人年纪比较小，没多少分量，就叫一个龟奴用肩膀“扛”着去出局。久而久之，有的妓院干脆就叫龟奴扛着比较年轻的妓女去出局，被戏称为“人上人”；而扛人的龟奴，则被称为“鳖脚”（王八爪子）。晚清时代，上海四马路上经常可以看到一个膀大腰圆的龟奴，肩膀上平平稳稳地“坐”着一个浓妆艳抹的年轻妓女，那妓女一手扶着龟奴的脑袋，龟奴一手拢着妓女的两脚，招摇过市，人们见了也不以为怪。据说妓女“骑人”出局，比坐轿出局更具有“广告”效果：因为嫖客们如果不到妓院去，平常时候是看不见妓女脸蛋儿美不美、金莲儿小不小的。

清倌人最小的八九岁就出局。当时忙于应酬的非生意中人，往往喜欢叫清倌人的局，一者资费低，二者表示自己并不贪恋女色，只不过为了“入境随俗”，应付场面（吃花酒人人必须叫局），三者清倌人刚刚学唱唱得认真，不像红倌人那样应付了事。

（六）妓女的收入。长三堂子里的妓女，房间布置奢华，服饰穿戴讲究，往往一只银水烟筒就镶金嵌玉，价值一千多两银子。“羊毛出在羊身上”，所有这些排场，当然都是从嫖客身上得来。但是出局、过夜，都有一定的价格，即便每天出二三十个局，也不过几十元、最多一百多元，根本不够妓院里流水般的开销。因此，主要收入还是用软磨硬泡的方法向有钱的嫖客敲竹杠。而这种“瘟生”（冤大头）又不是天天都有，加上妓女与妓女之间崇尚互相攀比，生意不好的妓女也要撑场面、排场，因此往往外强中干，负债累累。此外，娘姨带档（相当于入股）利息很高，房租逐年上涨，打白茶围（打茶围不给钱）的熟人太多，还要白贴烟茶，节下碰上漂账（赖账）的客人等，都是妓院亏空的主要原因。妓院一亏空，妓女往往就用“嫁人”的办法要求熟客替她还账。

（七）倌人姘戏子。妓院中最忌倌人与优伶相好。因此倌人一旦姘上了优伶，就被嫖客所轻视，生意立刻就会清淡下来。但是很红的倌人往往偏要与优伶相好，不但一分钱不要，而且倒贴。许多人不了解妓女的心态，认为是她“下贱”的本性。一个妓女说出了自己的感受：“我们沦落风尘，接触的男人相当多，有的是显贵，有的是富翁，千金买笑，无非是钱肉交易，逢场作戏，双方都没有真心。只有娼优之间，身份相近，地位平等，能够做到气味相投、身心相许。”但是当时的戏子真正与倌人相爱的也不多，往往是把舞台搬到妓院中来，假情假义地真戏假做，骗取倌人的身子和银子而已。

（八）“四大金刚”名称的由来。光绪年间，上海妓女林黛玉、陆兰芬、金小宝、张书玉被称为“四大金刚”。原因是静安寺附近有一个“味莼园”，是当时上海的四大名园之一。因为主人姓张，习惯上都称之为“张园”。园内不但有奇花异草，而且有西式建筑的“大洋房”，有茶馆、照相馆、弹子房等设施，游客很多。特别是星期日，多数时髦倌人都要到这里来“亮相”，有的与嫖客一起坐马车来，有的带着娘姨、大姐儿单独来。其中林黛玉、陆兰芬、金小宝、张书玉这四位最红的倌人，只要天气好，几乎天天来。每逢这四人到达张园，游客们都拥上前去，好像迎接督抚司道大官一样。有人说：“抚台、藩台、臬台①称为三大宪，她们一共四人，不如称为‘四大金刚’。”这一说法在《游戏报》上登了出来，于是“四大金刚”的名称就流传开来了。

①抚台、藩台、臬台：抚台，指巡抚，是明清时代地方军政大员之一，尊称抚台。清代的巡抚主管一省的军政、民政，以“巡行天下，抚军按民”而得名。清代的巡抚，一般都兼都察院右副都御史衔，从二品，如加兵部侍郎衔，则为正二品。藩台，指承宣布政使司布政使，正二品，主管一省的行政，相当于今天的省长。臬台，指提刑按察使司按察使，正三品，主管一省的刑狱诉讼事务，同时对地方官负有监察之责，相当于今天的省政法委书记，辖制公检法系统。

《济公传》的形成和发展

一、《济公传》的早期版本

《济公传》和《镜花缘》《封神演义》《聊斋志异》，是中国流传最广的四部神怪小说。济颠活佛的故事，在我国民间流传很广。自明清以来，除广泛发行的小说外，南北两地的书场、舞台时有演出。特别是在江南，几乎人人心目中都有一个衣衫不整、蓬头垢面、手拿破芭蕉扇，到处为弱小者打抱不平的济公形象。

描写济颠活佛故事的小说，最早的当是《红倩难济颠》评话。但只见于明人晁瑮所录的《宝文堂书目》中，未见传本。从田汝成《西湖游览志余》中，可以看到一些有关济颠的事迹，并得知在明代嘉靖年间（1522—1566）杭州即有说书人演讲济颠故事。明隆庆三年（1569），杭州刻有《钱塘渔隐济颠禅师语录》一卷，不分回，题“仁和沈孟柈述”，卷首有像，像后有赞。此书现藏日本内阁文库，国内已无原本。全文见路工编《明清平话小说选》第一辑（上海古典文学出版社，1958 年）。

清康熙初年，坊间刻有《新镌绣像麴头陀济颠全传》，文前有绣像二十四幅（北京图书馆善本部有藏本，朱印，线细而色浅），正文分为三十六则，题“西湖香婴居士重编，鸳水紫髯道人详阅，西墅道人参定”，卷首有香婴居士在康熙七年（1668）写的自序。

香婴居士即王梦吉，字长龄，杭州人。他重编的《新镌绣像麴头陀济颠全传》，内容跟《济颠禅师语录》基本相同，只不过在书前从《西湖二集》第二卷中采入几个宋高宗赵构、宋孝宗赵眘（shèn）的故事，书后加济颠圆寂以后的逸闻数则，并分出回目而已。

此书大连图书馆有藏本，北京图书馆有山东泊镇的翻刻本。故事比较简单，梗概是：宋代临安有个疯癫和尚，本是紫脚罗汉后身，投胎到浙江天台县李家，俗名李修元。后来到杭州灵隐寺出家，拜远瞎堂长老为师，法名道济，讹传为济颠。道济为人放荡不羁，结识王公贵族，出入教坊妓院，游戏街头巷尾，却善于医治疑难杂症。寺中寿山福海藏经楼坍塌（不是被监寺僧放火烧毁），济颠手持化缘簿到毛太尉府请施钱三千贯，以三日为期。太尉不予理睬。不久，太后梦见金罗汉现身，如数布施，藏经楼方才得以建成。后来收小贩沈乙为弟子，入灭以后还经常显圣。其故事情节已经初具规模，可以说是今本《济公传》的初稿。

现将《麹头陀济颠全传》的三十六则回目抄出，供对照参考：

第　一　则	太上皇情耽逸豫	宋孝宗顺旨怡亲
第　二　则	梵光师泄机逢世	韦驮神法杵生嗔
第　三　则	看龙舟旃檀显化	住天台嗣接前因
第　四　则	国清寺忽倾罗汉	本空师立地化身
第　五　则	王见之媒身馆谷	李修元悟道焚经
第　六　则	野狐禅嘲诗讪俗	印泰峰忿激为僧
第　七　则	李修元双亲连丧	沈提点掖引杭城
第　八　则	访径山西湖驻足	拜瞎堂剃发潜形
第　九　则	坐云堂苦耽磨炼	下斋厨茹酒开荤
第　十　则	选佛场独拈僧顶	济颠师醉里藏真
第十一则	冷泉亭一棋标胜	呼猿洞三语超群
第十二则	济公师大分衣钵	出明珠救范回程
第十三则	渡钱塘中途显法	到嵊县古塔重新
第十四则	天台山赤身访舅	檀板头法律千钧

第 十 五 则	十锭金解冤张广	八功水救拔王筝
第 十 六 则	上红楼神常拥护	落翠池鬼也修行
第 十 七 则	陈太尉送归寮院	众僧徒计逐山门
第 十 八 则	剪淫心火炎子午	除隐孽梦报庚申
第 十 九 则	放蛤蟆乞儿活命	看蛇斗闲汉逃屯
第 二 十 则	古独峰恶遭天谴	陈奶妈雨助龙腾
第二十一则	过茶坊卧游阴府	见猛虎夜啖邪髡
第二十二则	看香市沿途戏谑	借雷公拨正邪萌
第二十三则	救崔郎独施神臂	题疏簿三显奇文
第二十四则	檀长老谕严戒律	济颠师法喻棋枰
第二十五则	净慈寺伽蓝识面	京兆府太尹推轮
第二十六则	闹街坊醉书供状	随猎骑赔脱荆榛
第二十七则	昭庆寺偶听外传	莫山人谩自评论
第二十八则	访别峰印参初志	传法嗣继续孤灯
第二十九则	梦金容多金独助	罩袈裟万木单撑
第 三 十 则	三昧语红蝇出鼻	九里松死客还魂
第三十一则	倚巍栏吐成飞走	进图画赈济饥贫
第三十二则	梦旃檀移归天府	剃梵化衣钵犹存
第三十三则	显水族烹而复活	护高松不至为薪
第三十四则	沁诗脾济公回首	拈法语送入松林
第三十五则	六和塔寄回双履	伽蓝殿复整前楹
第三十六则	焚化师宗风大振	表济公百世香云

清乾隆初年，吴门（苏州）仁寿堂刻有《济公传》十二卷，题“西湖渔樵主人编”，卷首有序，署“乾隆九年季春金陵旅寓枫亭王宣撰”。故事内容与《济颠语录》大体相同，分明是“西湖渔樵主人”根据《济颠语录》或《麹头陀济颠全传》改写，增加一些传说故事并重新编次的（把三十六则合并为十二卷，但是目录的字数反倒不整齐了）。此书日本宫内省图书馆有藏本，国内未见。据孙楷第先生《日本

东京所见书目》，十二卷全目如下：

第一卷	罗汉投胎高僧辞世	明通佛性灵光一点
第二卷	从师落发枉坐劳心	悟彻菩提癫狂度世
第三卷	扫得开突然而去	放不下依旧再来
第四卷	施绫绢乞儿受恩	化盐菜济公像局
第五卷	（抄录者失记，缺）	
第六卷	佛力癫中收万法	禅心醉里出无名
第七卷	榜文叩阍惊天子	酒醉吐装佛像金
第八卷	救生祸遣死人走路	解前冤指张公得银
第九卷	不避嫌裸体治女痨	恣无理大言供醉状
第十卷	前生后世为死夫妻订盟	转蠢成灵替虫将军下火
第十一卷	救人不彻叹佛力不如天数	悔予多事懒饮酒倦于看山
第十二卷	来去明一笑归真	感应神千秋显圣

根据全目，可以看出乾隆本《济公传》的内容比康熙本《麴头陀济颠全传》有了不同和发展，已经掺进了一些公案故事。其中“转蠢成灵替虫将军下火”一节，分明就是后来流传最广的“济公斗蟋蟀”故事。

稍后，据大冢秀高《中国通俗小说书目改订稿》介绍，金阊书业堂于乾隆四十年（1775）刊有《济颠大师醉菩提全传》，题天花藏主人编次。清乾隆四十二年（1777）、四十三年（1778）又有重印版。此书现藏日本京都大学文学部、东京大学东洋文化研究所、大阪附立图书馆，国内未见。全书共二十回，目录如下：

第一回	静中动罗汉投胎	来处去高僧辞世
第二回	茅屋两言明佛性	灵光一点逗禅机
第三回	近恋亲守身尽孝	远从师落发归宗
第四回	坐不通前真苦恼	悟得辙（彻）后假癫狂
第五回	有感通唱歌度世	无执着拂棋西归

第 六 回	扫得开突然便去	放不下依旧再来
第 七 回	色迷情禅心愈定	酒醉性大道偏醒
第 八 回	施绫绢乞儿受恩	化盐菜济公被逐
第 九 回	不甘欺侮入净慈	喜发慈悲造藏殿
第 十 回	现金身太后施钱	转轮回蛤蟆下火
第十一回	解僧馋贵人施笋	触铁牛太守伐松
第十二回	佛力颠中收万法	禅心醉里指无名
第十三回	松长老欣飞锡杖	济颠僧怒打水坛
第十四回	榜文叩阁惊天子	酒令参禅动宰官
第十五回	解冤结死人走路	显神通醉后装金
第十六回	不避嫌裸体治痨	恣无礼大言供状
第十七回	死夫妻订盟后世	勇将军转蠢成灵
第十八回	徐居士疏求度牒	张提点醉索题诗
第十九回	救人不辙（彻）因天数	悔予多端懒看山
第二十回	来去明一笑归真	感应神千秋显圣

这分明是根据乾隆年间十二卷版《济公传》改写的另一种版本，两书内容相似，回目虽然增至二十回，但仍有多处相同（回目的字数统一了）。看起来，济公故事的确是在不断地因袭改写中发展起来，并从单纯的佛教故事往侠义故事发展的。故事梗概如下：

南宋高宗年间，浙江天台县李茂春的妻子王氏生下一个儿子，本是紫金罗汉转世，天台山国清寺性空长老为他取名修元。李修元十八岁上，父母相继去世，就到临安灵隐寺出家，拜远瞎堂长老为师，法名道济。

道济常常在坐禅的时候睡着，跌下禅床，又不戒酒肉，还喜欢口唱山歌到处瞎逛，屡次遭到监寺僧的责打，并要把他赶出山门。长老说："禅门广大，难道容不下一个疯癫和尚？"从此大家都叫他"道济疯癫"，日久简称"济癫"。"癫"与"颠"通用，所以也写作"济颠"。

长老圆寂，竟把衣钵传给这个不守清规的道济。寺中众和尚不服，不但在背后纷纷骂长老是真正的“远瞎堂”，还趁机把长老的金银财物抢夺一空。道济一无所得，也不以为意，依旧四处浪荡，并云游到台州。一年后回到临安，灵隐寺已经有了新的住持（这个故事素材在后来出版的评书版《济公传》被挪到后面去了），从此他浪迹西湖，结交官宦人家，喝酒吃肉。有一次酒醉后被人送进妓院，竟与妓女同宿。当朝的陈太尉送他绫子、官绢做僧衣，他却送给了叫花子。灵隐寺新住持听说他在外面喝酒吃肉又逛妓院，要惩治他，得知他是个疯癫，就叫他当“盐菜化主”，也就是出外化缘，以供应寺内众僧的生活。济颠不干，就去投净慈寺的德辉长老，长老任用他做“书记僧”。济颠很是感激，许诺三天之内募化三千贯钱，修缮福山寿海藏经殿（这个故事素材在后来出版的评书版《济公传》也被挪到后面去了，但改为济公是被灵隐寺新住持赶出来的）。

济颠到陈太尉家募化，陈太尉不答应，就把化缘簿子丢在陈太尉家。当夜，太后梦见一个罗汉来化缘，梦中答应捐钱三千贯。第二天召见陈太尉，太尉说起济颠化缘的事情，太后就捐了三千贯脂粉钱。太后还亲自到净慈寺去降香，见到了济颠，发现正是自己梦中见到的罗汉。

后来，济颠又为净慈寺化来新笋五担，让大小和尚们都尝尝鲜。为此惹恼了灵隐寺的住持，设下一计：请赵太守到净慈寺去砍松树，想以此陷害济颠。不料赵太守到了净慈寺，反而对济颠十分钦敬。净慈寺遭火灾，监寺僧被囚禁，济公托毛太尉救出，又写书信给蒲州报本寺松长老，请他来净慈寺当住持，并写了重修净慈寺的募化榜文，连皇上都捐了三万贯钱。济颠又运神通，在四川砍伐大木，通过水路运到钱塘江边，却从净慈寺殿前的醒心井中一根根拽出来。仅仅两年时间，就修复了净慈寺。此外，济颠又不避嫌疑，赤身裸体为张氏女治病（这个故事在后来出版的评书版《济公传》中没有）。种种事迹，流传四方，人人都称他为活佛。圆寂以后，朝野达官贵人都到净慈寺烧香。

从故事看，《醉菩提全传》已经相当完整了。所以，这一版本不但流传得比较广，翻刻的同名或不同名版本也比较多。能见到的有：乾隆五十三年（1788）金阁古讲堂刻本（天津图书馆藏），宝仁堂刻本，改名《新镌济颠大师玩世奇迹》（大连图书馆、北京图书馆藏）；道光二十七年（1847）大文堂刻本《醉菩提全传》四卷二十回，署“天花藏主人编次”（伦敦大英博物馆藏），文聚堂刻本四卷（北京图书馆藏），同文堂刻本（北京图书馆藏）；同治十年（1871）务本堂刻本（北京大学图书馆藏）；光绪四年（1878）京都聚珍堂木活字排印本，改名《济公传》（天津图书馆藏）；光绪六年（1880）北京老二酉堂重刻本，改名《济公全传》，题“西湖墨浪子偶拈”（北京图书馆藏，又：日本《舶载书目》中录有此书目，题“西湖墨浪子偶拈”，由天花藏主人作序，估计当是同一种刻本）；光绪二十四年（1898）金陵城北科巷荫余善堂重刻本，书名《醉菩提》，副题《绘图度世金绳》，有图三十页（北京图书馆藏）。与此书内容相同的，还有大连图书馆藏宝仁堂刻《新镌济颠大师醉菩提全传》二十回，不分卷，署“天花藏主人编次”，卷首有桃花庵主人序（桃花庵主人，姓名不详，仅知其字为“醒斋”，居苏州桃花坞），以及光绪二十年（1894）石印本，改名《皆大欢喜》等。

此外，还有西湖墨浪子《西湖佳话》中的《南屏醉迹》，与《醉菩提全传》仅是文字繁简不同，内容没有多大差别，当是一种简写本或初稿本。另一种《醉菩提全传》，题张大复作，当是根据《醉菩提全传》敷衍而成的，时间则在道光之后。

现将光绪二十四年（1898）金陵刻本《醉菩提》（副题《度世金绳》）全书回目列后，以作比较：

第一回	静中动罗汉投胎	来处去高僧（辞）世
第二回	茅屋两言明佛性	灵光一点逗禅机
第三回	近恋亲守身尽孝	远从师落发归宗
第四回	坐不通枉劳心真苦恼	悟得澈愁露相假癫狂
第五回	有感通唱山歌能度世	无执着拂残棋便西归
第六回	扫得开突然便去	放不下依旧再来
第七回	色迷心愈定	酒醉道偏醒
第八回	施绫绢乞儿受恩	化盐菜济公被逐

第 九 回	不甘欺侮入净慈	喜发慈悲造藏殿
第 十 回	现金身太后施钱	转轮回蛤蟆下火
第十一回	解僧馋化贵人施笋	触铁牛怂太守伐松
第十二回	佛力颠中尽收归万法	禅心醉里逃指出无名
第十三回	松长老欣飞锡禅杖	济颠僧怒打水酒缸
第十四回	榜文叩阍惊天子	酒令参禅动宰官
第十五回	显神通与古佛装金	解冤结遣死人走路
第十六回	不避嫌裸体治痨虫	恣无礼大言供醉状
第十七回	生前后世为死夫妻订盟	转蠢成灵替虫将军下火
第十八回	徐居士疏求度牒	张提点醉索题诗
第十九回	救人不彻欢佛力不如天数	悔予多事懒饮酒倦于看山
第二十回	来去明一笑归真	感应神千秋显圣

清朝末年，济公故事逐渐从江南流传到江北，被评书艺人所改编上演。评书艺人在演说过程中，逐渐把许多侠义故事、公案故事掺进了济公故事里面，并创造了雷鸣、陈亮这两个可爱的人物，终于把原来的以宣扬佛教为主题逐渐演变成以“除暴安良”为主题。评书艺人生活在社会底层，每天都能听到许多“社会新闻”，此外他们从师傅那里继承下来的许多“书帽”（评书小段儿），也都是精彩的短篇小说。他们出于“招徕听众”的目的，或有意或无意地把这些侠义故事、公案故事、社会故事糅进了《济公传》中，把原本只是与佛教有关的魔幻小说，变成了魔怪小说、公案小说、侠义小说、社会小说的“四合一”。小说的结构，也逐渐从长篇小说变成了“中短篇连缀”，只是拿济公作为主线把故事串联起来而已。这样的“插入”，从手法上说，并不太困难：只要找一个适当的“插入点”，把故事插进去就可以。正因为如此，所以后人才有可能对《济公传》不断“充实”，任意“创新”，无限延长。

到了光绪年间，有人根据评书底本刊印成书，叫作《绣像评演济公活佛传（前后集）》，也称《济公前传》和《济公后传》，篇幅已经发展到了一百二十回，以后仍不断接续。据张颖、陈述《通俗小说书目补遗及其他》所载，就有两个续本：一个是光绪三十一年（1905）上海煮字山房石印本，三集二十八卷二百八十回，共十六册，约一百二十万字，书名《绣像评演济公活佛传》，题郭小亭（生平不详，估计他不是说书人，而是根据《济公前后传》进行编辑整理的评话底本执笔者）著，有图，无序跋（这是近代比较流行的一个本子，以后各家的铅印翻印本，大都以这个版本为依据）；一个是宣统二年（1910）上海校经山房石印本的《济公传续集》，四至三十四集（一至三集即煮字山房的二百八十回本），一百二十册，一千二百回。原本未见，作者及字数均不详。有文章提到作者笔名叫“坑余生”，从署名看很可能是个经历坎坷、饱受灾难的文人。按一至三集的字数超过一百万字推理，续书字数不可能太少，应该接近甚至超过一千万字，可以说是《济公传》刊印本中篇幅最长的一种本子，可能还是章回小说中回目最多的一部书。

但是这种无限制地任意穿插、延长的《济公传续传》，内容往往失之过滥，故事格调低俗，反而造成了欣赏疲劳，甚至把《济公传》原有的菁华都给掩盖了。——这个“超长版本”终于没有流传下来，也是“自然淘汰”的客观证明。

评书，是流行于北方的民间说唱艺术，最南边大概只到扬州附近，再往南就是苏州评弹的天下了。根据评书底本出版的小说《济公传》，当然都是北方（主要是河北、山东）方言，这是小说《济公传》之所以能够广泛流传的语言优势。

浙江当地也有传统的“说书先生”（在浙南称为“唱故事先生”，用鼓板伴奏，一部长篇“故事”往往要说两三天），但是至少我没有听见过有人说《济公传》。婺剧的传统剧目中有许多济公戏，但都是以某一个故事为中心的“散本”，例如《赵家楼》，演的就是采花大盗华云龙到赵家楼采花的故事。情节也和评书本《济公传》的描写大不相同（评书本赵小姐不会武功，舞台本赵小姐和华云龙大打出手）。传统苏州弹词中是不是有《济公传》这个保留节目，我没仔细调查，但是仅从手头现有的七十六部“长篇弹词目录”中查找，就没有和济公有关的节目。我想即便有，也只限于在吴语区流传。

但是这种北方的评书版本，也有两个致命的缺点：第一，由于许多故事是说书艺人的即兴发挥，没有经过文人的订正润饰，不但文学功底浅薄，文字粗糙，错别字连篇，故事前后雷同重复，特别是经常宣传因果报应之说，封建糟粕充斥。第二，由于是北方说书艺人的底本，因为不熟悉浙江的地理、民风，也不知道宋代的政体、官职、服饰，信口开河的地方也很多。——郭小亭把许多分散的、在说书人中流传的济公故事集中起来加以整理，使之以文字形式流传，功不可没。但是严格地说，这种粗糙的版本不经过删节、整理、注释，是不宜作为正式出版物出版的。那个年代郭小亭整理的《济公传》能够出版，纯属偶然。

民国初年，上海新舞台编演“连台好戏”《济公活佛》。当时，有人将《评演济公传》改为《济公活佛真传》由无锡佛学推行社排印出版，由于配合舞台剧，也曾经风行一时。

从民国以来直到新中国成立前夕，济公故事不断在南北方的书场、舞台上演出，根据不同底本石印或铅印的廉价本小说到处流传，没有刊印成书的各家评书底本或记录本数量更是相当惊人（据说沈阳春风文艺出版社文化编辑室现存一部济公故事的评书记录本，原稿厚达五六尺，估计当有上千万字，至今尚未整理出版）。

新中国成立以后直到“文革”之前，除了曾经拍摄过动画片《济公斗蟋蟀》之外，由于牵涉到宣传迷信、因果报应等原因，《济公传》没有再版，济公故事也不可能再在书场、舞台演出。直到 1983 年 7 月，才由花城出版社根据乌青镇[①]潘恒（敬元）翻印的二百八十回排印本删

---

①乌青镇：乌青镇在历史上位于三府（湖州府、嘉兴府和苏州府）六邑交界处，它源起于唐代的军（相当于州府一级的驻军地，与州府同属“路”管辖），到北宋已经演变成一个比较繁荣的农村商业性聚落。明清时代，刻版印刷业在这里蓬勃兴起，许多著名的版本都在这里编辑印刷出版。镇区被夹车溪水（即市河）分成两部分，南宋嘉定年间（1208 1224）分为乌镇和青镇，河东为青镇，属嘉兴桐乡县，河西为乌镇，属湖州乌程县（今湖州市）。1949 年，两镇合并，通称乌镇，隶属嘉兴市桐乡县。就市镇经济而言，两镇历史上一向“实同一聚落”，所以一向合称“乌青镇”。

去后三十八回重排少量印刷，内部发行，供研究通俗小说和民间文学者参考。

1985 年以来，济公分别在大陆和香港上了银幕和荧屏。特别是后来的《济公新传》，虽然反映并不太好，但创造了一个“现代派”的济公形象。电视台新老两个版本同时播出，济公故事又开始“热门”起来了。

二、历史上究竟有没有“济公”这个人物?

济公这个人物，历史上究竟有没有呢？有两种说法。

一种认为南宋初年根本就没有济颠这个人。《花朝生笔记》中说：“……实则南宋初无此人，乃因六朝释宝志而讹传者也。”

释宝志，是南北朝时期齐宋之交一个大名鼎鼎的和尚，《南史》卷七十六《隐逸章》中有传。全文如下：

> 时有沙门释宝志（誌）者，不知何许人。有于宋太始（551—552）中见之。出入钟山，往来都邑，年已五六十矣。齐、宋之交，稍显灵迹，被（披）发（髮）徒跣，语嘿不伦。或被锦袍，饮啖同于凡俗；恒以镜铜、剪刀、镊属挂杖负之而趍。或征索酒肴，或累日不食。预言未兆，识他心智。一日中分身易所，远近惊赴，所居嗙唶。齐武帝忿其惑众，收付建康狱。旦日咸见游行市里，既而检校，犹在狱中。其夜又语狱吏：门外有两舆食，金钵盛饭，汝可取之。果是文惠太子及竟陵王子良供养。县令吕文显以启武帝，帝乃迎入华林园。少时，忽着三布帽，亦不知于何得之。俄而武帝崩，文惠太子豫章献王相继薨，齐亦于此季（缺字）矣。灵味寺沙门释宝志欲以纳，被遗之，未及有言。宝志忽来，牵被而去。蔡仲熊尝问仕何所至，了自不答，直解杖头左索绳掷与之，莫之解。仲熊（官）至

尚书左丞[1]，方知言验。永明（483—493）中住东宫后堂，从平旦门中出入。末年，忽云门上血污衣，褰裳走过。至郁林见害，果以犊车载尸出自此门。舍故阉人徐龙驹宅，而帝颈血流于门限焉。梁武帝尤深敬事，尝问年祚远近，答曰：元嘉，元嘉。帝欣然，以为享祚倍宋文之年。虽剃须发而常冠，下裙帽纳袍，故俗呼为"志公"。好为谶记，所谓"志公符"是也。高丽闻之，遣使赍绵帽供养。天监十三年（514）卒。将死，忽移寺金刚像出置户外，语人云：菩萨当去。旬日无疾而终。先是琅邪王筠至庄严寺，宝志遇之，与交言欢饮。至亡，敕命筠为碑，盖先觉也。

据此传，可见释宝志是个不修边幅、放荡不羁的和尚，有时候披头散发，有时候穿着锦袍，经常饮酒吃肉，满嘴胡说八道，状如疯癫，因此人们称他为"癫和尚"。他的名字在流传中从"宝志""志公"先讹为"宝济"，再讹为"道济""济公"，于是一个活灵活现的"济颠"和尚就这样在群众千口百舌的创作发挥中演变而成了。

另一种说法，则认为南宋初年确有济颠其人。据孙楷第先生考证，宋人释居简的《北涧文集》中有《湖隐方圆叟舍利塔铭》，题下侧注"济颠"二字，可以证明这个"湖隐方圆叟"就是济颠，而且文中说他是天台县李氏子，时人称为"湖隐"，跟各本《济公传》中所说的济公出身都相符合。由此可证，《钱塘渔隐济颠禅师语录》中的"渔隐"，实为"湖隐"之误。

在没有更多的资料可以证明之前，不妨假设在南宋初年确实有济颠其"人"，而其"事"则绝大部分都是群众根据传说或者主观愿望进行的"集体创作"，跟真正的济颠很可能相去很远，甚至是风马牛不相及的。

---

①按：杭州方言"左绳"与"左丞"同音。

三、《济公传》故事的发展和变化

早期的济公故事，实际上就是佛教故事。在封建时代，“善恶到头终有报”的因果思想，在一定程度上确实也曾经起过“劝人为善”和“使人害怕报应不敢作恶”的积极作用。不论是书面的还是口头的《济公传》，从清末以来，就逐渐向“除暴安良”这个积极主题转移并发展。

早期的《济公传》版本，现在只能在图书馆的善本部中查看。通常流行的，都是北方说书人的底本。我们今天看到的宋元话本，基本上都是“说书人的底本”（相当于提纲），而不是“演出记录本”（有临场发挥）。

“济公故事”原产杭州，是在民间故事的基础上由南方的说书人演绎扩充而成的。早期的《济公传》，也在苏杭二州刻印，人物和故事都具有强烈的“江南风味”。语言方面，江南版的《济公传》，虽然不是方言文学，而是用宋元明清以来的“白话文学语言”，也就是《水浒传》《西游记》所用的“汉民族通用的”白话文。自从济公故事流传到北方以后，经过北方说书人的改造，不但语言全盘“北方化”，所插进的人物和一个个生动有趣的小故事也大都是北方的民间传说或市井传闻，甚至连服装、建筑、风俗习惯也统统都北方化了。这是《济公传》在流传中间的一次巨大突变和转折。甚至可以说，早期流传于江浙的江南版《济公传》，和后期流传于冀鲁豫一带的江北版《济公传》，内容已经是出入很大的两个版本了。

说书虽然也属于“口头文学”范畴，但是它和民间故事有本质上的不同。

民间故事，是先由某一个人“发端”，然后辗转相传，经过千口百舌的加工润饰，逐渐丰富完满起来的，虽然也有一个“原作者”，但是最后的版本很可能已经和“原作”面目全非。因此，民间故事很难找到真正的作者或原作者。

评书则不同，评书有两个来源。第一个来源是继承。评书艺人，包括说唱艺人，一般都有师傅。他们所说所唱的故事，大都是从师傅那里继承下来的，当然也不排斥在演出过程中有各人不同的演绎和发挥。因此一部同样内容的“大书”，不同演员的演出，尽管故事脉络变化不大，但是在细节方面很可能有一些甚至很多不同点。这就是各不相同的“个人风格”，属于演员的个人创作。这也就是同一部书，内容相同，张三说得好听，很受人欢迎，而李四说得不好听，就不受人欢迎的原因。

第二个来源是创作。创作也有两个来源：有本事的说唱艺人，能够自己创作；没这种本事的，就只能请人家帮他写“底本”。明清时代，说书人有自己的组织，叫作“书会”。书会的成员，不仅仅是说书人，也包括“写书人”，也就是帮说书人写“底本”的人。这种“写书人”，也有一个专用的名称，叫作“才人”。才人的来源，大都是读过书却仕途不顺的人，加上他们爱听说书，懂得听众的心理，于是就利用自己懂得一些历史知识的长处帮说书人写说书底本。说书人拿到这种底本，不是照本宣科，更不是读熟了上台背诵，最关键的是他们的临场发挥。说白了，才人们写的底本，只是说书人的“发言提纲”，是不是叫得响，“临场发挥”要占很重要的因素。因此，正确的说法，应该是“才人和说书人的有机结合”，是鱼和水的关系，密不可分的。

不但宋元话本是说书人的底本，就是号称“第一部写给人看的长篇白话小说”《水浒传》也可能是作为说书底本向说书人提供的。

口头文学是“听觉文学”，而书面文学则是“视觉文学”。这是两个不同的体系。说评书，不但有声气、语调的不同，有文质彬彬和粗野低俗口气的不同，还有车辚辚、马萧萧的逼真模仿，是名副其实的“有声有色”；而书面文学则完全依靠读者个人自己的想象和体会。这就是为什么观众看舞台上的林黛玉形象是单一的，而读者看《红楼梦》却每个人心中各有一个不同的林妹妹的原因所在。

清末出现的《济公前后传》，就是一部流传最广的“江北版”。这部书可能就是说书人说书的底本。既有可能出于“才人”郭小亭之手，也有可能直接出于评书艺人的手笔，然后由郭小亭进行加工整理。评书艺人在演出的时候，只是拿“底本”作框架，现场临时发挥的部分不但占比例很重，而且很可能每场都不完全相同。这就是为什么《济公前后传》分二百多回，而每回的故事都很短的原因。——春风文艺出版社保存的《济公传》评书记录稿，是根据现场录音整理成文的，一千多万字。其中离开主题去讲不相干的东西篇幅太多了，甚至介绍一种兵器竟可以说上一个多小时。

《济公传》是在“说书”的基础上发展成为小说的。因此它的叙述风格主要是“讲故事”，叙事状物，不作细腻的心理或背景的描写，而这种文风也更适合文化层次较低的普通市民阅读。

四、评书版《济公传》的缺点

不管这个郭小亭是写书的才人还是编书的整理者，以他名义出版的评书版《济公传》，单就其文学水平来说，在明清小说中只能算是下乘之作。虽然名列“四大神话小说”之一，但是不论文字还是故事，都不如《聊斋志异》《镜花缘》和《封神演义》，更不如《西游记》。不但结构松散，行文冗赘，缺乏剪裁提炼，前后矛盾重复，而且错误百出，除了举不胜举的错别字之外，最突出之处是作者笔下所描绘的浙江、江苏、江西等省几乎全是北方风貌。人物方面，书中的“秦相”，前文说是秦桧，后面忽然又变成了秦桧的儿子秦喜。特别是对浙江的地理环境，根本就一无所知，除了把“衢州”写成“曲州”并生造一些子虚乌有的县城之外，居然还会移山倒海：从曹娥江坐船，竟能到达天台县；从玉山县到杭州去，不就近到常山县上船走钱塘江，却要老远地跑到九江去绕一个大圈子走长江、南运河等，不一而足。总之，演说济公故事的艺人只顾信口开河地编造离奇的故事，于是据此而写成的文字形成“定本”以后就以讹传讹了。

一部历史小说，不管人物和故事如何编造，历史背景是绝不能错的。这不是苛求，而是底线，因此必须较真儿。

由于“秦相”在书中也算是一个相当重要的配角，因此关于他的身份，有必要略作介绍。

秦桧，字会之，江宁（今南京）人，生于宋哲宗元祐五年（1090）。宋徽宗政和五年（1115），秦桧二十五岁，登进士第。宋钦宗靖康元年（1126），与徽宗、钦宗同时被金兵所掳。在金期间，被金主收买放归，假称杀死看守逃回。绍兴中为相，力主议和，深得高宗宠信。绍兴十一年（1141）十二月，以"莫须有"三字杀害抗金将领岳飞。他前后在相位共十九年，卒于宋高宗绍兴二十五年（1155）。他出仕四十年，为相十九年，终年六十五岁。死后还得到封赠申王、建康郡王，谥忠献。直到五十年后的宋宁宗开禧二年（1206），方才追夺王爵，改谥缪丑。

秦桧确实有一个儿子叫秦熺（而不是"秦喜"）。据《宋史·秦桧传》，秦桧被掳期间，因他没儿子，他老婆王氏就把她哥哥的儿子过继过来，改名秦熺。《宋史》中没说秦熺过继秦家的时候多大，只说他在绍兴十二年（1142）举进士，绍兴十五年（1145）除翰林学士兼侍读，绍兴二十年（1150）为观文殿大学士（不是评书版中所说的是"大理寺正卿"）。绍兴二十五年十月，秦桧病重，秦熺曾经奏请代居相位，高宗不但不许，还立即让沈虚中草拟秦桧父子"致仕制"，也就是给他们办理了退休手续。秦熺还不甘心，让他儿子秦埙去鼓动一帮朝臣上表力荐。到了十二月秦桧死的那一天，高宗下诏秦桧父子同时致仕（虽然秦熺"出仕"才十三年，但他是"致仕"而不是"罢官"，可见他"举进士"的时候年龄已经不小），加封秦桧为建康郡王，进秦熺为少师。绍兴三十一年，秦熺死，诏赠太傅。

据此，秦熺虽然在南宋当过高官，但第一是父子同朝，且同时退休（同时致仕，似乎应该都超过六十岁。绍兴二十五年秦桧退休的时候是六十五岁，他儿子即便是过继的，也不应该满六十岁，估计是高宗并不赏识他，让他提前退休的，不然他也不应该有提请"代居相位"这一举动），第二是并没有当过宰相。评书版《济公传》写济公活动于绍兴年间，但没有写明是哪一年，而称秦相为秦喜（有几个地方则写秦相为秦桧）则明显是错误的。尽管《济公传》一书本来就是凭空杜撰的故事，不可能符合历史事实，但是既然把他的故事放在某一个历史阶段中，这一阶段中的历史人物就不应该弄错，不然就要出"关公战秦琼”这样的笑话。

根据江浙一带的民间传说，都说济公是秦桧的“替僧”，似乎比较符合“历史事实”。但是如果这样一改，问题也就随之而来了：第一，《济公传》原书第十二回中说：“这西湖头一个恶霸，就是秦丞相之弟花花太岁王胜仙。那时高宗皇帝手下丞相是秦桧。他本姓王，过继给秦家，王胜仙是秦相的亲兄弟……”这样说，是把秦熺的事情安到了秦桧的头上，错到东洋外国去了。如果要改，只能说王胜仙有个哥哥过继给秦桧，仗着秦桧的势力无恶不作。这样才符合当时的历史背景。第二，到了第十九回，秦相就变成秦喜了：“……从外面进来一个大鬼……手拉铁链锁定一人，项戴大锁，手上有铐，脚上有镣……秦相一看，正是他爹老太师秦桧。……秦桧说：‘儿呀，为父在阳间久站（占）督堂，闭塞贤路，在风波亭害死岳家父子……’”如果按秦相是秦桧的路子改，他父亲就不可能再是秦桧，必须改为在江宁无恶不作的一个土豪劣绅（他父亲当过广西静江府古县［今永福县境］县令）。第三，到了第二十一回，“这一所花园，乃是秦丞相的二公子秦怛的花园。平日秦怛就不安本分，倚仗着他父亲是当朝的宰相，他哥哥已死，就剩了他一个，他任意胡为……”如果秦相是秦桧，大公子应当是秦熺，不可能死在秦桧前面；如果秦相是秦熺，那么大公子应该是秦埙，二公子应该是秦堪，也不是秦怛；何况后文还出来一个小儿子秦魁，也不能像书中所说“他哥哥已死，就剩了他一个”。第四，这个王胜仙，很有可能是评书艺人根据《水浒传》中“高衙内”的形象创造出来的“衙内式”典型人物，说他是个经常强抢民间妇女的“花花太岁”，倒也还差不多，但是居然把他揞到了“大理寺正卿”（相当于今天的最高法院院长）的高位上，这就有些太离谱，也无法与历史背景“对号”了。

除了上述语言、史地方面的缺点之外，《济公传》的最大缺点是仅仅反映了南宋的阶级矛盾和社会混乱，没有反映南宋所处的整个社会的历史背景，甚至连金兵南下、岳飞被害等重大事件都没有提到。在《济公传》一书中，根本看不到国家、民族、社会正处于“大金国”的威胁和控制之下，偏安一隅的南宋似乎和历朝历代一样，不但“国富民强”，而且还常常提到君明臣贤，百姓安康。

五、《济公传》的积极主题

《济公传》一书，长期以来能受到下层社会的普遍欢迎，除了它的故事生动有趣，语言诙谐幽默，接近民间审美情趣之外，也与它的积极主题“除暴安良”分不开。

济公这个人，不管历史上有没有，至少人民从自己的善良愿望出发，赋予他的是一个以除恶扶困为己任的、具有“侠意识”的、性格诙谐善良的好和尚。——济公出身大地主，但是他一家都是“善人”。书中的基本观点，是“人性第一，阶级性第二”。

济公和侠客不同。侠客是以暴力反暴力，济公则以“法力”来战胜强豪和暴力。他的法力，往往还包括智慧和幽默，有时候也和奸臣如秦桧之类稍有妥协。

中国的神怪魔幻小说，成书比较早的如《西游记》和《封神演义》，都是明代人的作品，它们对后世的影响很大。评书版《济公传》形成于清末，是一部兼有神怪小说、侠义小说和公案小说三种内容的作品，其中甚至还有社会市井小说。可以这样说，《济公传》在流传发展中，明显受到《西游记》《封神演义》《聊斋志异》，以及《七侠五义》《施公案》《彭公案》等书的影响。济公虽然是一个和尚，早期江南版的《济公传》中也有许多宣扬佛教思想的章节，但是评书版《济公传》已经删除了许多佛教故事，绝不是一部宗教文学，更不是佛教文学。

侠义小说的主题和特色，是描写“侠意识”与“霸意识”的矛盾。具有“霸意识”的人做出不公不平的事情来，被具有“侠意识”的人看见了，于是就“路见不平，拔刀相助”。凡是“侠客”，一般都不承认法律、不尊重政权。他们判断“平”与“不平”的标准是“是非善恶观”，他们摆平“不平之事”的方法是“武力”。

公案小说的主题和特色，是描写“守法”与“违法”的矛盾。双方都承认政权和法律，因此公案小说往往都是“清官小说”。不论是《七侠五义》还是《施公案》或《彭公案》，都是一帮具有正义感的武士团结在某个清官的周围帮助清官办案破案。

不论是侠义小说还是公案小说，都有一个“分清是非善恶”的过程，也就是侦查的过程，然后再来一个“处理的过程”，也就是“摆平”或“缉捕”的过程。这样前后一写，故事就既复杂又热闹了。

独有神怪魔幻小说，是一种可以“随心所欲”“信口雌黄”的小说。因为它的描写正确与否，并不受客观事物的检验。拿《济公传》来说，某地发生一件案子，济公根本就不用侦查，他一拍脑门儿就全明白了。要摆平或缉捕，也不必调动军警使用武力，只要用手一指，或口念“六字真言”之类，不费吹灰之力就把案犯抓住了。

因此，像《济公传》之类的小说，就必须借重大量的民间传说和风土人情把小说“撑”起来，让小说的人物丰满，故事有趣。不然，如果仅仅写某地发生一件离奇的案子，济公跑去一看，就告诉人家案发经过，凶手是谁，现在什么地方，自己或派人把他抓捕归案。——这样平铺直叙的小说，还有什么意思？

在《济公传》一书中，济公为了抓捕采花淫贼华云龙，一路上横生枝节，接连破了许许多多离奇的案件，哪怕不合情理，也要暂且放开华云龙先去办别的案子。不然，济公明明知道华云龙在什么地方，带着两个公人找到华云龙，用手一指把华云龙定住，然后解回临安来。——这样简单明白的小说，还有什么意思？

从哲学的角度分析，侠义小说和公案小说中所提倡的“除暴安良”“劫富济贫”以及“清官治天下”等，都是社会思想发展史中不可缺少的一个阶段。自从人类有了权力统治，有了“恃强凌弱”，有了贫富的两极分化，不甘愿忍受贫穷和暴力压迫的人，出于朴素的平等观念，很自然地就有了“清官”的需求，有了“除暴”和“劫富”的思想和行动。但是从社会发展的角度分析，清官的前提是要有一个“明君”，如果遇到的是一个“昏君”或“暴君”，清官就会连自己都活不成。侠客以暴力“除暴”，一方面不可能全面彻底，只能是一时、一地、一事，带有极强的“偶然性”；一方面除暴者依仗暴力，很有可能发展上升，除暴者也有可能成为新的施暴者。此外，“劫富济贫”只能施惠于一时一地，一家一户，不可能使穷人变富，倒有可能使富人变穷。因此，从实质上说，“劫富济贫”的暴力行动，只是一种消极的“社会平衡”，不可能使“社会平均”，更不能促使社会向前发展。

盛名之下其实难副的《九尾龟》

一、关于《九尾龟》的作者

标榜为“醒世小说”的《九尾龟》十二集一百九十二回，共八十八万八千字，清光绪末年至宣统初年由上海点石斋石印分集陆续出版（据说此书后来有人续到二十四集，原书未见）。此书在清末颇负盛名，但是因为瑕疵太多，也常为读者所诟病。

作者署名“漱六山房”，文内则自号“潇湘花侍”，原名张炎，字春帆，别署“仙源苍园”或“项苍园”，江苏常州人。生年及身世不详，只知他二十三岁即离开常州，久寓上海，为各报撰写连载小说，并曾主编《平报》。一说死于 1935 年，但是 1940 年他还撰有武侠小说《天王老子》，写清代江南大侠张树声故事，由上海中央书局刊行，可见 1935 年故去之说并不可靠。据孙楷第先生《中国通俗小说书目》所载，知道他除《九尾龟》外，还著有《扬州梦》十回（非演郑燮之《扬州梦》），有光绪三十四年（1908）集成图书公司印本;《宦海》四卷二十回，有宣统元年（1909）上海环球社印本；另外一部《家庭现形记》原本未见，书目则见于《小说林》第九册丁未年（光绪三十三年，1907 年）小说调查表。

据蒋瑞藻先生《小说考证续编》引《谭瀛室随笔》介绍《九尾龟》小说及作者情况，有这样一段话：

《九尾龟》小说之出现，又后于《繁华梦》[1]，所记亦皆上海近三十年青楼之事。用笔以秀丽胜，叙事中，或间以骈语一二联，颇得清圆流利之致，盖仿《花月痕》[2]体裁也。书为常州张春帆君所撰。张君寓沪久，时为各报馆撰短篇小说，阅者颇欢迎之。后至粤

---

①《繁华梦》：以《繁华梦》为书名的小说清末颇多，最早的是孙玉声著《海上繁华梦》，1903年笑林报馆刊，书未见，内容不详。又有孙家振著写妓院生活的小说《海上繁华梦》，1908年由商务印书馆分三集排印出版，初集、二集各三十回，后集四十回，共一百回，写谢幼安与桂天香的爱情故事；后孙氏又撰《续海上繁华梦》，仍是初集、二集各三十回，第三集四十回，共一百回，于民国四五年间由上海文明书局发行。此外，晚清还有《最新上海繁华梦》，作者佚名，由上海小说支卖所石印发行，书未见，内容不详。又韩邦庆著《海上花列传》，在1892年出版后也曾经用《海上繁华梦》的书名在上海、香港石印再版。此处拟指孙氏《海上繁华梦》，而孙玉声、孙家振本是一个人，1903年先用孙玉声的署名在报纸上连载，1908年排印成书时改署名为孙家振。——孙玉声（1864—1940），名家振，别署海上漱石生、警梦痴仙，上海人。清光绪十五年（1889）出任《新闻报》本埠新闻编辑，光绪十七年（1891）起担任该报总编辑长达九年。光绪二十四年（1898）与吴趼人合作创办《采风报》。光绪二十六年（1900）脱离《新闻报》，翌年独立创办《笑林报》。光绪三十一年（1905）起担任《申报》本埠新闻编辑二年余，此后又陆续担任过《时事新报》《舆论时事报》《图画日报》《图画旬报》的总编辑。清宣统元年（1909）后，一度离开报界，以写小说为职业。民国四年（1915）后，又陆续办过一些小报，如《新世界报》《大世界报》《上海报》《民业日报》等。

②《花月痕》：我国第一部以妓女为主要人物的长篇言情小说。作者魏秀仁（1818—1873），字伯肫，一字子安，又字子敦，号眠鹤主人、眠鹤道人，又号咄咄道人、不悔道人，清福建侯官（今福州市）人。魏秀仁自幼随父研习经史，二十八岁方考中秀才，二十九岁考中道光丙午科举人，以后屡试进士不第，曾去陕西、山西、四川省官府做幕僚，并曾主讲渭南象峰书院、成都芙蓉书院。同治元年（1862），他返回福建家乡，继续教学和著述，生活十分困顿，最后在贫病潦倒中去世。故事写韩荷生、韦痴珠与青楼女子杜采秋、刘秋痕的爱情故事。书中的韩荷生才兼文武，屡建奇功，终得封侯，杜采秋受一品大人封典；韦痴珠则怀才不遇，穷困潦倒，落得个一病身亡，刘秋痕自缢殉情。作者通过这一穷一达两对人物的描写，寄托了自己的不平和追求。其中关于韦、刘二人的描写，凄婉动人，颇具艺术感染力。

东，任随宦学堂监督。民国光复后，任江北都督府要职，颇著劳勋。自江北都督府裁撤，久不得其消息矣。

书中以章秋谷为全部重要人物，描写其性情之豪侠，举动之阔绰，气概之高迈；文章则咳吐珠玉，勇力则叱咤风云；至于猎艳寻芳，陶情适性，则又风流倜傥，旖旎缠绵，有杜牧[①]之闲情，擅冬郎[②]之绮语，是盖宇宙间独一无二之全才，亦即张君以之自况也。“九尾龟”之义，但借以讥毗陵[③]某某之巨绅，而与本书无甚关系。喜阅小说者，以其名之奇，购阅者甚众。是又引人注意之一法也。（转引自孔另境《中国小说史料》，上海古籍出版社1883年再版本，原书初版于1936年。）

此外，郑方泽《中国近代文学史事编年》（吉林人民出版社，1983年）中还有这样一段话：

《九尾龟》十二集一百九十二回，漱六山房（张春帆）著，点石斋刊行。《九尾龟》同《海上花列传》《海天鸿雪记》[④]

---

①杜牧（803—853）：字牧之，号樊川居士，京兆万年（今陕西西安）人，宰相杜佑之孙。唐文宗大和二年（828）进士，授宏文馆校书郎。后赴江西观察使幕，转淮南节度使幕，又入观察使幕。历任史馆修撰，膳部、比部司勋员外郎，黄州、池州、睦州刺史等职，最终官至中书舍人。晚唐杰出诗人，尤以七言绝句著称。擅长文赋，其《阿房宫赋》为后世传诵。注重军事，写下了不少军事论文，还曾注释《孙子》。有《樊川文集》二十卷传世。

②冬郎：唐代诗人韩偓的小名，以写香奁体诗著称。

③毗陵：古代郡、县名，治所在常州，后世用作常州别称。

④《海天鸿雪记》：署“二春居士编，南亭亭长评”。二春居士，真实姓名不详，清末浙中人，曾为沪上寓公，用吴语写成《海天鸿雪记》二十回。作评语者南亭亭长，即武进李伯元。本书最初由游戏报馆出版，光绪二十五年（1899）六月二十一日出第一期，嗣后每月出六期，至二十回止。光绪三十年（1904），世界繁华报馆出版单行本。1989年，江西人民出版社纳入“中国近代小说大系”，布面精装，印两千册。

《广陵潮》[①]等，都沿袭旧的、落后的传统发展来的，为后来鸳鸯蝴蝶派的小说奠下了基础。又张春帆名炎，别署漱六山房，毗陵人。因常出入于烟花之中，寻欢作乐，闻见甚多，于是杯酒块垒，绮梦莺花，写成《九尾龟》，一时风行，版式有数十种之多。创作的小说甚多，其他还有《情网球》《烟花女传》《反倭袍》《摩登淫女》《风尘剑侠正续集》等。

根据以上一鳞半爪的资料，约略可以看出作者的生活与创作道路。可以想见，他也和《海上花列传》的作者韩邦庆一样，出身宦门世家，从小聪明，好读书而不喜欢读“正经书”，也不热衷于仕途，怀才不遇，可能给官僚们做过幕宾，但是放荡不羁，沉溺于酒色，对娼妓生活和官场十分熟悉。可以说，他是那个时代所产生的一位“歪才”“怪才”，从文学的角度看，当然也是一位“人才”。

关于张春帆《九尾龟》之外的其他作品，各研究家所记出入颇大。因为当时的小说家地位很低，特别为宣扬“正统”的大人先生们所看不起，报刊连载或出版单行本小说时作者大都更名改姓或署一别号，许多小说的作者究竟是谁已经很难考证，有的出于传说，有的出于猜测，准确性并不可靠。据 1990 年出版的《中国武侠小说大辞典》记载，《九尾龟》十二集一百九十二回出版以后，坊间竞相翻刻，有版本十几种之多。1926 年，《上海画报》主人约张春帆续写，于是又有了《续九尾龟》

①《广陵潮》：作者李涵秋（1873—1923），清末民初文学家。名应漳，字涵秋，号韵花，别署“沁香阁主人”，扬州人。二十岁中秀才，二十九至四十八岁期间先后到安庆、武昌做家庭教师。清光绪二十七年（1901）返回扬州。宣统二年（1910）起，任两淮高等小学文史地教员，后兼任江苏省立第五师范学校国文教师。1921 年赴上海，主编《小时报》，兼为《小说时报》及《快活林》等报刊撰写小说。次年秋，辞职返扬州，未几病逝。一生著作颇丰，著有长篇小说三十六部、短篇小说二十篇、诗集五卷、杂著五篇、笔记二十篇。长篇小说处女作《双花记》及相继问世的《雌蝶影》，受到读者的广泛欢迎。代表作《广陵潮》（初版原名《过渡镜》），以扬州社会为背景，以恋爱故事为线索，以鸦片战争至五四运动的许多大事件为背景，展现七十年间的稗官野史，使当时中下层社会的民间风情、闾巷习俗，跃然纸上。

十二集，连以前出版的十二集共二十四集。1928 年，张春帆曾在《平报》三日刊任主笔，同时为《紫罗兰》半月刊作长篇武侠小说《虎穴情波》。1929 年，又为《紫罗兰》作长篇武侠小说《紫兰女侠》。1932 年，又为《万岁》半月刊撰写长篇武侠小说《烟花女侠》。1940 年，撰武侠小说《天王老子》，写清代江南大侠张树声故事，由上海中央书局刊行。此外，还有武侠小说《球龙》《风尘剑侠》正续集，社会小说《政海》《魔海》《情球网》《摩登淫女》《反倭袍》等。由此可见，作者所写的小说，取材都离不开官场和“嫖界”这两个大范畴，可能还是把妓女和侠女有机地结合起来的第一人甚至是唯一的一人。

二、关于《九尾龟》

《九尾龟》一百九十二回，叙述 1900 年庚子事变八国联军后两三年中苏州、上海、天津、北京等地“嫖界”中尔虞我诈、坑蒙拐骗的故事。小说采用“板块式”结构，也可以说是“系列中短篇小说”，而以主角章秋谷贯穿全书。

章秋谷，实际上就是作者张春帆自己的影子——“张炎”变作“章莹”，“春”与“秋”相对，“帆”与“饭”同音，而“饭”又与“谷”相对——因此，书中把主角章秋谷树为正面典型。此人不但外表非俗，风度翩翩，而且文武全才，满腹经纶，是个江南名士。弱冠之年，即逢八国联军侵略中国，但是他没有奋发图强，立志救国，而是采取消极的态度：一方面痛恨政府无能，无意于仕途；一方面却沉溺于酒色，把自己的大好青春都在花丛柳阵中白白度过。他代表了当时日趋没落的封建地主阶级中消极落后的一面，对“革命党”也持怀疑、嘲笑的态度。《九尾龟》反复宣扬的只是章秋谷“吊膀子[①]”手段的高明，以接连不断地博得倌人的青睐为满足，甚至以千方百计勾引良家妇女为乐事。因

① 吊膀子：吴语方言，指勾引妇女。少数场合，也指妇女勾引男人。

此，整部书的基调是灰色的，缺乏积极向上的意义。

《九尾龟》的出版，晚于韩邦庆的《海上花列传》二十年，应该说受到了《海上花列传》的影响，但是其水平与成就都没有超过《海上花列传》。

首先，此书是由点石斋书局分集陆续出版的：光绪三十二年（1906）出一、二两集，光绪三十三年（1907）出三至五集，光绪三十四年（1908）出第六集，宣统元年（1909）出七、八两集，宣统二年（1910）出九至十二集，有点儿近似于现在报刊上的“连载小说”。在下笔之初，作者似乎并没有成熟的、完整的写作计划，只是信手拈来信笔写去，不但缺乏严谨的结构、完整的故事、洗练的文笔，而且作为书名的、外号称为“九尾龟”的康巡抚直到全书写了一半儿也就是第六集末尾方才出场。前半部书都是以章秋谷为主线，写的是上海娼妓中“四大金刚”的故事。有的篇章，由于凑每集的字数，重复和硬塞进去的所谓“穿插”实为“冗笔”也很多。作为一部“中短篇系列小说”，完全可以从容不迫地讲完了一个故事再讲下一个故事，但是由于小说是分集出版的，为了引起读者购买下几集的兴趣，不惜把完整的故事割裂开来：或在前面提一个头立即放下，另讲别的故事；或者讲了一半儿，就又硬生生地插进另一个故事去。这种写法，并不是为了行文叙事的需要，而完全是为了“吊胃口”，也就是人工制造出来的“悬念”。从文学作品的结构和手法来说，是比较拙劣的。

作者用《九尾龟》作书名，开宗明义第一回，就在《谈楔子演说九尾龟》中介绍说：“龟有三足，亦有九尾。《尔雅》注云：‘南方之龟有九尾，见之者得富贵。’古来麟、凤、龟、龙，列在四灵之内。那乌龟是何等宝贵的东西！降至如今，世风不古，竟把乌龟做了极卑鄙龌龊的混（诨）名。妇女或有外遇，群称其夫为‘乌龟’。……在下这部小说，名叫《九尾龟》，是近来一位富贵达官的小影。这贵官帷薄不修[①]，闹出许多笑话，倒便宜在下编成了这一部《九尾龟》。”

为什么要把康中丞称为“九尾龟”呢？据作者解释：“不过为着这

---

①帷薄不修：帷薄，帐幔和帘子，古代用以障隔内外。修，整饬。意思是男女不分，内外杂沓。这里指家庭生活淫乱。

位康中丞家里头有五个姨太太，有两个姑太太，有两个少奶奶，恰恰是九个人，又恰恰的九个人都是这么风流放诞的宝贝。我所以给这位中丞公起了个‘徽号’叫作‘九尾龟’。”

但是作者自从在第一回做了这个“预告”以后，号称“九尾龟”的康中丞却直到全书第六集的末尾、第七集的开头方才出场，而且刚刚开了一个头又无缘无故地戛然停住，另起炉灶讲起了别人的故事来，一直到了第八集的中间才又穿插了康家的风流故事。前后三处加在一起，一共也不超过五万字，只占全书九十万字的十八分之一，可见“九尾龟”康中丞并非全书的主角。正如《谭瀛室随笔》所指出的那样：“‘九尾龟’之义，但借以讥毗陵某某之巨绅，而与本书无甚关系。喜阅小说者，以其名之奇，购阅者甚众。”

实际上，真正贯穿全书的主角是章秋谷，而且分明是作者的缩影，有十分强烈的“自恋”趋向。从另一个角度说，这部小说既然是“板块式”的系列中短篇小说，那么每一个中短篇故事就都有另一个中心人物作为主角。所以，作者在原书第一百二十七回中解释说：

> 虽然康中丞这个人并不是书中的正角色，但是在下的这部小说既然名目叫作《九尾龟》，在下做书的自然也不得不把这位元绪[①]先生姑且当作全书中间的主人翁，好好的演说一番，总算交代过了书中的一个节目。看官们若毕竟要问着在下做书的：这部小说里头哪一个是书中的主人翁？这却连在下做书的自己也不晓得。看官们意中把哪位

---

①元绪：乌龟的别名。出自《太平广记》：吴孙权时，永康有人入山遇一大龟，即逐之。龟便言曰：“游不良时，为君所得。”人甚怪之，载出，欲上吴王。夜泊越里，缆船于大桑树。宵中，树呼龟曰：“劳乎元绪，奚事尔耶？”龟曰：“我被拘絷，方见烹臛。虽尽南山之樵，不能溃（煮烂）我。”树曰：“诸葛元逊（即诸葛恪）博识，必致相苦。令求如我之徒，计从安出？”龟曰：“子明无多辞，祸将及尔。”树寂而止。既至，权命煮之，焚柴百车，龟犹如故。诸葛恪曰：“然以老桑方熟。”献之人乃说龟树共言，权登使伐取，煮龟立烂。今烹龟犹多用桑薪，野人故呼龟为“元绪”也。

当作主人，在下做书的就把哪位算作主人。就是把在下做书的局外人扭进局内去做一个全书的主人翁，也未尝不可。究竟三千大千世界[①]，谁主谁宾？恒河沙数众生，无人无我。在下做书的随口说出，信手拈来，本来没有存着哪个是主、哪个是宾的念头。列位看书的酒罢茶余，消遣世虑，也不必存在哪个是主、哪个是宾的意见。无非姑妄言之、姑妄听之罢了。咳！如今世上的事情，为着办事的人胸中存了个宾主的念头，因此坏事的也不知多少！况且在下这样一部汗牛充栋[②]的小说，洒一腔之涕泪，谁是知音？掬满腹之辛酸，畴[③]能遣此？寓言醒世，俳语成文。东方[④]滑稽之谈，南国烟花之史。知我者怜其沦落，或者方诸[⑤]阮籍[⑥]之穷途；罪我者咋甚疏狂，方且指为灌夫之骂

① 大千世界：佛家的说法。在大海中，以须弥山为中心，四方有四大部洲，即东胜神州、西牛贺洲、南赡部洲、北俱芦洲等，由一日月所照的范围为一世界。一千个四部洲为一个小千世界，一千个小千世界为一个中千世界，一千个中千世界为一个大千世界，属一尊佛陀的教化范围。“三千大千世界”，就是“无穷大”的意思。

② 汗牛充栋：形容藏书非常多，运输时牛累得出汗，存放时可堆至屋顶。出自唐人柳宗元《陆文通墓表》：“其为书，处则充栋宇，出则汗牛马。”——作者用在这里，意思是指自己的书篇幅巨大，但并不太贴切，因为此词一般用来恭维别人的著作或藏书多，而不能用来吹嘘自己。

③ 畴：《尔雅·释诂》：“畴，谁也。”

④ 东方：指东方朔（前154—前93），本姓张，字曼倩，西汉平原郡厌次县（今山东省德州市陵县神头镇）人。西汉时期著名的文学家、辞赋家，是相声演员的祖师爷。汉武帝即位，征四方士人。东方朔上书自荐，诏拜为郎。后任常侍郎、太中大夫等职。他性格诙谐，言词敏捷，滑稽多智，常在武帝前谈笑取乐。他曾言政治得失，陈农战强国之计，但当时的皇帝始终把他当俳优看待，不以重用。东方朔一生著述甚丰，有《答客难》《非有先生论》等名篇，亦有后人假托其名作文。明人张溥汇为《东方太中集》，而《汉书》中有一卷《东方朔传》。

⑤ 方诸：传说中仙人的住所。

⑥ 阮籍（210—263）：三国时魏国诗人。字嗣宗，陈留尉氏（今属河南）人。曾任步兵校尉，世称阮步兵。崇奉老庄之学，政治上则采谨慎避祸的态度。与嵇康、刘伶等七人为友，常集于竹林之下肆意酣畅，世称“竹林七贤”。相传，“大阮”（低音月琴）即为他发明。

座[①]。文章憎命，时运不济。时遭白眼之人，尽有揶揄之鬼。寄闲情于风月，惆怅扬州；惑逝水之华年，凄凉锦瑟。借着那青楼中冶叶狂花的姿态，做一部世界上劝人讽世的清谈。把那些上海滩上以前的四大金刚[②]、以后的十二花神[③]，都一股脑儿收聚起来，做了这一部小说中间的资料，这总也算是现身说法，皆大欢喜。

这样的解释，当然非常勉强，无非是为自己作品的杂乱无章作辩护。我这里引用这一段文字，同时也有展示作者文笔、让读者“先尝一脔”的意思：这种骈四俪六的文风是张春帆的拿手好戏，贯穿了《九尾龟》全书，当年还曾经受到读者的称赞，但是通篇都是这些，看多了也就腻味了。

其次，糟粕的内容比较多。小说写的是清代末年苏州、上海、天津、北京四个大城市中“嫖界”的故事。如果下笔之初就定下一个宗旨：以暴露嫖客、妓女的丑恶面貌、卑鄙心灵为目的，无所顾忌地放笔写去，哪怕连一个“正面人物”也不要，倒是可以写成一部真实反映封建社会底层生活的优秀作品的。但是作者首先要在嫖客中间树立一个“侠客”式的正面人物章秋谷，而且就以作者自己作为原型，于是在许多地方就很难自圆其说了。人，是具有多面性的，作为一个“立体的人”，并不能笼统地说：凡是嫖客、妓女，就没有一个好人。但是作者囿于他的世界观，对于是非善恶的标准，跟今天的人甚至当时的大多数人都不相同。“章秋谷”这个被作者树立起来的嫖客中的“正面人物”，

---

①灌夫骂座：灌夫，西汉人，初以勇武闻名，为人刚直不阿，任侠，好饮酒骂人。与丞相田蚡不和，后因在蚡处使酒骂座，戏侮田蚡，为蚡所劾，以不敬罪族诛。事见《史记·魏其武安侯列传》。后用以指人借酒发泄心中的不满。

②四大金刚：光绪年间，上海妓女张书玉、林黛玉、陆兰芬、金小宝，被称为“四大金刚”。

③十二花神：历代文人墨客玩味和吟咏百花，根据许多趣闻轶事造就出十二个月的花神来。所谓“日日有花开，月月有花神”。十二花神说法众多，有男有女。这里是把当时上海滩上最红的十二个妓女“评”为十二花神。

他的许多作为是并不值得赞许的。特别是小说的后半部分，章秋谷竟从嫖妓发展到勾引不懂事的小姑娘伍小姐，而且手段非常卑鄙下流。这样的故事，《九尾龟》一书中淋漓尽致地详细加以描述，只能认为是“诲淫诲盗”的败笔，违背作者“醒世”的初衷。

关于这个问题，作者自己并不是不知道，他在书中有这样一番解释：

> 在下做书的写到这里，忽然有一位前辈先生来和在下说道：“你这部小说，名叫作‘醒世小说’，自然是唤醒迷途、惊回春梦的意思。那些嫖界里头妓女骗人的事情，只说是唤醒那嫖客，不要安心沉溺、拼命挥金，说说也还罢了。至于这位伍小姐和章秋谷的这件事儿，不过是一件伤风败俗的事情、偷香窃玉的公案，何必也要编在这部小说里头，还讲得这般详细？难道演说这些轧姘头、吊膀子的事情，也算改良风俗的么？你倒把这个道理讲给我听听。”
>
> 在下做书的听了那位老先生这般说法，不慌不忙地对他说道：“老先生不消疑惑，请听在下一言。你老先生责备在下的一番说话虽然说得不差，但可惜没有把这件事儿的始末根由细细地推求一下。你只想一想：这件事儿的原因是从哪里来的？只要伍圭甫（伍小姐的父亲）有些主意，不去和那位舅太太兜兜搭搭，也不至于把一家人口凭空的分作两家。伍圭甫和舅太太没有牵连，章秋谷又哪里走得着这条门路？这叫作水腐而后蠛蠓[①]生，酒酸而后醯鸡[②]集。在下做书的所以把这件事情细细地演说出来，也好叫这班住在上海的大人先生看个样儿。从来欲齐其家，先修其身。先要整束了自家

①蠛蠓：属于双翅目、蠓科的昆虫，俗称“墨蚊”“人咬”。种类繁多，全世界已知的有四千余种，我国仅吸血蠓约有二百种，其中主要有库蠓属、蠛蠓属和细蠓属中的一些种类，除叮咬吸血外，还能传播疾病和作为某些寄生虫的中间宿主。古人认为是水腐后所产生。

②醯鸡：一种极小的飞虫，俗称“酒蝇子”，常常在酒缸上停留飞舞。

的品行，方才可以保得家里没有暧昧的事情。这正是在下做书的劝人为善的意思。……”

这一段话，完全有强词夺理之嫌。伍圭甫娶了个妓女做老婆，又和舅太太通奸，行为固然有失检点，但是绝不能因此就可以得出他的女儿应该受到被人奸污、始乱终弃的惩罚，何况这个小姑娘还只有十七岁！如果这个逻辑能够成立，那么章秋谷到处淫人妻女，又应该得到怎样的报应呢？

三、关于《九尾龟》的主题

作者在书中再三标榜自己的小说为“醒世小说”，自称是“一把辛酸之泪，回首销魂；十年风月之场，现身说法”，其目的是要揭露风月场中尔虞我诈的假情假义、坑蒙拐骗的各种骗局，希望读者看了这部书以后，能够“醒悟”，不要去嫖娼宿妓。所以，作者在第七十九回的开头，有一大段文字专门表明他著书的宗旨：

……从来泡影无常，昙花一瞬，兰因絮果，一切茫茫。金尊檀板，消磨儿女之情；秋月春花，短尽英雄之气。或有五陵豪客，裘马清（轻）狂；湖海词人，风情旖旎；貂裘夜走，株叶朝迎。十年歌舞之场，一万缠头之锦。送客留髡[①]之夜，誓海盟山；酒阑香烬（尽）之宵，飘烟抱雨。这样的风流艳福，自然是见者侧目，闻者倾心。但是上海滩上的倌人，覆雨翻云，朝张暮李，心术既坏，伎俩更多。将就些儿的人入了他的迷魂阵，那里跳得出来？没有一个不是荡产倾家，身败名裂。在下做这部书的本旨，原是要唤醒诸公

① 送客留髡：出自《史记·滑稽列传》淳于髡语：“堂上烛灭，主人留髡而送客。”这里的“髡”，本是淳于髡的自称。但是由于“髡”有“剃发”的含义，而妓女和嫖客分别时常常有要求嫖客留下一绺头发作为纪念的行为，因此后世往往也把这一成语作为“妓女留客”的手腕。

同登觉岸，并不是闲着工夫，形容嫖界。所以在下这部书中，把一班有名的倌人，一个个形容尽致，怎样的把客人当作瘟生[①]，如何的敲客人的竹杠，各人有各人的面目，各人有各人的口风。总而言之，都是哄骗了嫖客的银钱，来供给自家的挥霍。那些千奇百怪的情形，一时也说他不尽，看准了那客人的脾气，便专用那一种的手段去笼络他，定要把这个客人迷得他意乱神昏，敲得他倾囊倒箧，方才罢手。在下这部小说，把他们那牛鬼蛇神的形状，一样一样的曲笔描摹，要叫看官们看了在下的这部书，一个个回头猛省（醒），打破情关，也算是在下著书劝世的一番好意。在下书中的这些说话，虽不免有些过分的地方，却这些事迹，一大半都是真情，并不是在下自家杜撰。……

作者话虽然这么说，但是囿于他的世界观，从认识上就不觉得娼妓的存在是社会的一种罪恶，是罪恶社会的一个方面，而是抱着赞成的态度，用欣赏的目光去理解、去认识娼妓的本质，因此他的所谓“醒世”，实质上就是谴责娼妓不应该欺骗嫖客，应该心甘情愿、服服帖帖地供嫖客玩弄。在这方面，他特意塑造了一个“完美的”娼妓典型陈文仙：她不但长得美丽，性格温柔，心地善良，从不坑害嫖客，而且绝不吃醋。因此，作者也给她安排了一个“最好的”归宿——嫁给书中“最好的”理想人物章秋谷做小老婆，得到了“善终”。而位居“四大金刚”之首的陆兰芬，则因为坑害嫖客而“不得好死”，死后连买棺材的钱都没有。

四、关于《九尾龟》的语言

这可以分为“方言”和“骈俪”两个问题来谈。

张春帆继承了韩邦庆的传统，小说中凡是妓女讲话一律用“苏白”。

①瘟生：吴语方言，近似“傻瓜”或“冤大头”的意思。

作者的意思，是想让妓女的音容笑貌跃然纸上，给读者以强烈的印象，却没有考虑到文学语言的普遍性。吴语方言固然是汉语六大方言或七大方言之一，但就其人口来说，却并没有全国人口的六分之一或七分之一。因为“苏白”也是“土语”的一种，就是在吴语方言区之内，也不是人人都能准确无误地理解的。在全国范围之内，任何一种方言土语，其生命力都没有京城的语言那样强大。尽管京城的语言在当时也是一种方言土语，还没有成为“普通话”，但由于京城是政治、经济、文化的中心，京城的语言被称为“官话”，全国各方言区的人都有学习、使用“官话”的必要，却很少甚至不需要去学习某一种方言。因此，同样是用“北京方言”写成的《红楼梦》，其流传面就比《海上花列传》《九尾龟》之类吴语方言小说要广阔得多。从另一个角度说：即便运用京城语言写作，也要尽量避免使用十分冷僻的、只有京城那二三百万“老北京”才能听得懂的方言土语。

前人评介《九尾龟》，由于一者大都是南方人，通晓吴语，并没有语言障碍；二者当时人大都熟稔八股文章，对于骈四俪六的排偶句子不但不反感，而是持欣赏的态度。例如前文引的《谭瀛室笔记》，就称颂《九尾龟》“用笔以秀丽胜，叙事中，或间以骈语一二联，颇得清圆流利之致”。今天的读者阅读《九尾龟》，不但有许多典故根本不知道，而且审美标准和欣赏习惯也有所不同。对于这种堆砌辞藻的“美”，已经缺乏“美感”了，偶然出现几句还能接受，若连篇累牍地不断重复出现，比如形容一个女子美丽总离不开诸如“樊素之口”“小蛮之腰”①等，那就已经不再是“骈俪之美”，而是作者语言的贫乏了。

---

①“樊素之口”“小蛮之腰”：樊素和小蛮，都是白居易养的歌舞姬。樊素以口小著名，小蛮以腰细著名。

五、关于《九尾龟》的人物形象

对人物的描绘，识者有所谓“写表”与“写里”的说法。“写表”的属于下乘，“写里”的才是上乘。这一论点，1916年忏绮词人在《梼机萃编·序》中就说过：

> 说部中之工于摹写世俗情状者，莫如《儒林外史》。近世仿之者，若《官场现形记》，若《海上花列传》，若《九尾龟》等，亦可谓穷形尽相，无态不搜矣。然所摹写者，仍不外乎具鬼之形状，居鬼之名称者。……若夫能写貌为人而心为鬼、名为人而实为鬼者，则惟施耐庵之《水浒传》、曹雪芹之《红楼梦》而已。施耐庵之写高俅、西门庆；曹雪芹之写薛蟠、贾瑞辈，犹是具鬼之形状、居鬼之名称者。至其写宋江，写吴用；写宝钗，写妙玉，则固明明一完好之人也，而有识者一见而知其为鬼。作者未尝着一贬词，而纸上之声音笑貌，如揭其肺肝，如窥其秘奥，画皮画骨，绘影绘声，神乎其技矣！

这一段文字，虽然不是专为评介《九尾龟》而写，但是客观地说出了对《九尾龟》的评价。例如书中出现了许多妓女，除了陈文仙是作者特意塑造的典型人物，几乎没有丝毫缺点之外，其余的妓女大都差不多：不是奸诈，就是狡猾，见了乡巴佬就想敲竹杠，只有在“嫖界”翘楚章秋谷的面前才显得老老实实、服服帖帖。另外，章秋谷的老母亲这个人物在书中多次出场，作者也多次说明她的“家教严厉”，但是对于自己儿子的狎邪之游明明知道却并不干预，那可就是连“表”也没有写好了。

一部文学作品，从它产生到现在，流传了一两个世纪而不衰，当然有它成功的内在原因，绝不是那些靠行政命令强迫人家购买的“雄文”所能比拟的。《九尾龟》最大的特点之一是社会描写的现实性。全书出版于1908年前后，所写的内容，都是1903年至1906年之间的故事，而且所写人物，不论是妓女嫖客还是达官贵人，大都有真实原型作为依据。上海名妓中的“四大金刚”如林黛玉、张书玉等，不但实有其人其事，而且居然还直书其名，故事也大体上与事实接近。大人物如李鸿章，有时候直书其名，有时候则变通一下写作洪理章，即便不是“明眼人”也是一看就可以知道那是谁。因此，从社会学的角度去认识，这部作品对于今天的读者了解当时那个社会的一角，就有其特殊的意义了。

《姑妄言》是一部湮没近三百年的奇书

一、奇书的湮没和发现

《姑妄言》是一部描写明代万历至清初顺治年间各阶层人民生活，特别是南京秦淮河畔下层都市生活的章回体通俗小说。

直到20世纪末，在中国大陆知道明清小说“名著”中有这样一本书的人尚且不多，能够看到这部小说“原貌”的人就更是少之又少了。

查《中国通俗小说总目提要》（江苏省社会科学院明清小说研究中心、江苏省社会科学院文学研究所合编，中国文联出版公司，1991年9月），在《姑妄言》条目下面只有如下寥寥数语：

> 姑妄言，残，未见。
>
> 不知撰人。
>
> 清初素纸精写本。半页九行，行二十五字，残存四十回至四十二回，四十二回残两叶。［周越然[①]旧藏］又，上海优生学会铅印本。首邓序及周越然序，言此书之源流。（见周越然《孤本小说十种》，《大众》第二号）。

---

①周越然（1885—1962）：我国著名藏书家。其收藏的书极杂，以小说和词话为主，因此他的书房叫作“言言斋”。周氏自学成才，20世纪30年代曾任上海商务印书馆编译所英文科科长。

从以上介绍，可知《中国通俗小说总目提要》编者只见过周越然先生《孤本小说十种》一文的介绍，不但没见过残本，连民国期间的铅印本也没见过。因此，既没写内容提要，也没列出目录，连作者是谁也不知道，只能写上“不知撰人”。上海优生学会的铅印本既然有周越然先生写的序，估计就是他所藏的三回残本而并非全书。至于写作时间定为“清初”，根据可能就是“言此书之源流”的周越然先生的序言。

20世纪80年代末，有人从莫斯科列宁图书馆（现俄罗斯国家图书馆）发现一部相当完整的版本（只漫漶蛀蚀了极少几百个字，而且主要是点评部分），并复印了一部传回中国来。从此，此书在国内辗转复印（以下简称复印本），在文化界小范围内流传。1998年，由于我曾经在宝文堂书店主持中国古典小说普及版的编辑工作，有人持此复印本找我，目的是想找一家出版社正式出版。我所见到的，就是这个复印本的再复印本。至于最早的复印本来自何处，说法不一，有说是来自苏州，有说是来自上海，也有说是来自台湾。我们并不打算追查来源，对于是谁第一个复印又是谁第一个“引进国内来”的问题，没有必要也没有办法一步步进行溯源考证了。

原本为毛笔正楷手抄本，每面八行，每行二十四字，但是其中间或也有部分是用行书抄录的，每行字数间或也有超过二十四字的，而且书中错别字比较多，看样子不像是专业的抄写人员所誊录（清代坊间有专门为人抄书的职业抄书匠，用恭楷誊录，每面的字数规格前后划一，估计是用“引格”缮写的），而是几个文人出于兴趣自己抄写。除回目另起一行之外，正文既不分段，也无标点。每一回书都有正副两个回目。例如第二回正题是“钱贵姐遭庸医失明，竹思宽逢老鸨得偶”，副题是“铁化有心弄人，火氏无聊戏狗”，实际上就是两回书，只是用两个回目强安在一回书里罢了。回目的字数大都不一样。例如第五回的正题是“谄胁小人承衣钵为衣食计，膏粱公子仗富势觅富贵交”，副题是“再来和尚烝继母私父妾，现报娇妻偷僧人淫侄男”。在中国所有的章回小说中，似乎还没有见过一部小说是用这种“双回目”方式写作的。

我见到这个复印本之后，发现这个版本与《中国通俗小说总目提要》中所介绍的有几个明显不同之处。

首先，《中国通俗小说总目提要》所介绍的手抄本是残存的四十回至四十二回，而复印本则全书拢共只有二十四回（是全书，不是残本），每回约四五万字，全书共百余万字。因为《中国通俗小说总目提要》中未列出残本的回目，无法比较。由此我有这样的怀疑：此书另一个版本是四十八回；或者这个版本就是四十八回本分成二十四卷，而把两回书合在一卷中，把回目也放在一回书的前面。于是就成了现在这个样子。

其次，书前有作者三韩曹去晶写的《自序》一篇和《曹去晶自评》一篇，似乎作者为“三韩曹去晶”应该是没有什么问题的。但是接着还有一篇《林钝翁总评》，从《总评》中却又可以引申出“作者究竟是谁”这样一个问题来。

二、《姑妄言》的作者是谁?

《总评》第一句话就说：“予与曹子去晶，虽曰异姓，实同一体。自襁褓至壮迄老，如影之随形，无呼吸之间相离，生则同生，死则同死之友也。”

从这句话看来，似乎在告诉人们：《姑妄言》一书是一个叫作“曹去晶”的人著的。这个曹去晶，与写总评的林钝翁竟是“虽曰异姓，实同一体。自襁褓至壮迄老，如影之随形，无呼吸之间相离，生则同生，死则同死”的。

从表面上看来，林钝翁既然这样言之凿凿，应该相信他才是。但是正因为他的话说得太过火了，反而令人无法相信他说的是真话，倒要考虑考虑是不是“实有此事”还是“言过其实”了。

正因为如此，我怀疑这个评者林钝翁就是作者曹去晶本人。只有这样，二人才能“虽曰异姓，实同一体”，而异姓是虚，同体是实。

再说，中国人取名字，多少总得有些讲究才是。“曹去晶”这三个字，似乎不像是真名实姓，倒像是“糙去精”的谐音。有没有这种可能：曹去晶，就是林钝翁的笔名呢？

作者署名“三韩曹去晶”，“三韩”应该是其籍贯。我国历史上一般以“三韩”作为“朝鲜”的代称，而在县以上的地名中并没有“三韩”，只有辽东古代曾经称为“三韩”，但那只是别称，不能作为籍贯使用。因此，我认为作者在自己的署名中故意写上“三韩”二字，很有可能是故弄玄虚，或表示自己是外国人，或让人家找不到作者是谁。因为清代的“文字狱”很厉害，特别是写明末清初的历史或小说，稍有差错，不是一个人的死活问题，而是要株连九族的。因此，作者从安全出发，在作者署名和写作时代上故弄玄虚，故布迷雾，不但可能，而且必要。

从《总评》最后的署名看，他自称“古营州钝翁”，而“钝翁”当然不是正名，最多不过是个别号，还是晚年的别号，就像书法金石家邓散木先生晚年自号“邓粪翁”一样。古营州即古龙城，也就是今天的辽宁省朝阳市。朝阳市在辽西而不在辽东。因此，他不称自己是“三韩”人，而称是“古营州”人。不管作者、评者是一人抑或两人，似乎可以这样设想：两个人的祖籍都是辽宁，而从小在南京长大。

因为从《姑妄言》的内容看，作者对南京的人文历史地理非常熟悉，即便他不是南京本籍人，至少也是久居南京的“客籍人”。再从所用语言看，书中人名的谐音，有用南京方言的，例如“牧福”谐音“没福”（北方方言“牧”与“没”不同音）；也有用北方方言的，例如“宦萼”是谐音“因宦而恶”（南京方言“萼”与“恶”却不同音）。此外，书中有许多词语，用的是当时通用的民族文学语言，而不是南京方言或北方方言。例如“端的”就是明清小说中通用的文学语言，不是当时南京人的口语。当然，当时的写书人并没有“文学语言规范化”的概念，除了随心所欲地运用一些方言土语之外，主要运用的是传统的“通行白话小说语言”。因此，想从语言的使用上来证明《姑妄言》一书为北方人所写或反证不是北方人所写都不大可能，至少是不科学的。

三、《姑妄言》写作的时间

作者的自序，末尾表明写序的日期为“雍正庚戌中元之次日”，即雍正八年（1730）农历七月十六。

自序有写于全稿杀青之后的，也有写于动笔创作之前的。因此，即便相信这个日期不是伪造，也无法判断这是作者开始写作的时间还是完稿的时间。

但是林钝翁的《总评》中有“曹子偶以所著之《姑妄言》示予”这样的话，据此可以得出三个结论：一、林钝翁写《总评》的时候，《姑妄言》应该已经写成或接近写成了，而《总评》的末行又分明写着“庚戌中元后一日古营州钝翁书”，即写总评的时间与作者写《自序》的时间为同一天（这种情况也比较少见，除非写《自序》和写《总评》为同一个人），因此可以认定此书的写作年代应该在清雍正八年以前。二、林、曹二人既然是“如影之随形”，则应该是曹去晶从构思这部小说到动笔直到完成，林钝翁都是参与其事或熟知此事的，不可能是完稿以后再“偶然地”拿给他看。仅此一条，也可以反证林钝翁与曹去晶的关系并不是“如影随形”那么密切。三、写序和写评的时候，作者和评者都已经进入老年了（自襁褓至壮迄老）。

此外，《总评》中的纪年似乎也有漏洞。中国人用干支纪年，已经有两三千年的历史。干支不像数字，可以任意递增，而是每六十年一循环。因此用干支纪年有一个大前提，即必须在干支的前面加上皇帝的年号。例如“崇祯甲申”，指的是明代崇祯朝十七年。如果在干支的前面不加年号，就无法确定具体的年代了。由于历代年号有相同的，因此最正确的纪年还应该加上朝代。林钝翁作为习惯于用干支纪年的当时人，按理说不应该有这样的疏忽。《姑妄言》书中写了清兵入关以后的故事，还有“我大清朝”字样，则此稿写于清代自可不必怀疑，但是有清一代共二百多年历史，单是庚戌年，就有顺治九年（1670）、雍正八年（1730）、乾隆五十五年（1790）、道光三十年（1850）、宣统二年（1910）五个年代。如果没有作者的自序，只有总评的后面写有干支纪年，又没有林钝翁的生年卒月作为佐证，后人根据什么把《姑妄言》一稿的写作年代确定在雍正八年呢？何况雍正年间正是“文字狱”十分猖獗的时候，叙述明代历史的人动辄得咎，尽管《姑妄言》一书对清兵和清政府着墨不多，但是此书中强烈的正统意识不是表现在字里行间而是直接抒发，这在雍正年间绝对是十分敏感甚至是大逆不道的，为何曹子去晶胆大如斗，敢于以身试法，不惧灭族之祸呢？

四、《姑妄言》是一部瑕瑜互见的书

通读了这部百万字的巨著，发现这是一部瑕瑜互见的书。作者知识丰富，文笔华丽，文字与历史造诣颇深，很可能还游历了许多地方，而且具有强烈的正义感和正统思想，对下层社会中被压迫、被剥削的苦难者充满了同情心。但是《姑妄言》的作者是个“风流才子”，不仅所讲的故事极大部分都是男女房帏之间的“私情”，而且一讲到这种私情语言就特别粗俗，明明可以用很文雅的话说明的事情，到了他的笔下就非要用“脏话”说出来不可。

例如，书中第二回说到老鸨子郝氏要给自己的女儿钱贵找主儿梳拢，文中说：“有他相交一个贴皮贴肉的厚友，叫作竹思宽，托他替女儿招揽个好主顾来。若得一注大财，不但重重相谢，还许他脐下那一品老淡菜常常到口，概不取利。”此段文字行文固然流畅，但是“语涉狎邪”，总不像老诚人口气。书中像这样的语言，简直通篇皆是。

不论是作者还是评者，都再三说明这部书是劝戒荒淫之作，同时也是劝戒赌、戒酒之作（当时鸦片刚刚传进中国来不久，还没有泛滥肆虐，不然，很可能还要增加戒烟的内容）。从常理上说，既然是力劝痴迷者戒去某一种不良嗜好或行为，就应该一针见血地指出这种嗜好的危害性才是道理。作者书中的确写了好几个嗜赌者和嗜酒者，但是第一没有或很少有淋漓尽致的详尽描写，第二没有着力刻画赌徒赢钱时的心满意足、酒鬼醺醉时的飘飘欲仙，着墨最多的倒是输钱以后的走投无路和醉酒以后的浑浑噩噩，而且眼前就得到了报应。因此说它多少起了一些劝诫的作用，还是有些道理的。独有写到一个“淫”字，立刻就津津乐道起来，而且细致入微地一一细写，这就不像是戒淫之作，倒更加像是诲淫之作了。而对于“淫”字的报应，则大都借助于“天理昭彰”，即是上天的惩罚，不是人间法律与道义的不许。这就不免显得苍白而无力，也可以说，这种偏向正是中国性文学的通病。再者，书中关于性行为的描写，不但是赤裸裸的，而且写得极不符合人性，不论男女，几乎个个都是色情狂或性变态者。很可能，这就是此书成稿二百多年来一直未能得以刊行的主要原因。

《姑妄言》虽然是一部长篇小说，但是结构比较松散，缺少一个贯穿全书的中心故事，而是用甲出场提到乙，再从乙的故事中提到丙。每一个人物出场，都要从他的祖宗上代开始讲起，详细交代这一家人家的兴衰起落，而其中不能缺少的主要一笔，就是突出这家人家性关系紊乱的“风流韵事”。这种结构，倒有点儿像《儒林外史》，属于“短篇小说连缀”性质，而以瞽妓钱贵作为牵线的中心人物，通过她把一个个人物引出来粉墨登场，然后淋漓尽致地表演。

此外，书中的因果报应说得也实在太多了些。特别是第一回，几乎把全书中所有人物的“前生”是谁以及为什么要再度托生为人为狗等都作了交代。这样的开场，在中国的传统小说中虽然很多，甚至连中国古典文学的“里程碑”《红楼梦》也不能免俗。但在《红楼梦》中至少那是一个若虚若幻的奇异梦境，也是一段难能可贵的优美文字，而在《姑妄言》中则不但故事毫无必要，而且文笔极为粗俗，开宗明义就告诉读者这是一部专写男女房帏之事的“淫书”，掩盖甚至失去了作品本身具有的文学性和积极性。

详尽的性行为描写，是《姑妄言》的主要特色。除了以性关系混乱为中心的性描写之外，逆伦也是《姑妄言》一书中所津津乐道的内容之一。最典型的例子莫过于对姚泽民的描写。乱伦，则突出表现在奸贼阮大铖的一家中。

在封建社会中，由于买卖婚姻所导致的畸形婚姻关系，特别是所谓“红颜配白发”的婚姻所产生的“闺怨”，再因此而引起的逆伦现象，本来就是封建社会的丑态和悲剧，古今中外描写这一丑恶现象的文学戏剧作品多得不可胜数。如果从反抗封建婚姻这个基调出发，描写由“闺怨”所引起的逆伦或乱伦，作品还是有其一定的深度和积极意义的。但是《姑妄言》的作者不是从封建婚姻的痛苦基调出发，而是从调侃甚至欣赏的基调出发，用了几万字的篇幅对每一个逆伦行为都作了极为详尽的有声有色的描写。因此，即便以“性文学”的眼光来观察，《姑妄言》也不是一部此中的上乘之作。

作者是个生活在异族强权统治下的清代人，出于他的阶级本性和民族意识，对于明皇室具有强烈的正统观念。尽管他也知道明代的皇帝除了开国的洪武和末代的崇祯之外个个荒淫而无能，何况洪武出身市井，性格奸诈，屠杀功臣心狠手辣，崇祯也刚愎自用而不能容人，但是书中所写的“忠君”思想不但随处可见，而且全书的末后竟然到了痴迷的程度，除了钟生几乎因亡国而“殉主”之外，还写了许多忠君的典型人物。关于这一点，由于历史时代的主导思想和作者的阶级出身及思想教育的局限性，今天的读者绝不能求全责备，更不能用今天的认识水平去要求和批判二三百年前的小说作者。

五、关于《姑妄言》的阶级偏见

历史是客观存在的，讲历史只能“纯客观”，绝不能带有任何偏见，特别是阶级偏见。封建时代的“史家”，从统治阶级的立场观点和利益出发，对所有敢于拿起武器反抗朝廷的，一律目之为“反贼”。因此“造反派”肯定都是奸淫掳掠、无恶不作、杀人不眨眼的魔君，主流绝对是坏的，好人只是个别现象。于是在这些史家的笔下，李自成就被丑化了。反之，当代有许多“无产阶级历史学家”，带着满腔热忱的“阶级感情”去看待历史、分析历史，因此凡是“造反派”，其主流必然都是革命的、进步的，坏人只是个别现象。于是在这些史家的笔下，李自成又被美化了。

其实，在那个历史条件下，李自成不过是一个流寇而已，绝不可能是“仁义之师”。作为一个立体的人，他有好的一面，也有恶的一面。退一万步说，即便李自成本人具有“仁义之心”，或者因为想要得到天下，在“军师”们的感化和劝说之下，也想借“仁义”以收买民心（如李信提倡的“迎闯王，不纳粮”口号），但那只能是暂时的、表面的，一旦客观环境变了（例如进入北京后的四十天），就会原形毕露。特别是他的部下，在那个历史时代的背景之下，大都是由饥民聚啸而成，也很难成为“仁义之师”。封建卫道士只看见他的恶而不惜造谣诬蔑，“无产阶级历史学家”只看见他的好而不惜谀言溢美，都不全面，都是出于“阶级偏见”，这在正确的历史观中都是有害而无益的。

因此，在《姑妄言》一书中，作者站在正统的立场上来写李自成，斥其为贼，只言其恶而不言其好，是必然的，也是不足为怪的。

同样道理，在异族入侵和征服异族这个主题上，中国的历史学家和文学家就各说各有理，颇有点儿令读者无所适从。

历史上，最早的黄帝与蚩尤之战，实际上就是民族与民族之间的战争。羌人和胡人统治中国的时候，民族矛盾还比较缓和，到了蒙古人和满人统治中国的时候，民族矛盾其实是相当尖锐、相当突出的。满人入关，不但杀了许多不肯臣服的官员和不肯垂辫的老百姓，而且康熙、乾隆时代还发起过多次对“回疆”的征服。

这也就是文学界争论不休的“杨延辉是不是汉奸”“《四郎探母》能不能唱”的问题所在。

对《姑妄言》作者来说，他的心目中当然认定清兵入关是“异族入主中原”，但是在清代那个对反清人士采取强力镇压的历史时代，他的作品中是不可能涉及这样的文字和主题的。在《姑妄言》的后几回书中，强烈突出对明室的怀念情绪，就已经是十二分的冒险了。

除了内容，《姑妄言》全书的结构也比较松散，文字风格前后很不一致。大部分文字是明清小说通用的半白话，即在白话中稍有一些文言成分，仅在文人相会的对话中用一些“文词儿”。但在侯捷奉旨去四川云贵购买马匹的一回书中，特别是描述沿途风光的那篇游记性文字则全部用文言，而且内容也游离于主题之外，给人的感觉好像这一篇文字不是作者自己写的而是别人的作品，是作者不加改动全文抄进自己的书中来一般。

因此，我认为像《姑妄言》这样的作品，之所以在有清一代及民国年间都没有得到公开出版的机会，因为它的确在一个“淫”字上超过了《金瓶梅》《肉蒲团》和《野叟曝言》。

六、《姑妄言》无所不包的性描写

中国的性文学，以描写性行为的赤裸裸和淋漓尽致而言，当首推《金瓶梅》，其次才是《灯草和尚》《野叟曝言》和《肉蒲团》之类。《金瓶梅》和《灯草和尚》成稿于明末，《野叟曝言》成稿于清乾隆年间，《肉蒲团》成稿于清顺治年间。《姑妄言》正文中提到过《灯草和尚》，点评中提到过《金瓶梅》，可见他们是看到过这两部书的。而《姑妄言》的作者也有可能见过《肉蒲团》，却不可能见过后出的《野叟曝言》（如果锁定《姑妄言》的写作年代为雍正八年以前的话）。从《姑妄言》一书的内容看，关于性行为的描写以及下层社会人物生活的描写，似乎受《金瓶梅》和《灯草和尚》的影响都比较大，但是《姑妄言》和《灯草和尚》这两部书都没有超越《金瓶梅》的水平，很可能这也是《姑妄言》稿成之后二百多年无人刊印的原因。

中国性文学的几部代表作，如《金瓶梅》《肉蒲团》《野叟曝言》等所写的性关系，基本上都是“正常的”男女交欢，只不过突出描写了“纵欲”和“性变态”而已；而《姑妄言》所描写的，则可以说凡是与性有关的各种现象，包括正常的与不正常的，几乎无所不包。

《姑妄言》一书中，除了描写与妻妾婢媵的“正常”交媾之外，还涉及强奸、轮奸、群奸等诸多形式，单是逆伦就写了不下五六种关系。在这一点上，《姑妄言》可以说的确是“集性文学之大成者也”了。

告子所说的“食色性也”，孔老夫子说的“饮食男女，人之大欲存焉”，指的就是食欲和性欲，都是先天的，都属于兽性的范畴。人的天性也和所有野兽一样，即便不是“凶恶”，至少都是自私的。因此，我同意荀子说的“人之初，性本恶”，而不同意《三字经》开篇所说的“人之初，性本善”。如果把一个初生的婴儿放在虎狼群中长大，这个外形像人的东西就只具有虎狼之性而绝没有人性。凡是属于“人性”范畴中的性格修养、认识见解、动作行为、道德礼貌等，都是后天的东西，都是“人类文明”的产物，都是学而知之，绝不是“与生俱来”的。

但是“人性”并没有一个共同的标准。人类文明经历了好几千年，从纵的方面看，社会的发展有快有慢，同一个历史时期，各地的文明程度并不相同。从横的方面看，以包括社会的风俗传统、生活习惯、政治制度等在内的整个体系而言之，教育程度有深有浅，教育的普及面有宽有窄，教育的内容有好有坏，因此在同一个国家同一个地区，“人性”也是各不相同的。这就是人分善恶的根本原因，而且善恶好坏的标准也因历史和地区的不同而有所不同。

性，是一种动物的本能，从有禽兽昆虫、有人类的那一天开始就存在。自从人类从母系社会过渡到父系社会，特别是到了人类出现阶级之后，女性逐渐依附于男性，失去了择偶的主动性，而在男性之间，原来的体魄竞争变成了权势和财力的竞争，于是人类的婚配走向了性别之间、阶层之间的种种不平等。

在中国，封建社会制度基本趋于稳定之后，婚配制度基本上也趋于稳定。第一，女人基本上没有自己的择偶权，必须听凭长辈的选择与安排。第二，女人基本上从属于男人，变成了操持家务、生儿育女并供男人发泄性欲的工具。不论在社会上、在家庭中，女性的地位都比同阶层的男性低下，哪怕当了后妃，也不例外（除了像武则天那样的女皇帝）。

不过，封建社会也有其固有的道德标准，尽管家里有专属的妻妾婢媵，家外有公用的娼妓歌女，但是具体到性行为，则绝对是隐蔽的，只能在“房帏之中”进行，不但不允许当着第三者公开地交媾，而且还不能“形诸言语笔墨”，更不能“与外人道焉”。这就是当时人们所谓的

“上床夫妻，下床君子”。宋代的士大夫，与小妾交媾之前，甚至还要假道学地说一声“若非为子嗣计，不为也”这样的瞎话。

中国明代以前没有出现经典的性文学，就与这种封建社会固有的道德标准和假道学有关。

比较起来，中国真正主张“性解放”的是帝王。太早以前的记载，诸如纣王的“酒池肉林”，隋炀帝的“逍遥楼”，甚至唐代武则天的男宠和宋代山阴公主的面首，都可以理解为“开国明君”对“末代皇帝”的诬蔑或男性史官对女性权贵的偏见与不满，可靠性是要大打折扣的。但是明清时代的帝王们当着太监、宫女的面交媾，则见诸多种记录，绝不是后人凭空捏造、面壁虚构的。

明朝的皇帝，听信道士们的胡说，相信什么“肉灶炼丹”可以求得长生不老，大选美女，日夜采战，宫廷里面的淫乱比妓院有过之而无不及。风气所及，官宦人家甚至民间的富户也广置姬妾，日夜宣淫。那时候的方士和医生都热衷于研究春药，希望敬献给皇上可以升官，高价卖给富豪可以发财。从宫廷到民间，不但在房帏之中荒淫成风，而且在大庭广众之下高谈阔论，大讲“采战之术”，不以为耻，反以为荣。甚至茶坊酒肆中说书先生所说的“大书”，也有相当部分是赤裸裸地描述如何交媾的。这就是为什么在明代后期，以《金瓶梅》《灯草和尚》为代表的中国的性文学，开始产生并逐渐成熟的原因。

七、《姑妄言》是淫书还是性文学

性文学自然以性为主题，以各种错综复杂的性关系贯穿全书。但是有关性的内涵，古今中外不同阶层的人则有不同的认识与表现。性的最高境界应该是和谐，是男女双方心灵与肉体感官上的共同满足。要达到这样的境界，其前提是男女双方地位上的平等，至少是心灵上的平等。描绘这种境界，从内容到文字，都应该是很优美的，像诗甚至比诗更动人。

但是中国封建社会中的性关系，男女之间极不平等。除了少数“叛逆”敢于冲破封建的桎梏勇于寻求这种平等与和谐之外，多数情况下女性总是处于从属的、被动的地位，甚至是被奴役被压迫的地位。在这样的关系之下，女性要想在性关系中寻求心灵与肉体上的和谐美，怎么可能呢？

在封建社会中，由于男女的地位不平等，从属于这个关系的性概念，也是畸形的，不正常的。首先，多数男性认为性行为的目的只是为了满足男方的性需求，其中根本不考虑女方的性满足。其次，把男性的“雄风”视为性的最高境界，以征服了多少个女性和怎么使女性“臣服”为胜利与成功的标的。在这种思想基础上，于是就产生了以男性为中心的虐待狂或准虐待狂，而这种畸形心理往往表现在嫖妓上。

封建社会中的这种性心理状态，反映到中国的性文学中来的就是畸形地描写男性如何征服并虐待女性。不论是《金瓶梅》还是《肉蒲团》，都有很详细的这方面的描写。

在《姑妄言》一书中，从“淫”字出发，并不单单集中在男性的性满足上，其中写到了许多个女性为了求得自身的性满足而有了越轨偷情的行为。不以男性的性满足为描述中心，似乎正是《姑妄言》一书的特点之一，这也是《姑妄言》一书超越于前人性文学的进步之处。

在我国的性文学中，几乎无一例外地主要描写的是性爱。如果主要写的是情爱，那就是“言情小说”而非“性文学”了。

男女之间，可以只有性爱而没有情爱，但极少只有情爱而没有性爱的。即便在外国，“柏拉图主义者”数量也很少。《姑妄言》中作为正面人物歌颂的典型人物钟情，两次去嫖妓，虽然情爱之态溢于言表，但是最终还是要和瞽妓钱贵睡到了一张床上去。《红楼梦》中的贾宝玉，是擅于情爱的典型。但也不尽然，而最典型的例子莫如《西厢记》中的张生，他也算是个才子，但是在王实甫的笔下，他更像个色情狂。红娘把莺莺带到西厢，他把红娘推出门外，把门儿关了，居然连软语温存都没有就把莺莺抱到床上去“颠鸾倒凤百事有”了。因此《姑妄言》一书中少写情爱、多写性爱，在那个历史条件下并不足为奇。

当然，任何一部性文学都不可能仅仅描写性行为。人是社会动物，任何一个人都有他在社会中的地位。于是人与人之间的关系，哪怕是性的关系，也不可避免地要牵涉到个人所处的社会地位和方方面面的关系。

因此，如果一部性文学能够客观如实地反映当时的社会面貌，这部作品仍不失为成功的作品，如《金瓶梅》；反之，如果小说中所宣扬的都是封建道德，则这部作品就没有什么可取之处了。

《姑妄言》的作者生活在清初，距离明末那个性关系畸形混乱的社会时间不远，他即便不熟悉那种生活，至少听也听得多了。何况从他书中所写来分析，他对秦淮河下层社会包括娼家妓院和赌场酒肆非常熟悉，很可能他本人就是个中老手甚至是个色情狂患者，因此他描写起明代人的荒淫生活来，要准确得多，也真实得多。——曹雪芹如果不是宦门公子，不可能写出《红楼梦》；韩邦庆如果不是个老嫖客，就不可能写出《海上花列传》，这是不争的事实，也是常识。那么同理，如果曹去晶本人不是一个性变态者，他就不可能写出《姑妄言》来。单靠道听途说，是无法达到书中所写的那个深度的。

此外，作者对于官府豪强鱼肉百姓、蹂躏妇女的基本态度是反对与暴露。尽管他下笔的时候赞赏的语句与心态十分明显，鞭挞与谴责得并不十分有力，但是其基调应该说还是积极的，是同情与支持被压迫被凌辱者的。

不可否认，《姑妄言》的作者对南京的人文地理和下层社会特别是秦淮河风月场的情况是相当熟悉的，不是曾经亲历其境的“过来人”，不可能了解得这样深。在他的笔下，虽然“三句话离不开狎邪”，但是对于官绅强梁以及放高利贷者的暴露与描写，的确相当深刻。例如书中第二回对于竹清夫妇的重利盘剥、刻薄起家，不但淋漓尽致，甚至已经达到了漫画化的程度。——特别说明一下，书中有许多故事都可以从《徐文长故事集》中找到，但究竟是作者参考了《徐文长故事集》，还是在《徐文长故事集》成书之前作者参考了有关徐文长的民间故事（《徐文长故事集》是在民间故事的基础上整理成书的，故事与徐文长的生平根本不相符)，还有待进一步考证。

附：

吴越按：2001年5月12日，我在书摊上看见一套台湾版的《姑妄言(全本)》。全书六册，除扉页题“张文思点校”之外，封面上既没有出版单位地点，封底也没有定价，只在第六册的最后一页标明是台北联经出版事业公司出版，有地址及电话号码，无出版日期，定价为新台币2288元。内文用四号字直排印刷，但用的却是简化汉字。稍一翻阅，不但印刷质量十分粗糙，而且错别字之多，达到了惊人的地步。据此可以推知，这是大陆重排的盗版书。好在所错的字，根据上下文大都一眼即可看出，勉强还能“卒读”。尽管我也反对购买盗版书，但在无法买到原版而又急需此书的前提下，当即购买了一部。

此书是号称无删节的全文版(文中的夹批夹注则全部删去)，漫漶蛀蚀的文字用〇代替；从《出版前言》中，还知道台湾明镜出版社在此之前就出版过一部“全文版”，只是没有用〇注明漫漶蛀蚀的文字而已。文前还有《出版说明》一篇，未注明作者和写作日期，估计当是点校者张文思先生所作，文中颇有可参考之处。

又：《姑妄言》一书，仅就我所见到的，中国大陆现在已经有了三个公开出版的版本。最早的，是1999年1月中国文联出版公司版，平装上、中、下三册，印5000本。此书《前言》中说：“《姑妄言》发现于沪上，沉睡于藏书世家近百年。最近由许辛教授加以点校，成为一本可阅读的白话简体字版本。……编辑人员对《姑妄言》一书的某些不当描写做了必要的删节……”说明这样几个问题：一、版本来自“沪上藏书家”，不是直接来自莫斯科，或间接来自台湾，但读书界、出版界却都不知道此书有一个“沪上藏本”。二、这个版本是经过许辛教授点校以后成为“白话简体字本”的，倒好像原本是文言文似的。三、不是原本，是经过编辑删节的“洁本”。原著一百万字，删节后剩下九十二万二千字，删去约八万字。仍保留“双回目”二十四回，但分为“主题”和“附题”。

其次，是2000年1月的中国戏剧出版社版。这个版本不是单行本，而是“中国言情小说精选丛书”中的一部。整套丛书，包括《九尾龟》两册，《姑妄言》两册，《野叟曝言》三册，《醒世姻缘传》两册，共九册，精装一函，印1000套。封面是统一的，只在书脊上标明不同的书名。这套丛书，基本上都是“性文学”，标榜的是“足本珍藏版”。此书仍保留“双回目”二十四回，但实际上都有删节。（其中《醒世姻缘传》是我最后终审定稿的。）

最晚出的，是2006年1月上海古籍出版社出版，平装一册，印10 000本。

此书虽然在封面上标明是由司徒博文先生用现代汉语改写的“古典珍藏本”，其实就是我所改写这个《秦淮风月》版的盗印本，所有回目和正文的文字基本上没动，只是盗印者把前面的“导读”和正文中的注释全删除了。这个司徒博文，当然是个子虚乌有先生。如果我写信到上海古籍出版社去查询，估计他们一定会说：这是盗版书，我们也不知道盗版者是谁。令人感慨的是：我这套丛书，策划了几十年，没有一家出版社敢于接受，却被别具“慧眼”的盗版书商一眼看中。加上《海上花列传》，已经有两种盗印版了，悲夫！

“三言二拍”精选版《今古奇观》

一、我国短篇小说的形成

中国古代没有长篇小说。白话短篇小说，在唐宋元时代，主要也是作为艺人“说书”的底本，所以也称为“话本”，虽然很早就在民间流传，但是主要目的不是供人阅读。到了元末，以施耐庵为代表的一些文人，对代代相传的话本进行编辑、加工，并模拟话本进行“拟话本”的长篇小说写作，从而出现了中国文学史上第一部“供阅读”的白话长篇小说《水浒传》。可惜此书在元代没有出版的机会，直到明代嘉靖年间，也就是作者死后的二百年，方才首次印刷出版。这以后，小说的创作出现了一个历史性的高潮，不但有人写长篇的，而且也有人写短篇的。通过书商的大量刊印、发行，使白话小说在明清两代社会各阶层，特别是中下层群众中起了不小的影响。长篇小说中，成就最大的是“中国古典小说四大文学名著”；短篇小说中，成就最大的就是“三言”和“二拍”这两个白话短篇小说集。

“三言”是明代人冯梦龙（1574—1646）搜集、编辑、加工、改写、创作的三部短篇小说集:《喻世明言》《警世通言》《醒世恒言》。每部四十篇，共一百二十篇。因为书名中都有一个“言”字，所以统称“三言”。“二拍”的编撰者是明代人凌濛初（1580—1644）。他是冯梦龙的同时代人，比冯梦龙小六岁，却早于冯梦龙两年离开人世。在“三言”的直接影响下，他也搜集、整理、编写、创作了两部短篇小说集:《初刻拍案惊奇》和《二刻拍案惊奇》。每部也是四十篇，共八十篇（“二刻”中有一篇不是小说，有一篇和“初刻”重复，所以实际上总数是七十八篇）。“二拍”也是因为两部书名中都有一个“拍”字而得名。一般认为，冯梦龙以整理编写、翻译古文为主，自己创作为辅；而凌濛初则以创作为主，整理编写为辅。

冯梦龙，字犹龙，别署龙子犹、顾曲散人、墨憨斋主人等，长洲（今江苏吴县）人，是明代著名的文学家和戏剧家。曾任福建寿宁县知县。他是个具有民族气节的爱国者，虽然是个文人，清兵渡江的时候，也曾经奋起参加抗清活动，后来死于故乡。他的思想受到市民意识的影响，重视小说、戏曲和民间文艺。一生除了编辑“三言”之外，还编有时调集《挂枝儿》《山歌》，散曲集《太霞新奏》，笔记《古今谈概》，并改写小说《平妖传》《新列国志》等。戏曲创作有传奇剧本《双雄记》，并修改汤显祖、李玉、袁于伶等人的作品多种，合称《墨憨斋定本传奇》。

凌濛初，明代文学家，字玄房，号初成，别号即空观主人，浙江乌程（今吴兴）人，副贡生。崇祯初年任上海县丞，官至徐州通判。从居民的安定出发，他反对李自成农民起义军的烧杀抢掠，实际造成百姓颠沛流离、民不聊生的乱世局面，也认识到所谓的农民起义最终不过是改朝换代而已，对国家、社会、百姓并没有什么好处，因此曾向朝廷献《剿寇十策》。后来被起义军所困，忧愤中呕血而死。除了编辑有短篇小说集“二拍”之外，还编有《南音三籁》，作有《国门集》及杂剧剧本《虬髯翁》《北红拂》等。

从文字水平和编辑水平看，凌濛初的成就略次于冯梦龙。

“三言二拍”通过动人的爱情故事，描写青年男女追求幸福生活的愿望，抨击封建婚姻制度对青年的迫害，表现了新兴市民阶层的爱情观点。代表作有《蒋兴哥重会珍珠衫》《卖油郎独占花魁女》《金玉奴棒打薄情郎》《杜十娘怒沉百宝箱》等。《杜十娘怒沉百宝箱》是其中最优秀的一篇，也是明代白话短篇小说中成就最高的一篇。

“三言二拍”也颂扬小手工业者和小商人重义轻财的作风和品质，

反映了明代中叶以后城市工商业的繁荣和市民阶层的壮大，并从中揭示当时社会的黑暗，社会风气的败坏。佳作有《醒世恒言》中的《施润泽滩阙遇友》，《初刻拍案惊奇》中的《转运汉巧遇洞庭红》等。

这几部书还描写封建统治阶级的内部斗争，表现了人民对封建统治罪恶的愤怒谴责。主要作品有《喻世明言》中的《沈小霞相会出师表》，《醒世恒言》中的《灌园叟晚逢仙女》和《卢太学诗酒傲王侯》等。

“三言二拍”由于反映了明末封建社会地主阶级逐渐衰落和市民阶层逐渐兴起这样一个特定的社会矛盾和现象，因而受到当时人民的普遍喜爱。

“三言二拍”在艺术上也有许多新的突破。与唐宋元时期的话本相比较，它的描写更为细腻，并注重心理刻画，结构也日臻完整，情节更加曲折动人。许多佳作成为中国小说宝库中的珍品，并被戏剧家改编为舞台戏曲，久演不衰；有的直到今天还被改编为电影、电视剧。为了“取其精华”，便于阅读和流传，明末姑苏抱瓮老人（真实姓名及生平均不详）将“三言二拍”经过精选后编辑成《今古奇观》，成为当时流传最广的古代白话短篇小说的选本。

像一切古代文学遗产一样，“三言二拍”既寓有民主、进步的精华，也含有封建、落后的糟粕。在一些篇章中，还充斥着色情描写、因果报应和封建说教，有的篇章连篇累牍写的都是神佛，鬼话连篇，枯燥乏味。因此，当时的笑花主人（也是《今古奇观》的序言作者）就曾经有过“砍掉一半只剩一百”的设想，后来因为已经有了《今古奇观》而作罢。据说《今古奇观》出版以后，当时的销量就超过了“三言二拍”，可见“三言二拍”中糟粕过多，也是不争的事实。

但是何者为菁华，何者为糟粕，不同时代的人是有不同标准的。例如关于“善有善报、恶有恶报”的因果报应观点，今天当然视之为糟粕，弃之绝不可惜，而在抱瓮老人那个时代，这却是应该大力宣扬的做人道理、至理名言！

这就难怪我们今天看来，《今古奇观》虽然是“三言二拍”的“精选本”，却依然有一些篇章仍是“糟粕”的原因。

用今天的观点，从“三言二拍”中选择四十篇具有趣味性、人民性、反抗性的最佳作品，单就操作而言并不困难，但是由于个人出发点不同、目的性不同，所选的文章难免依旧有争议。例如《转运汉巧遇洞庭红》，就有人说它在宣传宿命论。再例如《金玉奴棒打薄情郎》，就有人说作者居然连杀人犯也能饶恕，简直不懂法律，等等。见仁见智，终究无法统一。因此，不如保持原貌，只在评介的时候多加一些说明也就是了。再说，传承已有作品和另起炉灶另编另选是两件事情，不能混淆。

二、《今古奇观》是明代短篇小说的精选本

《今古奇观》流传很广，版本很多。早期刊本有吴郡宝翰楼刊本，现藏法国巴黎国家图书馆。该本题“抱瓮老人订定”，序中“皇明”二字另行抬头，每篇有眉批，可以断定是为明代末年刊本，刊刻于崇祯五年（1632）《二刻拍案惊奇》刊行后至崇祯十七年（1644）之间。国内收藏的早期刊本，有上海图书馆藏本，内封已佚，不知刊刻堂名，题“姑苏抱瓮老人辑，笑花主人阅”，序中“皇明”二字也另行顶格，由此可见此本也刊行于明朝末年，或者是明代的刊版清初印刷。书前有署“姑苏笑花主人题”的序。其中有插图八十幅，为上下两截板。笑花主人的真实姓名亦无可考，但知他与抱瓮老人及冯梦龙、凌濛初都是江浙一带的人。《今古奇观》的版本还有同文堂清光绪十二年（1886）聚元堂刻本。

此外，还有十卷四十回清同治六年（1867）刻本、上海广雅书局石印全图足本；上海亚东图书馆民国三十八年（1949）铅印本、上海尚古山房铅印本、上海六达图书供应社铅印本等；现当代有人民文学出版社出的顾学颉校注本。

从唐朝开始，在我国的大城市里，兴起了一种民间艺术——说书。“说书人”在热闹场地讲说历史故事、佛教传说和社会新闻，很受群众

喜爱。起初，“说书人”讲的故事没有脚本，全记在脑子里，师徒口耳相传的只是故事梗概，全凭说书人临场发挥，有时候甚至每一场演出内容都有所不同。后来为了传授徒弟的需要，逐渐有了简单的底本。这种文字底本经过艺人的世代相传，不断充实，再加上文人的整理，终于形成了可供阅读的文学作品——“话本”。模拟它的体裁和口吻来创作的文学作品，就叫作“拟话本”。

明朝中叶以来，通俗文学界掀起了编辑总集的高潮。文言白话小说领域都出现了许多小说总集。随着明末经济的发展，商业的繁荣，文化权力下移，通俗文学家、书商们开始注重平民大众的文化需求。文人们收集整理民间文学作品、说书人的底本和单篇话本小说，编为话本小说集。冯梦龙的“三言”——《警世通言》《醒世恒言》《喻世明言》共一百二十篇和凌濛初的“二拍”——《初刻拍案惊奇》和《二刻拍案惊奇》共八十篇是这些总集的代表作，而《今古奇观》则是“三言二拍”的选本。

抱瓮老人除了编选之外，对于原本的标题和内容也有一些增删、润饰。这部选集共四十篇，其中选自《喻世明言》中的八篇:《滕大尹鬼断家私》《裴晋公义还原配》《吴保安弃家赎友》《羊角哀舍命全交》《沈小霞相会出师表》《蒋兴哥重会珍珠衫》《陈御史巧勘金钗钿》《金玉奴棒打薄情郎》；选自《警世通言》中的十篇:《杜十娘怒沉百宝箱》《李谪仙醉草吓蛮书》《宋金郎团圆破毡笠》《俞伯牙摔琴谢知音》《庄子休鼓盆成大道》《老门生三世报恩》《钝秀才一朝交泰》《吕大郎还金完骨肉》《唐解元玩世出奇》《玉娇鸾百年长恨》；选自《醒世恒言》中的十一篇:《三孝廉让产立高名》《两县令竟义婚孤女》《卖油郎独占花魁》《灌园叟晚逢仙女》《卢太学诗酒傲公侯》《李汧公穷邸遇侠客》《苏小妹三难新郎》《徐老仆义愤成家》《蔡小姐忍辱报仇》《钱秀才错占凤凰俦》《乔太守乱点鸳鸯谱》；选自《初刻拍案惊奇》中的八篇:《转运汉巧遇洞庭红》《看财奴刁买冤家主》《刘元普双生贵子》《怀私怨狠仆告主》《念亲恩孝女藏儿》《崔俊臣巧会芙蓉屏》《夸妙术丹客提金》《逞多才白丁横带》；选自《二刻拍案惊奇》中的三篇:《女秀才移花接木》《十三郎五岁朝天》《赵县君乔送黄柑子》。

抱瓮老人有他独到的眼光和编选宗旨，笑花主人序中的一段话评价了原本“三言二拍”，又阐述了宗旨，也是重要的小说批评史资料：

> 墨憨斋（冯梦龙）增补《平妖》，穷工极变，不失本末，其技在《水浒》《三国》之间。至所纂《喻世》《警世》《醒世》三言，极摹人情世态之歧，备写悲欢离合之致，可谓钦异拔新，洞心骇目，而曲终奏雅，归于厚俗。即空观主人（凌濛初）壶矢代兴，爰有《拍案惊奇》两刻，颇费搜获，足供谈麈。合之共二百种，卷帙浩繁，观览难周。且罗加取盈，安得事事皆奇？譬如印累累、绶若若，虽公选之世，宁无一二具臣充仕？余拟拔其尤百回，重加绣梓，以成巨览。而抱瓮老人先得我心，选刻四十卷，名为《今古奇观》。

笑花主人首先肯定了“三言二拍”的成就，不论从思想内容还是艺术技巧上来说，都有存在和流传的价值。但是他也指出了其中有不少是“滥竽充数”的作品，既不喻世、警世、醒世，也没什么奇闻、怪事。也就是他所批评的那样：“罗加取盈，安得事事皆奇？”经过抱瓮老人的筛选，去芜存菁，从二百篇故事中选出四十篇，也就是只保留了五分之一。这四十篇，应该说就是“三言二拍”的菁华了。这当然不是说，除了这四十篇，其余的一百六十篇就都是垃圾。由于观点不同，这“选剩下”的一百六十篇中，肯定还有不少是精品或次精品。事实说明，抱瓮老人的选本比原著流传更广，就等于他选择的眼光得到了后世广泛的承认与赞赏，也经受住了历史的检验。他选中的许多故事不但早已脍炙人口，而且大都在明清时代就被改编为戏曲、说书、评弹，直到现当代的电影、电视剧等其他艺术形式，具有更普及、更深远的影响。

从选本中可以看出，编选者是有自己的编选标准的。选本中的作品，大多是以市民阶层生活为题材，从不同角度直接或间接地广泛而深入地反映了当时市民的精神面貌和思想感情，以市民的眼光去看待、思考和理解问题。由此可见，编选者总的标准是迎合广大市民的欣赏口味，使读者感到亲切有趣。具体的编选标准大体上有如下三点：一是着重选因果报应的故事，进行封建道德的宣传。这是那个时代人们思想中根深蒂固的东西，不但是不可避免的，而且是必须大力宣扬的。二是情节新奇曲折，富有故事性。编选者“拔其尤”，专挑内容有趣、情节曲折、构思巧妙的作品，以奇制胜，具有很强的可读性，能够很好地吸引读者。三是突出“新”，专选明代人编写的作品，原本中的宋元旧篇无一入选。选本立足于当时社会，表现明代的思潮和人们的生存状态，贴近生活，具有一定的现实意义。

总的来说，选本中的作品可以分为四大类：一是暴露了官僚、地主对人民的高压和剥削，嘲讽、指责他们的贪暴、凶残、自私和愚蠢，并揭露他们内部的一些矛盾。如《沈小霞相会出师表》，记载沈涟父子和严嵩父子之间的一场惊动动魄的忠奸斗争，揭露当时政坛党派之间残酷的斗争和政治的腐败黑暗。《灌园叟晚逢仙女》用离奇的手法鞭挞和惩罚了恶霸地主，反映了受压迫者的反抗。《裴晋公》揭示了由大官僚的荒淫、地方官吏们的无耻逢迎造成的许多人家妻离子散的惨剧。这种现象在当时社会中是普遍存在的。又如，写滕大尹的装神弄鬼，在解决地主家庭财产纠纷中，非法得了一笔横财；写赵县君美人计的圈套、丹客骗钱的手法等，塑造了一系列官僚、地主、富翁、骗子们的丑恶形象，对他们进行了有力而富有戏剧性的讽刺和批判。从中可以透视出当时黑暗、丑恶的社会。

二是有相当一部分作品以男女婚姻为题材，主张婚姻自由，男女结合以爱情为基础，反对封建礼教，打破门第观念，也反映了妇女争取人权的呼声。这正是市民阶层初期民主思想的一种表现，闪耀着进步的自由平等的思想光辉。如《杜十娘怒沉百宝箱》，歌颂了杜十娘那种宁可反抗而死，不愿屈辱而生的宁折勿弯的精神。《金玉奴棒打薄情郎》谴责了富贵忘旧的丑恶灵魂（但是最终以“谅解”“和解”为结局，则超出了天理和国法所能够容许和忍受的程度，现当代的戏曲舞台上已经逐渐改为“逮捕法办”）。《蒋兴哥重会珍珠衫》对“失足妇女”的谅解、宽容，则是对几千年来封建贞操观念的强烈挑战。这些描写爱情婚姻题材的作品，或从正面给予爱情忠贞的人们以崇高热情的赞扬，或从反面给予女性的玩弄者、爱情的叛徒们以有力的鞭挞。这些作品除了内容丰富，情节曲折复杂以外，最值得一提的是塑造了许多血肉丰满、性格鲜明的人物形象。如杜十娘、卖油郎、宋金郎、苏小妹、金玉奴、王娇鸾等，女性形象一个个都光彩照人，丰富了文学人物画廊，体现了作者进步的文学观和刻画人物的深厚功力。

三是友谊题材的作品，讴歌信义任侠、一诺千金、肝胆相照的精神。如俞伯牙突破贵贱等级的藩篱和樵夫结为生死之交，不管世俗的偏见，在艺术上互为知音；左伯桃用生命成全友人的事业；吴保安不顾一切，十年如一日，一心全力营救一位从未见面的朋友；羊角哀不负知己，宁愿自杀去帮助死去的朋友战胜恶鬼；贾石冒着生命危险，给予灾难中的沈铩以巨大援助和道义上的支持。这些友情都是非常感人的。反之，作品中也描写了忘恩负义如房德一类的人，鞭挞他们背信弃义的行为。二者形成了鲜明的对比，使人爱憎更加分明。这些作品，反映了当时处于被压迫地位的市民阶层渴望朋友之间肝胆相照、患难相助、信赖合作的需要和愿望。

四是还有另一些作品表现了市民阶层思想中落后的、庸俗的一面。有的是封建说教、宣传迷信的作品，如《庄子休鼓盆成大道》通过对庄子的歌颂来宣扬夫权主义和禁欲主义。有的是为封建剥削、封建思想、封建道德唱赞歌，如《三孝廉让产立高名》《徐光信义愤成家》等篇树立了所谓“忠孝节义”的榜样。有的是宣扬荒诞迷信、因果轮回思想的，如《钝秀才一朝交泰》宣传“万般皆由命，半点不由人”的观点，《刘元普双生贵子》则充满因果报应的气氛。这些落后思想都是应该清醒地认识到，并加以分析和批判的。

《今古奇观》为我们展示了一幅明代社会丰富的画卷，反映了当时社会的人们在道德、行为、性格、心灵之间的矛盾斗争和冲突。那些有着进步思想的作品，永远是文学宝库中的珍品。在创作艺术上也有很高的价值，作者刻意烘托渲染、突出具有戏剧性的特殊情节。如杜十娘暗藏着巨大财富，最后沉箱跳江，人财俱毁的情节动人心魄、发人深省，收到了很好的艺术效果。说书的艺人及编纂的文人很注意选择最典型、最突出、最动人心弦的事件，把这些原始材料加以巧妙的安排，合理的剪裁，构成完整的故事内容。因此，这些作品具有一定的典型性和代表性，从中可以窥见当时社会生活的一斑。另外，为求得故事的情节动人，作者把情节安排得非常曲折复杂，又特别喜欢运用偶然巧合的手法，使结局不落俗套，出人意料。

“三言二拍”及其作者简介

“三言”，指的是冯梦龙搜集、编辑、出版的《喻世明言》《警世通言》和《醒世恒言》这三部古典短篇小说集。

《初刻拍案惊奇》和《二刻拍案惊奇》，是明末短篇小说的代表作之一。一般说来，它们都和冯梦龙的“三言”并称，统称“三言二拍”。作者凌濛初和冯梦龙是同时代人。

一、“三言”作者冯梦龙的生平及成就

冯梦龙（1574—1646），字犹龙，别署龙子犹，长洲（今江苏苏州市）人。出身书香门第，少有才名，年轻时行止颇为风流，和兄冯梦桂、弟冯梦熊并称为“吴下三冯”。凡是通俗小说家，都有一个共同的“毛病”：爱看杂书、闲书，对“正经书”不太感兴趣，因此往往科场不利。曹雪芹、蒲松龄莫不如此，冯梦龙也不例外：直到五十七岁，当朝才考虑到他的年龄，照顾他的体面，被选为贡生。崇祯年间，他都已经六十一岁了，按今天的规定都应该退休了，才从丹徒“县学训导”的任上“提升”到福建寿宁做过四年知县。2014 年，是冯梦龙诞生 440 周年及入闽任寿宁知县 380 周年。

冯梦龙仕途不畅，于是就发愤著书，把主要精力贡献给搜集、整理通俗文学的事业。在小说方面，他完成了《喻世明言》（旧题《古今

小说》)、《警世通言》《醒世恒言》的编写工作，还增补了长篇小说《平妖传》，改作了《新列国志》，编辑过《古今谭概》《情史》等笔记故事，鉴定了《有商志传》《有夏志传》《盘古至唐虞传》等；民歌方面，他搜集、整理过《挂枝儿》《山歌》两种民歌集；戏曲方面，他改定《精忠旗》《酒家佣》等曲本，编纂散曲集《太霞新奏》，并且创作了《双雄记》和《万事足》两部剧本。他是中国文学史上在通俗文学的各个方面都作出了重大贡献的伟大学者、作家和编辑。冯梦龙还是一位爱国者，在崇祯年间任寿宁知县期间，曾上疏陈述国家衰败的原因。清兵南下，他进行抗清宣传，刊行《中兴伟略》等书。清兵渡江后，曾参与抗清活动。到顺治三年（1646），南明小朝廷相继覆亡，一说他忧愤而死，一说被清兵所杀。

冯梦龙一生主要从事于通俗文学的研究、整理与创作，所取得的成就在古代众多文人中都是罕见的。他曾改编长篇小说《三遂平妖传》《新列国志》，推动书商刻印《金瓶梅词话》，刊行民间歌曲集《挂枝儿》《山歌》，编印《笑府》《古今谭概》《情史类略》，编辑散曲集《太霞新奏》，还曾写作传奇剧本，并刻印了《墨憨斋传奇定本》十种。而最重要的成就是编著“三言”:《喻世明言》(原称《古今小说》)、《警世通言》《醒世恒言》，各四十篇，共计一百二十篇，分别刊刻于天启元年（1621）前后、天启四年（1624）和天启七年（1627）。也就是说，平均每三年就要编辑、整理、改写、出版一部小说集子。当年的书都是“刻印”的，工作量相当大，何况在这十年中他还有许多别的成就。

在思想上，冯梦龙受李卓吾[①]的影响颇深，敢于冲破传统观念。他提出:“世俗但知理为情之范，孰知情为理之维乎？”(见《情史》卷一《总评》) 强调真挚的情感，反对虚伪的礼教。在文学上，他重视通俗文学所蕴含的真挚情感与巨大的教化作用。他认为通俗文学为“民间性情之响”“天地间自然之文”，是真情的流露。在《叙山歌》中，他提出要

---

①李卓吾：即李贽（1527—1602），本姓林，字宏甫，号卓吾，福建泉州晋江人。

“借男女之真情，发名教之伪药”的文学主张，表现了冲破礼教束缚、追求个性解放的时代特质。他重视通俗文学的教化作用，在《古今小说·序》中，认为“日诵《孝经》《论语》，其感人未必如是之捷且深”，通俗小说可以使“怯者勇、淫者贞、薄者敦、顽钝者汗下”。这些见解对鄙视通俗文学的论调是一个有力的回击。

“三言”中的小说有不同的来源，情况比较复杂。从现在能够搜集并推断的资料来看，其中一小部分是经过程度不等的修改乃至改编的宋元话本①；又收录了一些流传下来的明代话本，还有一些是古代文言本的白话翻译加发挥——如《杜十娘怒沉百宝箱》，主要是把文言本的《负情依传》（“侬”是“人”的意思）改成白话（变动不大），而大多数篇目则是根据前代笔记小说、传奇、历史故事以及当时的社会传闻创作的。由于“三言”的编辑工程规模巨大，有些研究者推测此书的完成当有冯氏友人的参与，不是他一个人的力量。——此说也许有理，但是缺少根据，还有待进一步考证。

冯梦龙是晚明思潮的代表人物之一，他的文学观也具有鲜明的时代特点。在《笑府·序》中，他嘲弄“经书子史”为“鬼话”，“诗赋文章”为“淡话”，对代表封建时代传统文化价值的文献典籍以及文学作品表示出大胆的轻蔑；在《情史·序》中，他又竭力强调“情”在人类生活中具有根本性的意义，以出于天性、自然流露的“情”与“理”即当时的伦理教条相对抗；在《山歌·序》中更明白地提出，他正是要“借男女之真情，发名教之伪药”。在冯梦龙看来，“发于中情自然而然”

---

①1915年，缪荃孙先生曾根据他发现的元人写本《京本通俗小说》刊印现存的第十至十六卷七个短篇话本小说。据缪氏跋语称，原书不知何人所编，也不知总卷数。其中《碾玉观音》《菩萨蛮》《西山一窟鬼》《志诚张主管》《拗相公》《冯玉梅团圆》六篇见于《警世通言》;《错斩崔宁》一篇见于《醒世恒言》。其中《碾玉观音》《西山一窟鬼》《错斩崔宁》三篇，冯梦龙曾说明是宋人小说。据江东老蟫（即缪荃孙）跋说，原书“的是影元人写本”。但不少研究者都表示怀疑，或认为是明人所编，或认为出于伪造。文字与《警世通言》《醒世恒言》基本相同，似即据以纂辑。这里暂且存疑。

(《太霞新奏·序》)的文学，才是最有价值的文学。所以，他在通俗文学领域的活动，固然有经济方面的原因，但同时也是最能够实现其文学理想的途径。

“三言”中的小说，既有投合广大市民阶层读者的阅读趣味的，也有反映作者严肃的人生思考和艺术追求的。

“三言”的书名带有浓厚的道德训诫色彩。这一方面可以理解为通俗小说的惯例，即通过标榜道德训诫来提高小说在人们心目中的地位；另一方面，则需要注意到这里所表现的道德观，往往具有新的时代特点，而与旧道德传统相背。在“三言”中，写恋爱与婚姻题材的占有很大比重，成就也最高。这类小说常把“情”和“欲”放在“理”或“礼”之上，要求“礼顺人情”。这意味着道德规则只有建立在满足人们的正常情感需要的基础上，才有其合理性。如《乔太守乱点鸳鸯谱》，写孙玉郎代姐姐到刘家行婚礼“冲喜”，夜里和刘家女儿慧娘同眠，两人本来各有婚约，但是在情欲的驱使之下，却情不自禁地成就了“好事”。刘家发现后，告玉郎诱骗其女儿，乔太守却判二人结为合法婚姻。判词中说：“移干柴近烈火，无怪其燃。”意谓人的情欲无法抑制，责任在“移干柴近烈火”的人。又说：“相悦为婚，礼以义起。”意谓两情相悦是婚姻的前提，而“礼”应该顺合“义”即人情的实际。这位乔太守被赞为“不枉称青天”，他代表了人们对尊重感情的婚姻关系的向往。

《卖油郎独占花魁》在描述感情如何成为美好婚姻基础的同时，还突出了妇女维护人格尊严的要求。花魁娘子莘瑶琴作为一个名妓，周旋于公子王孙之间，在奢华的生活中感受到的却是人格的屈辱；而在卖油小商贩秦重那里，她才得到近于痴情的爱和无微不至的体贴。这使得她终于摆脱了对秦重的身份地位的偏见，而宁愿跟随他去过相濡以沫的朴实生活。在据《负情侬传》改写成的《杜十娘怒沉百宝箱》中，则用相反的结果表达了同样的主题。

在文言短篇小说《珠衫》中，就已经对“失节”的妇女表示了一定程度的宽容，而冯梦龙据此改编的《蒋兴哥重会珍珠衫》，在这一点上作了更为细致的强化处理。另外，如《况太守断死孩儿》，写邵氏守寡十年，其志向本来很坚决，最终却经受不住仆人的引诱。作者议论说：“孤孀不是好守的，倒不如明明改嫁个丈夫。”在他看来，虽然邵氏有过失，但原因首先是“守节”这一封建礼教本身的不合理。

“三言”的素材来源广泛，涉及不同社会阶层的各种类型的人物。例如《卢太学诗酒傲王侯》，赞美了一个孤傲放达的文士，读来也令人喜爱。但作为一部小说集，它最引人注目的特点，则是大量描写了普通市井人物的凡俗生活。同样，由于素材来源广泛，加之作者自身观念构成的多面性，“三言”的思想内涵也比较复杂，甚至有相互矛盾之处，但肯定了人们按照自身意欲追求生活幸福的权利。

具有这两种明显特点的艺术化表现，则有赖于文言小说和话本小说传统的相互结合。

在冯梦龙这样优秀的文学家参与之前，由说书人或“才人”编写的话本小说，其艺术形态可以认定是比较粗糙的，但“三言”不仅富于世俗生活气息，也提供了一种新鲜活泼、富于生命力的语言形式。文言小说方面，虽然在冯梦龙之前就已经出现诸如《负情侬传》《珠衫》这样颇为精致而人生观念也具有新异色彩的作品，但它们的语言形式却有致命的弱点。文言是一种与生活中的口语相脱离的书面语，简练是其基本要求，它向生活语言的靠拢是有限度的。优秀的小说所要求的活生生的、直接面呈的生活场景，在文言形式中不可能得到实现。这对小说中人物形象的塑造和人物性格的刻画，必然造成限制。

以这样的观点来看“三言”，就能发现它在小说艺术上的重要进步。

文言小说中看不到用细致的笔触来写人物的心理活动，这既是受到史传传统笔法的影响，也与文言文讲究简洁有关。而“三言”在这方面也有很明显的发展。如《蒋兴哥重会珍珠衫》，写蒋兴哥得知妻子与人私通的情形，增加了原作所没有的一段，描写了他又恼又恨又悔的心理活动过程，长达五六百字。在以前的小说（包括白话长篇小说）中，没有出现过如此细致的心理描写，而它的出现既是以对人性的正视和宽容为前提的，也是小说艺术不断发展的结果。

二、冯梦龙在吏治上的政绩

崇祯七年（1634），已经六十一岁的冯梦龙由丹徒训导升任福建寿宁知县。原籍苏州的冯老先生，在江南平原水乡生活惯了，虽然盼望升官，可这一升却升到千里之外福建省最偏僻、“城囿于万山之中，形如釜底”、与浙江泰顺接壤的闽北山区小县去当七品芝麻官，而且又是在寿宁经受了倭寇海盗疯狂抢掠之后民不聊生的时候。毕竟冯梦龙是位理智的老者，又有着长期接触下层士民的经历，一到寿宁，他就表现得非常积极，甚至是全身心地“投入”。在短短的四年任期内，这位“文学家县太爷”，在这个“地僻人难到，山多云易生”的小县，做了许多有益的事情。当地的志书在评述他的吏治成绩的时候，说他“政简刑清，首尚文学，遇民以恩，待士有礼”。历史对他有这样高的评价，冯老先生若地下有知，应当感到欣慰。

冯梦龙做官之前，就主张地方官应当“一念爱民”。当了县令以后，他正是努力这样做的：“余虽无善政及民，而一念为民之心，惟天可鉴。”当时寿宁山区有虎害为患，伤人百余。他上任伊始，就捐薪俸造陷阱捕虎，为民众办了一件好事。寿宁城墙和城关四门，曾被倭寇攻破，“四门荡然”，官署也“悉毁于倭”，残破不堪。他发动民众筑城墙、修城门，并重立谯楼，以固城防。接着又修建学宫、修筑水坝和修仓储粮，还移建黄册库专门用来保存地方档案。这些基本建设，使这个山区小县城“规模亦似粗备”。如今三百多年过去了，寿宁城墙犹存，水坝亦在。每当人们望着那巍巍古墙和蓝蓝清波的时候，心中对这位县令的敬意就会油然而生。

寿宁地处闽浙交界的偏僻山区，百姓重男轻女思想严重，素有溺杀女婴的陋习。冯梦龙到任以后，为说服民众破除陋习，这位通俗文学家亲自动笔用大白话写了一份《禁溺女告示》，斥责了这种残害女性的野蛮行为，告文通俗易懂，句句在理，没有官府文牍的八股气和官腔酸味儿，以至四里八乡广为流传。其《告示》原文如下：

寿宁县正堂冯，为严禁淹女以惩薄俗事：访得寿民生女多不肯留养，即时淹死，或抛弃路途，不知是何缘故，是何心肠？一般十月怀胎，吃尽辛苦，不论男女，总是骨血，何忍淹弃？为父者你自想，若不收女，你妻从何而来？为母者你自想，若不收女，你身从何而活？况且生男未必孝顺，生女未必忤逆。若是有家的，收养此女，何损家财？若是无家的，收养此女，到八九岁过继人家，也值银数两，不会负你怀抱之恩。如今好善的百姓，畜生还怕杀害，况且活活一条性命？置之死地，你心何安？今后各乡各堡但有生女不肯留养，欲行淹杀或抛弃者，许两邻举首，本县拿男子重责三十，枷号一月，首人赏银五钱。如容隐不报，他人举发，两邻同罪。或有他故必不能留，该图呈明，许托别家有奶者抱养。其抱养之家，本县量给赏三钱，以旌其善，仍给照。养大之后，不许本生父母来认。每月朔望，乡头结状中并入“本乡并无淹女”等语，事关风俗，毋视泛常，须至示者。

像这样通俗易懂的告示，也只有冯梦龙这样的通俗文学家才写得出来，很可能也是“前无古人”的。最近，当地在编纂乡镇文化志的时候，又收集到一首寿宁民歌《月光光》，据分析似乎也是出自冯梦龙手笔。歌词全文如下：

月光光，照四方，照遍人间爹和娘。只愿生男莫生女，生女便出恶心肠。爹虑养女冇（当地的方言用字，音 mǎo 或 mǒu，“没有”的意思）恩报，娘愁养女冇衣穿。爹呀爹，娘啊娘，如何不思量？生鸡生犬且喜欢，为何生女毒虎狼！劝爹爹，劝娘娘，溺女不如弃路旁。留得性命恩还在，纵然贫贱也无妨。我幸爹娘收去养，今宵月光光！

这首民歌借一个溺婴恶俗陋习下幸存者的口吻，诉说了封建社会女子鸡犬不如的悲惨命运。

告示和歌谣所体现的反对重男轻女思想，至今仍有现实意义。冯梦龙本色是作家，在寿宁任职期间，理政之余还吟哦诗文，著有诗集《游闽吟草》和剧本《万事足》。可惜前者今已不存，现在能读到的诗篇是收入志书的八首五律。虽仅数首，也能折射出他的文学才华。冯梦龙到寿宁赴任的第二天，即作《纪云》一诗：

出岫看徐升，纷纶散郁蒸。
莲花金朵朵，龙甲锦层层。

诗中描述了他平生第一次看到山区云彩变幻的奇观。寿宁处处叠峰幽壑，较之冯氏故乡“小桥、流水、人家”的苏州，迥然不同。冯梦龙有感而发，接着他这样写：

县在翠微处，浮家似锦棚。
三峰南入幕，万树北遮城。

他以这样的诗句来礼赞山城的村野秀色。对百姓的疾苦，冯梦龙深表同情，如“穷民犹蹙额，五月卖新禾”“带青砻早稻”（稻谷还没黄就割来吃）、“垂白鬻孤孙”（头发都白了，却因为贫穷不得不把唯一的孙子卖掉）等诗句，就是这种心情的写照，读后令人怦然心动。

冯梦龙在寿宁任职期间，最值得大书一笔的是他亲撰了一部两卷本的《寿宁待志》。取名“待志”而不叫县志，蕴含“宁逊焉而待之”的意思。其内容除记载寿宁县历史、地理、政治、经济以及风土人情等外，大多篇幅为冯氏任县令期间施政活动与政治思想的实录，既是地方志，又可以看作自传体笔记。在《待志》中，可以看到冯氏通过调查所做的疆域、城隘、土田、户口、赋税等详细记载，还可以了解当时寿宁的民情习俗。如“冬月、贫儿赤脚，破麻裤不掩膝，而手必提竹炉烘火”，寥寥数语，勾勒出寿宁的贫困与高寒。面对现实情状，冯氏认为：“寿令可为而不可为也。岭峻溪深，民贫俗俭。险其走集，可使无寇；宽其赋役，可使无饥；省其谳牍，可使无讼。"这些从实际出发的"治县方略"，《待志》也记载备详。冯氏毕竟是文学家，用他娴熟自然的文笔写志书，在记事状物的字里行间也映透出斐然文采。如"危峰幽壑，一望林莽，落落村烟，点缀其间，前后左右，呼不相应"，简单几笔，就刻画出寿宁深山老林和村落分散的地理特点，勾勒出一幅"高山、绿野、人家"的山村风情画。类似的文字在书中随处可见，因此可以说《寿宁待志》是一部文情并茂、可读性很强的地方志书。

如今虽然三百多年过去了，可人们不会忘记历史。有人做过统计，自从明景泰六年（1455）寿宁置县以来，明、清两朝共有一百五十三位知县，而百姓认为在任上有突出建树的只有三四位，冯梦龙就是其中之一，且比较全面。因此，今天当地的人们在高高的南山顶上塑起冯氏塑像，在旧县衙旁重修了他当年构筑的"戴清亭"，并立碑纪念。

三、关于"二拍"的作者和版本

凌濛初，又名凌波，字玄房，一字元方，号初成、雅成、迪知子，别号即空观主人，湖州府乌程县晟舍镇（今浙江省湖州市仁舍乡）人。生于明万历八年（1580），卒于明崇祯十七年（1644），终年六十五岁。出身于世代官宦之家，祖父凌约言是南京刑部员外郎，父亲凌迪知是大名府通判、常州府同知。他十八岁补上了廪膳生，但三次赴考都未中举。明崇祯四年（1631），年过半百的他才以副贡生的出身资格授上海县丞，"署海防事"。在任时，清理盐场积弊，颇有政声。崇祯十五年（1642），擢徐州通判，分管治河。淮徐兵备道何腾蛟见他能干，慕名征入幕中。他对晚明社会的极度腐败感触很深，常以自己人微言轻、无力回天而痛心疾首，因此他做官清廉，政声很好。当时李自成的农民军到处烧杀劫掠，他虽然也知道这是"官逼民反"，但是认为这不是成大事的"仁义之师"，于是根据自己对农民军的认识，向朝廷进献《剿寇十策》，被授为楚中监军佥事。崇祯十七年甲申，被李自成率农民起义军围困于徐州城。他率众抵抗，力尽呕血而死。

以凌濛初为代表的凌家，是江南刻书名家，技艺精湛，有双色、多色套印，与湖州闵家齐名于世。所刻书重于各种体裁的文学作品，有《孟浩然诗集》《孟东野集》《西厢记》《琵琶记》《红拂记》《虬髯客传》《东坡书传》等。凌濛初一生著作颇多，共有二十多种，但大都散佚。作品涉及面相当广泛，有个人的诗文集，有关于《诗经》的研究，有杂剧、传奇和话本等。他的诗文平平，没有什么特色。所编小说集《初刻拍案惊奇》《二刻拍案惊奇》，合称“二拍”，分别于崇祯元年（1528）、崇祯五年（1632）刊刻，共收入通俗小说八十篇（实际上是七十八篇，有一篇重复，有一篇不是小说）。戏曲有杂剧[①]《识英雄红拂莽择配》（即《北红拂》）、《虬髯翁正本扶余园》（即《虬髯翁》）、《蓦忽姻缘》《宋公明闹元宵》《穴地报仇》《祢正平》《刘伯伦》《颠倒姻缘》（一名《桃花庄》）。传奇[②]三种:《雪地荷》（又名《雪荷记》）、《合剑记》《乔合衫襟记》。戏曲理论有《谭曲杂剧》和《南音三籁》。还有《古诗异》《鸡讲斋诗文》《圣门传诗嫡冢》《言诗翼》《诗逆》《诗经人物考》《赢滕三札》《国门集》等。传世的杂剧，只有《北红拂》《虬髯翁》《宋公明闹元宵》三种。而真正代表他的水平并在后世具有深远影响的，则是他的“二拍”。

《初刻拍案惊奇》，版本很多，最早的刻于明崇祯元年，称“尚友堂本”，四十卷，书名《拍案惊奇》。原刻本国内已经失传，孤本现藏日本日光轮王寺慈眼堂法库。还有一种三十九卷本，书名《初刻拍案惊奇》，估计是崇祯五年（1632）和“二刻”同时或稍后用尚友堂原版印刷的（其中第二十三卷和原版不同，因为这一篇同时收入“初刻”和“二刻”，估计刊刻“二刻”的时候作者对文字有过修改，所以再版的时

---

①杂剧：戏剧的一种，是宋金时期在诸宫调基础上发展起来，把歌曲、宾白、舞蹈结合起来的表演形式。杂剧的体裁，一般是一本四折的，四折之外还可以加两个“楔子”。简单地说，杂剧就是“短篇戏曲”。

②传奇：有两个概念，一指小说，以情节曲折离奇为特色；一指明、清两代的长篇戏曲，一般每本由二十余出至五十余出组成。简单地说，就是“长篇戏曲”。

候这一篇是根据修改稿补刻的）。这个版本国内也散佚了，孤本现藏日本广岛大学。此外，国内能见到的，只有消闲居、松鹤斋、文秀堂等书店根据原版重刻的翻刻本，但只有三十六卷，不知道是什么原因，最后的四卷都被删除了。

《二刻拍案惊奇》，刊刻于明崇祯五年，原刻本国内只留下半部，而且没有翻刻本。唯一完整的孤本，现藏日本内阁文库。

近现代影印、翻印的版本，大都以日本广岛大学和内阁文库的版本为底本。

四、关于"二拍"的成就

所谓"二拍"，是凌濛初整理、改编和创作的《初刻拍案惊奇》和《二刻拍案惊奇》的简称。今天已经很难明确分清哪几篇是他创作的，哪几篇是他整理、改编的。据专家研究，其中创作的小说数量比较大，则无可非议（有专家认为"初刻"以搜集、改编居多，"二刻"以创作、改写居多）。"初刻"和"二刻"各为四十卷四十篇，但是"二刻"第二十三卷《大姊魂游完宿愿　小姨病起续前缘》和初刻中的同题，内容完全重复；第四十卷则为杂剧《宋公明闹元宵》，分明是"二刻"付梓在即，而小说数量还不够"四十"这个预定的数目，只好重复一篇，再拿一篇杂剧来硬凑数的。所以，"二拍"实际上共收短篇小说七十八篇。

凌濛初的小说晚于冯梦龙，而且明显受到过冯梦龙的影响，但是在思想境界上，他不能突破前人的窠臼。根据学者的研究和评论，一般认为他的成就在冯梦龙之下。这也许和他政治上属于"补天改良派"，思想意识上有根深蒂固的宿命论和因果报应论的迷信观点分不开。因此，在他的作品中虽然也有同情贫穷弱小者的积极一面，不可否认的是消极因素还是比较多的。

中国古代，"小说家"的社会地位十分低下。读书人的目标都是"出仕"即做官，很少甚至没有一个读书人从小就立志要当"作家"的。

古代的许多小说家，都是秀才们到了仕途无望、穷途落魄、走投无路、衣食无着了，方才无可奈何地利用自己知道一些历史典故、会摇摇笔杆子这一长处，做起小说来。那时候的小说家，虽然有本事写出动人的小说来，但只能卖给书坊老板刻出来卖钱，或者卖给说书人做说书的底本，所以有一些短篇小说就叫作“话本”。

凌濛初生于明万历八年（1580），考取秀才之后，经过多次省试，但是始终没有考上举人。科举时代，考不上举人，就等于仕途无望。凌濛初屡试不第，到四十岁以后开始有些灰心，曾经一度涉足娼家妓院，后来才把兴趣转向不是“正途”的杂学上，写起小说和杂剧来。

他的第一本短篇小说集《拍案惊奇》，根据《二刻拍案惊奇·小引》所说，动笔于“丁卯之秋”，也就是明熹宗天启七年（1627），到崇祯元年就在南京刊刻了（一年多时间整理、改写、创作了四十篇作品）。那一年，他已经年近半百。书出之后，“不胫而走，风靡一时”。也就是这个时候，凌濛初才得到地方官的举荐，成为“副贡生”，方才开始走上“非两榜出身”的“二流”仕途。没当几年官，他就被农民军围困吐血而亡。

目前，评论界比较一致的看法是：“二拍”的成就，略逊于“三言”。这种评论，主要来自两个方面。

第一个方面，是说“二拍”中有不少淫秽的篇章。

尽管凌濛初在《拍案惊奇·序》中说：“宋元时，有小说家一种，多采闾巷新事为宫闱承应谈资，语多俚近，意存劝讽。虽非博雅之派，要亦小道可观。近世承平日久，民佚志淫。一二轻薄恶少，初学拈笔，便思污蔑世界，广摭诬造，非荒诞不足信，则亵秽不忍闻。得罪名教，种孽来生，莫此为甚！而且纸为之贵，无翼飞，不胫走。有识者为世道忧之，以功令厉禁，宜其然也。”但是我们翻阅他写的小说，这些“污蔑世界，广摭诬造，非荒诞不足信，则亵秽不忍闻”的内容还是有不少。这是什么原因呢？

要回答这个问题，首先要知道明朝末年的社会风气这个大背景。

晚明时代，“承平日久”倒未必，“民佚志淫”却不假。宫廷中，皇帝不理朝政，沉耽于女色。“上有所好，下必甚焉”，风气之所及，稍有几个钱的士大夫和乡绅们也照方抓药。正因为如此，戏台上演戏，书场中说书，必须加上男女这个话题，不然就没人听没人看。如此，才会在那个年月出现《金瓶梅》这样充满了性爱描写的小说。

湖州凌家，世代刻书，对于什么书好卖，心里清楚得很。凌濛初的小说，不论他是卖给说书人也好，卖给书坊老板也罢，买主都会根据读者和听众的爱好，提出必须加上一些色情的描写，不然就不买他的。因此，凌濛初的小说中出现色情描写是那个时代的烙印，不一定是他的主观愿望。他在序言中所推崇的“独龙子犹氏所辑《喻世》等诸言，颇存雅道，时著良规，一破今时陋习”，可以说是他羡慕的心声，而他自己却无可奈何。要不然，为什么不学冯梦龙的“雅道”，却要保持他自己所反对的“陋习”呢！

第二个方面，由于凌濛初出身官僚地主兼书商家庭，于是“无产阶级文学评论家”们从阶级偏见出发，说他的作品充满了因果报应、忠孝节义、荒诞色情，是典型的“封建主义文学”。

凌濛初的作品中充满了“宿命论”，这是不争的事实。他在“初刻”第一篇《倒运汉巧遇洞庭红》中说，“单道着人生功名富贵，总有天数”“真所谓时也运也命也”。又在“二刻”第三十八卷《莫大姐私奔弄错郎》中，说背离丈夫的莫大姐是“今朝更被他人闪，天报昭昭不可诬”，都是因果报应，就连她和奸夫杨二郎的苟合也是命中注定的“前缘”。如果人间的悲欢离合都是“天注定”的，那么个人的意志和努力还有什么作用呢？

宿命论，当然不是凌濛初的独创。中国至少从商周时代就已经开始，而且一直盛行到明清，甚至到今天还有一部分人深信不疑。这其中和儒家、道家以及东汉初年佛教传入的推波助澜有莫大的关系。凌濛初只是宿命论的信奉者、宣传者，而不是创建者。除了“二拍”中有宿命论的主题之外，试问从古至今的所有文学作品中，至少是明清小说中，包括“三言”，又有哪一篇、哪一部能够完全避免呢？

由于凌濛初的出身、教养、经历，他的作品中具有浓重的封建主义色彩，这是必然的，也是难免的。特别是对于农民起义军的认识和描写，与“无产阶级革命派”的观点格格不入，更是必然的。

对于农民起义军，客观地评价，有他积极的一面，但也有他消极的一面。这种事物的两面性，构成了当时起义军的客观现实。而凌濛初强调的是其消极的一面，他（包括多数平民百姓在内）看不见农民起义能给老百姓带来什么好处，只能在作品中“客观地”反映当时的实际情况。如果说他是“忠实地”记录了当时的历史，也未尝不可。

不过，仁者见仁，智者见智，在众多贬低凌濛初及其“二拍”的声音之外，也有不同的呼声。2007年，浙江人民出版社出版了《拍案惊奇——凌濛初传》，作者赵红娟。此书就以完全肯定的语气大力颂扬了“二拍”：

> “二拍”真实地反映了当时世俗社会的生活风貌，鲜明地体现出反抗封建礼教，争取个性自由的时代精神。它是明代写实小说的代表作。它生动地反映了明代随着社会阶级关系的改变而发生的生活观念的变化，表现了金钱对封建社会的腐蚀和冲击，形象地勾勒出一幅资本主义萌芽时期中国社会的生活画卷。它肯定人们对金钱财富的追求和聚敛，不仅赞扬人们通过经商致富，对通过其他途径获取财富的行为也表示支持。除了一般意义上的反对封建礼教，争取爱情自由外，“二拍”肯定人类对情欲的积极追求，对那些受情欲驱使失去贞操的妇女，表示了宽容和谅解，显示出与传统相背离的道德标准。它还肯定每一个人都有生存权利，鼓励人们摆脱封建礼教的束缚去追求自身的幸福，体现出新的人生价值观念，表现了尊重个性，追求个性解放的思想意识。
>
> “二拍”基本上是凌濛初个人独立创作的，是我国文学史上第一部文人独立创作的拟话本小说集，它标志着我国古代白话短篇小说已由集体的锤炼跃进到个人的创造，由说话人的技艺转为作家的文学创作，由娱乐听众的手段变成教育讽劝的工具，它已成了作家的自觉的事业了。它是我国古代白话小说史上的一个里程碑。“二

拍"较之"三言",其撷取的社会内容更贴近普通百姓的生活,反映了中国17世纪正在崛起的城市市民阶层的普遍要求与思想情感,从中折射出特定历史阶段的社会风貌、时代精神。因此,更真实地反映当时的时代,这是"二拍"的价值所在。

见仁见智,观点不同,应该允许争论。由于凌濛初所生活的那个时代以及他的家庭出身、社会环境、所受教育等原因,他的思想认识具有一定的局限性是必然的。我们不能超越时代,用今天的认识观点去要求古人。这是评论古人及其作品的最基本要求。我的看法是瑕不掩瑜,总的说来,凌濛初的小说,在中国小说史中特别是短篇小说史中,不论他是不是已经超越冯梦龙,都有他一定的地位,这是无法抹杀的事实。

赵红娟《拍案惊奇——凌濛初传》,有二十多万字,而且出版多年,不一定人人都能找得到了。有一篇发在网上的《凌濛初传》,作者署名"玉树歌残王气终",从内容看,和赵红娟的《凌濛初传》大致相同,很有可能是根据赵传改写或删节的(将原书七章压缩为六节)。字数虽然少得多,但对凌濛初的家世及他的一生,介绍得也差不多了。为了让读者从正反两面看到不同的观点,所以转发在这里,以供参考。

凌濛初传

凌濛初,是晟舍凌氏的五代孙。凌氏家族三国时代原居山东莒县,因凌操、凌统随孙策父子征战而迁居浙江余杭。唐代再迁安徽歙县,一支迁浙江富阳。北宋太平兴国年间(976—984)又迁安徽宣城,一支仍回余杭。大约11世纪又先后播迁浙江浦江、安徽宁国,到北宋末年由安徽迁至安吉。元末,因避战乱又散居四方。据宗谱《晟舍谱系考》,有凌益、凌谦两支相继居归安县练溪(今湖州练市镇)。凌谦的玄孙凌敷出赘晟舍闵氏,此为乌程晟舍凌氏的世祖。晟舍镇凌氏一族,到凌濛初一代已历四世。高祖凌敷,曾祖凌震,祖父凌约言,父亲凌迪知。

凌濛初祖先世代为官。其高祖凌敷前，代有闻人。仕吴者有车骑将军凌统，仕唐者有度支尚书凌准，仕宋者有平章凌景夏、华文阁待制凌哲，仕元者有秘书监少监凌时中、翰林直学士凌懋翁，明代有应天府治中凌贤、都察院右佥都御史凌晏如。凌濛初的曾祖凌震博览群书，颇有文名，曾任黔阳县学训导，提督宝山书院。凌震上任后“严立科条，劝能惩惰，日与讲劘，一时士类改观”。[①]祖父凌约言，以史学著称，

嘉靖十九年（1540）举人，授南直隶全椒（今安徽全椒）知县，历任沔阳知州、庐州府（今安徽合肥市）同知、南京刑部员外郎等职。凌约言为官理事干练，不受贿贪赃，正直不阿，豪猾震慑，“所在咸有政绩”。[②]凌约言“知全椒县邑，称大治。会河南寇师尚反，将突县境，约言选兵甲为三覆以待之，贼遁去”，“擢知沔阳，筑下流之堤以捍荆湖汉沔渚水，水暴不能损稼，人相率呼为凌公堤”。[③]著有《凤笙阁简抄》《椒沔稿》《病稿偶录》，见者无不推服。父亲凌迪知，嘉靖三十五年（1556）进士，授工部郎中，奉命督造斋醮用的“十坛”，以致得罪内官，遭谗贬常州府同知。在常州任上“除黠盗，署开州，行条鞭法，无往不宜，行于海内皆称善”。[④]罢归故里后，著书立说，有《万姓统谱》《名公翰藻》《氏族博考》《大学衍义补英华》《史记评林》《名世类苑》《文林绮绣》等传世。凌濛初有湛初、润初、涵初三位兄长，湛初、润初在凌濛初出世前已去世，但也有多种著作留世。值得一提的还有其叔父凌稚隆，亦可谓笃志好学，满腹经纶，著作宏富。清康熙间（1662—1722）刊刻的影响颇大的《佩文韵府》，其实就是在凌稚隆的160余卷的大型辞书《五车韵瑞》基础上增补而成的。《佩文韵府》乃

① 同治《湖州府志》卷七十五《人物传·文学二》。

② [明] 凌迪知刻《古今万姓统谱》卷五十六。

③ 同治《湖州府志》卷七十二《人物传·政绩二》。

④ 同治《湖州府志》卷七十五《人物传·文学二》。

《四库全书》中篇幅字数最大的一部著作，凌稚隆对中国文化的贡献实在功不可没。

书香门第，家学渊源，为凌濛初早年读书应举提供了良好条件，也决定了他早年的抱负。官宦世家，忠臣后裔，则影响了凌濛初思想中正统的一面，忠君报国、致君尧舜是其主要内容。

一、交流名士，崭露头角

浓厚的家庭文化气息给幼年时代的凌濛初营造了良好的文化氛围。他十二岁入学，开始系统的文化学习，十八岁以优异学业补廪膳生，成了泮宫中的佼佼者。在接受严格的传统教育的同时，凌濛初还广泛涉猎经史文艺。他天资聪颖，诗词歌赋无不精通，十七岁之前就被著名理学家、户部尚书耿定向目为“天下士”。二十四岁时，凌濛初曾上书国子监祭酒刘氏。刘氏非常欣赏凌濛初的出众才华，把他的文章推荐给耿定力。耿定力即耿定向的弟弟，时任司马，在社会上颇有名望。他青睐凌濛初的时文，多次向人赞赏说：“这是我同事的儿子，哥哥耿定向曾夸他为‘天下士’，难道你不知道吗？”[①] 此语一出，凌濛初的声名大振。

凌濛初果然不负众望，开始崭露头角。万历三十二年（1604），他与好友、著名文人冯梦祯同游吴地。在太湖中的船上，两人携带着北宋著名文学家苏轼的《禅喜集》，切磋研讨，愈读兴致愈高，并在书上写下了许多评语。这可以算是凌濛初从事文学生涯的开始，他的杰出才华也在这些评语中得到了充分的表露。

万历三十四年（1606），凌濛初第一部带有自己研究心得的《后汉书纂评》在南京刊刻行世，由著名文人王稚登为之序。三年后，凌濛初三十岁，定居南京珍珠桥，自此与外界的交往更趋频繁广泛。客观上居处便利的地理位置，主观上自身卓越的文学才能，

---

①［明］郑龙采《别驾初成公墓志铭》载：“服阕，上书于刘大司成。刘甚奇之，以其书示少司马定力耿公。耿曰：此‘予年家子也，先孟恭简公尝目为天下士，君未之识耶’？”

使不少文彦俊士与之订交。文坛硕儒袁中道是凌濛初家的座上客，过往甚密。袁中道《游居柿录》有记金陵事云："珍珠桥晤湖州凌初成，见壁间挂刘松年画两人对弈，作深思状，相叹以为人物之工如此，近世自文衡山（文徵明）以后，人物不可观矣。"袁中道在同卷中还两次提到他赴珍珠桥玩赏并"大会文士"，其中也包括凌濛初在内。可见，他们两人是相知相得的朋友。

凌濛初还结识了戏曲大家汤显祖，与其有书札往复。至今仍能在汤显祖的文集中见到《答凌初成》一文。在此文中，汤显祖除了论述自己的创作思想外，还对凌濛初编撰的杂剧多加赞美，认为它们"缓隐浓淡，大合家门。至于才情，烂漫陆离。叹时道古，可笑可悲，定时名手"，评价很高。在轰动一时的"临川派"与"吴江派"的论争中，凌濛初有自己的艺术见地，他从"本色"的艺术观出发，对汤、沈两家各有褒贬，然对汤氏的作品以称颂为多，在以后撰写的《谭曲杂札》中还引用过汤显祖给他的信内的原话。

其时，凌濛初年轻好学，才情横溢，虽入世不深、初涉文场，却成了令人注目的文坛新秀。

二、蹇顿场屋，功名无就

凌濛初十八岁"补廪生"，看似前程似锦，不料自此蹇顿场屋，屡试不举。万历二十八年（1600），凌濛初前往杭州参加乡试。明代以八股取士，科举必须研习专讲八股制艺的"贴括"①之学。当时许多读书人为了顺利踏入仕途，"贴括之外，不知有所谓经史也"，以致发生了考上了进士却不知道司马迁《史记》的怪事。

凌濛初读书兼收并蓄，未能专攻"贴括"之学，尽管腹有诗

①贴括：也叫"括贴"，是宋代流传下来的考试方法之一。取一张纸，中间开一个长条形方孔，把纸覆在四书的任意一页上，孔中只露出几个字，要求考生立即说出上下文，以此测试考生对四书的熟练程度。此法明代考场已经不用，这里用"贴括"指八股文。

书，下笔成篇，却没有考中举人，以“备榜”落选。这一年十二月，凌濛初父亲迪知去世，按照礼制需守丧三年。服丧期满后，凌濛初又参加了一次乡试，依然以“备榜”落选。当时考举人，除了参加本籍的乡试，还可以用监生或贡生的身份到国子监参加国子监的考试。凌濛初两次乡试落第，到南京参加国子监的考试，仍然以“备榜”落选。凌濛初后来又长途跋涉赶到北京参加国子监的考试，结果仍是以“备榜”落选。凌濛初在科场中屡遭挫折，耗磨了半生精力，对通过科举考试进入仕途失去了希望和信心，于是写下了《绝交举子书》，准备在杼山和戴山间筑一精舍，以归隐终老。然而，此念只是凌濛初一时的冲动，根深蒂固的功名心理与埋藏心底的济世欲望最终将这种冲动压抑下去，使其从未形成归隐山林、终老乡间的举动。

天启三年（1623），凌濛初走上了赴都谒选之路。明代的贡生，大体上是一些多次考不上举人、资格比较老的府县学生员，被选拔、推荐上去的。贡生入都，多不能立即选官，要入国学读书，称贡监。选取岁贡，在明代，一方面是帝王对读书士子“给出路”政策的体现，一方面又是府县学的生员考不上举人，找不到出路，时运背晦的屈就。凌濛初被推贡的心情是矛盾而苦闷的。在入都就选途中，凌濛初遇见了刚任朝廷要职的礼部尚书兼东阁大学士朱国桢。朱国桢与凌家是世交，他对凌濛初的文名早就有所闻，两人同舟前往，一路上谈得十分投机，尤其是对“经济之术”，几乎是不谋而合。

为挤进仕途，凌濛初也作过努力。他曾与南都中有影响的仕人建立过联系，其中存有明确记载的就有当时的礼部尚书李维桢。凌濛初在与其交往中，曾向李氏递进过自己所整理辑补的林逋诗集。凌濛初的这一举动固然与他俩有着相接近的文学见解有关，如都崇尚真情、自然，不满于“后七子”[①]崇古文风等，但亦不能相除类似“唐人温卷”[②]的作用，希望在科举仕进上得到李维桢的推荐与提携。然而诸多原因，凌濛初仍屡败场屋。

三、散曲青楼，无聊度日

举业的不顺、怀才不遇的精神打击，使凌濛初心情沮丧，在百无聊赖之时，他曾经与落魄士子、青楼歌妓、书商小贩及其他三教九流为伍。因资料缺乏，具体情况难以详知，但从他流传下来的几支散曲中可窥见一斑。

《套数·惜别》是凌濛初为一青楼妓女而作的，其序言诉说了一个凄怨动人的故事：移居异乡的主人公，正处于愁苦孤寥的心境，不意间结识了一位“仙旆”佳人，且“两情俱畅，一意为欢”。然好景不长，这位青楼佳丽突然受到恶势力的迫害，难以在此继续为生，只得远走高飞，以避不测之祸。而一介书生又无以为助，只能执手相送，“徒使青衫泪湿”。聊以慰藉心灵的情人已“蒙尘”而去，胸中涌上莫大失落与惆怅，更带来心境的忧伤与寂寥，于是凌

① 后七子：明嘉靖至隆庆年间（1522—1566）的文学流派。成员包括李攀龙、王世贞、谢榛、宗臣、梁有誉、徐中行和吴国伦，以李攀龙、王世贞为代表。名称首见于《明史·文苑·李攀龙传》。因在“前七子”之后，故称“后七子”；又有“嘉靖七子”之名。“后七子”继承“前七子”的文学主张，同样强调“文必秦汉，诗必盛唐”，以汉魏、盛唐为楷模，谓“文自西京、诗自天宝而下，俱无足观”，“无一语作汉以后，亦无一字不出汉以前”，较“前七子”更绝对。他们复古拟古，主格调，讲法度，互相标榜，广立门户，声势更浩大，从而把明代文学的复古倾向推向高潮。

② 唐人温卷：唐代科举考试，士子在应试之前，常把自己所作诗文投献给名公巨卿，以求荣誉，称为“行卷”。宋人赵彦卫的《云麓漫钞》卷八中说：“唐之举人先籍当世显人以姓名达之主司，然后以所业投献。逾数日又投，谓之温卷。”又见宋人王辟之的《渑水燕谈录·杂录》：“国初袭唐末士风，举子见先达，先通牋刺，谓之请见。既与之见，他日再投启事，谓之谢见。又数日再投启事，谓之温卷。”温卷的作用，主要是再度提醒一下受卷的显人，请他对自己加以关心和注意。

濛初写下这令人伤感的《惜别》。这首散曲回忆了他与此妓往昔的欢爱，抒写了他们离别时的缠绵之情。

《夜窗话旧》是凌濛初为一洛阳名妓所作，是说他在窘困之际与洛阳名妓一见倾心，订结三生之约的往事。这首散曲前亦有个序言，道出了曲中唱腔的全部含义：青楼名妓河阳氏与一文士偶然相识，结果两情相悦，订结三生之约。凌濛初笔下的这位洛阳名妓是令人称颂的，她“身处花丛”尚有“侠骨”之气，闲居“绮阁”不失“文心”蕴藉，既具“扬声云遏”“敛袂风回”的风度气质，又有让人“争挥买笑之金”“沓至缠头之锦”的身份地位。可是“绸缪屡束，薄幸时遭”的生活处境令其“长颦西子之眉”，身心难觅宁静，故而对世俗之奉迎“夷然如不屑意，黯矣而欲销魂”。心志所至，竟钟情于“飘蓬浪迹”的落魄文士，置家徒四壁于不顾，结“三生”之盟于无愧，甘愿承受生活的清苦，倾心于“窗下明灯”的淡泊人生，其志可赞，其情可叹。

还有一支题为《伤逝》的散曲，没有序言点明写作的意图，从曲题与曲文看，这是一首悼亡词，为哀悼一个曾与自己“蕙帐鸾床”共同生活过的青楼女子的病逝而作的挽歌。

凌濛初作为一位正直又有志于济时匡世的封建士子，有过涉足青楼妓院的生活经历，一方面是当时社会风气影响下的文人时尚使其所以然，另一方面也与他举业不顺，寻求刺激、求取超脱有关。

四、著述宏富，“二拍”问世

凌濛初的第一部著作是《后汉书纂评》，于万历三十四年（1606）在南京刊刻行世。此后由于屡次科场失意的不断打击，更加潜心于著述。凌濛初一生著述极丰：文学创作方面，有诗文《国门集》《国门乙集》《鸡讲斋诗文》；小说集《初刻拍案惊奇》《二刻拍案惊奇》；杂剧《虬髯翁》《颠倒姻缘》《北红拂》《蓦忽姻缘》《莽择配》《穴地报仇》《宋公明闹元宵》《刘伯伦》《祢正平》《桃花庄》等十三种；传奇《衫襟记》《合剑记》《雪荷记》三种。学术研究方面，有经学著作《诗逆》《诗言翼》《诗经人物考》《圣门传诗嫡冢》；史学著作《倪思史汉异同补评》《左传合鲭》《战国策概》《十六国春秋删正》等；曲学著作《谭学杂记》《西厢记五本解证》《红袖曲谱》《燕筑讴》等；其他或内容不甚详的有《赢滕三札》《惑溺供》《荡栉后录》《已编蠢涎》《郭正域选诗注》《选赋朱批》等。另外，凌濛初还选编了散曲集《南音三籁》，诗文集《合评选诗》《陶韦合集》《禅喜集评》等。在凌濛初丰富的著述中，小说、戏剧及曲学著作不仅在数量上几乎与儒家经史研究及正宗诗文平分秋色，而且在质量上大大高于后者。而最有价值、最为后人称道的，是他的小说集《初刻拍案惊奇》《二刻拍案惊奇》。它们是我国最早的文人独立创作的白话小说集，凌濛初也因而成了我国小说史上最杰出的白话小说家之一。

《初刻拍案惊奇》《二刻拍案惊奇》分别写于天启七年（1627）和崇祯五年（1632）。凌濛初创作“二拍”的动机，据《拍案惊奇·序》和《二刻拍案惊奇·小引》大致有三：一是应书商所邀。由于冯梦龙的“三言”“行世颇捷”，于是凌濛初即在“肆中人”的要求下编撰起《拍案惊奇》来。由于《拍案惊奇》问世后反响极大，销路畅通，在书商的怂恿下，凌濛初又开始了《二刻拍案惊奇》的创作。二是救时匡弊、挽救颓风。明代中后期，社会风气渐趋淫靡，小说创作亦堕入恶道，产生了一大批格调低下，以描写男女淫乱为主的艳情小说。凌濛初认为这些小说“广摭诬选”“亵秽不忍闻”，背离了小说创作“劝善惩恶，有益风化”的宗旨。他再三声明自己创作“两拍”，“意存劝诫，不为风雅罪人”。三是宣泄苦闷，创作自娱。举业上的坎坷多艰，使他郁郁不乐、愁苦万端，为宣泄苦闷，抒发悒郁情怀，以游戏笔墨求取精神的慰藉。

“二拍”的内容，概括起来大致包含四个方面：一是描写爱情与妇女问题的。这在“二拍”中占有很大比重。这一题材的作品，很大部分肯定了青年男女，特别是年轻女性对爱情坚贞的信念、大胆的追求，反对“父母之命，媒妁之言”的陈旧观念，具有明显的进步性。在这一题材的作品中，有不少还表现与肯定了青年男女，特别是女性对情欲的积极追求。这是肯定人欲的晚明启蒙思潮的鲜明体现。从肯定情欲的观念出发，不少作品对那些受情欲驱使而失去贞操的妇女表示宽容和同情。

二是描写商人与商业活动的。这在“二拍”中也占相当的比重。在“二拍”所描写的众多商人形象中，大部分是正面人物。他们忠厚老实，买卖公平，对事业、爱情追求执着，并最终获得成功。“二拍”也描写了一大批反面的商人形象，有癖好女色的，有狠心刻毒的，有嫌贫爱富的，有凶暴残忍的，有薄情厌旧的。“二拍”不仅刻画了众多形形色色的商人，还写到了世人对商人和经商行业的看法，已视经商为正道、善业，不仅认为官宦人家与商人通婚是门当户对，商人甚至高于读书人；商人的将本求利，也被视为正当的谋生手段；他们对金银财货的追求，被当作美好的理想愿望；对商人的活动不以“义”来评价，只是单纯地叙写和赞颂商人追求暴富的商业活动。

三是描写官吏及其活动的。“二拍”写了不少贪官和酷吏，有贪赃枉法的，有谋通强盗的，有官盗一体的，有徇私舞弊的，有买官卖官的。“二拍”也写了不少的好官，他们能主持正义，为民申冤。

四是描写社会险恶，世风颓废的。有描写盗贼横行不法的，有骗子行骗的，有僧尼道士淫乱不法的，有贪图钱财、事亲不孝，甚至家庭成员反目成仇的。

“二拍”真实地反映了当时世俗社会的生活风貌，鲜明地体现出反抗封建礼教，争取个性自由的时代精神，它是明代写实小说的代表作。它生动地反映了明代随着社会阶级关系的改变而发生的生活观念的变化，表现了金钱对封建社会的腐蚀和冲击，形象地勾勒出一幅资本主义萌芽时期中国社会的生活画卷。它肯定人们对金钱财富的追求和聚敛，不仅赞扬人们通过经商致富，对通过其他途径获取财富的行为也表示支持。除了一般意义上的反对封建礼教，争取爱情自由外，“二拍”肯定人类对情欲的积极追求，对那些受情欲驱使失去贞操的妇女，表示了宽容和谅解，显示出与传统相背离的道德标准。它还肯定每一个人都有生存权利，鼓励人们摆脱封建礼教的束缚去追求自身的幸福，体现出新的人生价值观念，表现了尊重个性，追求个性解放的思想意识。

“二拍”基本上是凌濛初个人独立创作的，是我国文学史上第一部文人独立创作的拟话本小说集，它标志着我国古代白话短篇小说已由集体的锤炼跃进到个人的创造，由说书人的技艺转为作家的文学创作，由娱乐听众的手段变成教育讽劝的工具，它已成了作家的自觉的事业了。它是我国古代白话小说史上的一个里程碑。“二拍”较之“三言”，其撷取的社会内容更贴近普通百姓的生活，反映了中国 17 世纪正在崛起的城市市民阶层的普遍要求与思想情感，从中折射出特定历史阶段的社会风貌、时代精神。因此，更真实地反映当时的时代，这是“二拍”的价值所在。

五、校雠群书，刻版饮誉

凌濛初在从事各种研究与创作的同时，还致力于家传刻版印书之业。晟舍是湖州著名的刻书之乡。凌氏与同里闵氏，“两家当日，席丰履厚，其贤者伏居乡里，不问世事。诵诗读书之余，专以刻书相竞。”① 凌濛初之父迪知致仕时，年仅三十八岁，罢归晟舍后，著书刻书三十四年。据朱国桢《缮部绎泉公行状》载，凌迪知当时常与被称为明代“后七子”的王世贞、徐中行两家讨论校刻秦汉诸书之事，并称“义例纲领，一经裁定，井井可观。于是凌氏书布天下，干摩所指多及其庐”。② 当时晟舍附近的织里一带书铺林立，凌家在织里就设有书坊，雇用了许多刻工，仅明万历三年（1575）刻《国朝名世类苑》就用刻工十五人。据不完全统计，凌迪知刊

① 周越然《书谈·套印书》。见《小说月报》1931 年第 22 卷第 7 期。
②［明］朱国桢《缮部绎泉公行状》。

刻有《国朝名公瀚藻》五十二卷、《古今万姓统谱》一百四十六卷附《氏族博考》十四卷、《皇名经世类苑》四十六卷和《文林绮绣》五十九卷。

凌濛初的叔父遇知（稚隆），也是笃志好学、满腹经纶之士。雕版刻印也享誉一时，曾刊刻《史记评林》一百三十卷、《五车韵瑞》一百六十卷、《春秋左传评注测义》七十卷、《史记纂》二十四卷、《汉书评林》一百卷和《吕氏春秋》二十六卷。

凌濛初的父辈虽然编纂刻印了不少书，但凌氏经营套版印刷则是从凌濛初开始。其套版印书有《琵琶记》四卷、《诗选》七卷、《李于麟话诗广选》七卷、《陶靖节集》八卷、《王摩诘诗集》七卷、《孟东野集》十卷、《苏老泉全集》十二卷、《东坡禅喜集》十四卷、《苏长公启表》，等等。

凌濛初所刻之书，所用纸墨俱善，纸大都用上等洁白的绵纸和宣纸，偶尔用竹纸其质地也坚韧耐久。所用墨也是上等好墨，印成的书籍字体清晰，黑而有光，而且一开卷就有一股书香扑面而来。由于纸墨方面用料讲究，极大地提高了套版印刷品的质量。

凌濛初所刻之书刻印也非常精美。如《世说新语》三卷，正文为墨色，刘辰翁所批用蓝色，王世懋所批用朱色，刘应登所批用黄色，连同正文共是四色套印。套印本的技术要求很高，然而在凌刻本中却少有诸色交错重叠和套版用错的现象。凌濛初所刻的小说、戏曲和佛经都附有精致的插图。如《西厢记》有插图二十幅，由著名画家王文衡绘，著名徽派刻家新安黄一彬刻。点笔工致，刀法精妙入微，是凌刻绘图本之冠。又如《释迦如来成道记》，题太原王勃撰，卷端绘释迦像，题苏台弟子王文衡写，上刻沈约铭，又附谢康乐《维摩诘十譬赞》四页，把一本经书刻得美不胜收。

凌濛初所刻的书，基本是名家和名人所选，而且十分注重选择好的底本和名人的批点本。凌濛初刻的《琵琶记》，用的是旧藏臞仙本，且“毫发毕遵，有疑必阙”，[①]显示自己恪守原本的态度。凌濛初之所以不用时本，是因为时本对原本《琵琶记》大加增减，致使颠倒讹谬，而世人则不复睹原本之真面目。为了改变面貌，凌濛初一直想得一善本而正之，因此在得到了臞仙本后非常高兴，“亟以公诸人”[②]。凌濛初曾刻过《世说新语》，他先是得到了“发明详备，可称巨观”的刻自豫章藩司的王世懋的批点本，后又得到了冯梦祯秘藏的刘辰翁、刘应登两家的批点本，于是才“刻之为鼓吹”。[③]凌濛初刻《诗选》亦是用“高视阔步，得其大端”的郭正域的批点本。[④]由于凌氏刻本慎选底本、刻印精美、所用纸墨俱善，故“凌刻本”在明末风靡一时，盛享名气。据著名文学家、评论家陈继儒说：“吴兴朱评书籍出，无问贫富，垂涎购之。”[⑤]可见套印本在当时的热销程度。现代作家、文学评论家、文学史家、考古学家郑振铎高度称赞凌氏的套版印刷，他说：“……凌濛初所刻更佳，往往附于插图，精绝一世，为中国雕版术史上黄金时代的最高作品之一。”

由于凌濛初及与他同里的闵齐伋等人的努力，湖州的套版印刷在全国取得了领先的地位。明万历（1573—1618）年间的文学家、藏书家胡应麟在比较了当时的各种版本之后说：“余所见当今刻本，苏、常为上，金陵次之，杭又次之。近湖刻、歙刻骤精，几与苏常争价。”[⑥]同代文学家谢肇淛亦称“金陵、新安、吴兴三地，剞劂之精，不下宋版”[⑦]；同代文学家、书画家陈继儒盛赞晟舍闵氏和凌氏的套版印刷，将它与雕版印刷、活字印刷并列为中华印刷史上的

①［明］凌濛初刻《琵琶记·凡例》。

②［明］凌濛初刻《琵琶记·凡例》。

③见赵红娟《凌濛初考论》页99，黄山书社，2001年9月。

④［明］凌濛初刻《诗选·序》。

⑤［明］闵刻《史记钞·序》。

⑥［明］胡应麟《少室山房笔丛》卷四。

⑦［明］谢肇浙《五杂组》卷十三。

“三变”[1]。凌氏和闵氏的套版印刷是中华印刷史上光辉的一页。

六、入仕赴选 勤勉为政

凌濛初虽然无意再通过科举取得功名，但也不愿意做个山人隐士，儒家入世救民的观念是他行为的准则，“立德、立功、立言”是他人生价值取向的主要坐标。因此凌濛初在完成“二拍”之后，于崇祯七年（1634）五十五岁时又赴京谒选，结果终于以副贡生授上海县丞。

县丞是八品官员，负责一个县的赋粮催征和督运，以及缉捕罪犯，维护地方治安。崇祯年间（1628—1644），内乱外患接踵而至。以努尔哈赤为首的满族崛起于山海关外，不时越过长城，深入畿辅，大肆掳掠后扬长而去。中原、陕甘地区流民起义此起彼伏，声势日益浩大。明政府为了应付对内对外战争，不断增派粮饷，对江南地区的征收尤为峻急。明代后期漕运弊端滋生，负责督运粮饷的官员因不能按期完成任务受处罚的很多。凌濛初虽然官卑职小，却勤于职守，亲自督运，不仅出色地完成了运送粮食的任务，而且根据切身体验写成了《北输前后赋》，受到上司的赞赏，并委任他管理海防事务。在“署海防事”时，凌濛初发现当地盐政积弊甚大，灶户盐商与胥吏勾结，从中作弊，凌濛初决意予以整顿。他创立“井字法”，把盐堆作九垛为一井，每一井大小高下如一，派一名盐场官员看守清点，盐的产量和税收“锱铢无爽”[2]，盐政为之一清，沿海盐场都仿效此法。凌濛初在上海八年，政绩卓越，被擢升为徐州府判，去任之前，“卧辙攀辕，涕泣阻道者，踵相接也”[3]。在徐州通判任上，凌濛初分署房村，治理黄河。房村地处交通要道，对岸是吕梁洪，扼守着南北航运的咽喉，历来是兵家必争之地。他上任不久，发现每当春天桃花水发时，洪水泛滥成灾，居民流离失

①［明］陈继儒《史记钞·序》。

②［明］郑龙采《别驾初成公墓志铭》。

③［明］郑龙采《别驾初成公墓志铭》。

所，经过实地考察后，与负责治河的官员方允立商量在沿岸构筑防波堤，阻挡了洪水的冲击。房村治水的成功，使他的声名再次大振，受到了两淮巡抚路振飞的多次表奖。

凌濛初在房村竭力治河之时，明王朝已经面临覆灭边缘。李自成、张献忠率领农民起义，经过多年奋战，从战略防御转为战略进攻。他们分别从陕甘、四川进兵中原，攻城略地，势如破竹，各地民众纷起响应。淮徐地区有陈小乙，自号萧王，占据丰城，拥兵数万，声势浩大，其党扫地王等的势力甚至越出了淮徐地区而扩及山东。淮徐兵备道何腾蛟奉命征剿，秣马厉兵，誓师于吕梁洪上，适大风扬沙，官兵连连战败。在商讨对策的会议上，部下议论纷纷，莫衷一是，独凌濛初无言而退。当晚何腾蛟单独召见凌濛初，询及对策，凌濛初于是献《剿寇十策》：一曰宽抚宥、二曰行疑间、三曰据形胜、四曰练乡勇、五曰信赏罚、六曰出奇兵、七曰置弩车、八曰伏地雷、九曰广应援、十曰出滞狱。何腾蛟阅后大喜，当即与凌濛初结盟，呼凌濛初为十九兄。此后依计行事，先行抚宥、疑间、应援、奇兵、赏罚五策，果然连挫对手，望风而降者不计其数。凌濛初又自告奋勇单骑赶往丰城义军大营，劝说陈小乙投降。陈小乙在帐下排列刀枪剑戟，喝令左右把凌濛初绑起来斩首。凌濛初毫无惧色，慷慨陈言，陈小乙被他的“大义”所动，最终接受招抚。因平“寇”有功，何腾蛟升任楚抚。何腾蛟升官后，即向朝廷保举凌濛初为监军佥事。然而凌濛初的上司也非常看重凌濛初的才能，即以“萧寇初平，河上方起”[①]，吕梁洪为要害之地，非凌濛初不能料理为由，不放他走。因此，凌濛初仍居房村，料理河事。

崇祯十七年（1644）正月，李自成在西安定国号为“大顺”，旋即挥师东进，连克太原、大同直逼北京，明王朝岌岌可危。正月初七晚，农民起义的洪流如潮水般直泻徐州，其中有一支队伍扫掠了房村。本来，凌濛初已经与各村分别把乡兵组织起来，相约某处

①［明］郑龙采《别驾初成公墓志铭》。

如遭农民起义军攻击，即放鸽鸽作为信号，近处乡兵即来救援；如果人数很多，即点燃烽火，各处乡兵都来救援。这时农民起义军猛攻徐州城，各处乡兵都不敢来救援。初九清晨，密密麻麻的农民起义军包围了房村，凌濛初率众坚守，心力交瘁，呕血数升。他深知命不保夕，让人扶着与对方对话："我已力竭，活不过明天了，你们不要伤害城中的百姓。"十二日清晨，凌濛初呕血不止，他对乡民们说："我活着不能保护你们，死了也要变成厉鬼剿灭贼寇。"说完向着起义军连呼三声："不要伤我百姓！"遂呕血身亡。

凌濛初的一生是一个悲剧。凭借他的智慧和才干，本可以干一番他所向往的轰轰烈烈的事业，可是曲折坎坷的人生之路使他历尽磨难，而明末农民起义的风暴又把他推向生死搏斗的风口浪尖，力拒农民起义而死。在凌濛初来说，这是实现了济世救民的抱负和杀身成仁的志节。然而，凌濛初死后才两个月，明王朝就在李自成起义的打击下灭亡了。

凌濛初又是幸运的，举业的不顺，使他把精力投向了雕版印刷和著述。精美的套版印刷，提升了湖州印刷业在全国的地位，揭开了中华印刷发展史光辉的一页，历史将记住他。更重要的是，作为拟话本小说的第一人，通俗文学的创作实践者，中国文学史上留下了他不朽的大名。

凌濛初终以小说创作而彪炳千古，非以盖世勋业而留名汗青。

扑朔迷离的《红楼梦》其实就是一部小说

一、《红楼梦》的出版及流传

现在最通常的说法,《红楼梦》的作者是曹雪芹。至于“不通常”的说法，也就是否认曹雪芹是《红楼梦》作者的说法，则放到第二节去专题论述。下面，先简略介绍一下曹雪芹的个人及家世。注意：这也是“最通常”的说法，此外不同的记载，包括生年卒月、父亲是谁等，都有人提出疑问。

曹雪芹，名霑，字梦阮，号雪芹，又号芹圃、芹溪。生于三百多年前的康熙五十四年（1715），卒于乾隆二十八年（1763）除夕或次年除夕。曹家的祖上本是汉族军人，约于明永乐年间在辽东作战被俘，后来被编入满洲正白旗。清初时，他的高祖曹振彦随清兵入关，立有军功，而且曹家成为专为宫廷服务的内务府人员，从此家族开始发达起来。他曾祖曹玺的妻子当过康熙的保姆，而祖父曹寅小时也做过康熙的伴读。

由于这种特殊的关系，康熙登基以后，曹家得到格外的恩宠。康熙二年（1663），曹玺被授予江宁织造。此后，曹寅及曹雪芹的伯父曹颙、父亲曹頫袭任此职（由于曹家的宗谱到曹頫这一代因为败落而终止，没有曹雪芹的记载。据专家考证，一说曹寅的亲儿子叫曹顒，康熙五十三年［1714］曹顒病故，后康熙又特命曹寅胞弟曹荃的儿子曹頫（fèn）过继给曹寅，这个曹頫才是曹雪芹的父亲），前后达六十余年（1663—1727）。江宁织造名义上只是一个为宫廷采办织物和日常用品的小官，但实际上则是康熙派驻江南、督察军政民情的心腹，带有“特工”的性质（清宫档案中发现有曹寅亲笔写的“密折”，向康熙密报江南的军政和民情）。康熙六次南巡，其中四次由曹寅接驾，并以江宁织造府为行宫。同时，江宁织造还控制着江南的丝织业，从中获取极大的利益。曹雪芹就是在这种繁盛荣华的家境中度过了他从出生到十三岁的时光。

康熙死后，曹家的境况发生了急剧变化。经过激烈的宫廷斗争才获得皇位的雍正，急于巩固自己的地位，其中也包括肃清其父康熙皇帝内外亲信的一系列措施。雍正五年（1727），曹頫以解送织物进京时“苛索繁费，苦累驿站”，“织造款项亏空甚多”等罪名被革职，家产也被抄没（清宫档案“雍正五年上谕”中有明文记载），全家迁回北京。革职之初，曹家还蒙恩稍稍留下些房产田地，后来在乾隆初年又发生了一次详情不明的变故，终于彻底败落，子弟们终于沦落到了社会的底层。

至于曹雪芹本人的情况，由于曹家突然败落，他这一代人的资料十分匮乏，现在了解得还很少，只能从他的好友敦诚、敦敏和张宜泉等人留下的不多的诗文中，以及其他很少的零散材料中探知些许。十三岁的曹雪芹回京后，曾经在学塾中继续读书。经过乾隆初年的第二次变故，曹家境况更加紧迫，只知道曹雪芹曾经在一所宗族学堂“右翼宗学”里当过掌管文墨的杂差，地位卑下，境遇不佳，生活潦倒，常常要靠卖画才能维持生活。但作为一个经历过富贵繁华而又才气横溢的人，他很难放下自己的尊严。他的个性豪爽旷放，朋友们比之为示俗人以白眼的阮籍。他一生的最后十几年，流落到北京西郊的一个小山村（现在一般认为即北京植物园内的“黄叶村”，而且认定《红楼梦》就是在那里写成的），生活更加困顿，已经到了“举家食粥酒常赊”（敦诚《赠曹芹圃》诗）的地步。乾隆二十七年（1762）秋，爱子夭亡，第二年除夕，他也伤感谢世，终年不到五十岁，留下一个新娶不久的继妻和一部未完成的书稿。敦诚《挽曹雪片》诗有“孤儿渺漠魂应逐，新妇飘零目岂瞑”这样哀切的句子，写出其最后的凄凉。

在封建时代残酷的权力斗争中，像曹家那样由盛而衰的剧变，并非罕见。但只有亲身经历过这种剧变的人，才会对人生对社会对世情产生一种不同寻常的真切感受，这与旁观世事变幻者的感受不同。在饱经沧桑之后，曹雪芹郁结的情感需要得到宣泄，他的才华也需要切实地展现，从而他的生命才能从苦难中解脱，完成他更有意义的终结。他选择了艺术创造——被不幸的命运所摧残的天才重建自我的唯一方式：写书。《红楼梦》第一回记述："曹雪芹于悼红轩中披阅十载，增删五次。"而后又题一绝云：

满纸荒唐言，一把辛酸泪！都云作者痴，谁解其中味？

也许可以说，中国历史上除了司马迁作《史记》，再没有人像曹雪芹这样以全部的深情和心血投入于"一部"著作的写作。但他去世的时候，全书仅完成前八十回，并留下一些残稿，这些残稿后来也散佚了。

从《红楼梦》的第一回来看，曹雪芹对这部小说似乎考虑过好几个书名，文中提及的有《石头记》《情僧录》《风月宝鉴》《金陵十二钗》。除了乾隆四十九年（1784）甲辰梦觉主人作序的手抄本正式题为《红楼梦》之外，在此以前的手抄本一般都题为《石头记》。直到高鹗的续本正式排印出版，才用《红楼梦》取代《石头记》而成为通行的书名。

《红楼梦》的版本有两大系统。一为"脂本"系统，这是流行于约乾隆十九年到五十六年（1754—1791）间的八十回抄本，附有"脂砚斋"（一般认为是作者一位隐名的亲友）等人的评语。现存这一系统的本子有十几种。另一为"程本"系统，全书一百二十回，由程伟元于乾隆五十六年（1791）初次以活字排印（简称"程甲本"），公开发行，又于次年重经修订，再次以活字排印发行（简称"程乙本"）。以后的各种一百二十回本，大都用以上两个版本为底本。这种本子的后四十回，一般认为是高鹗续写的，但也有人对此表示怀疑。

高鹗（约1738—约1815），字兰墅，别署"红楼外史"，汉军镶黄旗人。乾隆六十年（1795）进士，官至翰林院侍读。一般认为后四十回书的艺术水平较前八十回有相当大的差距，特别是有多处违背了曹雪芹的原意，即前八十回书中作者设计的伏笔和结局，但是比起其他名目繁多的《红楼梦》续书来，仍然高出许多。它终究给《红楼梦》这部“千古奇书”以一种差强人意的完整形态，满足了一般读者的要求。因而，这个系统的本子，也就成了《红楼梦》最流行的版本。

我们这里所说的《红楼梦》，是它的“通称”。由于各种各样的原因，这部书前前后后一共有过五个书名，最早的就是《石头记》，后来更改书名的经过在《红楼梦》第一回里是这样说的：

> ……空空道人因空见色，由色生情，传情入色，自色悟空，于是改名为情僧，改《石头记》为《情僧录》。至吴玉峰题曰《红楼梦》。东鲁孔梅溪则题名《风月宝鉴》。后因曹雪芹在悼红轩中披阅十载，增删五次，纂成目录，分出章回，则题名《金陵十二钗》。

其中“至吴玉峰题曰《红楼梦》”这一句最重要，恰恰这一句为乾隆十九年（1754）抄本（通称甲戌本）所独有，目前通行的版本即乾隆年间及以后正式出版的所有版本中都没有。关于这一段文字，红学家们曾经花费许多力气，去考证“石头”是谁，“情僧”是谁，“东鲁孔梅溪”是谁，而且有人据此认定曹雪芹只是“批阅增删”者，不是原作者。但是这个“吴玉峰”究竟是谁，却没有一个人说得清楚，最后只能主观认定“就是曹雪芹本人”。不管这些考证说得如何头头是道，但都只是主观猜测，没有过硬的旁证，所以我这里只是“提一笔”，不加以复述并判断。

除《红楼梦》之外的另四个书名，虽然见于书中，但是并没有用这些书名流传过，至少从乾隆年间《红楼梦》正式出版到 1927 年以前，已经很少甚至没人知道了。因为自从此书“正式”出版的时候改名《红楼梦》以后，就没有人再提起那四个书名；而题名《脂砚斋甲戌抄阅再评石头记》的版本，则是直到 1927 年方才发现的。——这就很清楚了:《红楼梦》这个书名，不是程伟元和高鹗改的，而是在乾隆十九年甲戌之前就已经有一个叫“吴玉峰”的人给起了这样一个书名，而且乾隆四十九年甲辰梦觉主人作序的手抄本就正式题为《红楼梦》。很可能，因为程伟元和高鹗不想别人知道这件事情，就在排印出版的时候把这一句话给删除了。

《红楼梦》最初流传的都是八十回手抄本，也没人知道作者是谁。因为书中有许多“夹批”，就是夹在正文中的批语，而这种批语以署名“脂砚斋”者为最多，所以统称“脂批本”或“脂砚斋评本”。抄书的人，只是为了谋利。一部手抄本，往往要卖到几十两银子[①]。当时一两银子能买到白米一百斤，几十两银子能买到白米好几千斤。按今天大米每斤三元计算，一部手抄的《红楼梦》要价一万元左右，不能说不贵。所以，能买得起的，必定是有钱的人家。

这种手抄本因为价格高，买不起的人就辗转传抄，或者干脆有人抄录后拿去出售，因此“转抄本”数量也不少。尽管因为时代久远，加上清廷多次严令查缴，能够流传到1927年之后的已经很少了，但是据一粟先生《红楼梦书录》的统计，包括残缺不全的，一共也还有五十多种。其中记有年代的，有如下三种：

乾隆十九年（1754）抄本，通称甲戌本；
乾隆二十四年（1759）抄本，通称己卯本；
乾隆二十五年（1760）抄本，通称庚辰本。

由于有的抄本没记载抄录时间，也有可能虽然有更早的抄本却没有流传下来，但据此至少可以得出一个结论：《红楼梦》前八十回的成书时间，一定早于乾隆十九年（曹雪芹三十九岁）。又因为各个抄本之间的文字不尽相同，也可以得出另一个结论：抄录者所用的“母本”，都不是作者的定稿。

现存《红楼梦》的最早手抄本，即乾隆十九年的抄本，原名《脂砚

① 见程伟元《红楼梦·序》：“好事者每传抄一部，置市庙中，昂其值得数十金，可谓不胫而走者矣。”

斋甲戌抄阅再评石头记》。既然是“再评”，就必然有“初评”，而且很可能早于“再评版”就有抄本流传，不然没必要在书名中特意标出。我们姑且假定《红楼梦》的“初评版”手抄本被流传出来的年代是“甲戌本”的前三年左右，即乾隆十六年（1751）前后（曹雪芹三十六岁左右），再假定《红楼梦》的作者或者编辑者就是曹雪芹，根据学者们的考证，曹雪芹是死于乾隆二十八年（1763）癸未除夕（按公元计算，应该是1764年初了），从初稿完成到死去，中间相隔十三年。查乾隆十九年的甲戌本《红楼梦》抄本影印本，第一回书前有一首“回前诗”，全文是：

> 浮生着甚苦奔忙，盛席华宴终散场。
> 悲喜千般如梦幻，古今一梦尽荒唐。
> 漫言红袖啼痕重，更有情痴抱恨长。
> 字字看来皆是血，十年辛苦不寻常。

可见，到乾隆十九年，“作者”写作或编辑删改的时间已经长达十年。也就是说，此书的编辑或写作从乾隆九年（曹雪芹二十九岁）就开始了。当然，也不排斥“十年”只是一个约数。再加上第一回中还有“后因曹雪芹于悼红轩中批阅十载，增删五次……”这一句话，说的是“编辑者”批阅增删的时间又是一个十年（后因）。如果作者和编辑（披阅增删）者是一个人，可以理解为“写作和修改”的时间一共是十年；如果是两个人，那就是二十年，说明《红楼梦》的成稿年月还要往前推十年，那可就是乾隆还没登基的雍正十二年（曹雪芹只有十九岁）了。不管怎么说，《红楼梦》的初稿完成于乾隆十六年（1751）之前（曹雪芹三十六岁前），应该没有多大问题。

查《脂砚斋全评石头记》这个版本，在第一回“批阅十载，增删五次”这句话的后面，引了“甲戌本”的眉批：“若云雪芹‘批阅’‘增删’，然后（应是‘则’字）开卷至此这一篇《楔子》又系谁撰？足见作者之笔，狡猾之甚。……”这句话的含义，红学家们的理解也各不相同。有人理解为：所谓“批阅十载，增删五次”，根本就是谎言，是作者在“故布疑阵”。也就是说，连白纸黑字写在书中的文字，也不能完全相信。——《红楼梦》之所以有这么多的疑点引人去考证、索引，完全是作者的故弄玄虚。

但是不论作者怎么“狡猾”，怎么故布迷阵，有一件事情却是再也清楚明白不过的：从第一个已经相当完整的八十回“初评本”或“再评本”流传，到“壬午，书未成，芹为泪尽而逝”[1]，这中间也有十年时间。于是问题来了：对比十年前流出去的甲戌本和曹雪芹死后流传出去的许多种版本，作者或编辑者究竟做了多少修改？如果修改不多，何必花费十年、二十年时间？再说，作者为什么写了八十回以后就停笔不写了，却热衷于先细细修改这前八十回，而不先一口气继续写下去？凡是写过小说的人，应该都知道这样的“写作方法”是不足取的，也是很少见的。因为一部作品的构思，不可能只构思一半儿，即便中间出现“疙瘩”，一时间“写不下去”了，也不可能一停就是十年、二十年吧？这样不合常情的问题，显然是谁也无法回答的。唯一的结论可能是：这十年、二十年时间，作者不但修改了前八十回，同时也写了后面的若干回，只是没有定稿，或者还没写完（即“书未成”），不愿意拿出来让人抄而已。

此外，在乾隆二十五年的“庚辰本”抄本的十七、十八回中，有畸笏叟的一段批语：“前除所引十二钗总未的确，皆系漫拟。至末回警幻情榜，方知正、副、再副、三副、四副芳讳。—— 壬午季春畸笏。”

这里所说的“末回”，当然不是第八十回。因为第八十回中没有什么警幻仙子的“情榜”。那么，肯定指的是另一个“有末回”的版本，而一部书只有写完了全书才能有“末回”。由此可见，《红楼梦》一书，作者是写完了的。至于为什么今天人们都说作者只写到八十回为止，后面的四十回是高鹗所续？这个问题，我这里也只能暂时说到这里为止，留待后文再说。

曹雪芹死后，《红楼梦》的手抄本除了八十回本之外究竟有没有完

① 见甲午（乾隆三十九年，1774 年）八月脂砚斋眉批。

整版或比较完整的版本流传，现在已经无从考证了。因为中间有一个编辑《四库全书》“搜刮天下藏书”包括手抄本的灾难，即便有也绝大多数都被朝廷搜走并销毁了。不过，也还有一些蛛丝马迹可寻——据周汝昌先生在《红楼梦新征》（人民文学出版社，1985 年）第 937 页中所说：1942 年冬，北大曾举办一个关于《红楼梦》的读书会，会上日本籍哲学教授儿玉达童说：在日本，他曾经看见过一个一百一十回的《红楼梦》版本，八十回以后的内容，和现在流行的版本内容有所不同。他所记得的主要不同点：一是小红最后和贾芸结婚，并曾到监狱里去探望宝玉；二是薛宝钗死于难产（这和通行“全版”本末回说到香菱死于难产近似），贾宝玉和史湘云结婚；三是王熙凤被休弃；四是妙玉流落风尘。这有可能是《红楼梦》正式出版之前流传到日本去的一个手抄本版本。在国内，即便有同样的版本，也因为“四库全书馆”的“搜查毁灭邪书”而被查抄并销毁了。

关于《四库全书》的编辑缘起，正史上的说法是：乾隆三十七年（1772）十一月，安徽学政朱筠提出《永乐大典》的辑佚问题，得到乾隆皇帝的认可，接着就诏令将所辑佚书与“各省所采及武英殿所有官刻诸书”，汇编在一起，名曰《四库全书》。而真正的原因，则是因为明代的遗老遗少在民间刻印了一些“怀旧”的书，甚至揭露清兵入关一路杀人放火荼毒百姓的“劣迹”（史实），已经引起了多次“文字狱”。朝廷为了“一次性”大面积搜查这些“反动书刊”，一方面以编撰《四库全书》的名义在民间征集、搜查“所有的书籍”，进行检查，发现有“不敬”（揭露劣迹甚至暴行）文字的，就加以修改删除或彻底销毁；一方面也把古籍中对清朝廷不利的文字进行篡改，从此形成一种“钦定”的版本，以求达到“与中央认识高度一致”的目的，一劳永逸。

所以，《四库全书》的编纂过程，第一步就是征集图书。这一工作从乾隆三十七年开始，到乾隆四十三年（1778）结束，历时七年之久。

这时候，曹雪芹死了已经十年。他的书在他死前十年就已经以手抄本流传，死后的十年流传量只会增多不会减少，价格也只能逐渐降低而不会上涨。因为最早的版本属于“奇货可居”，流传开来之后，抄本只能逐渐增多。尽管前十年的抄本只有八十回，后十年的抄本是不是有“全本”或“准全本”，现在已经无法考证了。

“全国搜书”工作不但雷厉风行，而且严格到民间不许“私藏”任何书籍抄本的程度。于是不论是八十回本还是全本、准全本，最后统统或几乎统统都到了“四库全书馆”。

清代人赵烈文①所著《能静居日记》中就有关于《红楼梦》的记载：“曹雪芹《红楼梦》，高庙②末年，和珅以呈上，然不知所指，高庙阅而然之，曰：此盖为明珠家作也。”——但他不是乾隆朝的人，关于《红楼梦》的故事，也是道听途说，不具有可信性的权威。

明珠，字端范，姓纳喇氏，生于后金天聪八年（崇祯七年，1634），顺治年间初任侍卫，后任銮仪卫治仪正，又调内务府郎中。康熙三年（1664）升为内务府总管大臣，“掌内务政令，供御诸职，靡所不综”，成为宫廷事务的最高长官。康熙五年（1666），任内弘文院学士，参与国政。康熙六年（1667），玄烨亲政，明珠更被重用。次年，任刑部尚书。一生有三大功绩：一、平定三藩；二、收复台湾；三、治理黄河。北京西郊有一块康熙二十三年（1684）九月二十四日所立的《明珠及妻觉罗氏诰封碑》，上面记载明珠“初任云麾使，二任郎中，三任内务府总管，四任弘文院学士，五任加一级，六任刑部尚书，七任都察院左都御史，八任都察院左都御史、经筵讲官，九任经筵讲官、兵部尚书，十任经筵讲官、兵部尚书、佐领，十一任经筵讲官、吏部尚书、佐领，十二任加一级，十三任武英殿大学士兼礼部尚书、佐领、加一级，十四任今职。”所谓“今职”，是指“太子太傅、武英殿大学士兼礼部尚书、佐领、加一级”。尽管他的官衔一升再升，威势显赫，实际上他卖官鬻爵，贪黩弄权，是个腐败官员。康熙二十七年（1688）二月，由佥都御史郭琇参劾明珠八大罪状。康熙帝因“不忍遽行加罪大臣，且用兵之

① 赵烈文（1832—1894）：乳名来求，字惠甫，一字伟甫，号能静，室名天放楼。曾国藩手下最受器重的幕僚。著有《能静居日记》。

② 高庙：乾隆庙号高宗，后世称高庙。

时，有效劳绩者”，故采取宽容的处理方式，革去明珠大学士职务，授为内大臣。因为他经历了荣华与败落的沧桑变化，而他的儿子纳兰性德又是一个善于写词却英年早逝的公子，因此乾隆认为《红楼梦》写的是明珠家事（暗喻贾宝玉就是纳兰性德）。——这一说，随着曹雪芹身世的逐渐明确，现在已经被彻底否定。

《红楼梦》前八十回成书以后，曾一度作为手抄本流传。有一派红学家认为：和琳（和珅的弟弟）的亲家苏凌阿家里，就收藏着一部《红楼梦》原抄本，和珅阅读后非常感兴趣，于是请人（就是高鹗）删改了一些“违碍”文字，并增补了未完稿的后四十回（还是高鹗），随后呈给乾隆皇帝御览，并得到乾隆皇帝的肯定，这才能够在乾隆五十四、五十五年（清朝禁书高潮期间）由“国营书店”武英殿排版印刷并开始流行，原因就在于和珅向乾隆皇帝大力推荐。

其实，乾隆五十四年前，和珅就已经担任《四库全书》总裁。在他的手中，应该有各种各样的《石头记》手抄本，何至于要到和琳亲家苏凌阿那里去“借阅”。引用这一派的说法，不过是用来旁证“《红楼梦》是在和珅的大力支持下方才能够正式出版”这种说法的。这个说法，由著名红学家周汝昌先生在20世纪80年代初发表了一篇名为《〈红楼梦〉“全璧”的背后》的长文，提出了一个令人震惊的结论：乾隆四十五年（1780）十月，和珅担任《四库全书》总裁后，出重金延请文士为他续补《红楼梦》。

不管这一说有多少可信度，和珅当过《四库全书》总裁，相信他一定看到过早期的《红楼梦》手抄本。如果“和珅向乾隆皇帝推荐《红楼梦》”此事当真，使此书能够在乾隆五十六年（1791年，曹雪芹死后二十七八年）那个“文字狱”猖獗的年代正式出版，和珅应该说是功不可没的。

如果以上说法属实，那么不由得会产生一个疑问：大家都知道，和珅不但是一个贪官，而且在他出任《四库全书》正总裁之后，对于查抄全国书籍相当积极，曾多次鼓动乾隆发布上谕，进一步催促各地“将违碍字句的书籍着力查缴”，真是雷厉风行，少有的严格。那么他为什么单单对《红楼梦》这样一部禁书情有独钟，不但不予以彻底销毁，居然投入巨资请人续作，还要冒着风险恳请皇上解禁并公开出版呢？

关于“史书”，首先要明确一件事情：对于历史人物，千万不要相信、更不要迷信“历史记载”。史书都是胜利者、权势者写的，史书对于一个人物的臧否，可信度往往不大甚至很小。对于和珅的定性，也是如此。当年的官员，不贪的极少，不然，如果仅仅依靠“薪俸”，只怕连老婆孩子都无法养活，更别说是一大帮幕僚和奴才了。但是把和珅说成是乾隆朝最大的贪官，所贪数目相当于甚至超过国库十几年的总收入，则绝不可信。关于此事，有拙著《另眼看和珅》（河南文艺出版社出版，2011 年）专门论述，这里不表。

人，都是立体的。在这方面是坏人，也许在另一方面就是好人。至于性格爱好，那就更加千奇百怪了。世界上既然不存在绝对的好人和坏人，和珅当然也不例外。

尽管和珅是一个贪官，但从他的另一个侧面来看，也有许多优点。他勤勉刻苦，智慧超群，精通满、汉、蒙、藏四种语言文字，诗词书画均属上乘，可以称得上是一个才子，而且是一个长相俊美的风流才子。他的性格和贾宝玉近似，都是多情种子，标准情郎。他也和贾宝玉一样，见一个爱一个。但他和滥杀姬妾的石崇不同，他对每一个妻妾都非常重感情。在他的发妻冯氏病危期间，居然能多日不上朝，几乎每天陪着夫人。他甚至发誓许愿：如果有人能治好他夫人的病，他愿意舍弃一切家财。冯氏死后，她所居住的寿椿楼一切都按原样摆设，永远不让别人居住，仅供和珅去凭吊与怀念。他姬妾众多，对小妾们呵护有加，宠爱备至，每天琴棋书画、诗词歌赋，很有生活情趣。因此，在他被嘉庆帝赐死后，好几个小妾都心甘情愿地为他自杀殉身。有个叫豆蔻的宠妾，在和珅死后留下挽诗：“谁道今皇恩遇殊，法宽难为罪臣舒。坠楼空有偕亡志，望阙难陈替死书。白练一条君自了，愁肠万缕妾何如。可怜最是黄昏后，梦里相逢醒也无。”然后跳楼而亡。这个和珅的感情世界，简直就是贾宝玉的影子。只要你看到了这一点，和珅为什么会喜爱《红楼梦》，原因就不用解释了。清人的《谭瀛室笔记》甚至说《红楼梦》写的就是和珅家的事情："和珅秉政时，内宠甚多，自妻以下，内嬖如夫人者二十四人，即《红楼梦》所指正副十二金钗是也。"

这当然是一派胡言。

第一，《谭瀛室笔记》作者不知何许人，但出版于晚清，距离乾隆年间很远，所记载的和珅事迹大都出于道听途说，缺乏根据。

第二，说和珅有妻妾二十四人，就没有根据。野史记载，和珅发妻叫冯霁雯；二夫人叫"长二姑"，原是一个刑部司员的小妾；其余的小妾，吴卿莲原是王亶望的妾，豆蔻、纳兰原是干女儿后来成了妾，黑玫瑰是乾隆遣散的宫女，小莺和紫嫣都是当时的名妓，还有个玛丽是西洋美女。只有一个豆蔻，善于诗文。和坤的小妾，不但有再嫁的，还有妓女。可见和坤与所爱的妻妾之间，绝没有像《红楼梦》中所描写的那种少男少女之间纯真的爱情。

第三，如果说《红楼梦》写的就是和珅家的事情，那么是谁写的呢？什么时候写的呢？和坤得宠之后，揽了许多差事，他哪有闲工夫写《红楼梦》？和坤倒是有两个儿子，长子丰绅殷德，是乾隆十公主、固伦和孝公主的驸马爷。和珅活着的时候，他即便有那才能，也不会去写《红楼梦》；和珅死后，他穷愁潦倒，倒是有写书的动机，可是《红楼梦》在和珅活着的时候就已经出版了。和珅的次子，是他四十多岁的时候冯氏所生，生下来没过多久就死了，所以连名字也没有留下。而《谭瀛室笔记》却胡编说："和少子玉宝，……好为冶游。"真不知道这个"少子"从何而来！

于是，近当代竟有一派"红学家"宣扬：和珅被赐自尽，其实没有死，而是当"情僧"去了，《红楼梦》就是他当了和尚以后写的。这就更是乱点鸳鸯谱，时空颠倒了：和珅还没死，《红楼梦》早就印出来了。

有人认为：正因为和珅太喜欢《红楼梦》了，所以才千方百计蛊惑乾隆皇帝让此书公开出版，而前提就是要让高鹗续写和改写《石头记》，要让贾家"沐皇恩"，"延世泽"，永远荣华富贵，书才有公开出版的可能。这就是他要"改造"后四十回的真正原因。——不管怎么说，在那个"文字狱"猖狂的年代，和珅保存了《红楼梦》，功不可没；如果把它彻底销毁了呢？

学术界对程高本《红楼梦》的争议围绕两个焦点：一是后四十回谁著，二是如何评价后四十回的文学成就。

在19世纪评点派那里，后四十回的作者和文学价值都是没有问题的；20世纪20年代，胡适、俞平伯一面考证出后四十回书为高鹗续作，一面又高度赞扬其文学价值，肯定高鹗的卓越贡献；1949年后，以周汝昌为代表的大陆红学界极力批判甚至恶骂后四十回，高鹗随之被妖魔化，只有在台湾的林语堂等少数学者坚持为高鹗申冤；21世纪初，由于百家讲坛的广泛影响，社会上终于出现了腰斩《红楼梦》、全盘否定高鹗的倾向。

从2007年开始，人民文学出版社新版全本《红楼梦》停止使用“高鹗著”“高鹗续”等字样，更新为“无名氏续，程伟元、高鹗整理”，标志着“高鹗续书说”发生了动摇。红学家俞平伯说：“程伟元、高鹗是保全《红楼梦》的，有功！”中国红学会会长张庆善指出：“高鹗不应该是《红楼梦》续作者，他应该是《红楼梦》最后出版的整理者……《红楼梦》能够流传，高鹗是第一功臣。”

人民文学的新版，是在肯定后四十回“非曹雪芹”原著的前提下加上了“无名氏续”字样的。当然，持不同观点的红学家还有不少，这里就不一一赘述了。

高鹗（1758—约1815），字云士，号秋甫，别号兰墅、行一，清代汉军镶黄旗内务府人，籍贯沈阳三台子，亦自署铁岭高鹗、奉天高鹗，先世清初即寓居北京。高鹗因协助程伟元整理出版《红楼梦》第一个印本——程高本而别号“红楼外史”。

高鹗在他的履历上写的出生日期，是“戊寅年（乾隆二十三年）十月十七日寅时生”①，也就是公元1758年11月17日。

高鹗家有田产，父亲是个读书人。但他自幼不受儒学禁锢，少年放

① 见顾廷龙主编《清代朱卷集成》卷四《高鹗》。

荡，常和酒伴们闲逛，乃至“趁蝶随蜂，浪赢两袖香留”[①]。

青年时期的高鹗追求功名，热衷仕进，但几次赶考都落了个金榜无名，这给了他精神上以莫大打击，一度离京到外地做私塾先生。直到乾隆五十三年（1788），高鹗方如愿得中顺天乡试举人[②]。

高鹗中举后，身心疲惫，不过也偷得数年闲暇。他曾从友人处借阅《红楼梦》抄本，但止于八十回，不见后半部，他为此深感遗憾[③]。

乾隆五十六年（1791），也就是高鹗中举后的第三年春天，时年三十三岁，友人程伟元登门拜访，出示“自己搜求购买”的一百二十回“全本”（注意：这里强调程伟元“出示”的就已经是“一百二十回”本，从而否定了高鹗“续作”的说法），并邀请他一同参与编辑整理。高鹗认为此书虽然是“不登大雅之堂”的闲情小说，但大致上与儒家思想并无冲突，因此欣然应允。到这年冬至后五日，任务完成，下厂付印。很快，《红楼梦》在出版史、传播史上第一个工程浩大的印本问世了，胡适称之为程甲本。据程伟元说：他们具体的工作内容是对原稿进行编辑校对，截长补短，抄成全部，再印刷出版[④]。

关于《红楼梦》后四十回的续作者是不是高鹗，问题很清楚：世界上没有这样一个“才子”，能够在“不到一年时间内”给只有前八十回的残本《红楼梦》续出后四十回来。因为“创作一部小说”需要很长的构思时间，只要构思成熟了，“写出来”的时间相对而言反倒比较短，而给别人续作，只有在“吃透”原著的前提下才能进行。《红楼梦》前八十回，人物众多，相互之间的关系错综复杂，绝不是三五个月就能吃透、就能下笔续作的。为此，持“高鹗续作”论者为了替他辩解，立即加以补充说：高鹗当时就已经是“红学家”，而且早就已经开始在写续作，都快要写完了。不然，和珅和程伟元为什么偏偏要找他？此事只要

① 见《高鹗诗文集》卷二《兰墅砚香词》。

② 见陈文新、汤克勤《明清小说名著导读》，武汉大学出版社，2008年。

③ 见朱一玄《红楼梦资料汇编》，南开大学出版社，2012年。

④ 同上书。

稍用脑子想一想就明白：当时全国正在大张旗鼓地查抄《石头记》的手抄本，高鹗若不是和珅让程伟元来找他，他敢于堂而皇之地坐下来改写或续写《石头记》？所以说，程伟元的“全本”，即便不是真的从“冷摊”上购得，也是和珅从全国搜来的各种手抄本，经过程伟元初步综合，其中也许稍有缺失的文字以及不得不改的情节，再由编辑者程伟元和高鹗加以补足，如此而已。

程甲本的出版略嫌仓促，有点儿急功近利，所以编校排印不够仔细，刚出厂就发现了很多瑕疵，于是高鹗与程伟元立即着手重订，于乾隆五十七年（1792）二月十三日重版付梓[①]，胡适称之为程乙本。（请注意：高鹗编辑完成《红楼梦》的日期是“当年的冬至后五天”，也就是农历十一月下旬，前后不到一个月。到第二年的二月中旬，第二版又付印了，中间的间隔只有三个月左右，但是第一版却已经排版、校对、印刷、发行完成了。这可是一部百万字的长篇巨著，即便是在 20 世纪的铅印时代，这个速度也很难达到！当年高鹗们是怎么完成的，很值得研究。）

程伟元、高鹗合撰的程乙本《引言》提到，此本前八十回是在参考各种旧抄本的基础上补足缺文，订正讹误，其间偶尔也有增损几个字的情况。而后四十回仅存残本，并无别的版本作参考，因此只能按照残稿前后次序，在空缺处打上“补丁”，使叙事连续以减少矛盾。至于残稿的原文，他们并不敢妄自改动[②]。——就事论事，这个说法应该可以成立。因为只有不到一年时间，太仓促了，就是想改动，恐怕也来不及。

高鹗对自己参与整理出版《红楼梦》感到很自负，作《重订红楼梦小说既竣题》诗云：“悟得光明自在禅。”[③]

程高本《红楼梦》出版后，高鹗迎来了人生高峰。乾隆六十年（1795），中乙卯恩科进士，殿试三甲第一名，授内阁中书。

---

① 见《高鹗诗文集》卷一《月小山房遗稿》。

② 同上书。

③ 同上书。

高鹗在职期间讲究操守，勤于政事，年轻有为，受到同僚及上司的一致好评，因此步步高升，历官汉军中书、内阁典籍、内阁侍读。嘉庆六年（1801），高鹗以内阁侍读任顺天乡试同考官。嘉庆十四年（1809），高鹗由侍读考选都察院江南道监察御史。嘉庆十八年（1813），高鹗升刑科给事中。

高鹗任刑科给事中后不久，即因失察八卦教教首林清谋反案而受到降三级调用的惩罚，应了“登高必跌重”的俗语。他半世为官，两袖清风，忽遭此变故，晚景凄凉。嘉庆二十年（1815），高鹗卒，终年五十七岁。

当年小说很少，出来一部新著，虽然价格很贵，经过互相借阅不但居然“不胫而走”，而且在当时的读书人中竟然到了“开谈不说《红楼梦》，读尽诗书亦枉然”①的地步，更说明这部书受欢迎的程度。

二、《红楼梦》的作者是谁?

这个问题，早先是“前八十回为曹雪芹所作，后四十回为高鹗所续”，后来又改为“前八十回为曹雪芹所作，后四十回为无名氏所续，程伟元、高鹗整理”。

但就是这样模棱两可的答案，也不是“等闲”认定的，这其中经过许多人的考证和论证，方才勉强达成这个比较一致的结论，而且至今反对这个结论的红学家还很多，特别是关于后四十回究竟是谁所续，不同看法的人更多，也还有待继续考证。

在曹氏家谱上，因为发生变故，没有“续谱”，所以到曹頫这一代就结束了，没有曹霑、曹雪芹这个名字。质疑曹雪芹是《红楼梦》作者的人认为，胡适的考证方法不可信，与其他人物的名字一样，曹雪芹这三个字只是作者创设的一个符号，曹雪芹只是“抄写勤”的谐音，并非

① 嘉庆时期流传的《竹枝词》。

实有其人。

否定曹雪芹是《红楼梦》作者的人很多很多。有认为《红楼梦》的作者是曹頫，有人认为《红楼梦》作者是曹硕，有人认为是“空空道人”或者“情僧”，有人认为是吴梅村或明末朱三太子，有人认为是康熙废太子胤礽，还有人认为《红楼梦》乃一位女子所作，但是都拿不出有力的铁证来，也不过都是“说说而已”。比较具有说服力、相信的人也比较多的，认为《红楼梦》作者是洪升或冒襄。

《红楼梦》这部脍炙人口的小说，居然难于肯定真正的作者是谁，是因为“小说”这个东西在古代是“不登大雅之堂”的。在当时，写诗词歌赋的是“才子”，写唱本、小说的是“才人”。别看两者虽然都带着“才”字，只有一字之差，却一个是“风雅之士”，一个“市井末流”。所以当年写小说的人，大都不敢、不愿在书上标明真名实姓，而是用“别号”署名，如《金瓶梅》署名“兰陵笑笑生”（至今不知道是谁），《海上花列传》署名“花也怜侬”（即韩邦庆），《长生殿》署名“一瓣心香室主”（即洪升）之类。像“罗本罗贯中”这样用真名实姓署名，是因为他的名声比较大，许多人都“借用”他的名气。《红楼梦》的写作年代，一般认为是清朝的乾隆年间，当时的“文字狱”十分猖獗，一不小心，不但作者人头落地，甚至还要株连九族，因此《红楼梦》作者更不敢堂而皇之地署名，就兼有以上两种因素。

在《红楼梦》第一回中，有这样一句话：“曹雪芹于悼红轩中批阅十载，增删五次，纂成目录，分出章回……”于是，就产生了两种不同的认知：一派认为，一部书能够花十年时间进行增删、编目分章回的，除了作者自己，还能是谁？一派认为，人家明明说曹雪芹只是编辑整理者，没说他就是作者嘛，于是这一派的学者认为曹雪芹最多不过是一个增删改定者，在他之前应当另有一位具有遗民思想的人是原作者。台湾的潘重规先生以及《红楼梦原理》的作者杜世杰先生，都持此说。

清代诗人明义在其《题红楼梦》诗序中说：“曹子雪芹出所撰《红楼梦》一部，备记风月繁华之盛，盖其先人为江宁织府。其所谓大观园者，即今随园故址。惜其书未传，世鲜知者，余见其钞本焉。”

明义，姓富察氏，字我斋，清代满洲镶黄旗人，生卒年月不详。从他说的“惜其书未传”看，应该是乾隆时代人。所著诗集《绿烟琐窗集》中，有《题红楼梦》绝句二十首（今存），历来为红学家们所重视。既然诗序中说“曹子雪芹出所撰《红楼梦》一部”，应该是曹雪芹当面亲自交给他的才对；但是这个“出”字，也有“写出”“出版”的含义，不同于“出示”。至于说“惜其书未传”，那就应当在《红楼梦》正式出版以前，也就是《石头记》抄本刚刚开始流传甚至还不太为众人所知的年代。那么，他的诗就应该是《题石头记》，而不是《题红楼梦》。除非，他看到的是“乾隆四十九年甲辰（1784）梦觉主人作序并正式题为《红楼梦》的手抄本”。再不然，也有可能是程高本《红楼梦》刚刚出来，他还看不到，却能找到手抄本，于是就以《红楼梦》名之。——这当然是很勉强的解释。

另一位清代宗室诗人永忠作于乾隆三十三年（1768）的咏《红楼梦》诗题曰：“因墨香得观《红楼梦》小说吊雪芹三绝句（姓曹）。”这大概是除《红楼梦》本身和脂批之外，最早指出曹雪芹是《红楼梦》作者的记载。但是同样也存在“乾隆三十三年只有《石头记》没有《红楼梦》”这个问题。因为即便是梦觉主人正式题为《红楼梦》的抄本，也是乾隆四十九年甲辰年（1784）的事情。

明义和永忠都是曹雪芹的同时代人，虽然没有证据表明他们认识曹雪芹，但他们却与曹雪芹的朋友敦诚、敦敏兄弟有密切往来，因此他们的说法被认为是具有很高的可靠性。但是非常可惜，迄今没有在敦诚、敦敏兄弟留下的文字中找到关于曹雪芹是《红楼梦》作者的记载。

另外，在与曹雪芹同时代或稍晚的袁枚、裕瑞等人，以及更晚的其他人的笔记中，也都有曹雪芹是《红楼梦》作者的记载。袁枚甚至说“所写之大观园，即余之随园也”。——据考证，曹家被抄之后，花园被后任江南织造卖给了袁枚，因此他的说法颇能言之成理。

1921年，胡适发表《红楼梦考证》，在对清人笔记和曹雪芹家族考证的基础上，确定曹雪芹为《红楼梦》作者，从此在读书界成为定论。到1927年，发现了手抄本脂批《石头记》，更强有力地支持了这一结论。近年来，虽然不断有人提出《红楼梦》作者另有其人，甚至有人说所有的“脂批本”都是民国初年的人伪造的，但也只是“一家之见”，缺乏足够的过硬证据。

1979年，戴不凡的《揭开红楼梦作者之谜》系列论文发表，再次引起一场关于《红楼梦》的作者是谁的论争。

戴不凡的文章刊载于《北方论丛》1979年第一期，长四万余字，主要论点为：曹雪芹不是《红楼梦》的“一手创纂”或“创始意义”的作者。他是在“石兄”的《风月宝鉴》旧稿的基础上，巧手新裁，改作成书的。总之，曹雪芹只是小说的编纂者和改作者。但是戴不凡先生拿不出原作者是“石兄”，以及“石兄”究竟是谁的证据来，无非还是“推理”或“臆测”。

2005年，马兴华的《揭开红楼梦作者和成书年代之谜》发表，提出《红楼梦》的作者为朱云阳（朱由析）、石溪、石涛三人。完成了戴不凡提出《石头记》的作者是“石兄”的推测。这三人都是明代遗民，具有道士和僧人的身份，其中朱云阳是道学大师，石溪和石涛都是著名画家。《红楼梦》成书的准确年代，则推定为康熙三十一年（1692）。——那时候，曹雪芹还没出世。

《红楼梦》一书，不论是八十回的手抄本还是一百二十回的活字排印本，当时都没有“作者”的署名。自从胡适认定曹雪芹是其作者以后，有关他的生平资料逐渐被发掘出来。其结果，却是资料发掘得越多，大家越是感觉到曹雪芹不像是《红楼梦》的真正作者。——这叫“归谬证法”。只有先证明曹雪芹不是《红楼梦》的真正作者，才能接着寻找谁是真正的作者。

一时间，否定曹雪芹是《红楼梦》作者的文章风起云涌，连篇累牍，有的仅仅谈感觉，有的还能举出实例来。

综合各家之见，否定曹雪芹是《红楼梦》作者的理由，一般说来有如下九个方面：

（一）年龄方面。像《红楼梦》这样人物众多、结构庞大、内涵丰富的巨著，作者肯定是一个阅历丰富、学识高深、文化底蕴非比一般的大才子。这样的人，其年龄少说也得在三十岁以上。关于曹雪芹开始创作《红楼梦》的年代，红学界一般认为是乾隆九年（1744）。那么，乾隆九年的曹雪芹，他的年龄是多少呢？

可惜，关于曹雪芹的生卒时间，直到今天依旧有争议。出生时间，一说是康熙五十四年（1715），一说是雍正二年（1724）；逝世时间一说是乾隆二十七年（1762），一说是乾隆二十八年（1763）。卒年上下相差一岁，问题还不是很大；生年可是相差九岁之多。如果生于雍正二年，那么乾隆九年曹雪芹才二十周岁。一个刚刚二十周岁的小青年，居然能够以极为流畅老练的文笔写出一部中国文学史上的里程碑《红楼梦》来，不论从学历还是经历看，确实都匪夷所思！

大家都认为，《红楼梦》不是一部凭想象杜撰的小说，而是一部以作者生平为蓝本创作的作品。《红楼梦》开篇“作者自云”：这是“历尽离合悲欢炎凉世态的一段故事”，“至若离合悲欢、兴衰际遇，则又追踪摄迹，不敢稍加穿凿”。一个才二十岁的小青年，他的人生之路才刚刚开始呢，能说自己已经“历尽离合悲欢炎凉世态”吗？能“追踪摄迹”去记载自己的人生轨迹吗？能感叹自己“一事无成，半生潦倒”吗？

用来反证《红楼梦》不是曹雪芹所写的主要根据，是雍正六年（1728）南京曹家被抄没之后才全家迁回北京，当时曹雪芹年纪还小，按出生于康熙五十四年乙未说是虚岁十四岁，按出生于雍正二年甲辰说是虚岁五岁。就按乙未说计算，十三岁之前的曹雪芹还是个孩子，即便他曾经经历过大观园的场景和奢华的生活方式，但也只能以一个孩子的眼光“观察”而已，不可能像贾宝玉那样周旋于诸多丫环、小姐之间，并且和她们中的许多人产生缠绵悱恻的情爱故事。而一个没有经历过男女之间这些错综复杂的情爱关系的少年，即便长大以后，也很难杜撰出那么多性格殊异、栩栩如生的女性形象来。

还有一点，曹家回到北京后的情况，文献绝少记载。也就是说，今天谁也不知道曹雪芹受过什么教育，在北京有什么活动，虽然也有一些朋友的诗文中提到了他的名号，敦氏兄弟还有“著书黄叶村”这样的诗句；可是古人对“著书”的理解比较狭窄，一般只指学术著作，没人把写小说说成是“著书”的，而且在那么多亲友的诗文中，居然没有一个人提到他在写一部叫《石头记》或《红楼梦》的小说。对于如此才华横溢的杰出文人，而且他的小说还没写完就被许多人传抄流传了，在当时的文人圈中居然没有任何记录和痕迹，也的确不可思议、不可想象。所以，也无怪乎有许多人不相信作者是曹雪芹了。

正因为如此，拥曹派就尽力把曹雪芹的生卒年月说成是约1715—约1763。也就是说，他虽然一共只活了四十八九岁，死的时候虚岁近五十岁了，可是他开始写作的年月是三十周岁。而非曹派则认为这是拥曹派在故意提高曹雪芹的年龄，让分明是不可能的事情成为可能！

如果不首先确定曹雪芹的出生年月，这场官司永远也打不清。

（二）经历方面。《红楼梦》记述的是一个“百年望族”最终“落了个白茫茫大地真干净”的悲剧故事。作者本人在这场悲剧中绝不是局外人，而是一个有着强烈负罪感的“罪人”！作者创作《红楼梦》的目的，是把自己“一事无成、半生潦倒之罪，编述一记，以告普天下人：我之罪固不能免”，口口声声说书中记载的是作者的“我之罪”。

问题是，曹雪芹无论如何也没有谈论“我之罪”的资格！曹家确实是一个由“望族”走向没落的家庭，但在中国封建社会历史上，这样的家庭何止千万，怎么能断定《红楼梦》写的就是曹家呢？更重要的是，曹家之败与曹雪芹根本无关，他决不会在书中大谈特谈“我之罪固不能免”。曹家被抄家发生在雍正二年春，如果曹雪芹生于这一年，他大概此时还在娘肚子里，难道就要他为抄家负责任了？如果曹雪芹出生于康熙五十四年，这一年他也只有九岁，黄口未消，何“罪”之有？

再说，从目前考证出来的所有材料看，连曹雪芹的亲父究竟是谁都还模模糊糊的，根本就没提到他有亲兄弟姊妹，也没有一大堆堂姐妹或表姐妹，构不成《红楼梦》书中金陵十二钗的原型。书中作者分明说：“如今风尘碌碌，一事无成，忽然想起当日所有的女子，一一仔细考较，觉得她们的行止见识，都出于我之上。怎么我堂堂须眉，反而不如她们裙钗呢？实在是愧则有余，悔又无益，真是大无可如何的日子！为此，就想把以往所赖天恩祖德，锦衣纨绔之时，饫甘餍肥之日，背父兄教育之恩，负师友规谈之德，以至今日一技无成，半生潦倒之罪，编成一书，以告天下人：我之罪固不免，然闺阁中本自历历有人，万不可因我之不肖，自护己短，一并使其泯灭。虽然今天已经到了茅椽蓬牖、瓦灶绳床的地步，这些晨风夕露，阶柳庭花，也不会妨碍我的襟怀笔墨。虽然我没有好好儿学习，下笔写不出什么好文章，又何妨用假语村言，敷演出一段故事来，既可以在闺阁中流传，也可以让世人过目，用它来破愁解闷儿，不也很好吗？”

从这一点推断，曹雪芹绝没有创作《红楼梦》使“闺阁昭传”的原动力。再说，书中那么多活灵活现的姐妹，没有生活原型，怎么可能仅凭想象创作出来？

（三）署名方面。中国古代人写小说，向来没有署名的习惯，《三国演义》《水浒传》《西游记》的作者罗贯中、施耐庵、吴承恩，都是后人考证出来的，而《红楼梦》也不例外：那是胡适考证出来的。此书不论手抄本还是排印本，虽然都没有明确的作者署名，但是“曹雪芹”三个字，却是以“披阅增删者”的身份，明明白白地在书中写着的。

《红楼梦》是一部隐去了“朝代纪年、地域邦国”的作品，为什么要这么做呢？红学界都解释为曹雪芹为了躲避“文字狱”迫害而不得不如此，但是，想要躲避“文字狱”的人，偏偏却又在书中写上了自己的真名实姓，这不是典型的此地无银三百两吗？既然他连真名实姓都敢写出来，为什么还要“故弄玄虚”隐去作品的时间地点呢？对于这种自相矛盾的问题，从胡适先生开始，从来就没人给出正确的、有说服力的解释！

有人说，正因为曹雪芹害怕“文字狱”，所以才在书中杜撰了一个无法找到的“石头”作为作者，而把自己写成了“披阅增删者”。这是不懂历史的糊涂观念！清朝“文字狱”的残酷是超乎想象的，不仅作者有罪，评点者、批阅者甚至挂名者都有罪！不仅本人有罪，家人乃至亲族都有罪，著名的“明史案”“南山集案”等都证明了这一点。曹雪芹生活在“文字狱”最酷烈的乾隆时代，他能不知道这一点吗？

（四）避讳方面。中国封建社会是非常讲究避讳的，任何文人、官僚都必须按照朝廷的、家族的避讳规矩说话写字，否则就会犯大逆不道的罪名。如果说曹雪芹是《红楼梦》作者，《红楼梦》书中他那个时代的国讳家讳均不避，就是一个无法解释的极大疑点。

乾隆时代的“国讳”规定，“琏”字是必须避讳的，因为乾隆的爱子荣亲王“永琏”三岁早夭，皇帝为此曾亲自颁旨通令全国避讳“琏”字。曹雪芹怎么敢公然把书中的重要人物、王熙凤的老公命名“贾琏”？再如乾隆登基前的身份是“宝亲王”，任何人都理应避讳，但是《红楼梦》中不仅不避讳，还通过丫环鸳鸯之口，破口大骂“宝天王”“宝皇帝”，这在乾隆朝怎么可能？——除非《红楼梦》写于乾隆朝之前。

再说家讳，曹雪芹的曾祖父名叫曹玺，又名尔玉，字完璧，祖父名叫曹寅，字雪樵。对“玺”“寅”“玉”“雪”等字，曹家后人理应避讳，可是《红楼梦》中根本就没想到要避讳这些字。再例如“瑞”字，康熙皇帝曾为曹雪芹的曾祖母，也就是那个当过皇帝保姆（乳母）的孙氏老太太题匾“萱瑞堂”，曹雪芹怎么可能用“瑞”字为《红楼梦》书中极其下流不堪的人物贾瑞命名？

（五）性格方面。从二敦及张宜泉的诗中不难看出，曹雪芹是个具有魏晋风度的人。他嗜酒如狂，不修边幅，扪虱高谈，白眼向人。具有这样性格特征的人，与贾宝玉的情痴情种性格是格格不入的。先不说这样的人根本就写不出缠绵悱恻的《红楼梦》来，更不可能所写的是曹雪芹的自传。因为《红楼梦》作者的性格，属于“意淫”“情种”的范畴，与曹雪芹的性格大相径庭。

（六）时代方面。《红楼梦》作者故意虚化时代背景，可是对故事的描写，包括人物的服饰、礼节、称谓以及言谈话语等，又不可能完全“避开”。我们从书中所看到的，只能理解为那是明代，至少不是清代。因为书中基本上没有写满族的生活习惯，吃的则是大米饭，过年也从来不吃饺子。地点则肯定在京都，因为有妃子、王爷、太监和六部的官员等。

至于《红楼梦》书中所写的“末世”，应该不是贾府一个家族的末世，而是整个社会的末世。但是曹雪芹所处的那个时代，恰恰是乾隆盛世，他怎么可能在盛世中宣扬“末世”呢？

《红楼梦》虽然隐去了作品的时代，但书中描写的确实是末世光景。这种末世并不是什么“封建社会的末世”，而是封建王朝的改朝换代时期。这从书中的《好了歌解》和《飞鸟各投林》中可以看得很清楚！这个时期只能是明末清初，而绝不可能是乾隆盛世。

（七）民族方面。《红楼梦》书中虽然没有提到“汉族”“满族”，但是第一具有明显的“清廷”背景，第二具有明显的悼明反清思想倾向。曹雪芹作为旗人，作为乾隆时代的人，不大可能去悼明反清。有人为了维护曹雪芹的著作权，拼命否认《红楼梦》中有反清悼明思想。这是徒劳的。《红楼梦》书中白纸黑字在那里写着，能否定得了吗？

曹家从曹振彦、曹士选“从龙”以来，历经曹玺、曹寅等辈，为大清王朝的建立，立下无数汗马功劳，是大清王朝的缔造者和既得利益者。虽然后来由于统治集团内部倾轧，家族败落了，但这样的破落贵族骨子里也不会去反清的，当然更谈不上悼明了！

（八）科举方面。《红楼梦》作者肯定参加过科举，并且在这方面栽过大跟斗。这从书中“无材补天”的感叹中可以得到证明。书中说“娲皇”炼了“三万六千五百零一块”石头用来“补天”，却“独留一石未用”，弃在大荒山青埂峰下。石头因为自己“不堪入选”，于是“自怨自叹，日夜悲号惭愧”。

在封建社会，“学成文武艺，货与帝王家”，“补天”二字几乎就是知识分子参加科举的代名词。《红楼梦》作者不仅参加过科举，而且可能由于某种特殊原因落选，否则不会说“独留一石未用”。到现在为止，没有任何证据证明曹雪芹参加过科举考试。

（九）思想方面。曹雪芹生活的乾隆盛世，封建正统观念的统治极其严厉，“文字狱”盛行，那时候的文人既无可能也无胆量去反对孔孟之道、四书五经。与曹雪芹同时代的《儒林外史》作者吴敬梓，敢于讽刺那些假道学，敢于嘲笑范进一类举子，但绝对不敢反对包括程朱理学在内的孔孟之道。

《红楼梦》中所宣扬的思想，绝非乾隆时期的思想。书中宝玉大骂忠君爱国的“文死谏武死战”，把仕途经济称为“禄蠹国贼”，除了四书，要把别的书全烧了，当然也包括朱熹的书。这种极端的思想举动，绝非乾隆时期的曹雪芹所能想、所能做出来的。到今天为止，也没有发现曹雪芹个人有这方面的言行或文字。这种异端思想，正是“末世”时期，也就是明清两朝改朝换代时期，那些当了亡国奴的前朝封建正统士大夫阶层的思想反映。

种种迹象表明，《红楼梦》从思想到内容都是“末世”的产物，而不是盛世的作品。因此，否认曹雪芹是《红楼梦》作者的人，认为真正的作者必定是明代的“遗民”，而不是清朝出生的、生活在乾隆盛世的曹雪芹。

否定曹雪芹是《红楼梦》的作者之后，非曹派还在挖空心思寻找真正的《红楼梦》作者。主要方向，第一是晚明的遗民，第二是出身于封建大家庭，第三是经常周旋于众多女性之中的风流才子。经过多年的探索，大体上有如下三个派别：

（一）《红楼梦》的作者为江南才子洪升说。有一派红学家（见《洪升 VS 曹雪芹》一书，作者秦轩）认为，《红楼梦》的“原作者”是江南大才子、《长生殿》的作者戏剧家洪升。洪升六十岁那年，应邀到江宁织造府，把《石头记》原稿交给爱好戏剧又热衷于印书的老朋友曹寅，托他刊印。就在洪升离开江宁织造府返回家乡杭州的时候，路过乌镇，因为喝醉了酒，掉进河中淹死了。

据《洪升年谱》记载：“康熙甲申四十三年（1704），曹寅迎致昉思于江宁，集南北名流为胜会，独让昉思居上座，以演《长生殿》剧。”紧接着又记载：“自江宁返，行经乌镇，酒后登舟，堕水死。时为六月初一日。”正当洪升与《长生殿》大红大紫的时候，却在曹寅邀请去南京聚会后未能归家，中途落水离世。

洪升亡故的消息传开后，洪升的亲友，江南的百姓、优伶等纷纷汇集于落水处追悼洪升，形成了人员拥挤、交通阻塞的轰动事件。曹寅对洪升的死心中内疚，只好在水边搭起诗馆，接待大江南北洪升的亲友和文人骚客前来悼念，为洪升撰写挽联、诗词和纪念文章。当时赵秋谷在天津吴雯老房东张霖（字鲁庵）处，因为染病没有及时赶到，一直到第二年秋天才到江南。当时悼唁洪升的人们还没有散去，可见的确是“盛况空前”的了。赵秋谷《寄曹荔轩寅使君真州》诗云：“闻道高楼临水起，使君坐卧此楼间。帆樯兢作鱼龙戏，宾客空和燕雁还。唐代精灵应有属，（曹实司诗馆）清秋烟月肯教闲。遥怜解带衔杯里，收取江南几许山。”诗里记载了曹寅建诗馆（上面“曹实司诗馆”五个字是原诗的附注），诗人们在诗馆里悼唁洪升。实际上，这个诗馆就是名副其实的“悼洪轩”，不过《红楼梦》书中把“洪”改为“红”而已。曹寅曾在诗馆里向文人骚客们介绍洪升的新作《石头记》，于是洪升的朋友们都来题诗题词，纪念洪升。曹寅则在“悼红轩”中披阅增删《石头记》，并把他们的题词写入书中。

但是由于种种原因，曹寅并没有把《石头记》刊印出来。不久，曹寅死去，曹府被抄家，原稿被少年曹雪芹所保留。后来经过他“披阅十载，增删五次”，方才先以手抄本传世；直到曹雪芹死后将近三十年，总算得到“《四库全书》总编纂”和珅的赏识，并且通过乾隆皇帝的批准，又凭他手眼通天的本事，尽力把所有能搜索到的抄本和残稿集中到一起，请程伟元和高鹗编辑整理，并且交给当时最高级别的印刷出版机构“武英殿”用活字排印出版。从此，《红楼梦》方才有了一个完整的版本。

尽管这个版本被人诟病的地方还很多，但是和珅的这一举动的确功不可没。试想：如果和珅当时以出版界最高“审查官”的身份对《红楼梦》彻底否定，并销毁全部搜集到的各种版本，也不是做不到或不可能的。如果再结合“所有脂批本都是民国年间伪造的”论点，岂不就是“世界上永远没有《红楼梦》这部书”了吗？

证明《红楼梦》是洪升所写的旁证很多：一是洪升出身于官宦世家，一生都与文人优伶交往，具有富豪生活的经验积累，本人又是著名的才子。二是洪升妻子黄蕙（是洪升舅舅的女儿，他的表妹）的室名就叫“脂砚斋”，因此《红楼梦》的“脂批”就有可能是黄蕙所作。三是洪升有一个好朋友叫捉庵和尚，可以理解为“空空道人”，而根据现有资料看，曹雪芹一生中根本就没有一个和尚朋友。

（二）《红楼梦》的作者为如皋才子冒襄说。这一派的最大理由，其实和“洪升说”是一样的。他们认为，写《红楼梦》的作者，第一必须是一个富家公子；第二必定是一个曾经和许多个不同性格的女性有过亲密接触；第三在人生道路上一定遭受过大起大落的波折；第四必定是一个精通诗词歌赋、音律书画的大才子。因此，他们觉得连洪升那样的才子，尚且无力创作如此鸿篇巨制，那么像曹雪芹这样的少年“罪臣遗孤”，至少在年龄、学历、财力、交游、遭际等方面全都够不上。因此，得出的结论是肯定“另有其人”。经过筛选，这一派把《红楼梦》的著作权给了如皋才子冒襄，但是主要论点都是“推论”“臆测”的，至少目前还缺少过硬的旁证。

冒襄，字辟疆，号巢民，又号朴巢，江苏如皋人。生于明万历三十九年（1611），卒于清康熙三十二年（1693），终年八十三岁。冒襄出生在一个世代仕宦的富贵人家，幼年随祖父在任所读书，十四岁就刊刻诗集《香俪园偶存》，由明代后期著名画家、书法家董其昌为其诗集作序，并把他比作初唐的王勃。

冒襄是贵介公子，家产丰盈，锦衣玉食，奴仆成群。他的青壮年时期，不但生活上无忧无虑，还急公好义，出手阔绰，同情弱者，挥金如土。他并无官职，却屡屡救济灾民。他第三次赴南京乡试，曾出资百余两白银，租赁桃叶渡河房前后厅堂楼阁九所招待同仁，大会东林遗孤，赴会者一百余人，盘桓数日方散。明末，冒襄参加复社，与陈贞慧、方以智、侯朝宗过从甚密，人称“四公子”。

但是，冒襄仕途并不顺利。以他的才学，中举并不难；但是他也和贾宝玉一样，最不喜欢的就是八股文。他甚至在应试作文中，离开了八股文只能“代圣人立言”的规矩，居然议论朝政、针砭时局，违背了八股文的基本要求，所以六次乡试一次未中，只上了两次副榜。

他的这些性格和观点：才华横溢，厌恶八股文，厌恶仕途经济，不追求上进，鄙视和抵触功名利禄，却热衷于诗词歌赋之类的“末学”，简直和贾宝玉完全一致。

冒襄虽然生在富贵之家，但他终身未仕清廷，又不善于经营祖宗遗产，经济上有出无进，又屡遭天灾人祸，家境逐渐衰败，最终不得不变卖祖产。他晚年生活贫困潦倒，无以为生，靠卖字度日。这和《红楼梦》中的公子哥儿贾宝玉命运十分接近。所以说，贾府的兴衰就是冒府的兴衰，冒襄就是贾宝玉的原型。

此外，冒府和贾府、冒襄和贾宝玉相似之处还有很多。例如两者都有“两府一园”（全中国别处没有同样的两府一园），冒府的“水绘园”几乎就是“大观园”的原本；两人身边都有许多才女，冒襄一生中和十多位美貌才女有过爱情关系，有名有姓的除夫人苏元芳外，还有王节、李湘贞、顾媚、陈圆圆、董小宛、麻姑、吴琪、吴扣扣、蔡女萝、金晓珠、张氏女、范珏、沙九畹、杨漪炤等人。这些女性都能画、善唱、会舞、擅诗，其中六人正式获得小妾名分。陈圆圆也曾和冒襄有过婚姻之约。明崇祯十五年（1642），三十一岁的冒襄兴冲冲地赶到苏州去接陈圆圆，不料十天前已经被京中强有势力的人抢去。甚至连栊翠庵中的妙玉，也能从冒襄的红粉知己中找到原型：吴蕊仙貌美能诗，她丈夫反清遇难，她从苏州渡江投靠丈夫的故友冒襄，表示愿意遁入空门带发修行。于是冒襄在城南杨花桥旁盖小庙一座，取名“别离庙”，蕊仙自号“辉中”，从此青灯古佛，了此一生。曹雪芹的一生，并没有这样多的才女耳鬓厮磨，不可能凭空创造出大观园中那么多性格迥异的小姐和丫环的形象。

这一派学者，还从《红楼梦》中找出许多如皋方言，用来证明真正的作者是如皋才子冒襄。具体例子，这里就不一一列举了。

此外，也有人说，真正执笔以冒襄为原型写出小说《红楼梦》的，是与冒襄同为四君子的“方以智”，最后由冒襄以“悼红轩曹雪芹”为托名在水绘园中批阅十载增删五次，方才定稿。至于后来如何流传到北京去，并以手抄本的形式广泛传抄，则不可考了。

以上所说，虽然言之凿凿，但是反驳的人也很多，理由也是各种各样的。在我看来，反驳最有力者是李悦先生，他只用《红楼梦》中的一句话，就把持此说者的论据统统驳倒了:《红楼梦》第五十四回贾母指着史湘云说:“我像她这么大的时候，她爷爷有一班小戏，偏有一个弹琴的凑了来，即如《西厢记》的《听琴》,《玉簪记》的《琴挑》,《续琵琶》的《胡笳十八拍》，竟成了真的了，比这个更如何？”这段话中所提到的《续琵琶》，是曹雪芹祖父曹寅写的剧本，问世于康熙四十二年（1703），而冒襄则病逝于康熙三十二年（1693）。请问，冒襄怎能把他去世后十年才出的作品写进《红楼梦》？

（三）不可思议的《红楼梦》作者。关于《红楼梦》的作者究竟是谁，红学家中也是众说纷纭，莫衷一是。其中最为耸人听闻的，是以霍国玲和刘心武等为代表的一派。他们经过“考证”，说曹雪芹不但是《红楼梦》的真正作者，而且还参与了清廷的宫廷皇权之争。在《红楼解梦》第四集“揭开雍正暴亡之谜”一文中，详细论证了曹雪芹毒杀雍正的可能、动机和全过程：曹雪芹的母亲马氏是康熙皇帝的第十六公主桥，康熙是曹雪芹的姥爷，雍正是曹雪芹的亲舅舅，乾隆是曹雪芹的姑舅表兄，平郡亲王纳尔苏是曹雪芹的姑父，纳尔苏之子福彭是曹雪芹的表兄。雍正六年（1728），雍正下旨抄了曹雪芹的家。雍正八年，曹雪芹的恋人、十五岁的竺香玉被强行送入宫中服役，充当公主、郡主们的伴读。雍正十年（1732），十七岁的竺香玉被雍正帝强行纳为贵妃。雍正十一年（1733），十八岁的竺香玉生皇子弘瞻，随后被晋升为皇后。曹雪芹与雍正有抄家之仇、夺爱之恨，所以有了杀雍正的动机。竺香玉与曹雪芹相爱如故，很容易做到与曹雪芹合作。竺香玉深得雍正的宠爱和信任，有毒杀雍正的条件。雍正好道、喜服丹砂，曹雪芹有利用毒砂致死雍正的条件与时机。由于观点过于奇特，如果不是由“著名学者”提出来，简直就像是香港电视剧，因此支持的人不是很多。这里“聊备一说”，也简单提一笔。

此外，还有许多更为奇特的说法。例如有人认为《红楼梦》是曹雪芹所著的前提，是他少年时代曾经跟随祖父曹寅在江宁织造府中经历过一段荣华富贵的豪门生活，具备了素材积累的创作基础。而证明曹雪芹曾经跟随祖父在苏州织造府生活过的证据，则是清人敦诚曾经抄录并刊刻了一部《四松堂集》；在此书的“寄怀曹雪芹霑”条中，有“雪芹曾随其先祖寅织造之任”这样一句话。但是江宁织造曹寅死于康熙五十一年（1712）是有史可据的，无法否定。而按“红学界”的考据或猜测，“曹雪芹”或生于康熙五十四年（1715），或生于雍正二年（1724），都是在他祖父曹寅死后，他怎么“随其先祖寅”去江宁织造过豪门生活呢？更何况后来发现的《四松堂集》付刻底本，这句话竟是用一张小纸条贴上去的（见附图），并不是敦诚的字迹，其真实性、可靠性就更加值得怀疑了。

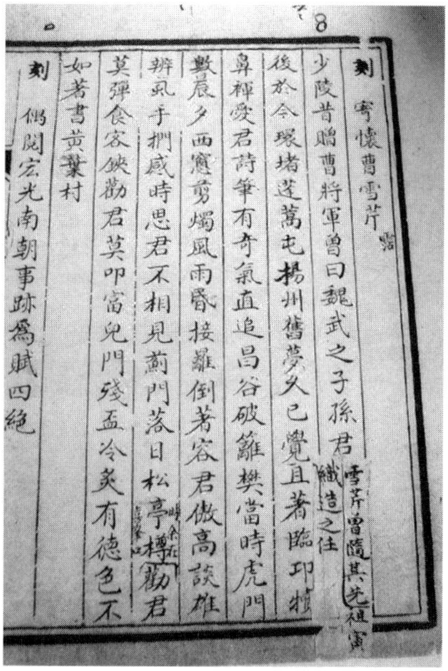
刻 寄懷曹雪芹霑
少陵昔贈曹將軍曾曰魏武之子孫君
雪芹曾隨其先祖寅織造之任
後於今環堵蓬蒿屯揚州舊夢久已覺且著臨邛犢
鼻褌愛君詩筆有奇氣直追昌谷破籬樊當時虎門
數晨夕西窗剪燭風雨昏接䍦倒著容君傲高談雄
辨虱手捫感時思君不相見薊門落日松亭樽勸君
莫彈食客鋏勸君莫叩富兒門殘盃冷炙有德色不
如著書黃葉村
刻 偶閱宏光南朝事跡為賦四絕

而这一派又不愿意把《红楼梦》的版权白白送给洪升，于是就认定《红楼梦》是曹雪芹的父亲曹頫所著。理由也很简单：既然曹寅死的时候，他的孙子曹雪芹还没出世，曹府被抄家的时候曹雪芹的年纪还太小，写不出这样规模宏大、内涵丰富的巨著来，那么他的儿子也就是曹雪芹的父亲曹頫，总应该有这样的资格了吧？好就好在曹頫的生平事迹，也不是很明晰，连他究竟是不是曹雪芹的父亲也不能肯定，于是就可以有很大的发挥空间了。何况父亲的著作，由儿子接着编辑整理，花十年时间，“增删五次”，也更加顺理成章。可惜这种说法，只是主观臆测，没有过硬的历史资料佐证，因此还不能形成流派。（附注：曹頫生于康熙四十五年［1706］，比曹雪芹只大九岁或十九岁，但是他死于乾隆四十年［1775］，比曹雪芹还晚死十二年。而且在清宫档案和曹氏宗谱中都查不到有“曹霑曹雪芹”这个名号，因此这一派中也有人根本不承认世界上曾经有过曹雪芹其人！伟大的著作《红楼梦》，就是曹頫一个人独立完成的！——《红楼梦》作者之争的热闹，由此可见一斑。）

再例如，有人认为《红楼梦》是明末清初山西太原府阳曲县神医傅山所著。他也是一个晚明遗民，不但精通医术，还是一个琴棋书画、拳术剑术件件精通的文武全才。康熙皇帝征他到京赴博学鸿词科，他抗命不去；地方官把他连人带床抬到了北京，他也拒不进城，拒不赴考；康熙容他不考，赐他一个“中书”的官衔，他也不受，并拒绝去午门望阙谢恩，等等。此观点更是奇得出奇，甚至可以说和《红楼梦》“八竿子打不着”。另外，江苏太仓有人提出《红楼梦》的作者是吴梅村，还有人提出是李渔著作《红楼梦》，等等。限于篇幅，这里只是“提一笔”，就不详细介绍了。

总之，关于《红楼梦》的作者究竟是谁，的确是一个问题，因为否定曹雪芹是《红楼梦》作者的论据有许多至今无法否定。但是据南京红学家严中先生介绍，从清乾隆五十年（1785）开始，综合各种说法，除了曹雪芹，还有六十三人曾经被各种研究者认为是《红楼梦》的真正作者。可是比较起来，又都无法被多数人所认可。因此直到今天，我们还是不得不从俗、从众，把《红楼梦》的版权仍暂时归曹雪芹所有。

下面说说关于后四十回的作者。

程伟元在一百二十回本《红楼梦·序》中说，后四十回中有二十余回是他自“藏书家甚至故纸堆”中找到的，剩余十数回则得之于“鼓担”（也就是“收破烂儿的”），他和高鹗所做的工作只是“细加厘剔，截长补短”而已。这话虽然不见得句句是真（例如散稿得之于“鼓担”），但后四十回经过他们两人的整理删改，则是无法否定的事实。

但是也有许多人认为，后四十回书实际上全部出自于程高二人之手（所以前一时期《红楼梦》的作者署名为“曹雪芹和高鹗”）。与此相反，近年来也有人提出，后四十回续书者另有其人，程高确实只是做了编辑工作。此外也有人相信，后四十回书中的确有一部分曹雪芹的旧稿（因此后来出版的《红楼梦》，作者署名是曹雪芹和“无名氏续”）。

这一宗无头公案，笔墨官司打了几十年，因为没有过硬的铁证，最后依旧还是“悬案”，目前也只能稀里糊涂地“暂时再放一放”。

我认为，如果程伟元出版的《红楼梦》幕后的确是和珅所主使，则和珅不仅仅是“指使”而已，他一定还做了许多工作。

第一，和珅当时担任的是《四库全书》总裁，奉旨搜罗“天下奇书”，包括手抄本。不论官民，有书不交的，一旦查出来，是要按“抗旨”论处的。和珅时代，手抄本《石头记》已经在民间流传。除了王公贵族胆敢“仗势”不交和偏远地区因为“不知”不交之外，在各省地方官雷厉风行的搜刮之下，和珅手中拥有大量各种不同版本的《石头记》手抄本，应该是不争的事实。

第二，和珅本人就是一个琴棋书画无所不精的大才子。他长得漂亮，也和贾宝玉一样，见一个爱一个，还特别善于在女孩子面前周旋讨好。由于性格近似而特别喜欢这部《石头记》，也顺理成章。按照皇家的“既定方针政策”，像《石头记》这种描写卿卿我我、儿女情长的“淫书”且又反对正统观念的“邪书”，是理应予以销毁的。但是和珅出于个人喜爱，又不忍割弃。如果仅仅是“不忍”，以他的身份，在手头保留一部两部手抄本，供他自己和夫人、小妾们闲时看看，也是“无伤大雅”的事情，至少不会有人反对，更不会因此招祸。但是和珅不以此为满足，还要挖空心思、想方设法让《石头记》合法化，争取公开出版。这就比较出格，属于特殊事件了。

第三，以和珅当时的身份，肯定并批准一部小说的公开出版，他应该有这样的权力。但是他也知道“文字狱”的厉害，因为那是一件可以由官方“随意解释”却又不准辩解的事情，万一被政敌钻了空子或者被皇上指责，那可是连他这样的大官也逃脱不了的。他知道这种事情只有皇上御笔批准了，方才万无一失。可是要拿一部上百万字的小说去给皇帝看，不说皇帝没那兴趣，即便有那兴趣也没那工夫不是？于是，聪明的和珅就想到了一个能够左右皇上的人。这个人，就是皇太后。乾隆皇帝宣扬“以孝治天下”，只要是皇太后说了的话，皇帝就是不太认可，也只能认可了，何况不过是出版一部小说这样的小事儿？

第四，于是和珅就把《石头记》拿去给皇太后看。皇太后果然受到了感动，眼泪汪汪地连声说好。事情到了这一步，乾隆皇帝也无法反对，只好同意出版了。他可能翻了翻，也可能只听和珅或者皇太后的简单叙述，居然还说这部小说写的是明珠家中纳兰性德公子的婚恋史。——《红楼梦》经御笔批准之后公开出版，到了嘉庆年间居然还会被皇帝下旨禁阅，说明嘉庆皇帝是看了全书且的确看出了问题的。不然，他也不敢公然违抗父皇的旨意。

第五，我要特别强调提问的，就是和珅拿去给皇太后看的《石头记》是什么版本？——如果真的有这样一件事情的话。

可能性不外乎如下三个：一是在民间广泛流行的前八十回；二是加上从民间搜罗来的后四十回；三是由于后四十回不全或者有许多不同的版本，加上前八十回中也有一些“不妥”的词句，所以和珅不得不亲自动手或请人（例如程伟元）动手从许多种不同版本中整理出一个比较完整，同时又删除了“不妥”词句的版本。斟酌当时的利弊，和珅所采取的应该是第三个方案。

第六，如果以上推理能够成立，那么高鹗所进行编辑整理的底本，就是和珅拿去请皇太后看的那个本子。这个本子，可能是和珅整理过的，也可能有程伟元同时参与整理的。但是他们两人都觉得自己整理的本子不是太理想，于是和珅就让程伟元物色一个能够把小说改写得更加完美的文人来参与此事，程伟元就找到了他的朋友高鹗。据程伟元所知，这个高鹗不但早已经看过《石头记》，而且看得很仔细，许多情节故事都能娓娓道来，还有自己不同的见解。此外，程伟元交给高鹗的，的确如他自己所说是一部一百二十回的本子。也只有在这样的前提下，高鹗才有可能从初春到冬至后五天在不到一年的时间内把一部百万字巨著修改整理完毕。如果程伟元交给高鹗的稿子只有八十回，或者还有一些零星散稿，高鹗就是再聪明能干也不可能只用一年时间就把它的后四十回“续写”出来的。

第七，如果以上推理成立，那么现在通行的一百二十回版《红楼梦》，可就不是高鹗一个人编辑整理出来的了。其中，第一个动笔的可能就是和珅，而且高鹗接着修改全书的主要观点，必然是和珅提出来的。恭请皇太后“御览”的本子，绝不可能是改得乱七八糟的“原稿”，四库全书馆有的是“笔贴式”，许多人分头抄写，有一个月时间应该足够了。不能肯定的，是“恭呈御览”的《石头记》，有没有经过程伟元修改。从道理和进程分析，第二个动笔的应该是程伟元。他是个出版家，第一有经验，第二有时间。和珅终究太忙，只能出主意，不能从头至尾亲自执笔。

第八，请特别注意一下两个时间：程伟元登门拜访高鹗，请他参与编辑修改《红楼梦》是乾隆五十六年（1791）的春天，他出示“自己搜求购买”的《红楼梦》是一百二十回“全本”。经过高鹗的编辑整理，在当年的冬至后五天，就完成编辑工作了。接着就交到“武英殿”的排字房去用“木活字”排版，而且当年就出版了“程甲本”。由于“发稿仓促”，书出后发现有错误，于是立刻进行修改，并于第二年即乾隆五十七年（1792）的二月重新排版，当年又出了程乙本。

下面再说说以上的设想是不是能够成立。

从程甲本、程乙本的影印本看，每一个“印刷页”（左右两面为一个印刷页，中缝对折）共二十行，每行二十五字，即每一个印刷页五百字。所用的木活字，相当于铅字的二号字或三号字。一部百万字的《红楼梦》，需要排版两千块左右。当年的书不分段落，基本上排满版，因此不能有一个漏字，不然就要一块块“通版”，工作量是很大的。这样大的工作量，就是在20世纪五六十年代用铅字排版，加上校对的时间，也要好几个月。因此乾隆五十六年冬至之后五天编辑定稿，时间已经是农历十一月底，要在年内排印出版，只有一个月零几天，那是根本不可能办到的事情。我们通常所说的程甲本出版于乾隆五十六年，所根据的只是高鹗的序言所署的日期。真正上市的日子，肯定已经是乾隆五十七年。可是程乙本的付印时间，又分明写的是乾隆五十七年二月。当年武英殿究竟是怎么排版的，居然能够做到如此神速，则是《红楼梦》之谜的谜外之谜了。

关于《红楼梦》的作者，因为学界的分歧实在太大，这里只能蜻蜓点水式地简单叙述，不作详细论证。下面的叙述中，仍按照一般习惯，把《红楼梦》的版权“暂且”归曹雪芹所有。

三、《红楼梦》究竟是一部什么书?

《红楼梦》是一部什么书？它的主题是什么？这个问题虽然已经争论了许久许久，却似乎一直没有解决。直到今天，仍然有人说它是一部“反清檄文”。正如鲁迅先生所说：“单是命意，就因读者的眼光而有种种：经学家看见《易》，道学家看见淫，才子看见缠绵，革命家看见排满，流言家看见宫闱秘事……”不是“仁者见仁，智者见智”，就是“只见森林，不见树木”。

鲁迅先生的话到今天也没有过时。着眼点不同，出发点不同，目的性不同，因而对《红楼梦》主题的理解诠释也就有所不同。

新中国成立之初，为了宣传新《婚姻法》，把越剧《红楼梦》搬上了银幕。于是在许多人、特别是年轻人的印象中，《红楼梦》是一部为争取婚姻自由而呐喊的小说。

其实，曹雪芹是非常主张妇女要遵循“三从四德”的。小说中安心守寡的李纨，就是他正面赞扬的人物。

“文化大革命”中，《红楼梦》被推崇为阶级斗争的教科书。他们以政治家的眼光，看到了“大观园里的阶级斗争激烈”，认为《红楼梦》“最典型地反映了封建社会的阶级对立关系”。

《红楼梦》人物有阶级区分，这个绝不会假：王熙凤和赵姨娘，王夫人和金钏儿，贾珍和焦大，甚至同为丫环的晴雯和坠儿，就其身份和思想意识而言，都不属于同一阶级或阶层。他们之间虽然也有矛盾，但可以肯定不是“阶级矛盾”。王熙凤斥责赵姨娘，不是为了维护她本阶级的尊严，归根到底是为了维护家族的秩序和稳定；晴雯摧残坠儿，是因为坠儿手脚不干净，晴雯代替主子行使教训更低层奴才的权利。她们之间的矛盾，绝不是什么“阶级矛盾”。金钏儿当不成奴才反倒自杀了，晴雯也为做不成宝玉的通房丫头哀痛而死，她们和主子之间存在着“阶级对立”吗？鲁迅先生说：“焦大以奴才的身份，仗着酒醉，从主子骂起，直到别的一切奴才……结果怎样呢？结果是主子深恶，奴才痛嫉，给他塞了一嘴马粪。”“其实是，焦大的骂，并非要打倒贾府，倒是要贾府好。”他比贾府中的主子都更忠实于贾府，他和贾珍之间的“斗争”，怎么会是什么“阶级斗争”？

早在辛亥革命时期，就有人把《红楼梦》说成是“排满、反满”作品了。人们不妨稍稍动点儿心思去想一想，就算曹雪芹是革命党，就算《红楼梦》反清，这本小说在乾隆年间就问世了，经历过“文字狱”的洗礼，受到过许多上层统治者的喜欢，包括皇帝和太后。试问，这些人都看不出小说有反清的政治倾向？

说《红楼梦》里隐藏着清朝秘史，就更不可能了。曹雪芹即使想卷入皇子之间争夺皇位的斗争，也想把自己的命运押上、赌他一把，试问他凭什么呢？是手握重兵？还是几朝元老？还是椒房勋戚？一个包衣奴才的后代，帮助哪个皇子夺皇位？他够那资格吗？他有那必要吗？

至于说秦可卿的身世，也很好解释。请注意，《红楼梦》里有淫行的女子都是卑贱之人，没有一个是出身豪门的“红二代”。尤氏姐妹品行不好，是因为她们家穷，因而只能给人做小老婆。秦氏和他公公有染，因为她是从育婴堂抱来的弃婴。曹雪芹之所以这样安排秦可卿的身世，分明是因为他不敢冒犯他自己的那个阶层——主子阶层。

王熙凤似乎和哪一个“小叔子”不清不白，可是《红楼梦》书中没有明说，是不是有那么回事儿，请你自己去琢磨。

有人说《红楼梦》是一曲青春、爱情和理想的颂歌，是一曲行将没落的封建社会的挽歌。

这说法听起来似乎有道理，但恐怕经不起推敲：曹雪芹用了十年或更多时间“哭成此书”，试问世界上有哭着唱颂歌的吗？如果说曹雪芹唱挽歌以至于“泪尽而逝”的话，那么他对即将消亡的封建社会究竟是痛恨还是深怀感情呢？不是说曹雪芹是封建社会的叛逆者吗！

至于一些人把《红楼梦》看作是“言情小说”，也很正常。清朝次讷山人在《增补红楼梦·序》中说:“《红楼梦》一书……反复开导，曲尽形容，为子弟辈作戒，诚忠厚悱恻，有关于世道人心者也。顾其旨深而词微，具中下之资者，鲜能望其涯岸，不免堕入云雾中，久而久之，直曰情书而已。”

这句话“翻译”成当代白话就是:“《红楼梦》是作者反复开导，掰开揉碎，给贵族子弟们讲道理的。他的出发点是善良的，是对社会有好处的。不过他讲的道理有些深奥，话说得不太浅显，只具有中下文化水平的人理解不透，难免看不大懂，看来看去，把一部本来是教育人的书看成情书了！”

有人说《红楼梦》是一部用当时的道德理念教育纨绔子弟的教科书。贾宝玉就是作者本人，他在用自己的经历现身说法教训劝诫世人:“不要像我这样！”小说里的辛酸泪是悔恨之泪，他是在痛心疾首地批判自己。

清末民初的《古今小说评林》中就有这样的评论:“《水浒》写强暴恶霸几乎炙手可热，惜被山上人两拳一脚，打得音信全无。《红楼梦》更加奇妙，连主人翁都不是好人，昔时气凌万乘，结果不如一农家女。其劝惩之妙，实有翻陈出新者在也。”

对《红楼梦》的认知，由于各人立场观点不同，出发点不同，目的不同，结论自然不同。尽管各人观念不同，尽管我再三强调“《红楼梦》就是一部小说”，但我们至少应该知道《红楼梦》究竟是一部什么书，以及作者写这部书的本意到底是什么。

先看一个反常现象:《红楼梦》前八十回早在曹雪芹去世前十年左右就已经传抄问世，而且流行颇广了。作者说他写了十年，修改了五次。据此，我认为无论如何《红楼梦》全稿是已经完成了的。任何一个作家写书，怎么可能写了多一半儿就停下来先反复修改五次，而且前八十回以手抄本的形式问世以后，还有十年时间也不再继续写呢？这是不符合常情的。

我认为，最大的可能，是后半部书已经同前八十回一起写出，一起修改，一起完成了。那么，这后半部分是什么原因未能传世，终于遗失了呢？

这是第一个疑问。许多红学家正在研究探索，目前还没有公认的一致意见。

第二，作者究竟是什么动机、什么目的，要用一生的经历和心血来写这一部书呢？

这个问题，答案已经有很多很多。除了前面提到过的之外，还有一种“为奴隶鸣不平”说，也颇言之成理。下面简单叙述。

《红楼梦》开篇第一回，“石头”——也就是作者曹雪芹就明确告诉读者，他是“将真事隐去”，用“假语村言”来撰写这部《石头记》的。他又进一步声明：“因毫不干涉时世，方从头至尾抄录回来问世传奇。”可是又怕读者把他的“声明”当真，于是紧接着又对读者说：“满纸荒唐言，一把辛酸泪！都云作者痴，谁解其中味？”

他这么暗示读者，意思分明是：你们要了解书中隐含的真事，也就是他写这部书的真正目的。

曹雪芹写《红楼梦》的真正动机，绝不是如作者在第一回书中所说：见到“几个异样女子”，“君仁臣良父慈子孝，凡伦常所关之处，皆是称功颂德”，“毫不干涉时世”。如果仅仅是写这些人，他用不着遮遮掩掩，小心谨慎，藏头露尾，掩着真话，只说假话！

那么，作者究竟有什么事情怕读者知道，又怕读者不知道呢？说得明白一些，其实是独怕皇帝知道，生怕读者不知道！作者的这些话，其实是说给文化特务和他们的总后台——皇帝和王公大臣们听的。这是作者为针对清代“文字狱”而刻意构筑的一道“防御工事”。

要探索曹雪芹为什么“要为奴隶鸣不平”，为什么要刻意构建这样一道“防御工事”，这就需要从曹雪芹的奴隶家史说起。

曹雪芹的高祖父曹振彦，原来是明代驻守辽东的一名下级军官。大约在天命六年（1621），还处在奴隶制时代的后金攻下了辽阳，曹振彦被俘，当了“包衣”，也就是奴隶。后来又归了多尔衮属下的满洲正白旗，总算当上了一个佐领，并随清兵入关。曹振彦在入关前的明金战争中以及入关后“平叛”的沙场上，都曾经为“主子”立下过赫赫战功，但是这并不能改变他奴隶的出身。

后来，曹振彦的儿媳即曹玺的妻子孙氏，当上了幼年康熙的保姆。——这个“保姆”，虽然还是“奴婢”的身份，但绝不是铺床叠被、送茶递水的小丫头，而有点儿像是从小伺候宝玉的“大丫头”袭人，是皇室中非比寻常的亲信家奴。正因为有这样的特殊关系，孙氏的丈夫曹玺才能成为皇帝宠信的包衣，放他出任江宁织造——这是一个名义上为皇家制造服装，实际上却是奉旨监视当地官员的特务头子。曹玺死后，康熙又让他的儿子曹寅出任苏州织造、继任江宁织造、两淮巡盐御史等要职。康熙南巡的时候，曹寅曾经四次接驾，而且皇帝就在江南织造府驻跸。可见，他是个受到非常宠信的皇室家奴。曹寅病故以后，皇上又命他儿子曹顒继任江宁织造。康熙五十三年曹顒病故，康熙又特命曹寅胞弟曹荃（宣）的儿子曹頫过继给曹寅并继任江宁织造。直到雍正五年十二月二十四日，曹家因曹頫（一说是曹頫）“忤旨”被抄家败落（实际上是因为在康熙诸皇子争夺皇位的斗争中，曹家支持了皇八子胤祀，所以皇四子胤禛即位为雍正帝后才查抄了曹家），曹氏祖孙先后在江南织造的任上共历六十余年。曹雪芹就是在南京出生的，直到曹家抄没后的雍正六年，方才全家搬回北京。当时曹雪芹年纪还小，一说是虚岁十四岁，一说才五岁。

总之，曹雪芹的少年时代，经历过一段短时间的富贵生活，也知道一些从曹振彦以来的曹家家族历史。他后来在京城王府公侯家或处馆或当差，对王公贵族的富贵奢华生活，以及这些人的升降荣辱，也逐渐熟悉起来。

曹雪芹所观察、所熟悉的清王朝，是一个“家天下”的统治集团。所有非爱新觉罗家族，哪怕已经是王公大臣，却依然是皇室的奴才，在皇帝面前都要自称“奴婢”。这些享尽了人间富贵的奴婢，不论他曾经为主子立下过多少汗马功劳，一旦“忤了圣意”，或者在宫廷斗争中“站错了队”，成了皇帝不喜欢的人甚至对立面，哪怕原来可以和王公贵族平起平坐的宠信家奴，转眼之间就会被抄家、充军，成为被抛弃的可怜虫。他曹家六十年来所走过的道路，就是这样一条从富贵到贫穷、从高端到底层、从叱咤风云到任人践踏的“奴才兴衰史”。

这就好像曹雪芹笔下的焦大，他是荣国公的救命恩人：在战场上，焦大自己喝马尿，把千辛万苦找来的一点点水给主子喝，然后把主子从死人堆中背出来。可是主子的儿孙们如何对待这个恩重如山的家奴呢？焦大说了几句忠心耿耿、希望主子学好的真话，就被捆绑起来往他嘴里塞马粪！

这就是奴隶的命运。曹雪芹通过自己的切身体会，懂得了这个道理。但是他不能说，说了就会死无葬身之地，只能通过小说的形式，间接地用“曲笔”来表现奴隶的愤怒、反抗和悲泣。

他清楚地看出：曹家的富贵、权势、尊荣，都是以卑贱的奴性为代价的。这就是他心中强烈地要诉说、要爆发的东西，于是就有了写作《红楼梦》的动机和实践。

在《红楼梦》这部书中，表面上看起来主要是写哥哥妹妹之间的情意绵绵，但是贯穿全书的还有许多奴隶的悲惨命运。在《红楼梦》这部书中，有一个非常有趣的现象：有许多人，是奴才的奴才的奴才的奴才。实际上，这也是构成清王朝的一个基本模式：贾府宁国公、荣国公，虽然已经贵为王公，但是本质上和曹振彦一样，依旧是“奴婢”的身份。因此，不论世袭了多少代，奴才还是奴才。贾政自己是皇上的奴才，他的小妾赵姨娘是他的奴才，小吉祥又是赵姨娘的奴才。像这样一层层“奴才的奴才”，也不知道有多少层。当然，越是处在下层的奴才，命运也越悲惨。《红楼梦》一书中，写奴才的篇幅就不少。别看晴雯在小坠儿面前耀武扬威，遇见了王夫人，仅仅因为她长得漂亮，就可以把她撵出去，并因此送了命。正因为如此，曹雪芹曾经借赖嬷嬷的口喊出：“你哪儿知道那‘奴才’两个字是怎么写的！”

曹雪芹通过自己家族的兴衰，根据自己对社会的观察，深刻醒悟到奴隶制的不公。所以，他经过一段十分痛苦的思索之后，一方面下决心要用小说的形式来为奴隶们呼喊、控诉，一方面绝不再当奴隶（当然，这只是他一厢情愿的想法，实际上是不可能做到的，因为“率土之滨，莫非王臣”，小小老百姓是奴隶的最底层）。正因为如此，尽管曹雪芹穷困潦倒，已经到了“举家食粥”的地步，他的好朋友敦诚、敦敏给他介绍一位在宫廷里任职的朋友相识，而这位宫廷官员爱曹雪芹博学多才，决定推荐他去管理宫中的书画。这种职务还有机会接近皇帝，可是曹雪芹连考虑都没考虑，就把这个美差当面谢绝了。因为他不愿像他的祖先那样再去做皇帝的奴才了，他痛恨那种用当奴才获取的富贵荣华。他要用他剩余的光阴，去完成《红楼梦》的写作。他既然拒绝了充满奴性的荣华富贵，那他的前途和命运就必定走向穷困潦倒。也只有在这种悲惨的命运中，才能产生《红楼梦》这样伟大的作品。——在钟鸣鼎食的富贵乡中，在左拥右抱的温柔乡中，是写不出有积极意义的“为奴隶呼喊”的作品来的。

据红学家考证，《红楼梦》后四十回，曹雪芹写到贾府被抄家败落以后，贾宝玉曾经抱着破瓢，拿着打狗棒沿街乞讨。大观园的小姐们有的被卖入娼门，有的成为宫妓，有的被卖为家奴。只有这样，才能把封建帝王和奴隶之间的阶级面纱撕得粉碎。

说清楚什么叫“奴才”，也是曹雪芹写《红楼梦》的动机之一。而想说又不能痛快淋漓地说，正是曹雪芹的“难言之隐”。

四、《红楼梦》的续作

在中国的古典小说中，续作最多的可能就是《红楼梦》：从乾隆末年到 21 世纪初年，总数不下一百多部。而续作最难的，恐怕也是《红楼梦》：因为所有的续作，几乎没有一部能令人满意的。

第一个续作者，从现存资料看，很可能就是高鹗。不过高鹗得天独厚，有身居“《四库全书》总编纂”的和珅给他提供流传民间的曹雪芹“散稿”和相关资料。他所做的，其实不过是“编辑整理”工作，真正属于他“续作”的篇章可能并不多。正因为如此，所以在他之后，至少在有清一代包括民国年间直到今天，可以说没有一个人有他那样好的条件，因此也没有一部续作比他写得更好了。也可以说，高鹗的续作能达到如此水平，已经十分不容易。原因就是他并不是真正的续作者，而只是编辑整理者。当然，用今天的文学评论标准来衡量，问题也不少。如果高鹗仅仅是“整理者”，那么第一个续作者，就是那个“无名氏”了。——前面说过，很可能就是和珅。

客观地说，小说的续作，不但费力，而且不讨好，甚至比自己新写一部小说还费力，还困难。也可以说，古今中外，几乎没有一部续作的小说能超过原作的。这不仅仅是思想水平、文字水平的问题，也不是因为续作者没有原作者的生活经历等问题，更主要的原因在于续作者无法真正、彻底地领会原作者写这部小说的动机、目的和心态，无法完全和原著接榫，往往阴差阳错将牛头安到了马身上。

既然续作如此困难，而《红楼梦》的续作居然会有这样多，那是为什么呢?

据我看，有两种可能。一是手抄本流传时代，有人看了八十回以后，发现故事没完，而书市上却买不到八十回以后的部分，于是出于求利或出于谋求故事完整想给它“补足”，其中也包括高鹗的续作；二是一百二十回的排印本出现以后，不胫而走，人人争相阅读，坊间议论甚多，由于许多人不满意书中的结局，于是就有人出来续作，力求结局更加“完满”。

一部作品的好坏及成功与否，除了文字水平、写作技巧之外，主要取决于作者的思想认识水平。《红楼梦》之所以成功，是经过几百年历史的考验，绝不是哪个“评奖委员会”所能决定的。作者看透了封建社会的种种弊病，有感而发，所以他唱的是封建社会的挽歌，不但有思想性和艺术性，还有其历史的、社会的深度。而许多续作之所以失败，是因为续作者们不但看不见封建社会的诸多弊端，反而在尽力吹捧讴歌。因此，这些人的笔下，除了千方百计通过种种鬼话让宝玉、黛玉或再世或还阳，以求宝黛完婚这一目的之外，也不忘让宝玉高官厚禄、妻妾成群。这样的续作，可以说是“先天不足，后天失调”，如能够成功，那才真叫怪事儿了。

《红楼梦》的手抄本时代，只有八十回。到了程伟元的活字排印本出版，变成了一百二十回，这中间的“变化”当然大有文章。程伟元在一百二十回本《红楼梦·序》中说：后四十回中有二十余回是他从“藏书家甚至故纸堆”中找到的，剩余十数回则“得之于鼓担”，他和高鹗只是“细加厘剔，截长补短”而已。他说这个话，其中有不得已的苦衷，所以此话半真半假，不可全信却又不可不信。因为他出此书，并不是他在独立运作，而是有幕后指使人和珅。和珅当时担任《四库全书》的总编纂，手上有许多《红楼梦》前八十回的不同手抄本和后四十回的零星散稿。但是和珅这个幕后指使人又不便暴露，因此他只能说是来自“藏书家”和“故纸堆”，甚至收破烂儿的“鼓担”了。所以，程伟元和高鹗二人，只是“细加厘剔，截长补短”的编辑，倒是真话。其中当然也有或出于主观意识，或根据和珅授意进行删改补充的篇章。因此，后四十回的作者，就有三种说法：一说，主要是曹雪芹的原稿或散稿，经过程高二人的编辑；二说，全部出自于程高二人之手（从时间上看，这不可能）；三说，续书者另有其人（也许就是和珅，不一定是他亲笔所写，也包括根据他的意图写作修改，可惜只是臆测，没有任何站得住脚的根据）。不管是哪一种说法，后四十回，现在通称其为“续作”，则无争执。

相对地说，程高的续作或整理本之所以比别的续作成功，是他们较多地体会并继承了曹雪芹写作《红楼梦》的本旨，保持了《红楼梦》的悲剧结局，其中更主要的原因，是他们手中确实有曹雪芹写的八十回后的部分原稿。他们做的，只是“补缀”工作，比较容易一些（但他们只是和珅雇佣的编辑，整部书如何定局，还要听幕后指使者和珅的授意，因此难免还有“兰桂齐芳”之类属于“和珅思想”范畴追求功名富贵的痕迹，但单说他能保持悲剧的结局，就很不简单）；而其他续作者之所以不成功，就因为他们大都是功名利禄中人，追求的是金钱美女，也就是荣华富贵、左拥右抱，因此才会不满意原著的悲惨结局，热衷于按照自己的利禄追求而做翻案文章，于是不顾社会的客观现实，不是愣让宝玉和黛玉死后复生，就是让宝玉和黛玉投胎再世，不但完成他们两人的美满姻缘，而且还让没落的贾府子孙一个个都功成名就，重新光耀门楣。有的续书居然写了贾府的六代人（贾母、贾政、宝玉、贾兰、贾兰的儿子和孙子），真是人才辈出，文武全才，代代加官晋爵，享尽了人世的荣华富贵。其中等而下之的，则大写阴阳两界，结果弄得人鬼混杂，鬼话连篇，完全失去了社会价值和意义。

从乾隆、嘉庆以来，《红楼梦》的续作究竟一共有多少种，没有完整的统计。因为有的已经绝版，有的当时的发行量就极少，没能保存流传下来，有的还是稿本，根本就没出版，我们只能从文人的笔记中得知其书名，而不知道具体内容。例如幻园居士《城南草堂笔记》① 卷下中说："余草堂之后，有楼焉。左曰天籁阁，即书画处也。右楼中除湘榻、茶灶、香鼎、花瓶外无他物，惟储《红楼梦》书八种，如《红楼后梦》《红楼补梦》《红楼复梦》《红楼绮梦》《红楼重梦》《红楼演梦》等，故以此名'八红楼'。"这"八种《红楼梦》"，至少文中所提到的六种都是续作，可能是稿本，也可能是失传了的刊本，至今未见。此外，梁恭辰《劝戒四录》卷四"丁日昌禁书目"中提到的三部续《红楼梦》，其中《红楼重梦》《红楼后梦》很可能和"八红楼"藏本相同，而另一部《红楼再梦》现在也已经失传了。

根据前人的搜集和研究，孙楷第先生在《中国通俗小说书目》中著

① 幻园居士《城南草堂笔记》：幻园居士，指许幻园（1878—1929），名嵘，以字行，上海华亭（今上海市松江区）人。博学多才，工诗文，善文艺。家道殷实，为人慷慨豪爽，倡新学新知，是沪上新学界的活跃人物。1897 年，许幻园等一群士子学人自发组织了一个以交流诗词歌赋、切磋文章时评为内容的文学社团——城南文社，社址就设在城南草堂。当时初到上海的李叔同，与文社诸士性习相近，很快亦加入其中，以文会友，切磋心得。"城南草堂"是沪上南市许幻园的公馆寓所，因地处南门外，因地而名，故曰"城南草堂"。草堂屋后有左右楼，左为书画室，名曰天籁阁；右为藏书楼，贮堂主所藏《红楼后梦》《红楼补梦》《红楼复梦》《红楼绮梦》《红楼重梦》《红楼演梦》等续《红楼梦》八种，且有玉壶山人所作《红线》《红玉》《红拂》《红夫》《红绡》《红瓶》《红桥》《红儿》"八红图"画幅八帧，悬于楼壁。所以，草堂又有"天籁阁""八红楼"之名。《城南草堂笔记》，是堂主许幻园所做的笔记。

录续书十七种；一粟先生在他的《红楼梦书录》中著录续书三十二种；胡文彬先生在《红楼梦叙录》中对续书有所增补，收录了一粟先生“书录”中未收的新材料八条；冯其庸、李希凡先生主编的《红楼梦大辞典》对续书进行删筛挑选，著录续书四十种；据天津师范大学中文系教授赵建忠先生的《红楼梦续书研究》等论著考证，则更是在前人的基础上，对已有的资料进行整理、甄别，共著录《红楼梦》续书九十八种；据南京大学中文系的苗怀明教授说，从乾隆末年到近当代，《红楼梦》的续写本，包括失传的在内，共有一百多种，其中以嘉庆至道光年间刊印的为最多。当然，“超过一百”这个数字，是他们研究、考证出来的结果，今天，包括这两位专家在内，谁也不可能“读过”这样多的续作了。一般的读者，甚至包括部分红学家在内，能够读过二十种到三十种的，就已经很不容易。

2012 年 8 月，中国经济出版社搜集四大文学名著的续作，出版了一套“另类名著丛书”，其中《红楼梦》的续作被列入“研究书目”的就有十八种:《续红楼梦》(三种，秦子忱、张曜孙、海圃主人各一种)、《红楼续梦》《红楼复梦》《红楼圆梦》《红楼梦补》《补红楼梦》《增补红楼梦》《红楼幻梦》《红楼梦影》《后红楼梦》《新石头记》(两种，吴趼人和南武野蛮各一种)、《红楼梦别本》《红楼残梦》《红楼余梦》《红楼真梦》。如果再到各大图书馆去找找，至少还能找到《太虚幻境》《红楼剪梦》《红楼春梦》《红楼再梦》《红楼三梦》《红楼梦醒》《疑红楼梦》《疑疑红楼梦》《大红楼梦》《红楼翻梦》《新续红楼梦》《红楼拾梦评话》等十几种。——这就是我说能找到并读过“三十多种就很不容易”的根据。

这一百多种《红楼梦》续作，为什么以写于嘉庆年间的为最多？这是因为在和珅的促使之下，《红楼梦》终于从手抄本过渡到“武英殿活字排印本”。这是一个大量印刷的版本，价格比手抄本要便宜得多(一部八十回的《红楼梦》手抄本，价值高达几十两银子，不是巨富人家，根本买不起)，阅读的人大大地多了起来。又因为手抄本大都是八十回的，如今突然出来一个一百二十回的版本，而且是以黛玉泪尽病亡、宝玉愤而出家的悲剧结束，尽管这是前八十回作者早就安排好并在前八十回中有所暗示的，但是看惯了以大团圆结局的中国传统小说的读者们往往觉得不满意，因此有一些自命不凡的文人纷纷自作聪明，强作解人，加以“续作”。理由似乎也很充分：你高鹗写的后四十回，不也是续作吗？你续得，我就续不得？你续的书，愣把宝玉和黛玉生生地分离了，现在我来一个“反其意而用之”让宝黛大团圆，有什么不好，又有什么不可以的呢？

可是这些自以为高明的续作者，用贾宝玉的话来说，绝大多数都是追求功名富贵的“禄蠹”；用我的眼光来看，同时又都是追求左拥右抱的纨绔淫棍儿色情狂。他们根本就不理解曹雪芹写作《红楼梦》的初衷和心态，于是只能从自己认为的“最佳结局”出发，千方百计、想方设法让宝钗死掉，让宝玉回家，让黛玉还阳，再让他们完成龙凤花烛。他们这样做，自以为很成功，其实恰恰都是鬼话连篇，是真正的狗尾续貂。

要让宝黛团圆，只有两个办法：一个是从原著的八十回以后续起，不顾高鹗续的后四十回，另起炉灶；一个是承认高鹗的续作，故事从九十七回（即黛玉泪尽而亡）以后或一百二十回以后写起。后一种写法，就难免要写到了天上神仙府和阴曹阎王殿。本来，最好写的小说，就是想象中的天上和地府，因为那不是神话就是鬼话，是不受检验也无法验证的，谁也不能指责作者写得不对。不过，即便写鬼话，也还有一些“传统”的说法，必须大体上能够吻合。例如天上有玉皇大帝，地府有十殿阎罗，等等。但是《红楼梦》中的“太虚幻境”，则只是贾宝玉少年时代的一个梦，谁能说清楚在什么地方？属于什么系统？归谁管辖？但是要想续作《红楼梦》，“太虚幻境”又是一个谁也绕不过去的“坎儿”。于是，大家就只好各人发挥各人的想象力，瞎写一气了。结果，多数续作者都把“太虚幻境”写成了荣宁二府的“栖魂所”，凡是贾府的女人，甚至和贾府有关的女人，特别是“金陵十二钗”正册、副册、又副册中的人，死了之后都要到这里来，不但阎罗王管不着，而且除了贾府之外，全国所有的名媛贤姝全都不能来到这里。这就很难自圆其说了。——正因为如此，凡是写到了“太虚幻境”的续作，几乎就是“先天注定”不能成功的。

在那么多续作中，没有让宝玉、黛玉或再生或转世以求大团圆的，没有“鬼话连篇”地从天上说到人间又说到地下的，据我所见，只有一部写于晚清光绪年间的《红楼梦影》。可见随着时代的发展，人们的思想认识也在逐渐提高。但是直到民国年间，也还有人回过头去继续说鬼话的（如《红楼梦真梦》），甚至到了当代还有“尸解”和“鬼魂索命”之类的荒诞描写。凡此种种，其实都是在“写实”中遇到困难无法自解的情况下不得不出此下策。

此外，据我20世纪40年代的文学指导老师谢伏深（即谢狱，1948年任杭州《东南日报》副刊《东南风》编辑，地下党员，1949年后主编《浙江画报》）先生说：他还看到过一个续《红楼梦》的版本，叫作《红楼拾梦评话》，是把《后红楼梦》《续红楼梦》《绮楼重梦》《红楼复梦》《红楼梦补》《补红楼梦》（包括《增补红楼梦》）、《红楼圆梦》《红楼幻梦》《红楼幻影》这九部续本的故事综合在一起（所以“红楼拾梦”的“拾”字，既有“捡拾”的含义，也有数字“十”的含义），然后用自称是“点铁成金”的手段重写的，共一百卷。可惜这个版本我没有见过，也没听说除谢老师之外哪位高人读过，无法评价其优劣了。——可以推断，无非也就是许多剩菜的“一锅烩”而已。

现当代的两部《红楼梦》电视剧，严格说来，也有一部分是“续作”，因为有些情节已经离开原著加以发挥，实质上就是“续作”了。20世纪50年代初，香港还拍摄过一部“现代版”的《红楼梦》，由李丽华演林黛玉。贾宝玉是西装革履，焦大是长袍马褂，林黛玉和薛宝钗不是穿旗袍就是穿超短裙，出门都是小汽车，许多精彩的镜头则在网球场和游泳池中拍摄。这可就是“搞笑版”了，属于“香港特色”，已经与续作无关了。

为什么那么多的《红楼梦》续作，包括高鹗续的后四十回，都没有曹雪芹自己写的前八十回精彩？我在《闲话历史小说的创作》一文（载浙江括苍文化研究会编，《括苍古今》2013年5月第二期）中说：“有清一代，文笔包括诗词歌赋曲写得比曹雪芹更好的人不是没有，生活比曹雪芹更加奢华富贵的人也不是没有，续作之所以不成功，关键的原因，就在于这些人没有经受过曹雪芹从大富大贵到极贫极贱的大起大落巨变，缺乏对人生的深切感念。——《红楼梦》之所以成功，并不是它如实描写了公子小姐们骄奢淫逸的奢侈生活，也不仅仅是记录了才子佳人们美妙的诗章；它的成功，就在于曹雪芹个人特有的这种对人生的感悟上。”

反过来说，寄希望于追求功名利禄、迷恋醇酒美女的这些续作者能写出一部传世的好作品来，不是做梦吗？

总之，从嘉庆年间直到民国，曾经有不少红学家在为《红楼梦》的续作而努力，付出了大量的心血。直到今天，也还有“当代文豪”们在“前人摔跟头的路上”继续跋涉。尽管都不成功，但是他们在探索的道路上付出的辛劳，是值得我们缅怀和感谢的。

经过时间的淘汰，这一百多部续作，大部分已经在历史的长河中被淹没，只有一小部分遗留下来进入图书馆“珍藏”，以供红学家们研究参考了。近年来，好几家出版社忽然对这些“文化遗产”感兴趣，纷纷整理出版。书店里本来已经根本买不到了的老古董，经过重新包装，竟又成套地上了书架。我个人觉得，即使红学家们不惜花费时间再来阅读这些“不成功的续作”，目的也不是欣赏他们的成果，而恰恰是要吸取他们失败的经验吧？

五、《红楼梦》的版本

一般的著作，大都以正式出版或最后的版本作为标准。由于《红楼梦》的情况比较特殊：作者生前，作品还没有定稿，就已经有手抄本流传了。而正式出版的版本，因为是在作者故去将近三十年之后的事情，却又不是作者自己的定稿，加上这部小说走红以后又没有标准版本和版权，出版家可以随意根据不同的版本印刷，因此就产生了许许多多不同的版本。

《红楼梦》究竟有多少版本（包括印本和写本），据一粟先生《红楼梦书录》统计，达一百二十余种，其中刻印本近七十种。程伟元排印本的“程甲本”、“程乙本”《序》中说：此书正式出版之前，坊间（书店）就已经有缮本（手抄本）出售，甚至有“置于庙寺”出售者。可见《红楼梦》在传抄流传阶段，手抄本的数量就已经相当可观了。

《红楼梦》的这许多版本，一般把它们分为两大类：一类是手抄本系统，主要指脂砚斋评本；一类是刻印本系统，主要指经过程伟元和高鹗整理过的历次印本及翻印本。

属于手抄脂评本系统的，通常指以下几种本子：书名题为《脂砚斋重评石头记》的，有甲戌本、己卯本、庚辰本；题为《石头记》的，有王府本、戚序本（包括张开模原藏本，有正书局石印大字本和小字本，宁本）、郑本；题为《红楼梦》的，有杨本、舒序本、梦觉主人序本。此外，还有靖本和在苏联的一个本子。以上共十四个本子，这些本子的版本现象和相互之间的关系十分复杂。

属于印刷系统的程本，据一粟先生《红楼梦书录》统计，不下一百多种。其中，研究者常常提到的有：程甲本（萃文书屋辛亥活字排印本）、程乙本（萃文书屋壬子活字排印本）、本衙藏版本、藤花榭本、双清仙馆王希廉评本、妙复轩评本、桐花凤阁评本，以及易名《金玉缘》的三家（王希廉、张新之、姚燮）合评本。此外，还有程丙本，等等。

《红楼梦》的脂评本，主要指先后发现的多种清乾隆、嘉庆年间的手抄本，由于它未经程伟元和高鹗的删改，很可能最接近曹氏原著，而且还有脂砚斋等人的评语，这对于了解作者的身世，素材来源，创作过程，时代背景，后四十回的某些情节安排，表现手法以及原著的思想内涵等，具有相当高的参考价值。

一般说来，广大的文学爱好者，如果仅仅限于看看故事，只要选择一种当代出版的比较好的版本就可以了。但如果还想多了解一些《红楼梦》的背景历史，那么即便不去读脂评本，至少也应该知道一下什么是脂砚斋和脂评本。

通常的说法，是曹雪芹的小说还没写完，就有他的至亲好友拿去看或拿去抄，一面看或一面抄，一面就在作者的原稿上或新抄写的稿本上进行评点。这些评点，或针对全书，或指书中的某一章节、段落甚至某个字句，发一些议论。议论的内容，包罗万象，诸如对作品的理解，对作品中人物的评价，艺术表现的特点，遣词用语的优劣，以及评点者本人由书中某些人事引起的感慨，等等。评点的形式也极为灵活，有的类似一篇小文章，有的则简单到一句话，甚至一两个字。对《红楼梦》点评最多的，是“脂批”。这一方面是因为批注者署名“脂砚斋”，另一方面也因为所批注的文字都用红色。

脂批的特点，除了量大之外，还涉及一些曹雪芹的创作过程和《红楼梦》的写作素材。此外，还透露了一些八十回以后的情节。因此，研究脂批，对于解决《红楼梦》本身的许多问题，也有特殊的意义。

曹雪芹的亲友对《红楼梦》原稿所做的批注，几乎是作者写一部分，点评者就批注一部分，而且评注到八十回，原稿就被人借出去传抄了。前面说到《红楼梦》在正式出版之前，就已经在“坊间”或“寺庙”出售，指的就是这种抄本。也正因为有这种抄本出售，所以今天我们才能看到《红楼梦》出版之前的原稿抄件。因为曹雪芹的手写原稿，早已经散佚了。又因为有的抄录者把原稿中的批注同时誊抄，所以今天我们才能看见包括“脂砚斋”在内的许多评注。——附带说一句：也有研究者认为，所有评注，包括“脂批”，都是民国初年出于一人之手伪造的。研究者提出许多例证，言之凿凿，但是红学家中深信不疑的人却寥寥无几。

给《红楼梦》作批注的人很多。据已经发现的清代抄本看，其中所见的批语，多数没有署名，而署名的除了脂砚斋外，还有畸笏叟、梅溪、松斋、常村以及鉴堂、绮园、立松轩、玉兰坡和左绵痴道人等。这众多的批注者，据专家研究，有的是和曹雪芹关系比较密切的亲友，如脂砚斋、畸笏叟、松斋、梅溪、常村等；另一些批注者，则是后来的藏书家和读者，如鉴堂、绮园、立松轩、玉兰坡、左绵痴道人等。其中的左绵痴道人，经专家考证，已经确定是咸丰、同治间人孙桐生。

在曹雪芹的亲友中，为《红楼梦》作批最多的是脂砚斋和畸笏叟。有人认为畸笏叟是曹雪芹的长辈，因为他的批语中自称“老朽”，同时提到关于秦可卿和公公通奸一节，“因命芹溪删去”。能给曹雪芹下命令的人，当然是长辈无疑。至于究竟是谁，至今没有定论。俞平伯先生认为畸笏是曹雪芹的舅父。

但是，关于脂砚斋是谁，各家的意见分歧更大，大致上有四种说法：一是堂兄弟。这是胡适的最初看法，认为脂砚斋是曹雪芹的堂兄弟。二是曹雪芹自己。因为后来胡适又改变了主意，认为脂砚斋就是那位爱吃胭脂的贾宝玉，也就是曹雪芹自己。三为史湘云的艺术原型说。周汝昌先生根据脂评的内容，认为作批者是一位女性，即曹雪芹的续弦夫人，也就是史湘云的艺术原型。四为叔辈说。吴世昌先生根据裕瑞的《枣窗闲笔》，认为脂砚斋是曹雪芹的叔叔。这四种说法中，以同意“史湘云说”的人为最多。

曹雪芹在写作《红楼梦》的过程中，脂砚斋不仅为之批注，而且也出过一些修改的意见，书名定为《石头记》就是脂砚斋的主张。据梅节先生研究，个别地方，如凤姐点戏一段，还是直接出于脂砚斋的手笔。再从甲戌本中的“脂砚斋甲戌抄阅再评”一语看，可见这个人同时担负修改、点评、誊写三种任务。也可以据此推测，这个人和曹雪芹的关系最为亲近。

根据以上所述，《红楼梦》的版本，举其要者可以分为：

（一）脂砚斋评石头记八十回文本系列（手抄本及后来的影印本）

甲戌本：全脂残本、脂残本、脂铨本、脂戌本影印本十六回

甲戌本：《石头记》核论

己卯本：脂怡本、脂馆本、脂配本

庚辰本：脂京本

梦稿本：杨藏本、程序本、梦稿本、脂稿本

戚序本：有正本、脂戚本、戚本、戚沪本、戚张本、戚正本、戚宁本（立松轩本）

梦觉本：甲辰本、脂梦本、脂晋本

靖藏本：脂靖本、靖本

列藏本：脂亚本

王府本：蒙府本、脂蒙本、脂府本（立松轩本）

舒序本：己酉本、脂舒本、舒本、吴本、吴藏残本

戚宁本：脂宁本

郑藏本

（二）程高本一百二十回本系列

1. 母本：程甲本、程乙本

2. 其他版本简列（清代及民国年间）

东观阁刊本：新镌全部，绣像红楼梦

善因楼刊本：批评新奇，绣像红楼梦，善因楼梓

宝文堂刊本：同治壬戌重镌，宝文堂藏版

抱青阁刊本：嘉庆己未年镌，绣像红楼梦，抱青阁梓

本衙藏版本：新镌全部，绣像红楼梦，本衙藏版

藤花榭刊本：嘉庆庚辰镌，绣像红楼梦，藤花榭藏版

宝兴堂刊本：嘉庆丙寅新刻全部，绣像红楼梦，宝兴堂藏版

凝苹草堂刊本：道光辛卯孟冬，绣像红楼梦，凝苹草堂监印

三让堂刊本：绣像批点红楼梦，三让堂藏版

五云楼刊本：咸丰己未新镌，绣像红楼梦，五云楼藏版，光华堂发兑

耘香阁刊本：绣像红楼梦，藤花榭原版，耘香阁重梓

聚和堂刊本：绣像红楼梦，济南聚和堂藏版

同文堂刊本：曹雪芹原本，右文堂发兑，同文堂藏版

纬文堂刊本：绣像批点红楼梦，纬文堂藏版

翰选楼刊本：绣像红楼梦，翰选楼藏版

文元堂刊本：绣像批点红楼梦，文元堂藏版

忠信堂刊本：绣像批点红楼梦，忠信堂藏版

经纶堂刊本：绣像批点红楼梦，经纶堂藏版

务本堂刊本：绣像批点红楼梦，务本堂藏版

经元升记刊本：绣像批点红楼梦，经元升记梓

登秀堂刊本：绣像批点红楼梦，登秀堂藏版

连元阁刊本：曹雪芹原本，新增批点绣像红楼梦，佛山连元阁藏版

三元堂刊本：东观阁梓行，三元堂藏版，新增批评绣像红楼梦

双清仙馆评本：洞庭王希廉雪香评

妙复轩评本：张新之评

聚珍堂评本：王希廉评

翰苑楼评本：王希廉评

芸居楼评本：王希廉评

卧云山馆评本：张新之评

同文书局评本：增评补像全图金玉缘，王希廉、张新之、姚燮评

大观琐录评本：增评绘图大观琐录，王希廉、姚燮评

增评补像全图本：增评补像全图金玉缘，王希廉、张新之、姚燮评

诵芬阁评本：古越诵芬阁藏版，王希廉、姚燮评

增评补图本：王希廉、姚燮评

上海书局石印评本：王希廉、张新之、姚燮评

绣像全图增批评本：王希廉、姚燮评

桐荫轩石印评本：王希廉、蝶芗仙史评

求不负斋石印评本：王希廉、张新之、姚燮评

广百宋斋铅印评本：王希廉、姚燮评

某记书局评本：王希廉、蝶芗仙史评

增评加批图说本：王希廉、蝶芗仙史评，1914年上海石印本

增评加注全图本：王希廉、张新之、姚燮评，1925年上海石印本

文明书局评本：王希廉、张新之、姚燮评，1927年上海文明书局铅印本
江东书局石印评本：王希廉、张新之、姚燮评
铸记书局评本：王希廉、姚燮评
中华索隐本：1916年上海中华书局铅印本
汪原放句读本：1921年上海亚东图书馆铅印本
亚东初排本：1921年上海亚东图书馆铅印本
许啸天句读本：1923年上海群学社铅印本
亚东重排本：1927年上海亚东图书馆铅印本
新文化书社本：1929年上海新文化书社铅印本
大达图书本：1929年上海大达图书供应社铅印本
万有文库评本：1930年商务印书馆铅印
广益书局本：1934年上海广益书局铅印本
世界书局本：1934年上海世界书局铅印本
开明书店洁本：1935年上海开明书店铅印本
通俗小说库本：1937年上海中央书店铅印本

《红楼梦》脂本收藏及影印本出版情况（以刘世德先生的统计为基础，结合新的出版信息整理）：

1. 甲戌本：藏上海博物馆。有商务印书馆影印本（台北）、胡适纪念馆影印本（台北）、友联出版社影印本（香港）、中华书局上海编辑所影印本、中华书局影印本（北京）、上海人民出版社影印本、上海古籍出版社影印本、宏业书局影印本（台北）、金坛古籍印刷厂影印本、北京图书馆出版社影印本、沈阳出版社影印本、黄叶村曹雪芹纪念馆影印本（北京）、梦梅馆影印本（香港）。

2. 己卯本：藏国家图书馆、中国历史博物馆。有上海古籍出版社影印本、里仁影印本（台北）、北京图书馆出版社影印本、沈阳出版社影印本。

3. 庚辰本：藏北京大学图书馆。有文学古籍刊行社影印本（北京）、人民文学出版社影印本（北京）、文渊出版社影印本（台北）、联

亚出版社影印本（台北）、广文书局影印本（台北）、中华书局影印本（香港）、宏业书局影印本（台北）、新疆人民出版社影印本（乌鲁木齐）、江苏红学会影印本（南京）、上海古籍出版社影印本、沈阳出版社影印本。

4. 蒙府本：藏国家图书馆。有书目文献出版社影印本（北京）、北京图书馆出版社影印本、沈阳出版社影印本。

5. 戚序本：（1）有正本：A. 有正书局大字本（上海）：有人民文学出版社影印本、文学古籍刊行社影印本（北京）、学生书局影印本（台北）、广文书局影印本（台北）、西泠印社影印本（杭州）、上海古籍出版社影印本、沈阳出版社影印本。B. 有正书局小字本（上海）：艺文印书馆影印本（台北）。

（2）戚沪本：藏上海图书馆。

（3）戚宁本：藏南京图书馆。

6. 舒序本：藏首都图书馆。有中华书局影印本、金坛古籍印刷厂影印本、上海古籍出版社影印本、沈阳出版社影印本。

7. 杨藏本：藏中国社会科学院文学研究所。有中华书局影印本（北京）、鼎文书局影印本（台北）、联经出版事业公司影印本（台北）、上海古籍出版社影印本、金坛古籍印刷厂影印本、沈阳出版社影印本。

8. 列藏本：藏俄罗斯科学院东方学研究所圣彼得堡（苏联时代曾改名“列宁格勒”）分所。有中华书局影印本（北京）、中国档案出版社影印本（北京）。

9. 卞藏本：卞亦文私人收藏。有北京图书馆出版社影印本。

10. 郑藏本：藏国家图书馆。有书目文献出版社影印本（北京）、中华书局影印本（北京）、金坛古籍印刷厂影印本、沈阳出版社影印本。

11. 甲辰本：藏国家图书馆。有书目文献出版社影印本（北京）、北京图书馆出版社影印本、沈阳出版社影印本、中州古籍出版社影印本。

《红楼梦》出版二百多年来，版本之多、之杂，一般读者很难想象，众版本之间文字差异之大，也相当惊人。1948 年，红学家周汝昌曾向胡适提议，应该整理校订一部接近雪芹原笔的好本子。胡适表示支持，但又说这个工作太重，无人敢任。到了 20 世纪 70 年代，周汝昌又向当时的中央呼吁，建议重出一部良版《红楼梦》(因为已经出的大都是胡适推荐的“程乙本”)。由此产生了一个“校注小组”，即“红楼梦研究所”的前身。此组至 1982 年印出了现行的国家出版的新版《红楼梦》，打破了程本的垄断局面。但它采用庚辰本为底本，只是个别地方校改一些字句。至于此前的俞平伯八十回校本，取戚本为底本，却又大量依庚辰本改录，仅“校字记”即为全书四册中的一册。俞本流传不广，影响甚小。近两三年，程本“回潮”，已经出了好几部，且有人宣称程本才是真本、定本、全本，云云。

此外致力于大汇校写定本的人，国内外尚有数家。这种把各家评论汇编在一起的版本，对一般读者用处不大，就不一一介绍了。

附：

《红楼梦》续作内容简介

为了让广大读者对《红楼梦》续作有一个大概的了解，以便于分析比较，我把我看过的十几本《红楼梦》续作的大概内容写成简介，作为附录收在这里。其目的，不是为了诱导大家到图书馆去借来阅读，而是指出这些作品其实绝大部分是被历史所淘汰的“垃圾”，除了有志于研究《红楼梦》的学者、专家，一般的读者，的确没有必要再去浪费时间了。

一、后红楼梦

全书三十回，作者逍遥子，或署白云外史，姓名不详。根据书中所述，应该是江南苏州或常州一带人。再根据潘照《红楼梦词·自序》和

《西泠旧事·跋》中所说，得知逍遥子字钜卿，斋名梅花香雪，至少嘉庆十四年（1809）仍在世。

这是乾隆五十七年（1792）《红楼梦》一百二十回版正式出版以后所能找到的最早的一部续作。嘉庆三年（1798），仲振奎曾经根据此书情节写成戏曲《红楼梦传奇》，可以推算出此书的出版年代应该在乾隆末年或嘉庆初年（1796年前后），也就是高鹗续本出版以后的第四年或第五年。

本书郑振铎先生生前藏有白纸残本及黄纸全本，各有绣像六十页。此外还有本衙藏版本，有绣像四十页；宣统二年（1910）上海章福记石印本，有绣像五页，绘图七页；民国十九年（1930）上海大通书局铅印本等。当代版则有上海古籍出版社、陕西人民出版社、中国经济出版社、时代文艺出版社和春风文艺出版社的翻印本。

本书的最大与众不同之处，第一是作者再三强调自己所得的稿本是曹雪芹的手写原著。本书原序说："曹太夫人寄曹雪芹先生家书，即书于《后红楼梦》之首篇，墨迹在，原稿藏于林黛玉夫人潇湘馆，雪芹先生即以冠于卷首的序文。"本书的《凡例》更郑重宣布："是书系曹雪芹原稿，每卷有雪芹手定及潇湘馆图章。全书并无残缺，故以重价得之，照本付梓。"这些话，当然是书商的"噱头"，无非是照搬金圣叹自称得到古本《水浒传》的瞎话而已。

第二是让曹雪芹在书中一次次出现。在本书的"缘起"中说："《红楼梦》前书系贾宝玉请曹雪芹所撰。稿成之后，薛宝钗对贾宝玉说：'你两人享尽荣华，反使千秋万古之人为你两人伤心落泪，于心何安？'宝玉听后，即请曹雪芹再撰若干回。当夜，曹雪芹梦入天宫，看到一边是离恨天，一边是补恨天。两处都由焦仲卿、刘兰芝夫妇二人掌管。刘兰芝告诉曹雪芹，《红楼梦》前书已经存于离恨天处，请他再撰一部《后红楼梦》，记叙黛玉、晴雯重生及贾家复兴等事，以便存入补恨天。"

在书中，曹雪芹作为贾府的"门客"再三出场，帮助贾府出谋划策。书的最后，也以宝玉及全体女眷为曹雪芹饯行作为结局。在饯行宴上，许多人都反复提起曹雪芹撰写前后两部《红楼梦》的事情。宝钗、黛玉还为前书做了评点，认为这部大书间架宏大，头绪繁多，却写得疏密相间，雅俗共赏，每人的性格各不相同。即使描写生活琐事，也能写出下人的情态，跌宕起伏，且不入俗套，较有趣味。对后书，她们也有所赞扬。众人都感谢曹雪芹的精细描写，方才使得他们得以传之当世，等等。

这部续作的中心思想，是不满足于原作的悲剧结果，要让贾府中兴。

一百二十回版《红楼梦》出版以后，社会上曾经出现过一个人人读《红楼》的高潮。读者们不但在茶楼酒肆中大谈《红楼梦》，甚至两人路上相遇，也是开口必提《红楼梦》。不同的身份和不同的出发点，导致不同的认识，正所谓“人人心中有一个林黛玉”，不满足于原作的悲剧结果，是当时很大一部分人甚至是多数人的看法。因此，续作的主要情节和旨趣，就和原著有了很大的不同。

书中有一个观点，是颇能言之成理的：绛珠仙草既然是抱着“报恩”的心态下降人间，怎么反倒害得神瑛侍者的后身贾宝玉出家当和尚，以妻离子散结局？因此，绛珠既然想要报恩，必须以大团圆作为结束。

本书的故事梗概是：

1. 一僧一道是骗子。贾政送贾母的灵柩去南方入土，在回京的路上遇见这两个妖僧妖道，贾政叫人用“喷射猪羊犬血”的方法破了他们的妖术，把他们抓住送到当地县衙门审问并处斩，救回了贾宝玉。

2. 林黛玉和晴雯也是被妖僧妖道摄去生魂而死的，此次找回了魂魄。林黛玉因为口中含有宝玉，尸体不腐，立即复活；晴雯则借柳五儿的身体还阳。林黛玉还阳后，看破了人生，一心修道，晴雯则成了她的丫环。

3. 林黛玉的父亲林如海有一个弟弟叫林如岳，生了一个儿子后夫妻先后故去，这个儿子名叫林良玉，是由林如海抚养长大的。他不但考取了进士，还重振家业，有了上千万的家财。他有两个愿望：第一，要把妹妹嫁给自己的义弟、同榜进士姜景星，但遭到了林黛玉的坚决拒绝。第二，要把全部财产归还林黛玉，最后经过协商，给了林黛玉一半家财。林良玉在荣国府旁边购置了房产，娶了王夫人的义女为妻。

4. 林黛玉在修炼中走火入魔，和惜春共同进入太虚幻境，看了金陵十二钗的图册，得知自己终将成为贾宝玉的妻子，惜春则将成为王妃。考虑到“人不可与天争”，终于同意“再续前缘”，并把紫鹃和晴雯都给贾宝玉为妾。但是婚后从不和贾宝玉同房，是众人把她灌醉了方才完成了真正的婚姻。

5. 林黛玉婚后成了林、贾两家的当家人，表现出比王熙凤更加善于理财的管家才能。她提出了十四条恩威并用的改进措施，都是针对下人的。恩，是加倍发给月米月钱，遇事按例加倍赏银；威，则是严格管理制度，如第一条即是：两府中的奴才，子孙即便做了官，也不许更换名字接受封诰，平时也不准违背等级而僭越。进府来主子赏坐，只许拿个垫子坐在地上，还要叩了头、谢了座才能坐。又如第七条是：仆人们上班的时间，回话的地点，都不允许出错，违者将处以四十大板。这些规矩一立，连大管家们都惧怕，下人们更不敢造次了。

6. 新规矩施行后，黛玉分派袭人和蔡良家的管理自己和宝玉的衣物，二人一替一班，相互交接。贾环和贾芸赌输了钱，来求袭人帮忙。袭人偷出她所管的部分衣物，让他们拿去当了应急。到了期限，二人却不能归还，被蔡良家的发觉。蔡氏并未告发，只是再三催促，但袭人被吓病了，卧床不起。一天，黛玉叫袭人前来，袭人带病赶到，来不及梳洗。袭人见黛玉不在，就和宝玉说说话儿。黛玉走来看到袭人钗环不整的情景，误以为二人有不可告人的事，当场大怒，命人立刻拆洗被褥。袭人无法解释，自杀而未遂。宝黛之间感情因而出现裂痕。真相大白之后，贾政杖责贾环，斥责贾芸，不许贾芸再称贾氏子孙。

7. 宝玉考中了进士，授庶吉士。不久奉旨和诗，皇上提升宝玉为侍读学士。接着，惜春被选入宫，封为仲妃。贾政官至工部尚书，贾赦也官拜刑科给事中。

8. 仲妃惜春奉旨省亲。省亲前，她提出几项要求：一是费用要比元妃当年省亲节省十分之八；二是她自己不赏赐，府里也不准进献；三是要为她准备素食；四是音乐要奏《诗·葛覃》的首章，以宣扬妃后的勤俭、敬孝之道。贾政、黛玉等照此施行，因而做到了俭而有礼。

9.薛宝钗生了一个儿子，林黛玉也生了一个儿子。不过倒是没有继续写她们的儿子如何从小聪明，长大进入仕途之类的富贵荣华老套。

续写本书的主要目的，是为黛玉翻案。尽管作者同情黛玉复生前的反叛、孤傲，但为了让有情人终成眷属，居然不惜让复生后的黛玉性格大变，孤傲中少了柔情，一心只想振兴贾府，忙于事业的她渐渐走上了王熙凤的老路。作者用封建伦常改造了林黛玉，把一个封建思想的叛逆者，变成了封建秩序的维护者。这种截然相反的转变，当然是续作者世界观的体现，为今天的读者所难于接受的。

这样的改变，和曹雪芹的《红楼梦》主题完全背道而驰，但却是当时许多“红迷们”的共同“愿望”。这样的续作，在当时很可能曾经得到许多人的认可和赞赏，但是缺乏生命力，终于在历史的长河中淹没。

二、续红楼梦

作者为秦子忱，号雪坞，陇西人。他是个正四品的武官——山东兖州都司。全书三十回，由“抱瓮轩”初刊于嘉庆四年（1799），后来有光绪八年（1882）抱瓮轩版和经训堂版，光绪十四年（1888）善友堂版，民国十年（1921）上海大成书局石印版，民国二十九年（1940）上海新文化书社铅印版等。这个版本是续作中再版较多的一个版本。当代版有北京大学出版社、中国国际广播出版社、大连图书供应社、春风文艺出版社（改名为《秦续红楼梦》）等翻印本。

和《续红楼梦》同名的续书，见于文献资料的，后来还有“海圃主人”的四十四回本（为了和本书有所区分，故称为《海续红楼梦》，见本文第五节），另有张曜孙的二十四回本（见本文第十一节）。

书从《红楼梦》第九十七回“黛玉归天”后起续。故事脉络及梗概如下：

1.黛玉死后，魂归太虚幻境，和元春、秦可卿、尤二姐、尤三姐、金钏儿、晴雯、瑞珠等人的阴魂先后会面。接着，迎春、凤姐、妙玉、香菱等人的魂魄也相继来到。经过谈心和忏悔，互相之间的冤仇和误解，得到了冰释和原谅。

2. 贾母死后，有焦大殉死护送。在前往阴阳界的路上，见解差押解鲍二家的去投胎为母驴，贾母让焦大用元宝贿赂解差，将鲍二家的赎出。又在路边一寺庙中见到秦钟和智能儿，贾母也向主持讨来随行。到了酆都城，才知道酆都城的城隍，就是林黛玉的父亲林如海。林黛玉的母亲贾敏，也和他在一起。此外，贾珠、司棋、潘又安等人的鬼魂，都在林如海手下任职。还有那个被薛蟠打死的冯渊，就在林如海手下当书办。于是贾母一行，就在酆都城城隍署安置下来了。

3. 王熙凤感到罪孽深重，自愿去阴曹地府寻找贾母等人的下落。鸳鸯和尤三姐主动愿意陪她前往。他们到达酆都城，见到了贾母及林如海夫妇，说清了宝玉、宝钗、黛玉之间的婚姻纠葛以及晴雯等人的冤情，贾母表示非常后悔。

4. 贾母和王熙凤等人在参观地狱的时候，发现赵姨娘、马道婆、贾瑞等人在地狱中受苦，就通过关系把她们释放，让她们转生人世。

5. 夏金桂死后，被阎王罚到酆都城外为娼，冯渊把她赎出来做妾。

6. 贾宝玉和柳湘莲一同来到大荒山，拜渺渺大士和茫茫真人为师，经过女色的考验终于得道，师父还允许他们各自和意中人团聚。在已经成仙的甄士隐帮助之下，二人来到了太虚幻境。在尤二姐的主持下，柳湘莲先和尤三姐完婚。在黛玉和晴雯的捉弄下，宝玉先和金钏儿圆房，黛玉和晴雯则不愿意草草，一定要得到“父母之命和媒妁之言”。宝玉就带着黛玉的书信，赶到酆都城向林如海夫妇求亲。正好林如海任满候旨，于是就和贾母等人一起来到太虚幻境为宝玉、黛玉主持婚礼。——婚礼之前，黛玉借助甄士隐赠送的返魂香，已经和宝钗在梦中相会，消除了误会，互相谅解，就在宝黛完婚的当夜，宝钗赶到，结果宝玉的洞房花烛，竟是一床三人！

7. 天帝开恩，凡是在太虚幻境中的人（其实就是贾府中的那几个人，太虚幻境中居然没有贾府之外的人，是一大漏洞），统统允许还阳。时间定在七月十五日。到期由甄士隐作法，把元春以下所有已经死亡的金陵十二钗统统还阳。元春重返皇宫，还给皇上生了一个小皇子。宝玉、黛玉还阳以后举办了一场盛大的婚礼。而林如海夫妇也奉命调到京都当城隍，从此可以经常见到女儿以及贾府众人。甄士隐又送给荣国府上下人等每人一张符箓，可以直接和鬼神交往。于是贾母、林如海等鬼神，就可以经常到荣国府来走动了。

8. 其余人的结局：贾政升任工部尚书，宝玉授翰林院侍讲，贾兰中了探花授国子监祭酒。晴雯、金钏儿、紫鹃、莺儿都被宝玉收为小妾。袭人嫁蒋玉菡后，知道宝玉出家，她投河而死，魂归太虚幻境。还阳之后，和柳五儿一起被宝玉收为“通房大丫头”，另把芳官、藕官给了蒋玉菡。林黛玉生一女，取名惠姐儿，后来成了元春的皇子妃。惜春得道成仙。妙玉接替警幻仙子。“太虚幻境”改名“太虚仙境”，“孽海情天”改名“洞天福地”，两边的对联改成“愿天下才子佳人，生生世世永做有情之物；度世间痴男怨女，夫夫妇妇同登不散之场”。所有“怨粉”“愁香”“朝云”“暮雨”“薄命”等司门上的匾额，都换作“惜玉”“怜香”“恩爱”“绸缪”“钟情”等字样。

总之，故事在神、鬼、人之间发生，中心思想是让“天下有情人俱成眷属”。而所有鬼神，包括阴曹地府，生活都和人间一样。实际上，这是一部随意性极强的“魔幻小说”，一切故事的发生发展都不用受“人间生活”的检验的。

三、红楼续梦

全书四十八回，封面扉页上都没有作者署名，但是第一回《警幻仙追述红楼梦，月下老重结金锁缘》中，也像曹雪芹说自己“在悼红轩中披阅十载，增删五次”一样，说是“兰皋居士……梦中说梦，则真自忘其为梦而亦不知其为梦也”，书末又说：“于是兰皋居士搁笔而笑，不复再续。”可见此书作者，就是兰皋居士。

据后人考证，兰皋居士，本名王兰沚，杭州人。乾隆年间做过福建寿宁县知县，后迁台湾、福州等处，乾隆五十六年辞职返杭。据第一回中“丁巳夏，闲居无事，……因戏续之”，可知写作年月在嘉庆二年（1797）。他的写作速度极快，因为此书初版于嘉庆四年（书名《红楼续梦》，有西泠蓟园居士序，但只见于书录，原版未见）。嘉庆十年（1805）重刊，改名《绮楼重梦》（南京图书馆、首都图书馆、天津图书馆都有藏本）。以后重印，有改名《蜃楼情梦》的。当代有中国文联出版社和北京大学出版社的“红楼梦资料丛书”翻印本，书名《绮楼重梦》。

这是我上初中时候就读过的《红楼梦》续作，也是我所读过的《红楼梦》续作中最差最淫秽的一部。清代人就评价它“可以和《金瓶梅》”媲美。《红楼梦》续作，大都要让宝玉、黛玉再生或再世后重续前缘，因此“荒唐”在所难免，也不足为奇。此书的差劲儿，在于其格调十分低下，写的不是“多情公子”，而完全是纨绔子弟的情调，妻妾情妇不嫌多，而且房闱之内的描写下流而肮脏，完全是一副色情狂的心态。此外，书中最出奇之处，在于对宝玉后身小珏那些情爱经历的描写。作者在情色描写方面流露出一种奇特的恋物癖，这种属于性心理变态的恋物癖，并不以三寸金莲或者身体某一部位为迷恋对象，更不同于原著中宝玉的那个“爱红的毛病儿”。

嘉庆乙丑（1805）年夏季重刊此书，改名《绮楼重梦》。作者用华丽的骈体四六句写了一篇序言，其中说：“……证明因果，石自能言；打破横关，草堪蠲忿。去年人面，休烦崔护题诗；再世婚姻，仍遣韦皋作婿。飞枕边之蝴蝶，创开百代勋猷；携篮内之樱桃，幻作一场富贵。胡天胡帝，要须在无何有之乡；如云如荼，不过比将毋同之例。贾原是假，甄亦非真。曾参何处杀人，问去不声冤屈；郑綮今朝作相，算来好像应该。彻犀角之七层，弯弓妙手；贯明珠之九曲，穿缕精心。悲欢离合，通呼吸于鼻孔之间；将相王侯，看安排于手掌之上。纵使爱眠宰我，会心处不觉伸腰；便令不笑包公，得意时也劳捧腹。嗟乎，一支斑管，谱成金玉良缘；百幅芸笺，写出绮罗艳事。三千界苍茫银海，原属寓言；十二重缥缈红楼，仙客重记。”言下之意，他的小说，不过是小说而已，游戏笔墨也。

全书情节，可以分为前后两个大板块。

第一个板块，是写《红楼梦》中主要成员的再世。故事梗概如下：

1. 宝玉虽然跟随一僧一道出家，但是忘不了黛玉，于是偷偷儿跑到青埂峰下和绛珠一起去找月下老人，要求“赤绳系足”。月下老人急于要和福禄寿三星下棋，就随口答应了他们。宝玉居然明说一个老婆不够，月下老人也就很大方地给了他五个老婆。宝玉说有家花还要有野花，月下老人因为烦他，想要他尽快离开，就尽量满足了他。

2. 宝玉投胎，成为宝钗的儿子，背上有“通灵宝玉”四个字，起名叫“小珏”。黛玉投胎后成为史湘云的女儿，背上有“通灵金锁”四个字，起名叫“舜华”。

3. 鸳鸯的鬼魂带着两朵花儿，到贾兰之妻甄氏处投胎，一胎三女，取名优昙、曼殊、文鸳。

4. 贾环欠夏太监三万八千两赌债，贾政无奈，用一千八百亩田地抵债，生活因此紧迫。贾蓉输了六万两，薛蟠输了八万九千两，两家因此完全败落。贾环给薛蟠出主意，叫他把香菱卖了。因为香菱有一个小女儿离不开，薛蟠就把小女儿摔死了。香菱到王夫人那里求来了埋葬的钱回家，不料女儿却复活了，自称是“晴雯借尸还阳”，此女名叫“淡如”，长大以后淫贱无比。

5. 贾珍、贾琏、贾蓉，因为聚赌，加上薛蟠首告贾珍、贾琏共奸尤二姐又强娶，被再次抄家，发配到云南、贵州一带充军。

6. 贾环和薛蟠因为馒头庵一个小尼姑引起吃醋，贾环最后失手打死了薛蟠，被充军南京。

7. 邢岫烟在怡红院开学塾，一共九个学生：邢岫烟的女儿碧霞和宝琴的女儿碧箫（是秦可卿转世），四岁；小珏和舜华，三岁；李绮的女儿瑞香、李纹的女儿妙香以及优昙三姐妹，都是两岁。八女一男九个孩子共住一屋，分别教授《诗》《书》《礼》《易》《春秋》。

8. 小珏从小勇武过人，六岁就能连着打伤几个进府偷盗的带刀贼人。又在梦中得到岳飞所授的三卷天书，从此善于呼风唤雨，布阵用兵，能召天兵天将，精通奇门遁甲。碧箫也得到神授，善使飞刀，百发百中。

9. 小珏九岁那年，倭寇侵犯山东。朝廷三次任命大元帅统领雄兵十万、战将千员到山东破敌，都以全军覆没告终。为此朝廷开科取士，小珏考取了文武状元，碧箫第二，另一个南京薛家族人、薛蟠的侄女薛蔼如第三。分别被授予平倭大元帅和副元帅，而且不带大队人马，只带一百名武将，一千名兵丁，外加当地的三千民夫。到了山东，小珏召请天兵天将，加上碧箫的飞刀，把倭寇杀得大败而逃。倭王亲自带着妻女来京朝圣谢罪，留下女儿杨缬玖住在荣国府为人质，自己回国去了。小珏被封为平海王，两个女副帅碧箫和蔼如也被封为燕国夫人和赵国夫人。

第一个板块，说的都是小珏等人如何立功的神话。接着第二个板块，说的都是小珏如何淫乱的"脏话"。故事梗概是：

1. 倭寇侵犯山东，海疆乱起，探春夫家全家遇难。她因为带着女儿到南边"种痘"，逃过一劫。探春悲痛过度而死，留下一个十岁的女儿周淑贞，由族中人送来荣国府，王夫人就让她和舜华一起居住。

2. 皇上册立皇太子和亲王，下诏全国考选太子妃和王妃。王夫人和宝钗想先期把舜华娶过来，就到史湘云那里去提亲。没想到史湘云指望女儿当太子妃，借口公公婆婆不同意，一口拒绝。考试中舜华装病，没去应考，优昙和妹妹曼殊得了第一和第二名，成了太子妃和亲王妃。史湘云非常失望，主动托香菱和李纨去宝钗那里做媒，反被二人奚落。

3. 小珏十三岁封王，位兼将相，上表请求读书十年，皇上只准三年，命他十六岁完婚后入朝办事。从此，他在家里和宫女、丫环们终日淫乐。香菱的女儿淡如主动到怡红院和小珏同居，被王夫人和宝钗赤条条地抓了出来。除了淡如，小珏还和许多个女子淫乱。端午节那天，当地习惯人人要用雄黄、菖蒲洗澡，小珏起了淫心，想看看姑娘们的白身。走了几处，都不得便，最终到了淑贞窗外看她洗澡。为此，淑贞留下绝命书，上吊自尽，幸亏得救。小珏受到舜华的严厉斥责，骂他是“混账千岁”，小珏从此洗心革面，痛改前非。

4. 广东乌龙党造反，朝廷数次征剿失利，碧箫、蔼如、缬玖、淑贞联名上折请求出师，皇上准奏。果然马到成功，胜利归来。皇后主张把她们四个全都配了小珏，贾政上本启奏小珏和舜华自小联姻，于是又加上一个，五妃同日合卺成婚。

5. 淡如淫乱出名，嫁不出去，由刘姥姥的媳妇刘大嫂子做媒，嫁给一个四十多岁的大麻子。

本书的格调低下，不只是从后半部开始，就是前半部书中所写的小珏，也处处都显示他的色鬼流氓意识。书中写小珏在大观园中和其他转世的姐妹们极尽欢娱之情、风月之事，语言描绘简直可以和兰陵笑笑生的《金瓶梅》相比肩。因此，清代嫏嬛山樵在《补红楼梦·自序》中说：“《红楼复梦》《绮楼重梦》两书，荼毒前人，其谬相等。更可恨者，《绮楼重梦》，其旨宣淫，语非人类，不知那雪芹之书所谓意淫的道理，不但不能参悟，且不相背谬，此正夏虫之不可以语于冰也。”

四、红楼复梦

封签题“红香阁小和山樵南阳氏编辑”，自序署“少海氏”。据后人考证，作者陈少海，字南阳，号红羽、小和山樵、红楼复梦人，广东肇庆府阳春县人。序言写于嘉庆四年（1799）中秋。嘉庆十年（1805），同时有金谷园刊本、本衙藏版本和嫏嬛斋本、平湖宝芸堂本，可见都是后来的“复刻本”。在嘉庆十年以前，应该还有一个嘉庆四年本。以后还有光绪二年（1876）上海申报馆仿聚珍版本，民国六年（1917）上海荣华书局石印本和民国十二年（1923）启新书局石印本等。当代版有岳麓书社、齐鲁书社和春风文艺出版社的翻印本。

全书一百回，是各种续《红楼梦》中篇幅比较大的。构思缜密，文字干净，也是诸多续作中质量和水平都比较高的。但是由于续作的前提是要让宝玉和黛玉“再接前缘，重修旧好”，所以仍不能跳出“来生再世”这个窠臼。

全书接《红楼梦》一百二十回之后。故事梗概如下：

1. 开卷先说《红楼后梦》所写的“黛玉复生、晴雯再世”多么荒谬，因此空空道人亲到青埂峰前访问赤霞仙子，打听神瑛侍者及绛珠仙子的真正下落。赤霞仙子告知金陵十二钗死者大都转世，并拿出一本《金陵十二钗另生之册》相示。册中写明：祝梦玉是贾宝玉后身，松彩芝是林黛玉后身，鞠秋瑞是香菱的后身，梅海珠是晴雯的后身，掌珠是宝琴的后身，芙蓉是麝月的后身，芳芸是金钏儿的后身，紫箫是柳五儿的后身，韩友梅是妙玉的后身，周婉贞是凤姐儿的后身，祝修云是鸳鸯的后身，薛宝书是雪雁的后身，刘文相是司棋的后身，孟瑞麟是尤三姐的后身，冯佩金是尤二姐的后身，顾玉书是迎春的后身，钟晴是贾瑞的后身；袭人没死，孽缘未断，无须转世。空空道人正要仔细阅读，被赤霞仙子以“天机不可预泄”为由把册子抢了回去。空空道人只能再拜而别。——作者这样写，是预先把“生前死后”所转世的人名逐一明示，避免读者牵强附会的意思，手法虽然并不高明，却也不失是一种“没办法的办法”。

2. 贾宝玉转生在江苏镇江府丹徒县祝姓巨族，取名梦玉。他祖父祝简生前官通政使，祖母松氏仍健在，是松学士的女儿、节度使松桂的姑姑。祝母生三子，长子祝凤，是兵部尚书，妻柏氏，是都御史柏堂的女儿、安抚使柏龄的姐姐；三子祝露，是员外郎，妻石氏，是翰林石芬的女儿；梦玉的父亲祝筠行二，授四品金吾卫，赋闲在家，妻桂氏，是兵部侍郎桂恕的姐姐。祝母还有一个女儿秋琴，是解元梅白的妻子。——梦玉不但生长、生活在这样一个官宦豪门的家族中，而且他的伯伯、叔叔都没儿子，他一人兼祧三房，后来每房都给他娶了一妻三妾。也就是说，他的“正式老婆”就有十二个，其中当然有许多个和《红楼梦》中的众姊妹有关。

3. 袭人嫁了蒋玉菡，不久丈夫故去，遗下几千两财产。她哥哥花自芳托人做媒，打算把她嫁给一个四十多岁的候补官员。袭人不愿，跑到贾府去要王夫人做主。王夫人认她做义女，改名珍珠，让她和宝钗一起居住。袭人把蒋玉菡的衣物统统给了花自芳，从此和哥哥断绝一切来往。

4. 夏日炎炎，袭人和宝钗一起做针线感到困倦，二人带了丫头，到大观园内走走。到了怡红院，二人触景伤情，放声大哭，困倦中看见宝玉和黛玉飘然而至，贾琏和平儿后到。说起凤姐儿和尤二姐，宝玉说，因为凤姐儿罪孽深重，正在阴曹地府受罪，尤二姐也因作证还在地府。大家都想见见凤姐儿，宝玉就带他们到阴司。先在路上遇见了在阴间做巡方使者的贾政，吩咐他们把贾府连大观园卖掉回金陵定居，然后指点他们去见贾母和凤姐儿。贾母在地藏王禅林内念经。凤姐儿在报应司受罪，血肉模糊，她要求贾琏给她念经超度，做好事解孽。大家伤心，贾琏大哭。

5. 贾琏从阴司回来，不断做好事。先修桥铺路，后资助一个叫柳绪的青年，面目和秦钟一般无二。柳绪因父亲故去，无力扶柩归葬，和母亲寄居在铁槛寺，靠钓鱼维持生活。贾琏和他结拜，并给他一千两银子，派家人包勇送他们母子扶柩回南。贾琏自己把账目结清，交给宝钗，跟一个穿着破僧衣的和尚出家去了。

6. 柳绪住在铁槛寺，和寺里一个带发修行的小尼姑妙能有情。此次回南，由贾琏帮助让妙能还俗，恢复俗名玉友，与柳绪在寺里拜了天地。还有一个小尼姑智能儿，原来和秦钟有百年之约，秦钟故去，智能儿悲痛成病，几乎死去。秦钟托梦，说自己已经转世，不日就要来寺中借住，可续姻缘。后来见柳绪来到，模样和秦钟完全一样，于是尽心伺候他们母子。这次柳绪回南，智能儿向珍珠哭诉前情。珍珠叫她蓄起头发，先接进贾府居住，以后再送她到南方。

7. 荆襄节度使松柱进京陛见，祝尚书夫妇请他到家过端阳节。席间得知梦玉一子三祧，也是祝尚书的嗣子，就提出要把自己的女儿彩芝许配给梦玉。这个彩芝，就是林黛玉转世的，已经十五岁，从小多病，身体十分单薄，是个自顾不暇且不可能伺候公公婆婆的女子，更不可能生儿养女，寿数也有限。他要把女儿给梦玉，无非让女儿完成一个做女人的使命，反正梦玉要娶很多个老婆，也不在乎多这一个。于是，双方就把亲事说定了。

8. 祝尚书的夫人柏氏对珍珠（即袭人）很有好感，就向王夫人提亲。王夫人表示同意，两人交换了首饰定了亲，但是暂时不对珍珠说。——这里作者疏忽，出现了一个巨大“脱卯”：珍珠即袭人，是没经过转世的。书中说她那年十九岁，而黛玉转世的彩芝，已经十五岁了。如果黛玉是在袭人十六岁那年死的，经过转世，十五年之后，珍珠应该三十多岁了。袭人本来就比宝玉大，梦玉现在十六岁，让他娶一个比他大十六七岁的“大媳妇”，明显不合适。这种情况，书中不止一端。智能儿和秦钟的后身柳绪再续前缘，也存在这种巨大的脱卯。

9. 柳绪带着母亲、妻子，由包勇护送，雇车装着父亲的灵柩，回到广东去。一天黄昏，路上遇见十几个强盗。包勇奋力上前抵挡，没想到玉友拿出一张弹弓，弹无虚发，一连打死、打伤了六七个强盗，没死的被送到了当地巡检司。巡检司要求他们不报功，给了他们一百两银子，另给二十五两银子犒劳车夫脚夫。

这里作者也有一处脱卯：从北京到扬州、南京，应该在北通州张家湾码头上船。作者为了让玉友杀强盗，没让他们走运河水路，却走了一段旱路之后，再在清江县雇船走运河水路。这就是为了故事的需要而违背常理了。

10. 柳绪船到扬州，在水道上看见梦玉，彼此都觉得很面熟。梦玉立刻过船来拜访，并结拜为兄弟。一起盘桓三天，方才分手。

柳绪船到瓜州，遇见薛姨妈。当时薛蟠和香菱都死了，把薛蝌过继为子。薛姨妈听说智能儿的事情，就认智能儿做女儿，并且连玉友一起都认了，改名宝月、宝书。

11. 这个梦玉是贾宝玉转世，已经娶了梅家的姐妹二人为妻，一个海珠，是晴雯的后身，一个掌珠，是宝琴的后身。他最喜欢和女孩儿一起厮混，还有两样特别：一是特别同情那些长得不美的姑娘；二是只和女孩儿亲近，却绝不乱来，以致连丫头们都不拿他当男人看待。梦玉在扬州接到节度使松柱，当地官府设宴、演戏迎接。梦玉好静，躲了出来，带领家人信步闲逛，偶然发现林如海的荒冢，又在墓旁发现一个小小的荒丘，原来是林黛玉的坟墓。梦玉命家人挖土加高荒冢，无意中挖出一个石匣来，里面有一个紫檀木拜匣，装的都是林黛玉的诗稿，还有惜春画的一幅黛玉的肖像。他就把空石匣埋进土里，把拜匣带走了。

12. 梦玉回到家中。他的父亲行二，还有一个伯伯、一个叔叔，都没儿子。因此他一人三祧，通过父母叔伯的张罗，每房给她娶了一妻三妾，共十二个老婆，称为“镇江十二钗”。除海珠、掌珠之外，其余十人是：松彩芝（林黛玉的后身，祝母的内孙女）、鞠秋瑞（香菱的后身，祝家塾师的女儿）、贾珍珠（即袭人，拜王夫人为母）、郑汝湘（秦可卿后身，松彩芝的姨姐妹）、竺九如（史湘云的后身，故上元县县令的女儿）、芳芸（金钏儿后身，祝府丫环）、紫箫（五儿后身，祝府丫环）、韩友梅（大观园一狐仙的后身，平民）、芙蓉（麝月后身，祝府丫环）、桂蟾珠（紫鹃后身，梦玉的表姊妹）。梦玉对这些妻妾以及许多婢女全都来者不拒，恩爱有加。这些女人之间也和睦相处，亲如姊妹，都不争风吃醋。特别有一个叫素兰的丫环，是晴雯嫂子的后身，已经二十三岁（不知道是怎么转世的），为爱梦玉而不可能婚嫁竟吐血而死。按作者的说法，这个梦玉是“天生成的情皮情骨、情血情肉、情心情肝、情肠情肺、情肚子情舌头，连周身的头发、寒毛都是有情的”情种，实际上就是凡是漂亮女人他都见一个爱一个的“博爱”男人。

13. 一般的续红楼梦，主要是为了让贾宝玉和林黛玉完婚，而这部《红楼复梦》不但让贾宝玉的后身和所有姐姐妹妹都续前缘，还要让贾府中兴。所以此书的后半部分，就在这方面着力。为了制造“战功”，不惜让薛宝钗、袭人等弱女子“得到神授”，成了精通武功韬略的巾帼英雄，挂帅征蛮，最后封王。作为一部小说，无非是信口开河；而作为《红楼梦》的续书，则离题太远，没有任何可信性和可读性。《红楼梦》原著，虽然也写封建大家族的豪华生活，但是读者从书中看到的是“人吃人”的生活，作者是饱含热泪在批判、控诉那个“吃人”的社会；而《红楼复梦》中的人物，几乎都没有头脑，都没有思想，特别是那个梦玉，凡是女人，他全都喜欢，都可以娶来做老婆，简直就是个行尸走肉。所以后半部书的情节毫不生动，连介绍它的价值都没有。此外，由于有的人物转世了，有的人物没转世，于是人物的年龄乱了套了。例如袭人本来就比贾宝玉还大一些，她并未转世，等到贾宝玉转世成了大人，她居然还是个年轻的姑娘。时空混乱，无法自圆其说。

五、续红楼梦（新编）

因为和上述《续红楼梦》重名，所以又名《海续红楼梦》或《续红楼梦（新编）》。全书四十回，作者海圃主人，生平不详。最早的版本是嘉庆十年文秀堂刊本，又光绪十九年（1893）癸巳成德堂刊本，内封题《增补红楼梦》，正文题《增红楼梦》，书口作《续红楼梦》。当代版有北京大学出版社、春风文艺出版社（书名改为《海续红楼梦》）等的翻印本。

这是一部在续作中内容和结构都算得上最简单的版本。作者的目的，就是要贾府中兴，所以连贾宝玉和林黛玉都没转世，在书中也没他们什么故事。

故事梗概：通灵宝玉回到大荒山青埂峰下以后，玉帝怜宝钗“静守女箴，克娴妇道，理宜笃赐麟儿”，于是就命金童玉女下凡，分别去做宝钗和宝琴的儿女。宝钗生的儿子，手里捏着一块玉，取名芝哥；宝琴生的女儿，手里捏着一个小小的金如意，取名月娥。芝哥从小聪颖，过目成诵。长大以后，从秀才、举人一直考到状元，为官清正廉明。娶月娥为妻，夫妻恩爱。四十岁的时候，贾政已经九十多岁，恩准致仕，所遗礼部尚书一职由芝哥接替。突出一条主线，仕途一帆风顺。其中穿插故事也不多，只把惜春改名仲春，选入宫中为妃，最后生下太子。此外贾环也学好了，做到知州。总之，这是一部“贾府后传”，贾府不但中兴，而且比以前更加荣耀了。全书除了开头提到“玉帝”之外，也没有太多的神话，基本上是一部写人的小说。

六、红楼圆梦

全书三十回。据本书《楔子》，作者自称“梦梦先生”，号“了了”。作品最早刊于嘉庆十九年（1814），有红蔷阁刻本。原版国内已经没有，日本天理图书馆和东京大学东洋文化研究所有藏本。天津图书馆藏有光绪二十三年（1897）上海书局石印本。南京图书馆藏有民国二十三年（1934）上海新文化书社排印本。比较常见的是20世纪30年代大达图书供应社出版的普及本。

作者对自己的作品评价甚高，说“不特现在的《复梦》《续梦》《后梦》《重梦》都赶不上，就是玉茗堂《四梦》以及关汉卿《草桥惊梦》也逊一筹”。这话只能说明他对以上四本续作不满意，其实他的作品依旧没能跳出以上四本续作的窠臼，水平只在伯仲之间。

上述四本续作的一个共同特点，就是不满高鹗续作把宝玉和黛玉生生拆散，写成了一部悲剧。于是千方百计要把悲剧变成喜剧，也就是要让宝玉和黛玉团圆。而他们的续作，不是从八十回以后开始“扭转乾坤”，而是从一百二十回以后“接着”写。这时候，黛玉已死，宝玉已经出家，结局已定。于是不得不从“再世”“还阳”等荒唐情节入手，以致作品一开始就陷入了“不可信”的困境之中。

本书其实也不例外。首先，作者把宝黛悲剧的造成归咎于凤姐、宝钗、袭人等人的“阴险”和“假道学”，所以在续作中必然大力挞伐这几个人。其次，除了借助神力在“再世”和“还阳”这两条死胡同中继续穿越之外，作者也没有什么良方妙策。

故事梗概如下：

1. 五儿、芳官和柳嫂子回南，在一草庵中和妙玉相遇。原来妙玉被盗匪劫持，“尸解”而走。她告诉五儿等人：上帝要让黛玉还魂和宝玉团聚，然后中兴贾府。她给了五儿等人仙丹，让她们去接黛玉还魂。

2. 黛玉还阳以后，吐出十万八千颗珠子来，都是她的眼泪所化。最大的如鸡蛋，是绝世珍宝。蒙一碧眼洋人指点，知道绛色珠能护身却病，黄色珠能定风避火，黑色珠能破雾辟兵。

3. 黛玉感谢洋人指点，以一大珠相赠。洋人酬以大米十万石，白银十二万两。适逢黄河决堤，贾政奉旨赈济水灾，却无钱无米。黛玉拿出大米和白银，救济了一方百姓。皇上下旨，封黛玉为淑惠郡主，赏给北郡王妃为女，并奉旨择婿。

4. 贾宝玉随师父出家，学会了法力。因为“俗缘”到了，师傅命他下山，帮助父亲治水救灾。他到了决口，一念《大悲咒》，河堤自动合龙，水灾平息。贾政升兵部尚书，所遗一缺，着宝玉替补，封为子爵，并奉旨与黛玉完婚。因为宝玉有妻室宝钗，皇上降旨：宝钗离室归宗。黛玉又把紫鹃、五儿、芳官给了宝玉做妾。

5. 宝钗回到薛家，受到宝蟾百般侮辱。黛玉求皇上封宝钗为淑人，重回贾府。

6. 黛玉和宝玉感念晴雯，为她盖一“芙蓉仙子祠”。这时候袭人的丈夫琪官因徒弟牵连下狱自尽，袭人又回到贾府，但是宝玉不肯原谅她，于是黛玉就派她去看守芙蓉仙子祠。晴雯和袭人是死对头，在这里作者为晴雯大大地出了一口气：先是历数她的罪过，羞辱了她一顿。袭人战战兢兢地跪在下面，晴雯端端正正地坐在上面，叫左右的人把袭人架起，上下衣服剥个干净，并拿皮掌左右各打了二十下，打得袭人哀哀叩头。接着又狠狠打了袭人四十大板，一板一吆喝，打得两条白腿玉碎花溅，挨痛无声，流血有迹。

7. 时有海寇作乱，宝玉携带黛玉的避兵、避火、定风、定海宝珠，大破海盗。宝玉晋封一等侯，任兵部侍郎，晴雯也被封为“贞敏仙姑”。

8. 凤姐死后遭冥谴，巧姐儿去求芙蓉神晴雯，晴雯发放了冤鬼让凤姐解脱。

9. 惜春的一幅自画像流入宫中，被皇上看见，封为贵妃。

10. 宝玉出任浙江巡抚，带妻妾上任。途中，黛玉、芳官、五儿得到神授，学会了五雷正法、三十六路棍法，破了海匪黑雾大王的妖法，大获全胜，得胜回朝。宝玉二妻八妾，生有五子，贾府从此中兴。

作者自吹所谓的“超越前人”，其实都是“满纸荒唐言”，只是比前人更加荒唐而已，并无可取之处。

七、红楼梦补

作者署名“归锄子”。自序后面有“嘉庆己卯（1819）重阳前三日归锄子序于三时定羌幕斋”及第一回中有“是年馆塞北”等字句，可以推定他是个在军中协助办事的幕僚。后人据此考查，认为作者有可能是浙江桐乡濮院镇人沈懋德（字寅恭）。

全书四十八回。有嘉庆二十四年（1819）藤花榭初刻本，道光十三年（1833）藤花谢复刻本，光绪二年（1876）上海申报馆仿聚珍版（末回文字有改动），光绪二十五年（1899）上海熔经阁石印本，民国三年（1914）上海共和书局石印本，民国十二年（1923）上海启新书局石印本，民国二十五年（1936）上海世界书局铅印本等版本。当代版有北京大学出版社、凤凰出版社等的翻印本。

在诸多续红楼梦的版本中，这部《红楼梦补》被认为写得比较好。如红学家吴克岐等人就说："翻案诸作，此为第一。"

《红楼梦》的续作，几乎都为林黛玉的死去不平，因此续作也都在千方百计地为林黛玉的再生以及和贾宝玉的团聚做文章，也就是要把悲剧变成喜剧。这一部书虽然也没跳出这个窠臼，而且也无法避免"重生""再世"之类的荒唐描写，但是在刻画人物方面，的确和《红楼梦》原著较为吻合。

一般的续《红楼梦》，大都从一百二十回之后续起，此书则从第九十七回"苦绛珠魂归离恨天，薛宝钗出阁成大礼"续写。故事梗概是：

1. 林黛玉魂归太虚幻境后，警幻仙子认为她不是去给神瑛侍者"酬报灌溉之恩"，"反做了天下古今第一桩恨事，不是酬恩，竟是报怨了"，因此禀过女娲氏，令她还阳。——这是比较独特的见解，和《后红楼梦》作者的观点近似。

2. 林黛玉是"死后不久"当即还阳的，等于是"死后复苏"，所以合家大小并不以为奇怪。但是因为当时正值贾宝玉婚娶大礼，所以独独不让贾宝玉知道。袭人还故意让宝玉知道黛玉已死，宝玉大闹一通以后，也无可奈何。

3. 林如海有一个堂房弟弟，一直在外地当官，死在任上。遗有一妻一子，扶柩还乡，让儿子一子双祧，并且要把林黛玉接回去，就派两个媳妇到京迎接。贾母和凤姐正因为黛玉复活，不想让她和宝玉相见，见有人来接，就表示同意。黛玉也因为看破世情，决心返回故里。就在黛玉离开贾府的那一天，宝玉到潇湘馆祭奠黛玉，但已经人去室空。

4. 宝玉婚后和宝钗情如姐弟。就在他从乡试考场中出来的那一天，跟一个和尚出家去了，还把剃下来的头发和身上穿的衣服托人送回家中。

5. 自从宝玉出家之后，宝钗心情抑郁，病重吐血而亡。她死前也像黛玉焚稿一样，把金锁扔进火盘中想烧掉，结果被收垃圾的人拣去了。这个金锁，辗转到了扬州，却被黛玉的婶娘买去给了黛玉。

6. 贾宝玉到大荒山追寻黛玉踪影，得知事情原委以后也曾到扬州，但是未曾见到黛玉，就暂时住在甄宝玉府中。甄宝玉到贾府报信，贾母命人把贾宝玉接回府中，并且派凤姐到扬州林府做媒。凤姐带去的聘礼就是贾宝玉的那块玉，而林府的回定竟是宝钗的那具金锁。

7. 宝玉赴考，得中进士。皇上得知宝玉是元妃胞弟，黛玉又是清官的遗孤，降旨完婚。宝玉殿试，被点探花，并在当天奉旨拜堂。

8. 晴雯当年被王夫人撵出，幸亏有她堂叔医治，得以不死。黛玉把她接回来，给宝玉做“屋里人”。后来把袭人也接回来，与紫鹃一起都给了宝玉。

9. 凤姐当家，接连亏空。正在无法开销，忽然在潇湘馆外掘得白银一千三百万两，每个元宝上都铸有林黛玉的姓名。（因为过于荒诞，所以书中说这是女娲氏特赐的。）于是林黛玉开始管家，让贾氏族人领取资金，在京城和南京、苏州、扬州开当铺、珠宝店、绸缎庄……贾家从此中兴。由黛玉做主，把小红配给贾芸，把龄官配给贾蔷。

10. 宝钗真魂留在太虚幻境，仙子准许她还阳，但是肉身已坏。正好有个张道台的女儿病殁，不但和宝钗同年，而且芳名也叫宝钗。于是借尸还魂，由宝玉娶了回来，两番花烛。

八、补红楼梦

作者署名“嫏嬛山樵”，生平不详。据此书的后半部《增补红楼梦》第一回中说：作者是“著《参同契》者后裔”。《参同契》又名《周易参同契》，是一部道教的书，汉代魏伯阳著。因此，只能推定作者姓魏。

扉页题："此书直接《石头记》《红楼梦》原本，并不外生枝节，亦无还魂转世之谬，与前书大旨首尾关合。兹有先刻四十八回，请为尝鼎一脔。尚有增补三十二回，不日嗣出，读者鉴之。"因为此书和《增补红楼梦》（三十二回）是上下篇，只是分卷出版而已，因此实际上是"全书八十回"。

书中说：空空道人自从在悼红轩中将抄录的《石头记》交给曹雪芹删改传世之后，得知此书果然被竞相传阅，一时洛阳纸贵，不禁暗暗自喜。过了一些时候，又听说有《后红楼梦》《绮楼重梦》《续红楼梦》《红楼复梦》四种新书出现，不觉大惊，急急找来阅读一遍，深感失望。心想，难道是自己当时所抄的还有什么遗漏吗？于是又来到青埂峰前，将那块补天未用之石重新细细地再看了一遍，见所抄没有一处差错，沉吟之间，不觉把那块石头翻了过来。这才看见那石头底下尚有一段字迹，正是当日未曾抄写过的，于是急忙抄下来，予以传世。——这就是这部书的由来。

本书自序写于嘉庆十九年（1814），刊行于嘉庆二十五年（1820）。芜湖图书馆有藏本。以后有民国十八年（1929）上海文明书局版。当代版有晨光出版社、北京大学出版社、北京师范大学出版社等的翻印本。

故事结构、内容，前面相当一部分和秦子忱的《续红楼梦》雷同，只是文字和写法略有不同而已。相同处不再说，请参看《续红楼梦》。不同及发挥处有：

1. 贾宝玉和柳湘莲本来就是芙蓉城的旧主，他们拜一僧一道为师之后重返芙蓉城，柳湘莲和尤三姐团聚，宝玉则没和黛玉完婚。

2. 薛蟠、贾蔷、贾芸、贾芹等人到妓院嫖妓，遇见从贾府发放出去的小戏子龄官和小女道士鹤仙被家人卖为妓女。她们两人自己都攒了一些缠头，就由贾蔷、贾芹赎身出去。孙绍祖则在妓院里和吴姑娘好上了，而吴姑娘本是晴雯表兄吴贵儿的老婆。因为争风吃醋，薛蟠把李衙内杀死，按律当斩，由贾兰监斩。孙绍祖到了阴间，转轮王林如海罚他转世为驴。——这是作者在为迎春出气呢。

小说以一首诗结束:“满纸荒唐言，略少辛酸泪。休言作者痴，颇解其中意。”

作者曾斥责别的续书“人鬼混淆，情理不合”，但他的书讲的同样也是神仙鬼怪，而且故事又与秦子忱的《续红楼梦》雷同，并没有什么独创之处，说他是“效颦之作”亦不算过分。

九、增补红楼梦

这是《补红楼梦》的续篇。作者嫏嬛山樵，本篇三十二回，加上上篇四十八回，等于全书共八十回。书前有嘉庆二十五年（1820）槐眉子序、次讷山人序和嫏嬛山樵自序。首刊于何年已经不可考，辽宁省图书馆藏有道光四年（1824）“本衙藏版”的袖珍版本。当代版有北京大学出版社的翻印本。

开篇就说甄士隐和贾雨村都已经成仙，二人来到芙蓉城和宝玉、惜春及警幻仙姑等讨论《红楼梦》之后的续作，批评《后红楼梦》《续红楼梦》《绮楼重梦》《红楼复梦》《红楼圆梦》的种种谬误，然后借惜春之口声称已经有著《参同契》“刊著红楼未完原梦，一洗五书之谬，已经脱稿，复又续增，以成大全”云云。

本书前半部故事大都和秦子忱的《续红楼梦》雷同，这个后半部则基本上属于“鬼话连篇”的档次。属于“人话”部分，则补充了几个与贾府有关的故事。

1. 平儿之死。贾珍死后，贾蓉承袭了三品爵威烈将军，请平儿、宝钗料理丧事和家务，然后把贾珍的灵柩送往金陵安葬。平儿因为操劳过度，得病而亡，死后进入芙蓉城，和凤姐、尤二姐、尤三姐等人在一起和睦共处。

2. 邢大舅之死。王仁终日在赌场、妓院中鬼混，从妓院里娶了吴贵儿的前妻。因手头不宽裕，请傻大舅邢德全做中，向醉金刚倪二借了二十两银子，利上加利共欠下了五十两银子。邢德全比王仁年轻，和王仁的老婆勾搭成奸。王仁老婆出主意，叫邢德全以毒耗子为名到卜世仁开的药铺里买来一钱砒霜，趁王仁和倪二喝酒大醉把砒霜和在茶水中让王仁喝下，登时七孔流血而亡。王仁老婆到县衙门喊冤，县太爷是赖大的儿子赖尚荣，用刑拷打，逼迫倪二承认图奸谋杀。卖砒霜的卜世仁则畏罪自尽。倪二老婆到监狱去探望丈夫，听丈夫诉说冤枉，就到知府衙门上告。知府是贾兰，由于邢德全去卜世仁店中买砒霜的时候被贾芸看见，有贾芸的作证，查明了谋杀的是邢德全和王仁老婆。最后判处王仁老婆凌迟，邢德全处斩，赖尚荣革职。

3. 贾府许多人都中了举人、进士，官运亨通。贾环的儿子贾杜若连试不第，改考武举，后来中了武探花。嘉峪关外吐蕃国反叛，贾杜若被封为靖逆将军率军出征，大获全胜，被封为威远侯。

以下是属于“鬼话”部分：

1. 贾政死后，出任酆都城城隍。王夫人死后，也随任。林之孝死了，也到贾政的城隍任上。

2. 南京都城隍文天祥转天曹，由林如海补任南京都城隍，由贾政调补京都城隍。二人交接，和贾母等人都见了面。

3. 李纨死后，先在京都城隍府住了半个多月，然后接贾母到南京都城隍去和林如海同住。

4. 薛宝钗死后，最后一个到达芙蓉城。“十二金钗正册”的薛宝钗、林黛玉、贾元春、贾迎春、贾探春、贾惜春、史湘云、李纨、邢岫烟、王熙凤、薛宝琴、秦可卿全部归位；《十二金钗副册》的妙玉、鸳鸯、平儿、香菱、李纹、李绮、喜鸾、贾四姐、贾巧姐、尤氏、尤二姐、尤三姐也全部归位；还有《十二金钗又副册》的晴雯、袭人、紫鹃、金钏儿等，也全部归位。从此，返璞归真，《红楼梦》人物都有了结局。

十、红楼幻梦

全书二十四回，自序中署名“花月痴人”，作者生平无考。道光二十三年（1843）由疏影斋刊行，扉页署“幻梦奇缘”，芜湖市图书馆有藏本。当代版有北京大学出版社、春风文艺出版社等的翻印本。

可以说，作者对《红楼梦》原著的体会还是比较深刻的。他在自序中说：

> 同人默庵问余曰："《红楼梦》，何书也？" 余答曰："情书也。" 默庵曰："情之谓何？" 余曰："本乎心者之谓性，发乎心者之谓情。作是书者，盖生于情，发于情，钟于情，笃于情，深于情，恋于情，纵于情，囿于情，痴于情，乐于情，苦于情，失于情，断于情，至极乎情，终不能忘乎情。惟不忘乎情，凡一言一事，一举一动，无在而不用其情。此之谓情书。其情之中，欢洽之情太少，愁绪之情苦多，何以言之？其欢洽处，如花解语，玉生香，识金锁，解琴书，撕扇，品茶，折梅，咏菊等事，通之爽脾，不过令人叹艳。其悲离处，如三姐戕，二姨殃，葬花，绝粒，泄机关，焚诗稿，诔花，护玉，晴雯灭，黛玉亡，探春远嫁，惜春皈依，宝玉弃家，袭人丧节各情，阅之伤心，适足令人酸鼻。凡读《红楼梦》者，莫不为宝黛二人咨嗟，甚而至于饮泣，盖怜黛玉割情而夭，宝玉报情而遁也。……"

从以上文字，可以说作者对《红楼梦》原著的理解和定位基本上是正确的。但是当默庵先生提出一个要求："子曷不易其梦而使世人破涕为欢、开颜作笑耶？" 对于这样的要求，作者居然毫不犹豫地断然说："可。""于是幻作宝玉贵，黛玉华，晴雯生，妙玉存，湘莲回，三姐复，鸳鸯尚在，袭人未去，诸般乐事，畅快人心使读者解颐喷饭，无少唏嘘。"

这样看来，作者其实是在对原著"反其意而用之"，不过是游戏文章而已。

凡是要为《红楼梦》做反面文章的，特别是要让宝玉和黛玉结成美满夫妻的，都不能避免"还阳""再世"之类的窠臼。本书作者虽然也难于躲开这个关键的通道，但是在诸多续作之中，应该说是比较成功的一部。所有改变命运和情节的变化，都让它在梦中完成，做到了亦真亦幻。至少“梦话”总是“人话”而不是“鬼话”。至于宝玉、黛玉、宝钗等人的性格改变，那就更是无法避免的了。

故事梗概如下：

1. 林如海有个妹妹，嫁给申公。申公死后，成了京都城隍。林黛玉死后，魂归地府，城隍把她送回林如海家。原来林如海死后也出任城隍，正任满告假在家，于是一家人在阴间团圆了。

2. 警幻仙姑从林如海夫妇处把黛玉带回太虚幻境，请渺渺真人带她还阳。渺渺真人来到贾府门前，声称能救黛玉，贾母请他进来。片刻之间，黛玉还阳了。

3. 渺渺真人刚走，宝玉揭开新娘盖头，见是宝钗，大叫一声，晕倒在地，灵魂到了太虚幻境，由茫茫大士把他带回贾府，向贾政提出要一万两银子，可保宝玉复活。贾政答应，茫茫大士就把宝玉的灵魂推入躯体，并告诉说宝玉的病实因黛玉而起，必须让他们两人完姻，才能保住两人的性命。不然，还是要旧病复发。说完，没要银两，即“摄空而去”。

4. 宝玉和黛玉还阳之后满面红光，身体比以前更好了。又逢贾政升了太常寺卿，全家喜气洋洋。贾母、贾政谴责了凤姐之后，就张罗着要给宝黛完婚，请李纨去做媒，按照“童养媳圆房”，不用轿，就把潇湘馆做了新房。与薛宝钗二人，不分大小。新婚期间，薛宝钗暂时避回娘家。

5. 贾宝玉婚后，发奋读书，乡试中了第五名举人。贾兰同科得中第五十五名举人。

6. 林如海当年在盐政任上，见一歌女舒媚兰面貌和妻子贾敏一般无二，就娶回家来，生有一子，取名琼玉。贾敏死后，贾母把黛玉接进京中抚养，琼玉留在扬州读书。林如海死前，立下遗书，命四个总管经营家中一切。十几年来，经营贸易，已经有两千万两家财。琼玉乡试得中解元，打算进京会试，并与姐姐见面。琼玉到京，把两千万两家财和黛玉平分。黛玉有了千万资产，拿出四百万两建了四个大庄园，作为祀田，立有石碑，子孙永远不得出售。又拿出二百万两，留给宝玉的儿子。下剩四百万两，是所经营的各行基业，每年的出息全家公用，包括贾母、老爷、太太的用度。

7. 琼玉和宝玉会试，琼玉得中状元，宝玉得中探花。殿试中皇上得知宝玉是元妃的弟弟，下旨把宝玉也提为状元，因此本科有两个状元。两人同授编修。

8. 柳湘莲原跟渺渺真人出家，由于他俗缘未断，真人打发他到云梦仙桃坞拜羽客炼形子学艺，学会了各种武功和剑术。两年后师父带他下山，命他去辰州一走，会有好机遇。路经一处，见一妇人带一幼女，面貌酷似尤三姐，不觉大恸。师傅告诉他，这就是尤三姐的后身，并要他十年后再来娶她。

9. 辰州有一巨富陶长春和表妹李双兰精通武艺，摆下擂台，胜者方可议婚。柳湘莲上台，击败了他们兄妹和他们的教习。陶长春要把表妹许他，他以家中已经定亲为辞，并认李双兰为妹妹。他留在李家，教他们兄妹武艺。两年后，以回家完婚为由辞行，陶长春、李双兰各赠黄金一百两。

10. 柳湘莲到京，在荣国府附近置了房屋，在城外买了田庄，然后去见贾宝玉。偶然相遇妙玉，两人彼此有心。宝玉极力促成，奈妙玉因自己父母早亡，自己委身佛门，有些不尴不尬。恰在此时，贾府家奴何三因赌博输钱，引来外盗，偷了荣府许多财物，又把妙玉劫走。恰逢柳湘莲在城外遇见，把妙玉救下。宝玉回明贾母、王夫人，让他们成就了夫妻。

11. 林琼玉的母亲舒夫人来京，贾母认她做女儿。李纨见琼玉富贵才华，求贾母、王夫人向舒夫人为自己的妹妹提亲，已经说定。这时候琼玉偶然和宝玉的妹妹喜鸾相遇，两人心中都有爱慕之意却又都说不出来，结果两人都因此而病倒。经过宝玉和黛玉的斡旋，最后也效宝玉的做法：一凤两鸾，同效于飞。

12. 柳五儿一直伺候黛玉，而且已经被宝玉收在房中。因为操劳过度，一病而亡。她的相貌本来就和晴雯相似，警幻仙姑即命晴雯借五儿的尸体还魂，并由黛玉回明贾母和王夫人，仍给宝玉做妾。——宝玉除了有宝钗、黛玉两房正妻，还有十二个妾，排名是：晴雯、婉香（即五儿）、紫鹃、鸳鸯、袭人、金钏儿、玉钏儿、莺儿、麝月、秋纹、碧痕、蕙香，因两个已死，实际上是十个。

十一、续红楼梦（稿本）

这是一部个人收藏的稿本，而且没有写完，书名也未定。严格地说，不能算是“出版物”，何况全国就此一本，一般人也无法看到。此稿现有复印本流传，最近已经由中国经济出版社纳入“另类名著丛书”以《续红楼梦》的书名列入出版计划。为避免雷同，不妨根据作者张曜孙称为《张续红楼梦》。

稿本原被著名红学家、敦煌学家、佛学家、文史学家、收藏家、文物鉴定专家周绍良（1917—2005）先生所收藏。周先生在《红楼梦书录》中说：“张曜孙撰，二十回。稿本，共九册。……书前有签云：‘此书系张仲远观察所撰。’惜未卒业，止此九册，外间无有流传。”

据考证，张曜孙，字仲远，号升甫，晚年号复生，江苏武进人。生于嘉庆十二年（1807），道光年间举人，湖北候补道。其父张琦工医术，曜孙得之家传，著有《产孕集》《重订产孕集》。道光二十三年（1843），应江南乡试中举。道光二十六年（1846），选授武昌知县。咸丰元年（1851），调补汉阳知县，旋擢汉阳同知。咸丰二年（1852），太平军克汉阳、武昌，自缢未遂，著有《楚寇纪略》。咸丰五年（1855），胡林翼委以督粮道。咸丰七年（1857），以道员补用。同治二年（1863），为曾国藩司营务。时汉口与外国通商，建议取洋人税以佐军饷。奉命赴沪议此，六月卒于沪上。所以著作未能完成。

书接《红楼梦》第一百二十回，书中部分情节、人物和《红楼幻梦》雷同。故事梗概如下：

1. 宝玉从考场出来，跟一僧一道出家。先到船上拜别了父亲，然后在一深山中打坐修道。偶然听见师父和警幻仙姑的谈话，得知上帝要将他和绛珠仙子送回人间，重新历练。打坐中梦见自己回到了家中，见到了父母、宝钗、探春、麝月等人，又到栊翠庵见惜春和紫鹃，打听黛玉的消息。后来遇见晴雯，得知黛玉已经被警幻仙姑所救，如今在扬州姨娘家住着。醒来后师父告知这不是梦，而是真情，并把他送到“嫏嬛福地”去继续修炼，准备重返人间。

2. 黛玉将死，警幻仙姑来到，用一柄拂尘变作黛玉的尸体，把黛玉的真人带回太虚幻境。告知她父亲当年纳有一妾舒姨娘，生有一子名琼玉，如今十岁，家里由四名管家经营典当、商铺、田庄，有几十万产业。警幻仙姑亲自把黛玉送到扬州交给舒姨娘，并留下自己的丫环青棠服侍黛玉。黛玉接管家业，有未卜先知的仙女青棠帮助经营，发扬光大，不久就有了几百万家业。

3. 宝玉修炼期满，师父命他下山。途中，与柳湘莲相逢。原来柳湘莲也是渺渺真人的徒弟，只是不和宝玉一起修炼而已。柳湘莲学会了武术和法术，也下山继续历练。两人在途中借宿，得知房主女儿被妖精所迷，柳湘莲发掌心雷击毙妖精，从妖精脊骨中取出核桃大小的明珠二十四颗。二人来到仙桃镇，适逢陶绛英设擂台比武招亲，柳湘莲胜了陶绛英，二人定了亲事。然后柳湘莲继续陪着贾宝玉到扬州寻找林黛玉。

4. 琼玉入场考试，得了解元，准备明春进京会试。黛玉打点土产礼物，写了书信叫琼玉送到贾府，琼玉就住在贾府读书。王夫人喜欢琼玉，就把自己的义女喜鸾许配给琼玉。

5. 宝钗婚后，因宝玉出走，心中凄楚。生下儿子之后，产后失调，病情加重。这时候琼玉来到贾府，说起黛玉未死，合家欢乐，打算派周瑞家的和紫鹃到扬州迎接。宝钗听见，病情更重。

6. 黛玉接到琼玉家信，知道贾府派人来接，经与青棠商议，决定全家进京，购置房产定居京都。周瑞家的和紫鹃到达扬州，正在准备进京，喜报到来，琼玉得中探花，合家欢庆。黛玉先到苏州祭奠父母，同时当众打开“黛玉墓”，只见棺中果然只有一柄拂尘。众人见了，无不称奇。

7. 贾政、王夫人等，得知宝玉和黛玉即将回来，就计划如何定亲。商定由薛姨妈出面做媒，怎么说话都由宝钗教给，并商定黛玉、宝钗都是正妻，但是黛玉为大，宝钗为次。薛姨妈到林家提亲，舒姨娘不敢自专，由黛玉亲自表示同意了，方才说定了亲事。

8. 宝玉和柳湘莲在进京的路上，正好遇见被强人劫持的妙玉，就把她救了下来，改名妙莲，带回京都。

9. 宝玉到京，拿十二颗宝珠送给宝钗，拿另十二颗加上通灵宝玉送到林家去给黛玉作聘礼。

10. 琼玉到京，除了买房置业，又开了两处当铺、两处银号作为黛玉的嫁妆，并把全部财产分成十份儿，四个管家共得两份儿，黛玉和琼玉各得四份儿。

11. 到了吉期，拜堂之后，宝玉先到宝钗房中告了“失陪”，然后进入潇湘馆黛玉的新房，当夜黛玉就叫宝玉和青棠圆房。接着回过王夫人，把紫鹃、莺儿、麝月、秋纹、五儿、四儿、玉钏儿、琥珀和妙莲都收进房中。

12. 琼玉虽然定了王夫人的义女喜鸾，但是和惜春一见钟情。惜春同意嫁给琼玉，但是不破色戒，只和琼玉有夫妻的名分而不同床。

残稿到此中断，但也已经告一段落。后文如何，就不得而知了。

十二、红楼梦影

全书二十四回，扉页题“云槎外史新编”，每回书的回目下面署“西湖散人”撰。从以上文字看，似乎作者是西湖散人，编者是云槎外史。但是西湖散人写的序言中又有“今者，云槎外史以新编《红楼梦影》若干回见示，批读之下，不禁叹绝”这样的话，则又似乎写此书的人是云槎外史，而西湖散人不过是作序者或出资刊刻者，前后有些矛盾。也有人认为，两者其实是一个人。由于没有任何资料佐证，只能暂且存疑。

序言写于“咸丰十一年（1861）岁在辛酉七月之望”，由于同时还有“以《红楼新编》若干卷见示”的话，似乎作序的时候书还没写完。但据此可知，作者动笔的年月应该早于1861年。至于咸丰年间是不是有刊本，因为没有实物和文字资料，无从考证。现在能见到的版本，是辽宁图书馆光绪丁丑年（1877）的北京聚珍堂活字本，距写作序言的时间已经十六年了。当代版有北京大学出版社的翻印本。

几乎所有的《红楼梦》续作都要让宝玉和黛玉最终大团圆，因此这些续作都难免要在还阳、再世上做文章，也因此更难免鬼话连篇，都是属于“不可信”的神话范畴。独有这一部，写的是黛玉死后贾宝玉如何如何，不但没让林黛玉再生还阳和贾宝玉完婚，而且作者强调的是故事的真实性，所以连一句荒唐的鬼话也没有，最多不过是几个奇怪的“梦”，而梦境只是“梦话”，绝不是鬼话。

因此，在所有的《红楼梦》续作中，虽然都是虚构的，但只有这一部是“可信”的，即“此事虽然在历史上没有发生过，却是有可能这样发生”的。

书接原著第一百二十回。故事梗概如下：

1. 贾政运送贾母的灵柩回南安葬之后，在回京的船上恰逢宝玉光头赤脚披着大红猩猩毡斗篷来给父亲拜别，当时就被贾政留下，并把跟随他的一僧一道抓住送到当地武进县审问。查明是宝玉的干妈马道婆为了骗取钱财，把宝玉的玉偷走，交给僧道送回。他们把钱财用完了，又到考场门口用迷药迷了宝玉本性，打算继续讹诈。审结之后，马道婆处以绞刑，一僧一道问斩。宝玉吃药以后清醒，随父亲回到贾府。贾政到家，严责贾环、贾蔷、贾芸伙同邢大舅拐卖巧姐儿，令贾琏每人责打二十板，除祭祀外，不许进门。

2. 贾宝玉失踪以后，袭人的身份不尴不尬，被王夫人遣发回家。她哥哥花自芳把她嫁给蒋玉菡，袭人坚决不从。蒋玉菡问明情由，把她送回花自芳处。花自芳根据袭人的意愿送回贾府，被分拨到宝钗房中。宝玉回来，宝钗不仅把袭人开脸收房，还连麝月、莺儿都给了宝玉。不久宝钗生下一子，取名贾芝。

3. 宝玉、贾兰中举，皇上恩典，贾赦遇赦，贾珍复职，贾政承袭荣国公。宝玉、贾兰会试都中进士，殿试后都选为庶吉士。贾府从此家声重振。

4. 宝玉怀念黛玉，常为往事伤感。袭人生日，同时也是黛玉二十岁冥寿。宝玉以祭花神为名，带了两个丫头到潇湘馆祭奠黛玉，梦中和黛玉相会。

5. 有边报地方匪徒作乱，贾政和都统周琼（探春的公公）奉旨到边疆戡乱。其实是地方官“谎报军情”，不过是几百个乡人为抢一名犯人，打死了一个押送的小军官而已。贾政等两人带兵几千里赶去，兵不刃血就平定了。但也不得不为地方官圆谎，“胜利归来”之后，贾政升为大学士（相当于宰相），周琼升为大将军，连贾环也得了一个五品官的封赏。

6. 因为贾政的军功，贾赦被赐三品官“半俸养老”。贾赦在京郊购置一座庄园，带着邢夫人和五个姨太太搬进庄园颐养天年。由于对家人管束不严，先是仆人招引匪类夜间喝酒聚赌，后来包勇引匪类入园抢劫。幸有车夫张二翻墙逃出，请来邻村庄客，将贼人抓住。

7. 尤三姐死后，柳湘莲四处飘荡，期间曾和一妓女金四交好。后来他回京，薛蟠花一千六百两银子买下蒋玉菡的旧宅相赠。而薛宝琴的丈夫梅鼎臣，则在苏州用一千二百银元（《红楼梦》一书没有时代背景，从来不提“银元”，本书用了银元，等于明写时代背景实为清代）为金四脱籍，带来京城赠给柳湘莲为妾。

8. 小说还提到了一些红楼人物的最后结局：贾珍出任京营总兵。贾琏被任命税差，每年可有六万银子进项，平儿劝他说这种银子来得容易，却也容易招祸，不如在家孝亲，于是贾琏递了辞呈，没去赴任。史湘云丈夫死后，生一遗腹女，正好和宝钗的儿子同年同月同日同时生，于是两家联姻。平儿生一子后被扶正。贾兰娶东平王的孙女儿为妻。薛姨妈病重，邢岫烟割肉入药，感动上苍，延寿二十年。贾政困难时期，曾向赖大的儿子赖尚荣借银五百两，赖尚荣哭穷，只送来五十两，贾政愤而拒收。这次升官，赖尚荣送来白银五千两，黄金一百两，贾政依然拒收。赖尚荣送到土夫人处，说这是他祖母八十大寿同僚们送的，是祖母的意思要送来孝敬旧主，王夫人这才收下了，等等。

9. 最为难能可贵的是本书没有以大团圆的俗套作结，而是在“没有结果中”结束全书：一天，宝玉感到烦闷，到栊翠庵找惜春求破闷儿之法。惜春给他一面巨大的圆镜，他往里一照，只见镜中一座巨大的红楼上，宝钗、黛玉、湘云、宝琴凭栏向他频频招手，转眼之间，红楼化为荒郊，美女化为白骨。于是贾宝玉在“大惊”中戛然中断，点出“红楼无非一梦”的主题。

我认为，在所有的续《红楼梦》中，这一部是最好的。第一没有神话和鬼话，第二对所有人物都没有无限拔高，故事情节也都限于在“天理人情”中展开，没有胡说八道的荒诞感。

十三、新石头记（吴趼人版）

此书从光绪三十一年（1905）八月二十一日开始在《南方报》以“社会小说”的名义连载，署“老少年撰”。到十二月二十六日停止，共十三回，未完。光绪三十四年（1908）十月，由上海改良小说社出版单行本，四卷八册，每卷五回，共四十回，每回都有插图，所以书名叫作《绘图新石头记》，作者署名“我佛山人”。民国及当代都有翻印版（1986年中州古籍版）。

今天，至少稍稍涉猎晚清文学的人，大概都知道“我佛山人”是吴趼人的笔名了。吴趼人（1866—1910），清末小说家。原名沃尧，字小允，又字茧人。因为“茧”和“趼”同音，后来改作趼人。他是广东南海佛山镇人，自称“我佛山人”，并以此为笔名。清同治五年（1866）四月十六日生于北京祖父寓所，三岁，祖父亡故，随父母奉丧南归。十七岁丧父，十八岁被生计所迫，到上海谋事。曾一度客居山东，后游学日本。回上海后，从光绪二十三年至二十八年（1897—1902），主持上海各小报笔政，主编《月月小说》，致力小说创作。从光绪二十九年起，进入其文学生涯的黄金时代。又主办广志小学，写作小说颇多，作品多揭露晚清政治社会黑暗腐败现象，其政治倾向接近于改良派，是近代谴责小说的代表作家，以《二十年目睹之怪现状》为最著名。此外，还有《痛史》《恨海》《九命奇冤》《发财秘诀》《瞎编奇闻》《糊涂世界》《近十年之怪现状》《情变》等。宣统二年（1910）九月十九日，卒于沪寓。

他写的《新石头记》，严格说来，并不是《红楼梦》的续作。所以最初标为“社会小说”，后又改标为“理想小说”，实际上是一部长篇科幻小说。当时，社会上出现了大量的《红楼梦》续作，遗憾的是，它们大都“托言林黛玉复生，写不尽的儿女私情”，甚至众女共事一夫，家族兴旺、皇恩浩荡、兰桂齐芳之类。他的《新石头记》则迥然不同，小说中，贾宝玉在1901年复活，到上海、南京、北京、武汉等地游历，目睹了大量火车、轮船、电灯等电气化的新事物，甚至乘坐潜水艇由太平洋到大西洋，由南极到北极绕地球一周，为高度发达的西方科技文明所震撼，并自信将来有一天中国也能制造出这些东西。质言之，作者无意于纠缠“宝黛恋情”，而只是借《红楼梦》这个框架和贾宝玉这个人人皆知的人物来传播科技知识而已。

这部小说，因为传播不广，在中国文学史上似乎默默无闻，但是在中国科幻小说史中却占了很重要的一席之地。一般的评价，都说它集中反映了作者对乌托邦式的社会和国家制度模式的向往，而其另一重要价值则在于它的科幻色彩与远超常人的想象力，如飞车、电炮、潜艇等。这些科技，在今天看来，已经非常普及，但在清代末年还是遥不可及的遐想，很不简单。吴趼人学识深广，还曾经在江南制造局工作过，所以不但具有深厚的文学功底，也具有对当时人来说极为少有的科学知识。

故事梗概如下：

1. 贾宝玉出了考场，被茫茫大士、渺渺真人带到大荒山青埂峰下修炼成仙，也不知世上是何年月。一天，他忽然醒悟：自己是女娲氏炼来用作补天的五色石，应该物有所用，不能这样糟蹋自己。于是他蓄起头发，带着那块宝玉下了山。

2. 宝玉走在路上，遇雨，就到一座破庙躲雨，一脚踢到了一个人，原来是焙茗。他是到金陵寻访贾宝玉的，在这破庙投宿，居然一觉睡了不知多少年，刚才被宝玉踢了一脚，方才醒来。他们同路来到金陵，到处打听荣国府。人们告诉他：那是小说《红楼梦》里面的一个地方。他们赶紧去买一部来看，方才知道自己的事迹，已经有人写成书，而且几乎人人都知道贾宝玉了。

3. 他们决定先到上海，然后坐船到天津，转道北京。没想到，在上海的客栈里遇到了薛蟠。他当年在陶然亭喝酒，一醉也是不知多少年。他依旧做生意，这一次是到上海来进货的。宝玉在薛蟠那里看了报纸，方才知道现在已经是大清光绪二十七年二月十二日，西历1901年。

4. 薛蟠带贾宝玉到一家春大菜馆，请梅开（没开）洋行的买办柏耀廉（不要脸）吃西餐，然后应柏之邀，一同去吃花酒，认识了他的兄弟柏耀明（不要命）和原泰顺轮船的账房先生吴柏惠（吾不悔）。宝玉和吴柏惠一见如故，但是却和柏耀廉一言不合，登时大怒翻脸。因为柏耀廉说："中国人没有一个靠得住的。"又说："我虽然是中国人，却有点儿外国脾气。"——后来才知道，这两个人都是专门骗人钱财的赌棍儿。

5. 宝玉看了《知新报》和《时务报》的合订本，大开眼界，精神焕发。吴伯惠来访，大谈洋房、天足、租界、洋酒、金表、手电、留声机这些最时髦的洋人发明的玩意儿。可是宝玉却很反感，说那是"奇技淫巧"，并不喜欢。薛蟠就拉着宝玉一起去参观炮弹厂、画图房、锅炉厂、水雷厂、洋枪厂、铸铁厂等当时很先进的工业，贾宝玉大开眼界了。

6. 宝玉在上海认真学习英文。薛蟠接到北京朋友王威儿的来信，立即去北京，并经王威儿的介绍加入了义和团。两人奉师傅之命，去破坏铁路。

7. 宝玉带着焙茗到北京，遇见了薛蟠。这时候义和团在北京城烧教堂、杀洋人，招来了八国联军，西太后和光绪皇帝"巡幸"西安。贾宝玉在北京见到了义和团干的许许多多坏事儿和蠢事儿。

8. 贾宝玉回到上海，与吴伯惠同到味莼园听演讲，又一同坐船到汉口。贾宝玉因为和学生们一起辩论维新还是守旧的问题，抨击学监，被官府逮捕，关进了监狱。吴伯惠托人斡旋，宝玉方才被放了出来。

9. 宝玉回到上海，想完成"补天"的宏愿。接到薛蟠的来信，说是他遇到了一个朋友刘学笙（留学生），字茂明（冒名），如今住在刘的自由村里，自由自在，特地邀请宝玉一同游历。宝玉带着焙茗北上，半途遇见强盗，宝玉开枪抓住了强盗，焙茗却被箭射中现了原形，原来是一尊木偶。

10. 宝玉失去了焙茗，信步往东走，无意中闯进了“文明境界”，经过孔道（孔子之道），在“入境第一旅馆”遇见一人，姓老字少年（即作者本人）。据老少年介绍，这个“文明境界”一共有二百万个“区”，每区一百平方里（米）。境中有一个“自由村”，创建者东方强，字文明。他有三子一女，子名东方英、东方德、东方法，女名东方美（东方的英、德、法、美），女婿名叫华自立（中华自立）。东方德是个医生。他先学中医，后学西医，取长补短，自成一家，医术高明。医院设备十分先进，可用玻璃镜验骨、验髓、验血、验经络、验腑脏，神奇之极。华自立是个科学家，他发明的“助听筒”，能听得很远。做饭、点灯，都用地火，可随意调节明暗和火力大小，不用的煤全部出口。出门坐“飞车”，高低随意，交通安全。这里秩序井然，科学昌明，民康物阜，夜不闭户，路不拾遗，字典中已经把“贼”“盗”“奸”“偷”等字删除。这里没有党派，所有的官员，包括刑部大堂和各区的行政官、警察官，统统取消，当然也没有捕快衙役，衙门改作仓库。政体是“文明专制”，认为“共和是最野蛮的办法，立宪也不可取”。境内定了“强制教育”的法令，偏重于“德育”。境内没有庙宇、教堂，也没有乞丐，连孤贫院都空了。

11. 宝玉随老少年去参观工厂。这里的生产由东方法先生指导，不用人力，全部自动化。目前正在试制“飞行水靴”，试制成功后，穿上它可以在水面自动前进。还在试制一种速度极快、可以在一昼夜时间内环绕地球一周的飞车。

12. 宝玉随老少年坐飞车到水师学堂游览参观，看学生上课、操练。用东方美小姐发明的“助明镜”可以望远，“透水镜”可以看见水底的一切。他们乘坐东方美小姐送给水师学堂教官的空中猎车，到中非洲猎获大鹏鸟，送进博物馆，获得政府奖牌，并拍摄彩色照片留念。他们又到南极探险，获得珍贵的宝石奖牌，上面用宝石镶嵌各人的姓名和“头等冒险勇士”字样。底下是一篇夹叙夹议的海底游猎记，字迹细如蛛丝，要用一万倍显微镜才能看清。

13. 宝玉和老少年乘坐飞车到了“忠”字区，通过陆军都督观看了陆军大操。这里有东方法和华自立等人发明的神奇电炮，炮身非金非石，用极纯净的玻璃做成，百发百中，无远不及。问起这里的人口、教育和慈善事业，得知境内男女同时受教育，男女之间没有界限，不用回避，也没有娼妓和优伶。

14. 宝玉和老少年又乘坐飞车到南部“信”字区。这里是文明境界的市场，由东方英任总理，负责进出口。市场上万商云集，货物琳琅满目。

15. 宝玉久仰东方文明的大名，约老少年一起去东部“仁”字区探访。见到了东方文明，他称宝玉为“故人”——原来他就是当年的甄宝玉。两人谈起抱负，东方文明说：他要拯救红、黑、棕各有色人种于水火之中。这里的人全都驻颜有术，老少年看上去只有三四十岁，其实已经一百四十岁；东方文明的儿子们，看上去都在四十上下，却已经有了曾孙了。

16. 当晚，宝玉梦见自己回到上海，听吴伯惠谈论宝玉出走以后的许多新闻：五大臣出洋考察宪政、万国博览会、万国和平会、长江中下游的工业发展……梦醒，感觉到自己的补天梦已经被甄宝玉所完成，自己无用武之地了。拿着通灵宝玉，也没什么用处，反倒睹物伤情，就赠送给老少年，自己坐上飞车到东方文明，也就是甄宝玉壮年时代创建的自由村去了。

17. 老少年坐在飞车中，一不小心，把通灵宝玉跌落了。追寻到一个山凹，看见一块怪石，上面镌刻着一篇绝世奇文，有十二三万字，就抄录下来改成演义体裁，起名《新石头记》，旨在爱族爱国，保全国粹，反对媚外，反对崇拜洋人。

从以上简介可知：吴趼人的这部小说，虽然也借用了《红楼梦》中几个人物，主题其实与《红楼梦》并没有多少关联，不过是借贾宝玉再次入世抒写埋藏于作者胸臆中的愤懑不平及其理想社会而已。作品前半部借贾宝玉的耳目，反映了20世纪初年中国社会的黑暗现实，后半部则集中描写了一幅作者理想中的“文明境界”的蓝图。在对“文明境界”的描写中展现了许多饶有趣味的科学幻想情节，如关于飞车、隧车的便利，海底猎艇的新奇，人民饮食的改革，缝制衣服的自动化，武器的电气化，以及农田的机械化，还有人工控制气候等，因而又带有科学幻想小说的性质。更有趣的是：他所预言的科学技术，有许多在今天都已经实现了。作者在《近十年之怪现状·自叙》中说:《新石头记》是一部“兼理想、科学、社会、政治而有之者”。因此，这不是什么《红楼梦》的续作，而是一部比较完整的以表现近代中国资产阶级改良派政治理想为内容的文艺作品。它生动地反映了吴趼人的思想，在近代文学史和思想史上都具有不可忽视的价值。

十四、新石头记（南武版）

这部《新石头记》，宣统元年（1909）由小说进步社刊行，共十回，分上、下两册。作者署名南武野蛮。

关于南武野蛮，没有资料可以查找。只知道除了这部《新石头记》之外，他还曾经为杭州老耘撰的《新官场现形记》写过续书，共三集四十七回。

南武版的《新石头记》原文未见。据阿英《小说闲谈》，可知其故事梗概如下：

1. 贾宝玉出亡，到了扬州，遇见正从西洋留学归国的柳湘莲，方才知道林黛玉并没死，而是在西洋留学。去年应友人邀请，在东京教书，目前可能在上海。贾宝玉大喜，听柳湘莲的劝告，脱下袈裟，换上西装，还买了一条假辫子装上。正好他买的一张彩票中了头奖，得到五万元，就和柳湘莲一起到上海，住进旅店，到处寻找林黛玉。偶然看见勾栏院前面的牌子上写有林黛玉和史湘云的姓名，大吃一惊，跑进去一问，方才知道那是妓院，是妓女“借用”的“艺名”。

2. 这时候上海县的知县是赖尚荣。二人托他行文查找林黛玉，证实林黛玉仍在日本，并未回国。宝玉就托赖尚荣办理护照，远涉重洋，去寻找林黛玉。

3. 贾宝玉到了日本，因为有赖尚荣的关照，当地的中国人开了一个盛大的欢迎会，贾宝玉当场即兴发表维新演说。然后乘车到富士山附近的大同学校，去找当了哲学和英文教授的林黛玉。这时候林黛玉正在翻译《万国全史》，贾宝玉十分高兴，满以为从此可以永不分离了。不料，林黛玉却大不以为然，说是如今做了国民，第一应该把开导民智作为应尽的天职，从前那些“痴心事”不必再谈了。她要宝玉留在日本留学，学得本事之后回国，多办几家学校，多唤醒一些同胞，并且和他约定：以后只有星期假日，方才会面。宝玉开始不同意，见黛玉意志坚决，只好答应。从此，宝玉就在日本留学读书。

4. 宝玉的儿子贾桂和侄儿贾兰被派来日本作钦使，和宝玉会面。宝玉因为返老还童，年纪轻轻，而儿子和侄儿却都已经白发苍苍。二人见黛玉无意和宝玉结婚，就悄悄儿奏请大清皇太后“赐婚”，而日本皇帝也因为大同学校校长的呈请，下旨赐婚，并给予数万结婚费用。于是宝黛二人，就在东京举行结婚典礼，并游街三天。贾桂、贾兰公事完毕，宝玉和黛玉也和他们一起回到中国。

从以上的简单介绍，可知这部小说也和吴趼人的小说一样，是古为今用，只不过借宝玉、黛玉的名字来写“当代”的现实世界的。故事的前半，有一些传奇色彩，至少宝玉还没有失去自己的性格。后半部到了日本以后，不但黛玉的性格已经完全变了，而且成了一个爱国者甚至革命者。如果按照这条思路发展下去，写他们如何爱国，如何革命，如何为祖国的富强献身，倒也是一条主线，而且在当时正是十分“时髦”的写法，可惜一掺进了“大清皇太后赐婚”“日本皇帝赐婚”，就把这部书的进步性和革命性冲淡了。最后的结局，总算还不错：当年的情侣，喜结良缘，双双回国。读者可以想象他们回国以后为大清朝服务，也可以想象他们回国以后为推翻清朝皇帝而进行革命。

两部《新石头记》，相隔四年，先后出版。两部书都是借“红楼人名”写的“新书”，不是什么“红楼续作”。一部宣传科学技术和理想政体，一部宣传“唤起民众，振兴中华”，两部书都有“欲言又止，意犹未尽”的感觉。但考虑到当时还是清朝的天下，能够这样写，至少比前面所有的续书都在说鬼话、说神话，在宝黛完婚、兰桂齐芳、中兴贾府的思想意识下做文章强得多了。

十五、红楼真梦

全书六十四回，郭则沄著。又名《石头续记》。民国二十八年（1939）至二十九年（1940）刊于《中和月刊》，后来出有单行本。同时代有戏曲脚本《红楼真梦传奇》出版。当代版有北京大学出版社的翻印本。

作者郭则沄（1881—1947），福建闽侯人，字啸麓，号蛰云，在《红楼真梦·自序》署名“云淙花隐”。清光绪二十九年（1903）癸卯科进士，历任翰林院庶吉士、浙江温处道道台、政事堂参议、铨叙局局长、国务院秘书长、侨务局总裁等职。精通词曲，诗文著作颇多。从他的履历看，也是个“富贵中人”。

《真梦》第一回，先肯定《石头记》是“古今第一奇书”，而且嘲笑讽刺“还有一般痴人，以为宝玉、黛玉如许钟情，如此结局是千古的大缺憾，必得把他们二人做到死者复生、离者复合”，“有的说这般人是狗尾续貂，有的说他们是画蛇添足”，可是他自己却跟在这些续貂者后面也写出一部《真梦》来，说的依旧是“鬼话”，实际上还是续貂。只是他不承认这是他的续作，而是假托神瑛侍者的亲自手记，是他花钱从别人那里“抄”来的。

他的《真梦》，自称不是“续貂”，其实就是没让黛玉转世复生，而是让宝玉修成了神仙，然后奉玉帝旨意到太虚幻境去和黛玉成亲，做一对儿“神仙眷属”，如此而已。所以他描写的人物，依旧脱不开天上、人间、冥府三界，依旧是“神话”“鬼话”和“人话”搅和在一起说。对比嘉庆以来的续作，他的《真梦》似乎有些别开生面。但是放到20世纪40年代，依旧是这个调调儿，就不能不说他赶不上时代潮流，无非还是一个“前朝遗老”的心态和水平。

故事梗概如下：

1. 宝玉跟着茫茫大士来到青埂峰下一个山洞中，与先来的柳湘莲一起静坐修行。但是师父说他“不是佛门中人”，没给他落发，他心中也每每惦念袭人、宝钗、黛玉等人。不久，僧道二人下山，只留宝玉和柳湘莲在山洞中。

2. 黛玉灵魂出窍之后，被警幻仙姑差晴雯导至太虚幻境，与元妃、秦可卿及二尤等人相会，并给不识字的晴雯讲解了《芙蓉女儿诔》等诗文。警幻仙姑送她一面“风月真镜”，黛玉从镜中看到了大观园中宝玉和众姊妹的现况，知道不是宝玉负她，而是凤姐害她，终于心里释然。

3. 史湘云丈夫死了，又没父母，就搬回大观园来和惜春同住栊翠庵。

4. 宝玉出家，袭人身份不明，被送回家，由哥哥嫁给了蒋玉菡。但对外不说是丫头，却说是贾府的四小姐。麝月想想袭人尚且如此，自己如何结局，更不好预测。如果配个小子，宁可上吊。由于思虑过度，终于病亡。王夫人以“宝玉偏房”的身份给她出殡。

5. 贾府入不敷出，到了年关，各处都来收账，贾琏无法应付。找各位管家商借，人人都往赖大身上推。因为这些店账，大都是赖大开的店铺。赖大却不肯通融，还建议让丫头们偷偷取出太太们的首饰拿去当。贾琏思谋再三，不敢这样办，正在无法可想，忽然有了解救：原来以前何三勾结盗匪，抢劫了贾府，劫走妙玉，何三被包勇打死，其余贼人逃亡。其中就有周瑞的儿子周四，他花完了金银，把一颗大珠子拿到天津去卖，被官府扣留，查明正是贾府的失物。于是顺藤摸瓜，又抓住了一些贼人，追回来一些赃物。单是一颗大珠，就当了三万银子，年关终于安然度过了。

6. 贾环烟酒嫖赌，无所不为。一天，在外抢了一个姑娘。姑娘的父亲却是与贾代儒同辈的族人，正打算状告贾环强抢族姑和逆伦大罪，由贾代儒出面找贾政私了。贾政坚持要在宗祠内当众打死贾环，王夫人、探春考虑到被抢的“族姑”声誉，建议一面拿银子去封口，一面将贾环终身监禁不许出门。不料走了风声，被彩云听见，悄悄儿给贾环通风报信。贾环逃跑之前，还到账房把东面的一些土地文契偷走，卖给庄头乌进忠，贾府又不得不拿七千两银子去赎回来。贾环后来逃到新疆，鼓动番王造反不成，逃回关内，在边关被截获，解回贾府。贾政也没办法，不想真把他打死，只好把彩云给了他，把他软禁起来算完事。

7. 贾兰考取了进士的当天，宝钗生下一子，取名贾蕙。满月以后，宝钗和平儿肩负起管理荣国府家务的重任。探春归宁，也参与管理。三人协商，整顿了收支账目，废除了一些陋规，并指定财务和出纳的人选。

8. 紫鹃因为思念黛玉，绝食而死，魂归太虚幻境，继续伺候黛玉。

9. 由于宝玉中举以后走失，皇上特赐他一个“文妙真人”的道号。再加上和尚是不能娶老婆的，茫茫大士就把宝玉转到渺渺真人名下，与柳湘莲一起精研道学。不久，他和柳湘莲都炼制了仙丹，成了神仙。由于宝玉心中还在想念黛玉，玉帝感知，特下旨让宝玉和黛玉成婚。旨意下来，宝玉欢喜不禁，黛玉却上表请辞。警幻仙姑为促成他们的婚事，带了鸳鸯和迎春到淮海城隍任上拜见林如海夫妇并提亲。黛玉有了父母之命，终于同意，于是他们在太虚幻境入了洞房。婚后，他们一同到淮海拜见林如海夫妇。

10. 宝黛婚后，把宝钗请到太虚幻境中来聚会，黛玉和宝钗互诉衷曲，互相谅解，前愆冰释，三人商定：等蕙哥儿成人，将来一起在太虚幻境团聚。

11. 宝黛完婚，柳湘莲也来到太虚幻境。他和尤三姐见了面，两人虽然表面上都不是很热情，心里却都放不下对方。宝玉托鸳鸯去尤三姐那里游说，尤三姐是个性格豪爽的人，让柳湘莲亲自来和她面谈。柳湘莲在尤三姐面前再三解释、认错，尤三姐终于同意婚事。于是，太虚幻境再一次热热闹闹地举办婚礼。

12. 贾兰娶了梅翰林的女儿为妻，携妻到辽东节度使作幕，成绩斐然。皇上特旨放他到江西出任江西九江道，李纨随任。

13. 鸳鸯思念贾母，要去酆都城探望。晴雯和宝玉都要求一起去。宝玉到了酆都，不但见到了祖母贾母，还见到了祖父贾代善和太爷爷贾源，同时也见到了大伯公贾代化和太伯公贾演。贾宝玉首先以“散仙”的身份去找阎王说情，要求开释凤姐。正好因为地狱中“鬼满为患”，玉帝有提前释放罪轻者的旨意，阎王就把凤姐释放了。贾母在荣国府是“老祖宗”，来到酆都城变成了“小媳妇”，天天要伺候公公婆婆，不胜其烦。于是宝玉就接贾母去太虚幻境奉养，凤姐随行。凤姐来到阴间的荣国府，谢了宝玉，拜了贾母和从来没见过的长辈，然后随同宝玉来到太虚幻境。在这里，凤姐先向尤二姐请罪，得到谅解以后，又请求尤三姐的原谅。凤姐本来就在《金陵十二钗》册内，从此归位。

14. 贾珍本来尚武，经常骑马射箭。适逢南阳蛋户叛乱，贾珍上书，提出戡乱策略，皇帝采用，并授他为钦差参赞军务大臣，于是带着贾蓉出征。胜利归来之后，赏贾珍尚书衔，署理襄南节度使。

15. 天上落成一座玉京清虚殿，玉帝下诏招揽普天下散仙去写一篇碑记。宝玉和黛玉同时上天。共有一千九百多名神仙前来应试，宝玉和黛玉的碑文取在前十名之内。

16. 宝玉到了太虚幻境，不但娶了黛玉，他以前的几个丫头如晴雯、麝月、紫鹃等，也都收在房中。黛玉还想把袭人也“收”上来，宝玉却因为她挑拨离间，做了许多坏事，坚决不要。这时候，袭人已经嫁了蒋玉菡。因为蒋玉菡“私置田产，借势招摇”，被忠顺府老王爷打了一顿，房子封了，店铺关了，从此不许他在京城唱戏。后来他托人求情，总算把住房发还，因家无产业，只好开一小酒铺为生。不料，因为打了小学徒一顿，小学徒回家就死了。蒋玉菡因此摊上了人命官司，关在狱中。托贾府说情，总算没有偿命。放了出来，贫病交加，竟成了“路倒”。袭人无奈，最后回到贾府，当一个粗使的“老婆子”。

17. 黛玉从袭人想到了芳官，这是宝玉最宠爱的一个小戏子。宝玉出走以后，芳官和藕官住在白莲庵里，誓死不肯还俗。后来四儿被王夫人撵出来，也到白莲庵里来。宝玉这次来度芳官，顺便把藕官和四儿也都度来了。黛玉说他是“韩信点兵，多多益善”。

18. 林如海上升天曹，玉帝给假半年，到太虚幻境和林黛玉团聚。

续作续到了这里，本来是可以结束了的。但是续作者还要让贾府的后人来一个功成名就，重振威风，并且长生不老。于是，除了贾政官运亨通，步步高升，终于做到了吏部尚书之外，贾琏做了陈州府同知，探春的丈夫做了京营统制，探春成了一品夫人，贾兰承袭了荣国公，还要让贾宝玉的儿子贾蕙出足了风头：先让他探花及第，接着出使越裳国，回来后由翰林院侍读学士升为内阁学士兼礼部侍郎。这还不算，宝玉又把自己炼的仙丹给贾政和宝钗吃了，两人七天之后都成了地仙。

总而言之，这部民国年间出版、由进士执笔的续作，也就这个水平。

十六、当代人续的《红楼梦》

这要从清代人和当代人对《红楼梦》截然不同的两种评论说起。因为续作者的立足点和出发点，无疑都是以“当时”的评论为依据的。

文学评论，质言之，不仅仅是评论者在评论作品，通过所评论的观点，也在反映评论者的立场观点和思想境界。《红楼梦》的续作者既然是以当时的文学评论为依据的，则续作者的作品也必然反映当时文学评论界的思想水平。

清代嘉庆年间，当然没有发表文学评论的报纸和刊物。所有的评论和观点，不是在茶馆酒肆的茶余酒后高谈阔论，就是在续作者的序言中集中表露。我们从前人的笔记和续作者写的序言中，可以看见当时人对《红楼梦》的主要评论，就是对宝黛二人的美满婚姻被拆散表示遗憾。因此，续作者以“完成宝黛美满婚姻”为续作的主题，正是“适应”当时评论主流的集中表现。这就是当时文学评论界的实际水平。我们今天阅读或者评论《红楼梦》的续作，就必须以此为根据。不然，就是超越了时代，以今天的认识去取代古人的认识了。

当代的文学评论家，最时髦的观点和手法，当然就是“阶级分析法”了。用这个“放之四海而皆准”的方法去评价《红楼梦》，或者说用这个框框去套《红楼梦》。首先看到的是贾府甚至国家、社会的阶级矛盾如何尖锐、阶级斗争如何激烈，包括鲁迅所说的“贾府的焦大，是绝不会爱林妹妹的”，等等。因此，评论家们首先针对高鹗的续作提出批评，认为：“高鹗的思想境界、美学旨趣，跟曹雪芹不仅是差距问题，许多根本点简直是相反的。”有一些评论家甚至认为曹雪芹已经具有资产阶级民主主义思想萌芽，等等。

鲁迅先生在他的《中国小说史略》中，认为：“高鹗的续作让贾氏终于‘兰桂齐芳’‘家业复起’，显然背离了曹雪芹原作的精神。”

周汝昌先生则认为：“高鹗的真实身份，就是执行一场文化阴谋的‘大内文人’，其角色是扮演一个续写加删改的‘枪手’。”指的是高鹗受雇于和珅，按照和珅以及和珅的雇主乾隆皇帝的指示删改了曹雪芹后四十回的原稿，不但把贾宝玉的反抗精神减弱了，而且把尖锐的阶级矛盾也缓和了。

俞平伯先生对高鹗的续作十分不满。他列出二十多处与原著有矛盾的地方，论证高鹗的续作具有极大的破绽、疏忽、荒诞、矛盾：

> “原著中已经死去的人，又被高氏写活了。‘五儿承错爱’，又是一点大破绽。
>
> “无论宝玉或出家，或穷困潦倒，总没有做举业，登黄甲，这是无可疑的……因之我们也该绝对地否认现存后四十回目是原来的。这不但是‘中乡魁’露了马脚，在紧接原书之第一回，即第八十一回已如此。续书第一回就说‘奉严词两番入家塾’，这明是高鹗先生底见解来了，所以终之以‘中乡魁’‘延世泽’等铜臭话头。
>
> “后来贾氏诸人对于黛玉，似太嫌冷酷了，尤以贾母为甚……贾氏诸人对于黛玉这样冷酷，文情虽非必要，情理还有可通。至于贾母是黛玉底亲外祖母，到她临死之时，还如此的没心肝，真是出乎情理之外。
>
> “这并不是我故意挖苦高氏，他的确以为如此的：‘只有这一入场，用心作了文章，好好的中个举人出来……便是儿子一辈子的事也完了！’这是什么话！他以这样的胸襟，来续《红楼梦》，来写贾宝玉，安得不糟！又岂有不糟之理！雪芹是个奇人，高鹗是个俗人，他俩永不会相了解的，偏偏要去合做一书，这如何使得呢？我最不懂，高氏补书离雪芹之死，只有二十七年，何以一点不知

道《红楼梦》是一部作者自传，且一点不知道曹雪芹底身世。想是因雪芹潦倒了一世，为举人老爷所不屑注意的也未可知。但既是如此，他又为什么很小心地去续《红楼梦》?

“我是再三申说，高氏底失败，不在于‘才力不及’，也不在于‘不细心谨慎’，实在因两人性格嗜好底差异，而又要去强合为一，致一百二十回成了两橛，正应古语所谓‘离之双美，合之两伤……’”

这样的评论，当然只能产生于20世纪后期。在这样的文学评论影响下，当代人如果还有《红楼梦》的续作，其水平应高于清代，那是必然的。因此，每一个当代的《红楼梦》续作者，往往都自称“这是《红楼梦》续作中最好的一部”。

至于当代人续写的红楼梦，影响最大的，恐怕就是刘心武的《续红楼梦》了。此书因为作者先在百家讲坛“揭秘”《红楼梦》，继而2011年3月由江苏人民出版社出版。

2011年5月14日，有一篇题为《刘心武还是写好红楼评论好了》如是说:“看刘心武写红楼书评，可以感觉到他对红楼的研究很深、很好。于是买了他续写的《红楼梦》，却发现结果却不是那么一回事。全文用笔很是生硬。比如写赵姨娘设法毒害黛玉，就是直接叙述，没有任何的过程铺垫，仿佛就是为了完成揭秘的任务。又如写黛玉病入膏肓去沉湖，刘心武在他的评论中明明写得很引人遐想，说黛玉《葬花吟》预示她必只能沉湖，而她的沉湖也是一种行为艺术什么的，结果到了续书中就变成了黛玉去湖边忆起当日的事，然后解下玉带挂在湖边树上，这就是‘玉带林中挂’，更可怖的是写翌日众人寻来，只发现湖上飘着衣物，黛玉肉身已经‘羽化’！这样写来，一点儿行为艺术的感觉都没有，完全破坏了我脑海中对黛玉沉湖的想象。全书看了三分之一，很勉强，不想再往下看了，引不起一点点美感。……”

2011年5月，九州出版社出版了温皓然女士著的《红楼梦续》。

《红楼梦》续书研究专家、天津师范大学教授赵建忠先生对专家学者的学术观点、学术见解一一予以精到总结，并认为自己依然坚持温皓然的百回本《红楼梦》是二百多年来《红楼梦》续书史上最优秀的一部。

赵建忠先生认为，在百回本《红楼梦》这部书的后二十回，温皓然独辟蹊径，具体表现在：一是温皓然重续《红楼梦》时，既充分尊重现有的红学文献又有自己的大胆创新；二是温皓然的文史知识储备相当丰厚，因此能大体达到曹雪芹“原笔”的要求；三是温皓然的后二十回写作在追寻曹雪芹“原意”“原笔”的基础上，最难能可贵的是她对《红楼梦》终极精神价值的探索，也就是创作主旨的普世化构建。总之，温皓然的后二十回《红楼梦》没有带着镣铐跳舞，无论是作品形式与作品灵魂内核，都有与时俱进的可贵探索。可以说，百回本《红楼梦》之后二十回的重续，是温皓然“生命中的不能承受之轻”，她的续作应该是二百年来《红楼梦》续书史上最优秀的一部。

不妨先看看此书后二十回的目录：

第八十一回	甄英莲魂断返故乡	贾宝玉怀悲归旧地
第八十二回	试麟儿元春晋贵位	验真情双痴得共穴
第八十三回	贾存周官拜郎中任	史湘云情配金麒麟
第八十四回	韶华盛极莺喜呈瑞	落红凄迷病符飞灾
第八十五回	南安王兵败西海沿	薛文起罹祸北邙乡
第八十六回	沉酣梦详破鸳鸯侣	酴醾架惊现木石盟
第八十七回	花袭人救主遭遣嫁	贾探春和番茜香国
第八十八回	林黛玉悲撰十独吟	贾宝玉苦遭七杀星
第八十九回	苦绛珠魂归离恨天	病神瑛泪洒相思地
第九十回	懦菱洲夭逝还真元	孤藕榭出家悟虚花
第九十一回	薛宝钗借词含讽谏	王熙凤知命强英雄
第九十二回	逝水春梦千般同幻	虎兕相逢万缘成泡
第九十三回	恨无常荣宁遭大劫	好事终太君归地府

从目录中不难看出，温续的后二十回，其实是吸收、综合了许多专家学者的研究成果之后的阐发。例如关于妙玉的结局，关于史湘云的婚姻，都是高鹗续作中的最薄弱环节。高续中妙玉如何被“枯骨”陷害，一个字也没提起；原著中着墨不多的翩翩公子卫若兰，温续则丰满了他的形象，并使之与湘云成就了一段令人艳羡而又可歌可泣的短暂姻缘。曹雪芹原著最后大书而特书的“情榜”，高续居然完全抹去，等等。经过温续这一补充完成，自然令人眼睛一亮。所以她所费的力气不是很大，而所取得的成果却超过了前人，而且也很容易就被众红学家们所接受。这不算取巧，这本来就是应该如此写也必须如此写的。不然，到了21世纪来给《红楼梦》写续篇，还让他们一个个死而复生，再来完成宝黛木石良缘，硬生生地变悲剧为喜剧，即便妙笔生花，文字写得再缠绵悱恻，既没有必要也太浪费光阴了。

下面，引一段温续中刘姥姥在瓜洲渡口和妙玉邂逅并促使妙玉投江自尽的所谓的“精彩”描写：

且说刘姥姥和板儿回去，心怀巧儿，因连夜收拾打点了，翌日登程，望瓜洲而行。一路行色匆匆，改马乘车，舍陆从舟，非止一日。这日辗转来至瓜洲渡口。谁知夜间，风雪阻渡，舟不得开。水手将船湾泊，水底抛锚。刘姥姥心下煎焦，因立于船头，仰天嗟叹不止。见邻近一艘官船，兰桡画桨，锦帐丽帆，灯火辉煌。舱内吹弹歌舞，取笑声喧。值一女子推窗看雪，粉面鲜洁，飘飘然有凌霞绝尘之姿。刘姥姥错愕间，揉眼再看时，那女子已步出舱来，却是妙玉。刘姥姥忙移身上前，隔船向她喊道：“对面可是栊翠庵里的妙玉姑娘？”妙玉闻声，忡然一惊，急忙地行至舱口，于舱门上取下一柄灯笼，复转身回来，将灯笼高高举在眼前，再三含泪顾盼，道：“那位是……刘姥姥？”刘姥姥道：“正是，亏姑娘还记得我这庄户老婆子！那年，你送给我的那个成窑盅子，如今我还留着呢。怎么这般天缘凑巧，再不曾想到的，这个地方又碰见姑娘。姑娘一个人这是往哪里去？”

一语戳痛妙玉，禁不住满眼滚下泪来。沉吟半晌，愀然攒眉道：“姥姥这是哪里去？”刘姥姥四下环顾，不得畅语，只得就简说了。妙玉闻言，寸心如割，道：“这么说，宝二爷如今尚在禁中，并没有释放出来？”刘姥姥不胜流涕道：“可怜好个孩子，如今也不知道，那罪，还要受到何时，才是了局！”妙玉闻时，痛割于心，流恨难量，口中直奔出血来，两眼一黑，几乎站立不住。正这时，船舱内摇摇晃晃走出一个鸡皮老朽来，齿发稀疏，面容枯皱，甩开两边搂扶的两个年轻女子，只目不转睛，淫心紊乱，色胆纵横的要来搂抱妙玉。妙玉那时只觉一股恶气冲破九霄，使尽平生气力，将那老朽一把推跌在地，向天骂道：“可恨忠顺老贼，巧为谗说，害我名节，毁我清白，使我陷在这万丈牢笼之中，备尝羞辱！可恨我生不能雪耻，死后定为厉鬼取尔黑魄！”又转身对刘姥姥簌簌流泪道：“我乃修道之女，本该屏弃万缘。只为救贾公子于囹圄，误被计骗，痴心顺从此贼，可怜明珠美玉，投于盲人；如今风尘困瘁，只有一死，向神明号申这切齿深仇！”那时，又羞又苦，便纵身向江心跳下。众人跳踏捞救，却见雪暗江心，风卷波涛，杳无踪影。

我认为，妙玉这个“干净之极”的女人，为了拯救宝玉，居然“舍出自己的身子去”，第一是许多红学家考证或分析的共识，第二也是佛家“舍身饲虎”的慈悲心肠，还可以说是符合“物极必反”“净极必污”

的道理，无可厚非。但是没有采用某些红学家预测妙玉最终“与枯骨同归于尽”，而是在自己投江且“死后化为厉鬼活捉忠顺王”的迷信情节上大做文章，则是不足取的。例如上面写的这一节，“枯骨”已经过来“搂抱”妙玉了，妙玉只要回身迎上，把“枯骨”连同自己一起拖进江水中，岂不是一了百了，皆大欢喜？

根据脂砚斋《石头记》庚辰本十七、十八回畸笏叟的一段长批语，曹雪芹原著最后一回有一个“金陵十二钗”的“情榜”，应该是肯定的。但究竟一共多少个人，则谁也说不清楚。按照刘心武先生的判断，一共是“正本”“副本”“又副本”“又又副本”共四本六十人；按照周汝昌先生的判断，竟有九本共一百零八人之多，几乎和《水浒传》第七十回的“梁山泊英雄排座次”差不多了。其实这是一个“吃力不讨好”的命题，因为可以肯定的是任何一个人都不可能做到和曹雪芹所认定的“情榜”名单完全相合的。温皓然为了“要和曹雪芹原著高度一致”，也来参与了这个不讨好的“猜谜游戏”，而且一共探索出“五榜”之多。温续“警幻情榜”名单如下：

绛洞花主：贾宝玉（情不情）

金陵十二钗正榜：

林黛玉（情情）　薛宝钗（情冷）

贾元春（情殇）　贾探春（情敏）

史湘云（情憨）　妙　玉（情圣）

贾迎春（情懦）　贾惜春（情空）

王熙凤（情孽）　巧　姐（情祥）

李　纨（情槁）　秦可卿（情淫）

金陵十二钗副榜：

薛宝琴（情殃）　尤三姐（情侠）

甄英莲（情呆）　平　儿（情俏）

尤二姐（情悔）　尤　氏（情寡）

邢岫烟（情清）　李　纹（情善）

李　绮（情怡）夏金桂（情毒）
嫣　红（情祸）秋　桐（情醒）

金陵十二钗又副榜：

晴　雯（情勇）袭　人（情痴）
紫　鹃（情慧）鸳　鸯（情绝）
小　红（情豪）金　钏（情烈）
莺　儿（情顺）麝　月（情挚）
司　棋（情魔）玉　钏（情怨）
茜　雪（情悲）柳五儿（情恨）

金陵十二钗三副榜：

芳　官（情悟）彩　霞（情误）
藕　官（情怪）药　官（情鬼）
万　儿（情魅）四姐儿（情喜）
喜　鸾（情恬）张金哥（情切）
秦之婳（情仙）翠　缕（情稚）
秋　纹（情平）四　儿（情冤）

金陵十二钗四副榜：

碧　痕（情和）瑞　珠（情真）
雪　雁（情浅）春　燕（情花）
娇　杏（情果）绣　橘（情苦）
宝　蟾（情耻）智能儿（情障）
灯姑娘（情妖）善　姐（情惑）
鲍二家的（情浊）多姑娘（情滥）

总之，温续“可圈可点”之处甚多，限于篇幅，这里不一一细说了。

后记：我研究明清小说的历程

1954 年 7 月，我的恩师倪海曙先生把我从上海调来北京，创办文字改革出版社（今语文出版社）。1955 年，倪海曙老师提出一个选题计划：为了验证文字改革以后，是不是能够用拼音文字继承中国的传统小说，打算出版一套“拼音文字实验丛书”。作为编辑，我分配到的任务是把《水浒传》改写成拼音文字。由于 1957 年的“反右”，我被戴上了“桂冠”进了劳改队，计划落空了。不过，我的改写《水浒传》并没有因此而停止，而是断断续续地改写着，思考着。

我认真研究《水浒传》的内涵，是从“文革”后期那场“全民评《水浒》”的闹剧开始的。当时我正在劳改农场，名为“就业”，实际上是继续改造，也就是真正的“无期徒刑”。那一段时间，我当的是照明电工，反正白天没有什么事情，就堂而皇之地天天看《水浒传》，天天看劳改队长拿来的《评〈水浒〉大字报选》。

记得对我震撼最大的一张大字报，是关于吴用为了逼降朱仝的。大字报的评论说：“为了引导朱仝走上革命的道路，哪怕劈死一百个这样的小衙内，也在所不惜。因为他们长大以后，也是骑在人民头上作威作福的压迫者、剥削者！我们无产阶级革命造反派，绝不姑息，更不同情！”

这简单的一句叫嚣，却引起了我研究《水浒传》内涵的强烈兴趣。我根据“梁山好汉们的所作所为对国家、民族、人民、社会有益还是有害”出发，经过独立思考，从而得出了“宋江等人的所作所为对国家、民族、人民、社会根本就没有一点儿好处；他们无非都是土匪强盗，根本就不是什么英雄豪杰；《水浒传》是写土匪强盗及其成因的小说”这样的结论。——这个结论，当然也影响到我当时正在写的《括苍山恩仇记》。

在二十多年的劳改生涯中，我利用点滴时间，写出了一部200万字的超长篇历史文化小说《括苍山恩仇记》，一部3344行的长篇叙事诗《望娘滩的故事》，一部40万字的《缙云县方言志（初稿）》，而且八十年代以后都陆续出版了。但是我心中还有一个情结久久不能释怀，这就是继承倪海曙老师的遗志，打算在我的有生之年把汗牛充栋的古本传统小说，经过筛选并彻底进行一次“语言规范化”的工作，然后编成一套规范汉语版的“中华传统小说评注本丛书”。

众所周知，号称“白话文”的明清小说，其语言文字和当代的规范汉语其实是相差很远的。甚至连“五四”之后所提倡的白话文，虽然比明清时代的白话文“白”了许多，但也还不规范。当时的作家如鲁迅等，“糊涂”写作“胡涂”，“介绍”写作“绍介”，“灵魂”写作“魂灵”，“大概”写作“大抵”，那是十二分平常的事情。

这就给当代出版家提出了一个问题：国家制定的“语文规范化”政策，应该如何贯彻？出版明清时代的老作品，甚至出版五四时代的“新文学”作品，文字是不是也要规范化？

这个问题，语文学界曾经有过争论，却没有共识。语言学家主张必须规范；文学家认为没有必要。我认为，应当根据读者对象的不同而有几种不同版本。

我们不要故步自封，也不要关起门来打笔墨官司。语言文字有发展、有创新、有改变，是世界性的，不是中国一家如此。因此，不妨看看人家是如何处理这个问题的。

英国的莎士比亚时代，相当于中国的明代。莎士比亚的戏剧，就是用当时的“中古英语”写的。但是，今天伦敦大剧院里演出的莎翁剧本，却都已经改用当代英语了。这和今天中国的京剧、评剧、越剧演出《牡丹亭》使用接近于当代汉语（但不完全规范）的台词和唱词情况大体上差不多。最值得我们借鉴的是：英国出版的《莎士比亚全集》，就有两种版本：给一般读者阅读的，是大量印刷的当代英语版；给戏剧研究者研究用的，则是少量印刷的中古英语版。——这样，既不存在语文不规范的问题，也不存在当代青年人看不懂莎翁作品的问题。

我想用当代规范汉语整理出版传统小说的最初动机就在这里，这个动机是在我接受改写《水浒传》任务之后逐渐形成的。

“传统小说规范汉语版”必须增加大量注释，则是我在工作中逐渐形成的第二个观点。

我的少年时代，是在浙南山区小县里度过的。当年的浙南山区，逢年过节倒是能够看到草台子戏班演出的婺剧，抗战后期也有“开码头”的越剧班子来我们县演出，偶然还能够看见外国传教士用手摇机放映的无声电影。那时候的“官商人家”，能够有一台留声机、几张旧唱片，就算是很“时髦”了。我的少年时代，唯一的课余文化活动就是看小说：小学刚毕业，我才十周岁，家里和县图书馆中的小说，主要是章回说部，就已经被我全部看完了。山区交通闭塞，运输困难，同学们家中的藏书也大都是父辈流传下来的线装版明清小说。于是，我这个所谓的“文学爱好者”，就不得不被动地“偏爱”传统说部了。

这些明清时代的木刻本或清末民初的石印本小说，当然都是没有注释的。我从小看小说，就是囫囵吞枣，似懂非懂地生吞活剥，许多字不认得，又懒得翻字典，许多字词的读音、含义都是根据上下文瞎猜的。

此外，明清时代，一个“蒙童”所学的，不过就是《三字经》《百家姓》《千字文》《千家诗》这些启蒙书。别看书没有几本，老师讲解起来，那可真是眉飞色舞，滔滔不绝。一句“融四岁，能让梨”，就能讲一个完整的历史故事；一句“金生丽水，玉出昆冈”，就能够讲到金沙江和昆仑山的地理知识。

1980 年，我从劳改农场被放了出来，落实政策，回到北京。我没能回语文出版社，而是通过作家郑文光的介绍在科协的下属单位科学普及出版社安顿了下来。这时候，我的《括苍山恩仇记》已经在中国青年出版社终审通过，即将出版。正好宝文堂书店恢复，要找通俗文学的专业编辑，我成了最佳人选，就被调过去了。在这里，我可有了用武之地了：出了一套“说部丛书”，一套“文学名著普及丛书”，一套“电视剧连环画”，还有许多通俗小说和武侠小说。——当时，我的“中华传统小说评注本丛书”的思路还没有完全形成。

1985 年 5 月，第一次全国历史小说座谈会由中国作协和湖北文联联合在黄冈召开。那时候我的《括苍山恩仇记》第一、二两册刚刚出版，已经发行了 50 多万套，因此才有可能以“历史小说作家”的身份参与此会。我在会上的发言，第一是批评了姚雪垠的《李自成》无限拔高，第二是批评了刘亚洲的《陈胜》胡编乱造，第三是希望与会者除了关心历史小说的创作之外，更要关心历史小说的继承问题。我提出：明清时代产生的章回说部，第一文字不规范，第二有糟粕，第三今天的读者大都不明典故，因此继承这些文学遗产，必须三管齐下：改写、导读、加注解。

我的发言，当时就有两家出版社表示同意并支持，一家是花城出版社负责编历史小说的编辑部主任李联海先生，一家是民间文艺出版社的总编辑马振（即马萧萧）先生。事后，我们分别谈妥了《海上花列传》和《济公传》的评注改写本的出版事宜，但最后却因种种原因无疾而终。

1991 年，有一次北京燕山出版社召开理事会扩大会议，讨论如何开展俗文学的普及工作。我作为中国俗文学学会的常务理事参加会议并发言，又一次老调重弹，提出编辑出版一套“中华传统小说规范汉语评注版丛书”的设想。作为俗文学学会副会长的燕山出版社社长兼总编陈文良先生，他首先表示支持，并决定由他们出版社承担这套书的出版任务。作为市场试探的第一本书，我还是选了《海上花列传》，交出去的稿子包括一张 3.5 英寸磁盘和一摞打印稿。

事情似乎很顺利，没想到的是这部书稿几经辗转却到了书商手上，并以形似“盗版书”的形式出版了，分上、下两册，首印十万套。为此，我因为这本书打了一场败诉的官司，央视还以此为案例做了一个上、下两集的专题节目《作家吴越打官司》。后来，这件事情又出现了

新的拐点，这里暂且不表。再后来，《海上花列传》和《九尾龟》两本书改名《花国春秋》和《江南浪子》得以出版，但是据说因为版权手续没办好而成了“非法出版物”，最后统统被没收销毁了，基本上没发行云云，而我只落下了几本样书。

直到2002年，我接受朝花少年儿童出版社的约稿，用当代规范汉语改写成只有36万字的三卷本《水浒传（少年版）》出版了。这部书出版以后，在少年儿童中并没有引起什么大的反响，在出版界却有了反映。因为书虽然是写给少年儿童看的，观点却是当时最新的：一反以往吹捧《水浒传》108将是农民起义英雄的观点，把包括武松、鲁智深在内的“英雄”们全给否定了。

为此，广西师范大学出版社主动约稿，希望就《水浒传》的最新观点尽量发挥，写出新意来。于是，我重起炉灶，从头开始，做了三件工作：一是用规范的汉语把七十回本的《水浒传》全部改写；二是加上了详细的注解；三是书前写了一篇两万多字的导读，每回正文后面再加上几百或几千字的评论，全书100万字。这部书，文字是规范化了的，书前有长篇导读，每回有上千字的评论，有大量而详细的注解，已经基本上符合“中华传统小说评注本丛书”的要求和规模了。——因为出版社出的是单行本，侧重点是对《水浒传》的评论，最后以书名《吴越评水浒》于2007年5月出版。此书出版以后，评论如潮，为此凤凰卫视还以“梁山108将是英雄还是盗匪”为题，录制了一档两个小时的专题节目在十一期间播出。

有凤凰卫视的专题节目，我已经名正言顺地成了“《水浒传》研究专家”。中央电视台10套“百家讲坛”邀请我去主讲《水浒传》，可是录像之后却因故没有播出。于是，我将100篇讲稿汇编整理，交东方出版社以《吴越品水浒》的书名出版。此书由《人民日报》原总编辑周瑞金先生作序，由人民出版社副总编辑张小平先生终审，分上、下两册，也比较畅销。

《水浒传》研究打响了，但我的目光不能总盯在《水浒传》这一部书上。正好东方出版社再次约稿，我就把“中华传统小说评注本丛书”的设想提了出来，并建议首推“三言二拍”的计划（一套五部十册，约250万字），最后样稿审读通过。

这就是我为什么在2008年停止了《大贪官和珅》的写作，夜以继日地赶写“三言二拍”的原因。

“三言二拍”的稿子经过初稿、二稿之后定稿，但却又来了个“计划赶不上变化”——一方面是出版社体制改革，人民出版社以及东方出版社被明确规定：可以出版文化方面的书，但不能出版纯小说，而我的书正好撞在枪口上；一方面是张小平先生退休，没有签订合同的选题计划最后不得不搁置。

2009年11月3日，我因为《悲欢世界》三部曲获得了中国法学会法制文学研究会第一届法制文学大奖赛的长篇小说奖。在参加颁奖仪式时，认识了公安大学出版社文艺分社的社长易梦林先生，他表示这套丛书他们出版社可以接受。后来经社务会议以及选题论证会集体论证同意，决定以群众出版社的名义分期分批出版，第一辑先出《海上花列传》《新编济公传》《三言二拍》。经过责任编辑一年多时间的编辑、校对、定稿，还找画家给《济公传》画了21幅插图，到了2012年11月即将开机印刷前，因顾虑“发行不畅”而最终又一次“夭折”。——由于没有签订出版合同，最终不了了之。

我这个“大动作”选题，分明是功德无量的，也是应该能赚钱的，因为种种原因，尽管一切就绪，却至今没有结果。我相信：是金子，总会发光的。只是我已经八十多岁，这样大的计划是不是能够在我的有生之年实现，恐怕很难说了。

对出版社来说，由于这是一个规模颇大的选题，需要投入相当大的人力物力，因此，真的需要反复考虑，是不是有这样大的魄力承担前期运作，后期发行部是不是能销售出去并保证收回钱来。当然，坐在家里“论道”，不如开门出去“试验”。这种丛书，规模可大可小，先出几部来一个“投石问路”，看销路宽窄，再决定下一步行止，也是一种试探的方法。

到了今年，我已经八十四岁，这套丛书稿已经完成了十二部，却还没找到合适的出版社出版，而我的体力和记忆力却明显大不如前了。为此，我找到我的“娘家”——语文出版社，将已经完成的九部书稿的“导读”部分集中汇编在一起，以作为“试探气球”先出版，一方面看看读者反映如何，一方面也等于是做一个广告，看看出版同行们是不是有兴趣。

吴越 2016 年 3 月 6 日